与血的征战

大辽王朝

王志国 著

辽宁人民出版社

图书在版编目（CIP）数据

铁与血的征战：大辽王朝 / 王志国著. —沈阳：
辽宁人民出版社，2022.1
ISBN 978-7-205-10295-1

Ⅰ. ①铁… Ⅱ. ①王… Ⅲ. ①长篇历史小说—中国—
当代 Ⅳ. ①I247.5

中国版本图书馆 CIP 数据核字（2021）第 198891 号

出版发行：辽宁人民出版社
　　　　　地址：沈阳市和平区十一纬路 25 号　邮编：110003
　　　　　电话：024-23284321（邮　购）　024-23284324（发行部）
　　　　　传真：024-23284191（发行部）　024-23284304（办公室）
　　　　　http://www.lnpph.com.cn
印　　刷：北京长宁印刷有限公司天津分公司
幅面尺寸：170mm×240mm
印　　张：26.75
字　　数：460 千字
出版时间：2022 年 1 月第 1 版
印刷时间：2022 年 1 月第 1 次印刷
责任编辑：赵维宁
封面设计：乐　翁
版式设计：留白文化
责任校对：吴艳杰
书　　号：ISBN 978-7-205-10295-1
定　　价：86.00 元

目录

CONTENTS

第一回
续前缘神仙成眷属
遂夙愿圣僧兴部族

在辽阔的内蒙古大草原东南部，有一个地方叫克什克腾，这里不仅水草肥美，而且风光独特，山山水水到处都蕴含着古老的故事和传说。相传当年孙大圣大闹天宫，砸得凌霄大乱、地覆天翻。那些尚未炼成的丹料和熊熊炉火，倾泻到这块土地之上，变成了一座座红色的山峰，在太阳光的照射下，焕发出一种奇异的神采；那些天宫御宴上的美味佳肴，掉到人间竟然落地生根，成长为一片茂密的松林，如同镶在绿色草原上的一块墨玉，透露出一股迷人的魅力；而那些还没有开封的琼浆玉液，摔下来则化作千条小溪，从平地松林中汩汩流出，又逐渐汇合到一起，形成了一条玉带一般的长河，奔腾欢快地流向东方，这就是草原上有名的西拉木伦河。我们的故事就从这里开始。

相传很久很久以前，就在那片平地松林的旁边，在那三条溪流的汇合处，也就是在今天西拉木伦河的源头之上，有一座用树枝围成的小院。小院里有三间用茅草搭成的房屋，房屋里住着一位美丽清纯的少女。她那洁白的衣裙像天上的云朵，她那飘逸的长发如墨染的飞瀑，她那俊秀的容颜似三月的桃花，她那明亮的眼睛若清澈的秋水。她就是这块土地上唯一的主人，也是这天堂草原的守护之神——天女。天女准备出行，一时和风荡漾。蜂蝶为之起舞，百鸟为之歌唱。而那些往来奔跑的牛马，则像是一队队欢送的人群。

一架牛车就停在草屋之前，车上装载的都是她的衣物和用具。那头硕大的青牛是她多年的伙伴，见她出来时高兴得仰天长叫，好像是与松林边的生灵们告别。由此引来上百只苍鹰在头顶上盘旋，几十只仙鹤在茅屋边起舞。天女挥挥手，打了一声好听的口哨，似乎是向这些朋友们表示感谢。然后牵着青牛，满怀憧憬地向着河水流去的方向，向着太阳升起的地方走去。

眺望着东方喷薄而出的朝阳，伴随着脚下奔流不息的河水，天女的表情虽然仍旧像蓝天一样平静，但她的心底却掀起了惊涛骇浪。她的思绪就像天空的彩云，不断地向她的眼前飞来，又不断地向她的身后逝去，非常清晰和完整。

她本是千朵莲花山中一只修行多年的白鹤，多年来一直是自由自在地到处翱翔。由于近水楼台，她常去五龙观中听道士讲经说法，年深日久，悟得真谛，脱胎换骨，修成人形。一日太上老君来观中布道，她混在人群中去听讲，被太上老君慧眼发现，顿生怜爱，破例地收她为身边弟子。数年之后，又带她飞升到天宫，委任为牵牛道姑，赐法名为玄羽天女。至此她一步登天，成为上仙，而且一待就是多年。

做个牵牛道姑其实很简单，就是把太上老君的这头坐骑侍奉好。牛饿了她要给喂料，牛渴了她要给饮水，牛睡了她要看护好，牛脏了她要给洗澡。牛驮着老君出行，她也要一路相随。初来乍到的时候，觉得啥都很新鲜，她干得很起劲儿，感到这活儿虽然单调，但却比那些煽风点火的道童强多了。可是日子一长，就觉得枯燥寂寞、乏味无比。虽然说上天当了神仙，还不如在下界逍遥快活。天天就守着一头青牛，有什么意思呢？于是她一有空闲的时间，就会牵着青牛出去走走。她要看一看外边的天界，到底是一个什么样子。

由于天女常去河边放青牛，她由此结识了不少巡天神将。其中有一个叫作轩琢的少年，生得身高九尺，腰杆笔直，鼻如悬胆，目似朗星，眉心中一颗红痣，两鬓边长发飘飘，显得十分英俊挺拔；身穿白袍，外披银甲，坐骑白马，手提银枪，背后一张弓，胯旁一壶箭，看着极其威武雄壮。天女初次见到他，就感到似曾相识，但是想不起来在哪里见过面。尤其是他那双眼睛，深邃睿智，让她有种一见如故的感觉。后来认识的时间长了，天女才知道，他来自下界关东，本是辽河中的一条小龙。因为是同乡，两个人接触越来越多，关系越来越近，逐渐成了无话不谈的好朋友。后来一天若不见面，就有如隔三秋的感觉。

一日他俩又在河边相会，天女对轩琢说："我在人间的时候向往天堂，觉得一定什么都好。可是到了这里以后，才觉得清寂难耐、乏味无比，远不及在我的家乡千朵莲花山哪！"

轩琢凝视着天女的眼睛，深有同感地说："谁说不是呢？像我们这些巡天神将，早晨要'点卯'，晚上要'申报'，天天在这天河旁巡逻，终日监视这些恶龙水怪。东游不得，西转不得，日复一日，年复一年，有什么意思呢？啥时候有个头哇？这里就像一座巨大的囚笼，我早就待够了！"

天女听完轩琢的话，不禁脱口而出："那不如我俩回故乡去吧！那才是真正的天堂啊！"

"那太好了！"轩琢赞同地说，"若是能与你朝夕相守，哪怕是过一天那样的日子，我也知足啦！"

天女说："是真的吗？你可不要后悔！私自下凡，那可是要犯天条、定大罪的！说不定故乡回不去，还会把我们打入地府呢！你可要仔仔细细地想好！"

轩琢拉着天女的双手，目光坚定地说："不用再想了！我已经下定了决心，你走到哪里，我就跟到哪里，哪怕天塌地陷、海枯石烂、粉身碎骨、化作灰尘，也绝不动摇！"说完他俩四目相对，凝视良久，双手都紧紧地握住对方，眼睛中都噙满了激动的泪水，好像永远都不想再分开。

不久，一日天女趁老君不在天宫，青牛又吃饱喝足睡熟之机，悄悄溜出来与轩琢相会。他俩正在河边卿卿我我之际，祸事突然来临。原来那头青牛一觉睡醒，不见了天女，便咬开缰绳，偷偷溜进丹房，偷吃了老君的二百一十九粒金丹。然后又发疯一般地向凌霄宝殿冲去，幸好被路过的托塔天王擒住，才未酿成大祸。老君闻之勃然大怒："汝本珍禽异类，难得修成人形，为师见汝慧根很深，才带汝一步登天。如此贪懒耍滑，怎在天堂为仙？也是汝该有这段磨难，那就顺其自然，带青牛下凡去吧！"说罢一抖拂尘，将青牛和天女一齐打落人间。

天女只觉得眼前白光一闪，浑身一阵剧痛，接着就什么都不知道了。等到她醒来的时候，才发觉是落到了一块沙滩之上。她挣扎着坐起身来，举目四望，满眼都是无边的荒漠，到处都是石头和沙砾，别说食物和水了，连棵花草树木都看不见。只有那头闯祸的青牛，仍然喘着粗气，神情沮丧地陪在她的身边。天空中火辣辣的太阳晒着，地面上滚烫烫的沙石烤着，她感到自己口干舌燥，五内俱焚。她觉得自己快要死了，再也见不到轩琢的面了，心中便像刀扎一样的疼痛。

也不知过了多久，就在天女感觉自己变成了一片枯叶，即将落入熊熊火堆的时候，昏迷中她突然感到有股香风吹过，随之而来的是沁人心脾的清凉，接着是甜蜜的甘露不断地注入她的身体，使她感到无比的轻松和愉快。她高兴地睁开双眼，看到彩云上仁立着一位女神，周围簇拥着众多的仙女，那女神正慈爱地向着她微笑。她认得那是龙山圣母，一定是圣母垂怜救了她的性命，她连忙跪起向圣母叩头行礼。圣母降下云头，慈爱地上前扶起她，并把她和青牛带到克什克腾草原，微笑着对她说道："你的事情我都知道了。不要灰心丧气，要坚强地活下去，这也许是你的一段缘分。你既然来到这华夏的土地上，就是我的子孙，我会眷顾你的。你就在这里定居下来吧！做这片草原的守护神。只要耐心等待，奇缘自会到来！"说完转身离去。从此天女与青牛为伴，在这平地松林边筑起茅屋，一待又是数年。

　　昨夜天女刚刚入睡，龙山圣母突然托梦给她，告诉她说："你的缘分到了！明日早起以后，你就顺着饶乐水的源头（饶乐水即今西拉木伦河），一直往东走，到达两河交汇的神山之下，就会见到你昼思夜想之人，实现你多年以来的心愿！"说完转身而去。天女欣喜万分，醒来方知是梦，但她对梦境深信不疑。因为圣母所说过的话，每一句她都听得清清楚楚。而梦中所见到的那座神山，她也似曾相识。因此天女早早起来，沐浴更衣，告别茅屋和平地松林，按照圣母指给她的方向，一直向东方走去。

　　天女饿了吃些干粮，渴了喝口河水，累了上车小憩，困了停下入眠。苍鹰帮她探路，飞鸟伴她远行，河水为她欢歌，鱼儿给她鼓劲。六六三十六天以后，她来到了梦中看到的地方。一座青翠的峰峦兀然而立，如同一块巨大的宝石，生发出墨绿色的光彩。向北望去，连绵的群山像一道天然的屏障，遮挡住北来的寒流，使得这河边草原郁郁葱葱、生机勃勃。而西南方向，从七老图山发源的土河之水（土河即今老哈河），像一匹脱缰的野马，一路奔腾咆哮，与西来的饶乐水激流汇聚在一起，冲积出一块色彩斑斓的绿洲，然后平缓地向东流去。

　　"对了！就是这里！北面就是神山，前面就是潢河，和梦里看到的一模一样！"天女停下她的牛车，环顾一下四周。就在她抬头西望的一刹那，突然发现一个白衣白甲的雄壮少年，正骑着白马、提着银枪，沿着土河顺流而下，而且越来越近。那英俊的面颊，魁伟的身姿，她再也熟悉不过了。那是她的轩琢！让她昼思夜想、魂牵梦萦的心上人！

　　与此同时，顺流而下的轩琢也看到了她，那位立在青牛身边的白衣少女。那鲜花一般的容貌、白桦一样的身材，正是他心中的女神——天女，他朝思暮想的生命中的太阳，愿意终生相守的伴侣。于是他迫不及待地飞马向前，四只手终于紧紧地握在了一起。

此时的草原上只有他们两个人。青牛和白马在悠闲地吃草，时光与河水在静静地流淌。他们什么也没说，什么也没做，只是四目相对，默默无言，好像在用眼神和心灵在交流。使得初升的太阳都感到莫名其妙，只是傻傻地看着他俩，为两个人的躯体镀上一层金黄；使得空中的苍鹰来回盘旋，上下飞舞，一个劲儿地在两个人的头顶上翱翔，似乎想从中发现点什么；只有那河里的鱼儿心知肚明，时不时地蹿出水面，表示它们的好奇与祝贺。

天女与轩琢注视良久，然后两个人几乎同时说出："你是轩琢！""你是天女！""你怎么会在这儿？""你终于来了！"说完又不约而同地抱住对方的双臂使劲摇晃，一齐露出了发自内心的微笑。

天女拉着轩琢的双手，面对面地坐在牛车上，满怀深情地说："是龙山圣母把我从死亡线上救了回来，是你的话语给了我生存下去的勇气。我相信你会不负前言，一定会到人间来找我的。我特别相信缘，不然怎么会在天宫遇见了你？因此我在平地松林一住多年，整日与牛马和飞禽为伍，天天数星星、盼月亮，憧憬着和你相聚的日子。这一天终于来了，我再苦再累也值了！快说说，你是怎么也来到了人间？而且隔了这么多年哪？"

轩琢满怀感激，向天女讲述了他的故事：

"那天事发以后，老君立即禀告了玉帝。玉帝十分生气，以玩忽职守、触犯天条的大罪，命令把我绑缚南天门候斩。那时候我已经完全绝望了，但是我无怨无悔，只盼望能在临死之前再见上你一面，后来才知道你和青牛已经被贬下凡尘。

"也许我俩缘分未尽，我不该去死。恰好那天西方佛祖来天宫做客，得知情由后对玉帝说：'吾将弘大法于东方，拯万民于水火，须在东土传经布教，以此来教化人心，劝众生皈依圣境。但东土圣教尚未传开，经典极其缺乏，需指派高僧并携金经前往。奈因山高路远，无比艰辛，人间凡马恐难当此任。吾看这名神将可先不杀，让他牵着他的白马，为佛门取经送卷，岂不是一件天大的功德？'玉帝听后，慨然应允，但是仍旧狠狠地说：'只是太便宜这个孽障了！'

"于是我被玉帝释放，跟随西天佛祖到达天竺，大月氏高僧摄摩腾和竺法兰早已等在那里了。奉佛祖法旨，我牵着白马驮上佛经，在前方引路，伴随着两位高僧从舍卫国灵音寺出发，历尽千辛万苦，九死一生，历时一年零九个月，才回到咱们的东土家乡——中华帝国。此时正是大汉王朝执政，两位高僧到洛阳去拜见汉明帝刘庄，传达佛祖的旨意。明帝大喜，钦命二僧在洛阳建造白马寺，以旌表此番取经之功。两位高僧就在那里翻译经卷、设座收徒、讲经弘法。而我则骑着白马来到普陀山，按照佛祖的旨意，当面向观世音菩萨复命。

"观世音菩萨笑着对我说：'汝原本就是天庭的神将，只因犯了过失才被治罪。如今牵着白马取经归来，可谓立下大功一件。佛祖已同玉帝讲好，不再贬你到人间去了，就留在普陀山，做个护法神将如何？不强似你在辽河打鱼摸虾、做条小龙？'

"我听了以后，赶忙给菩萨叩头行礼说：'轩琢因感佛祖救命之恩，才答应去天竺取经的，不然我的灵魂早就下凡去了。只要能让我回到人间，去寻找我心中的女神——天女，并与之终生相守，那我就心满意足了！末将斗胆请菩萨成全！'说罢叩头滴血，流泪不止。菩萨见我真诚，告诉我说：'这样也好！这也是你的一段尘缘，早晚要了，不过最终还是要到南海来的。明日你就顺着七老图山土河的源头往下走，到与饶乐水的汇流之处，就会看到北面有一座神山，南面有一片绿洲，到那里就会看见天女和她的青牛了。阿弥陀佛，祝你们两位好运！'菩萨说完，向紫竹林那边去了。

"我骑着白马离开了普陀山，按照菩萨指给我的路线走，果然从很远就仿佛闻到了你的发香，听到了青牛在长叫。不一会儿，我就看见了你的身影，我简直不敢相信自己的眼睛。我是多么幸运的人啊！"

轩琢说到这里，十分激动，他是一边流着泪，一边说完这番话的，这让天女的眼睛里也噙满了幸福的泪水。她感谢他的执着，他佩服她的真诚。两个人四目相对，情意绵绵，贴心的话语像流淌的河水，倾之不断、诉之不完。太阳从升起到落下，星辰从落下又升起。他们俩相依相偎，就坐在河边的青牛车上，畅谈了三天三夜，感到如同幸福地度过了一万年。到第四天朝霞升起的时候，他们俩走下牛车，手挽着手跪在草地上，向太阳神表达他们爱的誓言。

此时旭日东升，朝霞似锦，东半边天空一片火红。龙山圣母带着九只凤凰驾着彩云飞来，向他俩表示祝贺并为之主婚。木叶山神赶来为他俩焚香做证，潢河水神上岸为他俩敬酒祈福。无数的仙鹤在高天上翱翔，发出欢快的鸣叫，好像在表示衷心的祝愿；上万只飞鸟在河边上盘旋，一起为他俩唱歌，给这个简单的婚礼增添了喜庆的色彩。他们俩一拜天地，二拜圣母，三拜山神、水神，四拜凤凰姐妹，五拜神山附近的亿万生灵。在大家共同的祝福声中，如愿以偿地结为夫妻，成为一对神仙伴侣。

他们带着青牛和白马，在木叶山下结草为庐，插树为篱，开始营造自己的家园。他们在潢河边上开荒种地，在木叶山下栽柞养蚕，采集草籽饲养家禽，堆积牧草圈养牛马。轩琢经常进山打猎，成了草原上最好的猎手。野兽跑得再快，比不上他的白马；鸟儿飞得再高，逃不过他的弓箭，因之每次出猎都收获累累。天女则成了草原上优秀的主妇，不仅能赶着青牛种田，还能自己纺线织布。不但懂得如何饲养畜禽，而且认识许多治病的草药。特别是因为跟着太上老君炼过金丹，她还知道怎样采集矿石，如何开炉炼铁。他们夫妻俩打造出来的刀、剑、犁、铧等铁器，既坚硬又耐用，受到草原上广大牧民的热烈欢迎。夫妻俩又满腔热情，一副菩萨心肠，谁若是有什么为难之事，从来都是有求必应，因而邻近的部族都很敬重他们。因为他俩会打铁，人们都亲切地称他们为"契丹"人。"契丹"意为坚硬的镔铁，久而久之，就逐渐被叫开了，成了他们这个家族的名字。

轩琢和天女生育了八男八女，共有十六个孩子。男孩都像轩琢一样威武雄壮，又勤勤恳恳；女孩都像天女一样美丽贤淑，又朴素大方。男孩子长大以后，都陆续迎娶了慕容氏鲜卑人做妻子；女孩子成人以后，都先后找到了库莫奚男人做丈夫。这八个男孩以后又各立分支，自成体系，形成了以他们自己的名字命名的部落。从此，轩琢和天女这个大家庭繁衍日众，逐渐形成了一个团结和谐而又十分强大的部族。因他们始终生活在今西拉木伦河一带，历史上称其为契丹族或"契丹八部"。

轩琢和天女活到一百岁以后，突然在一个中秋之夜飞升成仙，据说双双到普陀山，做了观世音菩萨的护法神将，青牛和白马也随之前往。他们的后人为了纪念先祖的功德，在木叶山上修建了始祖庙，在庙堂内供奉有轩琢和天女的神像。因为轩琢的神像是龙头人身，故而被后人们尊称为"奇首可汗"。天女的神像是人头凤羽，所以被后人们尊称为"凤羽可敦"。"可汗"意为部族之王，而"可敦"则是王后的意思。后人们还把先祖用过的兵刃和器具供奉起来，派人专门看护。同时还把先祖轩琢从天竺带回来的一尊玉佛，密藏于神庙旁边的塔顶之上。他们是期望先祖的福德永远保佑契丹，让佛光永远普照草原。

至此，契丹部族就在这里，一代一代地繁衍下来，一直过着亦农亦猎、相对平静的生活。他们每个部落的首领都是公推众选，内部皆称为"大人"，外部皆呼之为酋长。八个部落的酋长再公推众选整个部族的联盟长，内部称之为可汗，朝廷往往封之为都督。各部落各联盟的公推众选，都是每三年进行一次，多少年沿袭下来，始终平安无事。

但是到了三国时期，曹操派大军北征乌桓，大败蹋顿单于于白狼城（今辽宁喀左），借机强迫各部族远离家乡，分散游牧，以利于他们的统治。契丹人无奈离开木叶神山，流落到河北、山西一带的长城脚下，后来又逐渐在军都陉北（今河北平泉）聚集起来。慕容氏建立燕国以后，契丹人一直是燕国的附属和友好邻邦。

因为当年契丹和库莫奚两个部族曾经归附过燕国，在拓跋氏鲜卑人建立北魏、统一北方以后，立即对契丹人进行了野蛮的报复。他们不仅把契丹部族强行驱散，而且还让男女老幼全部沦为他们的奴隶。契丹人受尽了种种欺压和凌辱，许多人因为不堪忍受非人的折磨，逃跑被抓回而被立即处死。九岁的迭刺部后人耶律迭刺，侥幸从云州（山西大同）逃脱，一路乞讨来到了河南嵩山。

迭刺走进嵩山寺，从种菜的小沙弥当起，后来拜天竺高僧摩吉方丈为师，在此一待就是三十多年。迭刺在这里不仅长了许多见识，还学到了一身超凡的武功，成为寺院里的武僧部知事，法号印光。东魏兴和二年（540），迭刺受恩师摩吉之托，带着燃灯古佛的真身舍利和佛宝鎏金禅杖，风尘仆仆地回到故乡，来到木叶山下和黄河岸边。但这里已被匈奴人狼德部占领，族人们不知被撵到哪里去了。迭刺带着两名弟子跋山涉水，多次去陉北和长城脚下，劝族人们回到故乡，和他一起重建家园。

不久，迭刺率领族中百余名壮士直赴狼德部大营，向他们说明来意，请求允许族人们回归故里、再居神山，遭到狼德部首领刘黑虎的严词拒绝。刘黑虎冷笑着说："这里是契丹故地不假，但朝廷已经把它划给了我们，岂容尔等说来就来、说回就回？真是天大的笑话！"

迭刺平静地说："我既然敢带人来此，就必须把事情办妥。即或血溅神山，也当在所不惜！"

刘黑虎听后轻蔑地说："嘿、嘿！看不出来，就你们这百八十人，想在这旦动武？看你们一个个衣衫褴褛的样子，满脸菜色的面容，我还真不忍心伤害你们。这样吧！你们的神庙中不是有'镇庙三宝'吗？这些年来也没有人能够拿得起来，如果你能成功，我就返回漠西，把神山还给你们。怎么样，敢试试吗？"

迭刺闻听心中一喜，微笑着说："此话当真？你可不要反悔！"

刘黑虎眼睛一瞪，拍着胸脯说："这是什么话？大丈夫生于天地之间，自当说一不二、出言如山，岂能说完不算、出尔反尔？那不成为猪狗了吗？不过这些年来从没有人成功。你若成功，我刘黑虎佩服你是个英雄，立马率众走人。如若不行，不要废话，别在我这里吹牛皮，吓唬人！你当我是个孩子吗？"

迭剌微笑着说："我的酋长大人，你就瞧好吧！"

族人们随着迭剌一齐来到祖庙之前，只见殿堂依旧，神像巍然，汉白玉石碑傲然矗立，十三层佛塔直入云天，不禁感到十分诧异。守庙老人迭扎撒剌告诉大家："部族被迫迁走以后，不断有人来拆庙毁墙、砍树挖砖，企图抢走庙中珍宝。但是等他们刚刚动手，不是被飓风刮走，就是被乱石砸伤，一个得逞的也没有。有一年官军来了大队人马，说是奉了皇帝的旨意，要推倒宝塔，取走玉佛。不料山门刚被砸开，那些人还没有完全走进院子，就听得天空中突然一声炸雷，一个大火球从天而降，立时把领头的那个将官劈死。接着狂风暴雨、冰雹雪块从四面八方飞来，打得这些官军鼻青脸肿、鬼哭狼嚎，吓得一溜烟就跑了，以后再也没有人敢来骚扰。"

迭剌与族人们闻之高兴万分、敬畏不已，纷纷跪下身来，咣、咣、咣，一连三个响头，一齐说道："先祖神灵护佑，族人必能平安！感承大恩大德，一定重建家园！"说完一齐走进院内。

这始祖庙三宝乃是古藤雕弓、蝌蚪石狮和天竺玉佛，传说皆为当年两位始祖亲奉之物，并在玉碑上勒文相嘱，后代子孙谁若能拉开祖传硬弓、举起蝌蚪石狮和取下天竺玉佛，谁就是当然的部族之王。但是多年来尽管有许多人试过，却没有一个完全成功的，所以契丹部落联盟的可汗一直是公推众选。

那张古藤雕弓就挂在庙堂之上，旁边还放着数百枝长箭。传说当年始祖轩琭就是带着这张弓、这壶箭，走遍了克什克腾草原，赶走了所有的恶禽怪兽，使这里成为牧人们的天堂。如今这把雕弓历尽沧桑，看似老旧，却是神山上的古藤所制，是一张五百斤以上的硬弓。按照两位始祖留下的规矩，射手要站在山门处把弓拉满，连发三箭，射中四百步以外的旗杆，才算成功。据说三国时期，大将张辽随曹操北征乌桓，曾到此三次拉开此弓，但发三箭均未射中，累得当场吐血昏倒。是真是假，不得而知。还有人说燕王慕容垂曾经连发两箭射中，但没发第三箭，转身就走了，不知道是什么原因。从此就再也没有人敢于问津。也曾经有贼徒盗匪打过神弓的主意，结果刚要伸手，那张神弓就化为巨蟒，当场将两个贼徒咬死。使得再也无人敢起歹心。

迭剌走进祖庙以后，先拜始祖，再祭神山。他献上九炷长香，心中默默祈祷："始祖在天，山神在上。如今部族遇难，颠沛流离。族人沦为奴隶，境遇似同牲畜。神山被人占领，神庙无人祭祀。凡我契丹子孙，无不痛心疾首，难受至极。今有始祖第九代孙迭剌及部分我族中人，欲重返神山，回归故里，光我祖宗大业，兴我契丹旺族。诚请始祖护佑、山神成全！"礼毕，在众目睽睽之下，毅然拿起雕弓，搭上长箭，在山门外两腿叉开，将身站定。左手如托泰山，右手如抱婴孩，认准目标，丹田使劲，弓开如满月，箭去似流星。"嗖、嗖、嗖"连发三箭，均准确钉在旗杆之上，而且脸未红、气不喘，令族人们赞不绝口，让刘黑虎等人瞠目结舌。

这始祖庙第二宝就是山门外那一对蝌蚪石狮。传说当年天女带领族人们采集矿石，在神山中避雨，忽见天空中电闪雷鸣，有两个巨大的火球燃烧着奔来，"扑哧、扑哧"两声，先后砸进松林旁边的草地里，留下两个很大的深坑。后来天女带着人挖出细看，发现这两块形状相似的石头，上面皆带有奇异的蝌蚪一样的斑纹。天女认得说来自于天庭，因此视为珍宝，与轩琢二人精雕细刻，琢成一对雄壮的石狮，安放在神山之下。希望它们永远镇守这块神奇的土地，保护这一方百姓永远平安幸福。

迭剌与族人们怀着恭敬的心情驻足细看，见这对石狮造型精巧、雕工细腻、目光远眺、气势非凡。又见其基座上有始祖亲自勒铭相嘱，只要能双手举起石狮，并能够从山门前走到大殿，再从大殿走回山门，然后平稳地放回基座之上，就算成功。这每尊石狮皆是一千六百斤重，并且雄踞于基座之上，平常之人见了都望而生畏。据说天下许多武林高手慕名而来一试，全是败兴而归。到目前为止，还没有谁能举得起来。刘黑虎等一群匈奴人见了，均投来鄙夷和嘲笑的目光。

这时只见迭剌撩起长袍前襟，把它掖在腰间的丝带上，满脸微笑、信心百倍地走上前去。他以两手扳定石狮的底部，稍一用力，轻轻抱起，然后"嗨"的一声举过头顶，沿着山门中间的石道，步履稳健地向前走去。他走到大殿阶前，稍微停顿了一下，微笑着向始祖像行注目礼，这才转过身来回到山门之前，把石狮平稳地放回石座之上。在场的人们都看傻了，大家都对迭剌的神力惊叹不已，好久才发出惊天动地的欢呼声。

这始祖庙的第三宝，就是那尊天竺玉佛，如今就珍藏在始祖庙旁的宝塔之上。这尊玉佛据说是始祖轩琢去天竺取经，由西天佛祖亲手赠给他的，乃古今唯一的稀世之宝。为了安奉好这尊玉佛，两位始祖精心谋划，带领着子孙们在山下修建了一座宝塔。这座宝塔为十三层实心翘檐式建筑，每层都有一丈三尺高，六面皆雕有大小不同的佛像。据传当年修建宝塔的时候，先祖们使用的是"屯土法"。一层一层地把塔修起来，同时一层一层地把土屯上去，最后到竣工的时候，再一层一层地把土撤下来。由于塔是实心，全由巨大的石块砌就，里边根本没有通道。而塔的外边，不仅石壁又高又陡，根本无法攀爬，而且层与层之间还有翘起的飞檐，让人无法逾越。因此多少年来，尽管有无数的人对佛宝垂涎三尺，但那尊玉佛仍然光芒四射、高踞塔顶，普照着这片天堂草原，让别有用心之人望塔兴叹。北魏皇帝拓跋焘统一北方以后，曾命人采用"屯土法"盗取佛宝，但不是被飓风卷走，就是被暴雨冲毁，动工数次均没有成功。气得拓跋焘下令在全国灭佛，转而信道，结果最后因为服用金丹丧失理智，糊里糊涂地被宦官杀死。

狼德部落首领刘黑虎望着迭剌嘿嘿冷笑，心想你迭剌果然有些力气，前两次算你成功，但这回靠的却是轻功，我看你怎么办？族人们仰望着这座高耸入云的宝塔，也均满腔疑虑、议论纷纷，不免都替迭剌捏一把汗。但迭剌心中有底，他在嵩山寺三十多年，跟着摩吉学习了多般武艺，最拿手的就是轻功，前两天他已来这里看过。这时只见他向众人点头一笑，对着祖庙再次叩头施礼，然后"噌"的一声跳起，如一只矫健的狸猫，转眼间就蹿到了宝塔的基座之上。接着手脚并用，如同壁虎，在陡立的石壁上斜向爬行。待到塔檐之下，又挺身一跃，连续两个空翻，稳稳落在第二层的塔檐之上。如此循环往复，不一会儿的工夫，迭剌已经攀到了塔顶。他伸出手去，取出那只藏在宝塔阁楼上的石匣，向众人挥手致意。然后数个空翻，如一只大鹰，"唰"地从天而降，轻轻地落在草地之上。众人观之无不拍掌叫绝，也令刘黑虎和他的部众们心服口服。

刘黑虎见迭剌有这般神功，取自己性命易如反掌，就算部众们一齐上阵，也未见是契丹人的对手，因此二话没说，连夜率领族人离开神山，又回到漠西去了。契丹的族人们欣喜若狂，奔走相告，从四面八方纷纷归来，部族又逐渐壮大。不久，东魏丞相高洋废帝自立，建立北齐，为了巩固北方的统治，笼络关外各部胡人，册封迭剌为契丹部大都督，统领关内外契丹各部。一时八方来投、兵强马壮。迭剌把后迁回的族人都安置在天堂草原，让他们在克什克腾的"平地松林"附近定居下来。由于多年远离战乱，这里俨然成了契丹人的世外桃源。

迭剌虽然返乡还俗，还当了契丹部落的大都督，但他时刻没有忘记师祖无竭和师父摩吉的教诲，念念不忘为贫苦的百姓解忧愁、做善事，因而备受部族上下的尊重。他把两位大师的神像供奉在始祖庙中，让子孙后代永远铭记。他把师父传给他的古佛舍利、鎏金禅杖封存在神山的古洞之中，用一块万吨巨石封住洞口。并亲手勒文相嘱，后世中若有人能移开巨石，打开洞口，即应安奉佛宝于浮屠，并为当然的部族之主。

迭剌活到九十九岁去世。后代子孙尊其为神，把他的石像同始祖们供奉在一起。虽然世代香火旺盛，部族长久不衰，但是也未再出现像迭剌这样的高人。因此，各部落的酋长和联盟的可汗，一直沿用祖制，公推众选。在契丹八部中，由于迭剌还俗后娶了慕容氏为妻，他这一支脉人丁兴旺，多年来一直以书剑传家，其谋略和武功在部族中首屈一指。因此平时保家护族、战时带兵打仗，始终是八部的军事首领。虽然未能连续被推选为可汗，却一直担任"夷离堇"一职。"夷离堇"意为最高军事长官，是仅次于可汗的权力最大的人。迭剌部由此在契丹八部中最大最强，"夷离堇"这一职务，也历来由该部的酋长们世袭罔替。

到隋唐时期，契丹部已经兵强马壮、威望素著，成为关外一个最为强悍的部族，其部落联盟的可汗先后被册封为"松漠都督"或契丹部大都督，总领关内外契丹部族事务。"松漠"即指克什克腾附近的平地松林，当时是契丹人的主要聚居地。唐太宗李世民东征高句丽，契丹人曾经出兵助阵、歼敌救驾，立下赫赫战功。唐玄宗李隆基后期平定安史之乱，契丹人也曾经做出过杰出贡献。著名的朔方军大将李光弼就是契丹贵族。唐代中后期，契丹的势力越来越大，已经在北方闻名遐迩。

第二回
逢乱世比武掌兵机
建奇勋公推继汗位

　　且说唐咸通十三年（872）春天的一个清晨，东方的天空刚刚露出鱼肚白，木叶山边的喜鹊们便登上树枝，"喳、喳、喳"地吵个不停。勤劳的牧民们被报晓的雄鸡叫醒，开始了一天的忙碌。男人们有的出去牧马，有的出去放羊。女人们则点燃灶中的柴草，熬牛奶、烤面粑，准备当天的吃食。散落的毡房旁，到处飘起扭动的炊烟，草原上弥漫着一股牛奶和花草混合的香味。轻风吹来，苏醒的小动物们开始觅食，不断传来叽叽咕咕的叫声，告诉人们喧闹的一日拉开序幕。

　　忽然，在草场上放羊的葛里大叫起来："快来看哪！那边着火了！快去救火呀！"牧民们循着他的喊叫声望去，果见在神山脚下祖庙东边，整个上空一片火光，如同烧红了半边天。牧民们放下手中的活计，从四面八方向那里跑去。到不远处才发现，那片红光来自于十几座高大的毡房，那是迭剌部夷离堇匀德实大人的家，他和他的五个儿子全都住在一起。族人们急忙拿上工具，提着水桶赶去救火。跑到毡房附近，才发觉没有浓烟，也没有大火，只闻到一阵阵扑鼻的异香，院子里也十分安静。众人正在诧异，忽见匀德实的妻子萧月里朵跑出门来，大声喊道："生了！生了！生下来了！是个大胖小子！"一边欢呼，一边乐得手舞足蹈。

　　这位匀德实大人是圣僧迭剌的六世孙，接替父亲担任夷离堇已经多年。他为人正直善良，处事平稳公正。武功高强，尤以箭法出众。威望素著，最善以德服人。

因此很受族人们的拥戴。

匀德实大人共有五子二女，均十分孝顺，又各自成才，在部族中口碑极好，可谓举家和顺、其乐融融。多般皆算如意，只有一事烦心，那就是这五个儿子先后生了九个女儿，竟无一个男孩。眼见得这个兴旺的大家庭后继无人，这让身为夷离堇的匀德实忧心如焚。全家上下到处求神拜佛，连部落中的牧民们也都纷纷跟着祈祷。

一年多以前，五儿媳撒拉古朵去医巫闾山上香，夜宿万古千秋寺（今青岩寺），清晨梦红日入怀，回来后发觉有孕，全家人乐得合不拢嘴。但是只见腹中起，不见胎儿生，一连十四个月没有动静，撒拉古朵急得寝食不安，家里人也跟着忧心忡忡。昨夜晚撒拉古朵忽感饥饿，连喝几大碗牛奶仍觉不饱。今早晨喜鹊一叫，她就疼得翻身打滚，大汗淋漓。匀德实的妻子萧月里朵闻声赶来，孩子已经降生。温暖的毡房里红光骤现，香气袭人。小家伙生得方面大耳、浓眉重眼、大手大脚、十分健壮，一边乱蹬乱踹，一边大声啼哭。那响亮的哭声极似鹰叫，招来数十只苍鹰在毡房外飞翔。萧月里朵欣喜万分，这才抑制不住地跑出毡房大喊大叫，向家人和乡邻们报喜。

族人们闻听喜讯，立即都笑逐颜开。葛里带头上前道贺："大人家喜添男婴，木叶山为之增彩。此乃苍天献瑞、大地呈祥，必能光我部族、造福草原，惠大德于万民也！"萧月里朵一边说着"同喜同贺"，一边向族人们答礼致谢。

这会儿忽听得一阵阵马蹄声响，夷离堇大人匀德实闻讯归来，一进院子就朗声大笑，一边作揖施礼，一边对众人说："本人年过五旬，方得孙子降临，一感祖宗庇佑之福，二感族人相助之德，在此先行谢过，改日置酒相待！"

这时候门帘一挑，匀德实五子撒拉地从毡房里走出来，满脸喜气洋洋地先给族人们行礼，然后请父亲给孩子起名字。匀德实抬头观看，见此时旭日东升，朝霞满天，长空中有九只彩凤飞翔，不远处有一群仙鹤起舞，草原上一派生机勃勃，院子里人们都面带微笑，于是略一思忖，对大家说："这孩子是他母亲梦日而孕，今天早晨他又是伴日而生，我看就叫阿保机吧！希望他能光照草原，为民造福！"阿保机是契丹语，意为"太阳神"，众人闻之齐声叫好。

阿保机不但生来健壮，一个月就会爬，两个月就能坐，三个月就会说话，六个月就能自己走路，而且天资聪明，反应极快。大人教什么，他就会什么，还能举一反三。三岁的时候，祖父匀德实特意从医巫闾山请来一位老师，名叫萧廷汝，能文能武，道德高深，教阿保机识字练功。老师给他起了一个汉族名字，叫作耶律亿，希望他把天下苍生都装在心里。在众多长辈的精心呵护和老师的悉心教导下，阿保机无论身体和学识都进步很快。孩子的成长可谓一帆风顺，充满阳光。

不料天有不测风云，人有旦夕祸福。唐乾符三年（876），正当阿保机五岁的时候，他们的家族厄运来临。迭剌部落的贵族耶律狼德，原本是匈奴人狼德部落的后裔，因为幼年时随母改嫁，来到这里，长大后膂力过人，武艺出众，成为夷离堇帐下的一员大将。此人因酗酒滋事、强奸民女，曾被匀德实从严惩处，割去左耳，故而怀恨在心，时刻想报仇雪恨、取而代之。如今见匀德实喜得贤孙，又春风得意，不禁恨得咬牙切齿，欲及早除之而后快。

一日他与几个心腹将领在一起喝酒，抑制不住愤愤地说："匀德实位高权重，祖辈传承，如今又喜得长孙，好事都让他们家占尽了！眼见得要永远把我们踩在脚下，这口窝囊气何时能出？真是气死我也！"

"是呀！真不公平！将军勇冠三军，威震草原，谁个不知、哪个不晓？凭什么夷离堇要他家世代相传？他们家谁是将军的对手？不过他们大权在握，该当怎么办呢？"一个叫达里的牙将附和着说。

"这有什么难的？"又一个牙将察戈接过来说，"如今匀德实已经老迈，把他杀掉不就完了吗？树倒猢狲散，他的那些部下又能怎么样？还不得见风使舵，拜倒在将军您的脚下？"

狼德猛地一扬手，喝下一碗烈酒，恨恨地说："此计甚好！正合我心。事不宜迟，我们就在今晚动手，杀他个措手不及，连窝端掉！"几个人计议停当，分头秘密准备去了。

当晚月黑风高，野狼低嗥，草原上笼罩着一种无名的恐怖。耶律狼德带着数百名兵丁，似一群黑色的幽灵，悄悄地包围了夷离堇大帐。他们以抓捕叛贼的名义，向这十几座毡房发动突然袭击。匀德实大人正在熟睡，被杀害在床榻之上。其长子库穆住在隔壁，听到动静出外察看，被隐在暗处的狼德上去一刀，砍为两段。次子岩木、三子偶思、四子释鲁住得较近，听到情况不妙便操起武器，掩护家人且战且退，均身中数箭而逃。阿保机在父亲撒拉地、老师萧廷汝全力掩护下，伙同族弟曷鲁和另两个堂弟，由庶祖母萧月里朵领着逃出重围，直奔龙山，到亲属塔雅克家中避难。塔雅克把四个孩子藏在地窖里，并派人出去打探消息。

且说耶律狼德杀害了匀德实一家，第二天便宣布自己担任夷离堇。族人们皆惧他阴狠毒辣，杀人如麻，都敢怒而不敢言。别的部落事不关己，无人过问。联盟可汗本应该主持公道，但见匀德实一家死的死、逃的逃，也不出来说话了。因而耶律狼德的阴谋顺利得逞。为了斩草除根、免留后患，他派出大队人马四处追杀。萧月里朵见这里也不安全，只好又带着四个孩子逃到军都陉北，在塔雅克的一个远房亲戚家藏下来。为了防止意外，她让阿保机的脸上涂满锅灰，穿上破烂的衣服，与曷鲁一起到山上放羊，这才躲过了一次又一次的搜捕，侥幸生存下来。

次年早春的一天，六岁的阿保机与曷鲁在山上放羊，突然遇到暴风雪。羊群被刮散后去而复归，阿保机兄弟二人却不见踪影。萧月里朵痛不欲生，想跳崖去死，被人拉住，但从此一病不起，抑郁而亡。

但是阿保机和曷鲁并没有死。他们被龙山圣母派人搭救，送到古佛洞跟随落伽师太习文练武。阿保机思念家人，几次要求下山，均被师太好言劝阻。九年的光阴过去，阿保机成长为一个身高九尺、威武雄壮、满腹经纶、武艺高超的少年。临下山之日，龙山圣母对他说："如今妖孽横行，天下大乱。北方部落纷争，灾害连年。众生蒙受苦难，百姓陷于水火。望你不负重托，统一各部，善待黎庶，造福草原。"阿保机含泪应允，再三叩首，与曷鲁拜别了龙山圣母和落伽师太，下山去了。

自从耶律狼德杀害了匀德实，窃据了夷离堇这一职务之后，胡作非为，横行霸道，简直把迭剌部变成了人间地狱，而他就是这里的活阎王。他整天什么正事都不做，除了喝酒，就是赌钱，吃饱了喝足了还要找美女侍寝。谁若是敢说半个不字，立即全家问斩。在本部落折腾够了，还经常去别的部落杀人放火，抢劫钱财。有一次居然闯入乙室部酋长家里，强奸了人家的妻子和女儿。酋长们实在忍无可忍，但单打独斗又都不是狼德的对手，于是齐聚在蒲古只家里，商议对策。

蒲古只是匀德实的前任夷离堇，虽然须发皆白年过花甲，但是身体硬朗头脑清醒，在部族中是位德高望重的长者。他听完了酋长们的痛诉，捂着胡须慢悠悠地说："那你们打算怎么办？"

乙室部酋长拔黑愤愤地说："耶律狼德就是个人间禽兽、部中恶魔，他罪大恶极、死有余辜！他再勇猛，只要我们七部联合起来，也能够将其击败、擒而杀之！这口气我再也憋不下去了！"

拔里部酋长撒古拉说："你说的办法虽然可行，但那得有多少人流血呀？还是稳妥一些的好！"

遥辇部酋长古不里说："不如我们也搞次夜袭，乘其酒醉擒而杀之，可保万无一失。"说完眼睛望着蒲古只，希望得到他的赞同。

蒲古只听完微微一笑，依然摇了摇头，接着胸有成竹地说："耶律狼德本非我始祖后裔，来此后一直就包藏祸心。如今又谋杀部主，残害族人，早就该死！但合兵围歼虽能成功，势必造成狗急跳墙，族人流血，此计不值；夜里偷袭固然可取，但唯恐节外生枝，漏掉余孽，此计欠周。我观狼德虽然得势，但死心塌地的狐群狗党不过数人，只须如此这般，便可一网打尽！"说着蒲古只低下声来与众人耳语，酋长们听后皆喜笑颜开，纷纷赞同，于是分头准备去了。

次日清晨，蒲古只派人送信，说去伊犁贩马得一美女，不敢擅动，想献予夷离堇大人，邀他过去喝酒，就便相看。狼德见信喜出望外，欣然答应前往。待信使走后，心腹牙将哈里不劝道："蒲古只虽然年过花甲，但是老谋深算、城府极深，多少年与大人素无往来。如今突然邀请，岂非有诈？还是不去的好！"

但是另一牙将刘文琛说："大人威势，何人不知？如今各部顺从，不日即登汗位。老家伙见风使舵、主动示好，也是世之常理、人之常情，有什么去不得？何况敬献美女，乃是天大喜事，不但大人要去，我等也借光开开眼哪！"

狼德听了极为高兴："这话对我心！去、去、去！大家都去！区区老朽，有何惧哉？我们就都去喝他一顿。你们也帮我看看新夫人嘛！怎么样？"说完众人一阵大笑。

巳时刚过，狼德带着十几名心腹将领，耀武扬威地来到蒲古只的营帐。见仆人们杀牛宰羊，正在忙碌，心中十分欢喜。还没等走到门口，蒲古只就迎出帐外，满脸赔笑，寒暄数句后，即请狼德等人入席。

酒过三巡，菜过五味，蒲古只恭敬地说："大人武功盖世、才干超群，威望著于草原，必为部族之主。如此英雄人物，当有美女相伴，方能夫唱妇随、无上荣光！"说罢请仆人唤义女如嫣过来相见。

门帘一挑，香气袭来，一位白衣少女翩翩而至。粉面桃腮似蓓蕾初绽，腰肢款扭如风中百合。狼德见之，果然是天姿国色，一时情醉神迷、目不转睛。他那帮部下牙将也一个个丑态百出、垂涎欲滴。蒲古只见了暗自好笑，大声说道："大人如果中意，三日后就请过门为妻。今日就先让小女敬酒一杯。"说罢以目示之。如嫣接过侍女手中酒壶，羞羞涩涩，脸色微红，轻移莲步，慢抬玉手，给狼德和每位牙将都倒上一杯美酒，然后说道："请大人和各位将军慢用，小女告辞。"说罢回房去了。燕语莺声，珠圆玉润，佳人虽去，余音若存。那狼德眼睛依旧盯着门口，还没有回过神来。蒲古只趁机起身相劝，众人皆不假思索，遂一饮而尽。

待狼德收回目光、放下酒杯，刚刚坐下来，便觉腹中燥热、浑身无力，眼睛模糊，脑袋发晕。他略一愣怔，晃动一下肩膀，这种感觉愈发严重。待看部下之人，已皆倒在席上，不觉心中大惊，以手指之："你……你……怎么？"

蒲古只站起身来，朗声说道："你什么你！你是个该杀的畜生、待宰的蠢驴！你的末日到了！"说罢酒杯一摔，十几个壮士闻声冲了进来，三下五除二，把狼德及其同伙通通捆了起来，绑在大帐外面的拴马桩上。

这时，各部酋长带着大队人马，已全聚集在大帐之前。牧民们闻讯赶来，毡房外人山人海。蒲古只登上高大的篷车，命萧廷汝宣布狼德十大罪状，然后七名酋长一齐动手，将狼德及其部下乱箭射死。草原上立时欢声雷动。

除掉狼德以后，迭剌部酋长空缺，蒲古只召集部中"十老"聚会商议。因为匀德实及其长子库穆均已被害，众人一致同意其次子岩木继位。岩木此时尚在库莫奚部避难，被众人迎回后，主持部中大计，不到一年，就因箭伤复发而死。众人无奈，又推举匀德实第五子、阿保机的父亲撒拉地继位。

撒拉地不负重托，临危受命。他带领族人们开荒种地，发展畜养，兴建作坊，开办榷场（交易市场）。又去伊犁贩运良马，去中原换取甲仗，很快使迭剌部从混乱走向复兴，重新成为契丹最为强大的部落。

两年以后，撒拉地的三哥偶思、四哥释鲁从漠北归来。撒拉地不听萧廷汝的劝阻，把酋长和夷离堇的位置让给了三哥。偶思继位后不到四年，生病而卒，又把位置传给了释鲁。

释鲁是个能力很强但是野心很大的人。他担任夷离堇以后，不顾蒲古只和族中"十老"的强烈反对，不断对外用兵，掠夺来大量的奴隶、财物和牛马。他让奴隶为自己开荒种地、饲养牲畜、建筑城堡和开设作坊，财富迅速增长，实力急剧壮大，不但超过了历代夷离堇，而且凌驾于联盟可汗之上，招致了酋长和贵族们的普遍嫉恨。萧廷汝多次劝他不听，遂在一月夜不辞而别。

释鲁为了保护自己的财物和人身安全，实现未来统驭部族的政治野心，他亲自主持，在草原上招募了一千名武林高手，成立了一个亲兵大队，名曰"挞马"。这支队伍不但人人武功高强，而且坐骑均是清一色的西域良马，甲仗兵器也都是专门打造的精品。为了有效地驾驭这支铁军，他还专门在木叶山下设擂，想招选一名顶尖高手为"挞马狘沙里"，意为亲兵队长。而这个擂台的擂主，就是他的儿子滑哥。

滑哥自幼健壮，体力超常。三岁时便被送到海棠山（今辽宁阜新境内）岫云寺，跟随回鹘高僧扎西旺堆习武。如今虽然只有十四岁，却已经长得身高八尺，膀大腰圆，具有万夫不当之勇。奈因年龄尚小，况又缺智少谋，释鲁恐其被人利用，因之虽有勇力，但却不敢用之，只让他做擂主选人。如今设擂七日，滑哥已战胜了四十八名对手，其中有七名被他踢下台去摔死。此时气势正盛，尚且无人能敌。

那天恰好阿保机和族弟曷鲁奉师命下山，回归故里。两个人骑着快马，风尘仆仆赶到本部大营时，已近傍晚。这时只见神山下人流涌动，牧民们一边走一边议论："如今设擂七日，无人战胜滑哥，看来这'狘沙里'非他莫属了！""那倒不一定！释鲁大人若是想用他，怎么还会设擂？""哎！真是千军易得，一将难求哇！""我们回去吧！下边没戏了！"

二人听着大家的议论，逆着人流走进大校场，只见在北面高大的擂台上，滑哥正在来回走动，大声喊叫："时已七日，天近黄昏，若再无人上台，小爷我可要收场了！"他二目四望，见仍无动静，复又大声说道："可叹这巍巍神山、茫茫草原，竟然多是怕死之辈，无人敢来挑战我也！罢、罢、罢！回家去也！"说罢哈哈大笑。

阿保机一路走来，早已听得明白，但他未见家人，不想生事，便牵过马匹，转身想走，却发现曷鲁已经不见了。抬头一望，见曷鲁已稳稳站在擂台之上，不由得心中一急，赶忙牵着马匹走了过去。

原来曷鲁是个直性子、犟脾气，虽然说话有些口吃，但是人却相当仗义。他气不过滑哥那种盛气凌人、目空一切的样子，于是没有同阿保机打招呼，便跳上台去。这时就听见他说："列、列位乡、乡邻们，我叫曷鲁，是咱迭剌部的后、后人。我说滑、滑哥，你他牛、牛吹得是不是太、太大了？你敢、敢与我比、比试、试一下吗？"

滑哥虽与曷鲁是同部落中人，但由于两人从小便都在外边学艺，如今多年不见，已经互不认识。听了曷鲁的自我介绍，不禁抚掌大笑："这眼瞅着就要天黑了，天没打雷、地没下雨，咋从哪里钻出个磕巴来呢？你是吃错药了，还是睡转轴了？这里是擂台！你来送死吗？"

"送、送什、什么死、死？你才吃、吃、吃错药、药了，睡、睡、睡转轴、轴了呢，尽、尽、尽吹牛、牛，说大、大、大话！你赢、赢得、得了我、我吗？"曷鲁一着急，憋得粗脖子红脸，结巴愈发严重。

滑哥一听，怒火万丈。别说这几天没人敢上台这么说话，就是这么多年来，全部落上下谁不对他敬畏几分？哪来的这么个混小子，敢如此放肆？看来不打疼他，他是不知道我的厉害。想到此处，不禁恨从心头起、恶向胆边生，大喊一声："这可是你自找的呀！"说着挥拳向曷鲁打来。

别看曷鲁长得粗莽、嘴上发笨，但是头脑灵活，反应极快，身手矫健，功夫非凡。此时见滑哥出拳打来，急闪身躲过，同时飞起一脚，向滑哥肋下踢去。两个人一来一往，在擂台上大战起来。引得台下的观众去而复返，叫喊声此伏彼起。

滑哥与曷鲁拳来脚往，大战五十多个回合未分胜败。但所有人均已看得明白，曷鲁明显更高一筹。只见他腾挪闪跳，敏若猿猴，踢击踹打，快如疾风。尽管滑哥拳大力沉，攻势凌厉，但皆被曷鲁轻易化解，时不时还瞅准空当，在滑哥的背上轻拍一掌，或在滑哥的两肋处送上两拳，似乎是在耍戏对手。气得滑哥哇哇怪叫、歹意顿生，在一个直拳、又一个飞腿之后，趁曷鲁躲闪之机，"嗖"地从怀里掏出一包白灰，"唰"地向曷鲁迎面掷去。曷鲁不知何物，一脚踢出，刹那间白雾弥漫，眼前模糊。滑哥乘势一脚，将曷鲁踢下台去。观众"啊"的一声，如潮水般散开，心想这少年必死无疑。

就在曷鲁从台上落下的一瞬间，说时迟，那时快，只见一人"嗖"的一声，如一只苍鹰从斜向飞来，把即将落地的曷鲁接住，顺势蹿出去两丈多远，然后轻轻站定。观众皆深深地松了一口气，细看之时，才发现救人者也是个雄壮的少年。

那少年见曷鲁无事，没等别人问话，"嗖"的一声蹿上擂台，先向台下观众拱手致意，然后转过身来对滑哥说："我说兄弟你也太不讲究了！武林中人虽然比的是功夫，但讲的是道义。你怎么能出阴招，险些害了我兄弟的性命？这等武德和胸襟，怎配来当擂主？又怎能做得'挞马狨沙里'？"

滑哥上下打量了一下，见此人虽然身手不凡，但出言如此犀利，不禁恼羞成怒，鄙夷地笑道："你是什么东西？敢来管此闲事？我用什么招法，那是我的自由！有本事你来试试，一样把你扔到台下去！"

阿保机一听乐了："呵！呵！没看出来，人不大牛不小。这样吧！咱俩在台上画个圈儿，面对面地站着，我让你随便出招。如果你在二十招之内，有一招碰到我身上，就算你赢。如果在二十招之内你赢不了，我一定把你扔到台下去！"

滑哥一听也乐了："咳！咳！来了个比我还敢吹的！难道会把我吓住吗？少爷我在海棠山跟大师学艺那会儿，你在哪儿呢？跟我打，你还得学着点！"说着命监擂人在台上用白灰撒了个圆圈，首先跳进圈内，含笑对着阿保机一招手："来吧！吹牛的家伙，看你怎么把我打下去！"

阿保机也笑着走进圈内，与滑哥对面站定，两个人中间只有一步远的距离。滑哥说："你说话算数？我可以出手了吗？"

阿保机还是微微一笑："怎么不算数？来吧！有什么绝招都使出来，尽管往我身上招呼！"说罢抱臂站定，心平气和。

滑哥被阿保机的傲慢激怒了！他二目圆睁，虎眉倒竖，牙齿咬得"咯崩、咯崩"直响。与阿保机对视片刻，忽然左手出拳，向阿保机面门砸来。同时右手却变拳为爪，向阿保机的下腹掏去。顺势右腿跨前半步，左脚飞出，踢向阿保机的裆部。转眼间三招并进，招招致命。滑哥心想，不信我击不中你！没承想阿保机敏似猿猴、矫如飞鹰，上躲下闪，身躯外移，像闹着玩似的，让滑哥扑了个空。

滑哥一击不成，又生诡计，"啪、啪、啪、啪"连出十几招。尽管他使尽了全身解数，但阿保机忽而躲闪，忽而跳起，忽而绕到滑哥的身侧，忽而藏在滑哥的背后。直累得滑哥大汗淋漓、气喘吁吁，却根本碰不着阿保机的身体。眼见得二十招过去，被阿保机绕到背后，抓住腰带，掐住脖颈，"嗖"的高高举起，在擂台上转着圈儿。滑哥此时背朝下脸朝上，四肢晃动着大吼大叫，活像一头待宰的肥猪。惹得台上台下一阵大笑。滑哥恼羞成怒，悄悄拔出腋下短刀，向阿保机的胳膊扎去。台下观众看得清楚，有人大喊道："哎呀！坏了！又出阴招了！"

阿保机早已瞧在眼里，轻蔑地一笑说："好小子！算你狠！下去吧！"一扬手，将他奋力向台下掷去。那滑哥像个巨大的口袋，带着风声向台下砸来，眼见得即将落在地面之上。

在这个节骨眼上，只听有人高喊："壮士息怒！快救我儿！"也不知阿保机是真的闻言相救，还是事先就有准备，反正他飞身而下，在滑哥即将落地之际，一伸手抓住滑哥的腰带，就势轻轻摁倒，笑着问道："服气吗？"

还没等滑哥答话，方才那位高喊之人已到跟前，一伸手将滑哥拉起。阿保机扭头一看，见来人高大魁伟，长髯飘飘，面似淡金，二目如灯，眉宇间透出睿智，平静中显示威严，慌忙跪倒叩头，礼拜不止。

那来人双手扶起阿保机："壮士何人？如此身手，真是少年英雄，让我钦佩不已！"

阿保机再拜施礼："四伯在上，请受侄儿一拜！我是阿保机呀！"

"你是阿保机？十来年没见，都长成大人了！你什么时候回来的？怎么会与滑哥打起来？他是你的堂弟呀！"夷离堇释鲁不解地问道。

阿保机歉意地说："我也是刚刚回来。是滑哥先打了族弟曷鲁，险些把他摔死，又口出狂言，亵渎神山，侄儿才上台出手的。不过是想吓唬他一下，怎么会伤他性命？"一边说着话，一边亲昵地拉过滑哥，满脸赔笑。

滑哥这才细细端详，方知确是堂兄阿保机。虽然有些羞愧，但是心中不服。

释鲁则大喜过望："贤侄已失踪多年，家人皆以为遇难。没想到长大成人，还练得如此本事，真乃我家族之幸、部落之福也！我看这'挞马狘沙里'的职务非你莫属。来人哪！带宝马和金刀来，我要当场赐马赠刀！"

滑哥一听，"扑通"跪下："父亲容禀，孩儿不服。阿保机初回乍到，怎么见得就比我强？我要与他再比武！"

释鲁双手扶起滑哥，爱怜地说："我儿设擂，多日辛苦，为父心中有数，自会善待于你。但你还和他比什么呀？我在台下看得很清楚。人家让你打，你都打不中，还被人家扔下台来，功夫差的不是一点儿半点儿。若不是人家出手相救，你早已摔得鼻青脸肿，还有什么必要再比试？"

滑哥摇摇头说："这一场能说明什么呀？他不过是灵巧一点儿罢了！我要与他比弓箭！"滑哥自以为膂力过人、箭法精绝，是草原上一流的好手。因此不等父亲点头，即命人取来弓箭，摆好阵势。随即转过头来对阿保机说："怎么样？你敢吗？你若是再赢了我，我便服你！"

阿保机看了四伯一眼，见释鲁未置可否，明白他也是想看看自己的真本事，于是依旧笑着对滑哥说："比吧！有什么不敢的！大不了输了便是，你先来吧！"

滑哥挽起袖子，在校场中站定，让人将靶标放在二百步开外，然后连发三箭，皆中靶心。众人一看，滑哥用的是三百斤以上的硬弓，又是这么远的距离，不免都替阿保机有些担心。滑哥则拍拍两手，向阿保机轻蔑地一笑，心里说，看你的了！看你怎么赢我？！

阿保机又用目光征询了一下四伯的意见，见释鲁点头默许，这才走上前去。他拣起木桌上的那几张弓掂量了一下，随后似很不经意地挨个拉了拉，不想那四张硬弓"啪、啪、啪、啪"，全部折断，像刚被腰斩的一堆死蛇。众皆大惊失色，这可是三百斤以上的硬弓啊！一般的武将都拉不开，这少年的力气也太大了！"了不起呀！""天神下凡了！""这下可好了！""草原有救了！"一时议论纷纷。

释鲁见状也是心中一惊：这位侄儿可真不简单啊！这几年一定是得了高人的真传，练成了超凡的绝技了！真是天助我也！该着我释鲁成就大业呀！他心里想着，不由得一阵高兴，随即吩咐下人："快取家传的宝弓来，也许我的侄儿用着才能顺手！"

不一会儿，两名亲兵打马而回，把宝弓捧至释鲁面前。释鲁转过头来对众人说："这把宝弓乃精铁所制，是当年九世祖迭剌仿照始祖古藤雕弓的力道，亲自精心打造，曾经使用多年。他归天后即传给后代子孙，是我们迭剌部落的传世之宝。但是多年来还无人能够拉开，因此一直放在大营。今见贤侄神力，自当开试此宝，以光宗耀祖、兴我部族也！"众人欢呼雀跃，皆欲一饱眼福。

阿保机情绪激动，一种神圣的使命感油然而生。他走向前去，跪接宝弓，向着祖庙的方向三叩首，向着四伯释鲁叩头致谢。然后拿起宝弓，搭上长箭，让人再将靶标远移一百步，气定神闲，轻松自如，连发三箭，皆中靶心。全场欢声雷动，众人赞羡不已。

释鲁见状大喜，亲赐汗血宝马、祖传金刀，并将那张传世宝弓授予阿保机使用。当着上万部众的面，当场宣布任命阿保机为"挞马狨沙里"，率领所有亲兵，直接归他调用。就这样，阿保机尚未走进家门，就阴差阳错，当上了迭剌部落的亲兵队长。滑哥羞得无地自容，悄悄地溜走了。曷鲁则跑过来向阿保机道贺，然后两个人兴高采烈地向家中走去。

撒拉地此时已经因病去世，阿保机与祖母和母亲见面。两人又惊又喜，拉着阿保机的手看不够、说不完。次日清晨，阿保机祭拜过祖父和父亲的陵墓，便带着曷鲁到亲兵队上任去了。他按照自己的方法训练士兵，很快使亲兵队成为一支能征善战的铁军。

释鲁组织亲兵队，名义上保家护院、维护安全，实际是为了壮大实力，当上可汗，统一各部，雄霸关东。在阿保机就任狨沙里不久，即命他带兵北讨室韦、乌古，南征奚、霫等部。年轻的阿保机从此转战关东，栉风沐雨，攻无不克，战无不胜，充分显示了他非凡的智慧、卓绝的武功和出色的指挥才能。

室韦部族当时在平地松林的东北一带游牧，是古代蒙古人的一支，拥有众多的牛马和强大的武装力量，与周边部落经常发生冲突。契丹人虽恼其多年来骚扰边境，但从未敢对其轻易用兵。阿保机奉命征讨之后，知其军力胜己数倍，不宜正面对阵，于是决定智取。他只带五百铁骑在傍晚出发，于次日凌晨以后到达室韦营地。十月的天气，昼暖夜凉。室韦部首领巴音图昨晚酒足饭饱，正拥着小妾酣睡，震耳的鼾声传到帐外。营地里一片静悄悄，连个巡哨的都没有。阿保机率众如神兵天降，毫不费力地就摸进大帐，将熟睡中的巴音图生擒活捉。将近天亮，又假传其将令，命其部下到大帐议事，将室韦部骨干三十多人一举拿获。巴音图久闻阿保机大名，吓得哆哆嗦嗦，乖乖写下降书顺表，送上若干礼品。阿保机未伤一人，率众凯旋。

奚族部落原称库莫奚，多年居住在潢水以南、白狼河（今辽宁大凌河）以北，是契丹人的近邻，始终过着亦农亦猎的生活。历史上奚族曾比契丹强大，但大多数时间是归附于契丹。匀德实被害以后，狼德几次进攻他们，奚族人遂断绝了与契丹的往来，不再向契丹臣服纳贡。释鲁此举是想再次收服他们。

阿保机率队来攻，奚族人早有准备。两军对阵，奚族首领和朔鲁说："两族和好，已历多年，何故无端兴兵，欺侮弱小？岂非逆天而行，自取其辱？"

阿保机朗声答道："酋长之言虽对，但未解我主之心。契丹与奚人两家，祖上即为亲邻，多年友好往来。过去虽曾骚扰，此皆狼德之祸。如今叛逆伏诛，何不重归于好？"

和朔鲁接着说道："打仗就要死人，谁愿擅动刀枪？我闻将军乃武功高人、当世英雄，据说箭法精绝、天下无双，可否当场一试，让我也一饱眼福？如若能射中我军旗杆，本人自当率众归顺，不知意下如何？"

曷鲁此时正立在阿保机的身旁，向南望去，见两军距离应在三百步开外，那面奚人帅旗的旗杆影影绰绰，如同一根细线。恰好这天又是南风，逆风发箭，距离又远，阿保机箭法虽然高超，却也未必有十分把握。因此曷鲁有些担心，向阿保机摇了摇头。

阿保机与曷鲁对视，已解其意，笑了笑说："贤弟尽管放心，你就瞧好便是！"说罢向和朔鲁大呼曰："既是酋长大人想看，那么在下就献丑了！我不但要射你的旗杆，还要射你的盔缨！"说完拿过铁弓，搭上长箭，"嗖"的一箭射去。只听得"嘎巴"一声，奚人的旗杆应声而断。和朔鲁惊魂未定，又听"嗖"的一声，一箭又到，头顶上那根雉鸡翎"唰"地落在地上，像一只被击中的飞鸟。吓得和朔鲁冒出一身冷汗，好半天才颤声说道："将军神箭，古今皆无，在下心服口服，情愿重归于好。"当下决定向契丹臣服纳贡。阿保机不动一刀一枪，就征服了奚族部落，令族人赞不绝口。

雷族也是东胡的一支，应当属于宇文部鲜卑人的后裔，虽然只有数万部众，但也是个独立的小邦，同样是契丹人的近邻，生活在平地松林的南部、燕山山脉的北部。得知奚族人被契丹征服，霫族酋长多挪罗派人送信，邀请阿保机只身前往，当面和谈。曷鲁、达也等将领皆劝阿保机勿去："万一中了霫人的圈套，悔之晚矣！"

阿保机笑着说："霫人与我无仇，怎会无端害我？我若不去，先失诚意，两部往来，何以服人？"遂只身前往。过枪林铁阵，昂然而入，会霫族部众，侃侃而谈。令酋长多挪罗等人心服口服，十分敬畏，遂慨然归降。

一连串的胜利使阿保机名声大振，更使释鲁大人实力骤长，身价百倍。他不满足于获得的奴隶和财富，他要逐步实现自己的梦想。于是他强迫可汗同意，设立"于越"一职，总揽八部军政大事，等于把可汗完全架空。八部酋长畏其威势，唯其马首是瞻。释鲁把迭剌部夷离堇一职让给了族弟奄古只。但此时夷离堇只剩下个空名，变成了完全听命于释鲁的一个闲职，并无实权。奄古只心中不满、怨气冲天，逢人便讲，不久被释鲁撤掉，换上了奄古只的弟弟辖底，但辖底也是有怨在心。

释鲁独掌大权，盛气凌人。部族中大小事情悉听他来决断，引起了契丹贵族们的强烈不满。老辈夷离堇蒲古只的后人们势力很大，他们聚集在奄古只的家里进行密谋。滑哥由于释鲁重用阿保机，由怨生恨，也来参与，并首先提出趁其父打猎之机，进行暗杀。奄古只、辖底和萧台晒等人认为可行，遂分头秘密准备去了。

由于有滑哥提供准确消息，这伙人对释鲁的行踪了如指掌。不久，在释鲁到祥古山打猎的途中设伏，将释鲁及其部下二十余人全部乱箭射死。这伙人害死释鲁之后，趁势聚集起两万多人马，以清除余党的名义，企图一举杀死可汗，夺取部族的最高领导权，气焰十分嚣张。

痕德堇可汗闻报大惊，急召阿保机带兵平叛。阿保机回营以后，刚刚召集起部分人马，就见叛军打着灯笼火把，嗷嗷怪叫，已经蜂拥而至。阿保机整顿队伍，手持大棒，立马营前，挡住去路。

耶律辖底一马当先，挥舞着马鞭大呼曰："释鲁罪大恶极，现在已被诛杀。我们要废掉可汗，另立新主。阿保机你少不懂事，虽然为虎作伥，念你年龄尚小，可以饶你性命。但你要把路让开！否则刀剑无情，难免一死！"

阿保机仰天大笑："无耻叛逆之人，不知天高地厚！谋杀族中长辈，还敢妄言废主，真是不知死活、罪不容诛！谁敢上前，我让他碎尸万段！"

萧台晒嘿嘿一笑，鄙夷地说："知道你阿保机有些本事。不过就你这数百人马，能挡住我两万大军？真是不自量力、自己找死！"

曷鲁在阿保机身后接过话来说："你、你、你才不、不自量、量力呢！我、我们人、人少，可、可、可以一当百，你们人、人、人多咋、咋地？乌、乌、乌合之、之众！不、不、不堪一、一、一击、击也！"

奄古只轻蔑地说："你个半拉舌头，少说两句吧！下辈子别磕巴了，我都替你难受！弟兄们，别跟他们废话了！给我冲，剁了他们！"说罢长枪一摆，率先冲了过来。

阿保机见状，双腿用力，大喝一声，那匹汗血宝马"嗖"的一下蹿了出去，如一片红光，"唰"的就飞到了奄古只的跟前。还没等奄古只反应过来，阿保机已经伸出右臂，一扬手，将奄古只从马上抓起，向身后抛去。奄古只如一只扎嘴的口袋，"扑通"一声落在地上，立刻摔得半死，不省人事。

这一瞬间发生的事情让辖底等人有些发蒙。就在他们一愣神的工夫，曷鲁带着亲兵们一声呐喊，冲了上去。阿保机迎面与辖底相遇，一棒把他的长枪磕飞，又一棒将其战马砸死。滑哥在背后放冷箭，想暗算阿保机，被曷鲁发现，伸手抓住，复奋力射回。滑哥急忙躲过，却射中了萧台晒的左臂。阿保机趁机大喝一声，如同炸雷，吓得萧台晒掉头就跑。部下将士们伤的伤、跑的跑，遂放下兵器，一哄而散。阿保机率众一阵猛追，将辖底、滑哥和萧台晒等人全部活捉。

次日上午，痕德堇可汗召集酋长们聚会。众人一致同意，将叛乱为首者辖底和萧台晒处以极刑。辖底以随身所带珠宝贿赂狱卒，当晚携其子逃往渤海。奄古只因为被摔成重伤，入牢关押。滑哥哭哭啼啼，百般求饶，说自己是上当受骗，悔恨不及。众人念其是释鲁之子，格外开恩，流放漠北，免其一死。其余胁从全部释放。

阿保机因为平叛立下大功，被一致推举接替释鲁，担任于越一职。但年轻的阿保机极其明智，他知道目前还不是自己出头之日，乃力辞之。并诚心推荐德高望重的遥辇部酋长赫底里为于越，他只做迭剌部的夷离堇，受到酋长们的一致赞许。一年以后，赫底里自动辞职，把位置让给阿保机。阿保机遂被推为于越兼夷离堇，执掌军政大权，成为契丹部族的实权人物。

阿保机担任于越以后，被痕德堇可汗任命为大将军，专司征讨之事，不断对外用兵，从而进一步增长了他的才干，树立了他的权威。

唐朝天复二年（902），阿保机率军攻打代北（今山西代县西北），连下应、寰、朔三州九城，掠夺人口二十多万、牛羊上百万头、财物一千多车北还。

唐朝天复三年（903）春，阿保机率众东伐女真，在长白山麓浑河岸达，大败女真三部，掠夺三百多帐奴隶、几十万头牛马。

同年九月，阿保机带兵攻打唐朝河东怀远军（今宁夏银川）大营，连下河东十几县。接着挥师东南，越过太行山直达蓟北，如入无人之境。一路俘获奴隶二十多万人，全部安置在龙化州（今内蒙古昭乌达盟老哈河与敖来河之间的八仙筒一带）筑城居住，拱卫边疆。

　　唐朝天祐元年（904）九月，活动在锡林郭勒东部的黑车子室韦部又举兵反叛，烧杀抢劫契丹北部地区。阿保机奉命率兵清剿。黑车子室韦部首领巴特尔畏惧阿保机，派人向唐朝求救。唐朝卢龙节度使（治所今北京地区）刘仁恭发兵数万，由其义子赵霸率领，出蓟城奔燕北，从南部攻打契丹，以解北部黑车子室韦之围。

　　阿保机闻讯以后，命族弟曷鲁率两千人马，监视北部巴特尔人马的动向，自己迅速挥师南下，迎击唐朝的援军。事有凑巧，路上截获了赵霸派往室韦的信使，了解了唐军的意图。于是阿保机用重金收买了室韦人牟里，派他到赵霸营中，诈称巴特尔接到书信以后，派其到彼处给唐军带路，同时奉上巴特尔亲笔回信以及白璧一双、大珠一对。赵霸深信不疑，遂在牟里的引导下，率军来到桃山东麓，进入阿保机事先布下的口袋阵里，被契丹伏兵万箭齐发，射杀大半。接着又被阿保机率领的骑兵冲下山来，彻底击溃，赵霸被擒。阿保机率军马不停蹄，连夜北进，与曷鲁合兵一处，突袭黑车子室韦，一口气将其撵到漠北。从此，契丹北部边疆乃平，阿保机也以善于用兵闻名天下。

　　阿保机的族弟曷鲁虽然结巴，但是相当聪明，趁机大造舆论，说阿保机是太阳神转世，是玉帝派下来拯救万民的天兵。一时一传十、十传百，很快就传遍了整个草原，这使许多目睹阿保机非凡才能的人深信不疑。

　　唐天祐三年（906）十二月，契丹联盟可汗痕德堇去世。临终之前，他当着八部酋长的面，推荐阿保机继承汗位。阿保机假意推荐辖底，但辖底自愧不如，遂反过来荐举阿保机，各部酋长也一致同意。阿保机得以在众人公推之下就任汗位，成为契丹部族和军队的最高统帅。这一年他已经三十四岁了。

第三回
两面周旋拓土开疆
三次平叛称帝立国

耶律阿保机就任联盟可汗以后，虽然部族中的事务千头万绪，但他清醒地认识到，巩固统治地位才是头等大事。于是上任伊始，他就召集心腹弟兄们在大帐聚会，为他出谋划策。

族弟曷鲁不仅忠心耿耿，而且足智多谋。他首先对阿保机说："自契丹各部族统、统、统一以、以来，可汗一、一、一职一直、直由八、八部酋长公、公、公推众选，而、而、而且每三、三年必、必须进、进行一次。弄、弄得哪一、一、一任可、可、可汗也当、当不太、太长，谁、谁、谁也没、没有长、长远打、打算。同时酋、酋长们、们的权、权力也太、太大了。这是我们契丹多、多、多年来大、大、大而不、不强，统而不、不坚的根、根本原因。如、如、如今兄长继、继位，虽、虽然暂、暂时风、风平浪静，但各部的酋长们未、未必真、真心信服。在我、我们迭剌部落内、内部，辖底和、和滑哥先、先后从外、外地跑、跑回来，又、又、又聚集了一股很大、大的势、势力。这些、些人心、心怀异、异志，早、早、早晚会、会寻机闹、闹事。因、因此，兄长要、要弘扬祖、祖宗大、大业，实、实现心中理、理想，不但、但需要有、有个长、长远打算，而、而、而且时、时刻要当、当、当心哪！"曷鲁急得直翻白眼，憋出一头大汗，惹得众人哄堂大笑。

阿保机闻之频频点头，赞同地说："贤弟之言，正合我心。但是我们应当如何去应对呢？"

汉人幕僚韩延徽接过来说："方今唐室衰微，诸侯肆虐，中原战乱频仍，争斗不止。朝廷和藩镇们无暇北顾，正是我契丹大展宏图、一统关东之良机。曷鲁将军所言极是，大汗当先安内以稳宗庙，再攘外以扩疆土。如此则祖业可弘、大事可成矣！"

阿保机闻言大喜："韩大人纵论天下，如唠家常，真吾之良师也！不知当何以安内？怎样攘外？还望大人教我！"

韩延徽并不谦让，捋着胡须接过来说："多年来联盟可汗一职，一直出自于遥辇部落。今由大汗继位，虽然有痕德堇可汗临终推荐，但其他贵族肯定不服。我们可以有意抬高他们的身份地位，安排其头面人物担任重要的职务，使他们觉得虽然失去汗位，但仍然高踞于其他部落之上，使其心理趋于平衡，这是其一；分政权于各部落，授高官于各酋长，使之各司其职、利益均沾，这是其二；握重兵于己手，练铁军于战前，设御营护左右，任心腹为统领，这是其三。此乃安内固本之良方也！望大汗深思。至于攘外之事，则需要窥伺良机、顺其自然，待时而动即可也！"

韩延徽这一番话，深思熟虑，胸有成竹，令众人十分佩服。阿保机高兴地抚其背曰："大人真乃张良再世、孔明重生，实为我始祖之德、部族之福也！"众皆点头赞同。

韩延徽乃河北涿鹿人，自幼饱读诗书，稍长满腹经纶，是晚唐天复年间的进士，曾受命担任陕西始平县令。后来因为回家侍奉病母，投奔了唐朝幽州节度使刘仁恭，被聘为府衙幕僚。当时刘仁恭与河东节度使李克用常有摩擦，为了找个帮手，壮大实力，便想与契丹结盟。因为韩延徽通晓契丹语言，因此刘仁恭就派他为使，到契丹去商讨有关事宜。

韩延徽奉命出使契丹，来到大帐后长揖一礼，立而不跪，遭到众多将领的呵斥。阿保机当时还是夷离堇兼于越，他见韩延徽气宇轩昂，仪表不俗，并没有生气，只是笑着问道："你既然奉命为使，当懂得邦交礼节，却为何立而不跪？如此傲慢无礼，怎能完成使命？"

韩延徽在中原时早闻阿保机大名，知其是个人物，但不晓得胸襟怎样、气度如何，便想试探他一下，于是朗声答道："我闻古之具礼者有四：一拜君王、二拜父母、三拜尊长、四拜神灵。这四条你哪一条都不占，让我何以拜你？你又有什么资格让我拜你？"

曷鲁闻之大怒："大、大、大人乃契丹主帅，草、草原神、神鹰。你、你、你算个什、什么东、东西？也、也敢大、大言相、相辱？"

韩延徽微微一笑："你们看他像只神鹰，我倒看他像只家鸡。有什么远见卓识、博大胸怀？不过是蜗居荒漠、坐井观天的一介赳赳武夫而已！有什么可夸耀的呢？"

阿保机闻之勃然大怒。自打从军带兵以来，还从来没有人敢同他这样说话。他恨得咬牙切齿，一伸手把刘仁恭的书信撕得粉碎，然后一摆手，让士兵把韩延徽赶出大帐，扣留在草原上为他牧羊。韩延徽一边往外走，一边仰天大笑："都说阿保机是天下英雄，我看是徒有虚名啊！"一路长叹而去。

晚上阿保机余怒未消，与夫人述律平说起此事，言语之间依然恨恨不平。述律平问明事情的来龙去脉，沉吟良久，委婉地对阿保机说："夫君顶天立地，眼光长远，欲弘祖宗大业，实现胸中理想，就当有包容四海之胸襟、吞吐苍穹之勇气。如今我部族不乏骁勇善战之猛将，却缺少雄才大略之高人。我闻该使一身傲骨、出语不凡，当是有远见卓识、足智多谋之士。夫君欲取中原之地，正是求贤若渴之时，岂能因其言语冲撞，囚禁牧场令其放羊？如此一来，岂非堵塞贤路，徒惹恶名，何人敢来投靠？于我部族大不利也！"

阿保机是何等聪明绝顶之人？！只因一时气愤，心中恼怒而已。听了述律平的话恍然大悟，感动地说："多亏夫人提醒，险些误了大事！"于是偕夫人述律平连夜出门，到牧场长揖施礼，给韩延徽赔罪致歉。次日即宣布留下韩延徽为于越府幕僚，并将其家人接到临潢居住。刘仁恭、刘守光父子忌惮契丹强大，不敢得罪，违心同意。韩延徽见阿保机夫妇文武双全、珠联璧合，像是谋大事之人，于是便高高兴兴地留了下来，诚心诚意地帮阿保机谋事，从而使成为可汗的阿保机如虎添翼。

阿保机根据韩延徽的提议，任命痕德堇可汗的侄儿、遥辇部贵族代表人物迭栗底为夷离堇，协助可汗处理军中事务。另任三名遥辇部贵族为林牙承旨（即相当于翰林学士），使遥辇部感到大为荣光。同时任命迭剌部贵族代表人物辖底为于越，虽是虚职，但地位很高，由此满足他的虚荣心。接着又设立了新的官职，名曰"惕隐"，主管契丹部族内部政教事务，权力相当于副宰相，由另一贵族代表人物、阿保机的族弟撒剌担任。除此而外，其他六部酋长也分别授予高官，掌管户口、钱粮、甲仗、兵器、仓库等事宜，暂且各司其职、人心安定。

与此同时，阿保机强化了侍卫亲军。他亲自在本部落中精选了三千名壮士，由他自己亲自训练、直接指挥，不听命于其他任何人。这三千名亲兵又分为五队，由阿保机最信任的五人担任队长，称为御营统领，个个都是智勇双全的战将。他们分别是：族弟曷鲁、妻弟萧敌鲁、妻弟阿古只、族弟斜涅赤和表弟欲隐。此外，阿保机的夫人述律平则亲自招募了三百名女将，由她自己训练和指挥，请她的师妹清云担任队长，让她们承担起内廷禁卫的重责。

阿保机就任汗位不久，小部落涅烈部受室韦人挑唆起兵叛乱。阿保机采纳韩延徽的建议，一方面令惕隐撒剌带兵平叛，严惩首恶分子，宽待胁从部众；一方面委派各部酋长为钦差大臣，交替下去巡查，发现隐患，及时处理，把各种动乱因素消化在萌芽状态，一时社会安定。

但此时中原地区却正在大乱。唐朝河东节度使李克用雄踞山西，宣武军节度使朱全忠占有河南，两家兵戈迭起，战争不断。幽州节度使刘仁恭见有机可乘，遂宣布自立，不服从任何人调遣。晋王李克用奉朝廷之命，出兵征剿，却被朱全忠趁火打劫，与刘仁恭两家联手，在定州北将河东军杀得大败。

李克用率军退回河东，但朱、刘联军竟然追至潞州，大有直下晋中之势。情况危急，李克用急与众将商议对策。谋臣徐孝进说："方今朱温（即朱全忠）势力强大，又与幽州联手，中原地区虽有多家藩镇，但是未必能够帮助我们。只有塞北契丹，或可借兵一用，晋王不妨试之。"李克用闻之有理，遂命徐孝为使，带去亲笔书信，要求与之修好、共御强敌。

李克用在信中说："今朱三懵（指朱温）假借朝廷旗号，伙同刘家父子合击攻晋，其意不只在谋取河东，而真心在窃取天下矣！山西破则北地危，愚兄亡则贤弟寒。故你我当联手合力，共御强敌，以稳定于社稷、造福于万民也！何去何从，贤弟自酌，愚兄顿首，热盼佳音。"

阿保机览毕书信，请徐孝说明来意后，先让他到驿馆休息，然后征询众人的意见。韩延徽首先站出来说："天赐良机，不可错过！正可以借彼危而自重，周旋于两军之间，使双方谁也离不开、但又谁也不敢得罪我们。而我军则进可以取幽燕之南，退可以保长城以北。此乃借彼危而自重、一举两得之策也！"

阿保机闻言大喜。次日清晨便召见使者徐孝，满口答应李克用的请求，并亲自带兵七万，赴云州（今山西大同）会见李克用。两个人一见面，如遇故友，意气相投，很快订立了攻守同盟，并互相交换了坐骑和铠甲。李克用还向阿保机赠送了许多金帛和珍宝。阿保机十分感激，随即与李克用率兵合攻幽州，刘仁恭父子大败而逃，丢城失地，龟缩在幽州城中不敢出来。契丹军由此威名大振。

宣武军节度使朱全忠闻听契丹与李克用合兵，不禁大吃一惊。他本想打着朝廷的旗号，对各地藩镇分而击之，最后实现自己立国称帝的野心。他知道契丹军力强大，是北方最为强劲的对手，如今被李克用拉过去，将成为自己最大的障碍，最终使自己的美好愿望成为一枕黄粱。于是他急忙派使者去塞北，带去大量金银珠宝，谋求与契丹结盟。阿保机按照韩延徽所教之法，同样热诚相待，满口答应，使朱温的使者高兴而归。

唐天祐四年（907），宣武军节度使、魏王朱全忠废掉唐哀帝，以接受禅让的方式即皇帝位，国号为梁，历史上称为后梁。后梁虽然统一了黄河流域，但周边尚存许多割据势力。为了拉拢契丹，取得阿保机的支持，由此稳定北方，朱全忠又遣使来访，使者已在驿馆住下。

阿保机问计于韩延徽："梁使此番来访，我当何以接待？"

韩延徽对曰："梁朝此举意图明显，不过是想拉拢契丹，稳定北方，使他们腾出手来在南方作战。大汗不妨将计就计，借重他们抬高自己。历史上的塞外部族若想名正言顺、立足天下，必须得有中原王朝的册封。大汗可请梁朝封爵以自重，继而扫平四邻平定关东，然后再窥测时机、夺取天下。此为借树乘凉、狐假虎威之计也！"阿保机从其计，亲自修书一封给朱全忠，同时赠送了许多礼物。

后梁的使者回到洛阳，把阿保机的书信呈给朱全忠。朱全忠览后大笑着说："胡儿果有心计也！朕当如何回他才好？"

宰相张方蔚出班奏道："阿保机虽然聪明，但岂是陛下对手？如今李克用不服调遣，势同谋反，陛下正欲对其用兵，此时何不下道圣旨，假借契丹之手以攻之，然后再行册封，亦不迟也！"朱全忠闻听觉得有理，于是再次以书信传旨，满口答应册封一事，但请契丹按照约定，先对山西用兵。

阿保机见信后又与众人商议。韩延徽说："梁国的这一手，我们早已料到。想拿契丹当枪使，是他打错了算盘！朱全忠这一纨绔子弟，乱世而为枭雄，先背黄巢而后反唐廷，既阴狠毒辣又荒淫无耻，绝非雄才大略之人，虽可得一时之逞但必不能久也！晋王李克用乃沙陀人杰，义勇兼备，极有胆略。其子李存勖勇比项王、谋胜张良，更非寻常人也！眼下虽是梁强晋弱，但中原争夺鹿死谁手，尚未可知。我们犯不上图个封号，与李克用掰脸。况大汗与他有八拜之交、兄弟之谊，岂能擅自用兵？岂不为天下之人所耻笑？"阿保机然其言，遂按兵不动，等待时机。

次年正月，晋王李克用病故。其子李存勖袭晋王之位，派使者到契丹报信，并请按前约合兵伐梁。阿保机虽然回信答应了李存勖的请求，但同时劝告他刚刚继位，内部未稳，不宜动兵，把这件事拖了下来。

同年五月，朱全忠听说晋与契丹要合兵伐梁，不由得勃然大怒，正在大动肝火、与群臣商议对策，却接到侍卫报告，说契丹使者求见。结果是阿保机亲致书信，说明并无伐梁之意，同时赠送良马五百匹，皮张一千件。夫人述律平还特别心细，打听到朱全忠皇后新丧，正与大儿媳王氏打得火热，特地让使者捎来貂皮锦袍一件、金花鞍辔一副、北地珍珠若干献给王氏。朱全忠见了书信和财物，一腔愤怒顿时火去烟消，飞到九霄云外去了，反过来赞之曰："胡儿如此晓事，真契丹部族之福也！"

就这样，阿保机周旋于梁、晋之间，既不开罪于任何一方，又不真帮助任何一方，但双方谁也不敢小瞧他，又谁也离不开他。每次有梁晋使者到来，在酒足饭饱之后，阿保机总是邀请他们观看将士训练。那种排山倒海的强大气势惊得使者们瞠目结舌，回去后逢人便说。

结好梁晋之后，阿保机按照自己的既定部署，开始对幽州用兵。刘仁恭自唐乾宁二年（895）宣布自立、自称燕王以后，自感身份高贵、力量强大，经常派兵骚扰契丹边境。尤为可恨的是，每到秋末冬初，他就派出大批将士去边境烧荒，企图通过破坏草原生态，断绝衣食之源，迫使契丹人北迁，达到他扩大领土的目的，引起了契丹部族上下的共愤，人人恨不得都生喝其血、生啖其肉。阿保机继承汗位以后，刘仁恭从沙陀部抢来一位美少女，名叫沙茵，整天吃喝玩乐，为所欲为，对契丹部族的骚扰变本加厉，让阿保机忍无可忍。但因为刘仁恭有朱全忠做后盾，因而迟迟没有动手。

好在不久机会来了。刘仁恭的长子、卢龙节度使刘守光色胆包天，看上了沙茵这位风骚的庶母。两个人从眉目传情到私下相会，很快勾搭成奸。在一次云雨过后，沙茵浪笑着对刘守光说："我当初嫁的是燕王，可不是你！你若想长期占有我，你得做燕王！否则，老娘可不侍候你什么节度使！滚一边去！"说罢扭着屁股走了，竟然真的很长时间没有搭理这个大儿子。

刘守光欲火难耐，心下一横："对不起了，老爹！我顾不了那么多了，儿子实在放不下这个美人，你这个燕王就让给我吧！"于是悄悄带人把刘仁恭囚禁起来，公然窃取了其父的位置，占有了其父所有的妻妾，在幽州花天酒地，与沙茵一起胡作起来。

刘仁恭的次子刘守文此时为沧州节度使，闻听其兄因父占母，胡作非为，一时怒从心起，调集沧州和德州所属共十万人马，浩浩荡荡向幽州杀来。刘守光本是个荒淫无度、吃喝玩乐的草包，闻听其弟来攻，吓得惊慌失措、面如土色，一骨碌从沙茵身上滚了下来。沙茵眼睛一瞪，一脚把刘守光踹到床下，破口大骂："你个没用的东西，只有在我们女人身上用劲的功夫，我算瞎了眼了！兵来将挡，水来土掩，设个埋伏不就完了吗？有什么了不起？"

沙茵的一句话提醒了刘守光，他立即调集人马，在瓦桥以北的树林里设下伏兵。沙茵一身戎装，顶盔贯甲，手持大刀，坐骑红马，亲自到战场上对将士们说："只要英勇杀敌，燕王必有重赏，到时候我陪你们喝酒，让美女跟你们睡觉。谁若是胆敢退却，我一刀就劈了他！"说话时柳眉倒竖，杏眼圆睁，连刘守光都吓出了一身冷汗。

你还别说，由于刘守文的队伍是临时召集，又轻敌大意，在瓦桥北与幽州兵遭遇，一点儿思想准备都没有。而那些平素松松垮垮的幽州兵，如今却个个像上紧了发条，嗷嗷怪叫着冲上来，一下子把刘守文的队伍冲得七零八落。刘守光和沙茵带领将士们一阵猛追，沧州军大败，退至瀛州（今河北河间）以南，沙茵仍带兵穷追不舍。

刘守文走投无路，急得想跳崖而死。部将尹外郎劝其曰："将军父仇未报、家耻未雪，又遭此突然兵败，怎能轻易言死？岂非有背老父厚望，辜负将士重托？万万使不得也！"

刘守文痛苦地说："不能替父报仇雪恨，留下贱躯又有何用？如今我损兵折将、大势已去，谁还能够帮我？谁能帮得了我？"

尹外郎把手向北一指："刘守光所惧怕者，契丹人也！我主何不向阿保机借兵求救？一可雪耻报仇，二能端其老巢，两下夹击，必可胜也！"刘守文慌乱之中，有病乱投医，当即派尹外郎为使，火速去契丹搬兵。

如同打瞌睡时有人送来枕头，阿保机攻打刘守光正愁师出无名，招致各部反对，尹外郎一来，正中契丹人下怀。阿保机闻之大喜，先致信给朱全忠和李存勖，言明出兵只为讨伐其烧荒之罪，并无攻城略地占据幽州之意。然后亲率八万大军南下。妻弟萧敌鲁、表弟舍利李带两万铁骑打头阵，旋风一般地向幽州扑去。

刘守光得到边报，知契丹军马来攻，吓得如同热锅上的蚂蚁，急得在大帐里团团转，慌忙下令全军拔营、回防幽州。沙茵见之冷漠地一笑："幽州不还有那么多守军吗？你用得着这么紧张吗？难道阿保机是天神吗？"

刘守光打马边喘边说："你是不知道哇！契丹军攻无不克、战无不胜，连晋、梁两家都不敢碰它。那阿保机足智多谋、武功盖世，比天神还厉害呐！"

沙茵闻之两眼放光："是吗？那倒是条汉子！我真想看看他长得是什么样子，真有那么神？"

刘守光匆忙之中，率领七万多人马北上迎敌，到蓟州东时与契丹军相遇。未等刘守光的人马站住阵脚，萧敌鲁大棒一挥，率先冲出。契丹的骑兵挥舞着雪亮的战刀，嗷嗷叫着，惊天动地，万马奔腾，如同海啸山崩，不可阻挡。这些幽州兵哪见过这个阵势，再加上长途跋涉、极度疲劳，一个个吓得手足无措、面如土色，不少人没动步就成了刀下之鬼，剩下的撒腿向南就跑。

刘守光乍着胆子大喝一声："给我站住！谁跑就先劈了谁！"沙茵没喊话却先下手了，一连砍杀了十几个逃兵，但仍无法制止住溃退的队伍。刘守光正在茫然四顾之时，被萧敌鲁一棒砸伤左臂，吓得再也不敢言声，一溜烟领着沙茵，跑回城中去了。契丹人迅速占领了营州（今河北昌黎）和蓟州一带地区，大军很快向幽州城下集结。

且说刘守光带领残兵败将逃进幽州城，立即部署凭险据守，想借助城高墙固、粮秣充足负隅顽抗。但此时幽州城下，已不止契丹一路大军，刘守文的沧州兵和晋王李存勖的人马，也先后到达并在城外扎营。刘守光无计可施，竟然相信巫道之言，说立国称帝可以冲喜，外军自然退去。于是称皇帝、设百官，封沙茵为皇后，大摆宴席，又歌又舞，闹得乌烟瘴气。

晋王李存勖闻报大怒，因为幽州原系其父王属下，所以亲自带兵讨逆。三路人马合攻幽州，城防岌岌可危。情急之下，沙茵说道："你既尊阿保机为天神，知道其强大，何不转身投靠，称其为叔，请他手下留情、暗中相助，或可有一线生机也！"刘守光从其计，暗使人去契丹大营中送信。

阿保机览罢刘守光的书信，未置可否，微微一笑，递与其他将领观看。萧敌鲁趁机说道："晋王乃当世英雄，守光为人间禽兽。大汗岂可怜其危而结怨于晋乎？何况刘家父子有烧荒之罪，是死有余辜也！"

阿保机深沉地一笑说："贤弟只知其一，不知其二。战前我已致信给晋王，他却突然来此，无非是怕我们占据此地。乱世之中，敌友难测，其中奥妙，神鬼不知呀！"于是下令撤出阵地，准备回师。

三日后，在山西兵和沧州军的猛攻之下，幽州城破，刘仁恭被捉身死。刘守光带数人从北门逃走，在檀州北山被契丹军俘获。临刑之时，刘守光吓得瘫软在地上，像条癞皮狗，哆嗦成一团。而沙茵则挺胸抬头，仰面大呼曰："死便死去，有何惧哉？只是听说阿保机是个英雄，离世前未能见他一面，是我这辈子最大的遗憾了！"

有士兵把这个情况报告给阿保机，阿保机心中一动，与夫人述律平一起匆匆赶来。刘守光一见阿保机的面，立即"扑通"一声跪下，乞求饶命。阿保机眼望蓝天，厉声斥责道："你烧荒害民，丧尽天良。囚父奸母，似同禽兽。为非作歹，十恶不赦！留你性命，天地不容！"乃下令将其斩首。

夫人述律平打量着沙茵那副美妙的身材，凝视着沙茵那张俊俏的脸，有些鄙夷地说："瞧你一妙龄少女，又兼有花容月貌，缘何为虎作伥、助纣为虐？如今被擒处斩，你还有什么话说？"

沙茵两眼盯着述律平，朗声答道："我一个沙陀族的弱女子，被刘仁恭老贼强抢为妾，我有什么办法？实乃身不由己。与刘守光结为夫妻，那是年貌相当，我也心甘情愿，有何不可？早闻阿保机是个大英雄，仰慕已久。今日一见，果然不错。堂堂一表，凛凛一躯，确是个顶天立地的男人！夫人福分不浅哪！"接着又转过脸来，对述律平身边的女兵统领清云说："同样身为女人，我好羡慕你们，能够生活在大汗的身边！"随即仰起头来，大声说道："能见大汗一面，今生死而无憾！来吧！我情愿受死！"

述律平听罢转身离去，刚刚走出两步，怜悯之心顿生，急喊："住手！"刽子手的鬼头刀在半空中停了下来。述律平对沙茵说道："念你是个女人，有错不全在你。你走吧！"说着亲自给沙茵松绑。

沙茵虽死里逃生，但并不跪行大礼，只是两手一拱，朗声说道："大恩不再言谢，有缘自当图报！"说罢转身离去。后来流落到邺城一带，嫁与石敬瑭为妾，那是十多年以后的事了。

借助于大军得胜之机，阿保机率众马不停蹄，趁势东征女真、北击室韦、西赶乌桓、南服奚霤，迅速地荡平了周边地区。使契丹人控制的疆域东临渤海，西达松漠，南抵檀州（今北京密云），北至兴安。地域之广阔、国力之强大，可谓前所未有。由此阿保机的威望空前高涨。

阿保机的骄人战绩虽然令人赞叹，但他的巨大财富更加让人眼红。尤其是那种至高无上的权力，简直使人垂涎欲滴。连年的征战和不断地掠夺，使阿保机的财富急剧增长。他所占有的奴隶和牛马，多得让所有人瞠目结舌，那些贵族们都有些坐不住了。因为根据契丹祖制，可汗的推选为每三年一次。阿保机从907年开始即汗位，如今已经连任五年，并且还没有退位的意思，这让那些自认为有资格当可汗的人寝食不安。他们开始时怨气冲天、议论纷纷，到后来就拉帮结伙、私下密谋，琢磨着如何把阿保机赶下台了。

就在阿保机就任汗位的第五年（911）夏天，这场酝酿了两年之久的叛乱终于爆发了。阿保机的族弟撒剌、安端、寅底石，堂弟滑哥及贵族萧实鲁、赫底里等人，一齐聚集在于越辖底家中饮酒。酒过三巡，微有醉意，辖底端着酒碗对众人说："可汗三年一选，此乃祖传旧制。今阿保机恃强连任，不想退位，分明是视祖制为儿戏，观我等如草芥。同样是天神的子孙，他有什么资格这样做？我已老朽，不堪重负，尔等尚且年轻，难道就容许他横行泰来、为所欲为吗？契丹的江山是他一个人的吗？"言下之意，极力怂恿撒剌等人谋反。

辖底的话引起了所有人的共鸣，撩起了他们心中的不平。这些贵族们虽然地位很高，颇受重用，但阿保机这样做，等于剥夺了所有人当上可汗的机会，这自然就犯了众怒。于是辖底的话音刚落，几个人就异口同声，要以"遵祖制、清叛逆"的名义，联合部众赶阿保机下台，并决定在夜半时分动手，奇袭金顶大帐，诛杀阿保机。

俗话说"屋里交谈，墙外有人偷听。路上说话，草棵有人知晓"。这些人的密谋自以为神不知、鬼不觉，却不料被安端之妻粘睦姑听到了。粘睦姑秀外慧中，心灵手巧，烧得一手好奶茶，做得一手好饭菜。这天晚上，她被辖底之妻请来帮忙，无意中听到这些人的密谋，不禁大吃一惊。她素来敬佩阿保机是个大英雄，是草原上的太阳神，是她心中的偶像。怎么能容忍这些人得逞？这不是伤天害理吗？因此尽管这些人中有自己的丈夫，她也顾不得了。趁着众人喝得酒酣耳热、继而纷纷入睡之机，悄悄来到金顶大帐密报。

阿保机闻讯顿时心中一惊。他虽然有些思想准备，但没想到来得这样快。于是一面好言相谢，让述律平重赏粘睦姑，一面命令族弟曷鲁、妻弟萧敌鲁率兵平叛。

曷鲁和萧敌鲁奉命点起两千人马，计议如何行动。依萧敌鲁之见，直接去辖底家里，将其一网打尽。曷鲁听后笑着说："这、这、这样不妥。人、人家不、承认、认反叛，你、你、你怎么、么办？还害了粘、粘、粘睦姑。不、不、不如我、我们在、在这里设、设伏，守、守株待、待兔，让、让他、他们把叛、叛乱坐、坐实，再一、一、一举拿、拿获，岂、岂不甚好？！"

萧敌鲁推了他一把，笑着说："看你说话这个费劲哪！就依你的主意办。"两个人迅速部署士兵们埋伏起来。

夜半凌晨，当撒剌等人带着一千多名叛军冲进金顶大帐的时候，发现里面虽然灯火通明，但皆是草人草马虚位以待，方知消息泄露，已经中计。撒剌带人正想退出，忽听一阵鼓响，大帐外顿时火光冲天，杀声四起，御营两千多名勇士已将此处团团包围。撒剌率众破门而出，被萧敌鲁顺手一箭，射中右臂，手中大刀'当啷'一声掉在地上。叛军们见势头不妙，纷纷束手就擒。

阿保机和夫人述律平亲自传讯了谋叛的九人，弄清了事情的原委，然后召集心腹之人商议处置办法。萧敌鲁愤愤地说："这些人高官得做、骏马任骑，得大汗之恩典却密谋想加害，纯粹是狼心狗肺！留之何用？都杀了算了！"

韩延徽摇摇头说："可汗三年一选，乃是祖传旧制，大汗过期连任，虽是部族所需，却是屈理在先。杀了这些人容易，但会引起公愤。何况这些人多是大汗的兄弟和亲族，暂且放过，未尝不可。消灭肉体简单，征服人心却难。这就是诸葛亮为什么要七擒孟获呀！"

阿保机闻之觉得有理，于是和述律平简单商量了一下，决定对这起事件从轻处理。只是免去了撒剌担任的惕隐一职，让他改任迭剌部夷离堇。而惕隐一职由堂弟滑哥担任，对辖底和安端、寅底石等人皆免以追究。

但是阿保机的宽容并没有换来这些人的理解，他们只是暂且蛰伏起来，等待时机。次年夏天，阿保机率军征讨西南术不姑部，撒剌受命带兵攻打平州。九月初，撒剌率军得胜回营，阿保机部却因为连日阴雨，阻滞未归。此时可汗大营空虚，防守力量薄弱。辖底认为时机已到，与撒剌、安端等人密谋，又发动了第二次叛乱。企图在阿保机班师回营的路上设伏，在阿鲁山下聚歼其全部人马，同时截杀阿保机。这伙人拼凑了十万之众，在阿保机必经之路上苦苦等候，以为稳操胜券。没承想阿保机非常谨慎，他派出尖兵扮作樵夫或牧人，在前方探路，得知情况有异，立即果断地调转马头，从岔路上绕了过去，把两万人马悄悄带回大营，让这场阴谋又成了竹篮打水。

阿保机返回大营以后，根据韩延徽的提议，立即请来各部酋长及部族"十老"，给大家分发战利品，犒赏有功将士及留守人员。酒足饭饱之后，当场燔柴祭天，举行传统的柴册仪式，给阿保机连任可汗披上合理合法的外衣。

那么，何谓柴册仪式呢？这是契丹部族祖传下来推选可汗的一个典礼。即先由各部落推举出候选人，然后由酋长及"十老"们投赤豆选举。被选中者要在次日太阳升起之前，参加"捉汗"仪式。所谓"捉汗"仪式，是指让被选中者与其他九人穿上同样的衣服，分别被关在十座帐篷里。然后由十名美女蒙上眼睛入帐去捉。如果捉到人了，即说："你就是大汗！"被捉者若不是，即回答说："我不是！"如果捉对了，即回答说："是便是了！我就是！"然后由众美女簇拥而出，准备燔柴祭天。所谓燔柴祭天，就是在神山脚下的祭台上，堆起一垛干柴，在太阳即将升起的一刹那，由被选中者点燃柴堆，烧起熊熊大火，然后率领部众拜太阳神，行三拜九叩大礼。礼毕，被选中者才算正式成为可汗，方可入住金顶大帐，意为得到了部众和天神的认可。

本来这些酋长和"十老"们对阿保机连任都有意见，在内心里都不太认可，但在重兵的监督之下，面对着那些凶神恶煞般的侍卫，这些人谁也不敢再起炉灶、另选别人了。他们虽然违心却均乖乖地把赤豆投在阿保机身后的碗里。阿保机又一次燔柴祭天，得以连任，让企图谋叛的那帮人目瞪口呆，只好一个个主动自首，表示悔罪。阿保机大人大量，又一次宽恕了他们，没有追究。

但是痛疽不除，脓血总是要出的。辖底和撒剌等人并不甘心一再失败，虽然表面上老老实实，但是密谋更加频繁，活动更加隐蔽了。913 年三月，由阿保机的族弟撒剌牵头，再度发动了武装叛乱。这一次他们进行了周密的策划，几个人进行了详细的分工，设置了三道保险。用耶律辖底的话说，叫作三招递进、环环紧扣、破釜沉舟、志在必得。

第一招叫作献图谋封，借机行刺。此事由安端和迭葛负责。二人以进献奚部地图为由，请求觐见阿保机，见机行事。因为多年来奚地的管辖，一直由安端家族行使，此时献图觐见，等于是表示忠心。请求封个酋长，理由名正言顺。当安端和迭葛双双跪下、呈上羊皮地图，阿保机展开欲览的一刹那，安端迅速地从地图的木轴中抽出短刀，一跃而起，"嗖"的一道白光，向阿保机当胸刺去。此时阿保机双手展开地图，眼睛盯着图示，根本没有防备。迭葛在一旁暗自欢喜：如此大功告成，阿保机必死无疑。

没想到阿保机自幼习武，身手矫健。虽然是猝不及防，但他眼明手快，反应机敏，立时飞起左脚，踢中安端的手腕，那把短刀"嚓"的一声，插在篷顶之上，"吱啦"冒出一股黑烟，显然是煨过剧毒的。阿保机同时又用右手抄起酒碗，向迭葛的脸上砸去，只听"啪嚓"一声，迭葛满脸开花、血流如注。一眨眼的工夫，两个人均受伤倒地，叫疼不止。阿保机哈哈大笑："就这点小本事，还敢来行刺我？拖下去！"侍卫们闻声而入，立即五花大绑，把二人绑在大帐之外。

第二招是拥兵对峙，两下夹击。此事由撒剌和涅思负责。这些人从各部族纠集了六万人马，再加上他们的府役家丁，有八九万之众，已经事先在乙室部的大营附近集结待命，企图依靠地利优势，与阿保机分庭抗礼。按照密谋好的计划，如果安端、迭葛刺杀成功，这支军队就马上进驻金顶大帐，清剿阿保机的余党。如今消息传来，安端二人行刺失败，撒剌和涅思立即率领大队人马向临潢杀来。人多势众，气焰嚣张，形势十分危急。

阿保机闻讯以后，轻轻一笑："这些人也敢跟我较量，真是自不量力！"随即带兵出临潢，奔茧淀，准备痛歼叛军。但撒剌和涅思诡诈得很，他们知道己方虽然人多势众，但若面对面地拼杀，未必是阿保机大军的对手。于是分成若干支队伍，在茧淀一带与之周旋。阿保机急切之间不能取胜，心中未免有些担忧。

然而更令他担忧的事情还是发生了。乘着撒剌和涅思的人马牵制了阿保机的大军，另一支叛乱的队伍由辖底和寅底石率领，突然袭击可汗大帐。几千名叛军嗷嗷叫着，像一片黑云般压了过来。而此时留守金顶大帐的不足一千人马，眼看着情况危在旦夕。

在这紧要关头，阿保机之妻述律平沉着冷静，临危不乱，刚猛果断，指挥若定，显示了极高的治军才能。当她得知叛军来攻，一方面派快马给阿保机送信，一方面把留守人员召集起来，坚定地说："叛贼作乱，情况突变，大汗外出作战，大帐情况危急！敌众我寡，吉凶难测，谁若是天神的子孙，就跟着我英勇杀敌，不能退缩；谁若是胆小怕死，现在就走，我绝不强留；谁若敢临阵脱逃或畏缩不前，我立时就劈了他！怎么样？有信心吗？""有！有！有！""跟定夫人，保卫大帐！效忠可汗，视死如归！"女营统领清云带着大家齐声呐喊，群情激奋、气壮山河。

由于有述律平亲自领着作战，又能凭险据守，士兵们信心百倍，以一当十，辖底和寅底石率军猛攻多次，均被乱箭射回，白白丢下了几百具尸体。后来辖底想出坏招，采取火攻的办法。一时烈焰四起，浓烟冲天。那天正好是南风，呛得金顶大帐的守军们站不住脚。述律平见状无奈，只好率众退出金顶大帐，到潢河边去收拢人马。辖底和寅底石率领的叛军趁势攻了进来，抢走了象征着可汗权力的神帐和旗鼓，并大肆搜索财物、寻找珍宝。一时得意忘形，乱成一团。

得到了清云侦察汇报的情况，述律平当机立断，立即对叛军发起反攻。她身先士卒，快如疾风，头一个冲进金顶大帐。那些叛军们此时正在连刨带挖，寻找钱财，谁也没料到述律平会带兵实行反攻，一个个措手不及，糊里糊涂地就做了刀下之鬼。寅底石嬉皮笑脸，以言相戏，挺着长枪凑过来说："如今天已大变，明日我成大汗。嫂夫人何必如此愤怒？嫁我为妻不是一样吗？可别累坏了你的小身板儿！"没等述律平答话，清云舞着双剑，冲上前去。寅底石举枪相迎，未及还招，被清云瞅空一镖，击中右臂，长枪"当啷"一声掉在地上，吓得转身就跑。述律平率众趁势掩杀，夺回了神帐和旗鼓，重新占据了金顶大帐。辖底带叛军落荒而逃，又到"西楼"和"明王楼"抢劫去了。

阿保机闻知叛军袭击金顶大帐，恐后方有失、腹背受敌，急令曷鲁和萧敌鲁率所部人马回去增援，自己则率大军主力假意撤退，实则悄悄埋伏起来，等待歼敌。

撒剌见阿保机大军忽然匆匆撤退，连车马辎重都不顾了，料想辖底和寅底石必是偷袭得手，此是合击阿保机大军的最好时机。于是令全军聚集，全速追赶。结果在土河附近的科尔沁沙地树林里，遭到了阿保机大军的伏击，死伤大半，余皆溃散。撒剌和涅思只带数百骑逃往东北，又遭到室韦和吐谷浑两支队伍的打击。涅思被俘，只有撒剌单人独骑，逃往柴河去了。

且说辖底和寅底石率领的这支叛军，在"西楼"和"明王楼"抢劫一番之后，正想出发与撒剌所部会合，却迎头遭到曷鲁、萧敌鲁两军的痛击，一下子损伤了一万多人马。两个人正在收容残部、准备再战的时候，阿保机率军又到。在三路人马的共同打击下，辖底、寅底石这支叛军一败涂地，二人双双被俘。阿保机率军班师，命曷鲁带兵搜捕余党。

同年五月，叛军头目撒剌在榆河被擒，至此，叛乱首要分子基本全部落网。阿保机为慎重起见，召集各部酋长及"十老"等商讨处置办法。会上有数位酋长提出，叛乱虽该严惩，但是事出有因，况有祖制在先，而且从者甚众，似应从轻考虑。但是韩延徽力排众议，他说："大汗自打即位，叛乱就时有发生。这些人之所以一而再、再而三地密谋滋事，不外乎两个原因：一是由于祖制规定，可汗必须三年一选，所以这些贵族们不说人人有野心，也是多数存美梦，一旦美梦破灭，就会狗急跳墙；二是大汗顾及亲情，前两次处置不力，致使这些人无所顾忌，才造成今天这样的后果。由于连年的内乱，上层人心不稳，下层社会动荡，经济严重衰退，各业百孔千疮。百姓们连饭都吃不上了，军队也大多以野草青菜为食。铁打的事实证明，传统的祖制已经不适合今天的情况。三年一选的规定必须打破，这些叛军的头目必须严惩，否则，契丹非但永无宁日，而且存在覆灭的危险。"韩延徽的话说得众人频频点头，连那些酋长们也都连连称是。

为此，阿保机根据大多数人的意见，主持召开部众大会，在神山脚下以青牛、白马祭祀天地，以龙香、凤烛追思先祖。新任惕隐、遥辇部酋长赫底里宣读文告，公布叛乱分子的十恶大罪。同时宣布酋长联盟会议的决定：令首犯辖底跳崖自尽。要犯涅思鬼箭（乱箭）射死。要犯雅里、弥里、解里均处活埋。主犯怖胡等十七人处以杖杀。二十九名主要干将处车裂分尸，其妻降为奴隶分赏给有功将士。三百名领兵将军被赐予酒宴歌舞之后，砍头于市曹。三千多名从犯被处流放或羁押。叛乱头目撒刺因为被捉后态度尚好，主动交代别人未知罪行，处以杖刑打残，割云膝骨，留条活命。寅底石因为年龄尚轻，被囚禁终生为奴，但因其在进攻金顶大帐时出语调戏夫人，后被述律平派人勒死。安端、迭葛、滑哥因为检举他人有功，被杖责后长期囚禁，暂免一死。

大会结束之后，由曷鲁牵头，二百多名大将、八名酋长和若干部族老者，共千人联合签名，劝阿保机效仿中原，立国称帝。阿保机征询韩延徽的意见，也认为时机已经成熟，遂于916年初在临潢宣布立国称帝，国号契丹，建元神册。立夫人述律平为皇后，立长子耶律倍为太子。任命曷鲁为于越，韩延徽为政事令，韩知古为总汉人司事。同时任命了其他官员，规定了各项新的制度。一整套国家机器基本上完整地建立起来，契丹部族进入了一个新的发展时期。

第四回
改章建制英主立业
穷兵黩武枭雄归天

阿保机立国称帝以后，群臣皆感到金顶大帐简陋狭窄，已不太适应朝会的需要，纷纷奏议整修殿宇、营建新都。阿保机向群臣征询建都之所，政事令韩延徽出班奏曰："陛下自继任汗位以来，虽然说历尽坎坷，但终于名就功成。冥冥中似有天助，巍巍乎地现吉祥。这金顶大帐见证了契丹的崛起，也应当算是我部族成功的象征。但如今陛下立国称帝，理应该选择福址，营建新都，方能与大国形象相匹配也！臣观临潢地势雄奇，紫气笼罩，北靠茫茫群山，南临滔滔河水，西牵松漠而瑞霭常来，东挽辽河而霞光普照。纵横辽远而又俯视千里，真我朝铁骑驰骋天下之宝地也！当是理想的建都之所。"群臣闻听后，皆纷纷赞同之。

阿保机闻言大喜，当即下令，仿照中原城市建设格局，在临潢营建新都。诏令韩延徽、韩知古负责统筹规划，康默记负责监造施工。圣旨一下，万众欢腾，军民携手，八方相助。一年零六个月以后，一座新城拔地而起。远远望去云蒸霞蔚，绿树葱茏，宛若仙山琼阁；近前看龙盘虎踞，金碧辉煌，直如天上凌霄。阿保机率群臣巡视后欣喜万分。牧民们知道后也奔走相告，感到十分振奋和惊奇。

阿保机第一次高坐庙堂之上面南为君，一股冲天豪情油然而生。他举目环顾大殿左右，见群臣站班、文东武西，皆表情严肃；武士排列、盔明甲亮，俱威风凛凛。两缕香烟从熏炉中升起，直达金顶；一块红毡自丹墀下铺出，伸至阶前。群臣跪拜，山呼万岁，礼乐齐鸣，佳音绕梁，余味悠长，经久不去。他这才感到做皇帝的高贵和无上的威严。喜呵良久，他才征询似的对大臣们说："我契丹部族乃天神的子孙，正宗龙的传人。虽说居草原已千年之久，但也是中华一脉、神州一员。如今既然立国称邦，名扬天下，当以何为进取之策、立国之本？"

政事令韩延徽出班奏曰："臣闻为君之要，当在爱民。治国之道，当施仁政。我朝新立，百业待兴。当务之急，是应明法治而律朝野，施教化以育万民。尊一位圣贤为部族师表，立一家之言为国策源泉。如此方能固本强邦、兴万世之基业也！"

阿保机闻之觉得有理，于是问道："朕闻自古以来有道之君，是应该敬天奉神。然我朝当以何人为部族师表，立哪家之言以教化万民？"

于越曷鲁通晓汉族文化，对佛家思想也有些研究。此时他出班奏曰："我契丹先祖乃天宫神将，后来皈依西天佛祖，偕白马取经而入梵门，可谓从开始即与佛门有缘。因此当尊佛祖为国师，以佛家经典教化万民也！"

总汉人司事韩知古摇了摇头，出班奏曰："若说有缘的话，佛教莫如道教，佛祖莫如老君。想我契丹古来即母系部族，先祖天女乃是仙宫的道姑，所育八部子孙皆是天女的后代。何况西天佛祖本为外邦之神，太上老君才是中华教主。因此我契丹立国，当尊太上老君为国之导师，立道教经典为教民之本！"韩知古祖籍河北玉田，唐天复三年（903）在契丹攻取蓟州时被俘，入夫人述律平家中为奴。少时他即习道学，通药理，成年后就在宫中行医，与述律平的关系极好。故而在听到曷鲁的奏议后，情不自禁地讲出此言，令群臣倍感惊奇。

皇太子耶律倍自幼熟读诗书，精通汉族文化，对儒家思想有较深刻的研究。他见阿保机有些犹豫，于是出班奏曰："启禀父皇，我契丹先祖虽与佛道有缘，但二教均主张个人自我修行，终非君王治国之道。儿臣观中原王朝自秦汉以来，凡立数百年基业者，莫不尊崇孔孟之道，以儒家思想为教化之本，方能让百姓晓尊卑而知礼仪，明法度而感君恩，从而使朝野和谐，万民欢畅。因此，倡导'四书五经'，弘扬'三纲五常'，此乃上维皇权，下驭万民之通途也！"

阿保机闻言大喜，见群臣再无异议，皆颔首而赞同之，于是宣布奉儒学为国教，尊孔子为先师，在全国修建孔庙，设立学校，倡导"四书五经"，宣传儒家学说。同时，也允许在各地修建佛寺和道观，官民人等可自由选择信仰，并让太子耶律倍率群臣时而祭祀之。由此民风渐顺、政局趋稳，国家的经济也慢慢恢复起来。

在此基础上，阿保机又召集群臣廷议治国之策，并根据大家的奏议，采取七项有力措施，大胆改革契丹旧制，建立了各项新的规章制度。

第一为创造契丹文字，提高民族素质。韩延徽在奏议中说："国家无文化而必夭折，军队无文化而必失败，民族无文化而必消亡，个人无文化而必愚蠢，这是有史以来反复验证的真理。契丹民族虽然古老，但是文化是个欠缺，应当创造自己的文字，提高全民的文化水平。"阿保机然其言，遂于神册五年（920），命林牙承旨突吕不和鲁不古二人牵头，负责创造本国文字。在这之前，阿保机之弟迭腊曾根据回鹘文字，创造过"契丹小字"，但由于数量较少，不太实用。二人在此基础上，吸收许多汉人参加，共同仿照汉字偏旁部首，创造出数千个契丹新字（史称"契丹大字"），结束了契丹人一直靠刻木记事的历史，使民族文化的发展产生了一个飞跃。

第二为实行"一国两制"，分类进行治理。由于频繁的战争掠夺来大批的奴隶，再加上中原流民的大量涌入，使契丹成了一个胡汉混居、人口众多的国家。韩知古在奏议中说："今我朝主体民族虽为契丹，但汉民总数几占一半，其风俗习惯与北地也大不相同，应当划区居住、分而治之，使之各得其所、各司其业，如此则社稷可稳、国家可安也！"阿保机从其言，诏令韩知古主其事，给汉民们分土地、划草场、设村落。并根据他们来自何方，分区分类进行安置，尽量把同乡人都安置在一起。比如都是蓟城来的，就在草原上筑个新城，也叫蓟州，由汉民选人自己管理，让流民们有宾至如归的感觉，好像回到了自己的家乡，从而安居乐业。阿保机还亲下诏令，"以旧制治理契丹，以汉制管理汉民"，实行"北面官"和"南面官"制度，由"北面官"统治契丹和其他草原民族，由"南面官"统治汉人。"北面官"依旧穿毡靴着皮衣戴绒帽，官名称于越、林牙、惕隐和夷离毕等等；"南面官"则戴纱帽着锦袍穿皮靴，官名叫宰相、枢密使、左右仆射和政事令等等，完全不一样。但却同事一君，和谐共事，南腔北调，相映成趣。

第三为建立新的法律，实行依法治国。康默记在奏议中说："我契丹部族虽然在联盟成立以来，就有执行法律职能的'决狱官'，也有几项称得上法律的条文，但执行起来随意性太大，使朝野上下无固定法律可循，这也是造成不断叛乱的重要原因，应予迅速根治之！"阿保机根据他的建议，在朝廷设置专司决狱职能的官员，叫作"夷离毕"，由汉人康默记担任这一职务。并于契丹神册六年（921），亲自主持制定了契丹第一部成文法《决狱法》。又令各部落制定内部法规，使契丹走向法制化国家迈出重要的一步。

第四为加强军队训练，打造决胜精兵。耶律曷鲁在奏议中说："方今天下纷乱，战事频繁。乱世中求生存，角逐中求发展，军队是唯一决定性的因素。当前我朝虽有军而不精，虽有纪而不严，胜则一窝蜂去抢劫，败则一溜烟顾逃命，如此则何以能克敌制胜、弘祖宗之大业也？！"阿保机认为他说得有理，遂命于越曷鲁、妻弟萧敌鲁牵头，参照古代军事家孙武、西汉大将军卫青的做法，加强军事训练，严明军队纪律，务必打造一支决胜铁军。两人遵旨从各部落调集十万壮士，组成精兵铁骑。每名士兵配备两匹战马、百支长箭、一根长鞭和三把战刀，反复进行恶劣条件下的长途奔袭，以提高将士们的野战能力。使之在进攻时如海啸山崩、不可阻挡，撤退时像风入山林，无影无踪。阿保机还把御营亲军扩展到一万人，由他自己亲自训练、直接调动。同时还成立了铁工队和甲仗营，专门制造各种坚甲利器，以适应未来大战的需要。

第五为官吏务求廉洁，理政必须清明。皇后述律平在奏议中说："此为国家昌盛之大计、得万民拥戴之根本。否则虽可立国、亦可亡国也！"阿保机认为皇后说得言简意赅，深为她的政治远见所折服。因之他主持廷议，制定了《限吏规章》，取消了贵族和官吏的许多特权，在全国诏令实行。阿保机清醒地认识到，官吏要廉洁，律己最重要。他听说晋王李存勖喜好声色畋猎，就感叹地对大臣们说："晋王虽然雄才大略，文武双全，但若喜好声色，江山必不久矣！"因此他在立国称帝以后，就按照皇后述律平的提议，立即遣散伶人，放归鹰犬，减少宫人的数量。同时对各级官吏下"禁酒令"，规定在执行政务或军务的时候不准喝酒。他还仿照唐太宗的做法，悬《纳谏图》于寝宫之中，每天观而自省。在春秋两季，还经常带领官员下去访问，资助孤寡老弱之人，从而受到百姓的拥戴。

第六为发展农耕畜养，推动经济发展。连年的战争和不断的叛乱，使契丹的经济遭到严重的破坏，许多百姓不堪重负，挣扎在死亡线上。飞龙御使阿古只在奏议中说："我契丹部族虽已建国，但经济羸弱如重病缠身，黎民贫困似雪上加霜，若遇天灾人祸袭来，则国家危矣！为今之计，当轻徭薄税，减负增助，发展农耕，鼓励畜养，方能走出困境、富国强兵，实现祖宗之大业也！"阿保机根据他的提议，亲自主持制定了十项《劝农条令》，鼓励农民开垦荒地，栽柞养蚕，开办榷场（交易场所），饲养禽畜。国家给予必要的帮助，比如提供种子、农具、耕牛和场地等等，从而使农业生产得以恢复和发展，国家的实力不断提升。

第七为抑制贵族势力，强化中央集权。萧敌鲁在奏议中说："迭剌部落太大，贵族势力太强，故而屡次作乱，应当削而弱之。以强化皇权，稳定社稷，此固本强邦之大计也！"阿保机认为他看得很准，遂与群臣一起计议，将迭剌部落一分为二，分为五院、六院的南北两部。任命亲信斜涅赤为北院夷离堇，表弟绾思为南院夷离堇，从而使迭剌部贵族势力大为减弱。同时把其他各部落的夷离堇改为"令隐"，剥夺了他们的军事指挥权，使他们成为隶属于皇帝的将领。对于迭剌和乙室两部落为核心的两大利益集团，朝廷设"北府"和"南府"进行统管，规定宰相为两府内最高长官。北府宰相由后族担任，南府宰相由皇族担任。神册元年（916），阿保机任命妻弟萧敌鲁为首任北府宰相，堂弟耶律苏为首任南府宰相。与此同时，阿保机还任命了一批节度使、招讨使、防御使等地方军事长官。他们虽有带兵权，但直接听命于皇帝，从而大大加强了中央集权，促进了朝廷的稳定。

待国家稍微稳定之后，一日早朝，阿保机对大臣们说："契丹虽然祖居草原，但是不能坐井观天、偏安一隅。目前中原战乱，灾害连年，国家百孔千疮，百姓陷于水火。我天神子孙岂能坐视不管？焉可置若罔闻？因此，朕欲兴兵南进，夺取中原，救国家于累卵，解黎民于倒悬，开创我统一中华之宏图大业。不知众卿意下如何？"群臣闻之，多有赞成者，那些契丹族将领甚至有些欣喜若狂。

尚书左仆射韩延徽出班奏曰："陛下雄才大略，高瞻远瞩，其博大胸襟当与山河相比美，而崇高理想可同日月争光辉，必令国祚增色、百姓得益，令微臣钦佩之至！吾观朱梁王朝虽已统一中原，但朱全忠死后，其子友珪、友贞昏庸无能，导致内外生乱，朝野分崩离析，其统治必不久矣！然晋王李存勖雄才大略，文武双全，且胆气过人，善谋能战，恐灭梁以代之势成必然也！但中原混战局面当会长期存在。江南吴越、南唐和后蜀等国，皆负隅自保，难成气候，早晚会被北方大国鲸吞之。为今之计，陛下当效仿秦皇吞并六国之策，稳住阵脚，寻找良机，实行远交近攻，不断壮大自己。现下李存勖在灭燕之后，已成为契丹的对面强敌。我朝可与江南各国及朱梁政权相结好，稳住关东各部，然后寻机向李晋军队发动进攻，实行蚕食战略。如此则中原可图，大业可成也！"群臣听后，纷纷附议赞同之。

阿保机闻言大喜："爱卿真我朝诸葛亮也！"当即决定按韩延徽所言行事，命曷鲁和萧敌鲁调兵遣将，令韩知古和康默记筹集粮草，及早做好南征准备。

恰好这时候机会来了！还是在阿保机称帝之前的时候，晋王帐下幽州检军校尉齐行本，因为与节度使周德威不和，率部下三千多人来投。阿保机以礼相待，封为检校尚书、右仆射，赐契丹国姓，名为兀欲。但齐行本这人反复无常，见利忘义，不久又被晋王李存勖派人策反，卷走契丹边境防御部署图乘夜逃跑，投靠了晋云州节度使李存璋。阿保机闻知大怒，派使者去云州追索，遭到拒绝和讥笑，遂决定以此为借口攻打山西。

神册元年（916）八月，阿保机分别致信后梁及江南诸国，历数晋军背信弃义，企图颠覆契丹政权，此番出兵是为"索叛贼而张正义、伐无道而求安宁"，并无拓土开疆之意，诚请各国能够理解。然后亲率二十万大军，出松漠而向西南，直取朔州。为了确保初战完胜，阿保机先派数人化装成樵夫和商贾潜入城内，随即将朔州团团包围。朔州守将毫无察觉，待等他见兵临城下时已经晚矣！被契丹军里应外合，打开城门。十万大军如洪水猛兽，突入城中。守将晋振武军节度使李嗣本率众负隅顽抗，拒不投降，被阿保机远远一箭，射落马下，受伤被俘。部下一哄而散，朔州城破。

初战完胜，契丹人军威大振。阿保机率众马不停蹄，挥师向东，攻打云州（今山西大同），遭到云州节度使李存璋的顽强抵抗，连续三日不克。由于云州城高墙固，壕宽水深，晋王李存勖援兵又到，阿保机不再恋战，兵锋一转，连夜挥师向东，越太行，过群山，直扑河北，连下武、蔚、妫、儒（今河北宣化、蔚县、怀来及北京市延庆）四州，迅速占领了幽州西北部大片土地，掠夺了大量的财物和人口北归。阿保机还趁机把武州改名为归化州，把妫州改名为可汗州，派军镇守，将它们划入了契丹的版图。

神册二年（917）二月，晋属新州（今河北涿鹿）守军发生内乱。威塞军防御使李存矩（晋王李存勖之弟）因为飞扬跋扈，虐待下属，欺压百姓，勒索钱财，遭到部属一致反对。裨将卢文进等忍无可忍，聚众哗变，将李存矩杀死。晋王李存勖闻报大怒，命幽州节度使周德威、都知防御兵马使李嗣肱率兵前去镇压。卢文进见晋军势大，不能抵敌，遂弃城北进，投靠契丹，向阿保机求救。

当年三月，阿保机派族弟曷鲁率军与卢文进兵合一处，夜袭新州。周德威的部下、守将安金全弃城逃走，卢文进重新进驻新州。晋王李存勖闻知怒不可遏，命令周德威调集人马再打新州。阿保机闻讯以后，亲率三万铁骑来援，在新州东妫州西，与周德威大军相遇。周德威号称晋王帐下第一勇将，其所率十万精兵驰骋中原，无人能敌。但契丹铁骑快如飓风、势如猛虎，在阿保机率领下如一股铁流，沾之者死，碰之者亡，晋兵抵挡不住，纷纷败退。周德威率军力战，被契丹十几员将领围在垓心，脱身不得。幸得部将崔开、史亮拼死相救，才侥幸逃得出来，但被萧敌鲁一箭，射中右臂，在众人掩护下大败而走，全军撤到幽州去了。

阿保机乘胜率兵追击，将幽州城重重包围，下令昼夜攻打。周德威见契丹军马漫山遍野，无边无沿，四门之外旌旗招展，号角连天，吓得人不卸甲，马不摘鞍，一直在城上督战，几次累得昏了过去。但由于幽州城高墙厚，壕宽水深，城中粮草充足，将士也有数万，急切难以攻下。阿保机便下令暂且停止攻城，召集众将研究办法。

降将卢文进人熟地熟，首先说道："幽州乃北方重镇，关系到晋冀安危，如若攻克，燕云震动，我军便可直下河洛，夺取中原。为今之计，当地上地下一齐动作，令城中防不胜防。即在地上运土为城，与之对峙，同时在下边挖掘地道，通向城中。如此则幽州可破，晋军必败矣！"

阿保机从其计，命曷鲁、安端分头带兵施行。但因时已六月，连日阴雨，此计虽好，终未能成。阿保机见天气炎热、人困马乏，乃命曷鲁与卢文进带兵三万、虚张声势，继续佯攻；又命安端带兵两万，西扰云州，使晋兵东西不能相顾，自己则悄悄率领大军主力，退回到契丹境内去了。

神册五年（920）十月，机遇再次到来。晋镇州（今河北正定）守将张文礼叛晋，派人与卢文进联系，准备投降契丹。晋王李存勖闻报大惊，急派兵围困镇州。定州守将、义武军节度使王处直与张文礼交好，担心唇亡齿寒，上书向晋王求情，遭到晋王李存勖的严厉申斥。王处直害怕被杀，派养子王郁到契丹求救。

阿保机闻讯大喜，派阿古只和耶律辖分别率众从古北口、居庸关南下，攻打檀州（今北京市密云）、顺州（今北京市顺义）以南地区，直逼遂城、望都等地。后来由于晋王李存勖亲自带兵阻击，契丹军才被迫北还。

次年十一月，阿保机再次派兵南下。由太子耶律倍和夷离毕康默记分率东西两路人马，越过古北口和居庸关，直插幽州两侧。东路军经檀州过蓟州，直取长芦（今河北沧州），从东部逼近瀛州（今河北河间）、定州；西路军过妫州绕幽州，攻打涿州，兵锋直逼保州（今河北保定）。晋涿州刺史李嗣弼献城投降。契丹军长驱直入，到达定州，定州告急。晋王李存勖亲率大军驰援定州，在祁州（今河北安国）北与契丹军相遇。李存勖身先士卒，率军猛冲，契丹军大败，被迫撤退。此时天降大雪，道路难行，耶律倍决定班师，并设伏兵断后。李存勖命大将王郁率兵追击，结果中了埋伏，五千多名将士几乎全军覆没。契丹军队得以安全撤回境内。

神册七年（922）二月，阿保机旧愿未了，再次发兵南侵。但由于晋王李存勖亲自率军拒敌，两军在蓟城附近激战数日，双方皆损失惨重，契丹无奈退兵。当年十月，趁着秋高马肥，阿保机又命次子耶律德光率军南征。但也只攻下平州（今河北卢龙），便被周德威率军拦截，止步不前。此时晋王李存勖已经灭掉后梁，统一了中原地区，在魏州（今河北大名）立国称帝，建立了后唐政权，国力空前强大。阿保机见图谋中原的计划已无法实现，遂转而向周边地区用兵。

还是在神册初年的时候，阿保机就曾经率军攻打突厥、沙陀、吐谷浑和党项地区，俘获各部酋长及牧民两万多户，把他们迁至阴山以南，使党项、回鹘和鞑靼等部族，一时皆纳贡臣服。但由于晋王李存勖经常派人挑唆利诱，这些部族便见利忘义，脚踩两只船，时而归顺，时而反叛。如今见后唐建国，势力强大，党项人便率先脱离契丹。随后奚族、乌古等部落也相继投入后唐的怀抱。西北各部族纷纷向后唐暗送秋波，私下往来。而东部的渤海国则更加猖獗，竟然勾结新罗与契丹对抗。神册七年阿保机征南班师，迁蓟城之民屯辽州（今辽宁法库西南），渤海国公然出兵阻挠，杀死辽州刺史，掠走大批人口。阿保机闻之大怒，决定东征西讨，平定四邻，稳住关东。

天赞三年（924）六月，经过充分的准备，阿保机命太子耶律倍监国，自己偕次子耶律德光率十万大军西征。临行前在一次朝会上，阿保机征询群臣的意见。尚书左仆射韩延徽出班奏曰："陛下此番远征，旅途多为荒漠，不惟道路难行，而且补给极难。为保大军完胜，应做些特殊准备才好！"

阿保机好奇地问道："爱卿所言极是。但不知当做何种特殊准备？"

韩延徽说："大军不必十万，五万精兵即可。但必须是一人两马，一马为坐骑，一马驮粮草。将士不论何人，必备水囊粮袋。即备好人畜足够的饮用水，同时把黍米炒熟，装满粮袋，以备应急之用。在大沙漠里行军，无法补给的事是常有的，这样才能万无一失。"

阿保机恍然大悟："爱卿如此细心，令朕自愧不如。"遂吩咐诸将，按韩延徽所言施行。结果在西征中发挥了巨大的作用，创造了沙漠远征的奇迹，为后来的成吉思汗所效仿。

当年七月，受阿保机派遣，先锋大将葛剌率军一万，攻克素昆那山东部族，首先占领了大兴安岭以东地区，掠夺了大批牛马，充实了大军的补给。

八月，契丹大军到达乌孤山（今蒙古人民共和国肯特山），收服了当地各部落，并按照传统习俗，杀白鹅祭天，与之结为盟好。继而进入古单于国（今肯特山以西乌兰巴托附近），未战而将其降服。

九月，大军转向西南，到达古回鹘城（今杭爱山脉以东、鄂尔浑河上游西北岸）。阿保机拜会回鹘诸部酋长，令其加入契丹领导的军事同盟，并勒碑纪念。接着兵发胡母思山（今阿尔泰山东南端的支脉），一战而胜当地诸蕃部，稍事休整。随后进军业得思山，以红牛白马祭告天地，向各部落颁发契丹国书，收受了回鹘、大食等部落敬献的礼物，与他们结成了友好邻邦。

十月，大军渡过流沙河（今准噶尔盆地附近），攻克浮图城（今新疆奇台西北），征服了浮图城以西各部。然后经寓乐山、霸里斯山、乌剌斜里山、霸室山（今新疆、甘肃交界的北山及甘肃、青海交界的祁连山脉）东返。历时五个多月，行程两万多里，将势力扩展到大漠以西，所到之处，尽皆臣服。

次年（925）二月，阿保机又命次子耶律德光率军攻打党项。此时党项族首领李仁福已被后唐册封为朔方王，以此为靠山与契丹对抗。耶律德光率军突袭，连下十余城，并把后唐援军击退，由此令党项人再次臣服。四月末班师东归。

西征大捷回到上京，阿保机未见任何疲惫，反而愈加精神抖擞、斗志昂扬。他对大臣们说："朕虽平服西疆、收服各部，但东部渤海国投靠后唐，狐假虎威，杀人掠地，甚为可恶，乃我心头大患，必须及早除之，否则朕寝食难安，其心不甘也！"

尚书左仆射韩延徽劝之曰："陛下亲蹈艰途，身心十分疲惫。将士长途跋涉，军力亦必衰竭，应当很好休整才是。况且出征耗资巨大，百姓难荷重负，亦应舒缓几年才好！"群臣亦纷纷劝阻之。

但阿保机执意不听，他长叹一声说："众卿之意，朕岂不知？昨夜师太托梦给我，告诫我欲速不达，万事从长，一切当以爱惜民力为本。但我思前想后，感慨颇多。如今朕已五十有四，来日尚有何年，恐怕只有天知。现在把能做的事情尽量了结，就省得将来留下遗憾，让儿孙们再费心了！"他的话说得极为伤感，让群臣听了皆不知所言。

天赞四年（925）十二月，西征归来仅仅半年，阿保机便又下令东征。皇后述律平放心不下，决定带太子耶律倍、次子耶律德光、尚书左仆射韩延徽、政事令韩知古、夷离毕康默记等一班重臣随行，只令国舅阿古只监国，留守临潢，可谓合朝出动，从来没有，但阿保机欣然同意，令群臣感到十分惊诧。他先带领众人祭拜了木叶山祖庙，又杀青牛白马祷告天地，然后命曷鲁和萧敌鲁为正副先锋，向渤海国进发。

还是在大军出发之前，为了确保东征完胜，阿保机就曾派曷鲁带小股骑兵，对渤海国边城进行过数次试探性进攻，一为摸清地形地貌，二为麻痹渤海守军。果然这次契丹大军来袭，渤海国守边将士仍以为是例行骚扰，并未挂在心上。再加上天气寒冷，大雪飘飞，因而躲在哨卡里饮酒作乐，防守十分松懈。被曷鲁和萧敌鲁趁机连下五城，迅速包围了扶余（今吉林农安）重镇。渤海国王湮譔闻讯大惊失色，急忙派兵来援，被安端率领一万铁骑拦住不能前进。

次年正月初三，扶余城破，守军将士一万多人全部投降。太子耶律倍率大军主力乘胜北进，击溃渤海援兵，包围了京都忽汗城（今黑龙江宁安渤海镇），昼夜攻打。耶律德光献计采用火攻，烧得忽汗城烟雾弥天。渤海国王湮譔无奈，率百官出城投降。

阿保机恐其中有诈，自己率大军仍驻扎城外，只派侍卫统领康末坦率五千人马入城，一为接受投降，二为维持秩序，同时入户搜缴武器，镇压反抗分子。果然渤海国王听说后唐援兵将至，又自恃城中尚有十万人马，兵精粮足，因之降而复叛，竟派人杀死康末坦，重新关上城门，企图固守待援，负隅顽抗。阿保机闻之怒火万丈，命大军攻入城中，擒而杀之，将其头颅悬于城墙之上。同时令各路大军迅速占领各州、府、县，命各州节度使携带地籍图册，进京纳降，交出所辖人马，听候发落。全国军民人等，无一人敢于反抗。只有长岭（今吉林海龙西南）、南海（今朝鲜咸兴）、定理（今俄罗斯苏城）和鄚颉（今黑龙江阿城）四地降而复叛，阿保机立即派兵分别清剿，迅速荡平。

当年二月，阿保机率群臣在忽汗城郊遥祭祖庙，杀青牛白马祭告天地，同时大赦天下，改元天显，行檄各国，晓谕万民。宣布改原渤海国为东丹国，改忽汗城为天福城。册封皇太子耶律倍为东丹国主，谓人皇王。设置左右丞相及文武百官，赐天子旌旗、车仗，正式立国称制决事。阿保机的本意是历练太子治国理政的能力，以便未来继承大统。周边高丽、鞑靼等小国、小邦相继归顺，各部落酋长、头领纷纷前来道贺，一时宾客云集，盛况空前。后唐庄宗李存勖闻后叹之曰："契丹荡平关东，统一北方，实力大长，野心必增，恐中原以后无宁日矣！"

庄宗李存勖的担心不是多余的。阿保机东征告捷之后，就准备秣马厉兵、进取中原了。为此，他在接见后唐使者姚坤的时候说："请转告庄宗皇帝，若南朝把黄河以北割让给我，我便不再南征。否则尔便有灭国之祸！"

姚坤听后冷笑着说："陛下岂非白日做梦、痴心妄想？中原汉地乃祖宗所留，岂能徒赠胡虏，留人笑柄？"

阿保机并不生气，仍笑着说："假如黄河以北不允，那么割让镇、定、幽、朔诸州也可。我们可以划疆为治嘛！"

姚坤揶揄地说："陛下听说过坐井观天，看见过蛇吞大象吗？实乃虽有野心，然而其力不足也！必会为象蹄所杀，死于非命矣！"说罢哈哈大笑。

阿保机仍未生气，也大笑着说："那我就要兵进中原、饮马黄河，到洛阳去做皇帝，拿庄宗的脑袋当夜壶了！"群臣听后皆愕然无语，姚坤则拂袖而去。

当年三月，阿保机志得意满，雄心勃勃，率军凯旋临潢，准备整军南侵，再下中原。不料车行至扶余城北，忽然天空中一鹰飞至，在头顶上大叫数声，极为凄厉，吓得辕马忽失前蹄，跌倒在地。车轴断为两截，车轮歪在一旁。阿保机和皇后述律平惊悸下车，默言无语。尚书左仆射韩延徽闻声赶来，甚觉奇怪：此处道路平坦，并无坎坷，怎么会跌倒辕马、轮散轴折？疑惑之间他回过头来问旁观者："此为何地？"

一老汉听到后即回答说："此为落日崖也！"

韩延徽环顾四周，更加疑惑："此地无山，何称为崖？"

那老汉告诉他说："原来有崖，甚是雄伟。数年前在一黄昏之时，突然日落而崖崩，成一怪石场，故有此名也！"韩延徽听后甚觉不吉，心中惊诧加剧，口中喃喃自语。

当晚大军住在扶余，阿保机便觉体乏无力，心神不宁。略饮几杯薄酒之后并未进食，便悄然和衣睡下。入夜时忽然生病坐起，时冷时热，时昏时醒。皇后述律平急召随军御医诊治，连用数服良药也不见效，病势愈发沉重。韩知古为之诊脉，感到其脉象怪异，一会儿急如擂鼓，一会儿慢若游丝，心中倍加忧虑。皇后述律平伏在阿保机的身边，一遍又一遍地呼唤着他的名字，他都不答，只是不断地叨咕着："师太饶恕我，徒儿知错了！"大家都感到莫名其妙，而又束手无策。

至第七日中午，帐外忽有一女尼求见。进来后为阿保机把脉时说："师兄不听师尊之言，急于求成，穷兵黩武，伤及苍生，故有此厄。与秦皇、汉高之伟业失之交臂，甚为憾之。如今杀戮太重，冤魂群聚，已告到凌霄宝殿。玉帝召其前去对质，恐病已不可医，命亦不能久矣！"说罢取一佛珠置于阿保机口中说："一切皆为定数，众人不必悲伤。有此宝珠镇之，师兄自会醒来，而且其肌体会历二百年而不腐。师尊嘱我，尽力而为，能做到的只有这些了！"说罢转身离去，不辞而别。

当晚日落之时，阿保机果然苏醒过来，目光柔和，面色红润，眼中却噙满了泪水。他一只手拉着述律平，另一只手拉着耶律倍，长叹一声说："后悔未听师尊之言，酿成今日之祸。此皆我之过也！看来万事俱应顺其自然，绝对不可以强求也！切记以此为戒，勿蹈我之歧途。我太累了，也该睡了！"说罢脑袋一歪，瞑目而逝，终年五十五岁。

皇太子耶律倍、次子耶律德光见父皇驾崩，立刻哭倒在地，数次昏厥。群臣亦痛哭流涕，哀号不止。皇后述律平倒还刚强，她说："人死不能复生，光哭又有何用？"遂操持一切事务，命将阿保机遗体运回京城。于次年九月，将其葬于祖陵（今内蒙古自治区巴林左旗石房子村西北山谷中）。据说多年一直有苍鹰看尹、蟒蛇守卫，人神均不能近前，肌体逾二百年不腐。直到契丹国灭亡，阿保机的遗体才突然不见了，只留下一座石房子，成为千古之谜。

第五回

丧天良太后舞屠刀
凭母助德光登大位

耶律阿保机突然患病，又很快驾崩，令契丹国群臣哀伤不已、悲痛万分。他们谁也没有想到，这样一位年富力强又武艺精绝、雄才大略又叱咤风云的一代明主会溘然长逝。初闻噩耗，真如地裂天崩、海枯石烂，令人难以置信。悲痛之余，他们又很快冷静下来，聚集在一起商讨善后之策。

尚书左仆射韩延徽对众人说："国家不可一日无君，三军不可一日无帅。为今之计，当速立太子耶律倍继位，主持先皇殡葬大计，以保国祚平稳、社稷安康，防止有人趁机作乱或外敌乘机入侵也！"曷鲁、萧敌鲁、韩知古和康默记等一班文武重臣深以为然，遂一起去皇后述律平帐中奏报。因为大家知道，这样的大事必须取得她的首肯和支持，才能够顺利进行。

没想到韩延徽等人刚一开口说明意图，述律平就立即沉下脸来说："先皇驾崩尸骨未寒，回京安葬才是大事。至于说册立新君，事关社稷长远，岂是仓促之间在半路上就能轻易做得？还是放一放吧！哀家自然心里有数。"

韩延徽与曷鲁等人还想再说点什么，却见述律平面沉似水、目光如剑，与平时端庄贤淑的样子判若两人，皆感到有些莫名其妙。又见太子耶律倍并不在场，只有耶律德光按剑而立、表情严肃，数十名侍卫虎视眈眈、杀气腾腾。韩延徽与曷鲁对望了一眼，刚想吱声，政事令韩知古却抢先说话了："如今先皇故去，皇后就是一国之主。微臣恭请皇后临朝理政，决断大事。此社稷之需、万民之福也！"接着又有几位大臣随声附和。

皇后述律平听完后未动声色，犀利的目光从几位重臣身上掠过，良久才慢吞吞地说："韩爱卿之言不无道理，不知你们几位是不是这个意思呀？"一边说着话，一边狠狠地盯着韩延徽，好像要从他的身上看出答案。

韩延徽和曷鲁等人闻听此言，均感到脸上像被钝刀割破了一样，既难堪又疼痛，脊背还感到一阵阵地发冷。曷鲁和萧敌鲁摇了摇头，没有说话。韩延徽顺口答道："政事令所言，也是上策。先皇驾崩，总要有一人当家主事嘛！臣等也是这个意思。"说完悄悄地退了出去。

看到此处，有的读者可能要问，怎么会出现这种场面？皇后为什么是这种态度？我来告诉大家，原来述律平有她自己的打算，并且这种打算由来已久，只不过阿保机在世的时候，没有表露出来而已。如今先皇去世，她感到时机已经成熟，于是便开始实现心中的夙愿了。这一天多来，她思前想后，昼夜未眠，分析了各种可能，考虑了各种后果，并为此做出了相应的安排。从阿保机去世的那一刻起，她就以皇后的名义拿过兵符印信，把军政大权牢牢地抓在自己的手里。并调动御营亲兵和女兵营，早已把所有大臣监视和控制起来。所以韩延徽与曷鲁等人的一言一行，都已在她的掌握之中了。

传说述律平的祖先是回鹘人。八世纪五六十年代，有个叫糯思的回鹘人因为逃难，跑到今西拉木伦河南岸，投奔到契丹人迭剌部述律氏家中，改名换姓，成为述律氏家族中的一员。因为他英勇善战，还做过部落的高级武官，娶了一位契丹族姑娘做妻子。糯思就是述律平的四世祖。其后人与契丹人相融合，繁衍生息，逐渐成为一户名门望族，并与耶律氏结下了牢固的婚姻关系。

述律平生于879年，比阿保机小七岁。她是阿保机亲姑母的女儿，是阿保机的亲表妹，从小就喜欢骑马射箭、舞枪弄刀。性格泼辣勇敢，又大胆奔放，经常打哭比她大的男孩子。在她八岁那年，十五岁的阿保机从龙山学艺归来，在擂台上展示了高超的武功，一举击败了擂主滑哥，成了草原上尽人皆知的少年英雄，还当上了于越释鲁的亲兵队长。这让述律平仰慕至极，佩服得五体投地。当时她跑到擂台上，为阿保机献上一大捧新摘的鲜花，并发誓一定要嫁给这样的男人做妻子。

述律平虽然生在武官之家，从小就习文练武，像男孩子一样争强好胜、打架斗狠，但她自知与阿保机的差距太大，自己根本配不上他。于是她一赌气，自己跑到医巫闾山芦花古洞，拜芦花圣母为师，学道练功，一待就是九年。家里人都以为她失踪了，父母和亲友几乎悲痛欲绝。但这个八岁多的女孩却心如铁石，九年中一次也没有回家，再苦再累也一次没有哭过、懒过。九年的光阴过去，她长成了一个英武健壮的少女，也练就了一身高超的武功。在春天那温暖的阳光里，她像南来的燕子一样，拜别师父下山，回到了阔别已久的草原。

九年不见，阿保机不但长成了一个英俊雄壮的青年，而且成为文武双全的统帅。述律平也出落得秀眉大眼，俊俏健美，浑身上下焕发出一种青春的朝气，像潢河边上一株挺拔的白杨。这对表兄妹久别重逢，如同干柴烈火，立即陷入热恋之中。密林中，草地上，营帐里，潢河边，到处都留下他们出双入对的身影。春风里，夏雨中，月光下，祖庙旁，经常听得到他们发自内心的笑声。长辈们都为他们祝福和祈祷，亲友们皆为他们感到骄傲和自豪。

在述律平十八岁那年秋天的一个上午，灿烂的阳光照在草原上，奔腾的潢河传来好听的涛声，空气中弥漫着一股醉人的芳香。阿保机与述律平骑马赛跑了一阵，感到有些累了，便互相依偎着坐在柔软的草地上小憩。这时候，他们不约而同地发现，在那宽阔的潢河之上，一位身着天蓝色衣裙的仙女，站在碧波之中向他们走来。她那美丽的容颜像月里的嫦娥，她那曼妙的身姿如海中的龙女。转眼之间，这位仙女来到他俩的面前，在离他们两丈远的地方停住，向着二人嫣然一笑，手一扬，抛给他俩两枚红色的仙果，然后飘然转身，从潢河上消失了，只见远处的天边升起一道彩虹。

述律平和阿保机均感到十分惊奇。二人凝视着这两枚仙果，见其红如鸡血，亮似宝石，柔韧光滑，玲珑剔透，散发出迷人的光泽和诱人的香味，让人爱不释手。两个人一人一枚，把玩良久，不知怎地都情不自禁地放在唇边。那枚仙果却也神奇，竟然像长了腿一样，一下子滑入二人的口腔里，而且进口就化，甜香无比，如酥似蜜，回味悠长。

吃完了那枚仙果，两个人靠在一起，四目相对，爱意绵绵。不一会儿皆感到周身发热，激情难耐，渴望抚摸，不能自禁。遂偎脸贴腮，相抱拥吻。继而脱衣解带，尽情狂欢，在河边的草地上完成了第一次野合。两个人你贪我爱，不忍分离，云雨两度，方才罢手。事后，阿保机感到周身通泰，精神倍有。述律平则目光迷离、余兴未尽，紧紧地抱着阿保机，一点儿也没有羞涩的感觉，反而倒觉得非常神圣。

实际上他们俩做了一件非常神圣的事情。就在那天夜晚，述律平做了一个奇怪的梦。那位白天遇到的蓝衣仙女飘然来到她的床前，微笑着对她说："我是洛水女神，给你送来贵子，谢谢你帮助我圆了一个梦想。祝契丹兴旺发达，愿姑娘好运长久！"说罢悄然离去。述律平感到愈加惊奇，醒来却是一梦。但见窗外月光朗朗，仙女之言犹在耳边，似觉如在白日。思虑之余，又感到腹中温热，似在跳动，让她既有些紧张又狂喜不已。不久她与阿保机完婚，婚后九个月就生下一子，取乳名为图欲，学名耶律倍，就是如今的东丹国主、人皇王。

且说述律平嫁给阿保机之后，不仅相夫教子，操持家务，成了阿保机优秀的贤内助，而且出谋划策，赞襄军机，成为阿保机得力的好参谋。在他走向立国称帝的过程中，发挥了别人无法替代的作用。她亲自带领女兵营，不但保证了阿保机的人身安全，而且多次帮助他平定叛乱，化险为夷。她的那口红缨大刀、那根飞天神索和十把飞刀，令许多逆贼闻风丧胆。

阿保机做可汗的时候，有一次宴请众将，族弟寅底石借酒盖脸，竟要汗王妃给大家斟酒。撒剌、安端和滑哥等一帮人也跟着起哄。阿保机有些气恼，但又不好发作，便借口说："三子年龄太小，这两日有些寒热，昼夜哭闹不止，汗王妃确实脱不开身，还望诸弟见谅！"

不料那帮人不依不饶，诚心想出阿保机的丑。述律平闻讯之后，把年幼的李胡交给侍女看管，自己从后帐走了出来，亲自把盏给诸将斟酒。并且还大大方方地说："诸位将军随大汗出征，一路出生入死，劳苦功高。我敬这碗薄酒，就代表留守在大帐的族人，谢谢大家了！"说罢一饮而尽，转身欲走。

族弟寅底石得寸进尺，嬉皮笑脸地说："酒席之上，无以为乐。不如请汗王妃歌舞一回，给大家助助兴，如何？"这些将领们都有些半醉，于是一齐喊道："好哇！好！请汗王妃跳舞！请汗王妃跳舞！"竟然稀里哗啦地鼓起掌来。

述律平见状，很想借机打压一下这些人的嚣张气焰。她与阿保机对视了一眼，然后笑着说道："歌舞助兴，确是好事。都是自家兄弟，恐怕却之不恭。不过我听说寅底石兄弟不仅武功高强，而且舞技极佳。不如我们俩比试一下，谁若是输了，就光着膀子给大家跳舞。各位将军，你们看如何呀？"

这些将领们听完之后，觉得述律平的提议很有意思，比单独看跳舞更好玩、更刺激。于是便七嘴八舌地嚷道："比一下！比一下！""谁输了谁跳舞！""一定要光膀子，露肚皮！""谁也不许反悔！""哈！哈！哈！哈！"

寅底石知道述律平武功精绝，不太好惹，自己恐怕不是人家的对手。但事情是自己挑起来的，又是一个大男人，事到临头了，不好退缩。何况自己箭法精到，以己之长，对彼之短，也未必会输给她。于是他乍着胆子问道："不知汗王妃要比什么？怎么个比法呢？"

述律平不屑一顾地笑着说道："你是兄弟嘛！就随你的意。你说比什么，嫂子都陪着你，怎么样？"

寅底石闻之心中略宽。他环顾了一下大帐，然后冷笑着对述律平说："汗王妃看见了吗？那只条案上并排插着二十根蜡烛，我们就射那其中的十根。我用袖箭，你用飞刀，全中的为赢，有漏中的为输。怎么样？敢比吗？"寅底石有手好箭法，不但能开得硬弓、射得连弩，而且百发百中，箭无虚发。特别是他那手袖箭，抬手击发，百步穿杨，临阵制敌，无一不胜，在草原上尽人皆知。他也觉得自己功夫独到，毫不含糊，又见那蜡烛不过二十几步远，自感胜券在握。因而出言傲慢，底气十足。

述律平抬眼看了一下那排蜡烛，仍然微笑着说："就依兄弟之言，也请你先动手。"说完站在一边。

寅底石收起笑容，严肃地说："不好意思，那兄弟就献丑了！"说罢侧转身一扬手，"嗖、嗖、嗖、嗖"，十支袖箭瞬间飞出。那条案中间的十根蜡烛应声而倒，烛火熄灭。众人见之一齐喝彩："好箭法！好箭法！真是吕布再世、李广重生啊！"将领们纷纷赞不绝口。寅底石得意扬扬，抱胛含笑。众人不免替述律平有些担心，阿保机则不动声色，端坐无言。

待侍女又换上十根新的蜡烛，述律平走上前去，脚步轻轻，姣躯款扭，手微扬，似在起舞。忽然间她一个转身，十把飞刀"噌、噌、噌、噌"，瞬间飞出，又齐齐插在条案对面的屏风之上，形成一条整齐的横线。而那些蜡烛一根未倒，依旧挺拔地站在那里，发出诱人的光亮。众人见之心下一沉："完了！完了！汗王妃失败了！怎么会一根也没有打中？""可惜了！可惜了！怎么会这样呢？"还有的说："真是徒有虚名啊！""准备跳舞吧！"

寅底石见之心花怒放，得意扬扬地走上前去，对述律平说："怎么样？汗王妃！还有什么可说的？准备跳舞吧！衣服呢，是你自己脱哪？还是我来帮你？哈、哈、哈、哈！"一阵大笑，震得大帐产生回响。

述律平依然微笑着，没有着慌，也没有生气，待寅底石大笑完毕，才缓缓地对他说："请你不要高兴得太早了！谁跳舞还不一定呐！麻烦你走两步仔细看看，到底中与没中？"

寅底石闻之有些疑惑，与几位将军一起走向前去，挨根蜡烛详细观看，不禁大吃一惊。原来那十根蜡烛虽然仍在燃烧，但已经被飞刀从中间拦腰切断，成为两截，其超凡武功令人拍掌叫绝。寅底石自感技不如人，弄巧成拙，只好在众人面前袒胸露腹，裸衣起舞，笨如狗熊，丑态百出。乐得众将前仰后合，羞得寅底石无地自容。

913 年三月，阿保机担任可汗已经第七个年头，以撒剌为首的族弟们发动了第三次叛乱。安端与迭葛行刺失败被擒，撒剌拥兵对峙企图自立。阿保机出兵追剿，述律平留守大营。叛军在辖底和寅底石的带领下，突然袭击可汗大营，火烧金顶大帐，夺走了神帐和旗鼓。述律平率领女兵营果断反击，如旋风般冲入叛军阵中，似砍瓜切菜一般连斩五将，吓得耶律辖底落荒而逃。述律平带人夺回了神帐和旗鼓，保卫了金顶大帐的安全。

还有一次是神册二年（917）六月，阿保机率军西征党项。室韦部落黄头、臭泊两部头领见临潢空虚，趁机反叛，企图消灭契丹王室，向朱梁王朝投降。述律平得报以后，率领女营将士严阵以待。在对方兵临城下尚未站稳之时，率队突然出击，令叛军措手不及，仓促应战。述律平挥舞红缨大刀，连劈数将，与清云一起活捉黄头、臭泊两部头领，致叛军大败。从此述律平的英勇善战威名远扬，令敌人闻风丧胆。

述律平不仅英勇善战，而且思维敏捷、头脑睿智，很有政治远见。在帮助阿保机巩固汗位、立国称帝的过程中，做出过她自己独特的贡献。特别是在利用汉人方面，她的许多观点和做法，对巩固契丹政权、推动经济发展，发挥了至关重要的作用。她不仅力排众议，推荐了韩延徽，重用了韩知古和康默记等一班汉臣，而且大胆地使用许多汉族工匠，运用他们的聪明才智，从事冶炼、纺织、锻造、建筑和皮张加工等行业。汉人樊蒿来自檀州，精于打造各种兵器和农具，被她聘为军械营副都管；封启和封闭兄弟俩是青州有名的皮匠，流落到草原，被她聘为辎重营都尉，专门主持缝制坚甲马具。汉人女子秦婉玉来自凤翔，擅长农作、饲养和纺线织布，述律平便将她请入宫中，给后妃和侍女们当老师。述律平做的这些事看似平常，但是拾遗补缺，恰到好处，常常产生意想不到的效果。阿保机有一次由衷地说："夫人的所作所为，胜于我的十万大军哪！"

述律平长期随军作战和深入民间，让她认识到医官和医术的重要。作为皇后，她一方面派人去中原，重金聘请郎中和医士，来到草原听用；另一方面选派优秀人才去中原学习，回来后给契丹效力。韩知古的儿子韩匡嗣、她自己的义子吐谷浑人直鲁古原，就是由她亲自选拔，派到显州医巫闾山，跟随师父芦花圣母学习医术的。后来二人均成为契丹重臣、一代名医，为草原的医疗事业做出了贡献。

述律平还是个极善权变、很有心计的人，这一点让阿保机和许多大臣都极为敬服。尽管她提出的计谋均有些阴狠，但在当时都收到了极为明显的效果。

比如在915年，也就是阿保机担任可汗的第九年，他虽然平定了诸弟之乱，迭剌部落中的反叛势力元气大伤，但在其他七个部落中，反对派仍然占上风。他们以遥辇部的酋长恰桑为首，在阿保机征讨黄头室韦回来的路上，会同部族中"十老"等数千人，一齐拦路跪而强谏，逼迫阿保机交出神帐和旗鼓，主动让出可汗的位置，否则将立即举行公推众选。阿保机无奈，只好暂且屈服，与述律平来到炭山东南。这里盛产五谷，又是盐铁的转运之地。阿保机在这里筑城居住，招兵买马，不久又强大起来。这时候夫人述律平向他献计，邀请各部酋长来此聚会，商讨经营盐铁之事。酋长们见有利可图，不知是计，纷纷高兴而来。没想到在酒酣耳热之后，被述律平埋伏的刀斧手全部砍死。阿保机趁势夺回汗位，回到临潢。

神册三年（918），由于阿保机听从韩延徽之计，实行远交近攻，与南方各国的关系较好。南唐国主李昇派人赠送给契丹一些"猛火油"（一种原始的石油产品），并附信说明："若攻城略地，使用此油，敌方用水浇亦不灭，可保战之必全胜也！"阿保机大喜，想用此油攻打幽、云等地。述律平听后劝阻说："烧毁城楼营寨，固可制一时之胜，但必大量伤害对方百姓，致无辜者死于猛火，从而令其深恶痛绝，反让我契丹失去民心也！如此则得不偿失，不如不用。"阿保机深然其言，也令韩延徽等群臣极为佩服。

阿保机立国称帝以后，为防备后唐军队北伐，不断地派人选将，增兵边防，给国家造成了很大的负担。述律平说："派驻重兵，巩固边疆，防敌偷袭，以求安宁，固然无可非议。但治军之道，上兵伐谋。固我边陲不如毁其斗志，增我兵员不如坏其军心。见缝插针，施以小计，令其互相猜疑，使其无力北伐，此乃护国固边之上策也！"

阿保机听后很感兴趣，请她细说。述律平随后建议："我方可使用反间之计，常送一些金钱、美女，并许之以高官、厚禄，不断地派人去中原渗透，拉拢腐蚀那些重要将领，使他们各镇节度使之间互相猜忌，与其朝廷三心二意，抑或脚踏两只船，成为墙头草。如此则我方必有机可乘，大事亦可成也！"述律平的这些策略得以应用，果然在后来的战争中发挥了巨大的作用。

由于述律平既足智多谋又英勇善战，因而她不仅受到阿保机的尊重，就是在朝中和军中也有很高的威望。即使阿保机健在之日，也无人敢小觑于她。所以当阿保机驾崩之后，她立即宣布临朝决事，不但满朝文武无人敢言半个不字，就连那些桀骜不驯的酋长们也都俯首帖耳、规规矩矩，她的亲族和子女们就更不用说了。

述律平和阿保机共同生育了三个儿子。长子耶律倍，次子耶律德光和三子李胡。三个孩子虽是一母所生，但是性格各异。还是在他们童年的时候，阿保机就曾经三次测试过他们的品德，并由此决定了他们的命运。

一次是在有一年的隆冬，帐外天降大雪、滴水成冰。阿保机让三个孩子去外边拾柴，以便生火取暖。不一会儿，三个孩子陆续回来了，但他们的收获却不一样。老大耶律倍拾得不少而且都是干柴，全部能用；老二耶律德光拾得最多，但是干的青的都有，只能用上一部分；老三李胡拾得最少，质量又差，而且最先跑回来。阿保机望望述律平，意味深长地说："老大灵巧，老二能干，老三懒惰。恐怕最没出息的就是他了！"

一次是阿保机过生日，契丹人称为太阳节，三个孩子给父母行跪拜大礼。阿保机赏赐完礼品之后，问他们说："什么是对父母的孝顺呢？"

老大耶律倍脱口而出："秉承父母的意志，做他们喜欢做而未做完的事。"

老二耶律德光思索了一会儿，看着母亲说道："对父母的话唯命是从！"

老三李胡想都没想，立即攥紧拳头，瞪大眼睛说："杀死父母的仇人！"声音尖利刺耳，连阿保机都吓了一跳。

还有一次，是阿保机夫妇带着三个孩子去打猎。阿保机让他们分头行动，中午在营地会合。将近晌午的时候，三个孩子先后归来。耶律倍所获虽然不少，但皆为雄性和成年猎物；德光所获最多，他的马都有些驮不动了，但老幼公母皆有；李胡只打了几只山鸡。阿保机依次问其故。耶律倍说："野兽繁衍，生生不息，留下母幼，方可成为我等衣食之源也！"

德光回答："应取尽取，有水快流，方为强者之道、成功之途也！"

李胡不屑一顾地说："花这么多的工夫，跟野兽较什么劲？还不如去杀人痛快！"

阿保机听后深思良久，对述律平说："老大堪为仁君，老二可为良将，老三却只配做刽子手了！"述律平听了摇了摇头，不以为然。

耶律倍长大以后，聪明好学，文武兼备，既懂阴阳，又晓音律，而且还精通医学，同时又多才多艺，能写一手好文章，诗也做得很好。他还善于作画，其作品《射骑》《猎雪骑》《千鹿图》等为时之名画，被后来的宋朝宫廷收藏。

耶律倍十分爱读书，尤爱藏书。他通过搜集和购买，集聚了几万册图书，都藏在医巫闾山的读书楼。其中不乏许多珍贵的善本和孤本书。耶律倍倡导儒家文化，推崇孔孟之道，主张处处效仿中原，加快契丹国家的封建化进程。他虽然也骑马射箭，但他更爱习文，主张以仁治国，以德待民，靠信义加武力统治国家，夺取天下。

耶律阿保机认为自己是龙的传人，属于中华一脉，因而一心想夺取中原，做全中国的大皇帝，他对耶律倍的思想极为欣赏。韩延徽和康默记等一班汉臣，也都倾向于耶律倍的治国主张。但述律平的想法却截然不同。

述律平虽然也主张引进汉族文化、重用汉族人才，但她重视的仅是汉族的医药、冶炼、纺织和建筑等实用技术和技能，把它们引进来的目的是为契丹的统治服务，而不是从各方面进行汉化，用来改变契丹的旧传统。她认为那样做，不仅会伤及契丹贵族的利益，动摇这个国家的根基，而且会使这个勇猛剽悍的民族变得懦弱，从而导致这个民族的消亡。

述律平与耶律倍的政治取向截然不同，对这个长子的自以为是和不听摆布早就不满。还是在阿保机立国称帝的时候，征询群臣尊哪位圣贤、立哪家之言，耶律倍明明知道她信奉道教，推崇老君，却当着她的面驳斥了韩知古的观点，这等于不把她放在眼里，由此使她从难堪变成了忌恨。

另外还有一个说不出口的原因，那就是她认为，她与阿保机共同生育的这个儿子，是替人家洛水女神圆梦，她等于是为人家借腹生子。她有时真后悔，为什么当时没有板住，吃下了那枚仙果，造成了这种结局。她说不出是喜是忧，反正心中总是隐隐地不快，像是有什么东西一直堵在那里。这种心理障碍折磨了她好多年。

述律平看不惯耶律倍的那套主张和做派，却无法动摇他的太子地位，于是便抓住一切机会，在阿保机的面前贬低他，同时抬举耶律德光。她多次进言，把年仅二十岁的德光捧为天下兵马大元帅，成了朝中炙手可热的人物，与太子耶律倍平分秋色。在耶律倍被立为东丹国主之后，述律平高兴地说："图欲当了人皇王，我们对他也算有个交代，今后不用再为他操心了！"弄得阿保机有些莫名其妙。

述律平真正喜欢的儿子是德光和李胡。德光比图欲小两岁，从小聪明乖巧，对母亲逆来顺受，惯会看述律平的眼色做事，从来不与父母犟嘴。德光不爱习文，偏爱习武，这一点也很讨述律平的喜欢。他跟着父母学到了许多武功绝技，不但练得弓马娴熟，而且深谙兵书战策，精通排兵布阵之法。从十二三岁起，他就跟着父母东讨西杀，带兵打仗。二十岁就被任命为兵马大元帅，多次独自带兵出征。在攻克平州，降服奚、霫，南掠镇、定，西取党项以及北征乌古、东击渤海等战争中，屡立大功，表现出杰出的指挥才能，在军队中有很高的威望，成为仅次于阿保机和述律平的第三号人物。

与两位哥哥相比，老三李胡显得最没有出息了。他虽然仅比德光小两岁，与两位兄长一起拜在名师门下，共同习文练武，但他懒惰任性，乖戾暴躁，弄得文不成、武不就，倒养成了一身臭毛病，几乎继承了父母身上所有的缺点，而且还有所"发扬光大"。他动不动就骂人、打人、折腾人，杀人也是常有的事。他喜欢在奴隶的脸上刻字，或者把他们放在火上烘烤，再不然就是抽筋剥皮，挖眼割舌。看到奴隶们痛苦地哀号，他则在一旁饮酒大笑。他的残忍在草原上是出了名的，人们都像遇到恶狼和瘟神一样躲着他。但述律平却极为喜欢他，溺爱他，把他视为掌上明珠，打算将来让他接替德光做皇帝。

述律平的这种想法由来已久了，只是因为阿保机在世的时候，她不敢过分张扬而已。如今阿保机去世，她就可以毫无顾忌、为所欲为了。她决心按照自己的意愿，实现心中的理想，建立起由她领导的母系王朝，她要成为吕太后和武则天一样的人物而名垂青史。她认为她与她们相比，自己不但不差什么，而且各方面都要强得多。她认为自己有能力、有把握领导一个强大的契丹帝国，而群臣和百姓，不过是一群群被驱赶的牛羊。

本来在当时的情况下，凭借述律平的巨大权威，凭借契丹民族的历史传统，凭借耶律倍还没有形成优势的条件下，述律平完全可以采取比较平和的手段，运用不流血的方式废长立幼、临朝决事，实现自己君临天下的伟大理想。但她没有，也不想那样做。不是她没有想到，而是她那种固有的残忍嗜杀的性格，导致了这场帝位更迭不但弄得刀光剑影、血肉横飞，而且给以后若干年均留下了动乱的隐患和悲剧的结局。

述律平率军回到京城以后，先把各部落酋长的妻子们找来，设宴招待。酒过三巡之后，述律平端起酒碗对她们说："如今先帝去世了，他生前待你们不薄，你们想念他吗？"

酋长夫人们高兴而来，又喝了不少的酒，不明白皇后是何用意，于是不加思索地同声说道："我们非常想念先帝，他是契丹人的大英雄啊！"

述律平接着说："你们既然想念先帝，想不想同我一样啊？"

酋长夫人们更糊涂了，七嘴八舌地答道："皇后乃是一国之母，我们哪有这样的福分哪！""皇后乃是人中龙凤，我们若像您就好了！"还有的说："我们巴不得呢！"

述律平笑着说道："这很容易！你们不都说忠于先帝、想念先帝吗？本来是应该跟着先帝去的，但念你们都有子女，需要抚养，就不必去了。那么就先当个寡妇吧！"说完不等酋长夫人们回答，即派侍卫召来了所有的酋长，当着所有夫人的面问他们："你们想念先帝吗？"

这些酋长们跪伏在地，异口同声地说："我们非常想念先帝！"

述律平笑了，她说："那好！每个人喝一碗酒，然后就上路吧！你们都是忠臣哪！去陪先帝吧！那里非常需要你们！"说罢命侍卫将酋长们拉出，全部勒死在大帐之外。弄得那帮酋长夫人欲哭无泪，一个个像傻了一样。述律平杀掉了原有的酋长，立即换上了一批新人，所有的部落都吓得老老实实。

杀掉各部酋长之后，述律平又向朝廷大臣们开刀了。她派出许多人跟踪和监视朝廷大臣，凡是听到议论册立新君或主张耶律倍继位的人，都视为她的对立面，均以"太子党"或"东丹帮"的名义，诬为企图谋反，投入大牢。时任惕隐的耶律迭里，是一位心直口快的重臣，因为上奏折建议东丹王继位，又与耶律铎臻等几个大臣在喝酒时议论此事，被述律平扣上"拉帮结伙、阴谋反叛"的罪名，用极其残忍的"炮烙"刑罚，在大殿上活活烤死，并由此株连二百多人。其弟弟萧敌鲁的妻子因为同迭里沾点表亲，也没有放过。其他的大臣们就更不用说了，许多人不明不白地含冤而死。

对于述律平的血腥屠杀，朝野上下怨声顿起。尤其是那些汉人大臣和将官们更是心灰意冷，产生去意。述律平听说以后，决心杀鸡儆猴，拿汉军大将赵思温开刀。有一天在朝堂上，她突然对赵思温说："爱卿追随先帝多年，如今他已去世，不知你想念先帝吗？"

赵思温原是幽州军阀刘仁恭手下的勇将，膂力超群，作战勇猛。有一次与晋王李存勖对阵，被射中左眼，血流如注。他一急之间拔出箭头，把带出来的眼睛吃掉，又挥舞着大刀冲向前去。吓得李存勖大惊失色，掉头而逃，晋军大败，至此他以死战无畏而名震幽州。后来因为看不惯刘仁恭父子的所作所为，又感阿保机忠勇正义，遂投降契丹，受到重用，被任命为汉军都团练使，屡建战功。阿保机去世之后，述律平挟私存歹，肆意杀戮，早已引起赵思温的强烈义愤。如今见述律平冲他而来，显然是想杀一儆百，因而他决心以身赴死，给汉军的兄弟们留条活路。他想：好一个歹毒的皇后，我就跟你玩一把大的，看你怎么说？你今后还说不说？还敢不敢动不动就拿这个借口杀人？于是他微笑着出班施礼，然后恭恭敬敬地对述律平说："先帝待我恩重如山，我当然十分想念先帝，也愿意随时到天上去陪伴他。但是若讲想念先帝，我肯定赶不上皇后。包括死去的那些酋长和大臣，谁也没有皇后与先帝的关系密切，您才是先帝最亲近的人！如果皇后能够先行，我赵某一定紧紧跟上，还给先帝和您冲锋陷阵。怎么样？皇后您去吗？"

述律平端坐在大殿之上，做梦也没有想到，敢有人这样和她说话，而且说出这样的话！赵思温这几句话把她噎得几乎透不过气来。当着满朝文武的面，她又不好说自己同先帝不亲近，也不能说自己不想念先帝。这服药是自己配的呀！已经有许多人喝下去了，现在怎么办？赵思温笑吟吟地站在那里，一副视死如归的神情，显然是在将她的军。大臣们虽然无人吱声，但一个个均露出嘲笑的样子，分明是在说：看你如何收场？

但是述律平毕竟老辣凶狠，见惯了血雨腥风。她沉吟片刻，然后激动地说道："我何尝不想去天上陪伴先帝？跟他去过神仙般的日子？只是因为孩子们还小，还需要我来帮助他们，把这个国家治理好。所以一时半会儿还去不了！但是既然如你所说，我必须要话兑前言，一定要有所表示！"说罢"唰"地抽出佩剑，当着满朝文武的面，"咔嚓"一声砍下右手。若无其事地对大臣们说："我先砍下右手，代我去陪伴先帝。等过些年孩子们长大了，我自会含笑而去！"说罢命侍卫将断手放在托盘中，葬在阿保机的陵墓旁。赵思温也因祸得福，竟然奇迹般地活了下来。

述律平搬起石头砸了自己的脚，成了朝野上下人们的笑料，以后她再也不敢轻易用这个借口杀人了。为了彰显自己的贞节和忠诚，挽回由此而带来的不利影响，她下令为自己修建"义节寺"和"断腕楼"，让官吏们都去参拜。从此她被称为"断腕太后"。人们在讥笑她的同时，也皆为她的残忍倒吸了一口凉气。

述律平的残忍屠杀，使得朝野上下众叛亲离，人人自危。许多大臣和将领们惶惶不可终日，纷纷逃离或出走。述律平把耶律铎臻投入大牢以后，他的弟弟、副元帅耶律突吕不，也就是创造契丹文字的那位功臣，吓得连夜携家带眷逃入山林，再也不敢回来了；卢龙节度使卢文进吓得夜不能眠，率领所部两万多人马投降了后唐，被李嗣源委以重任；汉军大将张希崇被派到卢龙接任卢文进，不久因为受到述律平的猜忌，杀死了契丹将领后率众哗变，同样向后唐朝廷投降；惕隐耶律迭里被害以后，许多朝廷重臣也都惊悸万分，不是逃走弃官，就是称病不朝。就连尚书左仆射韩延徽这样位高权重的宰相也谎称腿疾复发，告老回家了。

东丹王耶律倍见母后如此作为，明白了她的全部用意，知道了父皇的苦心已经白费，自己继位已无可能，如果再坚持下去，甚至就要性命不保了。为了让臣民们不再流血，他长跪于母亲面前，真诚地说："儿臣虽为太子，但是魄力不足，恐怕难当大任。大元帅德光英勇善战，智勇双全，才干超群，威震天下，当可为契丹之主。儿臣诚请德光登基继位。"

述律平听后冷冷地说："你跟我说有什么用？还是请群臣来决定吧！"

天显二年（927）十一月十五日，在阿保机去世一年又四个月之后，述律平感到障碍已经彻底扫平，于是下令把群臣和将领们召集到她的长宁宫前，又让耶律倍和耶律德光皆骑着马在阶前等候。然后她假惺惺地对众人说："这两个孩子都是我和先帝的亲骨肉，他们都是我最疼爱的人。先帝去世的时候没有留下遗嘱，我这个当娘的也不知道该由谁继位。就请大家来决定吧！你们若是同意谁，就拉住他的马缰，站到他的身边去吧！"

大臣们早就明白了述律平的心思，到这时候谁还敢另起一章？岂非找死？将领们跟随德光征战多年，基本上都是他的心腹。因此，人们纷纷牵着德光的马缰，站在了他的身边，异口同声地说："我们拥戴大元帅登基！"耶律倍见状跳下马来，对述律平说："怎么样母后？我不是早就说过了吗？德光继位，天下归心哪！"

述律平接过话说："既然众位皆是如此选择，我也就无话可说，只好尊重大家的意愿了！"

当天上午，耶律德光在群臣的簇拥之下即皇帝位，接受百官朝贺，宣布大赦天下。尊母后述律平为"应天皇太后"，封妻子萧氏为皇后，对文武百官皆有褒奖。群臣给他上尊号为"嗣圣皇帝"，历史上称其为太宗。同时行檄各邦，晓谕万民。一时八方来贺，人流如潮。而此时的耶律倍，则悄悄回到东丹国去了，走的时候，连一个送行的人也没有。

且说东丹王耶律倍在参加完新皇登基大典以后，情绪低落，心灰意冷。他万万没有想到，在父皇临终之前，实际上已经明确由他继位的情况下，母后述律平竟然改弦更张，大开杀戒，公然废长立幼，把他逼到如此境地。作为母亲的儿子，他实在想不通，述律平为什么要这样做，难道仅仅因为政见不同吗？还是有其他别的原因？他受到母后的打压、二弟的排挤，得不到群臣的支持，连号称智囊的韩延徽也不敢站出来说话，这让他感到十分孤独和无助。他由此看穿了什么血脉关系、骨肉亲情，什么官场操守、道德良心，在权力的角逐和高举的屠刀面前，统统不堪一击。他的心情无比悲凉，感到再跻身朝堂就是不知进退，那个东丹王当与不当已经无足轻重。说不定什么时候祸从天降，自己就性命不保。因此在登基仪式刚刚结束，他便匆匆地收拾了一下，悄悄地离开了临潢，默默地回到东丹国，又草草地安排了一下政务，然后便急急忙忙地带上几个随从，到医巫闾山散心去了。

耶律倍不仅从小酷爱读书，更喜欢藏书。还在他当太子的时候，就把搜集到的许多珍贵书籍暗藏在医巫闾山的一个山洞里。做了东丹王以后，他便自己亲自设计图样，命人在医巫闾山绝顶修建了一座望海堂，作为藏书楼和行宫，派人严密看守。他憧憬着有一天能远离尘世，"两耳不闻窗外事，一心只读圣贤书"。但是因为戎马倥偬、政务繁忙，这个愿望始终没有实现。自打修建了望海堂，他还一直没有来过。现在终于有了空暇的时间，可以一圆自己的旧梦了！他长叹一声，感慨良多，但是无论如何也高兴不起来。

北方的冬季，滴水成冰，耶律倍的心情也像严冬一样寒冷。当一行人走近医巫间山的时候，已是十日以后的黄昏。此时恰逢天降大雪，北风呼啸，视野迷蒙，满眼玉龙翻飞，到处银蛇狂舞。山峦树木一片洁白，看不清道路在哪里。忽然一阵狂风吹来，卷起飞雪，把车马和行人皆掀翻在地。耶律倍只听得一声呼啸，如同裂山崩，接着就身不由己，被卷上半天空，忽忽悠悠，也不知去了哪里。不一会儿就觉得被重重地摔在地上，脑袋"轰"的一声，往后就什么都不知道了。

当耶律倍醒来的时候，他感到脑袋发沉，周身疼痛，四肢像被折断一样，动弹不得。眼皮如同两张铁片，说什么也抬不起来。他努力挣扎了数次，不但无法坐起，而且连眼睛也睁不开。但他的鼻子依然灵敏，闻到了一股奇异的香味。耳朵也还好使，听到了两个人好听的语声。更重要的是，他感到舌头可以自由活动，能够说话。于是他很艰难地、但是很好奇地问道："这里是、是、是什、什么地、地方、方啊？我、我、我怎、怎么会、会在、在这儿呢？"

一个好听的声音答道："这里是万古千秋寺，你是被暴风雪卷过来的。若不是我们及时发现，你早就被冻死了！"

"啊！是这样！冻死了倒好！倒好哇！省得活着受罪！"耶律倍长叹一声，两行泪水滚下脸颊，心里感到一阵阴冷，他又昏过去了。

等到耶律倍再次醒来，已经是三日以后的清晨了。风雪早已停止，山野一片静寂。东方的霞光斜射过来，给结满霜花的窗棂抹上一片微红。他侧过身来，首先听到了一阵阵轻微的窸窣声，接着嗅到了一股好闻的香味。继而他睁大眼睛，看到自己躺在一间寮房里，屋地下站着两位俊俏的女尼，正忙活着在火炉旁煮粥，那股浓郁的香气就是从那里飘过来的。耶律倍不由自主地狠狠抽了两下鼻子，一挺身坐了起来。

"你醒了！你都睡了三天三夜了。这下可好了！起来喝点粥吧！师父都来过好几趟了，她要召见你哪！"一个俊俏的女尼说道。

耶律倍挣扎着坐稳身子，虽然感到浑身仍然很酸痛，但是四肢已经运用自如。他感到一阵高兴，于是接过那女尼递过来的粥碗，狼吞虎咽地猛喝起来。那碗粥虽然只是些粗粮杂豆和干枣野菜所熬，但他却感到特别清香可口，胜过任何山珍海味，吃过以后仍然口有余香。

那两位女尼笑吟吟地看着耶律倍吃完了粥，便领着他走出寮房、直奔古洞，去拜见她们的师父青岩洞主。未及走近洞口，那洞主似乎早已知晓，满面笑容地站在古松下等候了。耶律倍抬眼望去，见那位洞主身着青衣青裤，肩披青色斗篷，脚蹬青色布鞋，手提青色拂尘，身姿笔直，面如皓月，眉似远山，眼含秋水，一身的正气，满脸的庄严，有飘然出世之姿，具大慈大悲之相。耶律倍见之不禁肃然起敬，急趋前一步叩头行礼，口中说道："洞主在上，请受耶律倍一拜！"

那青岩洞主忙上前双手扶起，笑着说道："人皇王不必拘礼！汝能到此，古洞生辉，是本寺的福分，请站起来说话。"

耶律倍早有耳闻，知青岩洞主乃世外高人，是菩萨的化身，有无上的智慧和超凡的德行。过去只是听说，现在有缘相见，不禁十分惊喜。于是随洞主走进洞府，再拜说道："感谢洞主救命之恩，以后必当衔环重报。晚生既已至此，确有一事相求，不知当讲与否？"

青岩洞主说道："佛家慈悲，普度众生。法轮天地，慈润山河。救人性命是分内之事，乃是晴空、碧月二人所为，人皇王不必挂在心上。有什么话尽管讲来，本寺自当竭力相助。"

耶律倍真诚地说："晚生虽为一国之主，但已淡泊世尘，无心政事。只想超然物外，出家为僧，每日里青灯古佛，读经诵卷，了此一生而已。恳请洞主成全，不胜感激之至！"

青岩洞主收起笑容，但是语气平和地说道："汝之心事，我已尽知。万事有因有果，一定不可强求。人皇王如今虽然路途多舛，但是尘缘未了、劫难未完，还要留在人间过些时日。阊山这里，还有你的一段奇缘，也是你将来的归宿，你早晚都是要回到阊山来的。现在出家为僧，却还不合时宜。我这里有个锦囊赠送给你，到明年清明之时，再打开观看，自有你一生的造化！"说完关照晴空、碧月二尼，务必悉心照料耶律倍，然后起身到南海去了。

至此耶律倍在古寺住了下来，一为度过严寒、休养身体，二为排遣忧郁、调整心绪。他每日里随着晨钟暮鼓，伴着旭日晚霞，晚睡早起，发奋读书。阅读了许多佛门经卷，请教了不少高僧大德，让他的心胸豁然开朗，把众多烦恼全抛到九霄云外去了。一晃儿三个多月过去，大地回春，冰雪消融，万物勃发生机，耶律倍的心情也高兴起来。他告别了晴空、碧月，离开了青岩古洞，一个人牵着他的白马，沐浴着早春的阳光，似在春游踏青，信步向望海堂那边走去。

辗转几日，他来到了闾山绝顶，找到了他心仪已久的望海堂。跟随他的那几个侍从都还活着，如今皆在山上，见了他又惊又喜，一个个痛哭失声。守护望海堂藏书楼的将官蔺佳乃耶律倍亲自选派，见东丹王大难脱险，驾临行宫，万分高兴，张罗着摆酒设宴，为他接风洗尘。又派人下山，购买一应用品，打扫书房寝宫，安排耶律倍住了下来。至此，他在这里查看典籍、整理图书、翻阅资料、撰写诗文，如同龙游大海、鸟入森林，感到无比的惬意和得心应手。他有时候也率领众人出来走一走、看一看，缓解一下疲惫的身心。到晚上则与将士们猜拳饮酒，对月放歌，然后再睡一个香甜的通宵。他觉得像过了一段神仙般的日子，既平静安宁，又其乐融融。

　　清明佳节转眼到来。他遵照青岩洞主的嘱咐，打开那个神秘的锦囊，看到一张发黄的毛纸，上面用朱砂写了六行四十八个红字，即"生在塞北，故在中原。己不为帝，子掌皇权。善待众生，广种福田。洛神之女，与尔有缘。升天之日，葬归林泉。千秋赞誉，万代流传"。诗的下面还有一图，画着一个青年男子同一美貌少女相依相偎，坐于望海堂的青松之下。耶律倍仔细观之，见那男子酷肖自己。而那位女子又是谁呢？难道真的是洛神之女吗？那么现在她在哪里呢？我怎样才能找到她呢？耶律倍陷入苦苦的思索之中。

　　一日阳光灿烂，四野无风。耶律倍读了一阵古籍，感到有些乏累，忽然心血来潮，起身走出行宫，带领几个随从去山下打猎。一行人走着走着，忽见前方不远之处，有一只灰色的野兔正在悠闲地觅食。看见众人走近，那只野兔还在蹦蹦跳跳，左顾右盼，一副旁若无人的样子。它的傲慢激怒了一名侍卫，他蹑手蹑脚地走向前去，猛地一扑，企图生擒活拿。却见那只野兔后腿一弹，"噌"的一声蹿出老远。那侍卫摔了个狗抢屎，疼得龇牙咧嘴，下颌部已经流出血来。另一个侍卫见状大怒，拈弓搭箭，"嗖"的一箭射去，没有射中。那支箭像半截干枯的树枝，斜插在地上发抖。再看那只野兔，不但没有一点儿惊慌，反而回过头来，前爪扬起，似在嘲笑他们。耶律倍觉得有趣，顺手一箭射去。那只野兔趔趄了一下，好像被射中了腿部，随即转身蹿出，负伤带箭逃跑，转眼间钻入山林，不见踪影。

　　耶律倍带人紧追过去。及至入得山林，正在寻找，忽听一阵銮铃声响，一匹快马如一道白光，"唰"地从林中蹿出。众人近前一看，一位妙龄女子端坐马上，手里拎着的，正是那只灰色的野兔。它的前腿上还插着一枝短箭，可怜的小家伙疼得瑟瑟发抖。

耶律倍的一位随从侍卫大声叫道："喂！我说这位姑娘，这只野兔是我们射中的，还给我们吧！"

　　那马上的姑娘抿嘴一笑，随即说道："是你们射中的怎么没有抓住？它怎么会在我的手里？"

　　耶律倍循声望去，见这位姑娘一身白衣白裙，腰系绿色丝带，头扎水湖色纱巾，脚蹬藏青色皮靴。眉清目秀，透出几分英武；脸赛桃花，藏着些许威严；顾盼之间星光闪烁，言语之下珠落玉盘。耶律倍看得入迷，不禁脱口赞道："好一个绝色女子、神山女侠！"众侍卫闻之，亦齐声叫好。

　　那马上女子闻之一怔，秀目细瞧，发现在那几位随从的后面，有一个青年男子，身高八尺，仪表堂堂，紫袍玉带，文质彬彬，端的是风姿俊朗，卓尔不群，于高雅之中有一种特别的神韵。不由得心中一动，平添几分敬意。于是她跳下马来，把那只野兔扔给侍卫，红着脸说："既是你们射中的，那就还给你们吧！"说完瞟了耶律倍一眼，上马飞驰而去，顷刻间消失在山林里。

　　耶律倍怔怔地站在那里，一直看着那姑娘的身影。直到人走风来，蹄声远去，他还没有回过神来。身为契丹国的皇太子，东丹国的人皇王，从小到大，他见到过无数漂亮的女子，但他从来没有碰见过这样俊美英武的姑娘。她的这种清丽洒脱的气质让他着迷，瞬间深深地印入了他的脑海，让他须臾都不能忘怀。回到望海堂以后，他茶饭不亲，昼思夜想。书根本看不下去，诗更是无法写成，满脑子都是那姑娘的身影。他拿出青岩洞主赠给他的锦囊，惊奇地发现，这幅画上的女子与那位姑娘十分相像。怪不得自己在山林边遇到她，就有些似曾相识的感觉呢？他越看越像，越想越痴，什么事情也干不下去，不由自主地就走到山林边去找她。开始的时候有侍卫跟随，因为怕出意外。后来他自己白天去，晚上也去，一待就是几个时辰，在树林边不停地徘徊，林边的草地被他踩出了一条小路。侍卫们便不再天天跟着他，他也习惯了自己在那里等待。有一天因为他盘桓太久了，又连续两顿没有吃东西，于是不知在什么时候，他昏倒了，就在那片林边的草地上。

　　其实那位姑娘自从见过耶律倍之后，也是时刻不能忘怀。她被这个丰神俊朗、气质高雅的青年所吸引，一想起来就脸红心跳。从他的衣着装束来看，应该是一个富家子弟。从那些侍卫前呼后拥的派头，能看出他是个有权有势的人。但是从看到他的那一刻起，她就发现，他没有一点儿纨绔习气，而且出言不俗，措辞优美。她猜不出他具体是干什么的，是一个什么样的人。后来通过打听山中的猎户，才知道他是望海堂的主人，契丹国的皇太子、东丹国的人皇王。这让她大吃一惊，心中产生的那点儿美好的愿望顿时荡然无存。她不再怀有任何非分之想，下决心一定要忘了他。但是事与愿违，越想忘了他，越是忘不掉。她的两条腿不听使唤，一次又一次地去树林边，希望再次见到他。可是见到他的时候，她又偷偷地躲在大树后，不想让他看见她，窥透她心中的秘密。看到他那失魂落魄的样子，她明白了他的那份痴情，心中既感动又非常的难受。但她还是不想惊动他，因为他们的差距实在太大了，一切都没有可能，更不会有结果。直到有一天傍晚她看见他晕倒了，夜晚在大山里会有生命危险，她才用白马把他驮回家，扶他在自己的小床上休息。然后又细心地给他喂水，希望他尽早醒来。

夜深人静，山边斜挂着一弯新月，小屋外传来阵阵松涛。姑娘向她的母亲说明了一切。母亲并没有责怪她，只是轻轻地对她说："我们到这里来是避难的，不能轻易与任何人往来。对于男女之情和婚嫁大事，不是我们这样的人家应该考虑的，也不是我们自己能够自主决定的。否则将会带来不尽的痛苦和悲惨的结局，你父亲的教训还不够深刻吗？"姑娘含泪点了点头，表示听从母亲的话，但是请求天亮之后，亲自把他送走。

次日天还没亮，耶律倍就醒了。他是连累带饿外加忧伤，才晕倒在草地之上。如今舒舒服服地睡了一宿，早晨起来又喝了碗粥，他已经基本恢复了。那姑娘牵着她的白马，送了他一程又一程。两个人虽然都没有多说话，但是手却一直拉在一起。到了树林边那块草地上，眼看着就要分别，耶律倍抑制不住满腔痴情，一把将那姑娘揽在怀里，热烈地亲吻着她。那姑娘望着耶律倍那期待的眼神，感觉到他那火热的嘴唇和咚咚的心跳，欲待拒绝已经周身无力。她也拥吻着他，并告诉耶律倍，她叫高云云，是这西山里的猎户，只和老母亲住在一起。

耶律倍热烈地拥吻着高云云，向她倾诉着多日来的想念之情，告诉高云云，他非常爱她，已经爱得魂牵梦萦、无法分离，他一定要娶她做妃子。高云云闻言松开双手，摆脱他的拥抱，忧郁地对耶律倍说："我们俩差距太大，几乎没有可能啊！"说完牵着马缰，欲待告别。

耶律倍拿出那只锦囊，对高云云说："姑娘请看，这是青岩洞主赠给我的，说明我们俩是有缘分的呀！"

高云云接过那只锦囊，看了一下，望着耶律倍那渴望和执着的神情，实在不忍心伤害他，于是告诉他说："我要得到母亲的同意才行，你三天以后再听我的消息吧！"两个人在树林边拥吻良久，又坐下来依偎在一起，不忍分离。直到不远处传来一声响亮的口哨和一阵"嘚嘚"的马蹄声响，高云云知道是母亲来催她了，这才恋恋不舍地离去。

从树林边回到望海堂，耶律倍一直坐立不安，心事重重。早晨起来就盼太阳快点下山，晚上又半宿半宿地数星星、催月亮。对于他来说，这三天简直是度日如年，甚至感觉比三年还要漫长。

三日之后的清晨，太阳还没有露脸儿，耶律倍就急不可待地领着随从出发了。可是在树林边足足等了一上午，也没有看到高云云的身影。耶律倍在树林边不停地徘徊，分析着各种可能：云云是出猎了还是生病了？或者是遇到了什么意外的情况了？不然她不会不来呀！他回想着云云那双好看的眼睛以及那坚毅的神情，相信她一定不会爽约，因而他一直等到中午。刚过晌儿，火辣辣的太阳照在身上。忽然，云云母亲那张老辣而又严肃的脸一掠而过，耶律倍打了一个冷战。他想，坏了！一定是云云的母亲不同意，那天见面时就对他很冷漠。三天前在树林边，云云也是被她的母亲催走的。想到这里，他再也等不下去了，立即打马向西山奔去。

按照三天前走过的路径，他找到了那座曾经住过的草屋。推开那扇简易的木门，发现已经人去屋空。打听邻近的住户，才知道云云母女俩已经搬走了，不过才离开一个多时辰，不会走得太远。耶律倍听完后二话没说，根据乡邻们指引的方向，快马加鞭，一路向南追去。

跑出医巫闾山，越过白狼河水，快到徒河（今辽宁锦州）的时候，耶律倍终于发现了她们娘俩。高云云和她的母亲均骑着白马，就在前面不远的地方。耶律倍打马紧追，如同风驰电掣。他和他的那匹汗血宝马均汗流浃背，把那几个随从落下很远，但是却怎么也追不上她们娘俩。高云云和她的母亲似觉有人追来，但仍然不紧不慢，时而回头观望一下。任凭耶律倍怎样心急如火，却终是望尘莫及。眼看着太阳快要落山了，他也实在太累了，只好到路边小店饮茶休息。转眼间，云云和她的母亲已经无影无踪。

就在耶律倍急得无可奈何之际，忽觉眼前一亮，闾山万古千秋寺的晴空和碧月两位女尼，不知何时竟出现在他的面前，旁边还站着一头黑毛驴。耶律倍慌忙起身问道："你们俩怎么会在这里？是洞主来了吗？"

晴空笑着对他说道："洞主没有来。但是洞主知道你在这儿，是她派我们来帮助你的。你赶快换乘这头黑毛驴，兴许还能赶上她们！"

耶律倍见这头毛驴虽又黑又瘦，但他深知洞主法力无边，于是毫不犹豫地跨上黑毛驴，嘴里说声感谢、道声有礼，又匆匆向南追去。

说也奇怪。这头黑毛驴看似瘦小，但行起路来却脚步如飞。耶律倍只觉得耳边风呼呼作响，两旁的景物唰唰地往身后去，简直如同腾云驾雾。不一会儿，竟然追上了高云云和她的母亲。母女俩跳下马来，双双在青龙河边站定，像是在等待耶律倍的到来。

高云云母亲手挽马缰，对气喘吁吁的耶律倍说："你既然得到菩萨相助，想必已知端倪，我也就不瞒你了。我本是洛水女神，三十年前因为同情民间大旱，私放洛河之水浇灌农田，违犯了天条律令。玉帝震怒，把我贬到人间，来到这医巫闾山放羊，与猎户高源结合，生下云云。没想到玉帝怪罪，派天将前来擒拿。高源为救我们母女，摔下悬崖而死。我和云云侥幸逃生，便在这大山里相依为命，隐居下来。前日太白金星下界，传达玉帝旨意，召我回去复职，因而只好匆匆离去，尚请见谅。"

话到这里，洛水女神停顿了一下，望着耶律倍慈爱地说："我知汝乃曹子建转世，与我们洛水女神有三世的缘分。如今既然如此痴情，我就把云云托付给你，也算还了我旧日的一个心愿。"耶律倍闻言，才明白青岩洞主锦囊中所说之意，立刻千恩万谢，跪地行礼。这时候晴空、碧月和随从们也已赶来。在洛水女神的主持之下，耶律倍和高云云当着众人的面，在青龙河边拜罢天地，又拜女神，接着又遥拜青岩洞主。在小夫妻行罢对拜大礼之后，洛水女神即莞尔一笑，骑上她的白马，跃入水中。那匹白马瞬间变成一条白龙，长啸一声，载着洛水女神，转眼间消失在碧波之中。耶律倍这才恍然大悟，明白了自己追赶不上的原因。转身谢过晴空、碧月，带着高云云和几位随从，连夜返回闾山去了。

东丹王耶律倍忧郁而去，载兴归来，还带回一位天仙一般的王妃，令望海堂上下一片欢腾。藏书楼守卫使蔺佳张罗着摆酒设宴，布置新房，为人皇王贺喜，一连欢庆数日。耶律倍则致信母后和皇帝，禀报在闾山纳妃一事。述律平和耶律德光闻讯以后，显得极为高兴，立即派信使送来厚礼，同时册封高云云为贵妃，并请他及早偕爱妃到上京省亲。

耶律倍与高云云在望海堂度过蜜月，感到离开东丹国时日已久，有许多事情也要处理，朝中两位丞相已数次派人前来奏请，皇帝耶律德光也多次来信催促。耶律倍遂于当年九月，偕爱妃高云云回到东丹国，与群臣和家人见面。王后萧氏欢喜异常，待高云云情同姐妹，极为亲热，一家人其乐融融。

当年十月，耶律倍带着高云云前往上京，拜见太后述律平和皇帝耶律德光。述律平对高云云极为热情，没等高云云行完跪拜大礼，就赶忙离座把云云拉起来，高兴地说："快让娘看看！在书信里就听图欲说你长得好，如今一见，果然是天仙般的一个美人！太好了！我又多了一个女儿了！"说着把云云搅在怀里，亲热个没完。竟把耶律倍晾在了一边，连他的请安述律平都没有听见，这让耶律倍感到有些莫名其妙。他怎么也想象不出，那位杀人如麻的母后，怎么变成了满面笑容的慈母？她到底有几副嘴脸呀？

述律平与高云云亲热了一番之后，即刻下令安排晚宴，请宫中的妃嫔和亲王的家眷们都来聚会，与高云云见面并为她接风洗尘。席间，众人不但纷纷给云云敬酒，而且皆有重礼馈赠。太后述律平摘下自己的手上玉镯，亲自给云云戴上，这让云云感动不已。当晚夫妻二人皆尽兴而归。

次日早朝以后，耶律倍带着云云去觐见耶律德光。还没到内宫门口，就见耶律德光跑着迎了出来。夫妻俩刚欲行跪拜大礼，德光就连忙把二人拉了起来，哽咽着说："兄长都半年多不见了，小弟想死你们了！还行什么大礼呀？折煞兄弟也！"说完与耶律倍抱在一起，放声大哭，哭得周身颤抖，涕泪交流，令两旁的侍卫都不觉掉下泪来。

兄弟俩见过之后，两个人手拉着手走进内宫，德光唤皇后萧温出来相见。高云云欲行觐见大礼，被萧温婉言谢绝。她笑吟吟地给云云让座，谦和地说："他们俩是亲兄弟，我们俩就是亲姐妹，一家人何必拘礼？随便一点儿才好呢！"随即与高云云饮茶闲聊，样子十分亲热。耶律德光则始终拉着哥哥的手，问寒问暖，说个不停。时近中午，又备御宴。德光频频敬酒，耶律倍盛情难却，两个人皆大醉方休。席散的时候，德光的眼里仍噙着泪花，一直将兄长送到门外，口里还大嚷着说："明日再喝！我要和你醉上三天三夜。"

次日清晨，耶律倍和高云云还没有起床，德光就早早过来看望，同时带来几样点心和时鲜果品。他歉意地对耶律倍说："这两日小弟还有些事情要做，就不陪兄长去游猎了，请与尊嫂多住几日，顺便会见一下亲朋好友。此时大草原秋高气爽，果香羊肥，是人间天堂啊！"

高云云这两日见太后和皇帝如此盛情，极为感动，有些不解地对耶律倍说："大王常对我说母后如何阴狠，皇帝怎样无情。如今一见，却是不然，这到底是怎样一回事呢？"

耶律倍听后，苦笑着摇了摇头："我的爱妃，你太纯真了！这正是宫廷政治的可怕之处哇！慢慢地你就会知道了！"

果不其然。次日耶律倍偕高云云去祭拜木叶山神庙，完后正准备去会见几位儿时的旧友，忽有侍卫来报，说东丹国左丞相传来消息，奉太后谕旨，已将东丹国北部六万户百姓迁到东平（今辽宁省辽阳市），并奉命在东平营建新都。耶律倍人在上京，事先竟一点儿风声都未听到。母后非要背他行事，这让他气愤已极。于是再也无心拜访亲友，只想尽快赶回忽汗城。行至半路，又接到皇帝耶律德光的圣旨，说为了确保兄长安全，已经亲选二百名侍卫亲军，作为东丹王的皇家卫队，人马已经随诏带去云云。那宣旨的钦差盛气凌人，宣读完诏书冷笑一声，扬长而去。卫队统领鲁不花随即过来见礼："末将奉皇上之命，前来侍奉人皇王。人皇王千岁、千岁、千千岁！"说话之间，面带诡谲之色。这一连串的事情让耶律倍目瞪口呆，脊背感到一阵阵发冷。高云云则愈加迷惑不解。

耶律倍带着高云云垂头丧气地回到东丹国，屁股还没有坐热，朝廷圣旨又到，说是为了加强朝政管理，要调换左、右丞相，由二人改为四人，新的人选已经随诏到达。宣旨的钦差办完公事，随后到内宫看望王后萧氏，说太后闻知儿媳有病，特意表示问候，并捎来许多珍贵的补品。皇帝耶律德光还捎来书信，说上次王嫂走时匆忙，未及相送，特赠送白璧一双，表示歉意。如此口是心非，玩弄两面手法，令耶律倍既怒火满腔，同时又哭笑不得。

耶律倍明白太后和皇帝对自己处处提防，于是不再上朝理政，把一应事务全交给那几个丞相去办，反正他们也是德光派来的人，自己乐得轻闲。他把寝宫改成了读书楼，把后花园开辟成小菜园。每日里同王后萧氏和高云云带着家人，在一起吟诗作画，饮酒高眠，或捡石锄草，打发光阴。表面看似无忧无虑，快乐异常。但由于他心结未开，精神抑郁，不知不觉间竟生起病来，一连多日食不甘味，夜不能眠，身体明显消瘦。耶律德光闻讯亲来探视，不仅带来御医为兄长诊治，还留下许多珍贵的滋补药品。临行的时候，明着再三叮嘱耶律倍要宽心休养，背地里却命令四位丞相，必须要严密监视东丹王的动向，有情况立即向朝廷报告。

耶律德光返回上京不久，又下来一道圣旨，诏令东丹国迁都东平，同时增加岁贡的数量。过去每年向朝廷贡奉一千石粮食、一千匹良马，从明年起都要加倍。诏令还要求东丹国削减本部兵马，以减轻百姓负担。由朝廷派驻一万名骑兵，以保证东丹国的安全。命领兵大将鲁速古兼任东丹国枢密副使，既参与东丹国朝政，又同时对上京负责。耶律倍接诏以后，知道自己已经完全被架空，几乎气昏过去。他到这时才彻底省悟，自己的存在就是对朝廷的威胁，母后和皇帝是不会放过他的。他们会不断地在明里施压、暗里使坏，最终把他逼死。他这个东丹王当与不当，已经没有任何意义，而这块生他养他的土地，也似乎没有什么可留恋的了。

天显四年（929）初春，东丹王耶律倍偕爱妃高云云再次来到闾山，决心在这里长住下去。他亲自设计、亲自选址、直接监工，在望海寺下背风向阳的地方，修建了一座小庭院，盖起了五间红墙绿瓦的殿堂和四间厢房，在四周砌筑了围墙，设置了瞭望台。院子里栽满了桃树，种上了兰花。他把这个地方取名为桃花源，希望自己能像陶渊明那样，在这里隐居下去，了此一生。小院建成以后，他和高云云在这里朝迎旭日，暮送晚风，掬溪水而吟春花，望浮云而咏夏雨，过了一段神仙般的日子。

岂料老天难遂人愿。天显五年（930）仲夏，东丹国传来消息，王后萧氏病重。耶律倍心如火焚，急忙偕高云云回到东平，护送萧氏去上京，遍请名医诊治。谁知耶律倍回国以后，一举一动都有母后派人监视。给王后治病需要花钱，他这个东丹王也说了不算。四大丞相说报请皇帝恩准后才能支付，否则一两库银也拿不出去，气得耶律倍当即晕了过去。高云云劝他说："这样的人皇王不当也罢，我们还是回闾山隐居去吧！"萧氏病情稍缓后也劝他快走，不要把性命搭在这里。可是派去打前探的人回来说："桃花源的侍卫和随从都撤掉了，现已完全换上了皇帝的人！"去闾山隐居的希望也破灭了。耶律倍在上京如坐针毡，在王后萧氏的一再催促下，只好带着高云云又回到了东丹国。

一日耶律倍正在内宫愁坐，忽有侍女前来报告，说后唐使者求见。不一会儿，那使者由侍女陪同走了进来，向耶律倍叩头施礼，还带来了明宗皇帝的亲笔书信。原来庄宗李存勖去世以后，明宗李嗣源继位。李嗣源是位明君，不但对内善施德政，而且对外广结邻邦，已经派人来过多次，均因为耶律倍不在家未能见面。明宗在信上说："素闻东丹王文韬武略，乃当世人杰。然'木秀于林，风必摧之，人卓于群，众必非之'。东丹王虽满腹经纶，亦必不为胸襟狭隘之人所能用也！尝闻汝在北朝，多遭妒忌，英雄无用武之地。境遇窘迫，如蛟龙之卧浅滩，诚可气也！非但不能展汝之雄才，且早晚必为其所害矣！今中原政通人和，百废待兴，海阔可凭龙跃，天高能容凤舞，真贤王为民造福之宝地也！故而诚请东丹王屈驾中原，共图大计，得慰平生，流芳千古。书不尽言，似同见面。愚兄切盼，贤弟请酌。"书中虽只寥寥数言，却句句戳着耶律倍的疼痛之处，也道出了他的辛酸苦楚。耶律倍思前想后，心灰意冷，决定离开关东，奔赴中原。

打定主意之后，他谁也没有告诉，自己亲自做出安排。他先派心腹之人去海边找船，然后让云云带着家人先走，只说去上京省亲，收拾了所有的金银细软和喜爱之物，装车随行。最后自己像往常一样，召集四大丞相，安排朝中事务，与有关朝臣一一见面。做完了这一切，他才带上几名亲随，骑着快马，匆匆来到海边，与提前到来的高云云等人会合。一行人乘上事先准备好的大船，乘风破浪，直奔蓬莱去了。

东丹王耶律倍弃国出走，朝中一连三天无人知晓。直到第四天上午，枢密副使鲁速古离开兵营，到朝中打探情况，听说东丹王已经几天不见，感到事情蹊跷，急忙带人到后宫察看，才发现已经人去楼空，连侍女都不见了。桌案上只留下一块白绢，写有一首五言诗："让位是徒劳，隐居仍不饶。与其坐等死，莫如去南朝。"下面署有耶律倍的名字。鲁速古见之大惊，急忙飞马向朝廷报告。皇帝耶律德光闻之怒火万丈，一面下令赶紧搜捕，一面火速来到东平，但是一连几日毫无收获。最后得一渔民报告，才来到海边察看。只见一块靠岸的礁石之上，立着一个很大的木牌，上书四行大字："小山压大山，大山全无力。羞见故乡人，从此外国去。"耶律德光见之，方知兄长真的是弃国逃走、投奔后唐去了，气得他大叫一声："真是奇耻大辱！怎么会是这样？"抬手一剑，把那块木牌劈成两半，随即下令将东丹国四大丞相斩首示众。四人喊冤叫屈，他怒吼道："留着你们还有用吗？连个人都看不住，还不如几条好狗！"言罢愤愤而去。

且说耶律倍一行在莱州登陆，早有后唐的官员在此迎候。众人在海边稍事休息，便弃船换车，直奔洛阳。明宗李嗣源闻讯，带领文武百官出城三十里恭候，以天子之礼盛待之，将耶律倍封为怀化军节度使（治所瑞州今江西高安），赐姓名为东丹赞华。耶律倍在瑞州广施仁政，多行善举，经常深入民间，扶助病残孤寡，业绩卓著，誉满乡里，极受百姓拥戴。明宗李嗣源甚为赞赏，又赐其国姓，称为李赞华，列为后唐皇族之嗣，并亲自选址，为他在京城修建了府第。

后唐长兴四年（933）十一月，明宗李嗣源病逝，其次子李从厚继位，朝政由权臣朱弘昭和冯赟把持。二人给闵帝李从厚出主意，企图借助于节度使对调之机，削弱地方藩镇的势力，以巩固中央集权，实现个人野心。不料弄巧成拙，造成朝野大乱，反相丛生。耶律倍见明宗去世，君暗臣奸，朝纲不整，情况不妙，遂借对调之机，上折辞去节度使一职，只做瑞州和慎州（今河北涿州）观察使。离开瑞州之日，百姓箪食壶浆，沿路相送，熙熙攘攘，十里不绝，令耶律倍感动不已，长叹之曰："图欲自幼熟读诗书，求的就是鞠躬尽瘁，报效苍生，在北地而不能如愿，到中原又任时太短，这难道就是命吗？"

观察使是个闲差，耶律倍到官衙报个到，便携妻带小游玩去了。他得此宽余，游览了中原几乎所有的名胜古迹，留下了许多脍炙人口的佳作。后唐应顺元年（934）秋日，耶律倍辗转来到许昌，路过河南七步村，陡遇三国名人曹植之墓。见碑残墓破，草木疯长，野兔出没，昏鸦乱飞，不禁触景生情，引发出诸多感慨。他联想起这位前贤，生前才华横溢，冠绝一时。只因受兄长曹丕排挤，后来抑郁而死。平生并不得志，死后也极凄凉！自己与他的命运何其相似乃尔？于是蹲下身来，为其拔草添土。不但半日未闲、腰酸腿痛，而且双手磨破、泪洒前襟，始终哭泣不止，被高云云强行搀走。

这年中秋佳节前夕，高云云张罗着去洛水看望母亲，耶律倍偕子女和侍从陪同前往。在月圆之夜，洛水之旁，云云燃起长香，三拜九叩，手摸胸口，念祷数语。忽听水声响亮，白浪翻滚，香风陡至，紫气袭来，洛神踏着清波，翩翩出现在洛水之滨，像天上的嫦娥一样光彩照人。高云云与耶律倍带着孩子上前见礼，互致问候。接着云云被她的母亲拉向一边，母女俩私语良久，仍不忍分离。最后洛神对云云说："孩儿不必忧伤，相聚已是不远。你与耶律倍的缘分已尽，当奉天廷之命，在此处翠竹庵出家。两个孩子留在洛阳即可，就让他们姓高吧！免得将来受到牵连。你也不必回到瑞州去了，恐遭不测。明天日出，我们在翠竹庵相见。"说完没有同耶律倍打招呼，即匆匆而去。

次日清晨，耶律倍起床以后，发现云云不在身边，连两个儿子也不见了。急得他六神无主，惊慌失措，赶忙四处寻找。但他喊破了嗓子，也没有听到回答，跑酸了两腿，也没有见到云云母子的身影，累得他晕倒在洛水之旁。醒来时发现身边有方白绢，上书四行三十二个字："打猎相见，闾山结缘。夫妻恩爱，转瞬八年。天命难违，临别何难？心随君去，聚在林泉。"耶律倍拾起一见，方知高云云已经离他而去，应了青岩洞主锦囊中所说的话，不禁仰天大呼曰："既有今日，何必当初？老天不公！老天不公啊！"他泪流满面，长叹不已，"此乃时也？命也？运也？缘也？难道我耶律倍就该当这样吗？"他一路踉踉跄跄地回到住所，大病了一场。自此以泪洗面、以酒浇愁。

后唐清泰三年（936）八月，耶律德光率兵攻打后唐，末帝李从珂一败涂地，无奈找到耶律倍，逼迫他写信劝其弟退兵。耶律倍大笑着说："要我的性命可以，让我去求他，万万不能！你们就死了这条心吧！"李从珂恼羞成怒，残忍地杀害了耶律倍，结束了这位旷世奇才凄婉而又悲凉的一生，终年才三十八岁。后来尸骨得以葬归医巫闾山。传说后来其子耶律阮为帝之后，曾专程去医巫闾山显陵祭奠。就在他行完大礼之时，忽有侍卫来报，说有一女尼求见。耶律阮颇感诧异，急命人请入。待见面之时，方知是庶母高云云，忙近前施礼问候。高云云微笑着对耶律阮说："如今你已为帝，圆了你父凤愿。我的两个儿子，也已长大成人。没有什么可以牵挂的了，我就随你父而去。记住洛阳高家，有你的同父兄弟呀！"说罢手儿一扬，服下丹药，瞬间气绝，含笑而亡。耶律阮毫无察觉，追悔莫及，呼天叫地，放声大哭。命以皇后之礼，把高云云的遗体同耶律倍葬在一起，这是后话了。

第七回

指鹿为马太后专权
认贼作父敬瑭卖国

且说契丹国皇后述律平在耶律阿保机去世以后，临朝决事，大开杀戒，终于废长立幼，使皇太子耶律倍受尽屈辱后出逃国外，后来客死他乡，下场极其可悲。而他的二弟耶律德光虽然如愿做了皇帝，但他起初的滋味也并不好受，他充其量是个牌位和傀儡。因为他的母亲太后述律平才是独揽大权、威震朝廷的实际上的女皇。

耶律德光刚刚继位的时候，对母后述律平感恩戴德，尊崇备至，毕恭毕敬，俯首帖耳。他觉得若没有母后的鼎力相助，自己根本就当不了皇帝。因此他千方百计讨母后的欢心，在登基不久便连下数旨，把他对述律平的感激之情表达得淋漓尽致。

一是在述律平的出生地坤仪州（今内蒙古敖汉旗），建立"应天皇太后"诞圣碑，修建"圣母庙"，常年置香火供奉。

二是将述律平的生日十月一日定为"永宁节"，届时全国上下、军民人等共同庆祝，连外国使节也要前来道贺。

三是在"断腕楼"和"义节寺"前修建"功德碑"，请大臣康默记作文，并勒铭纪念，以彰表述律平的丰功伟绩。

四是述律平每有小恙或食量减少，耶律德光必焦急万分，不但也跟着不吃饭，日夜陪护，而且亲自煎汤熬药，先尝后喂。同时向全国下罪己诏，去城郊悯忠寺祈祷，并请僧众为她做佛事。有一次述律平生病，耶律德光亲自操办水陆道场，请上千名高僧大德为她做法事，一次饭僧多达五万人，令举国震惊。

五是亲率诸弟及家中晚辈，每日必对述律平的饮食起居晨昏定省，并已诏令示下形成定制，天天如此，月月如此，年年如此。风雨不误，从不中断。

六是凡有军国政事，悉由太后决断。群臣有事奏报，可以越过皇帝直接禀与太后。但朝廷所有大事，却绝不可不让太后知道。而且在每个月里，德光必率群臣聆听太后训诫一次。

尽管耶律德光极尽儿臣之谦恭、人子之孝顺，把他认为该做的都做到了，但是述律平并不满意，严格说她并不满足。她的真实意图是要仿效吕雉和武则天，做大契丹国的女皇。在耶律德光继位后不久，她就突然出现在朝堂之上，而且大模大样地坐在御座中间，弄得耶律德光十分无奈，只好恭恭敬敬地站在一旁。后来述律平天天上朝，可能感到这样有失体面，才命令耶律德光与她坐在一起，同时听政并临朝决事。大臣们无奈，在奏报时只好说"启禀二圣"，弄得朝廷上下啼笑皆非。

为了牢牢地控制军政大权，在新皇继位不久，述律平就借调整官员任命之机，重新明确了"北面官"和"南面官"的制度，把自己的亲信全部委以重任。她亲下谕旨，任命弟弟萧敌鲁为北府宰相，心腹韩知古为南府宰相，将刚过二十岁的亲信侍从耶律屋质破格提拔为惕隐，为其出谋划策。各州、府、道及军事重镇的长官，也大多换上了述律平的家人。述律平的太后家族一时权倾朝野，势焰熏天。

但是述律平仍不放心，她总觉得有些人表面上唯唯诺诺、顺从自己，背地里却另搞一套、靠近皇帝，明显地是对她阳奉阴违。于是她便想寻机试探一下，看这些臣子们是否真正地俯首帖耳，以检验一下自己的权威。她虽然不爱读书，也从未看过秦史，但她听过"指鹿为马"的故事，于是决心照葫芦画瓢，做好了相应的安排。她认为借此再杀一批大臣，也是值得的。

一日早朝以后，述律平对大臣们说："时下春光明媚，风和日朗。我们连日在朝堂议事，未免有些劳倦。不如去御苑中散散心，众卿意下如何？"

群臣闻之均未解其意，但莫敢不从，于是异口同声地高喊："感谢太后的关切！"便跟着"二圣"走出来。及至穿过长春廊，绕过太阳湖，来到御苑花园之中，只见假山一侧、草坪之上，有一头青牛和一头小鹿，正在悠闲地吃草。述律平见之立刻停下脚步，似乎有感而发："我们契丹人的始祖就是骑着青牛、跨着白马，驰骋草原，立业成家，才有了以后部族的繁荣。今日国家如此强大，我等可不能忘记始祖之德和青牛白马之功啊！"

耶律德光看了一眼，未及细想，脱口说道："是母后看错了还是侍者牵差了？这哪是青牛白马呀？这不是青牛和小鹿吗？"

述律平假装向前走了两步，像是极其认真的样子看了又看，然后回过头来正色说道："皇帝这是什么话？我怎么会看错？我虽已届天命之年，但还没有老到辨不清鹿与马的程度！这明明是一匹白马驹嘛！不信你问群臣？！"

皇帝耶律德光揉了揉自己的眼睛，自信没有看错。他不禁喃喃自语地说："明明是一头小鹿嘛！怎么会是白马驹呢？"但他回过头来环视群臣，却发现并无一人赞同他，不禁感到十分悲凉。

这时候就听述律平慢条斯理地说："你们倒是说话呀！这到底是什么呀？"说话之间，脸色骤变。吓得群臣慌忙跪倒，一齐说道："太后圣明！这是匹白马驹呀！"

述律平闻之微露笑容，长袖一摆，转身离去。耶律德光站在那里呆若木鸡，半响也没有缓过神来。

从御苑花园回来以后，耶律德光感到脊背一阵阵发冷，心头一阵阵抽紧，一股冲天怒火从无到有，从小到大，让他不能自控，拍案而起。他虽然不爱读书，不习典故，但他也知道"指鹿为马"的故事。他感觉受到了奇耻大辱，他无法忍受母后的戏弄。他要反抗，他要奋起。他觉得他不是秦二世，他不能那样窝囊地活下去。但他又一阵阵不寒而栗，强烈的恐惧感又袭上他的心头。他曾经多次在梦中惊醒，担心哪一天厄运来临，会落下个比兄长还惨的下场。因为母后已经说过，要让李胡接替自己当皇帝。现在已经准备让李胡做兵马大元帅，就像自己当年那样。耶律德光一想到这里就气得浑身发抖、怒火万丈，情不自禁地抽出宝剑狂舞一回。他暗暗下定决心，一定要把皇权夺回来，决不能让母后的想法得逞。他昼思夜想、处心积虑，虽然表面上不动声色，却早已被一个人看在眼里、记在心上。

这个人就是耶律屋质。屋质是契丹皇族，是迭刺部老一代夷离堇蒲古只的三世孙，生于905年。由于家庭环境的熏陶，他从小便熟读兵书战策，通晓儒家经典，既目光远大又足智多谋，虽然年纪较轻，但是处事沉稳，是契丹族不可多得的人才。他虽是太后述律平破格擢用，但与皇帝耶律德光却是同窗好友，两人曾在一起读书五年，情感甚笃。他见太后如此专权，皇帝似有反感，便于一日夜晚去后宫觐见德光。见礼寒暄之后，耶律屋质对德光说："臣下今晚来访，是有要事相告。太后废长立幼，虽失信于先皇，却有恩于陛下。今太后威加朝野，专权决事，陛下恭顺至极，孝敬有加，这虽然无可厚非，但是长此下去，恐皇权旁落，陛生是非，于国家、于百姓、于陛下皆大不利也！为今之计，应尽快拿回皇权，及早理顺朝政，此真当务之急也！"

耶律德光见屋质说得十分诚恳，不像是母后派来向他套话的样子，于是急忙离座施礼，也极为诚挚地说："卿之寥寥数言，切中朕之痛处。朕正为此事忧心忡忡，昼夜难眠。不知爱卿何以教我？请速讲来！"

耶律屋质见状慌忙跪倒在地上，叩头不止，流着泪说："陛下如此相信于我，真是折煞微臣！吾自当肝脑涂地，以报圣恩。太后对陛下有拥立大德，虽有过错亦不该使粗动武也！故其他手段皆不能用。唯知陛下曾为兵马大元帅，带兵出征多年，在军中有极高的威望。先帝能以武功而立国奠基，陛下何不借武功而夺回皇权？只要战事一开，陛下挂帅亲征，大权在握，手掌重兵，则必众望所归、民心所向也！到那时候自然水到渠成，花开果坐，太后也就无可奈何了！"

耶律德光闻之大喜，由衷地说道："爱卿之言如拨云见日，让我的心境豁然开朗，我知道该怎么做了！"自此除上朝以外，就经常去军营中巡视训练之事，借机联络将校、沟通感情。太后述律平闻之一笑："兵符印信皆在我的手上，他能怎么样？"遂不以为然。

正如耶律德光想打瞌睡，就有人送来枕头一样。不久一个天赐良机到来，不仅使耶律德光的皇帝生涯峰回路转、步入辉煌，而且为契丹国的二百年基业奠定了坚实的基础，从而使中国的历史出现了一个重要的转折。

原来自打宣武军节度使朱全忠灭掉唐朝、建立后梁开始，中原地区就一直战乱不止。先是朱全忠与李克用开战，僵持数年。朱全忠死后，李克用其子李存勖先后战胜了朱友珪和朱友贞，灭掉后梁，建立了后唐。后梁从907年建国到923年灭亡，前后历三帝才存活了十六年。

后唐庄宗李存勖去世以后，李克用的养子李嗣源为帝。李嗣源倒是个明君，可惜命不长久，只做了七年皇帝便因病去世。其子李从厚继位，李从厚就是后唐闵帝。闵帝吸取前辈们的教训，担心节度使们权力太大，拥兵造反，于是听从谋臣朱弘昭、冯赟的建议，下诏实行"换藩"，即对各地节度使进行异地任职，由此引发了一场兵变，导致了后唐的灭亡。

后唐当时军力最强的节度使有三个人。一个是明宗李嗣源的养子、凤翔节度使、潞王李从珂。一个是明宗的女婿、河东节度使石敬瑭。另一个是幽州节度使赵德钧。三个人分别据有今陕西、山西和河北，兵多将广，实力强大，足以左右后唐的形势。由于"换藩"引起了动乱，中国历史上中原王朝最大的一件丑闻，就在这个时候，在这位河东节度使石敬瑭的身上发生了。

石敬瑭是沙陀族人。沙陀本是西突厥人的一个别部，原来活动在今新疆东北部靠近巴里坤湖的地方，后来迁徙到今陕西定边一带，是个长于骑射的游牧部落。唐朝宪宗元和年间（9世纪初期），石敬瑭的四世祖随同沙陀族都督朱邪氏进入河东，由于骁勇善战，被录为阴山府裨校，后来累功至朔州刺史。这位刺史大人的重孙叫臬捩鸡，武艺高超，箭法出众，先后在晋王李克用和李存勖帐下为将，因为战功卓著，曾担任过几个州的刺史，为河东名将之一。

相传唐景福元年（892）二月二十八日清晨，臬捩鸡的夫人怀孕十六个月后难产。助产婆用尽所有招数，夫人使尽了全身的力气，孩子就是生不下来。眼见得母子危在旦夕，臬捩鸡急得如同热锅上的蚂蚁。这时候忽听街上有人叫喊："石榴粥哩！石榴粥哩！卖石榴粥哩！"围绕着街巷叫声不停，经久不去。

山西和陕西一带的人爱吃酸食，众所周知。石榴粥是用石榴汁和黍米熬制的一种食品，既酸甜可口又黏稠清香，很受当地人的欢迎，街上经常有人叫卖。臬捩鸡的夫人听到叫卖声，有气无力地说："给我买碗石榴粥吧！不然我实在没有劲儿了！"

助产婆闻听此言，急忙出去买碗粥来。臬捩鸡的夫人狼吞虎咽，几口就把粥吃了下去。说也奇怪，自从夫人吃了这碗粥，孩子果真顺利地生了下来，而且母子平安，臬捩鸡十分高兴。夫人请他给孩子起个名字，臬捩鸡心想自己身为朝廷命官，多年来连个姓都没有，也真不是个事儿。但他目不识丁，大字不识一个，于是便灵机一动，以石榴粥的石字为姓，以助产婆王唐氏为名，给孩子取名为石敬瑭。是真是假，不得而知。

石敬瑭生在武官之家，自幼跟随父亲骑马射箭，从小就身体非常结实，长大后十八般武艺样样精通，尤以马上功夫出众。手中一杆禹王神槊，威镇河东，是力敌万人的一员勇将。石敬瑭在习武之余，受晋王李存勖的影响，也学习了一些兵书战法，因而在军中渐露头角。为李克用的干儿子李嗣源所喜爱，任命他为亲兵部队左射军，一跃而为军中大将。

石敬瑭因为英勇善战，武艺出众，在战场上曾多次救过主帅的性命。一次是在后梁贞明二年（916）六月，后梁大将刘鄩攻打清平。晋王李存勖前去增援，被梁军几十员大将围在中间不得脱身，情况相当危急。是石敬瑭横槊突入重围，连挑后梁十几员战将，将李存勖救了出来。李存勖高兴得连喂他三块肉饼，大呼曰："将军有吕布之勇、项羽之力，真军中奇才也！"

次年李嗣源率军东进，又被后梁大将刘鄩困在莘城（今山东莘县）。李嗣源率部下十几员将领左冲右突，均被梁军用乱箭射回，眼见得要被生擒活捉。又是石敬瑭在土丘上连发数箭，射杀了梁军十几员大将，并把在三百步以外的刘鄩射伤，及时把李嗣源救了出来。

还有一次是李嗣源夜探敌情，身边只带十几名亲随，不慎被梁军暗哨发现，陷入梁军重重包围。十几名亲随全部战死，李嗣源已准备拔剑自刎。也是石敬瑭闻讯赶来，如虎蹚羊群冲入敌阵，把浑身是伤的李嗣源扶上战马，自己横槊断后，再一次救了李嗣源的性命。也就是在这次战役之后，李嗣源把心爱的小女儿许配给石敬瑭为妻。

石敬瑭虽然立下许多大功，但由于他与李嗣源走得过近，遭到晋王李存勖的猜忌，因而在后唐立国之后，并没有受到重用。直到后唐同光三年，李嗣源做了皇帝，石敬瑭才得以青云直上、步步高升。开始时被任命为宣武军节度使，接着晋升为侍卫马步军都指挥使，不久又加封为开国公，掌握了后唐的军政大权。后来因为李嗣源去世，石敬瑭才又拥兵自重，来到山西晋阳，做起了后唐朝廷的河东节度使，威震一方。

接到闵帝李从厚的"换镇"诏书，石敬瑭虽然心中不快，但也无可奈何，只好准备行装，安排车仗，打算先去定州，就任成德军节度使，再作良图。但还没等他动身，潞王李从珂就憋不住了，匆忙派人到晋阳来与石敬瑭串通，企图同朝廷对抗。李从珂认为，离开凤翔到河东去，人生地疏，凶多吉少，在陕西经营多年的家底就算白费了。因此他听从谋士薛文遇的建议，向各地藩镇派出使者，发放檄文，以"清君侧、正朝纲"的名义，声讨权臣朱弘昭、冯赟二人，准备兵进洛阳，请各地节度使出兵响应。但石敬瑭思虑再三，没有出兵，打算先去赴任，听听动静再说。

唐闵帝李从厚得知潞王李从珂在凤翔起兵，立刻派护国军节度使安重荣为帅，领五镇人马共讨凤翔。谁知这五镇节度使互相猜忌，不服调遣，为保实力，不战先逃，被李从珂一战杀得大败。陕西军乘势逼近洛阳，朝廷判六军诸卫事康义诚率众出城投降。闵帝李从厚见大势已去，仅带数十骑从北门逃走，欲奔魏州（今河北大名附近）避难。人马逃至卫州（今河南汲县）城东，恰遇奉旨进京的石敬瑭。

闵帝停下车驾，向石敬瑭询问退敌之策。石敬瑭见闵帝狼狈至此，顿起歹心，假装说进城去，与卫州刺史王弘赟商议，请闵帝暂在客店等候。过了一会儿，则回来说："王大人不愿出城见你。他说你这个皇帝此番出奔，与以往天子落难大不相同。你一无传国玉玺，二无将相相随，难以号令天下、召集勤王军马，恐怕我们都帮不上你了！"说完把闵帝晾在一边，不再理他。

石敬瑭的部将沙守荣是个正直的汉子，这时有点儿看不下去了，于是近前对石敬瑭说："如今天子落难，国家危在旦夕。为人臣者，自当挺身而出，尽忠报国，大人何以推三阻四，甚不恭也！"

石敬瑭闻之恼羞成怒，上去一剑，将沙守荣刺死。随即下令，将闵帝亲随五十多人全部杀害，只把闵帝一人囚禁起来，交给了卫州刺史王弘贽。临走时他还愤愤地说："这是汝自作自受，咎由自取！谁让汝下诏'换镇'来？念汝是我妻弟，暂且留你一命，能不能活下去，那就要看你的造化了！"随后奔洛阳而去。

且说潞王李从珂进城以后，不久即被大臣冯道等人拥立为帝，同时任命百官，行檄天下。并立即派人到卫州，命王弘贽用毒酒将闵帝害死。李从厚当皇帝还不到半年，死时才二十一岁。

石敬瑭来到洛阳的时候，李从珂已经当了皇帝。由于未出一兵一卒相劝，他自感心虚胆怯。在参加完明宗李嗣源的安葬大礼之后，他未敢提出回到河东，只推说自己身体有病，在家中休养不朝。暗中却唆使夫人魏国公主，通过曹太后为他活动，企图仍回晋阳任职。

末帝李从珂与群臣商议。凤翔的旧将们异口同声，说石敬瑭狼心狗肺，心口不一，决不能放虎归山，否则必致天下大乱。侍卫马军都指挥使李专美受了曹太后之托，这时候站出来说："陛下刚刚荣登大位，各地藩镇都在观望。石郎与陛下曾为手足，未见不轨之处，何以留住不放？我们可不能走前朝的老路，激起他们的反叛哪！为今之策，不如放石敬瑭回去，以安各地藩镇之心，这对社稷平安大有利也！"

末帝李从珂有些拿不定主意，遂亲去石府探望。曹太后事先得到消息，通知石敬瑭做好了准备。李从珂来到石府以后，见石敬瑭面色青黑，目光暗淡，身体十分瘦弱，说话有气无力，连战马都上不去了，怜悯之心顿生，遂长叹一声说："石郎与我从小患难，可谓亲密无间，同生共死。如今我为天子，除了他，我还有什么亲近之人？还能够依靠谁呢？"当即任命石敬瑭仍为河东节度使，兼北面诸军总管。石敬瑭趴在地上领旨谢恩。当末帝李从珂离开之后，他立即"腾"地站起身来，马上收拾行装，当夜就悄悄赶回河东去了。为了避免末帝怀疑，他留下了夫人魏国公主及儿子重殷、重裔，让他们在洛阳观察动向，随时向河东报告。

末帝李从珂虽然英勇善战，但他对治理国家却一窍不通。丞相冯道倒是个高人，可惜受到凤翔旧将的排挤，被末帝贬到同州（今陕西大荔县）做匡国军节度使去了。末帝的心腹之人薛文遇和刘延朗乘机专权，大肆卖官鬻爵，贪赃枉法，群臣皆敢怒而不敢言。由于皂白不分，赏罚不明，各地节度使意见纷纷。薛、刘二人又劝末帝横征暴敛，增加赋税，搜刮民财用以赏赐有功将士，引起百姓极大怨恨，朝野几同干柴烈火。

契丹国设在后唐的坐探们见情况如此，认为有机可乘，纷纷把消息报告给朝廷。皇帝耶律德光闻报大喜过望，感到这是进攻中原、攻城略地，掠夺钱财、开疆拓土的大好时机，也是他拿回皇权、巩固帝位的有效途径。于是立即请示太后恩准，发兵南侵。

耶律德光亲率大军八万，先攻云州（今山西大同）、应州（今山西应县）。拿下河阴（今山西山阴县东山阴城）以后，向东攻下灵丘，又向西围攻朔州、神池和宁武。宁武守将朱殷投降。契丹大军如旋风一般奇袭晋北，仅十几天就占领了山西北部大片土地，掠走了大量财物和人口，令后唐朝廷惊恐万状。末帝李从珂急忙下诏，命石敬瑭出兵御敌。但石敬瑭以身体有病为由不堪为帅，迟迟不肯出兵。好在此时耶律德光的皇后萧温病危，加上北府副宰相涅里衮阴谋叛逆，耶律德光怕后院起火，仓促撤军，才让后唐君臣松了一口气。

契丹军队的入侵，给石敬瑭带来了机遇。他假借抵御外侮之名，大肆招兵买马、积草屯粮、打造军器、准备起兵。消息传入洛阳，末帝李从珂召集心腹之人商议对策。端明殿大学士李崧奏道："河东若是起兵叛逆，恐怕孤掌难鸣，各地藩镇未必会响应他，陛下大可不必忧虑。现下担心的是他向契丹借兵，那我朝可就麻烦了！"

末帝听后忧虑地说："契丹军力强大，如果真助河东，我朝当如之奈何？"

同为端明殿大学士的吕琦进曰："契丹军力虽强，但多以抢掠为主。如果陛下修书与之通好，再赠予十万缗钱财，契丹人见利忘义，必可退也！"并拿出事先与李崧共同起草的《遣契丹书》，奏请末帝恩准。

末帝听了有些拿不定主意。这时枢密直学士薛文遇说话了："大国之君，万乘之国，堂堂天子却要屈身夷狄，战事未启就要先送钱财，岂非咄咄怪事、奇耻大辱？如果契丹得寸进尺，不但攻城略地，还要索公主为妻，难道陛下也会答应吗？"

末帝本无主意，听薛文遇说得慷慨激昂，遂不听李崧、吕琦之言。二人出宫门而叹曰："陛下如此迂腐优柔，石敬瑭必趁势而为，如此则国家危矣！"

李崧、吕琦离开之后，末帝留下薛文遇，向他讨教应对之策。薛文遇说："河东石郎蓄谋已久，狼子野心昭然若揭，就如同箭在弦上，早晚要发。臣看他是移也反，不移也反，只是个时机的问题。不如朝廷先下手为强，马上传命，将他移往别地，看他还能怎样？他若服从，隐患即除。他若不从，立发重兵围剿，歼之于倏忽之间。如此则陛下无忧矣！"

末帝闻之大喜，随即下诏，移石敬瑭为天平军节度使（治所郓州），调河阳节度使宗审虔去河东。同时命武宁节度使张敬达屯兵代州，枢密副使赵延寿屯兵潞州，从南北两面牵制石敬瑭，防其狗急跳墙，起兵作乱。末帝以为如此安排，即可以安然无事了。群臣却皆吓得面如土色，都以为石敬瑭必反无疑。

后唐清泰三年（936）正月十三，石敬瑭的妻子魏国公主去参加末帝的生日宴会。宴会结束以后，魏国公主向末帝奏请去晋阳，理由是石敬瑭身体有病，要去照顾他。末帝假装酒醉，大大咧咧地说道："公主如何这般急切？难道是要与石郎一起造反吗？"魏国公主气得勃然变色，回家后急赴晋阳，当着众人的面号啕大哭："他不过是父皇的一个养子，已经害死了我的弟弟，窃取了李家的天下，如今又要赶尽杀绝，逼死我的丈夫。石敬瑭，你还是个男人吗？让人家当众羞辱于我？！"

石敬瑭听罢魏国公主的哭诉，顷刻间怒火满腔，不能自制，急召心腹之人商议办法。谋士桑维翰首先说道："明公不是有个侍卫马步军都指挥使的头衔吗？可以此名义上表请辞，以试探朝廷的意图。如果末帝欣然恩准，说明加害之心已明。如果一再挽留，还有回旋余地。"石敬瑭压住怒火，听其所言，于三月初向朝廷请辞。末帝李从珂没有主意，乃听从薛文遇之言，不但立即批准，而且严词催促石敬瑭，尽快到郓城上任赴职。

石敬瑭部下大将刘知远也是沙陀人，不但英勇善战，而且很有智谋。他对石敬瑭说："事已至此，别无选择。只有起兵反唐，或可有条出路。"众将亦异口同声，赞同起兵。石敬瑭见群情激奋，信心倍增，当即决定兴兵举事。他采纳刘知远的计谋，先派人悄悄去洛阳，给留在京城的两个儿子送信，约定十天后里应外合，攻取洛阳。因为长子石重殷是右卫上将军，次子石重裔是皇城守卫副使，两人都握有一定的兵权。石敬瑭相信如果内外一齐动手，事情一定会圆满成功。

然而不幸的是，石敬瑭派出的信使刚到京城，即被薛文遇安排的侍卫截获。末帝李从珂阅信以后，在朝堂上破口大骂，当场将重殷、重裔推出斩首，并诛杀其家属数十人。石敬瑭闻之悲痛欲绝，立即命桑维翰起草檄文，讨伐末帝。檄文中说："从珂本为养子，不堪继位为帝。且又毒害先皇，实属罪大恶极！种种倒行实乃世间禽兽，般般逆施必为天地不容！请窃贼自动就死，把帝位让给许王！"许王名李从益，是明宗李嗣源的幼子。石敬瑭打着拥立许王的名义造反，有很强的煽动性。檄文行发全国，各地藩镇立即骚动起来。

末帝李从珂见石敬瑭已经公开造反，立即派大军进剿晋阳。当年五月，朝廷的四路大军共十五万人马从各地出发，六月进抵山西晋中。前部元帅、武宁节度使张敬达，立即率军将晋阳团团围住，昼夜攻打。但因连日大雨，急切难以攻下。

唐军连日猛攻，晋阳危在旦夕，随时都有城破的危险，石敬瑭急得如同热锅上的蚂蚁。大将刘知远说："如今城外唐军有十几万人马，而且不断有援兵赶来。我方城中虽有八万之众，但将士疲惫，粮草紧张，众寡力量悬殊，难以长期防守。明公还是赶快拿个主意吧！"

石敬瑭摊开两手，无奈地说："先是里应外合之计失败，接着又被重兵包围。我河东将士虽有十几万之众，但均散在各镇，一时难以聚集起来。如今兵临城下，迟早陷落，我要与晋阳共存亡！请各位自寻生路吧！"

谋士桑维翰虽然黑胖矮小，其貌不扬，但却诡计多端，反应极快。这时他站出来说："我倒有个主意，不知明公可愿意采纳？"

石敬瑭急得直跺脚："这都火烧眉毛了！你还装什么呀？快讲啊！"

桑维翰这才慢吞吞地说："如今大兵压境，敌众我寡。那些藩镇们见风使舵，恐无人可以帮助我们了。只有北面的契丹，兵强马壮，军力极盛，朝廷素惮而惧之，明公何不借来一用？当年姚坤出使契丹，阿保机就曾提出索要黄河以北，姚坤不允。阿保机又说请划燕幽之地，即可罢兵，不复南侵。由此可知契丹人觊觎中原已久。但他们要的只是土地和财物，是绝不会到中原来当皇帝的。明公若能答应割让燕代地区，契丹定可出兵救援。如此则大难可解、敌兵可破，明公亦可代唐为帝矣！"

大将刘知远说："如此岂非引狼入室，让明公成为千古罪人？此计万万不可行也！"

桑维翰坚定地说："若非如此，此局焉解？我等只能坐以待毙、任人宰割了！岂不误了明公的大事？何况这些土地，本就不在我们手里，我们只不过拿朝廷的东西做个人情，有何不可？何去何从，请明公自酌。"但刘知远等众将还是坚决反对。

石敬瑭听了二人之言皆觉有理，一时左右为难，拿不定主意。于是他便习惯地走回内室，向女诸葛侍妾沙茵讨教。

说起石敬瑭与沙茵相识，还有一段有趣的故事。那是当年石敬瑭在李存勖帐下为将、驻守邺城的时候，沙茵从燕北流落至此，在邺城开了一家羊杂馆。这家羊杂馆的烤羊肉和全羊汤口味极好，招致许多沙陀族同乡前来光顾。一次石敬瑭带着两个士兵前去喝酒，刚刚坐下，就听到外间吵闹起来。三人出门观看，原来是一个叫吴二的泼皮无赖，吃完了饭不给钱，正在门口与店小二拉扯，招来了许多人围观。这时候从二楼下来一位年轻美丽的女人，一边走一边慢悠悠地说："谁在门口大喊大叫呐？是吃饱了撑的吗？"

那泼皮吴二大概认得她就是酒店的掌柜，立即转过脸来笑嘻嘻地说："二爷我刚才吃了块羊肉，喝了两壶酒，这店小二非要跟我要钱，这不是在难为我吗？你也不打听打听，在偌大的邺都城，二爷我吃饭花过钱吗？再说我身上从来不带钱哪！"

那女掌柜闻言笑呵呵地说："原来是这样！不就是一顿饭嘛！你走吧！先记在姐的账上！以后什么时候愿意来吃，尽管过来就是了！怎么样？"那女掌柜分明是吃亏让人、花钱求安。

可那泼皮吴二不知好歹，不但没有就坡下驴，反而得寸近尺，把女掌柜的忍让当成了软弱可欺。于是他凑上前去，色迷迷地望着女掌柜说："瞧瞧妹子说的，还是你懂事呀！这就对了嘛！二爷我吃饱了、喝足了，还想睡一觉，妹子能不能成全到底，上床陪陪我呀？啊？"说着嬉皮笑脸，涎水直流，抓耳挠腮，直往前凑，那股酒臭熏得人直想作呕。

那女掌柜勃然变色："猪喂饱了还能长肉，狗喂饱了也能看家。你个猪狗不如的东西！敢跟老娘我撒野！给我滚出去！不要脏了我的店面！"

"耶呵？！你个臭娘们！给脸不要脸！二爷我今天非要睡了你！看你怎么样？"吴二此时恼羞成怒，张牙舞爪地扑了上来。

那女掌柜不等吴二近前，飞起一脚将其踢翻。随即从桌案上拿起两把剔骨尖刀，"噌"的一声扔给吴二一把，大声说道："瞧你这副熊样！你也配做男人？今天你若还是个站着撒尿的爷们，咱俩一人一把刀，是你先捅我，还是我先捅你？我喊一、二、三，你若是不动手，我可要先扎你了！"那吴二一见，吓得脸色铁青，浑身发抖，爬起来边跑边喊："算你狠！你等着！"一溜烟逃走了。围观的人们一阵哄堂大笑，随即散去。

但是事情还真没有完结。不一会儿，果然见那吴二气势汹汹，领来二十几个泼皮无赖，一个个凶神恶煞，手持大棒，进店后掀桌踢凳，见物就砸。那位女掌柜闻声过来阻止，立即被泼皮们围在中间，众寡悬殊，一筹莫展。

石敬瑭在旁边观察良久，此时见情况危急，情不自禁大喝一声："清平世界，朗朗乾坤，汝何无端闹事，仗势欺人？还不赶快走开！"

"哟呵？谁的裤裆没系严，露出你这么个家伙？想找死吗？"吴二闻声大骂。那些泼皮无赖见石敬瑭虽人高马大，极其雄壮，但欺他只是一人，遂"嗷"的一声扑向前来，十几根大棒一齐舞起，向石敬瑭的脑袋砸去。

石敬瑭见状微微一笑，两手凌空一捋撸，把那些人的木棒抓在手中，像撅麻荄一样，"啪、啪、啪、啪"，折成数截，扔在地上。那些泼皮见状，又伸拳跐腿，蜂拥而上。石敬瑭抓起他们，"嗖、嗖、嗖、嗖"，像扔口袋一样，统统把他们抛到门外。这些泼皮一个个摔得鼻青脸肿，哭叫不迭。

石敬瑭一脚踢翻吴二，踩住他的胸口，大喝一声："此处掌柜是我的小妹。下次再来捣乱，打断你的肋骨！还不快滚！"

吴二吓得磕头求饶，连滚带爬地带着人跑了。后来他打听到石敬瑭是晋王手下的大将，不但再未前来骚扰，而且处处维护起来。沙茵也由此与石敬瑭相识，起初是感谢他仗义相助，认他为兄，后来见他武艺出众，又是同乡同族，渐生爱慕，就成了石敬瑭的又一个妻子。从此她不再开羊杂馆，跟随石敬瑭南征北战，成了他得力的参谋和助手。

沙茵听完石敬瑭的叙述，微微一笑，不屑一顾地说："我以为是个什么天大的事情呢，把你愁成这样！大丈夫生于天地之间，当提三尺宝剑纵横天下。什么江山土地，今天姓杨，明天姓李，都是身外之物。那些功名利禄、金银财宝，皆为过眼烟云，生不带来，死不带去。哪一份是你的？人若是死了，还有什么？连妻子儿女都成别人的了！因此，桑维翰的计谋可行，契丹的兵马可借。说不定还能逢凶化吉，打出一番天下来呢！"

石敬瑭闻之恍然大悟："爱妻之言如春风满怀，我算彻底明白了！一不做，二不休，我宁可背千古骂名，也不做刀下之鬼！"遂连夜召来桑维翰，命他写降书顺表，向契丹借兵。事成以后，不但称臣纳贡，而且割让雁北至卢龙一线诸州作为酬谢。桑维翰写好之后，交给契丹坐探，悄悄带出城去。

契丹皇帝耶律德光见了石敬瑭的降书顺表，心花怒放，高兴万分。他觉得这真是天赐良机，急欲兴兵南下。但太后述律平心存疑虑。她表面上说："好事来得太容易，就要当心上当。谁知道石敬瑭是不是假话？将士们的性命可不是闹着玩的！"内心里却担忧战事一旦爆发，就会对德光失去控制，自己这个女皇就做不成了，因而一再借口拖延。耶律德光心如火焚，急找屋质商量。屋质附耳低言数句，德光大喜。

次日清晨德光去永宁宫请安，对母后述律平说："昨夜孩儿偶得一梦，是先祖命我驱青牛白马向南，应石人之召，说可圆父皇之愿，不知是真是假？"

述律平闻之笑道："日有所思，夜有所梦，不足信也！"

这时候耶律屋质在一旁说道："既是不知梦境真假，何不请邱道长卜上一卦？以解心中疑虑。"

太后述律平素信道教，欣然同意。没想到邱行之连卜三卦，皆为大吉。述律平满心欢喜，同意出兵。殊不知是屋质从中做了手脚，他昨晚就悄悄地送给了邱行之两锭黄金。

契丹皇帝耶律德光率领十二万大军，号称三十万，昼夜兼程，直趋雁北。一路畅通无阻，如入无人之境，于当年九月初抵达汾河以北。耶律德光先派人去知会石敬瑭，告诉他当日即可破敌，让他做好内外合击的准备。石敬瑭不敢相信，回信说唐军势大，不可轻敌。

且说唐军前方统帅张敬达闻契丹兵至，一面紧急向朝廷报告，一面令大将高行舟、符彦卿各率两万人马，在晋阳以北、忻州之南设伏阻击。耶律德光亲临前线，观察地形。他命先锋查喇率骑兵一万，直插晋阳西北柳林，搠入高行舟和符彦卿两军之间的空隙，将唐军分割开来。然后率骑兵主力以迅雷不及掩耳之势，猛攻西部唐军。六万多骑兵如狂风暴雨，骤然而至，唐军猝不及防，抵挡不住。高行舟当场阵亡，一万多唐军顷刻间均成为刀下之鬼，余皆拼命南逃。

击溃了西部唐军以后，耶律德光长鞭一挥，马不停蹄，又向东部唐军猛扑过来，迅速将其三面围住。符彦卿虽为后唐名将，身经百战，部下乃为朝廷劲旅，奈何契丹铁骑如山洪暴发，势不可挡。他手下这些步兵虽死战拒敌，但仍无济于事。防线迅速被冲垮，队伍死伤大半。符彦卿率残部如潮水般退往晋阳。

唐军前方统帅张敬达此时已率部围城多日。因为恰逢夏季，阴雨连绵，又因久攻不下，师老兵衰，未免士气低落，正在苦思用兵之策。忽闻北线阻击兵败，契丹军已经杀了过来，根本来不及调整部署，只好率众南撤，到晋阳之南三十里外的晋安寨扎营，等候援兵。晋阳解围，耶律德光命大军移驻晋中，截住张敬达部的南逃之路。

被围两个多月的晋阳一朝解困，令石敬瑭喜不自禁。他暗自庆幸，自己这着棋算走对了，于是备下厚礼，兴冲冲地去契丹大营觐见。耶律德光在金顶牙帐接见了石敬瑭，好言抚慰并热情款待他。石敬瑭在酒席之上感激涕零，诚惶诚恐地请教耶律德光："贵国大军远道而来，何以在一日之内克敌制胜？还请陛下教我！"

耶律德光端起酒碗，笑着说道："用兵之道，繁而且简。一是贵在神速，令敌出其不意；二是知彼知己，做到扬长避短。唐军苦战多日，将士极为疲惫，我军初来乍到，士气猛如狂飙，不可比也！况我朝骑兵如神兵天降，上阵时若海啸山崩，唐军的步兵岂能抵挡得住？此必胜之根源也！"石敬瑭闻之，佩服得五体投地。遂在席间与耶律德光合谋，实行东西合璧，两下夹击，彻底击溃张敬达部，务求此战完胜。

唐军前方统帅张敬达此时虽仍有大军八万，又有晋安寨凭险可守，但因出师日久，将士疲惫，加上与契丹人一战而败，人人丧胆，故而士气低落，不敢出寨作战，只能在此等待援兵。唐末帝李从珂闻晋阳兵败，相当焦虑，连夜上朝，召集群臣商议对策。

枢密直学士薛文遇出班奏曰："晋阳兵败，非是敬瑭能战，也非敬达无能，实乃契丹出兵之故也！如今东丹王耶律倍在我们手上，何不令他写信，劝其弟弟耶律德光退兵？此不失为一良策也！"

末帝李从珂认为薛文遇说得有理，急召耶律倍上朝觐见。不料遭到耶律倍严词拒绝："德光若能听我之言，我又怎会逃到贵国？此信断不能写！写了也是无用，徒留笑柄耳！"李从珂恼羞成怒，命人将耶律倍投入大牢。

末帝李从珂无奈，只好举全国之力，拼凑了三路大军，分进合击，直逼晋阳，欲与张敬达部内外开花，同石敬瑭和契丹联军决一死战。一路是命天雄军节度使范延光率五镇六万人马，出魏州从东路逼近晋阳；一路是命幽州节度使赵德钧领四镇九万人马，从北面直趋代州，切断契丹军归路；另一路是命赵德钧之子、枢密副使赵延寿带三镇六万人马，出长子，过潞州，从南面逼近晋阳，以形成三面合击之势。

石敬瑭闻三路大军压境，不免十分忧虑。耶律德光见情况不妙，也想寻机撤兵。他可不想与后唐军队硬拼，为了什么"石郎"而损失自己的实力。正在两人均举棋不定、谋求良策的时候，机遇又一次悄悄降临。不但使后唐军队不战自溃，而且甩给契丹国一个天大的馅饼，从而成为历史趣谈。

前面我们已经说过，赵德钧与赵延寿是父子俩，两人均为皇亲国戚、朝廷重臣，是坐镇一方的领兵大帅。接到朝廷的诏令以后，赵德钧借筹粮草之机，先召其子密议："此番进兵，鱼死网破。与其为李从珂卖命效劳，还不如我们自己称帝。我们何必拿鸡蛋去碰契丹这块石头，反而让石敬瑭这狗日的坐收渔人之利？他石敬瑭能借兵，我们为什么不能？契丹人要的不就是土地和财物吗？何况我们现在兵多将广，势力强大，契丹国主未必不看重我们！"赵延寿见父亲说得有理，点头称是。两个人共同商议好拖延时间，暂缓进兵，先派人到契丹大营斡旋。赵德钧写下亲笔书信，派心腹携带大量珍珠宝贝，觐见耶律德光。提出如果能够帮助他们父子推翻后唐、立国称帝，情愿向契丹称臣纳贡，割让土地，结为兄弟之国。并可以保留石敬瑭在河东的地位。

耶律德光亲自接见了赵家父子的来使，阅读了赵德钧的亲笔书信，立刻感到峰回路转，喜从天降，不由得高兴得连连击掌、两眼放光。刚才他还忧心后唐大军陆续到来，加在一起有二十多万，若是真的开战，虽然未必惨败，但契丹军队肯定会被牢牢缠住，其后果不堪设想。如今又冒出个第二位石敬瑭，不仅愿望极其迫切，而且拥有两路人马。答应了他不仅可解眼前之危，而且明显有大利可图。对！就立赵德钧为帝，让他们中原人自己去打吧！我可管不了那么多了！他立即答复了赵德钧，让他把握形势，见机行事，契丹国会全力支持他。

不想石敬瑭闻讯以后，急得直跺脚："煮熟的鸭子怎么就能飞了？到手的好事怎么能让给姓赵的？此事万万不行！"他慌忙派桑维翰再去请求，务必让契丹国立他为帝，什么条件都可以答应。石敬瑭激动地说："他称兄弟，我称父子！他以臣子事之，我以儿子事之！他割幽州以北土地，我让燕北加代北，共十六州！我们甘愿做契丹的附属国！"桑维翰按这个意思一说，耶律德光立刻喜笑颜开，感到条件更加优厚、更加诱人，于是又答应了石敬瑭的要求。

消息很快传到赵德钧那里，父子俩也急了，慌忙派使者前去加码：一是也同意割让十六州，二是也甘心当儿子，三是也情愿做附属国。耶律德光听后一权衡，觉得同样条件下，还是赵家实力大，正想改口答应，这时桑维翰不知从何处钻了出来，当着赵家使者的面，"扑通"一声给耶律德光跪下了，一把鼻涕一把眼泪地哭诉着说："陛下的大军是我家主公请来的，办事也得有个先来后到吧！同样割十六州，同样当干儿子，同样做附属国，那你们赵家也得往后排，也得可着我家三公先来吧？除了上述条件，我们宁愿每年再加三十万匹布帛！"桑维翰一边磕头一边哭。不知是他的诚意感动了耶律德光，还是他开出的条件太诱人了，反正耶律德光听完之后，当即指着帐外一块大石头说："我决心把帝位许给石郎了！这个干儿子我认下了。皇帝只有一个，除非这块石头烂了，否则我不会改变主意了！"桑维翰这才匆匆爬起来回去报信。不过耶律德光还是多了一个心眼，他悄悄地把赵家使者留下，又对他悄悄地说："你回去告诉赵大人，机会还是有的！"其实对这两家及时通气，迫使他们互相加码，都是耶律德光使的招法，他把这两家玩得团团转。

石敬瑭听完桑维翰的回报后仍不放心，生怕赵家父子又使新招，令耶律德光再次变卦，于是连夜急匆匆再次来到契丹大营，亲自向耶律德光跪求哭诉。耶律德光扶起石敬瑭，严肃地说："石郎遭遇大难，首先想到找我，这是对我的信任。我当即急趋三千多里，率领大军来救，一战而胜，这是天意，也是咱们爷俩的缘分。我已决心立汝为中原天子，谁若敢公然反对，我就对谁用兵。同时也望汝好自为之，话兑前言，世代恭顺，为我契丹鞠躬尽瘁。否则我随时能让汝国破家亡！记住了吗？"四十四岁的石敬瑭虽然受宠若惊，但也吓出一身冷汗，他急忙叩头不止，惶恐地说："儿臣记住了！儿臣叩谢父皇，一定世代恭顺，鞠躬尽瘁！即或肝脑涂地，也当在所不惜！"此话一出，令在场的契丹国臣子皆露出鄙夷的神色，也让随行的河东将士们羞得无地自容。

当年十一月十二日，耶律德光在晋阳城内登坛，册封石敬瑭为中原大晋国皇帝。他满面笑容地把自己的衣服脱下来，披在石敬瑭的身上。石敬瑭身着契丹国皇帝的衣冠，接受河东将士的朝拜，正式即位为帝。石敬瑭率领着将士先拜父皇耶律德光，再拜天地诸神，后祭石氏先祖。然后立即宣布，割让幽云十六州的土地给契丹国，以表孝敬之心。

这十六州是：幽州（今北京的宣武和丰台）、蓟州（今天津蓟县）、瀛州（今河北河间）、莫州（今河北任丘）、涿州（今河北涿州）、檀州（今北京密云）、顺州（今北京顺义）、新州（今河北涿鹿）、妫州（今河北怀来）、儒州（今北京延庆）、武州（今河北宣化）、蔚州（今山西灵丘）、云州（今山西大同）、应州（今山西应县）、朔州（今山西朔州）、寰州（也在今山西朔州境内）。同时每年纳帛三十万匹。并立下誓书铁券，表示年年纳贡，世代臣服。

仪式结束之后，石敬瑭先送走父皇耶律德光，然后立即登上御座，任命百官，宣布国号为晋，改元天福。同时发文行檄全国，诏令各州、府、县。各地节度使见风使舵，纷纷表示归顺，石敬瑭一时实力大增。

唐末帝李从珂闻石敬瑭已经称帝，惊恐万分，急令各路军马加速进剿。不料时局已换，人心生变。被围困在晋安寨的张敬达部因粮草已尽，将士生怨。部将杨光远得到石敬瑭的书信，劝张敬达易帜投降，张不从，被杨光远所杀。杨光远遂率众投降了契丹。耶律德光感张敬达是位忠臣良将，命部下厚葬之。令杨光远仍领所部人马，归石敬瑭节制。

赵德钧父子虽然未能如愿称帝，但从耶律德光的话中，还是听出了一线希望，说不定哪天就能美梦成真、黄袍加身。现如今后唐王朝大势已去，自己可犯不上再为他李从珂卖命了。于是在契丹和石敬瑭强大的联军面前，宣布投降，保存实力。天雄军节度使范延光见三路大军没了两路，自己孤掌难鸣，再战岂非找死？立即派使者去见石敬瑭，表示归顺，带兵回到魏州去了。末帝李从珂精心策划的南北合击、内外开花，变成了竹篮打水。

唐末帝李从珂此时已经无兵可派，石敬瑭的大军很快就将打进洛阳。他自知大势已去，遂宣布让朝臣自寻生路，自己登上玄武楼准备自焚。他扶栏北望，浮想联翩，忽然一股悲愤涌上心头：自己从凤翔起兵，入京为帝，不到三年就国破家亡，非是本身无能，也非敬瑭有命，这都是契丹人惹的祸呀！耶律德光，你不得好死！他忽然想到，自己死了，不能让耶律倍活着！于是立即派人去抓耶律倍，让他陪同自己一同赴死，遭到耶律倍断然拒绝。末帝抽出宝剑，残忍地亲手杀死了耶律倍，大呼着："契丹国没好下场！"自焚而死。一同自焚的还有曹太后、刘皇后和末帝的儿子李重美。

耶律德光率契丹大军北归，沿路各地节度使望风归顺，极尽恭维谄媚之能事。德光一路招降纳叛，假意安抚，实收兵权。同时任命心腹之人，担任留守将领，顺便掠夺了大批财物和人口北还。他这一次九月出征，十二月班师，轻而易举地得到了中原大片土地。从此幽云一带藩篱尽撤，中原门户洞开，不到黄河已经没有什么天险可守。契丹大军可以随时南下，问鼎中华，称霸全国。父皇多年的梦想终于可以实现了！耶律德光想到这里，不免喜笑颜开，心花怒放。

第八回
四面楚歌儿皇殒命
三进中原契丹败兵

契丹皇帝耶律德光此番南征，大获全胜，武功煊赫，可谓遂契丹多年之宏愿，圆父皇生前之梦想，自是群臣敬服、将士拥戴，威望大增。不仅令朝野上下均刮目相看，就连太后述律平也颇感意外，十分惊喜，由衷高兴，赞赏有加。全国军民皆沉浸在一片喜悦之中。

但是赵德钧父子却怎么也高兴不起来。此番二人随契丹大军来到临潢，虽知石敬瑭已经为帝，但十六州尚且无主，于是在议论之余，引发旧日之念，便向耶律德光请求，想圆昔日之梦。耶律德光因为曾许过旧愿，又考虑二人帐下还有数万人马，不好断然拒绝，于是便向二人说道："现下已经回到京城，不比战时临机决断。像这样的大事，尚须母后点头才好！"暗示让他们去恳求述律平。

一日太后述律平正在宫中闲坐，忽有侍卫来报，说赵德钧父子请求觐见。听罢来意，述律平鄙夷地说："汝二人虽然心真意诚，但与石郎却不一样。他是被逼无奈，临危求助，而你们是手握重兵，放弃抵抗。为人臣者，既食朝廷俸禄，为什么不死战护主？反而阵前反水，图谋个人前程？哀家平生忠直，最看不起的就是见利忘义的人！"

赵德钧闻言脸上红一阵、白一阵，厚颜无耻地说："自古良禽择木而栖，贤臣择主而仕。李从珂昏庸无道，契丹国君正臣忠，微臣当然要明珠亮投、顺应潮流啊！

老臣虽然年过花甲，但是忠心不二，只想替太后和皇上守护边陲、捍卫疆土，让契丹国世代平安，威加天下。今有些珍宝和财产带来，呈请太后御览。"

述律平听完没好气地说："幽云之地，形同锁钥，自古为中原屏障、华夏大门。可谓山岳襟连、关隘纵横，其重要地位不可言也！但如今已归我契丹所有，我朝骑兵随时可以长驱直入，问鼎中原。还需要你守护什么边陲？捍卫什么疆土？你送来的金银珠宝我看见了，你的田宅财产等物现在哪里呢？"

赵德钧忙叩头说："都在幽州存放，只等太后查验，微臣愿意全部奉献。"

"在幽州？幽州是谁的地方呢？"述律平故意问道。

赵德钧不解其意，赶忙回答："当然是契丹国的！是太后您的地方啊！"

述律平立即冷冷地说："这不得了！既然幽州是我的地方，那还用得着你来奉献吗？你这种见利忘义、寡廉鲜耻之人，谁知道有朝一日会不会背叛我们？你以为你这样活在世上，还有什么意思吗？"

赵德钧闻言羞得无地自容，回到住所以后抑郁成疾，一病不起，不久忧愤而死。耶律德光为了安慰和稳住其部下将士，任命赵延寿为幽州节度使，代朝廷管理十六州事务。

后晋天福二年（937）一月，石敬瑭派丞相冯道和尚书令刘昫出使契丹，带来后晋朝廷正式的降书顺表和幽云十六州的地籍图册。契丹皇帝耶律德光和太后述律平均亲自接见，并分别在开皇殿和宣政殿举行典礼，接受两位使臣代表石敬瑭给其父皇和祖母上的尊号。接着皇帝耶律德光复行再生礼（生日典礼）和柴册礼，宣布大赦天下，改元会同。下诏以临潢为上京，升幽州为南京，改东平为东京。将新州命名为奉圣州，将武州命名为归化州。同时行檄天下周知。

送走晋使之后，耶律屋质对德光说："后晋朝廷表面上毕恭毕敬，石敬瑭也貌似俯首帖耳，但我从冯道和刘昫的眼神中，看到了一种不一样的东西。基于中原臣民骨子里那种传统的正宗意识，他们内心里并不服气。至于民间的对抗情绪，那就更不用说了，因此我朝决不能盲目乐观。还望陛下能够未雨绸缪、小心在意呀！"

耶律德光闻听高兴地说："爱卿高瞻远瞩，令朕头清眼亮。不知眼下我朝当如何应对？"

耶律屋质胸有成竹地说："结好四邻而令其孤立，洞其所为而使其蹈矩，秣马厉兵而随时南征，重用功臣而巩固皇权。此陛下励精图治、问鼎中原，成王霸伟业之良谋也！"

耶律德光闻言大喜："爱卿之言正合我心！"于次日早朝，便派四路使者南下，携带他的亲笔书信和贵重礼品，分别出使南唐、吴越、荆楚和后蜀等国，与这些国家结为友好，用以牵制后晋政权；同时责成赵延寿，派出大批暗探潜入中原，打探消息，监视后晋朝廷动向；他还亲下诏令，命耶律查剌、耶律洼和耶律吼负责训练三军，调运粮草，购买兵器甲仗和良马，随时做好南征的准备。

做好了这几件事情之后，耶律德光还采纳屋质的建议，通过一系列有力措施，强化了皇帝的权力，巩固了自己的地位。主要是：

一是趁封赏有功将校之机，提拔了一大批心腹之人，到朝廷各个部门任职。他在一次朝会上说："我军此番南征，大获全胜，除前方将士尽心用命、流血牺牲，朝中宰辅们督运粮草、稳定后方，亦是功不可没，皆应予以重赏！"遂将南北两府的宰相和枢密使们皆明升暗降，封为亲王、郡王或镇国公，夺去所任实职，乘机将亲信将领委以重任。他任命查剌和屋质分任南北两府宰相，总领契丹国全部政务。下诏取消夷离堇称号，任命迭剌部耶律洼为北院大王，耶律吼为南院大王，执掌兵权，并直接对皇帝负责，其余各部落夷离堇均改称节度使。为了安排其他的有功将领，耶律德光还宣布设立了三个新的官僚机构。设立大惕隐司管理皇族内部事务；设立大国舅司管理后族审密部（萧）乙室已、收里两族事务；设遥辇九帐大常衮司管理遥辇九可汗家族的宫帐事务。另设夷离毕掌刑狱，大林牙掌文翰，敌烈麻都掌礼仪。同时增设了宣徽使、招讨使、团练使、阁门使、控鹤使及客省使等官职。

二是借强化汉地管理之名，重用了一大批汉族官吏，以使他们更好地辅佐自己，维护皇权。他亲下诏令封韩延徽为鲁国公，拜枢密使同平章事；迁韩知古为中书令，主管朝中汉民事务；封降将赵延寿为燕王兼幽州节度使，直接协助皇帝管理幽云十六州；任命降臣张砺为翰林承旨兼吏部尚书，主管对地方各级官员的考评。他甚至把那位迫使太后断腕的降将赵思温也重用起来，派他到朔州去担任节度使。耶律德光的这一举措大得人心，极大地强化和巩固了自己的统治。

三是下令将契丹贵族的私城皆改为军州，由朝廷直接接管过来。这不仅削弱了贵族的势力，而且还解放了大批的奴隶。耶律德光还下令开发废弃的猎场和园林，让奴隶和住民们开荒种地，畜养牛马。朝廷因地制宜，设立了许多新的村落，派有经验的汉人担任"村长"，指导奴隶们从事农耕，当地州县则对他们进行全力帮助。

四是抓住朝廷改元和任命十六州官吏的契机，大面积调整和交流地方官员任职。这不仅因之擢升了一大批有功将校，还把地方官员的任命大权牢牢地抓在了自己的手里。

耶律德光采取的这一系列有力措施，做得正大光明，名正言顺，得到朝野上下的一致拥护。而在提请任命之前，都是由耶律屋质拟订方案，先交太后述律平定夺。由于述律平对多数将校并不认识，而且十分信任耶律屋质，因此这些方案均得以顺利通过并迅速实施，从而使耶律德光的皇权地位得到巩固，契丹的朝政更加统一、和谐，国力和军力都有明显增长。

而此时后晋朝廷的情况却相当糟糕。石敬瑭虽然如愿当了儿皇帝，但他这个皇帝却当得十分窝囊和难受。他整天如同坐在火山口上，政权随时都有崩塌的危险。由于社会各种矛盾急剧激化，使本来就先天不足的国家日益衰落。

一是民怨沸腾，骂声不绝。全国上下对石敬瑭割地称臣、甘当儿皇深恶痛绝，认为是中原王朝有史以来的奇耻大辱。每有契丹使者到京，石敬瑭本人即如见到耶律德光之面，卑躬屈膝，低声下气，诚惶诚恐，战战兢兢。大臣们在盛气凌人、不可一世的契丹使者面前，也都跟着倍受凌辱，人人都憋着一腔怒火。因而时常有人在朝堂上破口大骂，宣泄怨气，令石敬瑭无可奈何。成德节度使安重荣甚至多次派人拦路截杀契丹使者，然后把尸首悄悄埋掉。石敬瑭为帝以后外出巡视，多次被百姓围攻谩骂。有一次愤怒的百姓竟然把龙辇推翻，吐了他一身的唾沫。侍卫们抓捕了数十人，石敬瑭想开刀问斩，杀一儆百。沙茵当场劝之曰："陛下已经失去了民心，难道还想丢掉天下吗？这些人是不能杀的！如果杀了就会点起熊熊大火！"石敬瑭这才悻悻而去。从此躲在深宫不敢出来，惶惶不可终日。

二是天灾人祸，民不聊生。石敬瑭虽然作战英勇，但在治理国家方面，却是个十足的糊涂蛋，举两件小事为例。还是在他担任河东节度使的时候，有一次心血来潮，亲自去县衙办案。这时正好有一位母亲领着一个孩童前来告状，说邻家的孩子与她的儿子玩耍，用秫秸把他的儿子扎伤了，脸上流血不止，请大人为她家做主索赔。石敬瑭一听勃然大怒："无知竖子！不懂家教。无事生非，留之何用？！"遂命人将两个孩童一同斩首，气得两位母亲当时皆哭昏过去。这时又有一位民妇前来告状，说她在自家门前晒苞谷，一个军卒没有看住他的战马，把她的粮食给偷吃了，那军卒矢口否认。石敬瑭说："这好办！把马的肚子剖开，如果里面有苞谷，说明军卒撒谎，罪当斩首。如果没有苞谷，你给战马偿命！"石敬瑭当即令部下把马的肚子划开，结果里面根本没有苞谷。那民妇哭着说："我的苞谷确实少了很多，也许是别的战马给吃掉了！"

石敬瑭嘿嘿冷笑："大胆泼妇，还敢诬赖！来人哪！给我打！"结果衙役们一顿乱棒把那位民妇活活打死。上述这两个错判案件震动了河东，激起百姓极大怨恨，很长时间都没有平息下去。

石敬瑭为帝以后，根本不懂得让利于民、治理国家。为了给他的契丹主子纳贡和满足自己的穷奢极欲，只知道增加赋税，横征暴敛，鱼肉百姓，大肆搜刮民财。再加上他即位以后，非旱即涝，连年灾荒，庄稼收成无几，百姓不堪重负。天福六年（941）九月，黄河在滑州决口，百姓淹死无数。天福七年，就有五个州同时遭遇大水，由于官府救灾不利，又有数万百姓死于非命。所到之处，城乡一片萧索，流民四处逃生。人们实在活不下去了，纷纷起来反抗。

三是各地藩镇不服管辖，不断起兵闹事。天福二年（937），石敬瑭的皇位还没有坐热，天雄军节度使范延光就在魏州自称天子，起兵反叛。义成节度使符彦饶、东都巡阅使张从宾起兵响应。三镇联军攻陷洛阳，杀死守城主将——石敬瑭的儿子石重信和石重义。叛军逼近汜水关，意在攻取汴京，夺取天下，石敬瑭吓得想弃城逃跑。幸亏宠妃沙茵率军出战，在大将慕容彦超的帮助下，一举击溃符彦饶和张从宾，斩将数十员，杀敌近万人，才迫使范延光退兵，从而保证了京都的安全。

天福六年（941），成德节度使安重荣在镇州（今河北正定）致书石敬瑭，反对称臣纳贡，要求对抗契丹，重建中原强国，遭到石敬瑭的痛斥。安重荣遂宣布起兵造反，招募游牧于雁北的吐谷浑部千余帐，欲联合各地藩镇攻打汴京。后因部将叛变，兵败被杀，头颅被石敬瑭用生漆涂抹，献给契丹去邀功。

四是对节度使一味迁就，养痈遗患。石敬瑭对外不敢得罪契丹，对内也不敢招惹节度使。他一方面要靠节度使们维持自己的统治，另一方面要通过节度使们搜刮民财，供奉契丹主子和朝廷挥霍。因此节度使们尽管胡作非为、肆无忌惮，他也尽量睁只眼、闭只眼一味迁就。天雄军节度使范延光起兵造反，自称天子，兵败以后石敬瑭并没有杀他，而是将他封为高平郡王，改任天平军节度使了事。范延光的部将李彦珣随其造反，慕容彦超派人找到他的母亲，让其母劝其投降。李彦珣竟在阵前哈哈大笑，抬手一箭将生母射死。对这等狼心狗肺、不忠不孝之人，群臣皆欲将其斩首、以谢天下，石敬瑭却一再袒护，将其封为陕西坊州（今陕西黄陵）刺史。泾州（今陕西泾县）节度使张彦泽因为抢男霸女、横行乡里，其幕僚张式好言相劝，却被他怀恨在心，必欲杀之。张式无奈，逃到京城避难，不料被朝廷官兵捉住，流放到陕西商州。张彦泽闻之不依不饶，致书石敬瑭威胁说："若不将张式杀死，我将起兵造反！"石敬瑭竟屈服张彦泽，命将张式送交泾州处治。结果导致张式被剖腹挖心、剁去手足、残忍杀害。世人闻之皆谓世道已无法无天，同时对石敬瑭的昏庸软弱嗤之以鼻。

五是放任各地招降纳叛，引起契丹不满。天福六年（941），吐谷浑部酋长白承福不堪忍受契丹贵族的凌辱，率部反抗，战败后投奔晋河东节度使刘知远，被刘知远暗自收留，未向朝廷报告。不久，吐谷浑部夷离堇再次率部反叛入晋，又一次被刘知远悄悄收留。契丹振武军副节度使赵崇与节度使耶律画里不和，于是率众哗变，杀死契丹十几位将军，驱逐耶律画里，宣布易帜投晋。石敬瑭得知后未置可否，任其所为，实际上等于默认。

契丹国皇帝耶律德光闻听后晋一系列招降纳叛之事，愤怒至极，专门委派钦差大臣耶律安搏前来问罪。耶律安搏宣罢圣旨，在朝堂上痛斥石敬瑭失察之责，命其立即派兵擒拿，限期一个月内解赴上京，否则绝不轻恕。石敬瑭表面上唯唯诺诺，满口答应，表示愿交出所有反叛之人，但等钦差走后，却迟迟没有行动。他生怕弄不好就牵一发而动全身，引起刘知远等节度使的哗变，从而使他像末帝李从珂一样丢掉天下。他因此急得寝食难安，夜不能眠，终于一病不起。宠妃沙茵曾多次直言相劝："事已至此，不能两全其美。应该废除纳贡协议，想法收回人心。若中原军民同仇敌忾，契丹大军不足惧也！"但石敬瑭思前想后，犹疑不决，病情加重，终因背生痈疽，疼痛难禁而死。临死前他十分清醒，喝下人生最后一碗石榴粥，哭着说道："是我一时糊涂，鬼迷心窍，非要当什么皇帝，做什么干儿，既害了自己，也害了国家呀！"说完饮憾去世，终年五十一岁，在位七年。宠妃沙茵当夜离宫，到五台山出家去了。

石敬瑭死后，后晋朝廷对契丹的态度立即发生了变化。本来在他临终的时候，已经留下遗嘱，让十岁的儿子石重睿即位。但他死后，侍卫马步军都虞候景延光立即对宰相冯道说："方今四海纷争，天下大乱，重睿年龄太小，恐怕难当大任。不如我们改立石重贵为皇帝，你看如何？"冯道见景延光按剑而立，杀气逼人，只好答应下来。于是二人以顾命大臣的身份，召集百官上殿，一致同意迎请石重贵为帝。石重贵就是晋出帝，时年二十八岁。

石重贵是石敬瑭的侄子，其父石敬儒因为弓马娴熟，曾在后唐明宗李嗣源帐下为将。他死后，其子石重贵被叔父石敬瑭收养，极其宠爱，视如己出。重贵自小不爱读书，偏爱骑马射箭，多年随在石敬瑭的身边当侍卫，非常勤勉忠诚。石敬瑭当了儿皇帝以后，任命他为晋阳留守、河东节度使。后来又递次擢升为开封尹、广晋（今河北大名）尹，爵封齐王。

石重贵为帝以后，为感谢景延光的拥立之恩，当即封其为枢密使同中书门下平章事，兼朝廷马步军都指挥使，集将相于一身，揽大权在一手。景延光这个人虽是武官出身，但是读过经史，既很有权谋，也有些胆量。他不赞成过分屈从于契丹，把堂堂中原王朝变成塞外小邦的附属国。因此，在一次早朝之后，他对石重贵说："先帝虽卑躬屈膝而得到天下，但却因卖国求荣而失去民心，弄得对外不足媚而对内不能驭，以至于最后左右为难、抑郁成疾而名裂身亡，此诚绝对不可取也！臣以为国家不论强弱大小，应该一律平等。因之陛下宁可因辈分而称孙，亦不能因国弱而称臣也！"他又主张以遭受天灾为借口，拖延须交纳的三十万匹布帛。石重贵深然其言，吩咐其照此办理。

不久契丹国回图使（即商务代表）乔荣来到汴京，开办了一家大型货栈。此人原为赵延寿手下的一个牙将，因为能说会道，投降后被耶律德光派往中原，专门负责为皇室采买各种物品，兼打听后晋朝廷的动向。他倚仗自己是契丹国特使，趾高气扬，不可一世，不但没把后晋君臣放在眼里，而且竟敢在大街上强抢民女，动刀杀人，气焰十分嚣张，州衙无人敢管。景延光闻讯以后，立即亲自带人将其抓捕，投入汴京大牢，宣布在审理以后开刀问斩。

消息很快传到上京，耶律德光勃然大怒，当即派钦差萧廷里来汴京问罪。萧廷里当着文武百官的面，质问石重贵说："汝为晋朝天子，根本不懂事理，继位以后，其罪有三：一为不忠不孝，目无尊长，继位以后为何不向天朝皇爷爷报告？二是岁贡已经过期，为何无故拖延？难道是想借故反悔吗？三乃多次谋杀朝廷使者，今又大胆逮捕乔荣，岂非无法无天，妄图造反？今奉我天朝大皇帝圣命，令汝速纳岁贡，立放乔荣，并亲奉罪己诏书呈上。否则兵戎相见！"临了，萧廷里瞪着石重贵冷冷地说："我朝能让你父亲立国称帝，也能让你灭国为囚！何去何从，你自己酌量吧！否则悔之晚矣！"

晋出帝闻言吓出一身冷汗，未及回答，就听景延光接过来说："我朝先帝驾崩、新皇继位，万事皆须打理，未能及时禀报，还望钦差大人转告大皇帝见谅。岁贡按照旧约，理当按时奉送，奈因灾害严重，百姓无力交纳，因而征收起来十分困难，也请天朝上国以慈悲为怀，宽限一些时日才好。至于乔荣，虽为上国使臣，却在汴京犯罪，公然当街强抢民女，杀害无辜百姓，按罪当诛，不容宽赦。我朝此举也是在铲除败类，维护天朝上国之清名也！必将得到大皇帝的褒奖。我这里代表晋国君臣，也请钦差大人给大皇帝捎个话。当年先帝是在危难之中，由北朝皇帝所立，故而称儿称臣，是他自己心甘情愿，我们作为臣子的无话可说。但当今皇帝却是中原人所立，屈己称孙已经是给足了面子，岂可再有称臣的道理？国家不论强弱，均应平等对待，堂堂中华古国，岂能无端受辱？若北朝愿意兵戎相见，我朝有十万将士枕戈以待，别到时候爷爷打不过孙子，岂不为天下之人所耻笑？请钦差大人莫要危言耸听，难道我们是被吓大的吗？"

那位契丹国钦差萧廷里气得浑身发抖，一言未发，转身就走。回去后如实向朝廷做了汇报，耶律德光闻听后怒火万丈。众将领也都咬牙切齿，摩拳擦掌，纷纷奏议出兵南征。

幽州节度使、燕王赵延寿打听到两朝发生了矛盾，石重贵已经得罪了契丹人，说不定哪天就打了起来，预感到自己的机会来了。于是他急匆匆地从幽州跑到上京，对耶律德光说："石重贵狼心狗肺，忘恩负义！不杀不足以显天威，不灭不足以平民愤！若是陛下出兵讨伐，微臣愿为前部。逢山开路，遇水搭桥，出奇兵直捣汴京，擒石贼以献陛下。到时候愿代石氏为中原之主，承担石氏所答应的一切条件，恳请陛下恩准！"显然他是要当第二个石敬瑭。

还没等耶律德光考虑好怎样回答赵延寿，又有第三个石敬瑭找上门来。他就是当年在晋阳战役中杀害张敬达，率众投降契丹的后唐大将杨光远。这时他正担任平卢节度使，也想效仿石敬瑭当儿皇帝，于是也风尘仆仆跑来觐见耶律德光。他信誓旦旦地说："只要陛下发兵相助，微臣定能消灭石贼，平定中原。倘若能让戋立国为帝，称儿称孙皆可以，什么条件都答应！"显然他开出的价码，比赵延寿还要优厚得多。

耶律德光本来就怒不可遏，想出兵南征，现在见赵、杨二人皆这般孝顺，更加信心百倍。但他知道火候未到，不能过早表态。于是好生抚慰，送走二人，随即把耶律屋质请来商议。

耶律屋质听罢德光之言，沉吟良久，才缓缓地说："中原王朝自古以来，皆为华夏主体。塞外各邦虽然也立国称王，但均须得到中原王朝册封以后，方能名正言顺，国祚长久。陛下扶持石郎立国，仅仅是个例外，虽得到石郎诚心认可，却为大多数臣僚所反对，更被中原广大百姓所唾弃也！恐晋廷称臣纳贡亦不能长久，更不可能在他人身上复制矣！否则必然后患无穷。但后晋君臣目无上国，妄图毁约反叛，我朝却绝不能坐视不管，当以秣马厉兵予教训也！不然何以称霸中原、立威天下？既然赵、杨二人存有私念，愿为前驱，陛下何不顺水推舟、尽其所能，方可进退自如也！不过我听说景延光这个人极有胆略，也会用兵，其手下慕容彦超骁勇善战，还请陛下小心提防才是！"

耶律德光闻言大喜："爱卿之言甚合我意！"遂决定兴兵南下，讨伐后晋。

契丹会同六年（943）十二月，耶律德光率大军离开临潢到达南京，召集幽云各州节度使聚会，共同商议用兵之策。根据赵延寿、杨光远等人的提议，会议决定兵分两路，一明一暗，突然袭击，直捣汴京。西路由耶律安端和耶律解里率军两万，出云州，过应州，大造舆论，虚张声势，直取代州、忻州，兵锋直逼晋阳，以吸引晋军注意；东路由燕王赵延寿率幽州兵为前部，利用地形优势，悄悄奔向沧州，走冀鲁边界直取河南。耶律德光率主力随后跟进。

大军临行之前，耶律德光在校场检阅士卒，面色严肃地对赵延寿说："爱卿身为前部，关乎全局成败，应当格外小心，必保出奇制胜。此番若能打进汴京，当立汝为中原之主！"赵延寿闻之，赶忙跪下叩头致谢。

耶律德光又用马鞭指着赵延寿，大声地对汉军将士们说："看到了吗？这将是你们的新皇帝！希望尔等听其号令，勇猛杀敌，人人都能建功立业，个个皆当开国元勋哪！"

赵延寿感动得热泪盈眶，立即在军前起誓："陛下大德，无以为报。自当以死效命，克敌制胜！""以死效命，克敌制胜！""以死效命，克敌制胜！"万众欢腾，三军雷动。

次年（944）正月初三，西路军安端、解里率本部人马离开云州、应州，突然袭击代州和忻州，看阵势似有十万之众。晋阳留守、河东节度使刘知远一方面派人飞报朝廷，一方面调兵遣将，亲临御敌。晋出帝石重贵接到军报以后，正与群臣商议，未及做出决策，契丹东路军赵延寿部已经轻车熟路，绕道冀鲁边境，突然出现在德州之南、清河东北，将贝州（今河北清河西）团团围住。贝州作为水陆要冲，交通便利，屯有大批粮草，战略地位极为重要。贝州刺史吴峦见大兵压境，一面飞报朝廷，一面坚守待援。不料赵延寿早有谋划。他事先派人伪装成商贾潜入贝州，用重金收买了同窗好友、贝州都尉邵珂。邵珂见北兵来到，即在夜间偷开城门，幽州兵蜂拥而入，吴峦猝不及防，被邵珂一刀杀死。守城将士大乱，赵延寿趁机攻下贝州，将主力屯扎在城外东、西、南各五十里处。控制了河北南部广大地区。耶律德光闻听首战告捷，心中大喜，随即率大军轻取元城（今河北大名），占据魏州。当晚大摆酒宴，论功行赏，封赵延寿为魏王，兼领魏州节度使，并令他尽快南下，攻取黎阳（今河南浚县）。

晋出帝石重贵闻讯大惊失色，几乎从御座上跌了下来，他惶恐地说："北兵前几日还在晋北，怎么又突然出现在魏州？他们到底出动了多少人马？"急得他面如土色，语无伦次，环视着群臣，询问对策。但众人一时皆默默无语。

少顷，侍卫马步军都指挥使景延光出班奏曰："北兵来攻，意料之中，不必大惊小怪。自古言兵来将挡，水来土掩，我就不信咱们在家门口，就打不赢他远来的孤军！臣请调兵遣将，出京御敌，愿领十万人马，将强敌挡在澶州以北。陛下便请坐镇京都，等候大军佳音便是！"出帝照准，景延光匆匆准备去了。

景延光刚刚走出大殿，丞相冯道即出班奏道："北兵向来皆骁勇善战，又凶残如洪水猛兽，恐单凭一腔义愤难以御敌。景大人虽然忠勇可嘉，却难有必胜之把握。不如两手准备，方为万全之策。"

出帝石重贵闻之有理，即转过头来对桑维翰说："爱卿与契丹旧谊颇深，可否为朕再辛苦一趟，争取和议如何？"

桑维翰表面应允，领旨谢恩，但内心里却因不受重用而暗怀怨恨，假意出去周旋了几日，便以大战已发、道路不通为借口，向出帝敷衍复命了事。后晋朝廷想再度屈辱求和的路子被堵死了，只好硬着头皮全力抗战。

耶律德光坐镇魏州，听细作报知，后晋大军已到澶州严阵以待，恐在正面难以顺利突破，于是采取避实击虚的策略，决定兵分四路，迂回智取汴京。第一路命赵延寿率幽州兵主力，直逼戚城（今河南濮阳以北），摆出要从正面攻取澶州的假象，用以迷惑晋军；第二路命儒州节度使赵延昭率两万人马攻取博州（今山东聊城市北博平），以扫除东北面的后顾之忧；第三路由平卢节度使杨光远率军两万攻取郓州（今山东郓城），从东面威胁澶州；第四路由骁将麻答率领一千名壮士，化装成当地百姓，分批次悄悄接近内黄，企图趁夜色偷渡黄河、潜入澶州，作为内应。耶律德光深通兵法，谋划得可谓十分精到。开始时各路人马也算十分顺利，赵延昭和杨光远均进展神速，轻取博州和郓州，赵延寿的正面进攻亦十分凶猛。

但是人算不如天算，决定战争胜负的不单是谋略，而主要在于民心和军心。后晋前方主帅景延光率部进抵澶州以后，立即摆开阵势，欲与契丹军决一死战。但一连两日，战事胶着，他似乎感到有些不对。正在这时，传来博州、郓州相继失守的消息，他这才恍然大悟，于是集中优势兵力，击溃正面戚城之敌。晋军以八万之众全线猛攻，赵延寿部猝不及防，很快退至魏州之南，正面威胁得以缓解。这时有几伙百姓前来报告，说有数拨陌生人潜近黄河北岸，似是北兵所扮，鬼鬼祟祟，形迹可疑。景延光闻之，遂在黄河岸边布下伏兵，将麻答及其部下悉数活捉。耶律德光见两路兵败，晋人早有准备，又得百姓相助，恐再打下去对自己不利，于是立即宣布撤军，悄悄带人马分四路返回幽州。景延光知道耶律德光善于用兵，也不追赶，只命整肃人马，修建工事。他眺望着北方翻滚的流云，忧虑地说："他们还会来的！中原无宁日哟！"

事情果真让景延光猜中了。耶律德光率众回到幽州以后，正准备返归上京，稍作休整，再作良图。幽州节度使、燕王赵延寿急了，赶忙劝道："臣有一言要奏，诚请陛下斟酌。此番南征未果，将士心中不甘，若是匆匆北归，必长晋人志气。彼必得寸进尺，愈发嚣张，如此则我朝前功尽付流水，今后中原不可得也！不如突然再南进，杀个回马枪，或可令晋人猝不及防，汴京也未必不可破也！"赵延寿昨晚于蒙眬之中，梦见自己乘飞龙而入黄河，早晨请大师破解，乃为称帝之兆，认为吉运来临，于是极力怂恿耶律德光出兵。

耶律德光笑而问曰："爱卿既言出兵，必是胸有成竹，请问当用何策，方能必保成功？"

赵延寿当即说道："前番我军突袭汴京，一是河南地形不熟，二是当地百姓资敌，三是兵力过于分散，才被晋人钻了空子，被迫无果而归。其根源在于我军优势未能充分发挥也！若能集中兵力，握成铁拳，一路猛进、直捣汴京，料晋人必不能敌，则我军必大胜矣！"其他将领也赞成再次出兵。

耶律德光本来心中也窝着一口气，当爷爷的被孙子给打回来了，这实在是太不光彩。如今听赵延寿这么一说，也在情绪上受到了鼓舞，于是他拍着赵延寿的肩膀高兴地说道："爱卿深谋远虑，其言甚善！为朕分忧，忠心可嘉！就按卿之所言，我们杀他一个回马枪！汝就充当前部元帅，争取立个头功吧！"

赵延寿领旨以后，雷厉风行，当夜出发。三天以后，突然出现在澶州城北，令晋朝军民大吃一惊。

晋出帝石重贵见契丹军去而复来，气势汹汹，心生畏惧，坐立不宁。急派翰林学士李曾为使，去契丹大营求和，表示以前条件不变，另外割让河北所有土地。但李曾没有见到耶律德光，到幽州兵大营就被挡驾了。赵延寿冷笑着对他说："陛下军务繁忙，无暇接待于你。请你回去转告重贵小儿，此番南进，志在必得。你们就等着给他收尸吧！"李曾回来后如实禀报，石重贵愈发害怕，束手无策。丞相冯道进言曰："今日之事，已无退路。陛下逃之则亡，躲之则死。不如破釜沉舟，与之决战，或可有一线生机。北兵虽然凶悍残忍，但我军民同仇敌忾，未必就会输给他们。恳请陛下御驾亲征，定可以逢凶化吉，遇难呈祥，一战而获全胜也！"

出帝此时已没有什么主意了，只好听从冯道的建议，亲临澶州行营，与景延光一起指挥作战。将士们受到极大的鼓舞，士气大增。

次日两军在澶州城北对阵。耶律德光高坐在驼车之上，手搭凉棚向南一望，见朝阳下的晋军阵势齐整、盔明甲亮、士气高昂、队伍雄壮，不禁大惊曰："杨光远说晋军士气低落、不堪一击，怎么突然出来一支这样强大的队伍？岂不误了我的大事？"为了进一步观察敌情，试探晋军的实力，他命大将安端出阵挑战。不料被晋将慕容彦超使用枪里夹鞭，杀得大败，负伤而回。赵延寿部下崔宁、郭亮两员大将出阵接应，未过五合，被慕容彦超双双挑死。耶律德光大怒，命耶律注、耶律吼率领骑兵冲其两翼，企图一举将其摧垮。没想到景延光反应极快，立即命晋军开射连弩，几万支长箭如漫天飞蝗，骤然而至，射得契丹骑兵人仰马翻，顷刻间倒下一片。耶律德光见状，又命解里率众冲其中军，想把晋军阵地撕开，再进行分割击破，却又被慕容彦超看出破绽，率领一队铁骑如风驰电掣，直奔耶律德光杀了过来。皇帝眼见有险，北军齐来救驾。景延光趁势挥军掩杀，两军战在了一起。从日出杀到日落，双方皆损失惨重，只好鸣金收兵。

当天夜晚，景延光派大将高君可和慕容彦超各领一队，向契丹军左右两侧迂回，企图在次日三路夹击，一举获胜。不料被耶律德光派出的巡逻探马发现。耶律注、耶律吼悄悄布下伏兵，将其击溃。德光闻讯以后，一方面派耶律解里率众夜攻，点起数堆大火，虚张声势，一方面兵分两路，悄悄撤走。一路经沧州、德州，一路从深州、冀州顺利地回到南京。他可不想与晋军死打硬拼，消耗实力。

二次南征又以无果告终，赵延寿的情绪失落到了极点。本以为这次如果马到成功，自己就可以得遂凤愿。看起来这好梦做的也不准哪！人家石敬瑭当个皇帝那么容易，轮到自己咋就这么难呢？他实在是太不甘心了！于是在回到南京的当晚，他就哭着向耶律德光说道："只要陛下立我为帝，我愿意同石重贵血战到底，今后就不劳陛下出征了，微臣愿意冲锋陷阵，全部代劳。即使横尸沙场，也当在所不惜！"

耶律德光苦笑着说："现在石氏未灭、晋廷未亡，你怎么为帝呀？你既然这般想当皇帝，朕就准你穿上赭黄袍吧！这对部下的将士们，也是个鼓舞嘛！"

赵延寿听罢高兴异常，连磕头谢恩都忘了，赶忙穿上赭黄袍，到军中招摇过市。一连三天废寝忘食，穿着赭黄袍到处游逛，好像新科状元夸官一样。惹得部下的将士们议论纷纷："咱们的主帅是不是得病了？还是精神有些不正常？"

同年十二月，经过休整的契丹大军再次南下。此番赵延寿孤注一掷，似同发疯，穿着赭黄袍在前方死打硬拼，连下恒州（今河北正定）附近九县，军威大振。契丹会同八年（945）正月，又兵分三路攻打邢州（今河北邢台）、洺州（今河北永年县东）和磁州（今河北磁县），气势甚猛。晋出帝石重贵见北军势大，一心求和。一方面撤换景延光以桑维翰为相，派其为特使与契丹讲和，一方面调集全国兵马，聚集到相州（今河南安阳）、澶州和魏州一线。以主力重点防御相州和黎阳，确保京师安全。

契丹国皇帝耶律德光坐镇邯郸，指挥幽州兵在前方作战。桑维翰代表出帝前去讲和，一连三日耶律德光都没有接见。大将耶律洼见之劝道："南朝和意甚诚，陛下何妨一见？如果能够割让黄河以北，我军为什么非要流血？难道真为了让那个赵延寿当皇帝吗？"

耶律德光屏退左右，低声对耶律洼说："爱卿此言差矣！赵延寿算个什么东西？他不过是一条狗！是一条不如石郎的狗！但石氏我们也不能留了！我们要彻底灭掉晋廷，自己统治中原，我要做全中华的大国皇帝，威震世界的万邦之主！"说到这里，耶律德光情绪激动，两眼甚至噙满了泪花。

且说晋出帝石重贵见议和不成，只好派大将安审琦到前方御敌。安审琦假意在安阳河对岸列阵，派大将皇甫遇和慕容彦超从两侧探查敌情，负责诱敌。契丹兵发现以后果然追赶，二将率军一路退却，做惊慌失措之状，丢掉兵器甲仗无数。耶律洼和耶律吼引兵穷追不舍，至榆林店（今河北临漳西）附近时，安审琦率伏兵杀出，契丹军大败，落荒而逃，损失惨重。

晋出帝石重贵因为胜利受到鼓舞，乃亲自到澶州前线慰问将士。并令其姑父、成德节度使杜重威为北面行营都招讨使，统领北线全部人马与契丹作战。晋军分三路全面反击，迅速攻取了被契丹军占领的泰州（今河北清苑），又很快拿下遂城（今河北徐水），势头十分迅猛。

耶律德光做梦也没有想到，晋军会如此大胆反击，而且势头如此迅猛。为了避免失去军心，彻底败北，他听从耶律解里的建议，命赵延寿率军攻打泰州，企图拦腰将晋军切断。自己则突然挥军南下，向晋军的后方反扑，力求歼其一路、挫其锋芒，然后再伺机撤军。当晚，两军在白团卫（今河北顺平东南）激战。东北风骤起。德光见状命将士放起大火，一时浓烟四起，烈焰冲天。契丹军乘势猛攻，晋军大败，退到一条小河边，已经无路可走。杜重威吓得面如土色，不知所措。大将慕容彦超大呼曰："战则生，退则死，诸将与我冲啊！"立即率军反击，晋军个个奋勇，人人死战，契丹军急切不能取胜。此时却偏偏风向大变，东北风变成了西南风，烈火浓烟反向北面刮去。晋军将士乘机猛攻，契丹军丢盔弃甲，大败而逃。慕容彦超盯准契丹中军，穷追不舍，耶律德光被迫放弃驼车，换乘一匹快马逃跑。不一会儿，那辆金顶驼车就被烧成一堆灰烬，连四匹宝骆良驼也被活活烧死。耶律德光在众将护卫之下，仓皇逃回南京，此次南征遂以彻底失败告终。

耶律德光率军攻打后晋，三战俱败，可谓爷爷打孙子，自取其辱，应了景延光的那句话，让晋国的君臣们好生嘲笑，也令他自己懊恼不已。他发誓一定要出这口恶气，否则就撞死在燕山脚下。回到南京以后，他连续利用几天的时间，分析经验教训，寻找失败原因，狠狠地处罚了数百名作战不力的将领。然后才怏怏不快地回到上京，向太后述律平告罪。述律平抚其背曰："胜负兵家常事，我儿何罪之有？几番征战劳苦，就悉心休整一些时日。不过既然招惹了他们，就不要再放过他们！一定要将他们打翻在地，毫不留情！"说着述律平眼望南方，左手竟然抽出了宝剑，那恶狠狠的目光，令侍女们皆不寒而栗。

耶律德光叩头起誓："儿臣谨遵母后教诲！定当饮马黄河，踏平中原，消灭石晋，报仇雪恨！"次日早朝，即下诏令全军将士加紧操练，整装待发。又命两院枢密使调集军马，筹办粮草甲仗，以图近日再战。

晋出帝石重贵三战获胜，一是得益于中原人民对侵略者的痛恨，同仇敌忾，踊跃相助；二是得益于全军将士洗雪耻辱、英勇杀敌。这种激情如火山爆发，不可阻挡；三是得益于景延光、安审琦和慕容彦超等领兵将帅的精心谋划和得力指挥。这些连契丹国的将士们都看得十分清楚。但是石重贵却忘乎所以、得意扬扬，把一切功劳都记在自己的头上。他在朝堂上对群臣厚颜无耻地说："有福之人不用忙，天命之君不可敌！契丹军队多年来横行天下，还不是被我杀得落花流水？每有大战来临，自有天兵助我，胜券在握，有何惧哉？哪天我他妈高兴了，就直捣上京，消灭契丹，让耶律德光管我叫爷爷！"说罢哈哈大笑，震得朝堂嗡嗡回响，令大臣们皆目瞪口呆，哭笑不得。

从此出帝石重贵不仅得意忘形，而且益发胡作非为，完全沉浸在盲目乐观之中。第三次战役刚刚结束，他马上就纳其嫂冯夫人为妃，日夜在后宫吃喝玩乐。为了讨冯夫人的欢心，又大兴土木，为她修建宫殿、装饰后廷，开辟新花园，营筑织锦楼，肆意挥霍，无所顾忌。大战以后，有功将士们未获分毫奖赏，歌女、舞伎们却得到了大把的金银。朝野上下，非议迭起，全军将士，怨声不绝。丞相冯道几次良言相劝，出帝石重贵皆置若罔闻。冯道长叹一声说："陛下如此昏庸无知，又刚愎自用，国家必不久矣！我等皆死无葬身之地也！"

事情的发展不幸被冯道言中了。契丹会同九年（946）八月，经过一年多时间的充分准备，契丹国皇帝耶律德光以为万事就绪，打算再次出兵南侵。一日早朝以后，耶律屋质私下劝之曰："陛下连年征战，不惟圣躬劳顿，将士疲惫，而且民间已不堪重负，有怨者多矣！况中原百姓敌意甚重，晋军将士亦兵强马壮，恐虽能胜之，亦不能在彼久留也！不如让百姓休养生息，使全军得以养精蓄锐。待中原生变，再借机图之，当事半功倍也！请陛下思之虑之！"

耶律德光遥望南天，叹口气说："爱卿之意，我岂不知？但我自南征归来，度日如年，食不甘味，夜不能眠。父皇的遗愿如催征的战鼓，南进的亡魂似在远远召唤，令我决心已下，欲罢不能！爱卿就不必劝了！"说完眼里竟噙满了泪水。耶律屋质摇了摇头，无奈而去。

临行之前，耶律德光去拜别母后。述律平不太同意他此时出征，沉吟着对他说："让汉人来做契丹国的主子，你认为行吗？"

耶律德光斩钉截铁地回答说："不行！那绝对不行！"

述律平接着说："那你为什么非要去做中原的皇帝呢？"

耶律德光回答："不是孩儿非要去当中原的皇帝，我也知道打仗会劳民伤财，并非好事，但这口气我实在咽不下去。后晋的皇帝是我一手扶植起来的，如今却胆敢毁约生衅，背叛于我，不狠狠地教训他们一下，契丹国天朝的权威何在？今后还有谁会尊重我们？再者说了，我契丹民族也是中华一员，汉人们能当得了大皇帝，号令四方，我们为什么就不能威加天下，统一全国，为子孙留下万世基业？"

述律平听后忧虑地说："我不是不主张出兵伐晋，而是不赞成此时出兵，不同意你御驾亲征。这几天我总是心惊肉跳、坐卧不宁，饭也吃不下，觉也睡不实，常做噩梦，恐非吉兆。此次南征如非要去，派人挂帅有何不可？难道非要我儿亲力亲为吗？中原人诡计多端，不好惹呀！我儿若是跌跤，让为娘悔之何及？"说着以左手抚摸德光的头，竟然掉下泪来。这在述律平一生中，几乎是没有的事。

耶律德光也很动情，他伏在母后述律平的怀里，哽咽着说："吾意已决，母后放心！请在上京静候佳音吧！"说罢头也不回地走了出去。

望着耶律德光远去的背影，述律平仍不放心，于是召来女营详稳清云，命她随军南征，为耶律德光出谋划策，并嘱咐她一定要确保皇帝的安全。

大军开拔之前，耶律德光去木叶山祭祖，向清云请教用兵之策。清云胸有成竹地说："用兵之策，攻心为上。招抚对方将帅，不杀降卒，使其不能用命；用兵贵在神速，出敌不意，令其不及防守；严令全军将士，勿伤百姓，让其不能资敌。如此则晋军可破，中原可平矣！"

耶律德光闻之高兴地说："难怪母后称你为女诸葛！看起来医巫闾山这十年苦修，你是没有白费呀！不愧为芦花师太之高足也！"

耶律德光遂依清云之计，诏令三军，严守军纪，尽量招抚晋军将领，不杀投降士兵。同时命燕王赵延寿率领幽州兵打头阵，突然奇袭定州。晋军守将张彦泽事先没得到一点儿消息，被赵延寿派人混入城内，然后里应外合，一举击败，张彦泽率人逃走。契丹主力大军乘胜追击，直奔恒州（今河北正定）。晋军守城将领陈铎惊慌不已，急派人飞报汴京。

晋出帝石重贵闻契丹兵至，毫不在意，大大咧咧地说："父皇把契丹军吹神了，我以为有什么了不起，原来就是一群没脑筋的怪兽！这群手下败将，又来自讨苦吃，派人收拾一下也就是了！"一面仍与冯妃寻欢作乐，一面派其姑父、天雄军节度使杜重威为帅，命其调集各路三十万人马，赶赴河北迎敌。同时又命侍卫马步军都指挥使李守贞为监军，协调各路藩镇。石重贵以为这样即可高枕无忧，又抱着他的美人享乐去了。

但是这次石重贵的算盘打错了！当年十一月，契丹国皇帝耶律德光命赵延寿带兵攻打恒州。晋军见北兵势大，放弃恒州，烧毁滹沱河大桥，将主力退保武强（今河北武强南）一线。清云见水深流急，波涛汹涌，不易从正面突破，于是对耶律德光建议说："晋军退守武强，我军可佯攻正面，吸引对方主力注意。实则派两路人马从东西两侧迂回，于天亮前三路合击，晋军必败，武强可破也！"

耶律德光从其计，命赵延寿部虚张声势，点起无数灯笼火把，在北岸擂鼓呐喊，摆出从正面强攻的架势。另派其侄儿耶律兀欲和大将高翰模，各领一军趁夜色从两侧渡河。一路由瀛州（今河北河间）绕道南进至武强东，一路由祁州（今河北安国）绕道奔深州，到达武强西，对武强守军形成三面合击之势。

晋军前线统帅杜重威得到探马报告，急派贝州节度使梁汉璋率部阻击东路，令深州节度使范平光率部阻击西路，自己率主力奔赴武强，迎击正面之敌。杜重威以为晋军三十万人马，分三路呈掎角之势，互相策应，进退有致，必可万无一失，随即躲到大帐中喝酒去了。

没想到梁汉璋率领的五万大军行动迟缓，未及到指定地点布好防线，即与耶律兀欲率领的契丹军相遇。夜黑风大，人影模糊。契丹军的骑兵们如狂飙骤至，杀入晋营，许多士兵糊里糊涂地就成了刀下之鬼。耶律兀欲与将士们高喊着"抵抗必死、投降不杀"的口号，横冲直撞，所向无敌。梁汉璋呼喊着："放箭！放箭！"措手不及，被兀欲一枪挑于马下。败兵们见状大喊着："元帅死啦！快逃命啊！"没命地四散奔逃。晋军东路阻击的队伍彻底溃败。

晋军的西路人马范平光部倒是行动很快，于夜半已经到达深州以北。但是范平光与赵延寿是旧友，经不住耶律德光的重金诱惑，未及接战就已暗自投降，反而给契丹大军当向导，转过枪头向武强进攻，与契丹大军一起，对武强形成合围之势。赵延寿闻报知时机成熟，即刻率军强渡。武强守将陈铎率军出城拒敌，复耶律兀欲和高翰模抄了后路，顷刻间全军覆没，武强失守。

杜重威得报率军来援，为时已晚，契丹主力大军到来。耶律洼和耶律吼两员大将率八万铁骑，高喊着"降者不杀，反戈有赏"的口号，如一股铁流，揍着朝霞的光芒冲向敌阵。饿了一夜的晋军将士，体乏无力，又皆是步兵，怎挡得住这早有准备的金戈铁马？因之虽奋力苦战，但却皆抵抗不住，不是被北兵砍杀，就是被马蹄踩死，不少人见抵抗无益，便举手投降，保全性命。杜重威在乱军之中，大喊大叫，挥刀斩杀了十几名逃跑的将士，仍然制止不住，自己也身不由己，裹胁在败军之中逃跑。

杜重威率领残兵败将一路逃窜，退至莫州（今河北任丘）以北中渡寨，见契丹追兵已远，才稍稍安下心来。一边下令安营扎寨，在此收拢人马，一边派人向朝廷报告，请求增援。

铁与血的征战：大辽王朝

晋出帝石重贵闻前方兵败，这才惊慌起来，急忙调兵遣将，可是为时已晚。一是节度使们为保存实力，拖延时日，不愿出兵；二是即或已经派往前线，亦多在半路溃逃。杜重威等不到援兵，契丹大军已经逼近，报急文书如雪片般飞往汴京。其妻宋国公主坐在朝堂之上，又哭又闹。出帝无奈，最后连宫廷侍卫两千人马也被派了出去。可谓是穷途末路、孤注一掷了。

契丹大军陆续到来，已将杜重威部团团困住。清云见这些残兵败将已成瓮中之鳖，遂对耶律德光说道："敌衰我盛，大局已定。与其聚而歼之，不如围而不打，令其日久自溃，防止狗急跳墙，作困兽之斗也！"

耶律德光认为有理，乃听从清云之计，暂缓进攻。一面派其侄儿耶律兀欲率军悄悄绕到晋军之南，断其粮道和归路；一面命妻兄萧翰率军攻下栾城，截断南面援军的来路；一面命赵延寿派遣各部，分别占领周边各战略要地，令敌插翅难飞。与此同时，加紧渗透、引诱和招抚，对前来投降的官兵一律发放路费，送其回乡。晋军将士见已被围多日，几近穷途末路，于是纷纷逃亡或投降。连晋义武军节度使（治所河北正定）李殷也主动献城归顺，参与围堵晋军。

晋军统帅杜重威所率大军，本来就因吃败仗死伤不少，近日又逃亡跑掉许多，目前已不足十五万人马了。加上陷于重围，粮草将绝，因而士气极度低落，杜重威急得如同热锅蚂蚁，一筹莫展。参军崔敏建议："与其坐而待毙，不如谋条生路。现在如果投降契丹，大人还有些筹码在手，尚可与契丹讨价还价。如果过几日将士们跑光了，那大人可就一钱不值了！"

杜重威听了之后有些拿不定主意，倒背着双手在大帐里踱来踱去，似是自言自语地说："我乃皇亲国戚，朝廷待我不薄，怎好断然相背？在阵前倒戈投敌，岂不为世人所耻笑？况我家人俱在汴京，如此怎当是好？"

崔敏闻之着急地说："大丈夫当断不断，必遭其乱。方今我军大势已去，人人性命危在旦夕，你还犹豫什么呀？倘若马上投降，往好的方面去说，或可能代石氏在中原为帝，如此因祸得福，无限风光。往差的方面去想，至少能像赵延寿那样，为臣封王，坐镇一方，依然锦衣玉食，享尽荣华富贵。何去何从，请大人速作抉择！"

杜重威闻之恍然大悟，一拍大腿："就按你说的办！速备礼品去契丹大营和谈！什么条件都答应，我要代石氏在中原为帝！"崔敏闻言匆匆而去。

耶律德光见了杜重威的书信，一阵冷笑："无知鼠辈！目光短浅！刀架项上才想投降，还要跟我谈条件，你不觉得太晚了一点儿吗？"遂决定不允其降，要斩来使。

清云在旁急忙劝道："彼既愿降，何妨允之？！如此则既可确保我大战完胜，又可以避免多少将士流血？还可为陛下留传慈悲仁德的美名，此真一举三得之好事也！何况收降一个杜重威，有多少节度使会望风归顺？收获可谓大矣！如若杀之，必激起残卒义愤、藩镇反叛，对我朝占领中原大不利也！"

耶律德光闻之顿悟，随即命摆下酒宴，厚待崔敏。席间他举杯敬酒时说："赵延寿不孚人望，难为中原之主。若杜重威能够归顺于我，不失为一合适之人选也！"遂回书致杜，表示欢迎。

杜重威听了崔敏的回报，又看了耶律德光的书信，大喜过望。与崔敏密谋，召集众将到大帐议事，暗暗布下刀斧手做好准备。杜重威当着众将说明意图，崔敏拿出降书顺表让大家签字。到场的将领们在刀剑的逼迫之下，无一例外地乖乖签字画押。杜重威随后下令，让全军解除武装，放下武器，打开辕门向契丹军队投降。

契丹会同九年（946）十二月，皇帝耶律德光率战将千员、铁骑十万，列队接受晋军投降。杜重威率十多万步、骑兵将士，黑压压跪下一大片，向契丹皇帝行三拜九叩大礼，呼喊之声惊动山河，惹得成群的乌鸦飞来蹱去，呱呱乱叫。耶律德光乘坐高大的九驼龙车，如在城堡上接受参拜，其尊贵的威仪令万人敬服。杜重威献上降书顺表和将士名册，德光大悦，当即封杜为太傅兼邺都留守，允许其穿赭黄袍，使用皇帝的仪仗。同时封监军李守贞为天平军节度使，崔敏为翰林学士，其余将领皆有赏赐。连降卒也受到优待，每人发些钱物慰勉。

燕王赵延寿见杜重威也穿上了赭黄袍，又听说德光好像答应灭晋以后，让杜重威当中原的皇帝，不禁妒心顿起，愤愤不平，气冲冲地去找耶律德光询问，被清云拦在帐外。清云告诉他说："杜重威乃新降之人，并无大功，他怎么能与燕王相比？陛下不过是借他之力，灭掉石晋罢了！燕王才是陛下的心腹之臣哟！"赵延寿才转怒为喜，悄悄离去。

次日，耶律德光召集众将，部署进兵之事。他命令杜重威将其降卒一分为二，划过一半由赵延寿统领，以防其兵权过重，再生变故。并命令杜重威率部打头阵，攻取汴京。杜重威虽然心中不快，但也无话可说。耶律德光望着他意味深长地说："这灭晋的头功，朕就交与你了！何去何从，你自己酌量而行。"

杜重威奉旨以后，命令部将张彦泽率两千骑兵先行，从近路直趋汴京，自己率大军随后跟进。闻听北兵逼近京城，晋出帝急得如同热锅上的蚂蚁，但是已经无兵可派，只好听天由命、坐以待毙了。大臣们亦皆束手无策，有的已经悄悄溜走。

张彦泽率部先行渡河，次日上午便攻占了滑州（今河南滑县东南）。有败兵逃入京城，出帝这时才得知杜重威投降的消息，立刻如五雷轰顶，晕倒在地。大臣冯玉、李崧将其救醒，提议召河东节度使刘知远进京勤王。出帝满脸泪水，叹口气说："到这个时候了，谁会再来救我？悔不该撤掉景延光、重用杜重威呀！是杜重威这只白眼狼害了我呀！到阴曹地府我也要咬死他！"石重贵恨得咬牙切齿。

守城的将士们见大势已去，纷纷放下武器逃走，自谋生路去了。汴京城的守卫已形同虚设。翌日清晨，杜重威的先头部队张彦泽部几乎没遇到任何抵抗毫不费力地就从封丘门进入城中，把队伍直接开到皇城南面的明德门外。

晋出帝石重贵见兵临宫外，欲点火自焚，被身边侍卫薛超拦住。薛超说："陛下丢了江山，为何要丢性命？我们要看看他们是怎么死的！"出帝遂停止哭泣，放弃了寻死的想法。这时候，张彦泽派人送来耶律德光的书信。信中说："孙儿如若归降，尚可免尔一死。汝毕竟是石郎的孩子呀！"出帝览之，竟放声大哭，率太后、妃子等出宫投降。

张彦泽命兵士把出帝押往开封府衙，后又囚在城东的封禅寺。待耶律德光入城以后，得到了出帝献出的传国玉玺，才令清云转告他说："国家虽灭，孙儿勿忧。念当年石郎待我之诚，自有汝余年吃饭之处。"遂封石重贵为负义侯，命迁入契丹境内居住，永生不得返回中原。

石重贵率太后李氏、皇后冯氏及两位皇子并随从百余人，辗转被押至黄龙府（今吉林农安）和辽阳小住，后来在建州（今辽宁朝阳）定居下来。契丹朝廷命人在城北数十里处，划出五十余顷荒地，令出帝等人在此建房居住，耕种土地，饲养禽畜，过起流亡生活。随身携带的金银财宝皆被契丹将士掠走。其心爱的小女儿银屏公主因为貌美，也被契丹国舅禅奴舍利抢去做妾。出帝在此忍辱偷生，于北宋乾德二年（964）病死，终年五十一岁。此是后话了。

契丹大军开进汴京之日，后晋百官由丞相冯道率领，出城十里跪迎投降，伏地请罪。耶律德光跳下龙车，搀起冯道，笑着对众人说："列位爱卿快快请起！何必行此大礼？是石家父子忘恩负义，背叛天朝，才酿成今日之祸。各位恪尽职守，事主以忠，何罪之有？当小憩几日，然后上朝理事！"俱悉心抚慰，以示宽厚。此时太后述律平闻北军大胜，派人送来酒肉犒赏，耶律德光亦命分出一部分，赐给冯道等降臣们分享。同时下令不得骚扰城中百姓，一时秩序井然。

耶律屋质闻胜局已定，委托犒军使给耶律德光捎来一封书信。信中说："欣闻南征大胜，不胜欣慰之至，此诚陛下雄才大略、将士忠勇报国之硕果也！当刻碑勒铭、流芳百世，与天地同在、日月同辉。然道贺之后，喜悦之余，微臣冒昧斗胆进言，诚请陛下海涵。中原腹地历史悠久、经济发达、文化深厚，历来为中华大国之王道乐土。内乱时虽四分五裂，不堪一击，御外时却万众一心、所向无敌。今我朝虽以秣马厉兵而攻其城、略其地，而未必能以德政善举收其心、驭其民。况中原藏龙卧虎、民心高古，必不为外来统治所屈服，恐非我契丹部族久居之所也！故微臣千里建言，陛下尽可以割其地、掠其财而壮我之国力，不可以夺其业、为其王而据其家园也！否则后患无穷、贻害多多，不容赘言。请陛下思之虑之。屋质于上京顿首。"

耶律德光览毕哈哈大笑："世无常态，水无常形，天下之事，千变万化。这中华的大皇帝，别人都做得，我怎么就做不得了？以屋质之绝顶聪明，何以也这般迂腐？"遂不听耶律屋质之劝。

会同十年（947）正月，耶律德光在众将的簇拥之下，备列法驾仪仗，乘坐九驼龙车进入开封古城，举行了隆重的登基大典。耶律德光头戴通天冠，身穿蟒龙袍，腰扎紫玉带，脚蹬无忧履，登上皇城宣政殿御座，接受百官朝贺，表示他已经是全中国的天朝大国的皇帝了。遂听从清云建言，改契丹国号为辽（即辽阔、辽远的意思。以后各朝亦曾数次改变国号，有时称契丹，有时称辽。本书下面皆通称为辽），改年号为大同。同时颁诏大赦天下，厚赏百官。封耶律兀欲为永康王，耶律洼、耶律吼为左右兵马大元帅，萧翰为枢密使。任命张砺为尚书右仆射兼门下侍郎、同平章事，任命和凝为尚书左仆射同平章事，任命冯道为中书令，任命刘昫为司马，任命李崧为司空。其余降臣亦各有擢用。宣布改恒州为中京，以赵延寿为大丞相兼政事令，任中京留守。其余有功将领亦各有封赏。

降将张彦泽虽然首先攻入开封，立有头功，但他入城以后纵兵抢劫，大行杀戮，擅斩桑维翰等十几名降臣，被冯道等人联名参奏，论罪处斩。原后晋降将、青州节度使杨光远之子杨承勋，先降后叛，反复无常，亦被擒拿处死。此时，晋廷各地节度使及州县官吏，也均奉诏来到开封，听候调用。耶律德光趁机选派心腹将领和亲信之臣，到各地去担任军政长官。一时北方统一，中原荡平，政令畅通，四夷咸服。耶律德光派使者去南唐、吴越、后蜀和荆楚等国，令其速来臣附。不久各邦具表道贺，使者纷至沓来。大辽国的疆域、国力和威望，都达到了最辉煌的时期。

耶律德光在忙碌之余，这一次是彻底地陶醉了！他为自己的文治武功而骄傲、而自豪、而兴奋不已。近来常在梦中笑醒，喝酒亦是百杯不醉，自己感到精力特别充沛。他甚至想好好休整一下，再发兵灭掉南方各国，做个万邦一统的尧舜之君。他为自己这个伟大的理想连续高兴了好多天，他认为必能实现。

但耶律德光自幼不爱读书，只喜欢骑马射箭、研究兵法，对于领兵打仗颇有见地，对于治国理政，那就不仅是平庸和低下，而且可以说是无能和愚蠢了。他在中原称帝以后，志得意满，狂妄自矜，没有文化修养、缺乏政治远见的毛病立刻暴露无遗。因为没有仗打了，显得寂寞无事，因此每日他除了饮酒作乐，寻找娇娘美色，就是到处游山玩水，猎取奇珍异宝，把朝政都推给群臣去处理。清云看在眼里，急在心上，忧虑地对他说："陛下已在中原为帝，成为中华大国之君，是想效仿汉高祖和唐太宗，开创数百年之基业，还是欲学习前燕的慕容儁，做偶绽之昙花、成匆匆之过客呢？"

耶律德光回答说："当然我要学习先贤圣祖，做个贤德之君哪！"

清云接过话来说："陛下若想做个贤德之君，就该目光长远、清廉自守、纳谏如流、广施仁政。治国先明法度，处事首虑万民，方可令江山稳固、国祚长久。否则得之不易，丢之不难，后果不堪设想呀！"

耶律德光轻笑着说："不急不急！怎么也得让将士们放松一下，痛痛快快地玩几天吧？他们跟着我出生入死，也够辛苦的了！许多人因此而丢掉了性命。我还指望着他们扫平天下呢！先由着他们去吧！乱不到哪里去！爱卿也是多虑了！"清云见劝之不听，遂长叹一声而去。

且说契丹将士们在南征中曾经军纪严明，得胜入城后也一度遵规守矩，但由于耶律德光渐渐放纵不管，便日益大胆横行起来。二十几万大军屯扎在京畿重地，不分昼夜地烧杀抢劫，奸污妇女，一时让开封地区乌烟瘴气，乱成了一锅粥。派往各地的契丹官吏们也如悍匪盗贼，公开杀人放火，抢夺财物，挖掘珍宝。辽军的将士们以"打草谷"的名义，大张旗鼓地抢夺钱财粮饷，各地豪门大户纷纷抗议，贫民百姓们痛不欲生。清云见屡劝不听，乃泣告之曰："陛下若想久居中原，稳住天下，必须马上停止'打草谷'，给将士们发粮饷。并严明军纪，取信于民。此亡羊补牢，未为晚也！若再纵之，恐大乱必来，天下丢矣！"

耶律德光仍然笑着说道："我随父皇征战多年，军队历来主要靠'打草谷'补充粮饷，将士们也历来靠抢劫为杀敌动力。因而战则必胜，攻则必克。如若弃之，何以带兵？朕还怎么靠他们扫平天下？此事绝对不可废也！乱过一阵就会好了！爱卿不必担心！"遂不听清云之劝，乱象愈演愈烈。清云愤而出走，回到医巫闾山去了。

耶律德光虽知清云愤而出走，但仍旧不以为然，不仅没有制止"打草谷"，还以地方应该犒军的名义，下令向各州县"括借"钱帛，准备北运。对于他的种种作为，许多大臣早就看不下去了。尚书右仆射张砺劝之曰："大辽已得天下，若想长治久安，当以中原人治中原，汉族人管汉地。陛下何必越俎代庖？把中原的旧吏们囚在京师，却让契丹人去当地方官？恐致人心不服，久必生乱，于大辽江山大不利也！"赵延寿也提出停止"打草谷"的建议，但耶律德光执意不听。

此时不仅后晋的旧吏们心存愤怒，皆欲谋反，就连赵延寿和杜重威等一班新贵们也心中不平，口出怨言。尤其是赵延寿，几年来为耶律德光南进中原打头阵，立下大功，非但没有兑现前言，让他当中原皇帝，还搞出个杜重威与他平分秋色，分庭抗礼，这分明是在搞制衡之术，引起了他心中极大的愤怒。于是他大着胆子去问耶律德光："陛下当初曾经承诺，待灭晋以后立我为中原之主，如今大功告成，何以不兑前言？"

耶律德光抚其背曰："杜重威首先攻下开封，功劳并不在爱卿之下，中原怎好立两个皇帝？只有朕权且代之，将来再见机行事了！放心吧！爱卿，朕不会亏待你的！"

赵延寿见求之不允，又厚颜无耻地说："若陛下暂时不好平衡，无法让我为帝，何妨立我为皇太子，以为继位之需？"

耶律德光抚掌大笑："中原的天下是契丹人的，汝又不是契丹皇族，怎么可以立为太子？这不是笑话吗？我看永康王倒是可以。"遂摆手让其退下。赵延寿和杜重威这才都明白被德光耍了，至此怀恨在心，意在谋叛。

中原各地的百姓们不堪忍受契丹暴政，纷纷聚众闹事起来反抗，与啸聚山林的义军们联合起来，攻州打县，烽烟四起。派往各地的契丹官吏们不是被杀掉，就是被驱逐。徐州、相州、宋州、亳州、密州等地相继被义军占领。各地节度使亦纷纷举事，宣告独立。耶律德光闻之，急忙派兵镇压。但是按倒葫芦浮起瓢，中原到处燃起大火，局面已经无法收拾了。耶律德光叹曰："想不到灭一家朝廷那么容易，统治这百万黎民却这般困难。看起来这中原之地，真非吾久居之所也！"

此时，河东节度使刘知远见有利时机到来，遂宣布在晋阳立国称帝，国号为汉，历史上称为后汉。各地闻之纷纷响应，齐聚于后汉的旗帜之下。几十万大军如滚滚洪流，迅速向开封逼近。大辽在中原的统治已经风雨飘摇，危在旦夕了。

当年三月，耶律德光在朝堂上对大臣们说："中原的天气逐渐热了，我不习惯在这里度夏，要回到上京住些日子。朝政就委托列位代为打理。请众卿好生留守，各司其职，忠心报国，候我归来！"说罢命妻兄萧翰为宣武军节度使兼开封留守，率五万大军监国。命冯道、张砺、李崧、和凝、赵延寿等人随同北归。因为队伍庞大，人员众多，又带着大量的金银财宝，车驾绵延几十里。路上还时常受到义军的骚扰，因而走走停停，速度缓慢。

耶律德光高坐在驼车之上，一路见城垣倒塌、村庄被毁、田园荒芜、饿殍遍地，到处都是战争的创伤，满目皆为凄凉的景象，方觉清云之劝、张砺之言何其痛切，但已悔之不及。于是他仰天叹道："我此番进军中原，虽然灭掉了石晋，夺取了天下，但我丢掉了威望，失去了民心，可谓得不偿失呀！"

永康王耶律兀欲见叔父有些伤感，于是靠近驼车凑过来说道："陛下南征大胜又称帝中原，了却祖父一生之宏愿，实现部族多年之梦想，可谓前无古人、后无来者，足可以光宗耀祖、享誉中华，有何得不偿失呀！？"

耶律德光好像没有听见兀欲的话，仍然眼望原野，自顾自地说道："我在南征以后，犯了三个错误。一是不该纵容'打草谷'而坏了军纪，二是不该伤害老百姓而丢了民心，三是不该囚禁旧吏而犯了众怒。结果导致朝野皆生怨，群起而攻之。不是中原黎民负我，是我对不起他们哪！悔不该不听清云之劝也！"说罢涕泪皆流，咳嗽不止。至此心情忧郁、食欲不振。于四月十三日行至高邑（今河北高邑），忽然染病生疾，时冷时热，咳嗽愈发严重，浑身战栗不止。随从医官急来救治，队伍也只好停下来等候。稍微好转些又继续前行，但是速度极其缓慢。

四月二十一日行至赵州（今河北赵县）之北，耶律德光忽然坐了起来，满面红光，神采焕发，好像十分高兴的样子。他对身边的永康王耶律兀欲说："方才我做了一个很好的梦，我见到你的祖父和你的父亲了，好像就在木叶山上，和先祖们在一起，很多的人，热闹极了！他们都笑着向我挥手，我一着急，就醒了。真想啊！我已经有好多年没看见他们了！"说罢脸上仍洋溢着幸福的微笑，像咀嚼着一块香甜的奶酪。

次日上午行至栾城（今石家庄栾城区）杀狐林，耶律德光突然大喊着："前方有白狐，拿我弓箭来！"众人皆一怔，永康王耶律兀欲急令停车。还没等大家弄明白怎么回事，耶律德光已经连续大叫三声，口吐鲜血而亡。死时双眼未闭，还紧紧拉着兀欲的手。

耶律德光终年四十六岁，在位二十年。一生南征北战，武功煊赫，在军中威望很高。将士们闻其去世，哀伤不已，全军挂孝，一路悲声。因为此时天气已经十分炎热，路途还有很远，恐到达上京遗体腐烂，所以永康王兀欲和冯道、张砺等人商量，听从军中仵作的建议，掏空德光腹脏，而以食盐装之，殓入梓宫。由八位重臣陪护，缓缓北行。

据说后来耶律德光被运回上京的时候，述律平抚尸大哭曰："孩子！好任性的孩子！你说你人都回来了，心怎么还留在中原了呢？"因而好长时间哀伤不止，如同疯癫。耶律德光被葬在凤山怀陵（今内蒙古自治区巴林左旗西北），庙号太宗。据传耶律德光去世以后赵延寿逢人就讲，说德光曾数次答应立他为帝。赵延寿有一次问道："陛下是否能话兑前言？"德光答道："我若心口不一，死后身心异处！"后来果应其昔日之言，众人闻之皆惊骇不已。是真是假，无从查证，但这皆是后话了。

且说耶律德光突然驾崩，令北归的将士们悲痛万分，一时六军无主，人心撼动，处于一片慌乱之中。这时候，不久前突然在开封消失的女营详稳清云去而复来。她对耶律德光的灵柩行过大礼，然后喃喃地说："陛下不听我言，致有今日之厄。如今人鬼两别，让我痛心何及？此皆天数也！"接着转过身来对众将说："国家不可一日无君，军中不可一日无帅。今皇上突然驾崩，永康王和两院大王乃军中之首，请你们早拿主意吧！"说罢飘然而去。

现在我们回过头来，把目光转向上京。一日下午，大辽国皇太后述律平正在宫中闲坐，不知不觉间精神恍惚，靠在毡垫上就睡着了。忽然有一位侍女进来报告，说京郊有位猎人上午进山，在城西八十里外的树林之中，竟然遇见了皇帝耶律德光。他见德光当时正骑着一匹白马，在聚精会神地追赶一只白狐。不一会儿，那白狐被德光射死，可皇帝却不见了。那猎户拾得白狐和弓箭，现在门外候旨。述律平急令猎户进见，仔细观之，确是耶律德光之箭，不禁大吃一惊。再抬头细瞧，那侍女竟是清云。急得述律平一阵大喊："你不是陪伴着皇上吗？怎么会在这里？"一个急劲，突然惊醒，原来却是做梦。虽然只是个梦，但她的那颗心却狂跳不停，后背全被冷汗湿透。她似乎有一种不祥的预感，急忙派人前去打探消息。

话说自从耶律德光突然病故，北院大王耶律洼就愁云满面，思虑多多，心里如同翻江倒海，一刻也无法平静下来。随着队伍离上京越来越近，他的心抽得也就越来越紧。适才听了清云的话，似乎让他的心里如同划过一道闪电，顿时亮堂了许多。于是他悄悄地找到南院大王耶律吼，轻轻地对他说："皇上突然驾崩，下步由谁继位，必然又是一番殊死的争夺。上次帝位更迭时就刀光剑影，死了多少元勋的人啊！我等此番回去，恐怕也是凶多吉少哇！"

耶律吼听罢深有同感地说："兄长所言极是！我也正在为此事发愁。现下我们当如何动作，才能避免后顾之忧呢？"

耶律洼凑近耶律吼的耳边，扳着指头说："以我看来满朝之中，有资格继承帝位的只有三个人。一个是皇上的长子寿安王耶律璟，一个是皇上的三弟李胡，再一个就是永康王耶律阮，也就是兀欲。如果我们回到上京，依照太后述律平的意愿，她肯定不能立皇上的长子耶律璟，也不能立太祖的长孙耶律阮，她肯定要立她的三儿子李胡。因为在十六年前，她就放出风去，将来要让李胡继承德光为帝，并且早就封李胡为天下兵马大元帅。不久前又逼着皇上立李胡为皇太弟，已经做好了接班的一切准备。从而好让她继续临朝听政，做大辽国实际上的女皇。以她的阴狠毒辣和李胡的凶恶残暴，肯定会让国家变成人间地狱。太祖和皇上打下来的万里江山，怕是要葬送在他们的手里呀！"

耶律吼听了耶律洼的分析，觉得很有道理，于是坚定地说："我们绝不能回去送死，兄长你就说怎么办吧！我听你的！"

耶律洼这才胸有成竹地说："永康王耶律阮乃是太祖的长孙，在李胡被立为皇太弟之后，皇上就多次流露出要立他为储贰的意思。去世的时候虽口不能言了，却紧紧拉着耶律阮的手，其意图已经十分明显。所以，耶律阮完全有资格继位为帝。何况他的父亲耶律倍是皇太子，本来就该顺理成章，当上皇帝的。是太后改弦更张，废长立幼，在当时就违背众愿、大失人心。现在皇上去世，正好趁机把这个错误纠正过来，还历史一个公平，这必然会众望所归。我们就在军中立永康王为帝，你我等人都成了新朝的功臣，我们又坐拥二十万大军，有全体将士的拥戴，太后和李胡能把我们怎么样？大不了鱼死网破，也强似回去任人宰割！"

耶律吼听了连连点头。二人计议已定，遂到各营亲信将领中秘密串联，并私下向永康王透露了拥立之意。永康王听后事觉突然，答应考虑一下再说。

耶律阮乳名兀欲，神册三年（918）十二月二十五日，生于上京临潢府。童年时一度随其父耶律倍生活在东丹国。天显五年（930）耶律倍被迫出走时，他因为陪同生病的母亲萧氏，因而留在了上京，得到耶律倍好友们的关照，慢慢地成长起来。耶律阮成人以后，生得仪表堂堂，丰姿俊朗，风度翩翩，气质高雅。不仅精于骑射，而且能诗善文，还懂得绘画和音乐，颇有乃父当年的风采。尤为值得称道的是，耶律阮仗义疏财、乐善好施。他不但常把太后和皇帝赐给他的礼物，毫不犹豫地转赠他人，而且常去民间访贫问苦、资助孤寡，因而在文人和军中都有很好的人脉，结交下许多知心好友。耶律洼和耶律吼便是其中的两位。

这一次耶律德光南征，耶律阮奉命随行，很想借机迎回父亲的遗骨。一路上作为前军统帅，他冲锋陷阵，身先士卒，斩关夺隘，立下大功。因而在耶律德光打下开封称帝之时，当即封他为永康王，并多次说要立他为储贰，实际上就是想让他未来继位，这一点他自己也心知肚明。如今耶律洼和耶律吼二人说出此意，他有些拿不准是福是祸，急找心腹之人——宿卫亲军校尉耶律安抟商量。

耶律安抟是耶律迭里的儿子。二十年前耶律迭里担任夷离堇时，因为忠心耿耿，拥戴太子耶律倍继位，被太后述律平使用炮烙酷刑残忍杀害。因此安抟与述律平有杀父之仇，自然同耶律阮同病相怜，患难与共，成为无话不说的好友。如今听耶律阮说出心意，当即极为赞同地说："这是天大的好事啊！大王乃太祖之长孙、人皇王之长子，完全有资格继承皇位。既然两位大王有这个意思，您就应该当仁不让。否则回去以后李胡继位，我等皆性命危矣！必为太后所杀也！难道大王您还要走人皇王的老路吗？"

永康王耶律阮闻之恍然大悟，遂下定了决心，当即命安抟同两位大王再细致商量，拿出具体的实施办法，必保全军稳定，一举成功。当夜耶律洼和耶律吼即与上百名主要将领串联完毕，大家异口同声，信心百倍。

次日上午大军行至镇阳（今河北栾城以北），两院大王命令队伍停下，召集所有将士集会。耶律吼登上高大的驼车，代表全体将领宣布拥立永康王为帝。耶律洼随即接过话来说："我等随皇上征战多年，与太后和李胡均不亲近，如果回到上京，太后让李胡当了皇帝，哪还有我们的好处？必然如当年被杀的酋长一样，成为太后砧板上的鱼肉。拥立永康王的即为新朝功臣，回去听太后的就是送死！何去何从，请大家自己选择吧！"

"我们要做新朝功臣，绝不回去送死！"安端、察割、刘哥、盆都等主要将领们首先响应。将士们闻之齐声呼喊："要做新朝功臣，绝不回去送死！""打回临潢老家去！拥立永康王为帝！""万岁！万岁！万岁！"三军雷动，斗志高昂，气冲云天，声震寰宇，感得数百只苍鹰突然踅来，又迅速地向北飞去。

于是永康王耶律阮在耶律德光的灵柩之前，即皇帝位，接受随行大臣和全军将士的朝贺。耶律安抟当即派人飞马向上京报告。大军扶棺而行，缓缓北进。此时雷声滚滚，阴云密布，暴风雨似将到来。

第十回
潢河对阵太后败北
祖孙讲和屋质立功

且说永康王耶律阮在耶律德光灵前即位以后，当即宣布由两院大王统率各路人马，由耶律安抟总领亲军宿卫。此时开封留守萧翰闻讯赶来，耶律阮便命他率军殿后，以防刘知远派人偷袭。同时又令诸将仍领旧部，各负其责。所有随行大臣一律北进恒州，抄近路一起返回上京。

只有魏王赵延寿是个例外。当他随同辽军行至栾城，得知耶律德光病死以后，知道依靠这个辽国皇帝已经无法实现梦想，于是趁着皇帝新亡、军中慌乱之机，率领所部幽州兵及一部分汉臣，悄悄地脱离队伍，先行北入恒州。他对尚书右仆射张砺等人说："当初尚在开封之日，本王就曾奉皇帝密诏，命我权知南朝军国之事，代他统治中原，只是因为杜重威从中制衡，暂且没有公开而已。如今皇帝突然驾崩，新皇未立，河东刘知远又乘势而起，国家正处于危难之际。为了大辽国的长远之计，也是为了中原的广大百姓，我只好忍辱负重、不惧生死，遵照先帝的遗愿，权且担任这中原之主了！"说罢煞有介事，拿出遗诏让众人观看。又令秘密行檄各地，晓谕周知，悄悄做好立国称帝的准备。赵延寿自以为他行动诡秘，万无一失，只等辽国大军过去，就可以如愿以偿了，因此他曾多次偷偷笑出声来。殊不知张砺早起疑心，已悄悄派人去辽军大营送信。

新皇帝耶律阮得到张砺送来的密报，急召耶律安抟商议。安抟沉吟良久，才缓缓地说："赵延寿谋求自立，梦寐以求，野心勃勃，非止一日。他在河北经营多年，手下也有数万人马。如果陛下处之过急，使其警觉，必然会狗急跳墙，引起叛乱。这对我军顺利北归、陛下平安回京大不利也！不如这般安排，或可万无一失。"他对耶律阮附耳低言数句。耶律阮闻之频频点头，脸上露出笑容。安抟即悄悄准备去了。

次日辽军先头部队进入恒州，耶律安抟即按照事先的计划，暗暗命令心腹将领把守四面城门，占领战略重地，并加强了对行宫的护卫，做好了周密的安排，准备当夜就擒拿赵延寿，解除所属汉军的武装。但赵延寿却蒙在鼓里，一点儿风声都没有听到。

迎接完辽军入城，回到行辕以后，参军赵俭对赵延寿说："大王提前来此，至今无人过问。辽军看似无事，但是静得反常。今日入城以后又外松内紧，严密封锁，恐怕绝非好事，大王还是小心防范才是！"

赵延寿闻知哈哈大笑："耶律德光在日，我尚有三分惧他。如今六军无主，谁像个拿事的人？辽军严加警戒，无非是为保护皇帝的灵柩，岂有他意也？况且这是在我的地盘上，八万大军在我的身边，他们能把我怎么样？"遂不以为然。

五月三日下午，耶律阮率中军到达恒州。当晚即在府衙设宴，款待先期到达的各位汉臣及有关将领。这时，赵延寿等人还不知耶律阮已被拥立为帝，仍以永康王称之。开席之时，耶律阮满面笑容，站起来说："诸位一路辛苦，为大军先行开路，其忠心可嘉，厚意当勉。魏王多年来南征北战，浴血沙场，实为我朝第一功臣，我等皆望尘莫及，钦佩之至！"说罢举杯敬酒，态度谦恭，言辞恳切，其意甚诚。

赵延寿举杯四顾，得意扬扬，自觉位高权重，不禁忘乎所以。不仅来者不拒，而且频频举杯，不一会儿就喝得醉眼蒙眬、语无伦次了。酒过三巡，菜过五味，耶律阮对赵延寿说："我家贤妹奉太后之命，到前方犒军，带来草原上两朵并蒂的鲜花，是一对漂亮的孪生姐妹，可谓北地胭脂，塞外的绝色，此时正在后堂小坐。不知魏王可有雅兴，一睹芳容？"

赵延寿闻之哈哈大笑："本王酒已不少，如今正缺美人，永康王知我心也！"说着立即起身，随耶律阮进入后堂去了。赵俭立在他的身后，扯其衣角都没有拉住。

过了一会儿，耶律阮从后堂走了出来，对安抟使了一个眼色，然后对众人若无其事地说："赵延寿阴谋叛乱，企图造反，已被我锁起来了，现已投入大牢。诸位有何感想？"

"啊！什么？！"宴会大厅立即如同油锅进水，"轰"的一声就炸开了。将领们

铁与血的征战：大辽王朝

吵吵嚷嚷，摩拳擦掌，有的已经拔出了佩剑。大臣们交头接耳，嘀嘀咕咕，猜测着发生了什么事。尚书左仆射和凝与司空李崧等人始觉突然，起身问曰："永康王刚才还说他功高至伟，怎么就突然把他锁起来了？他到底犯了什么罪呀？"

耶律阮端起酒杯，平静地说："众卿不必紧张，听我慢慢道来。先帝在开封之时，曾亲口告诉我，让我权知南朝军国之事。如今先帝驾崩，并未留下专嘱，赵延寿何以自称奉诏，欲立为中原之主？这不是假造圣旨、图谋不轨吗？"众人听后仍然半信半疑，不知道他们俩谁说得对。

这时候就听耶律安抟大呼曰："永康王已被众将拥立为帝了！列位还不跪下？！"众人这才恍然大悟。抬眼四下一看，见数十名辽军大将拔剑在手，怒目而视；上百名亲兵侍卫擎刀而立，杀气腾腾，立刻皆吓出一身冷汗。"扑通、通、通"，跪下一大片，一齐山呼万岁，叩首不止。直到耶律阮已经走了出去，这些人仍然未敢抬起头来。耶律安抟随即将赵延寿的心腹们抓了起来，投入大牢。

且说辽国皇太后述律平在上京得到军中快报，闻知耶律德光已经驾崩，印证了她的那场噩梦，当场就昏了过去。侍女们呼叫了好长时间，她才苏醒过来，但已经是满脸泪水。及至听说永康王已经在灵前即位，被众将拥立为皇帝了，气得她凤目圆睁，一跃而起，拔刀砍翻了身边的桌案，浑身哆嗦着说："这还了得？反了天了！这帮猪狗不如的混蛋、十恶不赦的杀材，眼睛里还有我这个太后吗？还有大辽国的列祖列宗吗？他们怎么能这样？他们怎么敢这样啊？啊？！"述律平连气带恨，竟然哭了起来。

太后述律平虽然也很喜欢永康王，特别是在耶律倍被迫出走以后，她觉得有些愧对于大儿子，因而对萧氏母子十分关照，对耶律阮这个长孙也算是体贴备至、喜爱有加，但她从来就没想过立他为帝。也不能允许有她在世的时候，这帮将领们就胆大包天，擅自策立神器。她更没有想到耶律阮这位长孙竟然不知深浅，没有禀报她这位祖母，就做出这种大逆不道的事情来。于是她悍然下令，命李胡和耶律天德带兵出城，擒拿反叛，截击北归辽军，迎接皇帝的梓宫回来安葬。她特地强调说："有不从者，格杀勿论！"李胡和耶律天德调集五万人马，匆匆而去。

现在我们再回过头来说说北归的辽军。自从当年五月三日，耶律阮设计囚禁了赵延寿，逮捕了他的心腹将领，平定了一场未遂的政变之后，即在恒州府衙召集群臣众将以及中原各地官吏集会，由耶律安抟宣读大行皇帝耶律德光的"遗旨"："永康王乃太祖之嫡孙、人皇王之长子，天资聪颖，德才兼备，万邦享誉，天下归心，当可于中原即皇帝位。"随即耶律阮盛服登殿，接受百官朝贺。礼毕，即命行檄各国，晓谕天下。然后，命惕隐麻答为中京留守，驻兵恒州以镇守中原。又命堂弟耶律朔古率千骑前行，护送先帝耶律德光的灵柩先走一步，早归上京，以试探太后述律平的反应。大军随后缓缓北进。

耶律阮率军行至南京（今北京市），有前方探马报告，说太后已经发兵讨逆。李胡和耶律天德率领数万人马，气势汹汹，不可一世，距此不到十五里了。耶律阮与两院大王商议了一下，乃派大将耶律安端和耶律刘哥，率所部两万人马前去迎敌。

这位耶律安端乃是太祖耶律阿保机的堂弟，论辈分是永康王耶律阮的叔祖父，年轻的时候曾多次叛逆，与太后述律平历来不和，因此他这次追随了耶律阮。如今他担任着知北院枢密院事，握有一部分军权，也是一员英勇善战的老将。耶律刘哥是寅底石的儿子，论辈分也是耶律阮的叔父，如今是朝廷的飞龙御史。二人奉命北行不远，即与李胡之军在京郊泰德泉相遇。

两军刚刚列开阵势，李胡就马鞭一指，破口大骂："无耻的叛逆，该死的蠢材！汝为皇族贵胄，不思为国效忠，却追随贼党，擅立神器，真是罪该万死，十恶不赦！如果此时省悟，抓获兀欲来降，尚可从轻发落，留汝全尸。否则让我抓住，不是剜眼挖心，就是千刀万剐，再不就是吃炮烙、下油锅，让你死无葬身之地！"

耶律安端闻之一阵冷笑，立刻反唇相讥："你个狗狼养的混毬败类！猪狗不如的人间禽兽！你说你除了能杀人越货、胡作非为，你还会干什么？就你这狼一样的下水、驴一样的人，也想当皇帝？！你也不撒泡尿照照，我呸！找棵歪脖树吊死得了！活着也不嫌羞耻！"

李胡一听，怒不可遏，气得哇哇怪叫，就要冲上来拼命。耶律天德见状忙说："大元帅请且息怒！看我来收拾他！"说罢跃马挺枪，"嗖"地飞出。耶律安端一见，立刻纵马迎敌。转眼间二人枪来刀往，战在了一起，二十几个回合未分胜败。李胡一见心上着急，隐在门旗影里暗发一箭，正中安端的战马。那匹马疼痛难禁，"咴儿"的一声前蹄竖起，把安端掀翻在地。耶律天德正要前去补枪，被这边刘哥抬手一镖，击穿白银重甲，扎在左胸之上，吓得立即掉转马头，伏鞍吐血而逃。耶律安端乘机跃起，夺过一匹战马，舞起大刀直接向李胡冲去。李胡情知不是对手，吓得掉转马头，撒丫子就跑。耶律刘哥见状，大吼一声，如同炸雷，挥军掩杀过去。李胡和天德带来的将士们虽说不少，但见主帅逃跑，谁还为之卖命？于是也纷纷四散奔逃，五万人马顷刻间一哄而散。安端和刘哥一路猛追，直赶到潢河边上，方才罢手。耶律阮率大军随后跟进，在潢河南岸扎营，直逼上京。

太后述律平闻听李胡兵败，无奈只好亲自出马，调集后族各部约十万之众，在潢河北岸集结迎敌。李胡跑回上京以后，被述律平臭骂了一顿，恼羞成怒，气急败坏，下令捉拿了南征主要将领的家人和亲友，共将一千多人绑赴大营，押到军前。并派兵士在河边叫骂，告知南岸诸将，如不马上投降，把耶律阮绑赴上京，即将这些人全部杀掉。被太后述律平挥手制止。

太后述律平心中明白，这些将领们既然拥立了耶律阮，就不会再阵前反水，更不会把耶律阮绑来相见。如果李胡把他们的家属杀了，这些人必然会破釜沉舟，与她拼命。到那时候二十万大军渡河杀来，那可真就玉石俱焚了，说不定自己都性命难保。她知道决战肯定不是南岸的对手，她不能那样做。她要靠自己的巨大权威慑服他们，她至今仍相信她具有掌控局面的能力。而李胡虽然是猪脑子，捉拿了他们的家人和亲友，但也算是歪打正着，可以使他们投鼠忌器，不敢贸然进攻。这也同样给了她一个机会，使她赢得了主动和时间。

而南岸的辽军将士们呢？也恰如述律平所料，心中顿时产生了极大的顾虑。他们虽然对李胡恨得咬牙切齿，恨不得生喝其血、生啖其肉，但他们并不想与北岸刀兵相见。因为北岸不仅绑缚着他们的家人和亲友，就是在军中，也有不少是至近的兄弟呀！所以大家都希望化干戈为玉帛，通过和谈来解决问题。太后述律平这边的情况更糟，十来万人马虽然聚集起来了，但大家都明白若打必败，非死即伤。因此刚刚集结完毕，就有人陆续逃走。汉军将领、排阵使李彦韬更加大胆，干脆率所部人马渡河南进，投奔耶律阮去了。

太后述律平见状气急，但也无计可施，只好自己率队列阵，与耶律阮君臣隔河对峙。她相信只要自己往河边一站，凭借自己的巨大权威，就会令对岸的阵势轰然倒塌，就能有不少的将领向她跑过来，跪倒在她的马前请她饶恕。

但是她想错了，她立马北岸，隔河相望，站了好长的时间，不但一个人也没有跑过来，甚至连施礼问候的都没有。她感到了一丝尴尬、恼怒和不安。她弄不明白，这些人虽然长期跟着德光，但也多数是自己提拔的呀！难道他们把恩人和太后都忘了吗？她有点等不得了，她要好好地问问他们，这些人还有良心吗？

她看见耶律安抟骑着白马，就靠在耶律阮的旁边，于是高声问道："耶律安抟！我来问你，哀家多年待你不薄，你的官职还是我册封的，让你在德光身边当宿卫总管，可谓信任有加，尊宠无限，你不思衔恩报国，为何却敢背叛于我？你的忘性就那么好吗？"

耶律安抟前行数步，笑着答道："启禀太后，末将的记性很好，时刻没有忘记您对我的好处，也知道是您提拔和重用了我。但是恩归恩，仇归仇。您忘记我是谁的儿子了吗？我是耶律迭里的儿子！当年我的父亲担任五院夷离堇，就是因为拥立太子耶律倍当皇帝，不是被您老人家在朝堂之上，用炮烙的酷刑杀害了吗？这件事想起来我就肝胆俱裂、痛不欲生。您说说，这杀父之仇我能忘吗？我早就想杀了您了！"

述律平听罢耶律安抟之言，噎得她半晌说不出话来，一时气愤满腔，怒火万丈："你这个忘恩负义的小狼崽子，竟敢同我这样说话！你等着！看我待会儿抓住了你，让你们爷俩同样下场！"

过了一会儿她问耶律刘哥："你是正宗皇族的后人，你的身体里流着高贵的鲜血，你是我们耶律家族的精英，为什么也要军前谋叛，与他们同流合污？"

耶律刘哥是寅底石的儿子。当年寅底石参加谋反，事败后被耶律阿保机饶恕不死，投放在大牢里。是述律平悄悄派人将其暗杀，又将其尸首抛在山林之口，寅底石的后人们对此恨得咬牙切齿。因此刘哥听述律平问他，立即冷笑着大声说道："杀父之仇，恨大于天！生为人子，焉能不报？"同样噎得述律平瞠目结舌，无话可说。

但是述律平并不甘心，她不相信所有的将领都会像他俩一样，对她怀有杀父之仇、刻骨之恨。于是她转过头来，问弟弟萧敌鲁的儿子萧翰："你是我的亲侄子，我是你的亲姑母，你又是皇帝德光的妻弟，我们是亲上加亲的至近之人，你为什么要谋反？同这些人沆瀣一气？难道连你都不听我的话了吗？"

萧翰先施一礼，流着泪说："启禀太后，我的姑母！不是孩儿背叛于人，实在是您冷酷无情！难道说您忘了吗？当年您屠杀东丹太子党的时候，我的母亲是怎样无辜被杀害的吗？当时父亲带着我和妹妹跪下来求您，脑袋都磕破了，鲜血流了满地，您放过母亲了吗？您就是狼心狗肺、狠如蛇蝎的女人！您一心总想着自己，考虑过别人的感受吗？您的良心让狗吃了吗？怎么那样铁石心肠？现在您还有脸来问我？我一想到母亲被勒死的惨状，恨不得一口就咬死您！我等待这一天已经很久了！"

述律平闻听萧翰之言，脸色铁青，浑身颤抖，气得"哇呀"一声大叫，跌下马来。慌得北岸的将士们连呼带叫，七手八脚地将她抬回大营。

李胡见状气得哇哇大叫，一扬手连续砍翻了五六个人质，大声喊道："兀欲小儿你给我听着！如果不马上过来投降，我立刻就全部杀了他们，然后与你们同归于尽！我给你半个时辰考虑的时间，到时候别怪我不客气！"说完命令北岸的刽子手们扬起屠刀，准备行刑。河岸边立即传来一片哭喊之声，听了让人心碎。

耶律阮知道李胡就是个禽兽，是个杀人不眨眼的恶魔，他既然说得出来，就能做得出来。如果人质全部被杀，那后果真的不堪设想，于是他急召耶律安抟和两院大王商议对策。

耶律吼首先愤怒地说："李胡以人质相要挟，无非是要乱了我们的军心，涣散我们的斗志。他若敢下手杀人，就是他的末日到了。大不了弄得鱼死网破，两败俱伤，还能怎么样？"

耶律阮沉吟了一会儿，郑重地说："太后和李胡兴师动众，无非是要捉拿我这个皇帝，另立新君，与你们众人没有关系。我宁可自己去北岸赴会，看他们能把我怎么样？也绝不能让人质们受死！他们是无辜的呀！何况将士们跟了我一场，我不能对不起大家！"说罢起身欲走。

耶律洼连忙拦住说道："陛下怎么能这样说？大家既然选择拥立了陛下，我们的心就早已同您连在一起，也早已把生死置之度外。假如要让别人为帝，以目前的情况，还有我们的活路吗？别看李胡咋咋呼呼，他未必就敢真的下手，我们还有回旋的余地，争取用和谈的办法把问题化解。"

耶律阮着急地说："能和谈解决当然最好！但太后能放过我们吗？"

这时耶律安抟接过话来说："太后身边的韩知古、韩延徽等老臣均已致仕，现在多是些粗莽毒辣之人，只有耶律屋质足智多谋，见识高远。他为人正直，处事泾渭分明，不会为虎作伥，助纣为虐。就怕他被太后逼迫，为其出谋划策，那我们就危险了！"

耶律阮闻之突然眼前一亮，高兴地说："我倒有一个办法，让他无法为太后效力，说不定还能帮助我们！"说完乃亲自修书一封，趁着月色派人送过河去，却故意让李胡手下之人截获。李胡命手下之人搜出书信，仔细观之，见是耶律屋质通敌，不由得勃然大怒，急匆匆向太后的大营跑去。

且说太后述律平回到大营，少顷苏醒，不禁悲从心起，愁上眉头。她没承想事情闹到这个程度，自己的话竟然无人再听，这让她伤心不已。无可奈何之中，只好把耶律屋质找来研究对策。这是目前唯一值得她信任又有些头脑的人了，李胡那些人根本依赖不得，这一点她清楚得很。耶律屋质来到之后，两个人正在商议，忽然李胡急三火四地跑了进来，把述律平拉到一边，附耳低言数句，又把书信拿出来，让述律平观看。没等述律平看完，他就想把侍卫招呼进来，将耶律屋质立即拿获，被述律平挥手制止。

太后述律平转过身来，将那封书信递给耶律屋质，请他观看。少顷，笑着问道："不知爱卿阅此书信，有何感想？难道你不想说点什么吗？"

李胡接过话来瞪眼喊道："还让他说什么呀？他就是个叛逆！是个内奸！把他抓起来砍了算了！"

耶律屋质似乎没有听见李胡的话，他面对太后平静地说："太后追随太祖，共同打下江山，有大功于国家，有厚恩于百姓，是草原牧民心中的女神。当年微臣还在弱冠之时，太后就慧眼提拔了我，让我终生难忘。于公于私，于国于家，微臣皆应为太后效力，虽肝脑涂地，亦在所不惜。永康王写此书信，无非是怕我为太后出谋，恐陷他于不利，故而想假戏真做，借刀杀人。这点儿拙劣的伎俩，怎能逃得过太后的法眼？太后拿给我看，即是相信微臣，臣自当竭尽全力矣！"

述律平微笑着说："爱卿果然聪明绝顶！什么事情都瞒不过你。依你之见，眼前这种局面当如何处治？"

李胡抑制不住又插话说："还怎么处治呀？马上把这些人质杀了算了！现在早过了限定的时间了！只要杀了他们，对岸军心必乱。我们乘势进攻，定可大获全胜。到那时耶律阮束手就擒，我就掐死这个狼崽子！"李胡恨得咬牙切齿，吹胡子瞪眼，连脸上的五官都挪动了位置。

耶律屋质还是似乎没有听见李胡的话，他顺着述律平的思路说："眼下两军对峙，如同麻苃打狼。虽是剑拔弩张，但是并无大事。都是自家之人，完全能够商量解决。人质抓来已经不对，在道义上已失民心。如果再全部杀了他们，不仅会激起对岸将士的刻骨仇恨，朝野上下亦必群起而攻之。到那时候二十多万大军过河死战，如此则国家危矣！社稷危矣！太后亦可能有性命之忧。故杀害人质之事，绝对是万万不可行也！"

述律平听完忧虑地说："我也不赞成杀掉人质。但是对岸兵多势众，咄咄逼人。若是两军开战，这边又打不过他们。怎么办？难道就这样对峙下去，任凭他们为所欲为吗？"

耶律屋质胸有成竹，这时站起来说："兀欲是太后的长孙，对岸是自家的军队，为什么要开战？那不是让世人耻笑，留下千秋话柄吗？这事只能和谈解决，此外别无他途。"

太后述律平急切地说："和谈可以考虑，但以何人为使呢？这也是个难题！"

耶律屋质拍拍胸脯，毛遂自荐："如果太后信得过我，微臣愿意涉险前往。如果永康王同意罢兵，两下和解，则是太后之功德，国家之万幸也！"述律平听罢点头，同意派他前往。

耶律屋质奉命来到南岸大营，耶律阮似有所料，满脸热情地接待了他，命侍卫看座献茶。及至看到太后述律平的书信，却脸色骤变，怒气顿生。他见述律平的来信之中，不是指责之言，就是谩骂之辞，通篇没有一句好话，再也抑制不住愤怒的情绪。于是召军中幕僚耶律海思代他回信，斥责太后述律平："为长不尊、乱行杀戮、废长立幼、扰乱朝纲，乃契丹立国以来最大恶人、大辽之头号罪魁也！"言多侮辱咒骂之词。写完之后交给耶律屋质过目，请他带回。

耶律屋质看过之后，面色严肃地对耶律阮说："大王如果这般回信，太后必然震怒，如此则大战不可避免，汝方将士家属亦必首先人头落地也！到时候军心一乱，胜败已未可知，请大王三思矣！"

耶律阮听后冷笑着说："我二十万大军扫平中原且易如反掌，李胡那帮虾兵蟹将岂是我的对手？若不是顾虑那些人质的安危，现在我早就坐在临潢的大殿上了，怎么还会在这里和你说话？"

耶律屋质站起来正色说道："大王此言差矣！汝虽已在灵前即位，但并未在临潢登基，尚未得到契丹八部贵族的认可，仍属于名不正而言不顺也。你的部下随时都可能扯旗造反、背叛于你。太后乃一国之母，文武兼备，如果号令一出，两日内即可集结几十万人马。到那时候立个新君，带头与你生死相搏，你敢说有必胜的把握吗？所以说战则共伤，和则互利，尤其对大王大有利也！难道说您忘了回临潢来要做什么了吗？"耶律阮虽觉屋质说得有理，但总觉得心中委屈，想再说点什么。耶律安抟在旁边已经听得明明白白，急得直向他使眼色。耶律阮这才松下口来，重写书信，答应与太后祖孙和解，当面对话。

经过耶律屋质几番奔波、数次斡旋，双方的激烈情绪均有所缓解，约定共同在木叶山下见面。双方刚一到场，未及屋质说话，述律平见耶律阮一身龙袍，就气不打一处来，首先面带讥讽，出言质问。耶律阮立刻反唇相讥，恶言相向。两人的随从大臣也立即争吵起来，和谈的会场登时乱成了一锅粥。

耶律屋质勃然大怒，他"啪"地一拍桌案，高声喝道："这是干什么？你们双方到底是来和谈的，还是来吵架的？要想真打的话，那就刀兵相见，别在这里磨牙嚼舌头！最好你们祖孙俩打个你死我活，让刘知远趁机渔利，灭了大辽国才好！我才懒得管你们这些闲事！让开，我走了！"说着分开众人，抬腿就往外走。

耶律屋质入朝为官二十多年，说话从来都是和风细雨，温文尔雅，从来没见他发过这么大的火，而且还是在太后和皇帝面前。众人不由得皆微微一愣，场面顿时静了下来，连述律平都大吃一惊，两眼直直地望着他。耶律阮则话说一半就戛然而止，不知所措。

耶律安抟看出了门道，连忙起身拉住屋质，大声说道："大人这是何苦？难得你往来奔波、一片忠心，朝野上下，谁不钦佩？今天南北两岸都是为和谈而来，有什么话您就说嘛！我想太后会原谅你的！"

站在述律平身旁的耶律天德，前些天奉命截击打过一仗，深知南征大军的厉害，生怕此番会面谈崩，于是接过话头说道："是呀！安抟说得很对！有什么话您就直说。这是在神山之下，我想永康王也会理解您的！"

耶律屋质这才转过身来，对述律平说："太后恕微臣犯上之罪。心中有什么委屈之处，您就说吧！别人一概不得插言！"

述律平闻之愤愤地说："兀欲这个忘恩负义的东西，无法无天的小辈，竟敢不遵祖训，擅自为帝，岂非大逆不道、不知深浅？我儿德光南征北战，平定中原，功盖华夏，尽人皆知。如今虽是突然病逝，但长子寿安王尚在，皇太弟李胡尚在，哪有你继位的份？你父早已南逃外国，尔乃叛逆之子，不究其罪也就罢了，怎可面南为君？我的心中实在不能接受！"说完，这个铁石心肠的女人竟然滴下泪来。

少顷，耶律屋质把目光转向耶律阮，直视着对他说："太后的话已经讲完了。您心中有什么不平，不妨也说出来吧！看看是否真有道理。"

耶律阮情绪有些激动，急切地说："太后若提起父王，我便哀从心起。他是怎么走的？他为什么要走？还不是被你逼走的？你违背太祖遗愿，擅自废长立幼，为此杀害了多少无辜之人？然后又临朝听政，指鹿为马，玩皇帝于股掌之上，先帝于九泉之下亦必心中不平也！我在灵前即位，乃是众军之愿，本人何错之有？只不过成父王当年所未遂，顺太祖生前之所愿也！"

耶律屋质闻之接过话来说："人皇王身为臣子，虽有满腹委屈，却公然舍却国家及父母，出走到敌对之邦为官，这难道不是叛逆的行为吗？做儿臣的应该这样做吗？永康王身为太祖长孙，即位时不奉告大辽太后，见到祖母后又不行礼问安，做孙儿的这样做对吗？您学了那么多的儒家经典，哪一条告诉你这样做的呢？"

见耶律阮默不作声，屋质又转身对述律平说："当太后的偏心偏爱，当立不立，大开杀戒，擅授神器，导致骨肉成仇，亲人反目，许多人对您恨之入骨，这样的教训还不够深刻吗？如今皇帝驾崩，您既不中意永康王，又不想立寿安王，一心想让李胡继位，并早早地打好了算盘、做好了安排，您以为这能办得到吗？须知如今已经物是人非，不是二十年前那个时候啦！太祖生前辛辛苦苦，征战一生，打下江山多不易呀！难道就毁在你们祖孙手里吗？"

耶律屋质话到此处停顿了一下，看太后述律平并没有作声，这才环视众人，从衣袖中拿出一块笏板，对双方说道："如果你们祖孙二人能听我言，不想打仗，不想让这个国家灭亡，那就各抓住这块笏板的一端。我在中间写了一个大大的'和'字，咱们这场纷争就算和解成功，有些细节问题咱再商量。如果双方不想和解，那你们祖孙俩就不要来抓这块笏板。我也算尽心了，我也就不管了！你们双方就调兵遣将，准备开战吧！"说完端起笏板，目视双方，不再作声，面色如水。

一时间大帐里死一般地寂静，静得能听见呼吸的声音。人们都觉得和谈无望，可能又要陷入僵局了。就在这个时候，太后述律平说话了。她一边流着眼泪一边说道："算了吧！议和就议和吧！当年太祖遭受诸弟之乱，天下荼毒，疮痍满地，许多年都没有恢复元气。现下好不容易盼得国家强盛了，老百姓才过了几天好日子呀？不能再折腾了！不然就对不起先祖了！"说完率先抓住了笏板的一端。耶律安抟见状，急忙给耶律阮使眼色，示意他见好就收。耶律阮却嘟囔着说："父不为帝而以子代之，有何过错？"虽然有些迟疑，但也伸手抓住了笏板的另一端。双方终于达成了谅解。

耶律屋质在众目睽睽之下，庄重地放下手中的笏板，拿出事先准备好的"横渡之约"，让双方在和约上签字。一场干戈算暂时平息。

太后述律平回到自己的大营之后，仍然不甘心让永康王为帝。她对耶律屋质说："和约虽是签了，仗也可以不打了，但是由谁来主神器呢？"

耶律屋质两手一摊，诚恳地说："这不是明摆着的事吗？永康王是您的长孙，寿安王是您的次孙，而李胡是您的三儿子。他们虽然都是您的骨肉亲人，在感情上有远有近，但是自古礼法传嫡长而不传诸弟。太后当年已经做错了一次，曾为此诛杀了许多的人，积下了不少深仇大怨，如今岂可重蹈覆辙，一错再错？何况永康王乃人皇王之长子，太祖太后之长孙，深受众将拥戴，已在灵前即位。如果立他为帝，既合乎祖制，又顺天应人。也是太后作为母亲者，对于逝去太子的一种告慰，对于自己心灵的一种平衡吧！有何不可？"

述律平听罢屋质的话，不满意地问道："那李胡呢？他怎么办？"

耶律屋质干脆地说："李胡残忍狠毒，德行太差，素为臣下所不敬，多有百姓所唾骂。若是立他为帝，必会胡作非为，造成天下大乱。不但会给太后惹来横祸，而且会让大辽江山横生灾难。此事断乎不可为也！"

此时恰好李胡进来，听到了耶律屋质的这一番话，立时横眉立目，拔剑在手。述律平见之大声骂道："瞧你这副德行！动不动就想杀人，你还会干什么？刚才你听明白了吗？我虽然非常疼你爱你，甚至超过你的两个哥哥，但是怪你自己德行不端、口碑太差，怨你自己不争气呀！常言道：'偏怜之子不保业，难得之妇不主家'，你这个皇帝是当不成了！我已经无能为力了！"

李胡闻听为帝无望，气恼得倒在地上撒泼打滚，大哭不止。太后述律平不再理他，派人致书耶律阮，表示承认他的合法地位，同意他带兵进京。

辽大同元年（947）七月，僵持了两个来月之后，耶律阮终于率军进入上京。他首先去慈宁宫拜见了祖母述律平，然后驾临宣政殿，接受百官朝贺，正式开始了他的为帝生涯，历史上称他为辽世宗。辽世宗是契丹人立国以后的第三位皇帝。

世宗继位以后，立即明确职爵，封赏百官，借机提拔重用拥戴他的有功之臣。他任命耶律洼为于越，仍兼任北院大王。任命耶律吼为大辽采访使，仍兼任南院大王。任命耶律安抟为北院枢密使，总揽兵马大权。任命耶律屋质为北府宰相，总领朝廷政务。同时册封耶律安端为明王，主持原东丹国的国政。册封耶律察割为泰宁王，兼任南府宰相。耶律刘哥被任命为大内惕隐，主理契丹族内部政教事务。先帝耶律德光的妻弟萧翰也因为追随耶律阮，立下大功，被世宗任命为宣武军节度使，并把妹妹阿不里公主许配给他为妻。赵延寿虽曾叛逆，但世宗念其旧日有功，复其原职任恒州留守。不想赵延寿未及赴任，不久在上京病死。

世宗继位以后，耶律屋质和耶律安抟成了他的左膀右臂，一时君正臣忠，朝野和顺，大辽国一派向好的景象。但是树欲静而风不止。李胡在"横渡之约"签订以后，得了一场大病。稍愈之后就野心复萌，召集心腹耶律划设、耶律朔古和楚不里等人，密谋反叛，企图杀害耶律阮，夺回帝位。他们在太后述律平的默许和支持下，秘密联络后族的人马和其他部落酋长，准备伺机举事。不料事泄，被封为明王的耶律安端告密。世宗在屋质和安抟的帮助下，采取果断措施，一举擒获所有叛党。并让他们在朝堂上互相指证，核实罪恶，将案情公布于天下。在大量的人证和物证面前，太后述律平和李胡无话可说，被囚禁起来，强迁到祖州（今内蒙古巴林左旗石房子村西）老屋看管居住。同案犯耶律划设、耶律朔古和楚不里被斩首示众。与此同时，世宗下令解散了太后述律平的亲军卫队，遣散了所有府兵、仆人及官户奴隶，把他们分赐给有功大臣。自此以后，后族的势力大大地削弱了。

太后述律平被囚禁以后，终日饮酒叫骂，导致歇斯底里，精神失常。整天呼喊着"错！错！错！"和"杀！杀！杀！"多次撞墙自虐、吞钗寻死，最后彻底疯癫，失去理智，于辽穆宗应历三年（953）去世，结束了她开始聪明后来糊涂的一生。李胡被囚以后整天啼哭不止，尤在夜间严重，成宿不睡，似同狼嗥。述律平去世不久，他又因儿子喜隐谋反而受到牵连，被正式投入大牢之中，后来死在狱里。十九年以后被追尊为章肃皇帝，到阴间实现他的梦想去了。此为后话，不再赘述。

　　且说永康王耶律阮在群臣的帮助之下，粉碎了太后述律平妄想另授神器的图谋，厚赏百官，犒劳全军将士。下诏追封其父耶律倍为让国皇帝，追封其母萧氏为皇太后，将二人的骨殖合葬于医巫闾山，名曰显陵。同年九月，遵照新皇登基的惯例，又举行了隆重的继位大典和柴册仪式，接受文武百官所上的尊号，称为天授皇帝。故而改元天禄，以947年为天禄元年。同时减轻赋税，大赦天下。一时朝野平稳，百事和顺，万民拥戴，八方来朝。世宗皇帝耶律阮不免有些踌躇满志，又把目光投向了南方，打算采取新的举措了。

　　一日早朝以后，世宗把耶律屋质和耶律安抟留了下来，征询似的对二人说："如今我朝国泰民安、兵强马壮，是否应该整军南征、再图中原，还先帝未遂之凤愿耶？不知两位爱卿意下如何？"

　　耶律屋质与耶律安抟对望了一眼，然后说道："启禀陛下，中原虽得而复失，让人心痛，但此时今非昔比，不宜进兵。中原人刚刚收复故地，群情激奋。刘知远趁机建立北汉，很得民心。若在此时南征，彼必同仇敌忾，与我死战，这对我朝大不利也！我们非但不能重占中原，反而会损兵折将、劳民伤财，恐十六州之地亦将危矣！何况陛下荣登大位来之不易，虽无血肉横飞，却也刀光剑影。眼下风雨刚刚过去，难保乌云不会重来。臣闻为君之道，重在爱民，爱民之要，在施仁政。而在仁政之中，首为先安民心。因此，国内的稳定才是头等大事，请陛下思之虑之。"

世宗皇帝不解地问道："爱卿之言虽有道理，但眼下看朝野安定，并无骚乱之事发生，我们为什么不能乘机南征、大展宏图呢？"

耶律安抟接过话来说："陛下的这个疑问由臣来回答好了。屋质大人所言极是，眼下绝非南征之时。俗语说：'静水之下常有暗流涌动，阳光背后难免阴霾再生。'表面的稳定不意味着真正无事，很可能在孕育着更大的风暴。依臣看来，那帮皇族和后族的权贵们是不会善罢甘休的。微臣似乎有一种预感，那些人一定会闹事。也许他们正在磨刀霍霍，而我们暂时尚未发现罢了。因此，陛下可一定要当心哪！"

世宗闻之有些不悦地说："我以为二位都是高瞻远瞩之人，怎么也会坐井观天、只看眼前？罢了！算我没说。"遂不听二人之言。随后召见两院大王耶律洼和耶律吼，令二人加紧训练士卒，调运粮草甲仗，随时准备南征。

遗憾的是，还没等南征之事准备就绪，叛乱就爆发了。原来自打世宗继位以后，由于他非常仰慕中原文化，又时刻想着再图中原，因此在朝中重用了许多汉族官吏，在军中也提拔了不少汉军将领。连赵延寿这样的叛逆都没有漏下，将他重新起月，官复原职。特别是降将高勋，也没见他立下什么大功，就因为善揣圣意，能说会道，却被重用为南院枢密使。这令许多契丹贵族心中不满，首先是驸马萧翰愤愤不平。他与刘哥、盆都等人喝酒时破口大骂："耶律阮就是个没有良心的东西！想当初我真是瞎了眼，怎么从开封跑到杀狐林，专门去追随他？为什么那帮汉人都能高官厚禄，而却把我晾在那里，还当什么宣武军节度使？宣武军他妈的在哪里呢？！"

刘哥和盆都听了萧翰的话，立即产生了强烈的共鸣。他们都是寅底石的儿子，都曾数次参加谋反。他们与安端、察割父子和萧翰一样，都同述律平有着深仇大恨。当初在杀狐林之所以拥戴耶律阮，是因为怕回京后李胡为帝，遭受杀身之祸。如今风头过去，虽说安然无恙，但他们对所封官职并不满意。听萧翰这么一说，几个人的火气都来了。刘哥立即接过来说："没有我们鼎力相助、阵前冲杀，他耶律阮当什么皇帝？现在他登上大位，倒把功臣忘了。我们为什么还要捧他？"

没等刘哥把话说完，耶律盆都就抢过话头："要让我说呀！我们还不如立耶律天德。他是太宗的儿子，人品可比兀欲强多了！关键跟我们是一条心哪！"

几个人起初的时候，只是凑在一起饮酒泄愤，慢慢就转移话题、图谋不轨，后来竟然聚集在天德家里多次密谋，形成了一套完整的方案。企图寻机杀掉耶律阮，推翻现政权。不料做事不密，被天德的堂弟耶律石剌听到，石剌大惊，急忙告诉了耶律屋质。

耶律屋质虽与天德亦是堂兄堂弟，平素两个人的关系极好，但他是一个既忠诚又正义的人。他表面上依然若无其事，不动声色，背地里却悄悄奏报了耶律阮。但是耶律阮根本不信，他说："萧翰是我妹丈，怎会无端背我？其中必有隐情。天德乃我堂弟，向来待我极好。前些日子还在朝堂之上，揭穿太后支持李胡叛乱。像这等忠心耿耿之人，怎么也会谋反？这可能吗？"因此根本未加理睬。但是屋质心中有数，暗暗地做好了周密的部署。

辽天禄二年（948）正月，一日傍晚，按照几个人事先的谋划，耶律刘哥与盆都二人入宫觐见，以恭贺新皇登基为借口，向耶律阮敬献名画。这是三国时期陈王曹植原创的一副手卷，名为《洛神出水图》，极其珍贵。耶律阮因为热爱中原文化，对曹植的这幅画倾慕已久，极为喜欢，因此忙与盆都展开手卷，仔细欣赏，一边观看一边叫好。这边耶律刘哥趁其全神贯注之机，突然从衣袖中抽出短刀，向耶律阮猛扑过去。两个人相距不过咫尺，耶律阮一心全在画上，一点儿也没有察觉。眼见得形势相当危急，刘哥的那把短刀似将插入皇帝的胸口。

这时只听"当啷"一声，一道白光飞过，刘哥的短刀"扑哧"一下，掉在画卷之上，把那张珍贵的古画割开一道很长的口子，那把短刀像只死鸟，无奈地落在地毡之上。三个人一愣神，又有数道白光飞来，耶律刘哥和盆都两人均身中数镖，"扑通通"摔倒在毡地之上。一群侍卫冲上前来，七手八脚，把二人捆成了待宰的肥猪。

随着一阵清朗的笑声，耶律屋质从屏风后面走了出来，指着一人对耶律阮说："陛下您还认得她吗？"

"这不是清云吗？你什么时候来的？我怎么不知道？"耶律阮惊魂未定，诧异地说。

"让陛下受惊了！微臣这次是受屋质大人相邀而来，未及过来觐见，尚请皇上见谅！"清云施过一礼，微笑着说。

耶律屋质捡起地上的短刀，气愤地说："陛下请看，这些家伙真是歹毒，连刀上都煨了剧毒了！若非清云女侠出手及时，后果真是不堪设想！"

世宗这才回过神来，向清云表示感谢。清云淡淡地说："让国皇帝当年在闾山之时，与家师素有往来。搭救陛下、惩恶扬善，本是道家分内之事，陛下何须言谢？"

几个人正在说话，忽听得宫外吵吵嚷嚷，人声沸腾，世宗急派侍卫出门察看。

原来根据事先的谋划，驸马萧翰率两千府兵守在门外，只等着接应刘哥和盆都二人。见挺长工夫没有动静，遂引手下人马一拥而入。内宫侍卫见是驸马带兵驾到，不知何故，阻挡不住。转眼间萧翰手持大刀，已经凶神恶煞般地闯到寝宫门口。正待踹门而入，忽听数声锣响，四外火把齐明。数千名弓箭手在大墙边忽地站起，万箭齐发，如同飞蝗。萧翰带来的这些府兵顿时死伤大半，活着的皆吓得趴在地上。萧翰正在持刀发愣，被清云从暗处一鞭飞来，缠住脖颈，又顺势拽倒，一脚踏在地上，动弹不得。耶律屋质率众将开门而出，当即将谋反之人一律捉拿归案。又连夜抓来耶律天德，将他投入大牢。

次日早朝，世宗皇帝命耶律安抟宣布天德等人谋反之罪，令耶律屋质审理此案。不久案情大白，布告朝野。世宗召群臣廷议，将叛首耶律天德处斩。将主犯刘哥和盆都流放到贝加尔湖去做苦力，永世不得回朝。萧翰因为是世宗的妹丈，阿不里到内宫多次哭求，世宗动了恻隐之心，乃免其一死，着即杖责四十，囚禁半年以后释放。

但是萧翰并不感恩，反而因之恨得咬牙切齿。他不但没有静思悔过，而是更加丧心病狂、变本加厉，一心要杀死耶律阮，尽雪前耻。不知他使用什么办法，竟然还拉上了他的妻子、世宗的妹妹阿不里，同他一起参与谋划。两个人商量妥当，秘密给明王安端写信，相约里应外合，在天禄三年（949）元宵节那天，趁世宗皇帝驾临月明楼，与万民同乐赏灯之机，由萧翰派人在城内放起数把大火，引起城中混乱。再由安端趁混乱之机，率军突入京城，包围月明楼，杀死耶律阮，拥立安端为帝。

安端在世宗这一朝资格最老，他是太祖耶律阿保机的堂弟，是耶律阮的叔祖父。不但老谋深算，武功高强，而且雄风不减，仍然野心勃勃。这个人一生最爱干的事就是谋反，他曾经谋反过三次，均因为事泄时转变得快，马上举报他人而得以免死。二年前耶律德光驾崩之时，他曾经想过趁机称帝，但由于当时势力不够，又忌惮述律平心狠手辣，故转而拥戴耶律阮，想借助耶律阮之手除掉太后和李胡的势力，为他以后起事铺平道路。上一次耶律天德和刘哥等人谋反的时候，他也在酝酿之中。现在见萧翰夫妇诚心相约，正中下怀，顿时喜出望外，满口答应，并立即书写回信，派心腹之人送去。

不料安端的回信被耶律屋质派人截获，献给了皇帝耶律阮。原来自打萧翰被放出来之后，屋质就看出他并未服气，仍有反意。于是暗暗叮嘱清云，带人秘密监督萧翰的动向。清云在萧府周围布下许多暗探和眼线，故而萧翰家的所有活动，全在耶律屋质的掌握之中，但可悲的是萧翰夫妇却全然不知。

世宗耶律阮见到安端的回信，不由得怒火万丈，气得破口大骂："无耻老贼，恶习难改！朕待他天高地厚，他竟然还要背我，真是可恨至极，十恶不赦！这次抓住他，定要将他碎尸万段，方解心头之恨！"稍停，又满腹狐疑地说，"萧翰这厮，屡教不改！五次三番，还要拉上我的妹妹！这是为什么呀？"恨得他咬牙切齿，便欲下令立即派兵捉拿。

耶律屋质忙劝而止之曰："此时虽然证据在手，可以捉拿萧翰，但毕竟反叛尚未坐实，难以一网打尽。如今安端尚在东丹，手下也有数万人马，如果我们抓了萧翰，他必闻风造反。到时候朝廷派兵征剿，不知又有多少人头落地。不如这样安排，方保万无一失。"屋质附耳低言数句，世宗闻之大喜。

耶律屋质遂软硬兼施，用重金收买了安端手下心腹之人，将安端的书信照常送到萧翰的手里。表面上佯装不知，若无其事，暗地里却做好了一切准备。

天禄三年（949）正月十五日晚，上京城灯火通明，万人空巷。皇帝耶律阮偕皇后萧氏及文武百官走上街头，与万民同乐，欣赏各种表演。随之又登上月明楼，观看耍龙灯的队伍。驸马萧翰跟随在群臣中间，见时机已到，悄悄溜下月明楼，正待命人放火，集结手下人马，突然被数名黑衣人围住，不得脱身。萧翰展开拳脚，奋力踢翻二人，却被清云切入，一指点翻，生擒活拿。耶律屋质随即命令擒拿余党，并使人在城内空闲处放起数堆大火，严阵以待。

城外的耶律安端得到报告，知城内燃起大火，城门已经洞开，以为萧翰已经得手，遂率叛军从东门一拥而入，两万多人马按约定很快进入小校场内，等待萧翰派人接应。但校场周围漆黑一片，等待了好一会儿仍没有动静。安端似觉有些不妙，正待采取措施，其子泰宁王察割见事不好，悄悄溜走，向皇帝耶律阮告密去了。这边安端刚要下令撤退，忽闻数声鼓响，四下里杀声顿起，一瞬间火把齐明，呐喊声如海啸山崩，周围齐涌来千军万马。北院枢密使耶律安抟银盔银甲，一马当先，如同子龙再世；两院大王洼、吼二人虬须黑面，虎背熊腰，直若哼哈二将光临。数万名将士高声呐喊着："投降不死！抵抗必杀！"凶神一般逼向前来，像一片蠕动的火海，越来越近，眼看着将到跟前。

耶律安端至此方知事泄，不禁恼羞成怒，大呼之曰："萧翰小儿，竟敢骗我！与其束手就擒，不如鱼死网破！来呀！将士们，跟我冲啊！冲出去！"说完拍马舞

铁与血的征战：大辽王朝

枪，就往前抢。

话音未落，只听对面一人哈哈大笑，声震夜空。安端仔细观之，乃是北府宰相耶律屋质。只见他羽扇纶巾，长髯飘飘，笑容满面，二目生辉，真乃孔明再世，孙武重生。正待发问，忽听屋质高声喝道："豺狼本性！蛇蝎心肠！死到临头，还敢反抗？来人哪！给我拿下！"声落人到，只见一个黑影，"嗖"的一声，如同一片树叶，轻轻落在安端身后的马鞍桥上，顺手拔出安端的佩剑，立即架在安端的脖子上，一声断喝："谁敢乱动，我先杀了他！"声音清脆悦耳，宛若燕啭莺啼，分明是个女人。众人视之，却是女营详稳清云。她不知什么时候，已混入东丹国叛军之中，悄悄藏在了安端的身后，听到屋质的号令，这才出手制敌。

安端虽然身经百战，武艺高强，但是清云的动作也太快了！简直如神似鬼，令他猝不及防，只好乖乖下马，束手就擒。手下两万多人马，顷刻间"噼哧、啪嚓"，兵器扔了一地，全部跪下举手投降。一场叛乱就此瓦解。

次日早朝，耶律屋质公布了这场叛乱的原委，群臣闻之皆怒不可遏。因为萧翰是一错再错，屡教不改，又策划叛乱，阴谋弑君，众皆要求将其斩首，以儆效尤。安端因是四帐皇族之后，又是世宗皇帝的叔祖父，白发飘飘，泪流满面，叩头滴血，求饶不止，世宗甚怜之，曰："汝曾数次反叛，早已恶贯满盈。千刀万剐，亦不为过。但太祖生前却不曾杀汝，我也不做这个恶人。就贬你为庶民，回家养老去吧！"安端千恩万谢，叩头退下。但他回家后噩梦连连，食宿俱废，不久郁郁而死。阿不里因是世宗胞妹，群臣念其初犯，为之求情，得以免死，下在狱中。但她自感羞愧难当，不久绝食而亡，一缕香魂追随她的丈夫萧翰去了。令世宗难受多日，痛苦不已。

世宗耶律阮即位两年多来，虽然国内叛乱不断，令他心力交瘁，寝食不安，但他一天也没有忘记南进中原，夺取天下，像他的叔父耶律德光那样，做全中国的大皇帝，开创大辽国的新纪元。因此，在平息了两场叛乱之后，他就立即转过身来，多次巡察军队，现场指导训练，积极筹办粮饷，策划进军路线，迅速做好了南征的一切准备。

这期间虽然仅仅过了两年多的光阴，但是中原的局势已经发生了天翻地覆的变化。当年太宗率军在开封北撤的时候，河东节度使刘知远就已在晋阳立国称帝。太宗在中途病故以后，开封留守萧翰弃城北归，刘知远趁机进入开封作为都城，同时派兵收复黄河以北大部分地区。对各地节度使及契丹旧部一律采取安抚的办法，只要拥护刘汉政权，即可官任原职，因之各地望风而降。天雄军节度使杜重威握有重兵，先降后叛，后来被隐帝刘承祐所杀。李守贞就任护国军节度使，暂免一死。

此时辽军大将麻答奉命镇守恒州，见朝廷忙于平叛而无暇南顾，刘知远又派大军来攻，遂放弃恒州北走定州，与守将耶律郎五合兵一处，在此坚守。不久见刘汉数路大军兵临城下，无奈又弃定州北还。至此，河北中南部大片地区均被收复，刘汉政权进入鼎盛时期。

只可惜刘知远好命不长，他只当了一年多的皇帝，便因病在乾祐元年（948）一月去世，其次子刘承祐继位，是为汉隐帝。刘承祐这个人生性多疑，不善理政，却又偏信谗言，擅杀无度，致使后汉朝廷君臣不和，将相猜忌。

消息传到上京，耶律阮便有心伐汉。恰好这时南唐皇帝李璟派来使者，约大辽出兵南征，与他两下夹击后汉，得胜后平分疆土。耶律阮闻之大喜，便想御驾亲征。奈何此时国内动乱，只好派北院大王、于越耶律洼代劳，率领两万骑兵出南京，过涿州，越泰州，直取定州。一路斩关夺隘，所向披靡。不久拿下内丘，围困邢州（今河北邢台），邯郸告急，开封震动。

后汉朝廷闻辽军突袭，急调枢密副使、大将军郭威引兵拒敌。郭威带领一万人马火速赶到邢州，恰好辽军正在攻城。郭威一马当先，杀入敌阵，部下将士亦呐喊相随，一时辽军大乱。耶律洼见状不敢怠慢，急忙放弃攻城，先打援军。两军对垒之时，那郭威手使一根浑铁大棒，足有二百多斤重，横冲直撞，无人能敌。耶律洼连派四将与之厮杀，皆不到两三个回合，即被郭威砸成肉饼。耶律郎五见之大怒，催马向前，以锤对棒。两马相交，擦肩而过，只听"啪嚓"一声巨响，耶律郎五大锤落地，右膀险被郭威砸碎，右手五指震开，血流不止，耶律郎五在马上晃了几晃，"哇"的一声，一大口鲜血吐出，吓得惊慌伏鞍而逃。

主帅似虎，将士如狼。郭威率领的这一万铁骑，人人奋勇，个个争先，如一阵狂风暴雨突然袭来，打得辽军抵挡不住、死伤惨重。此时邢州城内又有汉军杀来，耶律洼见势不妙，只好下令撤军，在内丘以南扎下营寨，以图再战。后来打听到南唐并未出兵，而后汉援军又接踵而至，似有将辽军合围之势。耶律洼临机决断，迅速带人马撤回南京，自己直接去临潢向世宗报告。耶律阮气得暴跳如雷，大骂李璟不得好死。

大辽天禄三年（949）九月，世宗皇帝耶律阮召集群臣，商议对后汉用兵一事。北院枢密使耶律安抟出班奏曰："我朝刚刚平息安端之乱，余党尚在清查之中，国内并不稳定。况此时南朝并无良机可乘，缘何要在这时用兵？不如观其动向，待其生变，再作良图。"

世宗本来对耶律安抟言听计从，唯独在南征问题上十分执拗。他摇摇头说："爱卿此言差矣！叛乱不是平息了吗？即或剩下几条小鱼小虾，还能掀起多大风浪？什么叫作没有良机？那机会不是人创造的吗？"遂不听安抟之言。其他大臣见皇上如此固执，便都不再言声。耶律阮遂下诏，命耶律洼和耶律吼率两万铁骑打头阵，再次突袭中原。自己率主力十万大军随后跟进。

耶律洼和耶律吼二人率军沿冀鲁边界，突飞猛进，直插清河，迅速拿下贝州高老镇（今河北清河县南），然后挥师在南宫、堂阳（今河北新河县西北）和深州一带抢劫。辽军擒拿后汉深州刺史史万山，俘虏冀州刺史刘天龙，二人部下两万多人马悉数投降。消息传到开封，隐帝惊慌失措，急命郭威再次引兵拒敌。

郭威奉命从澶州赶至堂阳，在南宫北与辽军相遇。郭威率领的一万铁骑一律红衣红甲红色战马，一律挥舞着深红色的浑铁大棒，"嗷嗷"大叫着从远处冲来，就如一大片烈火烧至，又似一阵阵炸雷轰响。辽兵见了，先生畏惧，及至相接，非死即伤。辽军的马刀几乎全被大棒磕飞，那些战马有不少被大棒砸死。吓得辽军将士掉头就跑。辽将耶律旋奉命断后，被郭威赶上一棒，将其头颅砸碎。耶律洼、耶律吼率几十员战将前来围攻，顷刻间被郭威砸死七八个。余者心生畏惧，不战而逃。辽军大败，丢下无数抢来的财物，仓皇北撤。

世宗耶律阮闻听前方兵败，勃然大怒："多少年来，我契丹铁骑驰骋中原，如进猎场，横行泰来，谁敢阻挡？难道如今这刘汉朝廷就反天了吗？"他又听说有一员战将猛如天神，身高过丈，力大无穷，万人不敌。其手下将士皆身带烈火，行走如风，似同天兵天将。"难道是火德星君下凡了吗？"世宗心中不服，必欲引兵一回，被众将一齐劝阻。耶律安抟说道："我军刚刚惨败，损失十分严重。敌方气势正盛，正欲寻我死战。此时应该暂时规避，不可与之争锋才好！"耶律阮摇头不听。

耶律屋质此番随军出征，这时说道："胜败兵家常事，陛下何须在意？汉军偶有小胜，乃因未遇高人。若陛下亲蹈前敌，汉军必败无疑。有什么了不起？不过我军刚刚撤回，还是应该暂时休整一下才好！"世宗闻之方转怒为喜，命令暂且退兵，稍作休整，补充粮饷，再图南进。但因不久背生双疽，迟迟不愈暂时作罢。

天禄四年（950）十月，秋高马肥。世宗耶律阮背疾早愈，遂亲自率军六万南下，北汉军队望风而逃。辽军直捣巨鹿、南宫、内丘等地，逼近邢州。后汉朝廷枢密使郭威早有准备，待放辽军长驱直入，进到河北南部之后，先秘密派一军北上，切断辽军退路，然后与养子柴荣各领一路人马，北上御敌。西路柴荣率领的两万人马，出邢州北击内丘，从侧翼对辽军实行攻击。东路由郭威率领的两万人马，出邯郸北击巨鹿，在正面迎击辽军。郭威自领的先头部队，在巨鹿北关亭寨与辽军遭遇。当时郭威身边只有一万人马，而辽军却有四万之众，双方众寡悬殊，辽军优势明显。世宗自觉胜券在握，信心百倍。不料辽军连出四将，皆被郭威大棒砸死，连两个回合都没有走成。世宗大怒，马鞭一挥，辽军数万骑兵一齐杀了过来，两军立刻战在了一起。辽军虽多，但汉军凶狠，一时难分胜败。特别是郭威带领的虎贲亲军，这一千名壮士像股铁流，所向披靡，不可阻挡。

混战之中，郭威冷眼观看，见辽军越战越多，援兵接踵而至，己方将士虽然英勇，但多被辽军死死缠住。如僵持下去，必凶多吉少。这时他见不远之处，一人金盔金甲，坐骑黄马，手执马鞭，比比画画，正在与身边的将领们说着什么，想必就是大辽国的皇帝了。于是他怒吼一声，如同炸雷，手舞大棒，直向世宗杀来。沿路的辽军将士抵挡不住，非死即伤。郭威这一哨人马似虎蹚羊群，转眼间已快到世宗的马前。耶律屋质忙令放箭，但倏忽之间，距离太近，郭威拨打雕翎，瞬间已到跟前，大棒高举，直向世宗头上砸去。吓得耶律安抟急舞双刀向前拦住，被郭威一棒下去，砸死战马，安抟落地滚而逃生。

世宗耶律阮见情况危急，并不着慌。他久战沙场，武艺精熟，忙绰起长枪来迎，那丈八长矛的枪尖直奔郭威的咽喉扎去。但郭威并不躲闪，奋力一棒横扫过来，将那柄黄罗伞砸得粉碎，那杆长矛也不知飞到哪里去了。世宗只觉得双手发麻，肩膀酸痛，摇晃了几下，险些跌下马来。正当郭威的大棒再次举起的时候，耶律洼率数人匆匆赶来，奋力将郭威等人截住，世宗才得以被部下匆匆救走。皇帝受伤，军无斗志，耶律洼不敢恋战，下令撤退。辽军北走一百多里，方敢停住休息。此时西路耶律吼所率辽军亦被柴荣设计击退，父子俩正乘胜追击，奋力赶来。世宗这时才知汉军的厉害，不禁倒吸了一口凉气，无奈下令撤军。至此辽军将士一听说郭威和红甲军到了，立刻闻风丧胆，掉头就逃。

那么这位后汉的红脸将军是何许人也？为什么会这般厉害？在这里需要向读者们交代一下。

郭威，字文仲，本姓常。唐天祐元年（904）生于邢州，母亲姓王。传说其母婚后十年未育，后来回娘家时到陕西文王庙上香，夜梦姜子牙授神珠而孕，十六个月后生下郭威。郭威出生时手脚奇大，哭声响亮，引来众多鸿鹄绕屋飞翔。且通体赤色，夜放红光，令人称奇。郭威三岁时父亲病故，随其母改嫁来到郭家，遂改为姓郭。五岁的时候母亲去世，郭威成了孤儿，由姨母抚养长大。虽然家道贫穷，难以度日，但郭威不仅非常勤奋，而且极为刻苦。他除了帮助姨母种田劳动维持生计，还利用空闲时间读书习武，扶助孤寡。九岁时得异人传授兵书战策，又教他学会了一套棍法。郭威细心揣摩，勤学苦练，自是知识倍增、功夫猛进。

郭威长大后虎背熊腰，身高过丈，面色赤红、虬须络腮，往人前一站，就像一尊铁塔。更兼武艺出众，膂力过人，手使一根浑铁大棒，有二百二十六斤重。胯下一匹汗血宝马，是他在搭救一位义商时客人所赠。他十八岁时从军，投奔潞州节度使李继韬，由于作战勇猛，很快升为牙将。不久娶后唐宫嫔柴氏为妻，又将柴氏的侄子柴荣收为养子。柴荣是柴氏的哥哥柴守礼的儿子，自幼聪明绝顶，长大后深通韬略，既通经史，又有武艺，而且极为勤奋。父子二人皆在李继韬帐下为将，日子过得既平稳又滋润。

刘知远起事称帝以后，郭威随李继韬归顺了后汉，由于作战英勇，武艺超群，很快被刘知远擢为部将，担任侍卫亲军都指挥使。刘知远进入开封，又任命他为枢密副使，成为得力的心腹战将。

郭威由于出身贫寒，投军时又从当兵做起，因而非常了解下层百姓的疾苦，深知士兵的不易。为将后常与士兵同甘共苦，同吃同住，战时身先士卒，冲锋在前。如有士兵负伤，必去问寒问暖，送饭送药，有阵亡者必多送些抚恤银两给其家属。郭威带领的士兵军纪严明，不扰百姓，禁止在军中喝酒、赌钱，禁止奸淫民女，禁止抢劫财物。他的部下爱将李存审违禁狂饮，表弟安若堂调戏民女，均被他当众斩首，因此他带领的军队很得民心。郭威又与柴荣一起，亲自训练出一支忠实于自己的"红衫军"，经常与他们在一起摸爬滚打，切磋武艺，勘查地形，演练阵法，很快使他带领的队伍成为后汉朝廷的一支"铁军"。

郭威不但英勇善战，而且通晓兵法，很会打仗。他年轻的时候就读过兵书《阃外春秋》，为将后又经常研读《孙子兵法》，因而日益精进。其养子柴荣雄才大略，识见高远，足智多谋又极会用人，常帮助郭威设良谋、出奇兵，克敌制胜。因而父子俩在中原威名远扬，是后汉朝廷唯独两个能够打败辽军的人。

正当郭威父子在前方浴血奋战的时候，后汉朝廷却发生了严重的内乱。隐帝刘承祐这个人不仅生性多疑，而且心狠手辣。他晚上在宫中睡觉的时候，听到不远处传来军器坊里叮叮当当的响声，就以为有叛军在夜里杀来，下令将正在劳作的工匠们杀死。隐帝还特别喜欢阿谀奉承之言，厌恶忠贞正直之谏，因而对侍工都指挥使史弘肇，枢密使郭威、杨邠以及三司使王章等人并不满意，而对谄佞之徒李业和阎晋卿等人却极为宠爱。李业一日对隐帝说："史、杨、王三人把持朝政，郭威父子又兵权太重，陛下已经被他们给架空了。哪一天他们若内外勾结起来，那陛下就不仅要丢掉江山，恐怕连性命都难保了！"

隐帝刘承祐听后觉得有理，一连几日辗转反侧，夜不能眠。他越想越觉得李业说得对，越想越觉得自己危险，甚至有几次从梦中惊醒，感到钢刀就架在自己的脖子上，于是下决心除掉四人。他与李业、阎晋卿二人密谋，趁史弘肇、杨邠和王章上早朝之机，令武士埋伏于路旁，将三人活活砍死。同时又传下密诏，令邺都行营马军都指挥使郭崇和步军都指挥使曹威，杀掉郭威父子和监军王峻，以彻底斩草除根。

郭崇和曹威二人都是郭威的部将，接到密诏以后，二人一合计，即以议事为由，将郭威请入马军大营。郭威落座饮茶，二人寒暄已毕，即将隐帝密诏拿了出来，送与郭威观看。郭威看过之后，面不改色，微微一笑，对二人说道："皇上鼠肚鸡肠，身边群小生事，我早就料到会有这一天了，只是没想到来得这样快。辽军随时南下，他们就敢下手？也没到卸磨杀驴的时候哇！？这都是李业和阎晋卿等人的奸计，他们这是想要亡国呀！罢！罢！罢！史、杨、王三位大人已经先走了，我又何必独生？如果二位想奉诏立功，就把我的首级拿去！"说罢双眼一闭，引颈受戮。

郭、曹二人慌忙跪倒："大帅说哪里话来？你我兄弟共浴沙场，情同手足。大帅待我等恩重如山，早已誓死相随，岂是昏君奸臣离间得了？兄弟们愿与你荣辱与共，同生共死！"

"荣辱与共，同生共死！""追随大帅，万死不辞！"大帐外不知何时聚集起数百名将领，群情激奋，气壮山河。

这时帐外有人喊道："昏君无道，保他何用？杀回开封，除掉奸贼！"一人领头，万人呼应，同仇敌忾，斗志昂扬。

见此情景，郭威决定听从柴荣的建议，以"清君侧、除佞贼"的名义，回师开封，为史、杨、王三位大人讨回公道，报仇雪恨。大军到达开封城下，将士们便嚷着马上攻城。柴荣劝道："战端一开，将士流血，百姓们亦必无辜受害。我等正义之师，岂为不义之举？不如先发书信，做到仁至义尽。如此则奸贼必孤立，民心必归矣！"郭威遂听其言，亲自修书一封，命校尉曹实送进城去。

隐帝刘承祐见兵临城下，慌了手脚，及至看了郭威的书信，方知是只为除奸而来。并无其他用意，心情稍安。没想到与群臣一商议，李业和阎晋卿先后上奏，说郭威是"假清君侧，实为造反，带兵逼宫，意在自立"，说将士们是"无法无天，目无君父，他们还把皇上放在眼里吗？"逼迫隐帝刘承祐下诏，让郭威一人进城面谈。郭威闻讯欲只身前往，诸将跪而不允。郭崇和曹威甚至哭着劝道："大帅不为自己的生命着想，难道不为全军将士和天下百姓着想吗？"柴荣也劝郭威不能前往。

李业和阎晋卿等人见郭威迟迟没有回话，即刻派人捉拿了他和柴荣的家人，将他们一起绑缚城头，企图以此逼迫郭威撤军。郭威在城下跪而泣曰："文仲青年投军打仗，追随先帝驰骋沙场，生死早已置之度外，拳拳之心可昭日月。今痛三公被害，故而回师除奸，耿耿情怀，可对上天，只为社稷，岂有他哉？请陛下念我忠贞不贰，放过家人，末将不胜感激之至！"说罢叩头滴血，流泪不止。

老丞相冯道在城上看了大呼曰："郭威御辽有功，国家栋梁，忠贞坦荡，何罪之有？陛下快放了他的家人，不要逼反将帅，丢了江山哪！"

隐帝闻之心中一震，正想下令放人，却不料李业等人见势头不好，匆忙命刀斧手立即行刑，将郭威家人五十多口全部杀死，把首级悬挂在城墙之上。柴荣的妻子和三个儿子也同时遇害，郭威心痛得当时就昏了过去。郭崇和曹威等将士们气愤万分，当即奋力攻城。守城的泰宁军节度使慕容彦超同情郭威，放弃抵抗，率军逃往兖州去了，郭威率军进入开封。隐帝刘承祐这时才知做错了事，大呼曰："李业害我！李业害我呀！"率百余人出城逃跑。次日清晨，在开封城郊被郭威部下将士擒住。李业和阎晋卿当场被砍成肉酱，隐帝则被他的侍卫郭允明割下头颅，到城中邀功去了。

郭威进入开封以后，直接入内宫觐见李太后，申明事情原委，请示立谁为帝。李太后沉吟片刻，提议立徐州节度使刘赟。刘赟乃是刘知远弟弟刘崇的儿子。郭威诚请老丞相冯道出面，带人去徐州传达太后旨意，迎请刘赟到开封即位。新皇帝未到之前，郭威请李太后临朝听政，决断大事，日常军政事务由他与群臣处理，郭威的做法受到朝野上下一致赞誉。此时北方边境告急，说辽国又在兴兵南侵。郭威遂奉太后谕旨，又带兵到前线御敌。

后汉乾祐三年（950）十二月一日，郭威率军离开京师，十六日到达澶州北城，部下将士发生哗变，大家吵闹着停止前进，声言不愿再为刘氏朝廷卖命。郭威到军中耐心解释："大敌当前，国家有难，抵御外侮，匹夫有责。诸君不为朝廷卖命，也要为百姓着想啊！何以他事相扰之？"遂派出探马到前方侦察敌情，命全军在此休整三日，再做定夺。

二十日清晨，郭威下令出发。未等郭威走出大帐，将士们便都蜂拥而至。上百名战将以郭崇和曹威为首，不由分说，将一面黄旗披在郭威的身上，然后跪下来，请他称帝。十几万将士山呼万岁，群情激奋，声震云天。郭威急得红头涨脸，一再推辞，但众将领不依不饶，叩头不止。将士们裹胁着郭威掉头南进，向开封进发。

北征大军突然返京，令开封震撼，群臣慌乱。留守京师的枢密使王峻是郭威密友，此时见机行事，马上命侍卫马军指挥使郭崇率军驰赴宋州（今河南商丘），名为保护圣驾，实际上是把刘赟监视起来，囚禁在宋州了。李太后见事已至此，已知道是刘家对不住郭威，为了保全性命，遂交出传国玉玺，发布诰命，主动把皇权让给郭威，率宫中全体妃嫔及百官出宫觐见。郭威好言相慰，妥善安置，未杀一人。遂在众将拥戴之下，于次年正月，在开封即皇帝位，国号为周，史称后周，立年号曰"广顺"。同时任命了文武百官，宣布大赦天下，晓谕万民，中原一片欢腾。

郭威即位以后，刘赟的妃子张氏在徐州举事，约河东节度使刘崇在晋阳起兵，企图东西合击开封，与郭威逐鹿中原。郭威闻之，胁迫刘赟给其父亲和妻子写信，劝其退兵和解。刘赟不从，并且绝食而死。

刘赟的父亲刘崇在晋阳闻听其子已亡，悲痛欲绝，当即宣布在晋阳称帝，国号为汉，史称北汉。刘崇誓与郭威不共戴天，血战到底。但北汉只有十一州的土地，疆域狭小，国力很弱，物资匮乏，兵微将寡。他自知不是后周的对手，于是称帝以后，立即与部下计议生存之道。

大将石崇环是沙陀族人，建议刘崇效仿当年的石敬瑭，则大仇可报、后周可灭也！刘崇细问其故。石崇环说："郭威虽然骁勇善战，兵多将广，国力强大，地域广阔，但若与大辽国比较起来，还是要稍逊一筹。他所忌惮者，大辽国也！臣闻郭威称帝之时，为防辽军南进，坏其好事，曾主动派使入辽，答应每年奉送十万缗钱，换取两家罢兵，但耶律阮没有答应。依微臣看来，辽人旧恨未消，窥伺中原已久，必会再度兴兵。若我朝每年奉辽十万缗钱，再以父子相称，则辽人必然相助。如此不仅安然无恙，尚可复刘汉之大业也！"

刘崇闻之有理，刚想点头同意，谋臣宋琰表示反对："石敬瑭甘当儿皇，臭名昭著，最后落得个内外交困，国破家亡，陛下岂可效仿于他？"但刘崇实在咽不下这口恶气，遂不理会宋琰的劝谏，仍同意以侄下称之，派使者入辽洽谈。

辽世宗耶律阮接见了北汉的使臣，观看了刘崇的书信，然后与群臣商议对策。两院大王及一班武官均一致同意出兵，认为机会难得，好比当年太宗之取十六州也，必能旗开得胜，马到成功。多数大臣亦赞同南征。

北府宰相耶律屋质表示反对，他摇摇头说："北汉虽有诚意，但它没有实力。我军虽然强大，但出师没有理由。刘崇此番派人前来，无非是想借助钟馗，欲打恶鬼而已，不过是想报他一己之仇，岂有他哉？我朝将士又何必与人为枪、替他流血？我观郭威乃当世豪杰，不惟勇武绝伦，而且雄才大略，办事伸缩有致，深得民心、军心。其子柴荣足智多谋，极会用兵。父子俩绝非当年的后唐李从珂能比，现下的时局也不是那种有利的气候。如今后周拥有战将千员，精兵二十几万。尤其是'红衫军'勇不可当，战无不胜。我军前番南下，已经吃亏不小，岂可再擅自兴师，徒招落败之辱？况我朝叛乱刚息，局面尚未稳定，正宜上下同心，确保国泰民安，这才是头等大事。至于南征，当窥伺良机，再图进取。"

耶律屋质的一番话说得入情入理，有根有据，得到了多数大臣的赞同。但两院大王和那些武将不爱听了，七嘴八舌地说："郭威是勇冠三军，难道说我们怕他？""红衫军怎么了？下次见面灭它！""这不是长他人志气，灭自己威风吗？何必这样？""有北汉合兵相助，此番出师必胜！"，等等。

世宗耶律阮听后坚定地说："各位不必说了！南进中原，是我夙愿。再图大业，是我梦想。就是没有北汉相助，我朝也应该择机而动。我们就答应刘崇的请求，与他合力南征。请两院大王调集人马，两府宰相筹集军备，候我圣旨，近日出兵。"随后宣布散朝。

耶律屋质闻之长叹一声说："知其不可为而为之，恐必受其害也！"安抟亦然。

且说辽世宗耶律阮不听耶律屋质之劝，执意南下用兵。于是派遣燕王牒閤和南院枢密使高勋为特使，来到晋阳，宣诏册封刘崇为"大汉神武皇帝"，两家签订了政治和军事协约。北汉刘崇正式答应称侄皇帝，每年向辽国奉送十万缗钱。辽国则承诺视北汉为附属国，对其安全进行保护。同时两家约定合兵南进，消灭后周。

辽天禄五年（951）九月，秋高马肥。辽世宗耶律阮拜罢神山，又拜祖庙，然后亲率大军十万，从九十九泉（今内蒙古自治区集宁以西）出发。行前杀青牛白马祭祀天地，与将士喝血酒誓师南征。大军一路浩浩荡荡，军容极盛。世宗皇帝踌躇满志，意在必得。殊不知，一场天大的灾难突然发生了！

这场意外的叛乱是由辽国皇族耶律察割阴谋发动的。察割是耶律安端的儿子，是太祖耶律阿保机的堂侄，也是当今皇帝耶律阮的堂叔。因为本是皇族贵胄，又在恒州时拥立有功，世宗在即位后即封其为泰宁王，地位极为显赫。不久又因为在驸马萧翰的二次叛乱中，主动揭发其父安端的罪恶，并且大义灭亲，动手斩杀了安端留在上京的同党，把堂侄耶律安遯等四人送进监狱，因而受到世宗的倍加信任，擢其为左皮室军的详稳，掌握了皇室宿卫的大权。

对于耶律察割的反常行为，屋质当时就提醒世宗："察割阳奉阴违，反复无常，绝非是真心事主以忠，乃是有大野心包藏于其内也！微臣曾暗暗观察此人，脑后有反骨，两眼露凶光，常常皮笑肉不笑，言不由衷。数次谋反，均能脱逃，关键的时候连生父都能出卖，这样的恶狼能够效忠朝廷吗？不如及早除之，或贬到远恶军州，方为上策，以免将来成大患也！"

但世宗耶律阮认为察割有功，举报其父，诛之不义，杀之不仁。他对屋质说道："察割大义灭亲，古之少有。紧要关头宁舍其父，不舍其君，这样的忠臣到哪里去找啊？我为什么要流放他？浪费人才呀！"遂不听屋质之劝。屋质叹曰："陛下弄蛇为宠，养狼为患，迟早身受其害，要吃大亏呀！"

世宗虽不听屋质之言，但感其忠心为己，乃命其兼任右皮室军详稳，与察割分管宿卫亲军。耶律屋质遂小心谨慎，尽职尽责，处处提防察割，以防不测发生。

天禄五年（951）九月四日，辽国大军行至归化州（今河北宣化）祥古山。因为生父耶律倍当年在瑞州担任节度使，被后唐末帝李从珂杀害以后，尸骨曾经初葬于此，所以耶律阮触地生情，当天下午即与其母萧氏在此停留，共同祭奠了东丹王耶律倍，然后命令在火神淀扎营。当晚，世宗宴请群臣及众将，由于心情不好，很快就喝得酩酊大醉，被侍卫扶回寝帐休息。大臣们也都喝得不少，俱各自回到营帐安歇。军营中月牙初上，漆黑一片，十分寂静。

话说耶律察割自打其父安端叛乱事泄，自己被迫揭发同党自保以后，就暗暗下定了决心，一定要汲取父亲的教训，不反则已，若反必成，必须要置耶律阮于死地，为父亲安端、堂弟刘哥等死亡将士报仇。察割出身于叛乱之家，见多了蝇营狗苟、阴狠毒辣之事，磨炼得比安端更善于伪装。他一方面博得世宗的信任，一方面拉帮结伙，暗结同党，伺机举事。在本次南征途中，他随皮室军陪王伴驾，就时刻寻找着下手的机会。今晚见世宗酒兴正酣、群臣畅饮，他便趁无人注意，悄悄溜了出来。走近皇帝的金顶大帐，对担任警戒的亲军侍卫们说："白天行军，夜晚宿卫，将士们连日辛苦，都下去轮流喝几杯吧！"侍卫们见是皮室军详稳，毫不怀疑，当即下岗去后帐饮酒。察割趁机把大帐警卫全换上了自己的心腹之人。世宗及所有身边之人均喝得烂醉，谁也没有一点儿察觉。

当晚夜半时分，辽军大营中一片安静，只有偶尔传来的梆子声响，证明有人还在履行自己的职责，但也是形同虚设了。心中有事的耶律察割悄悄起身，唤醒了刚从边境跑回来的耶律盆都，带领数十名亲兵侍卫，像一群索命的幽魂恶鬼，突然闯进了金顶大帐。耶律察割冷笑一声，对正在熟睡的世宗耶律阮说："对不起了，陛下，你去死吧！你是对我不错，但我必须杀你！谁让你是皇帝呢？这皇帝也是你当的吗？换班也该轮到我了！"说罢右手一挥，一声令下，几十名侍卫一齐下手，将世宗皇帝与太后萧氏、皇后甄氏等一百多人全部砍死，命人把尸体抬到后边大帐。

察割占领了金顶大帐，当即命侍卫假传圣谕，让群臣和诸将前来议事。皇上深夜相召，群臣不知何事，待一个个匆匆来到大帐以后，立刻被五花大绑、囚禁起来。察割派人用刀逼着他们签字画押，表示一致拥立察割为帝。接着又迅速地占领了大部分营帐，拘捕了所有随行的家属。做完了这些事，察割对着北方的神山三拜九叩，当着所有被绑大臣的面，宣布自己即位为帝，并逼着这些大臣带着绑绳，向自己山呼万岁，跪行大礼。这种滑稽的即位场面亘古未闻，令人啼笑皆非。群臣一时面面相觑，无可奈何。

右皮室军详稳耶律屋质昨晚也喝了不少的酒，但他因为肩负重任，未敢放纵豪饮。宴会结束以后，当即下令增派巡逻队伍，保护皇帝大帐。没想到耶律察割提前动手，早已悄悄换掉了皇帐的侍卫，待屋质派出的巡逻队伍过去之后，才冲进大帐行刺，屋质对此全然不知。待等到夜半以后，闻听皇帝召唤，他似觉事情有异，忙换上一身士兵服装出来察看动静。等到了皇帝的金顶大帐，方知出了大事，一下子心痛得晕倒在地，好半天才爬起来，跌跌撞撞地跑回自己的营帐。

屋质一进帐就痛哭不已，以头触地，鲜血淋漓。他一边哭着一边说道："陛下呀陛下！都怨我呀！察割狼子野心，臣下早已看透，怎么就贪杯滥饮、误了大事？是臣下失职，辜负了陛下的信任。臣该死呀！臣该死！"说着捶胸顿足，痛不欲生。

屋质的胞弟耶律冲随军南征，与兄长住在一起，见屋质这样，急忙劝道："陛下已经被害，人死不能复生。兄长虽然有责，但这也不是论罪的时候呀！只有节哀顺变，诛杀叛逆，才是对陛下最好的报答呀！"

屋质闻之恍然大悟，拂袖一跃而起："若非贤弟提醒，险些又误大事！快请寿安王和两院大王过来议事！"耶律冲闻言飞跑而出。

两院大王耶律洼和耶律吼都因昨晚喝得太多，待察割派人通知他们去大帐议事之时，二人均因醉酒没醒过来。等耶律冲亲自进帐去喊，他们才踉踉跄跄地匆匆赶来。屋质着急地对二人说："如今察割反叛，皇帝被害，全军又在南征途中，容不得我们深思细酌，只能临机决断了！我考虑了一下，此时此刻，也只能拥立寿安王，推他带头平叛了！如果等到明早，那天可就变了！"两院大王寻思片刻，表示同意。屋质又让耶律冲去请寿安王。

寿安王耶律璟此时正在酣睡，被耶律冲叫醒之后，急匆匆赶到屋质的营帐，发

铁与血的征战：大辽王朝

现两院大王及右皮室军的将领都在，便睡眼惺忪地问道："发生什么事了？大人夜半召唤小王？"

屋质说："出了大事了！察割发动叛乱，害死了皇上和太后，并捉拿和囚禁了百官，现在已经自称皇帝，正在到处搜捕杀人。百官和将领们的家属也被抓去做人质了！"

耶律璟闻听并未惊讶，只是喃喃地说："他真的动手了？怎么这样快呀？他把我当傻子耍了！原来是想自己称帝！"屋质等人细究其故，耶律璟才说，前两天在行军途中，察割找过他，约他在途中伺机举事，拥立他当皇帝，当时就被他拒绝了。末了耶律璟无奈地说："没想到他自己先动手了！如今木已成舟，那就由他去吧！反正他早有准备，眼下又人多势众，且有人质在手，我们还能怎么样？"

耶律屋质听后着急地说："怎么样？还能怎么样？难道还能让他为所欲为、擅自称帝吗？别看他现在占据主动，但将士们大多不明真相，明白了肯定不会拥戴他。他虽然囚禁了百官和家属，掌控着那么多的人质，但未必就敢动手杀害。大王乃太宗之长子、太祖之次孙，是军中唯一的皇族至尊。如今皇上被害，您是最有资格继承皇位的人。如果您站出来振臂一呼，必将从者如云、军威大振。察割小儿岂在话下？还不是束手就擒？如果大王您不出面率兵平叛，察割若真的当了皇帝，知道您是他反叛的知情者，能轻易地放过您吗？还不得首先就杀了您呀？！"两院大王和诸将也一齐相劝。

寿安王耶律璟为难地说："那你说我们现在该怎么办？我应该做点什么呀？"

耶律屋质接过来说："这个大王放心！我们已经计议停当，一致同意立您为帝，带领大家剿灭叛贼，维护祖宗基业。您只要遵从我们的意愿就好了！"

耶律璟闻之还有些犹豫，屋质向两院大王递一个眼色，立即率众人跪下行三拜九叩大礼，一齐山呼万岁，发誓与之赴汤蹈火，共讨反贼。帐内外的将士们也跟着共同高呼："赴汤蹈火，共讨反贼！""消灭察割，维护祖业！"一时群情激奋，斗志昂扬。寿安王耶律璟为之感染，一一扶起众人，下达了讨贼的号令，与屋质和两院大王率军出发，向察割盘踞的金顶大帐扑去。一时相从者有几万人。

此时察割弑主成功，又囚禁了百官和家属，当众宣布自立为帝，自觉已遂夙愿，美梦成真，不禁有些得意忘形。他穿起世宗的赭黄袍，蹬上皇帝的无忧履，披上黄金甲，戴上紫金冠，扬扬自得地在大帐中来回踱步。他到处翻看着御用之物，样样都让他十分惊喜。他顺手拿起一只玛瑙石酒杯，抑制不住喜悦地对妻子说："这是一件奇珍异宝，应该价值连城啊！"他环顾了一下大帐的陈设，大声地说："这些都是无价之宝，现在这都是我的了！整个大辽国都是我的了！天下的金钱、美女都将归我所有！哈！哈！哈！哈！哈！啊？"察割一下子笑岔了气，呛得咳嗽起来。

察割之妻是库莫奚部奚王的女儿，颇有些见识。她忧虑地说："我怎么会嫁了你这样一个愚蠢的男人！你高兴得也太早了！你的末日恐怕就要到了！寿安王和两院大王都在外面，特别是耶律屋质也在外面，他们会放过你吗？会让你擅自称帝吗？你是他们的对手吗？我预料没有多大工夫，他们就会杀过来了！你的脑袋就要掉了，那些财宝还有用吗？为妻可不愿意在人前受辱，我先去了！在奈何桥那边等你！"

察割闻言大怒："你这个臭婆娘！真是不知好歹！头发长见识短，在你嘴里就吣不出好话来！寿安王就是个小孩伢子，他能干成什么事？两院大王纯是一对笨猪，他们能把我怎么样？屋质倒是足智多谋，但他只是一介书生，事到如今，还能起到什么作用？你就安心当你的皇后吧！"

话音未落，有侍卫进来报告，说寿安王已率大军冲杀过来，现在已将金顶大帐团团围住。察割闻报大惊失色："怎么来得这样快？"急忙奔跑而出。其妻随后拔剑自刎而死。

耶律察割披挂上马，召集部下列队迎敌。及至走出营门举目四望，吓得他几乎掉下马来。只见满山遍野，火把齐明，人声鼎沸，刀枪闪亮，似乎有数万之众。而自己这边，稀稀拉拉，松松垮垮，不但人数不多，而且士气低落，一时不禁有些发傻。再看对面大旗之下，昔日萎靡不振、外表柔弱的寿安王，如今银盔银甲，坐骑白马，手执长剑，意气风发。旁边的耶律屋质羽扇纶巾，紫袍玉带，目光炯炯，气定神闲。身后的两院大王豹头环眼，钢须挓起，手执长枪，怒目而视。两侧的将士们队列整齐，盔明甲亮，拈弓搭箭，蓄势待发。察割一见，自觉从气势上就败下阵来。但他还是装腔作势地喊道："列位爱卿，这是为何？难道你们是来拥戴朕躬、勤王护驾的吗？还不赶快下马见礼！"

耶律屋质一见察割身着帝王的衣甲，气就不打一处来。他立刻鄙夷地答道："让我们给你见礼，你以为你有这个资格吗？你也不撒泡尿照照，你是一个什么东西！你就是个无知的蠢货、该死的笨蛋！是个万人唾骂的跳梁小丑！你敢弑君造反？真是胆大包天，罪该万死！"骂得察割恼上心头，险些背过气去。

屋质说着话锋一转，朗声劝告："对面的将士你们听着，察割造反大逆不道，弑君作乱罪不容诛！如今寿安王已经为帝，知道汝等受人胁迫，乃是身不由己，误入歧途，殊非本意，情实可谅。如果此时放下武器，归顺朝廷，自当既往不咎，免受一死！如若执迷不悟、继续助纣为虐，抓住定斩不饶！"

一言未了，对面的将士闻之，你看看我，我看看你，"噼哧、啪嚓"，纷纷放下武器，跑到寿安王这边来了。一转眼的工夫，察割这边的人马已跑散十之七八，剩下的也都蔫头耷脑、垂头丧气，眼见得叛军大势已去。

察割一见心生毒计，立刻命令把所囚人质带到军前，让士兵们举刀高擎，做好杀戮的准备。然后他声色俱厉地向寿安王喊道："耶律璟！我告诉你，如不马上退兵，给我让开一条回京的大路，我立马全部杀了他们，大不了咱们大家一齐死！"说着吼声如雷，似同怪兽。

寿安王耶律璟一见，顿时没有了主意。将领们因为其家属被押着，随时都可能丢掉性命，所以也没有人主张攻击，队伍一时静了下来。耶律屋质与两院大王对视了一下，一时也没有什么好的办法。那边察割越喊越凶，已经挥刀砍死了两名人质。队伍骚动，哭叫之声不停。寿安王耶律璟见状无奈，马鞭一挥，率军后退五十丈远，但是并没有撤走。

此时察割也非常焦急，难受得如同热锅上的蚂蚁。眼看天就要亮了，如果再过半个多时辰，自己的部下就会跑光，到那时候孤家寡人暴露在重围之中，可就必死无疑了。他正在千方百计地想办法，这时被押解在人质中的一个人说话了，这个人是郡牧都林牙耶律敌猎。他凑过来对察割说："启禀泰宁王，臣有话要奏。您既已宣布为帝，我们都听您的！请您不必着急。我有一个两全其美的办法，不知陛下愿否一闻？"

察割现已无计可施，正在急迫之间，忙问敌猎有什么主意。耶律敌猎靠其马前，轻声说道："古今中外，世间一切万事万物，莫不是不破不立，不塞不流。这是大千世界的基本法则，也是亘古不变的定律。如果大王不除掉耶律阮，那帝位就空不出来。帝位如果空不出来，他寿安王还称什么皇帝？这等于是您给他创造了一个机会，他感谢您还来不及呐！为什么会与您为敌？看眼下这个阵势，不如另辟蹊径。留得青山在，不怕没柴烧。只要大王暂时放弃了帝号，寿安王肯定会放过您。只要过了眼前这一关，大王当皇帝的机会不还有的是？寿安王一个小孩伢子，岂是大王您的对手？合朝上下的皇亲贵族，谁有您这样的胆识和魄力？皇位早晚还是您的！请大王三思。"

察割听完敌猎之言，觉得很有道理。何况眼前不这么做，也只有死路一条了！杀了这些人质又能怎样？自己肯定也活不成了！他不甘心哪！再说了，自己以前不也多次参与过谋反吗？还不都是逢凶化吉、遇难呈祥？敌猎说得很对，只要过了今晚这一关，自己还有的是机会呀！于是他认可了敌猎的说法，低头问道："爱卿言之有理。那么谁愿为使，过去与他们斡旋呢？"

耶律敌猎见察割已经上套，心中暗自高兴。他马上仰头答道："罨撒葛是太宗的次子，是寿安王的胞弟，说话方便，较易成功。如果大王信得过我，我就同罨撒葛一起前去！"

耶律察割马鞭一扬，抬手说道："你们速去速回，不许再玩花样！否则……"他用马鞭指了指被绑的人质，狠狠地说："你们知道后果！我立刻将他们碎尸万段！"

耶律敌猎与罨撒葛来到寿安王的军前，说明了察割的意图，言明只要不究其过，他就愿意放弃帝号，放了百官和家属，转而拥立寿安王为帝。耶律璟与屋质等人商议了一下，认为暂时只能这样，当即答应了察割的要求。并由寿安王写下手诏，邀请察割过帐议事。敌猎和罨撒葛二人立即返回，向察割如实禀报，告诉他说寿安王极为高兴，诚请大王过帐共商大计。

察割到底是个粗人，阴狠有余而胆略不足。他听了耶律敌猎的话，又见了寿安王的手诏，答应让他官复原职，言语之中极为恭敬，一点儿也看不出有加害的意思。于是他把手下之事托付给耶律盆都，自己高高兴兴地来到了寿安王的牙帐。

牙帐内非常安静。门外仅有两个士兵站岗，帐内只有寿安王和耶律娄国两个人。耶律娄国是东丹王耶律倍的次子，世宗耶律阮的胞弟，自小去闾山出家学道，练得功法奇妙，武功精绝，但是从来不问政事，只挂了个节度使的空衔。他平日常与耶律璟在一起饮酒下棋，此时棋盘还放在桌案之上，因此察割并未在意。

因为察割是二人的长辈，进来后大大咧咧地打声招呼，就顺便坐在靠椅之上。寿安王耶律璟极为恭敬，马上端过一碗热茶。察割礼节性地伸手去接，眼无旁顾。站在旁边的耶律娄国从侧面奋力一剑，从察割的左胸穿入，剑尖从后背扎出。察割登时大叫一声，以手指耶律璟说："你……骗了我！你……不得好死！"随即倒在血泊之中。

耶律璟闻之哈哈大笑："弑君逆贼！死有余辜！我得不得好死你是不知道了！我先让你不得好死！"随即上去一剑，割下察割的头颅，命侍卫挂在辕门外示众。

就在耶律璟杀掉察割的时候，按照商定的计划，耶律屋质和两院大王带领大队

铁与血的征战：大辽王朝

人马，迅速包围了察割的大帐。耶律盆都见状不好，还想逃跑，被北院大王耶律洼一箭射死。叛众纷纷缴械投降。屋质解救了百官和家属，捉拿了察割同党二十多人，押至寿安王牙帐。耶律璟毫不迟疑，当即下令全部斩首，将其脑袋挂在辕门外示众。

至此，在耶律屋质和将士们的帮助之下，寿安王耶律璟率众一举平叛，消灭了察割一伙，为世宗和太后报了仇、雪了恨。寿安王命人装殓世宗与太后等人的遗体，率全军将士祭奠以后，派侍卫先行扶柩北归。此时因后周大军已经严阵以待，耶律璟与屋质等人计议以后，命两院大王殿后，率人马悄悄撤回上京。

世宗耶律阮在政变中即位，又在政变中被杀，在位短短五年，时仅三十四岁，令人扼腕叹息。他的遗体葬在医巫闾山显陵，与父亲耶律倍的陵寝相距不远，父子俩到阴间相聚去了，让人无比惆怅。

年仅二十一岁的寿安王耶律璟，率众回到上京以后，接受百官朝拜，荣登帝位，改元应历。群臣上尊号为"天顺皇帝"，即为历史上有名的辽穆宗。从此，辽国进入了一个新的统治时期。

新皇帝耶律璟是个不学无术、胸无大志的人，他对于夺取政权、管理国家没有一点儿兴趣。他这个皇帝是耶律屋质等人硬给推上来的，当时答应为帝也不是为了掌握皇权，只是屋质那一句"不当皇帝就得死"的话吓住了他，使他迫不得已才扛起了平叛的大旗。因此登上帝位以后，对于这个皇帝应该怎么做，他根本就不知道。对于如何治理国家，当然更没有长远打算。开始的时候他还能够天天上朝，封赏有功将士，接见外国使臣，有的时候也参与处理一些政事。时间一长，就感到既辛苦又乏味，觉得比当王爷时难受多了。于是有一天他把耶律屋质叫到后宫，打着哈欠对他说："这个皇帝是你让我当的。如今叛乱也平了，大局已定了，剩下什么事我也不明白，我就不管了！感谢你救了我一命，还让我登上大位。但我实在不愿意当、同时也当不好这个皇帝，今后国家大事就由你去打理吧！"屋质听完，刚想说点什么，抬头一看，耶律璟已经歪过身去，轻轻地打起呼噜来，不由得摇摇头一阵苦笑，无可奈何地走了。

次日早朝，耶律璟还没等群臣奏报，即首先说道："今后没有惊天动地的大事，我就不天天上朝了。我决定任命耶律屋质为北府宰相兼北院大王，主管兵马调动和朝野大事；任命耶律挞烈为南府宰相兼南院大王，主管政教和民间事务。众卿以后有什么紧要政事，找他们二位就可以了，我已委托他们全权办理。"然后未等两位大臣谢恩完毕，已经转身下朝去了，弄得群臣一片愕然。

从此，新皇帝耶律璟把国家大事全推给屋质和挞烈二人，自己便专心玩乐去了。说起来耶律璟的玩法与历代帝王截然不同，后者大多数纵情声色，广纳美姬，吃喝玩乐，胡作非为。而耶律璟似乎有一种怪癖，他对女人不感兴趣。无论多么美貌的女人，他都不会多看一眼。虽然还在他为寿安王的时候，就与内供奉翰林承旨萧知璠的女儿结了婚，但是从来就没有住在一起，几年来也没生育过一男半女。为帝以后，虽然拥有三宫六院数百名妃嫔，按照祖制如数配备，一个不少，但他始终就没有碰过她们。祖母述律平和母后萧氏均曾为此事操过心，催促他纳妾生子，但耶律璟一直无动于衷。后来连臣子们都急了，纷纷上奏。耶律屋质数次提醒他"不孝有三，无后为大"，"不为自己考虑，当为天下着想"，"大辽江山，后继乏人。帝不立嗣，愧对先祖"等等。把他逼得烦了，才于万般无奈之中，派人把流落到民间的堂侄、耶律阮的儿子耶律贤找了回来，收为养子，视同亲生，经常带在身边。母后萧氏和群臣见他如此，只好默认，便没人再说什么了。

新皇帝耶律璟虽然不爱女人，却有四大嗜好出类拔萃，使他在历史上也赫赫有名。一是打猎，二是酗酒，三是睡觉，四是杀人。最终让这四大嗜好断送了他的性命，留下千古趣谈。

耶律璟喜欢打猎，可以说到了痴迷的程度。对于生活在北方草原的封建帝王来说，喜欢打猎纯属正常，不但无害而且有益，可以起到以猎代训、增强军力的作用。但耶律璟则不然，他纯粹是玩，而且玩得十分专业。在一年四季当中，他打猎从不间断，并且每个季节各有重点。

每到春天，绿草复出，鲜花满地，万物充满着一派生机。这时候耶律璟就会带领着侍卫们，浩浩荡荡地开进草原，开始围猎刚从南方飞来的天鹅、白鹤和鸿雁等珍贵禽类。他让所有的侍卫们都穿上绿色的衣装，手持弓箭和飞镖等武器，从四外开始围成一个极大的圆圈，然后逐渐往里收缩，驱赶着那些飞禽猎物。他自己则穿上一套白色的衣服，骑着一匹白色的战马，肩上扛着猎鹰"海东青"，手里拿着硬弩和弓箭，站在中间的高阜之处等候。待到猎物们被驱赶过来的时候，他便适时放出猎鹰"海东青"，观赏苍鹰与飞禽们博斗的场景，发出一阵阵由衷的赞叹声。当猎物被捉住之后，他便亲自拔下其美丽的翎毛，插在自己的头上或者分给将士们，与侍卫们一起载歌载舞，尽情狂欢。玩累了以后，再烤肉喝酒，一直会闹个通宵。

夏天一到，青草疯长，山林和草原开始茂密起来。耶律璟便把侍卫们分成若干支队伍，去草原或山林中，猎取野兔和獐、狍、狼、羊等野兽。早上出发，晚上归来，要比看谁的猎物获取得多，并且会按数量论功行赏。猎物丰厚者会得到许多金银财宝，甚至能得个官做。有个叫挞里的侍卫，就因为有一次一个人猎获了十只狍子，耶律璟一高兴，竟然封他做了西南招讨使。因此侍卫们打猎时均十分卖力气。

秋天山林里色彩斑斓，香气袭人，也是耶律璟猎兴最浓的季节。每年他都要花上许多时日，到山林中去捕获野鹿。上京西北不远之处，有一座大山叫作大黑山，山深林密，风光秀丽，野草丰厚，麋鹿成群，是捕鹿的最佳去处。每年的白露一过，天见凉爽，耶律璟就会率队来到山上，在那里安营扎寨，有时甚至会住上一两个月。

耶律璟对捕鹿很有研究，他发明的"盐鹿法"和"哨鹿法"，百试不爽，至今仍为许多猎户所使用，从而对他赞不绝口。

所谓"盐鹿法"，是因为野鹿们性喜咸。猎人们可在夜半时分，乘着野鹿们睡眠并不知晓的情况下，在山林的空地或者草地上，洒下盐水或者盐末，然后在四周僻静处悄悄地埋伏起来。及至天明，野鹿们出来觅食，循风嗅到咸味，会云舔食草地上的食盐。当野鹿们全神贯注地品尝美食、毫无防备之机，埋伏的猎人们一齐放箭，几乎会百发百中，无一漏网。那些美丽的野鹿会全部丧生，每次的捕获均十分丰厚。

所谓"哨鹿法"，即是让人们穿上鹿皮，戴上鹿角，装扮成野鹿的样子。在夜间月色朦胧之中，潜伏在茂密的草丛里，用木号吹之或用口学鹿叫，发出雄鹿求偶时的声音。雌鹿们此时尚未睡着，听到叫声以后，会认为是雄鹿在发情求偶，于是便纷纷从草丛中跳出来相会，围绕着"鹿人"们徘徊不止，发出一阵阵亲昵的叫声和缠绵的动作。这时，"鹿人们"寻机溜走，雌鹿们余兴未尽，埋伏在周边的猎人们便一齐放箭，或者围起备好的大网。来赴约的雌鹿们十有八九会为它们的爱情而献身。

冬天虽然天气寒冷，大雪飘飞，却是捕获狐狸和野猪的好时机。耶律璟会领着侍卫们忙着挖陷阱、布踩闸、下套子、放诱饵，起早贪黑地忙个不停。好在每年都收获颇丰，有时甚至会猎获到老虎和黑熊，令耶律璟欣喜不已。

耶律璟因为捕猎的高超技巧和杰出成就，被有的大臣吹捧为"猎神"。耶律璟听后并不生气，而是喜笑颜开，得意扬扬。他逢人便自豪地说："你们都知道有天神、地神、山神、水神，听说过有猎神吗？我他妈的就是野兽的克星，是玉帝派来的猎神呢！"人们听后皆哂笑不止。

耶律璟的第二大嗜好是喝酒，严格说来就是酗酒。他是每天必喝，每餐必醉。不论什么时间，什么地点，什么形式，和什么人在一起，他都是来者不拒，恣情豪饮。为了保证酒的质量，他下令在朝廷设置麴院，专门负责酒业管理，为他采买好酒。麴院令这个官衔，相当于当时的户部尚书一般大，是皇帝的一流宠臣，拥有很大的权力。皇帝好酒，下必甚焉。一时上京城里酒坊林立，酒店纷纷。"潢河大曲"名扬天下，"松林老窖"风靡塞北。临潢成为当时天下第一酒都，什么后蜀的"绵竹佳酿"、南唐的"九江玉液"、吴越的"全州大曲"和后周的葡萄美酒，都在这里觅售。辽国的朝野上下，不但皇帝喝、大臣喝、全军将士喝，而且老百姓家家都喝。尤其是以游牧为生的契丹人，更是一餐也不能断酒。甚至连五六岁的小孩子，都能喝下一坛好酒，一时在华夏传为趣谈。

皇帝耶律璟更是率先垂范。他在宫内喝，在宫外也喝。在官员家里喝，到百姓家中也喝。听说谁家藏有好酒，他会不请自来，喝上就没完，直到烂醉为止。喝到高兴之时就会封官许愿，酒醒之后则忘得一干二净。有时也会赏赐大把的金银。有一次他到殿前都点检（禁军总管）耶律夷腊家中喝酒，连喝几天，赏了一大串官衔，几乎把朝廷重臣的官职都赏光了。耶律夷腊知道他说完不算数，于是便笑着说："我不要官衔了！我要真金白银！"

耶律璟闻听此言，右手一摆，不屑一顾地说："这算什么？你要多少？随便！"说完便开口赏赐金银财宝、绫罗绸缎及牛羊车马。五天的狂饮，耶律夷腊得到白银三万两、黄金八千两、锦缎三千匹和牛马五千头，甚至还有一千名奴隶，忙得跟班侍卫不断地去国库支取。尽管后来耶律夷腊把这些东西都退还给朝廷，但是让全国上下都笑疼了肚子。

辽应历十八年（968）正月十五日夜晚，上京城举行灯节庆祝活动。百姓倾巢出动，街里热闹非凡。耶律璟带领侍卫们一路闲逛，根本无意观灯，专心寻找酒馆。这时忽见一家小店对联写着："一流好菜品不够，上等美酒喝不完"，横批是："欢迎再来"。耶律璟心中暗喜，遂带领侍卫们进入店内，坐下来打量了一番，然后笑着问道："店家铺面不大，倒是很有胆量！上京酒家云集，须知天外有天，怎敢如此夸口？"

那酒店掌柜见耶律璟虽然穿戴不凡，但是面黄肌瘦，形容枯槁。尽管带着几名随从，充其量不过是位过路的富豪，于是拍拍胸脯答道："别看店面不大，客官只管喝来！好酒好菜管你够！若是喝光了我的美酒，自当分文不取！"

耶律璟闻听此言，一本正经地说道："此话当真？可否反悔？"

那店家斩钉截铁地说道："君子一言，驷马难追。岂有反悔之理！客官尽管喝就是了！"

耶律璟闻言大喜，当即下令调来一千名亲兵侍卫，把这家小店里里外外全部坐满，街上还排着长队。不一会儿就把这家小店吃光喝垮，吓得店掌柜长跪不起，求饶不止，惹得百姓们都来围观。耶律璟见之哈哈大笑，命令店家摘下对联，自己掌嘴二百下才算了事。

由于耶律璟恣情豪饮，时人皆称之为"酒仙"。耶律璟闻之自嘲地说："人称李太白为诗仙，世皆羡之。今人称我为酒仙，他不及我也！"

耶律璟由于好饮又常醉，便由此形成了他的第三大嗜好——睡觉。他是喝上就醉，醉了就睡，睡醒了再喝。他的最高纪录是连喝九天连睡十日，未曾脱衣解带，没出房间半步，直到这家酒店告饶为止，从此人称"睡王"。耶律璟执政还不过五年的时候，全国上下都知道有个能睡觉的皇帝。百姓家管教自己的孩子，常常会说："瞧你这样懒惰，别长大了像个睡王似的！"一时闻名遐迩。

由于耶律璟玩乐无度又极爱睡觉，所以无暇过问政事。在他为帝期间，一改前几位皇帝动辄南侵的做法，始终采取固守草原的保守策略。耶律屋质和挞烈等执政大臣，本来就反对战争，主张让百姓休养生息。因此在耶律璟为帝以后的十几年间，辽国一直也没有进犯中原，也没有对周边的地区用兵，这就给中原王朝的崛起带来了可乘之机。

此时中原地区的后周是华夏地域最大的国家，皇帝郭威是一位很有作为的君主。自广顺元年即位以来，他内用冯道、王峻等一班能臣为相，外命养子柴荣统率全国兵马。近贤臣，远小人，资贫困，敬孤老。发展农耕，减免赋税，让百姓休养生息；尊重儒学，兴师办教，使人民知礼懂法。经济和文化均很快地恢复起来。郭威由于自己出身贫苦，为帝以后仍非常节俭，从不随便吃喝玩乐、肆意挥霍，因而朝野风气很正。后周显德元年正月，征战了一生的郭威积劳成疾，临去世前留下遗嘱，命养子柴荣继位。

郭威临去世前剩下最后一口气，仍然不忘记统一国家、造福百姓。他拉着柴荣的手，声音微弱地说："我死后赶快安葬，务求节俭，不立石人石马，不要惊动百姓，用瓦棺纸衣就可以了，不要再浪费钱财，不必随葬珠宝。我以前西征时，看到唐朝十八位皇帝的陵园，没有不被掘开的。而汉文帝死后薄葬，他的墓地至今保存完好。你们一定要记住我的话呀！"

郭威说完上气不接下气，喘息了好一会儿才又说道："人死了如同灯灭了，莫要相信巫道的鬼话。不用给我烧纸祭奠了，那都是做给活人看的。你们只要记住我这个人就可以了。请把我的盔甲和弓箭分别葬在过去的战场，作为纪念。你们要记住我的话，勿忘统一国家，时刻想着百姓，才能国祚长久哇！"说着一阵剧烈的咳嗽，转眼间瞑目而逝，终年五十一岁。葬于嵩陵，陪伴他心爱的柴夫人去了。

郭威去世以后，养子柴荣继位。柴荣是个高瞻远瞩、雄才大略的人。他幼读经史，足智多谋，十分精明能干。投军后久战沙场，能攻善守，非常善于用兵，为后周王朝的建立立下大功。郭威称帝以后，他先是受命镇守澶州，防范辽军。继而为开封尹，署理京城政务。不久又升为殿前都点检，统率禁军和掌握全国的军队，是郭威的得力助手和最信任的人。

柴荣即位以后，厉行政治改革，重用贤明官吏；打击贪腐之风，完善科举制度；大力发展农耕，减免百姓赋税。同时又裁撤寺院，使上百万僧尼还俗务农。他还亲自安排治理黄河，兴修水利工程。时常到军队之中，指导训练活动。从而使经济得到迅速发展，社会一片稳定，国力、军力都有明显增强。

经过几年的励精图治，柴荣感到时机成熟，他决心实行先南后北的策略，完成先帝郭威的遗愿。从后周显德三年（956）正月到显德四年十月，柴荣曾经三次御驾亲征，攻占了南唐割据的淮北地区，取得了十四州、六十县的大片土地和二十多万户人口，直接打到了扬州一带，迫使南唐纳贡称臣，向后周交纳银十万两、绢十万匹、钱十万贯、茶叶五十万斤、米二十万石作为犒军之费。南唐尽失江北之地，在金陵无法立足，只好把都城迁到南昌。在此之前，他还派大将赵匡胤攻下后蜀的秦、凤、成、阶四州（均在今甘肃境内），稳定了西部边境。

在取得对南唐、后蜀的胜利之后，经过两年多的充分准备，于显德六年（959）三月，周世宗柴荣率军北伐，决心收复燕云十六州的土地。他命侍卫亲军都虞候韩通和步军都虞候王景，分水陆两线运送粮草。自领大军十万北出澶州，迅速向辽国边境猛扑过去。

当年四月，柴荣率军到达沧州，挥师直逼边关。人喊马嘶，声势浩大，士气高昂，不可阻挡。辽国宁州刺史、汉人王洪首先开城投降。周军入城后秋毫无犯，纪律严明，深受百姓欢迎。柴荣率军马不停蹄，直扑益津关（今河北霸州），辽军守将佟延辉不战投降。消息传到南京，主持幽燕军务的南京留守萧思温惊慌失措，无计可施。一面急向上京报告，一面下令各地坚守。

不久，后周大将赵匡胤夜袭得手，顺利攻下瓦桥关（今河北雄县），辽军守将姚内斌被擒投降。接着世宗柴荣率得胜之军顺手牵羊，又拿下淤口关（今河北霸州东），兵锋直逼固安、涿州一线。莫州（今河北任丘）和瀛州（今河北河间）两地辽军几成瓮中之鳖，汉人刺史刘楚信和高广晖被迫开城投降。周军出师仅四十多天，就兵不血刃大获全胜，轻取三关，连下三州，收复十七县之土地，得十万八千多户人口。

四月下旬，西线周军孙行友部从定州北上，迅速攻下易州，活捉易州刺史李在钦。大将张藏英也乘机夺取了固安。后周大军从西、南两面逼近南京，大有轻取幽燕、收复晋北之势，辽军一片惊慌。

消息传到上京，大辽全国震动。此时名臣耶律屋质因为屡次上奏，劝谏耶律璟不要玩物丧志，遭到耶律璟的嫉恨，被贬到山西守边去了。耶律洼和耶律虎均已去世，耶律安抟也病得不能下床。朝中的大臣们多数没有主见，一时半会儿也拿不出什么好办法。南京留守萧思温见告急文书早已发出，但是迟迟没有动静，只好亲自跑回上京，直接觐见穆宗皇帝。耶律璟当时正在喝酒，听了萧思温的报告，不以为然地说："三关本来就不是我们的地方，何谓丢失？燕云之地都是后来得到的领土，尽是些山峦丘陵，要它何用？周人愿意拿走，那就随他去吧！"群臣纷纷上表，众将纷纷请战。耶律璟说："回去吧！吵死了！守住我们的国界就行了，要那么多地方干什么呀？纯是没事找事！"众人听后郁郁而退。萧思温无奈，只好匆匆地赶回南京。

此时大辽国可谓君昏臣庸，军无斗志。而后周军这边却是上下一心，士气高昂。燕云百姓见之受到鼓舞，纷纷请求周军北进，直捣南京。五月二日，周世宗柴荣在军中大摆宴席，犒赏诸将。席间，柴荣频频敬酒，英姿勃发，豪迈地宣布："要挥师北上，收复失地，统一中华，造福万民！"众将深受鼓舞，人人摩拳擦掌，只等次日整装进发。

但是不幸的是，柴荣当天晚上就病倒了。一连数日高热不止。随行医官虽多方诊治，均不见明显疗效。柴荣无奈，只好宣布撤军。他留下几位得力将领，镇守刚刚收复的"三关"等地，率领大军主力默默地撤回开封去了。

五月三十日，周世宗柴荣回到开封，不顾病体未愈，一路劳顿，还抱恙处理了许多政务。他宣布立妻子符氏为皇后；封六岁的长子柴宗训为梁王、特进、左卫上将军；封次子柴宗让为燕国公、左骁卫大将军。又封赏和提拔了北伐的一些有功将领。

柴荣回京以后，仍念念不忘北伐，总想着收复失地，希望病好以后能遂其夙愿，实现先帝郭威的伟大理想。然而老天不遂人愿，英雄难抗病魔。六月十八日，后周一代雄主柴荣溘然长逝，年仅三十九岁，庙号世宗。柴荣临死前留下遗嘱，立六岁的长子柴宗训为帝。由于爱子太小，他委托丞相范质和猛将赵匡胤辅政。

后周因为柴荣去世，暂时放弃了对辽国用兵，这让心惊胆战的耶律璟深深地松了一口气。回顾即位这些年来，他虽然只顾纵情玩乐，把军政大事都推给了屋质和挞烈两位重臣，二人也确实尽职尽责，最大限度地发挥了辅政的作用，不仅使朝政没有荒废，在有些方面还卓有成就。比如说减轻税赋，发展农耕，劝养禽畜，鼓励兴建作坊和开办榷场等等措施，都得到了很好的落实，全国各地出现了稳定和谐、百姓安乐的局面。但是朝廷的内争外斗始终没有停止，那些个野心勃勃的皇亲贵族，望着这位玩得发疯的皇帝，一天也没有忘记要推翻他。在耶律璟最初登位那九年，几乎每年都发生叛乱，闹得这位"睡王"皇帝焦头烂额，常常从噩梦中惊醒。

辽应历二年（952）正月，太尉忽古质率众谋反，企图谋杀打猎途中的耶律璟。被耶律屋质率领皮室亲军击溃，杀死在大黑山中。

同年六月，政事令、国舅萧眉古得和宣政殿大学士李瀚等人企图南投后周，被耶律屋质安排的眼线安得告密，二人被抓后投入大牢。

同年七月，政事令耶律娄国、大林牙耶律敌猎、侍中神都和郎君海里等人聚会，密谋趁穆宗酒醉之机，将其杀害。未及出屋，即被屋质率领的皮室军抓获。穆宗因其阴谋未行，命施以鞭笞罚之。但耶律娄国和萧眉古得被放回后不思悔改，再图反叛，于当年八月被处死。

应历三年（953）十月，李胡的儿子耶律宛、郎君嵇干和敌烈等人密谋，企图拥立穆宗之弟罨撒葛为帝，杀穆宗于猎场。事泄被屋质抓了起来。穆宗下令杀了嵇干和华割，鞭笞后释放了罨撒葛和耶律宛。

应历四年（954）六月，穆宗的表叔化葛里、奚塞受到堂弟耶律宛的蛊惑，又阴谋发动叛乱，在夜半时分进攻穆宗的野营大帐，被侍卫亲军擒获。穆宗当时没有杀他们，只是鞭笞以示警诫。但三人在次年二月又图谋反，终被砍头示众。

应历九年（959）十二月，王子耶律敌烈、殿前宣徽使海思及林牙萧达干等人，在大黑山猎场埋伏，袭击世宗车驾，被耶律屋质安排的皮室军擒获，全部投入大牢。

应历十年（960）七月，政事令耶律寿远、太保楚阿不在狩猎时向耶律璟放暗箭，射死侍卫四人，二人被当场诛杀。

同年十月，李胡的又一个儿子喜隐，趁请穆宗喝酒之机，在酒菜中下毒，被喜隐的侍卫胡达告密，由此事泄，喜隐及同党被投入大牢。李胡受到牵连被抓，不久死在狱中。

九年期间发生了八起叛乱，可谓按下葫芦浮起瓢。这些皇族贵戚们简直是前仆后继，争先恐后，一个个均踊跃登场。虽然有耶律屋质的周密部署和高超智慧，均使耶律璟有惊无险，转危为安，但也使他如同惊弓之鸟，弄得心力交瘁，焦头烂额。加上他又无节制地狂喝滥饮，导致他严重的心理变态和精神扭曲，有时甚至达到疯癫的程度。身体状态也每况愈下，如同一个饿鬼和游魂。

为了能够保住性命并且体态安康，以图延长自己的统治，耶律璟不知是受了哪位大师的指点，开始寻方问药，遍请高人，搜集延年益寿之法。他为此下了数道诏书，可说是心急如焚、求贤若渴。一时间和尚、道士、巫医、神汉、卦师、骗子和江湖郎中纷纷应诏而来。耶律璟在朝堂上一个个面试，亲自选拔了若干高手养在兴庆宫里，为他煎汤熬药、烧炼金丹。但他一一服食过后，感到并不见效。于是把这些人轰了出去，再次下诏求贤。

一日有一个叫作萧古的女巫，声称自小得异人传授，有一个延年益寿的妙方，揭了皇榜请求觐见。耶律璟召而问之曰："仙师有何秘方，可以延年益寿？"

那女巫萧古诡异地说："此药叫作'六甲大内还阳丹'，是由六十六味草药配制而成。虽然十分昂贵，但对陛下来说，却是不难做到。只有药引子恐怕难以找到。"

耶律璟闻之，忙问药引子是什么东西。那女巫萧古为难地说："就是成年男子之胆，有此做引子方可成药。"

耶律璟闻听笑了笑说："这有何难？信手可得！"遂即顺手一剑，将身边一个侍卫杀死，命人取其胆呈了上来。在场之人皆大惊失色，吓得不敢抬头，耶律璟则泰然处之，行若无事。从此以后，耶律璟每隔两日服一次这种药，就要杀死一个成年奴隶取胆。几年下来，竟为此杀掉三百九十多人。也许是耶律璟胡喝滥饮，加上服食金丹中毒，反正萧古的方子并不见效。一日耶律璟质问萧古，萧古红着脸说："我不是事先告诉了陛下，服了这种药之后，要与我阴阳交合才行。几年来陛下都不碰我，如此阴阳不调，脉络不通，此药何以生效？"

耶律璟闻之恼羞成怒，立刻下令将萧古乱箭射死。这还不解恨，又用几十匹战马将女巫踩成了肉泥。"这下你阴阳相合了！"他恨恨地说。

从这件事情以后，穆宗不再服用什么灵丹妙药，也不再相信什么大师高人。他看着谁都像要欺骗他，觉得谁都可能背叛他。他变得精神失常、残暴凶狠，动不动就想杀人。每天不杀几个人就吃不下、睡不着，他成了真正的杀人狂。他身边的侍卫和奴婢们说话不及时、应答得不痛快，随时都会被杀。他杀人的时候，什么工具都用，什么杀法都有。刀、剑、棍、锤、绳、索、钩、叉，甚至连酒壶和茶具都成了他杀人的凶器。砍头、腰斩、立劈、斜砍、去手足、摘心肝、挖眼睛和割鼻子等等手段五花八门，还经常拿奴隶当活靶，简直残忍到了极点。有人说他是桀纣重生、魔鬼出世。身边之人皆战战兢兢，早晨起来都不知道能不能活到日落。

殿前都点检耶律夷腊是屋质的好友，挞烈去世以后，他成了穆宗最信任的大臣。有一次饮酒时，趁着耶律璟还算清醒的时候，大着胆子劝道："陛下常在酒中或睡后杀人，朝野上下皆非议之。恐非人君所为，更怕激起众怨，影响社稷之安泰也！恳请陛下慎思而痛改之。如此则国家幸甚，万民幸甚！"

耶律璟端起酒碗一饮而尽，长叹一声说："爱卿所言极是！我也是身不由己，到时候控制不住情绪。你我虽为君臣，实乃同族兄弟，汝当时刻提醒我才是呀！"

此话刚刚说完，就有侍卫来报，说管理宠物园的寿哥喂养不慎，把一只山鸡弄死了，御园总管请示发落。穆宗顺口说道："推出去斩了！"

耶律夷腊在一旁听得清楚，忙劝之曰："不就是一只山鸡吗？怎么可以杀人偿命？何况寿哥绝非本心，定是不慎导致于此。罪不当诛，请陛下宽恕！"

耶律璟说："那怎么办？我话已说出，怎能更改？杀了就杀了吧！看在你的面子上，就给他留个全尸吧！待会儿你也得当心点，发现我状态不对头，就赶紧跑吧！要不然你也有危险哪！"吓得耶律夷腊面如土色，忙借口如厕，一溜烟就逃走了。

应历十七年（967）六月，有侍卫报告说，鹿坊里的梅花鹿跑了几头。耶律璟闻听二话没说，率领侍卫就奔了过去，将鹿坊里的六十五人全部捉拿，命令开斩，以罚其失责之罪。在场的王子必摄和几位大臣连忙劝阻，但穆宗不听。不一会儿，四十四名养鹿人倒在血泊之中，鲜血染红了鹿坊的草地。必摄等人跪下死谏，穆宗才拍拍手说："算了吧！十个人抵一头鹿，也差不多了！"这才放了剩下的二十一个人。但每个人还是打了四十军棍，人人皮开肉绽、骨断筋折、弄个半死，好歹算捡了一条命。

耶律璟的残忍杀戮和禽兽般的暴行，激起了所有人的极大愤慨。特别是他身边的侍卫和奴婢们，已经到了忍无可忍的程度。他们表面上仍然俯首帖耳、唯唯诺诺、屏息蹑足、谨小慎微，但内心里却早燃起了复仇的怒火。他们时刻都想杀了这个暴君，为冤死的同伴们雪恨，他们在耐心地等待。

机会终于来了！应历十九年（969）二月二十日，穆宗耶律璟率领部分大臣到大黑山狩猎。当天收获颇丰，还捕获了一只大黑熊。耶律璟十分高兴，当晚设宴与群臣共欢。那天晚上喝的是后周送来的葡萄酒，喝着绵甜，后劲很大。穆宗开怀畅饮，不觉烂醉，被扶回帐中休息，不久鼾声如雷。

当晚夜半时分，穆宗耶律璟一觉醒来，感到有些口渴，于是闭着眼睛大喊大叫："渴死我了！快上茶来！"

近侍小哥睡眼蒙眬，急忙送上去一碗凉茶。耶律璟喝下去之后，肚子里一阵咕咕乱叫，才感到有些饿了，想吃点东西，于是吩咐小哥快弄饭来。小哥奉命来到后厨，见做饭的辛古和烧水的花哥由于劳累，均已睡熟，急忙将他们叫醒。但灶上炉火早熄，二人正在忙活，耶律璟却嫌工夫长了，一个劲地大喊大叫："怎么还不上饭来呀？你们仨是在找死吗？"

三个人一阵手忙脚乱，越着急越做不好。这边耶律璟已经等不及了，开始破口大骂，说吃完饭就杀了他们，还把佩刀拔出来拍在桌子上。三个人一见这种情况，新仇旧恨一齐涌上心头。合计着早晚也是个死，不如杀了这个魔鬼，兴许还能有条活路，不然就死定了！于是由花哥牵头，找来了另外三个喂马的奴隶，大家商量妥当，由那三个人去帐外备马，小哥与花哥、辛古三人到大帐行刺。

小哥领着花哥和辛古来到黄毡大帐，见耶律璟闭着眼睛歪倒在庆榻之上，还在一个劲地瞎喊着杀、杀、杀。花哥把饭菜放在桌案上，然后轻声说："请陛下用饭吧！"辛古端上炜好的兽肉，小哥忙倒上一碗热茶。

耶律璟闻听三人说话，睡眼惺忪地坐了起来，刚刚端起饭碗还没吃上一口，小哥从侧面上去一剑，刺进耶律璟的胸膛，剑尖从后背穿出。耶律璟只是"啊！"的一声，就如同一条布袋，"扑通"一下倒在床上，不动了。

花哥扯过床上毛毡，去覆盖耶律璟的尸体，只听"哗啦"一声，一只玛瑙酒杯掉在地上，摔得粉碎，惊醒了里间熟睡的皇后萧氏。萧氏打着哈欠，撩起门帘走了过来，轻声问道："谁呀？这是怎么了？"花哥隐在暗处顺手一刀，当场又将萧氏杀死。萧氏稀里糊涂，跟着她的"睡王"一起走了。

三个人杀死了皇帝和皇后，匆匆忙忙地跑了出去。帐外的侍卫们因为天冷，都龟缩到屋里睡觉去了，谁也没有发觉。花哥等三人找到看马的三个奴隶，六个人飞身上马，跑出营门。"嘚嘚"的马蹄声在寂静的深夜如擂鼓一般震响，惊醒了大营的护卫，冲出来一看，发现有人骑马逃跑，立即大喊大叫起来。但瞬间六个人已经跑得无影无踪，护卫们急忙向伴驾大臣禀报去了。

耶律璟在位十九年，死时才三十九岁。当年他在平息察割叛乱之时，察割曾经当面问他："你会欺骗我吗？"耶律璟当时回答得相当干脆："我若是欺骗你，将会不得好死！"他后来果然骗杀了察割。不幸的是，现在也应了他当初说过的话，被人暗杀在大山里。惜乎哉？悲乎哉？难道是报应吗？

耶律璟是契丹王朝的第四任皇帝，也是第二个被谋杀的皇帝。他死后被葬在怀州大黑山，到阴曹地府又打猎去了。

且说穆宗皇帝耶律璟被杀，六名近侍乘快马跑出营门，马蹄声惊醒了酣睡的护卫。当值的左皮室军副详稳乌不里惊恐万状，情知有异。他一面急派人保护皇帝大帐，一面忙命人去营门外追赶，一面慌里慌张地直奔伴驾大臣、北院枢密副使萧思温的寝帐，禀报刚才发生的情况。

萧思温此时正在酣睡。一是他白天陪同皇帝打猎，鞍前马后地又奔又跑，已经很累了；再加上晚饭时见皇帝高兴，他恭维着圣意多喝了几坛酒，一时酩酊大醉。回到寝帐便和衣躺下了，呼呼入睡，半宿连身都没翻。这会儿他正做着一个美梦，梦见他得到了玉帝的赏识，娶了王母娘娘的女儿，正在就着蟠桃喝酒。那个香呀！香得他直吧嗒嘴。

乌不里急促的呼唤打断了萧思温的美梦。他睁开眼睛不知发生了什么事，没好气地骂道："吵什么吵？你们家死人了吗？还让人家睡觉不了？"

乌不里连忙跪下说："启禀大人，刚才有几个皇帝的近侍骑马逃跑了！怕是发生了什么事。末将不敢擅自做主，您快去看看吧！"萧思温一听说皇帝大帐那边有情况了，吓得一骨碌爬了起来，撒开两腿就往外跑。

皇帝耶律璟的大帐前布满了皮室亲军。御帐前当值的四名侍卫已被叫醒，正在蔫头耷脑地站在那里，吓得浑身哆嗦。萧思温飞步跑到大帐门前，同闻报赶来的夷离毕牙里斯等四位大臣，领着众人一齐走进帐去。

走进了皇帝的黄毡大帐一看，所有的人都吓得"妈呀"一声。门帘刚刚掀开，一股强烈的血腥味就扑面而来。接着映入眼帘的是，宽大的卧榻之上，皇帝耶律璟歪倒在床的边缘，身上胡乱盖着一块黄色的毛毡。一把长剑贯透他的前胸从后背穿出，床铺上凝结着一大片血渍，黑红色的血滴通过床沿流到地上。皇帝耶律璟二目圆睁，大张着口，虽然看来早已气绝，但明显是心有不甘。萧思温见之立即脑袋"嗡"的一声，昏倒在地上。众人也皆吓得面如土色，不知所措。

少顷，萧思温站起身来走向里间，见皇后萧氏也身中一刀，倒在穆宗床下的血泊之中。侍女凤辇儿不知是受伤了还是惊吓的，脸色青白，二目紧闭，倒在里间的床角之处，已经人事不知。但她的胸腔还在起伏，显然并没有死。

几位伴驾大臣见皇帝、皇后双双被害，吓得瞠目结舌，抖如筛糠。侍卫们见出了这么大的事，自知罪责难逃，也一个个吓得战战兢兢，面如死灰，全都跪在地上不敢起来了。过了好大一会儿，牙里斯对萧思温说："陛下突然被害，我等罪责难逃，未来生死未卜、吉凶难料。但事已至此，也是我等时乖运蹇，就请大人赶快拿个主意吧！"

此时萧思温的脑袋正在飞快地运转，他虽然人跪在地毡之上，但却一刻也没有停止思考，他在权衡着该怎么办。萧思温是伴驾大臣中间官职最高的人，也是根基最深的人，自然成了大家的主心骨。几百双眼睛都在望着他，希望他能拿出好的主意，让大家绝地逢生、遇难呈祥。

萧思温出身于契丹贵族家庭，从祖父起就是后族的显贵，一直在朝中担任要职。他的父亲是太后述律平的族弟，他本人算是述律平的堂侄，同时又娶了太宗耶律德光的大女儿燕国公主吕不古。因此，他虽然才能平庸，为人龌龊，但由于树大根深，靠山牢固，又加之身体壮健、长相俊朗，还是一直平步青云，备受重用。他从步军太尉到林牙承旨，一直升任到南京留守，成为显赫一时的封疆大吏、朝廷重臣。但是由于他从小不读书，不习兵法，根本不会带兵打仗，因而在大辽应历九年（959）后周柴荣大举北伐、兵围南京的时候，他吓得蒙头转向、手足无措，丧失了指挥能力，导致丢城失地，损将折兵，被后周夺去三州、三关共十七县的大片土地。穆宗皇帝耶律璟震怒，下令罢免了他的南京留守一职，让他回到朝中做翰林编修。

翰林编修是个闲职，也不用天天上朝，萧思温乐得清闲。他虽然不会写文章，也不知道这个官应该怎么做，但他懂得见风使舵，善于揣摩圣意并投其所好。他常给穆宗皇帝送去好酒，介绍好的酒店，或奉献些虎骨、熊胆等滋补用品，很讨皇帝的欢心。久而久之，穆宗耶律璟不知不觉就原谅了他，常把他带在身边打猎喝酒。偏偏这两方面都是萧思温的长项。他不仅酒量奇大，而且狩猎知识丰富，是穆宗身边不可缺少的参谋和助手，不久又被任命为北院枢密副使。不过他仍然不管什么具体事务，他的主要职责就是陪同皇帝打猎、喝酒，这一点屋质已经明确告诉了他。由此他又成为皇帝身边的红人，虽然并非位高权重，但是也无人敢于小瞧。

萧思温的脑袋里现在想的不是如何缉拿凶手，也不是在场的大家的安危，而是由谁来当皇上。确切地说，是谁当皇上对自己最有利。他知道如果选对了皇上，那么自己就有拥立之功，不但能够转危为安，而且还能飞黄腾达。说不定会像梦里那样，娶了王母娘娘的女儿，做了玉皇大帝的驸马。一瞬间的工夫，皇族的二十几位王子在他的脑海中滤过，不由得让他感到一阵阵的凄凉。因为多年来叛乱不断，皇族的王子们被杀的被杀，被囚的被囚，流放的流放，病死的病死。剩下的二十几个人不是老的老，就是小的小，再不然就是阴险狡诈、别有用心或有过犯罪前科的人。他一个一个地比较，又一个一个地排除。想来想去，感到只有耶律贤是最合适的人选了。他虽然只是穆宗皇帝的养子，身体又比较差，但他与自己的关系比较好。只有拥立了他，自己才能得到好处。想到这里，萧思温对牙里斯等人说："天下不可一日无君，国家不可一日无主。当前最要紧的，是我们拥立谁来当皇帝，先向谁去报告情况。至于抓捕那几个凶手嘛，那是小事。谅他们也跑不到天边去！早晚杀了他们！"

几位伴驾大臣一听，觉得也有道理。因为只有这件事，才能决定他们的生死存亡和吉凶祸福。于是伴驾大臣、翰林随侍郎玉说道："我们应该首先向北院大王耶律屋质禀报，然后由他来主持拥立大计，方为正理！"有几位大臣亦随声附和之。

萧思温说："你傻呀？还想不想活了？先向屋质大人禀报是正理，你说的也是正理。但若是由他说了算了，还有我们的话语权吗？我们还不得人头落地呀？"吓得郎玉等人脸色煞白，立刻不作声了。

伴驾大臣、夷离毕牙里斯接过来说："萧大人说得极是！拥立新皇帝方为当务之急，我这里倒有个现成的人选。大家看赵王喜隐怎么样？他可是太祖之孙、李胡之子，足智多谋，文武双全哪！"

萧思温一听，未等别人吱声，急忙抢过来说道："穆宗皇帝虽然并未生育，但他却收养了秦王耶律贤，多年来一直带在身边，视同亲生自养。这次出来打猎临行之前，皇上还当着大家的面，拍着秦王的肩膀说：'我儿已经长大成人，足以担当国家大任，为父该享几年福了！'何况秦王也是太祖的重孙、世宗的儿子，才德兼具，仪表不俗，是最合适的人选啊！"

牙里斯等几位大臣一听，萧思温搬出了皇帝的话，等于是遗诏，于是谁都不作声了。萧思温见大家已经默许，遂命郎玉率领皮室亲军搜山，捉拿凶犯；命牙里斯带人看守大帐，保护穆宗皇帝遗体；自己则匆匆带上四名侍卫，骑上快马，风一样奔上京去了。

萧思温心急火燎地赶到上京，立即来到了秦王耶律贤的寝宫，简短地向耶律贤说明了情况和意图。耶律贤一听事情重大，不容迟疑，马上派人叫醒了心腹之人——南院枢密使高勋和飞龙御使女里。同时点齐了内宫当值的一千名侍卫，飞马向大黑山奔去。

耶律贤原名耶律旻，乳名叫作明记，是辽世宗耶律阮的第二个儿子，也是太祖耶律阿保机的嫡传重孙。大辽天禄五年（951），世宗率军讨伐后周，在归化州祥古山被察割谋害，皇后甄氏也同时遇难。混乱之中，耶律贤的生母撒葛只见情况紧急，把四岁的耶律贤托付给皇帝的御厨尚书刘解里，然后亲自跑出去向耶律屋质通风报信。后来因为她要求收殓世宗和甄后的遗体，被察割残忍杀害。

察割为了斩草除根，命侍卫到处搜捕世宗的儿子。刘解里急中生智，用一块毛毡把耶律贤裹起来，藏在厨房一角的柴草堆里。所幸没有被发现，耶律贤得以逃过一劫。待等到次日天明，寿安王和耶律屋质平息了叛乱，刘解里从草堆中抱出孩子，发现耶律贤虽然没死，但已人事不知，浑身青紫，抽搐不止。其叔耶律娄国自幼出家学道，颇通易经相术，当时他抱着幼小的耶律贤说："侄儿大难不死，当有你天之福也！"

寿安王耶律璟见其可怜，命令刘解里负责喂养，又找人给其看病。后来刘解里去世，临终前把他托付给妹夫耶律多齐。耶律多齐虽说也是皇族，但只是一个猎户，空有一身好武艺，生活过得却十分艰难。耶律贤在民间待了五年，九岁时，因为穆宗皇帝膝下无子，才派侍卫把他找回来，收养在兴庆宫，找人教他习文练武。长大后，又把他封为秦王。

耶律贤自小聪明刚毅，肯于吃苦，十分谦逊好学。尤其有一点特别像他的爷爷和父亲，那就是十分喜爱中原文化。他阅读了大量的汉文书籍，由此结交了许多汉族文人和有识之士，与韩匡嗣、室昉、郭袭和高勋等汉族大臣常相往来。他虽然因为从小受到惊吓，由此遗下风症，身体一直不太好，但他的头脑清醒，秉性正直，时常与好友们煮酒交谈，针砭时弊。他对养父穆宗皇帝痴迷酒猎极为不满，曾多次在人前提起。有一次被穆宗的近臣耶律贤适听见，提醒他说："秦王何故如此无所顾忌？恐引杀身之祸也！"至此耶律贤便不再说穆宗的坏话，而是言必称颂之。他还主动与穆宗的宠臣萧思温、女里、高勋和屋质等人往来，常送一些礼物给他们。因而这些人常在穆宗面前讲他的好话，所以他一直深得穆宗的喜爱和信任，把他当成亲生儿子。

耶律贤率高勋、女里等一千余骑，随萧思温赶到大黑山，目睹皇帝耶律璟和皇后萧氏等人的惨状，一时哭昏过去。待众人呼叫半晌，方才苏醒。即发誓一定要缉拿凶手，碎尸万段，给父皇和母后报仇。

这时萧思温把耶律贤扶起，当众宣布穆宗皇帝行猎之前的遗嘱，然后高声对众人说："天下不可一日无主，国家不可一日无君。我等当遵循大行皇帝的遗愿，拥立秦王在灵前即位，以免日久生乱，贻误国家。"高勋和女里等人立即齐声赞同。牙里斯等四人当着耶律贤的面，也不好再说什么，只能顺水推舟，随声附和。于是萧思温当即传下号令，命侍卫去上京通知群臣，马上到大黑山聚会，有大事相告。

大臣们因为事出突然，又知道皇帝在大黑山行猎，所以尽管谁也不知道发生了什么事，但哪个也不敢怠慢，急匆匆随同屋质飞马赶来。及至大帐，方知是皇帝遇难，一时人人皆陷入悲痛之中。萧思温遂和高勋主持仪式，奉秦王耶律贤在穆宗的灵前即位。耶律屋质和群臣见木已成舟，又确有先皇遗嘱，也只好顺其自然，跪下山呼万岁，恭行大礼了。屋质率群臣给耶律贤上尊号曰天赞皇帝，建议改元保宁，耶律贤微笑着欣然照准。至此，耶律贤登上了皇帝的宝座，成为大辽国的第五位君主，历史上称为辽景宗。景宗即位，开始了大辽国中兴的时期。

仪式结束之时，恰逢旭日东升，东方彩霞满天，长空一片辉煌。群臣又悲又喜，缓缓扶柩而归。耶律屋质见之感慨地说："长夜刚刚过去，光明已经到来，又一个春天正在招手。大辽国即将步入新阶段了！"群臣闻之，一片赞同之声。

新皇帝耶律贤回到上京，很想尽快上朝理政，但一时千头万绪，不知从何处下手。于是他立即召集大臣韩匡嗣、室昉、郭袭和高勋等人到寝宫议事。韩匡嗣首先说道："我朝自从立国以来，已有四位先帝作古。其中有两位在行军途中病死，有两位被叛贼谋害身亡。我们不妨回顾一下这五十多年的历史，从太祖开始到穆宗去世，几乎是岁岁反，年年叛，斩不尽，杀不完，而且大有前仆后继、方兴未艾之势。我匡算了一下，总共发生了五十三起叛乱，被诛杀的亲王贵族也有数百人了，但仍然遏止不住。此为我大辽国最大之隐患也！此患不除，国无宁日，社稷亦无以为继也！"

室昉接过话来说道："我观中原王朝，从夏商周开始，直到残唐五代，虽然也有过叛乱发生，但那只是偶然的现象，维持几百年的王朝不在少数。为什么大辽国会这样呢？究其原因，我感到有四点可供参考。一是我契丹民族只有两姓，分为皇族和后族，皇族姓耶律，后族姓萧。凡是皇族都有当皇帝的资格，凡是后族皆拥有很大的权力；二是自打太祖以来，几任皇帝从形式上都是由群臣拥立，公推众选，不像中原王朝那样父传子继，这就给许多亲王贵族造成了非分之想，带来了可乘之机；三是亲王贵族们均身居要职，皆手握重兵，人人都有属于自己的军州、领地和人马，具有起兵反叛的实力；四是皇族和后族相互通婚，存在着极为复杂的裙带关系，较易拉帮结派，形成有共同利益的叛逆集团。加之大辽朝缺乏中原那样严密的法律、法规和典章制度，没有良好的文化氛围，动辄以血腥屠杀来解决问题。故而人人尚武，不重修文，习惯于马上思维、起兵举事。此乃叛而不断、杀而不绝之根源也！"

众人听后，都觉室昉说得有理。耶律贤也深有同感，频频点头，随即有些忧虑地说："那么我朝当采用何种办法，来彻底根治这些痼疾呢？"

郭袭接过话来胸有成竹地说："仿中原而兴汉制，倡儒学而修礼仪，掌重兵而握亲军，亲君子而远小人，清吏治而摒声色，立法规而明国策，劝农耕而助稼穑，固皇权而立储君。如此则国家可安、社稷可固，我大辽天下可隆康也！"耶律贤闻之大喜，心已有数。

次日早朝，耶律贤果断地颁布诏令，以宿卫不严、失职失察之责，令殿前都点检耶律夷腊和右皮室详稳萧乌里只自裁。任命亲信耶律贤适为殿前都点检兼右皮室详稳，从而把军权和侍卫大权都抓在自己的手中；以身为宰辅、劝导不力之过，免去耶律屋质的北府宰相和北院大王的职务，但因其多年来忠心耿耿、功勋卓著，将其另擢为于越，以彰其德；以临机决断、拥立有功之名，任命萧思温为北府宰相兼北院枢密使，主管全国兵马调动。任命高勋为南院枢密使，分管汉军事务。任命韩匡嗣为上京留守，女里为飞龙御使兼左皮室详稳，牙里斯为检校太保。其他大臣仍各司其职，但均有封赏。同时，敕封契丹皇族罨撒葛为齐王，敌烈为冀王，必摄为越王，喜隐为宋王，兼顾了这些人的利益和情绪，从而初步稳定了自己的地位。

但是契丹贵族们并不满意。由于耶律贤即位以后，极为重视汉族官吏，几乎对他们言听计从，从而引起了皇族贵胄们的强烈不满。李胡的儿子宋王喜隐伙同国舅萧海只、萧海里常凑在一起喝酒，说话就怨气冲天，动辄就破口大骂。后来又从牙里斯的口中得知，喜隐曾被其提名为皇位继承人，是萧思温这个奸贼自作主张，才另外选择了耶律贤，于是便把一腔怨恨全集中在萧思温的身上。喜隐恨得咬牙切齿："都是这个奸贼干的好事！若不是他，耶律贤怎么当得了皇上？汉官们怎么敢这样猖狂？我一定要弄死他！让他碎尸万段！"萧海只、萧海里二人亦完全赞同。

恰好此时萧思温因为得宠，皇上对他青睐有加、言听计从，让同样具有拥立之功的高勋等人亦陡生妒意。高勋曾对牙里斯说："萧思温不学无术，平庸至极，文不能安邦，武不能定国，巧言偏能惑上，奸佞专门媚主。只靠喝酒打猎取得先皇信任，又赖拥立之功成为本朝新宠。这等投机取巧、心术不端之人当政，岂非国家之祸、万民之灾也？！"喜隐和海只、海里等人闻之，引为知己，遂常在一起密谋议事，必欲除掉萧思温而后快。

大辽保宁二年（970）四月，万物复苏，春暖花开，塞北一片生机勃勃。景宗耶律贤听从室昉的建议，到东京辽阳和医巫闾山祭奠先人。东京辽阳是他的祖父、让国皇帝耶律倍曾经居住的地方，那里有纪念东丹王的庙宇。耶律贤在东京盘桓几日以后，便向显州医巫闾山进发，他要去祭扫祖父和父皇的陵墓。车驾行至医巫闾山的盘道岭，一宗蓄谋已久的事件发生了！让耶律贤君臣始料不及。

原来此番景宗出行，萧思温作为首辅大臣陪銮伴驾，高勋从一开始就知道得清清楚楚。他把时间、地点和车驾的情况，原原本本地告诉了萧海只。喜隐遂指使萧海只和萧海里，花重金买通了江洋大盗柳飞熊。柳飞熊按照高勋提供的时间和地点，事先埋伏。在萧思温陪同景宗的车驾途经盘道岭的时候，柳飞熊突然从树丛中跃出，长臂一扬，手中的链锤"嗖"的一声，向骑坐在马上的萧思温砸去。萧思温当时正端坐马上欣赏美景，没有一丁点儿防备。只听"扑通"一声，萧思温的脑袋被链锤击中，身体立即像装满粮食的口袋一样，折落马下。随行的官员和侍卫们"妈呀"一声大叫，一齐跑过来相救，只见萧思温血肉模糊，已经气绝，而那个刺客也瞬间逃得无影无踪。

景宗皇帝在震惊之余，早已勃然大怒，严令女里率众搜山，一定要擒拿刺客，弄个清清楚楚，为萧思温大人报仇。次日下午，刺客柳飞熊在闾山北天仙观被抓

铁与血的征战：大辽王朝

获。查明萧海里、萧海只为本案主谋，高勋为同案犯，喜隐为幕后策划者。景宗遂下令将萧海只、萧海里和高勋三人处斩。但对宋王喜隐只是训斥了事，没有追究他的罪责。

这起谋杀案件平息之后，许多契丹大臣上表奏议，说汉人高勋身居高位，参与谋杀，足见汉官并不可靠，应当立即裁撤，以解除后顾之忧。其中以飞龙御使、太尉女里为代表，言辞尤为激烈。他说："本案事发突然，实际蓄谋已久。表面是行刺魏王，实质上针对陛下。没有高勋做内鬼，这些人怎会成功？铁打的事实证明，汉官们并不可靠，他们不可能与我们一条心哪！请陛下自思自酌。"

殿前都点检耶律贤适接过来说："不然，太尉之言不妥。重用契丹皇族，才会引起叛乱，这已被我大辽五十多年的历史所证实。相反，重用汉官，仿效汉制，才会稳定社稷，长治久安。高勋虽然该杀，但他不是谋反，他只是对魏王萧思温因妒而生恨，想千方百计地扳倒而已，因此而中了喜隐等人的圈套，成了谋杀案的同党。所以这只是一个偶然的现象，大家都看得清清楚楚。"

景宗耶律贤听了高兴地说："贤适之言才合我意！岂可因噎废食，塞我才路？重用汉官、仿效汉制对我朝意义重大，此乃激浊扬清、正本清源之道也，怎可轻易废之？我意已决，众卿不必多言！"

次日早朝，景宗耶律贤即颁布诏令，任命汉人郭袭接替高勋，担任南院枢密使兼政事令；任命室昉为北院枢密使兼工部尚书；任命韩匡嗣为北府宰相、同中书门下平章事。同时还任命了一大批汉军武官为统兵将领，从而使汉族官吏在辽国朝野的地位空前提高。

政权基本稳固以后，耶律贤松了一口气。他对韩匡嗣说："我自小因为惊吓，患有风疾，身体一直就不太好。如今日理万机，殊为劳苦，怎么承受得了？今后朝中政事，就交给卿等打理了！"从此一头陷入酒色游猎之中。虽然不比穆宗耶律璟那样痴迷，但也基本上连日不朝、不问政事了，群臣见之均十分忧虑。

政事令郭袭胸襟坦荡，心直口快，直入后宫而谏之曰："臣闻昔日唐高祖喜欢游猎，苏世长进言说，任不满十年、政不为民许，何以为乐？高祖遂惊而改之，终取天下而成美谈。今我朝太祖创业艰难，几十年坎坷风雨，宵衣旰食何其不易？几代先帝广施仁德，惠泽万民，才有我朝今日之局面也！殊非寻常。前朝穆宗皇帝逞无厌之欲，求一己之欢，不惟天下之人怨之，本人亦惨遭不幸而成为万古之遗憾也！其前车之鉴，就在昨天。今陛下新承大统，天下人拭目以待，不肖之徒伺机一逞，中原王朝虎视狼顾，正可谓生死存亡之秋也！陛下临危受命，本应该发愤图强，再振兴大辽伟业，岂可以怜自身而丢天下，图清闲而寻休憩乎！？望我主以大辽江山为重，以万民苦乐为责，如此则国家幸甚！万民幸甚矣！"

郭袭正直坦荡，侃侃而谈，直抒胸臆，毫无顾忌，说得情真意切，眼泪似在眶中流动。虽是逆耳之言，却是忠心耿耿，掷地有声，令在场的室昉和韩匡嗣等人皆投来赞佩的目光。耶律贤听后沉吟良久，感叹地说："郭爱卿正直敢言，忠心赤胆，真吾朝之魏征也！吾当以唐太宗为镜，正而改之，请众卿助我！"

说罢加封郭袭为协赞功臣，赏黄金一千两。群臣闻之皆高兴地说："陛下圣明豁达，乃我朝万民之福也！"

由于耶律贤重用汉官、仿效汉制，采取了一系列稳定朝野的措施，迅速地荡涤了前朝遗留下来的奢靡之风，代之以清新的政治空气，推动了大辽国从奴隶制向封建制的转化，也促进了经济的恢复和发展。出现了人口数百万、耕垦逾千里的繁荣景象，国力、军力都有明显的增强。

而在此时，中原王朝也发生了天翻地覆的变化。后周显德六年（959）六月，周世宗柴荣病死，年仅六岁的长子柴宗训继位，是为恭帝。恭帝年幼，无法理政，朝政皆由老丞相范质打理。又由于太后符氏并非恭帝的亲生母亲，只是他的姨母，这对孤儿寡母本来就弱，又不亲密，这就给朝廷造成了巨大的权力真空。一些具有实力的臣子便野心勃勃，伺机篡权，赵匡胤阴谋集团便因此应运而生。

赵匡胤是河南洛阳人，生于后唐天成二年（927）。父亲赵弘殷当时任后唐禁军飞捷指挥使，是明宗李嗣源帐下的一员骁将，就住在离皇宫不远的夹马营。得到这个儿子的时候，正巧明宗在宫中烧香祈祷，因此赵弘殷为讨个吉利，就为其子取名为"香孩儿"。据说"香孩儿"出生之后，有一位嵩山老僧登门看相，言此儿天庭特宽，手臂奇长，二目如电，贵不可言。并为此子取名为"匡胤"，即"匡扶天下、润泽万民"之意。

赵匡胤自幼聪明、顽皮，有一股天不怕地不怕的劲头。父亲赵弘殷请人教他习武，没过几天他就想跟老师过招。他敢骑没人敢碰的烈马，敢闯无人去过的山林，徒手斗过虎豹，只身端过狼窝。长大以后，生得身高八尺，目若朗星，两臂过膝，膂力超人。虽然文化没有学好，却练得一身的好武艺。他能拉开三百斤以上的硬弓，手使一根一百六十多斤重的大棒，具有万夫不当之勇，尤其有一股不怕死、不要命的劲头。少年时期便好争强斗狠，结交了不少武林豪杰。

赵匡胤十九岁遵父命成家，二十一岁行走江湖，闯荡天下。据说他一日流落到河南商丘，路过一座庙宇，便进去喝水卜卦。他先是祈祷做个校尉，像父亲那样领兵为将，养家糊口，接着又祈求做个节度使，当名封疆大吏，结果心愿都不应。后来他大胆地想，莫非要我做皇帝吗？想着想着，将竹桮笅（一种占卜的器具）一掷，结果马上就应了！令他又惊又喜。他顿时想起父亲说过的小时候相面的事，立时觉得自己真的就是个大命之人，他的好运就要来了。

说也奇怪，打那以后赵匡胤的好运真就来了。不久他投军到郭威帐下，因为仪表不俗，英气逼人，又兼武艺出众，壮健非常，立即被任命为禁卫军东西班行首，负责宫廷禁卫。后来由于精明能干，被柴荣看中，调到开封府衙，任开封府马直军使，亦即骑营统领。从此久战沙场，逐渐显示出他的超凡武功和军事才能。

后周广顺四年（954）一月，周太祖郭威去世，养子柴荣即位。北汉国主刘崇会同辽国两家出兵，趁机进攻后周。辽军统帅是政事令兼武定节度使杨衮，北汉的领兵大将是后来鼎鼎大名的刘继业。辽汉联军气势汹汹，志在必得，企图击溃后周，夺取中原。二十七岁的赵匡胤随世宗柴荣北征。在山西晋城东北的高平之战中，后周大将樊爱能、何徽畏敌如虎，经不住刘继业部的猛烈进攻，先行败退。辽汉联军乘势突袭，后周军队抵挡不住，形势十分危急。在这紧要关头，赵匡胤向柴荣献计，令殿前都点检张永德率军抢占制高点，用密集的箭雨遏制敌人的进攻，以保证世宗柴荣的安全。然后他拎起大棒，率领两千敢死军冲入敌阵，高喊道："主危臣死，国破家亡，立功的时候到啦！跟我冲啊！"直奔北汉军帅旗下的刘崇扑去。大棒起处，血肉横飞，沾之者死，碰之者亡。赵匡胤就像一只猛虎，敌军数十员将领也拦挡不住。这位豹头环眼、紫面长须的周军大将简直就是一尊天神，他胯下的那匹黑马也好似一条蛟龙，转眼之间就来到了刘崇的面前。那根浑铁大棒带着风声，狠狠地向帅旗下的刘崇砸去。吓得刘崇呆若木鸡，浑身酥软，连跑都不知道了，乖乖地闭目等死。幸好一匹黄马如金光闪过，一员大将金盔金甲，手擎金刀，"当啷"的一声巨响，架住了赵匡胤的浑铁大棒，一边大喊："我主莫慌！继业来也！"刘崇这才如梦方醒，趁机打马而逃。刘继业见皇帝败走，不敢恋战，遂率辽汉联军且战且退。周军乘机反攻，大获全胜。

赵匡胤在高平之战中有勇有谋，立下大功，深得世宗柴荣的赏识。战后论功行赏，提拔他为殿前都虞候，并委托他训练士卒，整顿禁军，力图把后周的军队打造成一支百胜的劲旅。借此良机，赵匡胤采取优胜劣汰的办法，把他的好友罗彦环、郭延斌、田重进、潘美、李信、张琼和王彦升等人，安插为禁军的基层将领。并运用同其他高级将领接触的机会，与大将石守信、王审琪、韩重斌、李继勋、刘庆义、刘守忠、刘廷让、王政忠和杨光义结为生死兄弟。在这些"义社十兄弟"中，因为赵匡胤的武艺最高，主意最正，他自然而然地成了这个小集团的头领。这些少壮派的将领均骁勇善战，极得军心，是后周军队的中流砥柱，这就为赵匡胤控制军队打下了基础。

在多次的对外战争中，赵匡胤不但英勇善战，而且显示了他的指挥才能。显德二年（955）四月，周世宗柴荣向后蜀用兵。开始时派大将王景和向训为帅，率罗彦环和潘美等部前往，但是出师不利，未能取胜。战事处于胶着状态。后来世宗柴荣改派赵匡胤前去指挥。赵匡胤到达前线以后，亲自勘查地形，了解敌情，走访将士，调整部署。他派潘美率部佯攻诱敌，自己同罗彦环领大队人马，兵分两路，攀岩绕路，迂回到后蜀军队的身后，断其归路，烧其粮草，令蜀军不战自溃，四散奔逃。赵匡胤率军马不停蹄，分路追赶，连下秦、凤、成、阶四州，取得了对后蜀用兵的彻底胜利，受到了世宗柴荣的高度赞赏。

从后周显德三年（956）到显德五年，周世宗柴荣先后率军对南唐发动了三次进攻，取得了对南唐用兵的阶段性胜利，迫使南唐割让江北十四州，又奉献了大批的金银财物，并把都城从金陵迁到南昌。在整个战役中，赵匡胤发挥了重大的作用，几乎是攻无不克，战无不胜。他率领的那支队伍，成了世宗柴荣手中的王牌和最终制胜的机动力量。

在攻打寿春的战役中，后周的军队屡屡失利，城下的尸体堆积如山，几十员大将因此丧命。世宗柴荣无奈，最后把赵匡胤调了过来。赵匡胤浑身皆穿起铁甲，只露两只眼睛，部下两千敢死军也都身披重铠。他们冒着石头和箭雨，乘皮筏渡过护城河。赵匡胤身中数箭，鲜血淋漓，部下将士亦死伤大半。但他毫不退缩，带领着将士们冲向城门洞，用巨木撞开城门，率先杀进城内。城中守军见了这些血肉模糊的人，以为是天神下凡，吓得不敢再战，一哄儿弃城而逃。寿春遂破，从而奠定了整个江北大战的胜局。战后世宗柴荣亲奉御酒，封他为忠武军节度使，兼任殿前都指挥使，一跃而为全国军队的副统帅之一。

随着战功的积累和职务的提升，赵匡胤的野心也在不断地膨胀。他时刻也没有忘记自己的宏图大志，并为之默默地做着充分的准备。他一方面礼贤下士，同赵普、王仁瞻、楚昭辅和李处耘等谋臣往来，一方面挥金如土，拉拢军队中的老牌将领、各镇节度使和皇亲贵戚，悄悄地树立自己的威望。宰相王朴忠诚正直，极得世宗柴荣的信任，似乎看穿了赵匡胤的用心，曾多次提醒世宗注意。有一次在散朝以后，他当着不少大臣的面训斥赵匡胤说："别人都说你是员敢打敢冲的猛将，我看你却是个包藏祸心的高人！我警告你不要玩火，小心不慎烧了自己！"

赵匡胤表面上唯唯诺诺，谦恭至极，赶忙深施一礼，连说："岂敢岂敢！老丞相教训的是！晚生记住了！"背地里却恨得咬牙切齿。他用重金收买了王朴家中的厨工，暗暗在其饭菜中撒下慢性毒药，致使王朴在半年以后莫名其妙地病死，而那名厨工随后也不知去向。

殿前都点检张永德是太祖郭威的女婿，也是世宗柴荣的妹夫，掌管军队调动大权，是赵匡胤唯一的顶头上司。为了扳倒这最后一座大山，他采用赵普的谋略，使出了另外一条毒计。显德六年（959）四月，世宗柴荣北征契丹，有个士兵在行军路上捡到一个竹牌，上面刻写着："点检作"三个字。因为当时军务紧急，世宗看后并未在意。待等他北征患病回到京师，想起此事，心中生疑。为了防止日后生变，遂下令撤换了张永德，让他认为最信任的人赵匡胤当上了殿前都点检。世宗柴荣聪明过人，却不知不觉地中了人家的圈套，为柴氏家族的悲剧结局埋下了伏笔。惜乎哉？悲乎哉？不禁令人扼腕叹息。

世宗柴荣去世以后，孤儿寡母势单力薄，恭帝柴宗训把赵匡胤倚为靠山，加封他为开国侯，实授宋州（今河南商丘）节度使并检校太尉兼殿前都点检，掌握了军队的全部大权，于是他暗暗加快了图谋的步伐。他以职权之便，奏请任命慕容延钊为殿前副都点检，作为自己的助手。奏请任命结义兄弟王审琪为殿前都虞候，把禁军殿前司的指挥大权全抓在了自己的手里。接着他又在侍卫系统上做文章，奏请任命结义兄弟韩令坤为侍卫都虞候，妹夫高怀德为侍卫马军都指挥使，外甥张令铎为侍卫步军都指挥使。又把侍卫系统的高级将领，也全换上了他自己的人。

后周显德七年（960）正月初一，边报辽国军队入侵。恭帝柴宗训征得老丞相范质和王溥的同意，诏令赵匡胤率军北上御敌。正月初二，赵匡胤率军出城，下午抵达距开封五十里外的陈桥驿。队伍正在行进之中，忽然有一名士兵大呼曰："大家快看哪！西边有两个太阳！后边那个大的太阳，眼看着要把那个小的吃掉了！"众人观之，果见西方满天彩霞，云缝里隐约有两道金光射出，有点像是两个太阳。那名士兵煞有介事地说："天无二日，大日必尅小日，国无二王，大王必尅小王。如今天像示警，恐怕天下要大变了！"其实这都是赵普教的。

一传十，十传百，将士们都在议论纷纷。那些赵匡胤的心腹将领们趁机煽动说："新春佳节，万家欢乐，人们都在守岁团聚，而我们却要去受罪、去拼命了！我们为的是什么呀？皇上那么小的年纪，他能理解我们吗？能知道我们的辛苦甘劳吗？不如我们拥立赵点检为天子，再去拼命也不迟呀！最起码他知道体恤我们呀！"

　　"对！对！对！""立赵点检为天子，我们拼死也值！""跟着赵点检打天下！万死不辞！""宁给好汉提鞋，不给癞汉当爷！"一时不少将士跟着起哄。

　　当晚宿营以后，赵匡胤的心腹将领们聚集在大帐密谋，大家一致劝他乘机举事。赵匡胤思虑再三，终有些犹豫不决。原因有二：一是因为此时举事，与郭威当年取代后汉太过相似了，有人为造作、东施效颦之嫌，他想给自己留点脸面；二是他忽然想起，世宗柴荣在去世之前托付后事的时候，曾经对他和范质说道："我儿宗训年龄还小，国家就交给你们了！望你们二位鼎力相助，拯万民于水火，救国家于危难，吾虽去而欣慰也！"

　　老丞相范质当时就说道："臣下万死不辞，必当鞠躬尽瘁！全力扶持幼主，陛下尽管放心！"

　　柴荣放心地点了点头，又转过头来拉着赵匡胤的手说："卿是朕之爱将，也是笃信之人。我相信你会忠心耿耿，如朕在日。如宗训不肖，可以教之。教之不听，可以取而代之！"

　　赵匡胤听了以后，吓得汗流浃背，急忙跪而立誓曰："微臣青年投军，即得陛下提携。多年来待我天高地厚，感情上如同亲生父母。微臣若有二心，自当不得善终！子孙不是入海喂鱼，就是死在异国他乡！"

　　柴荣闻之笑而言曰："爱卿言重了！如此说来我心安矣！身虽去而再无憾也！"说罢含笑而亡。后来赵匡胤的十五世孙赵昺跳海而死，他的第六、第七世孙先后死在金国。他自己也在五十岁的时候不明不白地死去，都应验了他自己的誓言，当然这都是后话了。

　　军中书记、挚友赵普见赵匡胤心事重重、犹疑不定，略一思索，已知分晓，于是走上前来朗声说道："大丈夫提三尺剑纵横天下，当以四海黎民百姓为计，拯国家于危难，救苍生于水火。如今九州纷乱，生灵涂炭，渴望统一已久，将军责无旁贷，岂能以个人得失计较耶？"众将闻之亦随声附和，纷纷赞同。

　　赵匡胤见事已至此，不可拂了众人的意愿，否则必悔之晚矣！于是点头应允。赵普遂派大将郭廷斌连夜秘密返京，通知赵匡胤的结义兄弟石守信和王审琦，让他们派兵控制四门和宫廷禁院，占领各个战略要地，做好充当内应的准备。

次日天明军中点将之时，早有准备的赵普和楚昭辅两人，在众将领的欢呼声中，将一件赭黄袍披在赵匡胤的身上，然后带头跪下，行三拜九叩大礼。众将见之山呼万岁，齐刷刷跪下一大片，异口同声地高喊："点检为帝，天下大吉！""点检登基，万民如意！"一齐拥立赵匡胤登位。

赵匡胤在众将的欢呼声中登上高台，接受众人的叩拜之后，立即带兵返回京师。进城以后，他首先派兵把老丞相范质和王溥抓了起来，接着又闯入后宫，拿出事先由翰林学士陶谷所写的"禅位诏书"，请恭帝柴宗训用印。恭帝还是个七岁的孩子，见此情景吓得战战兢兢，不知所措。符太后无奈，只好由陶谷当众宣读禅位诏书，与恭帝一起交出玉玺，尊赵匡胤为帝。

赵匡胤于是在崇元殿登上御座，接受文武百官的朝贺，正式做起皇帝来，实现了他多少年来的梦想。新的王朝国号为"宋"，改元"建隆"。赵匡胤封柴宗训为郑王，称太后符氏为周太后，让其居于西宫，以奉大周神位。并立下誓书铁券，表示永不变心。但宋建隆三年（962）二月，柴宗训即被赶出京城，迁居房州（今湖北房县）。宋开宝六年（973），刚满二十岁的柴宗训，已经长成一个健壮的青年，却不明不白地死去了。赵匡胤下令把他葬在庆陵一侧，陪伴他的父亲柴荣去了。

赵匡胤为帝以后，即向赵普请教治国之策。赵普说："方今我主虽登大宝，但朝中诸臣皆为世宗旧属，未必与陛下同心。掌管重兵的将领们虽得封赏，但也未必满足，谁知道哪位心存异志？地方各镇的节度使们拥兵一方，也难免存觊觎之念。陛下不可不防之也！"

赵匡胤闻之甚觉有理。于是一方面采取安抚和拉拢的办法，分化瓦解后周的旧臣，或明升暗降，或易地任职，剥夺了这些人的实权；一方面借镇压李筠和李重进的叛乱，将各镇节度使辖地打乱，或调入京城做官，收回了他们的兵权；另一方面抓紧笼络结义兄弟，给他们封高官，与他们结亲家，陆续解除了石守信、高怀德、王审琦、张令铎和罗彦环等人的职务，让他们回家养老去了。

初步稳定了皇位之后，赵匡胤开始考虑统一中国，与群臣商议对外用兵之策。他首先征求周太祖郭威的女婿——老臣张永德的意见。张永德说："方今天下纷乱，强敌各霸一方。正北有契丹，西北有党项，中间还夹着个北汉，三家互相呼应，虎视眈眈，军力十分强大，一时难以攻取。故眼下只能派大将、屯重兵，防其南侵。而我朝的南面，虽有南唐、吴越、后蜀、荆南、湖南、南平、南汉和彰泉等八个国家，但多数地域狭小，军力相对较弱。而且相互之间亦勾心斗角，没有稳定的军事同盟，比较容易攻取。我军若分而击之，则必事半功倍，得意外之收获也！"

赵匡胤闻之大喜，他又去征求赵普的看法。赵普胸有成竹，侃侃而谈："永德公之言甚是，期陛下酌而用之。我朝位居中原，扼守河洛，虽有北进和南图之利，但若两面受敌，一旦处之不慎，则必然首尾不能相顾，陷国家于危险至极也！如今辽朝虽是'睡王'当政，不思进取，无意用兵，但他们国力强盛，又有耶律屋质等一班能臣，故辽国绝对不可图也！北汉虽然弱小，但是狐假虎威，又得契丹和党项人相助，也是急切难以取之。不如先打南方，得鱼米之乡为后盾。平弱小诸国，携大半个中华之实力，再寻机进攻北方。如此则陛下宏图可以完成，大宋朝必能统一天下矣！"

赵匡胤听罢喜不自禁，又分别听取了其弟赵光义和其他大臣的意见，多数人均赞成北拒南征、先南后北。由此进一步坚定了赵匡胤的信念，遂亲自制定了先取巴蜀之地、再攻广南江南，让中原与南方连成一片，完成统一南国，然后再图北方的策略，并迅速做出了周密的部署。

乾德元年（963）一月，赵匡胤颁下诏令，命大将慕容延钊为湖南道行营都部署，命谋臣李处耘为都监，率安、复等十州共八万大军出征荆湖。荆湖地区当时有两大割据势力：一个是以荆州为中心的南平政权，都城江陵，控制荆州、峡州（今宜昌）、归州（今秭归）等处，虽然地域狭小，但是位置重要。它北有宋、西邻蜀、东连吴、南接楚。宋军若想攻取南方，必然首先借道南平。另一个割据势力是以潭州（今长沙）为中心的周行逢集团，他们控制湖南。

这两个地区皆为鱼米之乡，物产丰富，仓廪殷实。而且东拒建康，西通巴蜀，是牵制南唐和后蜀的战略要地。宋朝建隆二年（962）周行逢病死，其子周保权继位，部下不服，发生内乱，请求宋军援助。赵匡胤闻之心中暗喜，遂顺水推舟，借机出兵。次年二月，慕容延钊率军抵达江陵，南平国主高继冲开城投降。三月末，宋军轻取湖南，共得十七州八十三县，二十五万多户人口，胜利班师。

乾德二年（964）十一月，赵匡胤又派大将王全斌和曹彬分两路进攻后蜀。后主孟昶派大将王昭远引兵拒敌。当年十二月，宋军击溃王昭远部，顺利攻下剑门。次年正月十九，拿下成都。后主孟昶率领百官投降。宋朝仅用六十六天的时间，就得到了后蜀四十六州共二百四十县的国土，让赵匡胤喜不自禁。于是一方面派参知政事吕余庆任成都知府，大肆搜刮民财，运往开封；另一方面则假惺惺地封孟昶为检校太师兼中书令，赐爵秦国公，并为他在京城修建了一座府第。背地里却暗下毒手，孟昶到开封七天以后，就不明不白地死去了！赵匡胤下诏追封其为楚王，厚葬在洛阳。而孟昶的宠妃花蕊夫人，此时却投入了赵匡胤的怀抱。

为了说清后边的故事，我们还须把目光回到五年之前。

且说新皇帝耶律贤依靠萧思温和汉族官吏，登上了大辽国的政治舞台，采取了一系列有力措施，初步巩固了自己的统治。每当他驾临宣政殿，高高地坐在那威严的御座之上，一股冲天豪情和强烈感慨便油然而生。他深知这份权力来之不易，他由衷地感谢一个人，那就是北府宰相、北院枢密使萧思温。是这位忠心耿耿的老臣，在关键时刻想起了他，并且力排众议，全力扶持，把他推上了皇帝的宝座。如果依了牙里斯等人，那么天下就是别人的了。因此在即位不久，他又格外开恩，敕封萧思温为魏王。并且宣布要迎娶他的女儿萧燕燕为妃，以表达对这位勋臣的眷顾和宠爱。这让萧思温既喜且忧，一时不知道如何是好，竟然连"谢主隆恩"这样的话都忘了说了，让满朝文武皆感到莫名其妙。

这是天大的好事呀！萧思温为什么会这样？这到底是怎么一回事呢？我们尚须从头说起。

萧思温共有五个子女，其中有两个儿子、三个女儿。长子名曰萧继远，字杨隐，乳名留只哥。他原本是萧思温的侄子，因为父亲早亡，被其叔父收为养子，视同己出。萧继远虽出身豪门，但勤奋刻苦，从小即跟随萧家三姐妹读书，学识出众。长大后足智多谋，武艺高强，英勇善战，屡立大功，是辽国统和年间很有名气的一员战将。后来迎娶了辽景宗的女儿观音女，被三姐萧燕燕封为驸马都尉、上京留守、北府宰相、检校太师等职，爵为宋王。萧思温的次子才是他的亲生儿子，名曰萧隗因，又称萧思猥。曾任平州节度使、检校太师，爵为吴王。其女儿萧菩萨哥后来嫁给了辽圣宗耶律隆绪，是辽史上有名的齐天皇后。

当然更有名的是萧思温的三个女儿。"萧家三姐妹"的美丽出众在大辽国是闻名遐迩，有口皆碑。他的长女名曰胡辇，据说是燕国公主吕不古临产的时候，恰好有朝廷凤辇从门前经过，故而将此女取名胡辇。胡辇性格倔强，长相俊美，十六岁嫁与太宗耶律德光的次子、太平王罨撒葛。穆宗耶律璟当政时期，罨撒葛曾经被委以重任，青年有为，荣宠至极，后来因为参加叛乱，被流放到西北戍边。景宗耶律贤即位以后，赦免其罪将其召回，并且封为齐王。在这期间，胡辇夫唱妇随，一直陪伴在罨撒葛身边。罨撒葛病死以后，胡辇和俊仆挞览阿钵私通，经萧绰恩准结为夫妇，奉命领兵在西南戍边，防御鞑靼。后来胡辇受人挑唆，率众出逃到骨历札国，企图谋反，被萧绰下令囚禁在怀陵，不久去世。这都是后话了，我们不妨先交代一下。

萧思温的次女和罕比胡辇小两岁，性情高傲，貌美如花。从小即喜爱穿戴打扮，干什么都喜欢出人头地。十五岁时即嫁给李胡的儿子赵王喜隐。由于喜隐野心不死，多次参与叛乱活动，被穆宗耶律璟打入大牢。景宗即位以后，赦其数罪，爵复宋王，希望他能改邪归正。但喜隐痼疾难治，贼心复萌，于乾亨二年（980）又密谋造反，终被萧绰下令处死。和罕夫死子亡，出于报复心理，企图毒害三妹萧绰，事败身死，我们在后面还要讲到。

萧思温虽然子女不少，但他最引为自豪的还是小女儿萧燕燕。传说当年萧思温与燕国公主连生了两个女儿之后，夫妇俩都期盼着能再生个儿子。于是他们便在阳春三月，到医巫闾山的万古千秋寺去许愿上香。当夫妇二人燃起香烛、叩头礼拜之时，忽有一群燕子从外面飞来，落在大殿的横梁上欢叫不停。萧思温夫妇抬头观之，甚感惊诧。寺中住持青岩洞主打趣说："阿弥陀佛！施主大喜！巧燕飞临道贺，您的好运就要来了！"夫妇二人闻之欢喜异常。

说也奇怪，当晚夫妇二人住在寺院，夜里燕国公主又得一梦，她再次见到了那群燕子。其中一只金翅金翎，竟然落在了上京宣政殿的宝座之上，然后欢叫数声，变成一只彩凤飞走了。燕国公主甚觉惊异，醒来便高兴地说与萧思温听。夫妇俩均感到十分神奇。

然而更神奇的事情发生了。从医巫闾山回去之后，燕国公主便发觉自己怀孕了。次年春天，她又生下一个女儿，传说此女出生的时候，适逢日出，霞光满天，香气盈庭，经久不息。小姑娘生得眉清目秀，皮肤奇白，头发密而且黑，哭声悦耳响亮。招来成群的巧燕在院中起舞，吸引九只彩凤在天空翱翔。萧思温夫妇喜不自禁，遂给孩子取名燕燕。亲朋好友皆见而称奇，夫妇俩则视其为掌上明珠。

　　燕燕自小聪明乖巧，孝顺听话。幼年时便好学刻苦，显得与众不同。由于生在南京，此地靠近中原，得以较多地接触汉族文化。萧思温自女儿懂事开始，就为她聘请了汉语老师，教她习儒学、读诗赋、学兵法。在三姐妹当中，燕燕虽然年龄最小，但却是最勤奋认真的一个。据说当年萧思温和燕国公主，曾经有意识地对三个女儿进行过测试和考察。

　　一次是适逢中秋佳节来临，燕国公主让三个孩子打扫房间。长女胡辇噘起嘴巴，拿起扫帚划拉了几下就跑了。次女和罕虽然进行了打扫，但她怕弄脏了衣服，腰都弯不下去，地也没扫干净，脸上却弄得跟小鬼一样，气得哭出声来。只有小女燕燕，她学着仆人的样子，头上围起纱巾，身上穿起旧衣，拿起扫帚从角落开始，一点儿一点儿地打扫得干干净净，同时还擦拭了飘落的灰尘，累得满头大汗却脸带笑容。燕国公主见之连声夸奖。萧思温故意问她说："为什么姐姐们都跑了，你还要这样做？"

　　燕燕小脑袋一扬，脱口而出："一室尚不能净之，何以能净天下也？！"五岁的女童竟发此语，萧思温夫妇暗暗称奇。

　　一次是在萧思温祝寿的时候，三个女儿给父亲行礼之后，萧思温让她们每人任选一件礼物。长女胡辇首先拿起一块最大的元宝，喜滋滋地把玩不停，嘴里还在嘟嚷着说："怎么只许拿一块呀？"

　　次女和罕则一头扎在衣服堆里，左挑挑右拣拣，一连试了好几件都不中意，急得她冲燕国公主大喊："娘啊！快帮我看看，我穿哪件好看呀？"

　　轮到小女儿燕燕了，她目不旁视，直接走了过去，只拣起一管毛笔。母亲有些不解地问她："我的宝贝女儿，你这是为什么呀？"

　　燕燕一本正经地说道："一管毛笔虽小，作用不比寻常！它可以写出最好最棒的文字，绘出最新最美的图画。何况这管毛笔是太宗所赐，他曾用来挥洒江山，这才是最珍贵的礼物哇！"小小年纪有此见识，令萧思温夫妇折服。

　　还有一次是过元宵节，饭后萧思温夫妇带着三个女儿观灯赏月。走着走着，萧思温似是很随便地突然问道："你们看这大街上的人林林总总，三教九流，干什么的都有。你们若是长大了，想干点什么呀？"

长女胡辇望着擦肩而过的王公贵族，不假思索地说："我长大了要坐上真正的凤辇，成为尊贵的妃子，我要驾驭这千千万万的人，享尽人间富贵！"

次女和罕抬头眺望着圆圆的月亮，像是满怀憧憬地说："我长大了要穿遍天下最美的衣服，做嫦娥那样最美的女人！"说着竟然掉下泪来。

两位姐姐说过之后，燕燕迟迟没有说话。少顷，萧思温低头问道："我的小女儿怎么不吱声？你长大了想干什么呀？"

没想到这时燕燕却脱口而出："我要做武则天那样的人！为天下的老百姓做点事！"声音清脆响亮，引得许多路人侧过头来。吓得萧思温急忙捂住燕燕的嘴："我的小祖宗！你怎么敢乱说呀？这样是会掉脑袋的！"

燕燕挣脱父亲的手掌，疑惑地说："怎么会呢？我会证明给你们看！"

通过对孩子们的几次测试，萧思温有一次对吕不古说："胡辇爱财，和罕爱美，燕燕爱的是这个国家。她才是胸怀大志之人哪！只可惜是个女娃子！"

燕国公主吕不古不满意地说："女娃子怎么了？未必就不如男人！你还是个男人呢！除了溜须拍马、阿谀奉迎，你还会干什么？怎么还有脸说？"

萧思温嬉皮笑脸地说："有公主这棵大树，还用我会什么吗？啥也不会，我也是人上之人的王爷！"

萧燕燕七岁的时候，父母为了话兑前言，去医巫闾山还愿，把她送到万古千秋寺为尼。青岩洞主笑着说道："南无阿弥陀佛！施主何须如此？此女慧根深厚，自当造福国家。来此深造可以，怎能出家为尼？"遂婉言谢绝了萧思温的请求，但答应把燕燕留在寺里，教她进一步习文练武。

从此燕燕在万古千秋寺里住了下来。每日里早晚伴着青灯古佛，读经诵卷，白天则跟随师姐师妹，习文练武。在青岩洞主的亲自调教之下，五年下来，燕燕的学识和武功均大有长进。一日洞主把她叫到跟前，和蔼地对她说："光阴似箭，日月如梭。山中人间易老，转眼已是五年。你的父母和国家都在等待着你，赶快收拾下山去吧！"

燕燕闻听此言，立即抱住洞主的双腿，哭泣着说："虽然已来五年，但学业刚刚开始，弟子还没有待够呢！怎么就让我下山？我哪里也不想去了！只愿意在此修行，侍奉洞主。就留下我吧！"

青岩洞主伸出双手，爱抚地摸着燕燕的头，缓缓地说："孩子！你从小胸怀大志，终非梵门中人。须知心存善念，不必日日烧香。做成一件功德，胜读万卷佛经啊！但愿你莫忘本师的教诲，时刻想着苦海苍生、天下百姓，也不枉你在本寺待过一场。"说罢与燕燕挥手告别，命晴云、皓月两位师姐送她下山。

燕燕回到南京以后，两位姐姐均已出嫁了。弟弟留只哥年龄还小，她只能一个人待字闺中，每日里不是读书习字，便是骑马射箭。虽然是在父母身边，但也感到有些烦闷。这一日春暖花开，晴空万里，正是踏青的好时节。恰好两位姐姐同时回家省亲，这让萧燕燕高兴万分。于是在早饭之后，三姐妹跟母亲打声招呼，便带上两名侍女，到城外游玩去了。

四月的燕山，风光如画。连绵的群山刚刚披上一层新绿，美丽的原野时而传来阵阵花香。三姐妹一路谈笑风生，快乐无比。她们时而上马疾驰，时而下马追逐，时而折柳成笛，时而摘花为环。走走停停、停停走走，不觉已是正午，几个人来到一条小河边。那河水清清的、静静的，没有一丝涟漪，像是镶在草地上的镜子。那野草嫩嫩的、柔柔的，不见一丁点儿灰尘，如同铺在地上的绿毯。三姐妹先喝水，再洗脸，饮完了战马又打水仗。玩累了，便仰躺在草地上，静静地休息。

燕燕正伸展着四肢躺在草地上，望着天上的白云出神，忽然听到一种'跂跂'的声音。她好奇地歪过头来一看，一头幼小的还没有长出犄角的梅花鹿，正站在河边饮水。它低着头，两只前蹄站在水里，河水清晰地映出它的倒影。

燕燕没有招呼她的两个姐姐，自己轻手轻脚地走向前去，她想活捉这只小鹿，那样她就会有一个好玩的伙伴了。也许由于这头小鹿太渴或是太专注了，它一点儿也没有察觉。燕燕心中暗喜，她张开双臂用足力气向前扑去，想一下子搂住它的脖子。没想到那头小鹿极其机敏，反应特快。就在燕燕的双手行将搂住它的那一刹那，那小鹿将头颅一摆，一个转身，把燕燕撞倒在草地之上，撒腿逃跑了。

两位姐姐闻声而起，见燕燕被摔得那个狼狈样，不禁都笑出声来。燕燕一骨碌爬了起来，感到并未摔疼。抬眼看那头小鹿，它跑了一会儿已经停下来，正仰着小脑袋向这边张望，好像在嘲笑她。燕燕自小就有股拗劲儿，心想调皮的小家伙，不信我就捉不住你。她拾起了弓箭，飞身上马，向那头小鹿追去。

燕燕自小即随父亲进山打猎，又在闾山习学五年，射中这头小鹿是没有问题的。但是她不想伤害它，她只想活捉这个小家伙，这就不是一件容易的事了。由于跑出河边进了山林，道路转弯抹角马跑不开，而那头小鹿却相当灵巧，燕燕越着急就越抓不住它。转眼之间，她已把两个姐姐落下好远。

跑着跑着，转过一道小石崖，那头小鹿已经瘫软在草地上，看样子是跑不动了。燕燕急忙跳下马来，蹑手蹑脚地走向前去。远远地她就看见那头小鹿浑身发抖，眼睛里射出悲哀的目光。燕燕不禁心中暗喜："可怜的小家伙！累坏了吧？谁让你跑得这么快来着？放心吧！别害怕！我是不会伤害你的！"说着已快走到小鹿的跟前，那颗狂喜的心仿佛要跳了出来。

忽然间听到一声惊天动地的怒吼，接着一阵疾风吹来，把那些枯枝烂叶旋风般地卷起，整个山林被摇撼得"嘎巴、嘎巴"作响，仿佛将要地裂山崩。燕燕被这突如其来的景象吓呆了，还没弄清是怎么回事，就见两只吊睛白额大老虎一前一后，带着风声"嗖"地向她扑来。燕燕吓得"妈呀"一声，本能地一下子倒在地上。头前那只大老虎"嗖"的一下，从她的头顶上蹿过。耳边只听得"嘎巴"一声，她身边那棵碗口粗的小树被老虎拦腰撞断，折下的树冠"叭嚓"一声掉了下来，盖在了她的身上，又一只老虎从头上飞过，那树冠救了她一条命。

燕燕虽是从小习武，又在闾山练过五年，但她毕竟只是个十二岁的少女呀！她显然心中害怕，但是并未惊慌。她想起青岩洞主的教诲，凭借自小练就的功夫，左躲右闪，腾挪跳跃，与两只老虎周旋。虽然两只老虎并没有伤到她，但她也丝毫不敢大意。她的拳脚落在老虎身上形同搔痒，她的短箭射在老虎身上如扎根小刺儿，反而激起它们更大的愤怒。这两个家伙显然已经丧心病狂，一次又一次发动猛烈的进攻。燕燕已累得大汗淋漓，形势已是相当危急。

于万般无奈之中，燕燕急中生智。她知道如此僵持下去，自己肯定斗不过这两个庞大的家伙，还会成为它们丰盛的午餐。于是在躲过一只老虎的铁尾之后，她赶忙发出了三支响箭。那响箭带着刺耳的长长的哨音，欢叫着飞向天空。

两只老虎被这种奇怪的声音弄呆了，它们像两只大猫一样，怔怔地望着燕燕出神，静候着事态的发展。待等到箭去无声，发现这种东西对自己并没有一点儿威胁的时候，它们便放心大胆地走向前来，张开血盆一样的大口，咆哮着再次向燕燕扑来。它们坚信美餐就要开始了！

但是老虎们的算盘还是打错了！就在它们的虎须已经碰到燕燕的头颅，呼出的腥臭已经呛晕了燕燕的神志，这个十二岁的少女已经闭目等死的时候，忽听得山林中一声断喝："孽畜！不得无礼！看我取你！"这句喊声如同炸雷，震得树枝树叶"咔咔"作响，引得千山万谷争相回应，似有天兵天将杀来。就在两只老虎一愣神的工夫，只听"啪"的一声，一块拳头大的石块飞来，准确地砸在一只老虎的头上。那只老虎一声怪叫，"扑通"一下倒在地上，疼得直打滚。却把燕燕从虎口下救了下来。

一眨眼的工夫，另一只老虎从燕燕的头顶上飞过。这个笨重的家伙只感到它的身体被一股大力推了一下，便身不由己地向前冲去，竟然收不住脚步，掌不准方向，一头撞在一棵粗大的松树之上。只听"咕咚"一声闷响，那只老虎被撞得眼冒金星，蒙头蒙脑地摔在地上。

随着一阵风儿掠过，一个青年壮士"嗖"地飞来，轻轻地落在大松树下。他伸手绰起那只老虎的右后腿，"嗨"的一声提了起来，一阵猛抡，然后"啪"的一声摔在石崖之上。那只老虎四腿一蹬，立刻不动了。

那青年壮士打发完这只老虎，又走向那个满地打滚的家伙。一俯身，抓住那老虎乱踹的双腿，像玩一只大猫，顺势把它举过头顶，然后又"嗜"的一声，把它摔死在石崖之上，和方才的那只躺在一起，到阴曹地府做伴去了。

这一切都发生在极短的时间之内，让萧燕燕看得目瞪口呆。她虽然跟着父亲多次进山，看见过狼、熊、狍、豹等各种动物，但她从来没有遇到过老虎。她见过许多身手不凡的猎人，但从来没遇到过这样厉害的高手。她有些不敢相信自己的眼睛，于是情不自禁地叫出声来："好身手！好身手！真的好身手！"

那壮士闻声转过身来，对她笑道："这算什么呀？不过是两只山猫！不过小妹妹，今后可不能一个人到山里来了！多危险哪！若不是我听到响箭声，你可能就没命了！你一个小丫头，怎么斗得过这两个大家伙？"

"谁是小丫头？我已经长大了！我都十二岁了，是大人了！"燕燕噘起嘴不高兴地说，她觉得他不该瞧不起人。自己是第一次遇到老虎，下次就不会怕它了。

那青年壮士边上马边说："十二岁你也是个小丫头！比我还小一半多呢！这死老虎我一会儿来取。你敢回家吗？要不要我送你？"

燕燕忙说："你先别走！我还没说谢谢你呢！"边说边走到马前。

那青年壮士也跳下马来。这时燕燕才看清楚，这位壮士生得身高九尺，虎背熊腰，豹头环眼，面如淡金，身穿墨绿色战袍，头戴淡青色斗笠。一脸的威严，满身的正气，真的是威风凛凛，相貌堂堂，往那儿一站，简直如天神一般。燕燕一见，不由得暗自钦佩，随即颔首侧身一拜："多谢大哥哥难中相救，小妹妹日后定当厚报！"

那壮士一听，开玩笑似的说："谢我谢我，你拿什么谢我？厚报厚报，你用什么厚报？"

一句话把燕燕窘住了！她羞赧地半晌才说："长大了我就嫁给你！"说完转身就跑。

那壮士感觉方才这玩笑开大了，可能是伤害了这孩子的自尊心，于是连忙喊道："对不起呀！我是开玩笑的！你是谁家的孩子？"

"我名叫燕燕！萧思温是我爸爸！"随着一串好听的声音传来，萧燕燕已经消失在密林里。好半天，那青年壮士仍呆呆地站在那里，怔怔地望着密林出神，尽管那位美丽的少女早已不见了。

暂且不说萧燕燕跑出松林、找到两位姐姐如何回家之事。且说那青年壮士骑上马，带着随从抬着两只死虎回到家中的时候，已是黄昏。简单地用过晚饭之后，他便怏怏不快地回到卧室之中，对着墙上挂着的一幅画像出神。"太像了！太像了！简直就是小一号的她呀！"他在心里默默地说。"难道是她转而复生了吗？这不可能啊？"他在心里又否定着自己。"但是天底下怎么会有这么相似的人呢？"他的心中充满着疑惑。

原来这青年壮士不是别人，他是大辽国南院枢密使韩匡嗣的第四子韩德让。韩德让虽是汉人，但从小即在辽国长大。爷爷韩知古即是太祖时期的重臣，父亲韩匡嗣因为精通医术，与历代皇帝的关系均十分密切，一直受到重用，是位根基很深的三朝老臣，曾经担任上京留守。韩德让从小在这样的家庭环境中长大，不仅精通汉族文化，而且通晓兵书战策。少年时期又曾去闾山万古千秋寺，拜在青岩洞主门下，因而足智多谋，武艺高强。现下在南京留守司军中任职。

这一日点过卯之后，见没有什么要紧的事，他便带上几个随从去山中打猎，借以习练弓马。刚刚打下几只山鸡野兔，一行人正在林边休息，忽然听到响箭嘶鸣，急忙循声去救，这才出现了方才英雄救美的那一幕。

本来救下那位少女，韩德让是准备马上就走的，他甚至都没有很好地看她一眼。因为在草原上或山林中，只要是发出了响箭，那就是求救的信号，换了谁都会出手相助。但当那位少女说要谢谢他，并且说长大了要嫁给他的时候，他才认真地看了她一眼，不由得让他大吃一惊。

原来这位少女长得这般出众！这般美丽！又这般英武！浑身上下透露出一种不同常人的气质。韩德让仔细端详，发觉她怎么有点像秀娥呢？不是有点像，是太像了！那眉眼的轮廓简直一模一样。就是那位猎户的女儿庄秀娥，他的妻子庄秀娥呀！如今已经病逝六年了，难道是她死而复生了吗？满腹的狐疑勾起了他甜蜜而又辛酸的回忆。他有些茶饭不思了。

细心的母亲发现了儿子的异常。秀娥已经去世六年了，儿子一直执意不娶，难怪他时常郁郁寡欢。母亲爱抚地对他说："我儿虽然想念秀娥，但是人死不能复生。近日又有媒人介绍幽州富商赵承绪的女儿，家境殷实，人也俊美，不知我儿意下如何？"

韩德让望着妻子的画像，眼里噙着泪说："我的心里乱得很！到处都是秀娥的影子，再也装不下别人了！再娶，就一定要娶像她那样的人！"

母亲听了叹口气说："傻孩子！净说痴话！到哪里找一样的人哪？"

韩德让若有所思地说："看缘分吧！我已经遇到这样的人了！她说长大后要嫁给我的！"母亲听了感到莫名其妙，摇了摇头。

一晃儿两年多过去了。这一年的九月，秋高马肥。从北汉传来消息，说中原的赵宋王朝正在招兵买马，准备大举北伐，首先消灭北汉，夺取晋阳，北汉国主刘钧恳请大辽国出兵相助。穆宗皇帝耶律璟因为多年已无战事，训练荒废，军备松弛，急切之间竟找不到挂帅的人才，因而听从殿前都点检耶律夷腊的建议，想通过比武竞技选拔将领，带兵出征。朝堂之上，穆宗诏令萧思温和飞龙御使女里为武场督官，共同协助耶律夷腊主持比武选将一事。小女儿萧燕燕闻讯执意相随，萧思温无奈应允。

大校场设在上京临潢近郊，这里多年来一直是大辽国将士训练和比武的地方，也是历次南征誓师出发的场所。如今奉命而来的有千员大将、数万兵马，一时旌旗招展，人声鼎沸，热闹非凡。

比武竞技的内容分为三项，即骑马比射箭、马上比搏击和空手比格斗。卯时刚过，辽穆宗耶律璟在夷腊和屋质等重臣的陪同下，到大校场的点将台上就座。飞龙御使女里当即宣布比赛开始。

第一轮比的是骑马射箭。规定参赛的将领要在一百五十步开外，打马三圈射出九箭，要求全中靶心，才算合格。因为参赛将领众多，第一轮分十区进行。一场下来，淘汰了大部分将领，只有一百二十名进入第二轮。萧燕燕在人群中惊喜地发现，她的那位恩人大哥哥也在胜出之列，那高大魁梧的身材格外引人注目。

第二轮比的是马上搏击，这是领兵打仗的真功夫。一百二十名将领仍分十区进行，抽签对决之后，再依次进行淘汰。别人打得如何萧燕燕根本不关心，她的一双眼睛紧盯着恩人大哥哥。只见他穿绿袍，披银甲，坐骑一匹黄骠马，手使一柄开山大斧，简直是所向无敌。几轮对阵下来，凡是遇着他的将领，不论是用刀枪棍棒哪类兵器的，几乎全都被大斧磕飞，没有走上两个回合的。他极为轻松地进入了第三轮。同时进入第三轮的还有二十九名将领，内容是徒手比格斗，也就是较量拳脚上的功夫。

第三轮比武的仍分十组。三场比赛下来，决出了最后的前四名，分别是韩德让、耶律休哥、耶律斜轸和萧挞览。飞龙御使女里刚想宣布四人轮赛，决出一、二、三名，穆宗耶律璟一招手叫住了他："不要再比拳脚了！我已经看够了！那边不是有四个石狮吗？"穆宗用手一指点将台两侧，接着说道："让他们比力气！谁的力气大，谁就是第一名！"

飞龙御使女里说声遵旨，便把皇帝的意图转达给了四个人。在场的所有观众一看，不免皆有些担心。这点将台下的四尊石狮一般大小，每尊皆重在千斤以上，而且不好抓不得拿，不比举石锁那么便利。练武之人虽说都练过举重，但对举石狮却心中没底。飞龙御使女里的心里也犯嘀咕："若是谁也举不起来，下面的比赛还怎么进行？但是皇帝的旨意谁敢违抗啊？那是要杀头的呀！"

校场中四员大将遵照皇帝的旨意，按照女里的安排，分别站在一尊石狮的旁边。随着点将台上一声锣响，四个人同时动作。只见休哥、斜轸和萧挞览三人几乎同时抱起石狮，稍停片刻，向上举起。但遗憾的是，萧挞览失败了。他的两臂还没有伸直，那尊石狮就掉了下来，"扑通"的一声落在地上，把校场的地面砸了一个很大的坑。那尊石狮不幸地半截埋在土里，萧挞览向后一仰，自己也闹了个屁股蹲儿，大家一阵后怕。而此时休哥和斜轸已把石狮高高举起，并轻轻地放回基座之上。

韩德让好像有意识地让他人先举。当锣声响起四人一齐动手的时候，他并没有去抱石狮，而是用左手推动狮头，右手推动狮身，使石狮连同底座一并活起，随即慢慢转动起来。伴同韩德让的双手不断摆动，那尊石狮也加速旋转起来，竟像是逗弄一只大白猫，又像是玩耍一只石陀螺，让众人觉得十分有趣。燕燕看得更是着迷，她不知道这位大哥哥又要玩出什么花样。

这时候另外三人的比赛已经结束，人们的目光全集中在韩德让的身上。只见韩德让玩弄了一阵石狮之后，就着它那个旋转的惯性，顺势两膀较力，双手托起，"嗨"的一声举过头顶。举起之后稍停片刻，他并没有放下，而是举着石狮从点将台的西端走到东端，又从东端走回西端，往返二百余步，然后轻轻地放回基座之上。面不改色，气不长出，微笑着拱手向观众施礼。在场的人们包括穆宗皇帝在内，都看傻了！良久才发出震耳欲聋的掌声。而萧燕燕更是欣喜万分，她不知怎么竟有点羞赧，脸蛋儿红得像三月的桃花。

少顷，飞龙御使女里宣布比赛结束。穆宗皇帝颁旨，赐萧挞览为"大辽猛将"称号，授银腰带一条，拜为前部先锋官；赐耶律休哥和耶律斜轸为"大辽勇士"称号，各授金腰带一条，分别拜为左右路元帅；赐韩德让为"大辽国第一勇士"称号，授赤金镶玉腰带一条，拜为中路元帅。其余进入最后一轮的二十六名将领皆有封赏，一律封为上将军，各统一支军马。圣旨一下，三军雷动，观众一片欢腾。萧燕燕的心中更是乐开了花。

应该说今天不管有多少观众，最高兴的人恐怕就是萧燕燕了。难怪乎她的大哥哥能力擒猛虎，敢情是大辽国第一勇士、顶天立地的大英雄啊！更重要的是他竟是南京留守韩伯父的儿子，与自己就住在一个城里，真是庆幸得很！在两年多前那次被救之后，她就后悔没有打听他的名字，回到家以后也没好意思问起，但她那颗少女之心却始终没有平静下来。看完这场比武之后，她心里的那颗种子突然膨胀、发芽、伸枝、长叶，弄得她心里头甜甜的、痒痒的，六神无主，坐立不安。从跟着父亲走出大校场，到住进上京驿馆的房间，他那高大威猛的形象一直都在她的跟前，好像一直都与她待在一起。

晚饭后萧思温去耶律夷腊府上议事，萧燕燕自己闲着无聊，便信步走了出来。这天晚上的月亮特别好，像挂在天上的一只玉盘，那银白色的光辉倾泻下来，有一种朦胧和静态的美，让人觉得心里特别舒服。这天晚上的临潢也非常热闹。耍龙灯的，跳胡舞的，卖吃食的，玩杂耍的，熙熙攘攘；骑着马的，挑着担的，携着妻的，带着眷的，川流不息。萧燕燕毫无目的，心不在焉，她不知不觉地走过两条主街，竟然鬼使神差地拐进一条小胡同里。道路明显地狭窄了，也没看到几个行人。她不禁停下脚步来问自己，我到这里来干什么呢？

萧燕燕迟疑片刻，正想转过身去往回走，忽然一阵"叮叮当当"的响声把她吸引住了。她好奇地循着声音望去，见前面不远处有一片微弱的火光，好像还有人在轻声地说话。她走过去一看，原来是一个铁匠铺。高高的木杆上挂着一面旗子，上面写着"麻记烘炉、名闻塞北"八个大字，在随着微风飘动，好像在招徕客人。而那面条形旗下，此时正站着一位高高大大的军官，好像在与人说着什么。从那熟悉的身影看不是别人，正是大辽国第一勇士韩德让。萧燕燕不由得又惊又喜，她简直不敢相信自己的眼睛。

韩德让与铁匠师傅说完话，转过身来也愣住了。月光下一位女子白衣白裙，长发飘飘，容貌秀丽，体态苗条，有超然出世之姿，具脱俗高雅之美，不禁怦然心动，脱口而出："这不是秀娥吗？"说完见对方并不答话，只是笑盈盈地望着他。他这才揉眼细看，忽地想起："难道是她？"尘封的记忆顿时打开，两个人几乎同时喊出："怎么会是你？你怎么会在这儿？"然后又不约而同地笑了。

韩德让告诉萧燕燕，麻记烘炉技艺高超，名闻遐迩。他这次来是要定做一根竹节钢鞭，要九箍九节六十九斤重，六尺九寸九分长，使起来才顺手。他问萧燕燕怎么会来到这里，难道是要打造什么兵器吗？萧燕燕莞尔一笑："我只是出来随便走走，想着想着就拐到这里来了，没想到还真就遇见了你！"说完脸上"腾"地就红了，好在月色朦胧，韩德让根本就看不见。

但是聪明的韩德让还是听出燕燕话中有话，于是试探着问道："难道你是来找我的吗？两年多不见，你真的长大了！我们还真的有些缘分，不然在京城这么大的地方，怎么会在胡同里相遇！？"

萧燕燕顺口说出："是呀！有缘千里来相会嘛！"说完这句话似乎觉得有些不妥，于是转而说道："人家忘不了你的救命之恩，两年多来一直都在念着你。早就想着再遇见你的时候，一定要好好地谢谢你！"

韩德让立刻接过话来说："我也是呀！自从那年见面以后，我就没有忘记过你。你的形象总是出现在我的脑海里，跟我的秀娥一模一样。我也早就想问你，你说的话还算数吗？你肯嫁给我吗？"韩德让大着胆子说完，胸中咚咚直跳。

听完韩德让的这句话，情窦初开的萧燕燕脸色绯红，心如潮水。她望着这位高大雄壮的青年，就像月光下的一座铁塔，心生爱慕又秀口难开。好半天才眼睛望着别处说道："算数！怎么不算数？不过你不是有妻室的人吗？还想着人家干什么呀？我们虽是有缘之人，未必能成有份之家呀！"

韩德让听罢连忙说道："小妹有所不知！我的妻子八年前就去世了！我一直深深地怀念着她。这几年我一直孤身未娶，就因为我也一直在想念着你，你长得实在太像她了！"韩德让说到动情之处，情不自禁地伸手抓住燕燕的肩膀，滚烫的话语像潮水般奔涌而出。他望着月光下这位冰清玉洁的少女，出水芙蓉一般俊美的姑娘，感情的闸门骤然打开。他不想再错过这个机会，他要迎娶这位心仪的女神。

萧燕燕完全被感动了！她虽然是第一次听但她早就想听这样的话。他的话像小溪一般静静地流进她的心田，让她感到十分的惬意和甜美。她不由自主地靠在他的臂弯里，觉得是那样的温暖和踏实，如同靠着一座大山。他们不再说话，就这样静静地站着，两个人合成了一个身影，在月光下根本就无法分开。

不知过了多久，燕燕从韩德让的怀中抬起头来，解下自己的一块环形玉佩，双手递给韩德让，意味深长地说："大哥哥若是真心实意，小妹我情愿以身相许，那就向我们家提亲来吧！只怕我配不上你这大辽国第一勇士！"

韩德让接过玉佩激动地说："我盼的就是你这句话，回家我就跟父母说。这辈子除了你，我不会再娶别的女人！"说着解下一把利刃送给燕燕，深情地说，"这把精钢短剑是父亲送给我的防身利器，如今就转赠给你，视同我永远陪伴在你的身边，会一直保护你的安全！"说罢二人手拉着手，又走了很长的一段路，然后才相视多时，依依不舍而别。

萧燕燕回到驿馆之后装作无事，第二天就随同父亲回南京去了，到家后也只字未提。只是显得神采飞扬，特别高兴，让家人均感到莫名其妙。而韩德让则兴高采烈，喜气洋洋，回家后迫不及待地就禀报了父母。韩匡嗣听罢喜不自禁，他早就知道萧家三个女儿均貌美如花，而小女儿燕燕更为出众。他与萧思温都在朝中为官，两家可谓门当户对。如今儿子刚被封为大辽国第一勇士，如果再迎娶萧燕燕为妻，那真是双喜临门哪！老两口一商议，即刻请媒人去萧家提亲。

这桩亲事一拍即合，萧思温夫妇也十分满意。人家是大辽国第一勇士呀！多少人家的姑娘想攀高枝呀？说不定哪天皇上一高兴，就择个公主嫁过去了。如今韩家主动提亲，这是送上门来的好事。如果萧韩两家结为至亲，别说是在南京城了，就是在朝中恐怕也无人能比，连皇上都会高看几分。萧思温乐得合不拢嘴，燕国公主也遂心如意，痛痛快快地就答应了，两家的亲事就这样说妥。韩家送了一份丰厚的聘礼，两家的老人在一起吃了一顿饭，皆大欢喜，就差定下日子过门了，萧燕燕和韩德让的心中都像吃了蜜糖一样甜美。那个时期草原上的民族粗犷豪放，青年男女之间无拘无束，与中原的习俗是不一样的。所以当两家把亲事定下来以后，萧燕燕和韩德让之间就频频往来。卿卿我我，花前月下，出则成对，入则一双，竟然到了一刻也不愿意分开的地步。

没想到辽景宗耶律贤的一道圣旨，拆散了这对美好的姻缘，也由此改变了他们各自的甚至是大辽国的命运。听说皇上要迎娶自己的女儿，萧思温当时就蒙了。他感到既喜且忧，一时不知道说什么才好。喜的是如果让燕燕嫁给皇帝为妃，那么自己就是国丈，萧家将成为大辽国第一豪门，这是多么荣耀的事呀！是多少人梦寐以求的呀！巨大的喜悦让他有些飘飘然，竟然有些不知所措。是内侍又喊了一声："请萧大人领旨谢恩！"他才如梦方醒，连忙叩头说道："感谢皇恩浩荡！萧家荣宠至极！微臣当鞠躬尽瘁、忠心耿耿、死而后已！"但等他磕完了头，一股忧思立即涌上心头：长女、次女早已嫁人，小女虽然未嫁，但已许配韩家，可怎么开口向人家说呀？

萧思温带回来的这个消息，如同晴天霹雳，让全家人均大吃一惊，但是无可奈何，燕国公主当时就晕了过去。萧燕燕虽感十分突然，但她没掉一滴眼泪。她转身跑出房门，去找韩德让倾诉。她同韩德让虽然没有举行婚礼，但已经情投意合，如胶似漆。她这颗少女之心已完全献给了这个草原雄鹰、大辽国无敌的勇士。她为他的高大威猛所慑服，她为他的火热情怀所融化，她为他的阳刚气质所吸引。她早已下定决心，要嫁给这个男人，跟他相守一辈子。没想到老天捉弄人，晴空忽降雨。自己再不愿意，也是无可奈何，不但父命难违，君命更难违。唯一的办法就是以死抗争，她把这个想法告诉了韩德让。

望着这张月光下显得有些清瘦的脸，听着那些发自肺腑的诉说，韩德让心潮起伏、感慨万千。一年多来，这位容貌酷似亡妻的少女，给了他多少甜蜜的回忆和幸福的憧憬，赋予他多少快乐和自豪哇！他不止一次地设想过他们的未来，想象着他们比翼双飞、共沐风雨；想象着他们会生很多很多孩子，会形成一个很大的家族；想象着他们会成为草原上人人羡慕的神仙伴侣。如今这一切都破碎了！他虽然不怕做叛臣贼子，与燕燕出走双宿双飞，但他不能害了父亲、母亲和兄弟姐妹，更不能害了萧叔父、萧婶母和燕燕的家人。因为他知道抗旨不遵会祸灭九族，满门抄斩。他虽然舍不得燕燕，但他不愿因此殃及无辜的人。因为他是个顶天立地的男子汉，他不能只为自己着想。

他把自己的想法告诉了燕燕，这个十七岁的少女只是一个劲儿地哭。她觉得自己对不起德让哥哥，对不起自己的救命恩人，对不起自己情愿托付终身的男人。在这也许是属于他俩的最后一个夜晚，她要把自己的一切都献给他。燕燕把头埋在韩德让的怀里，手指轻轻地抚摸着韩德让的臂膀，喃喃地吐露着自己的心曲。她觉得这样也许会好受些，会减少一些愧疚的心理。

但是韩德让轻轻地推开了她。他不能因此坑害了燕燕，让皇上感到燕燕不是个纯洁完美的女人，不能让燕燕留下一生的伤痛和永久的疤痕。因为在他的心中，燕燕是位尊贵的女神，是天上的太阳和月亮，他可以欣赏她，但无权亵渎她。他凝视着这张十分熟悉而又百看不厌的脸，慢慢地擦去她眼角的泪珠，轻声地说："燕燕，我们随缘吧！想当初你我林中相遇，那是天造之缘。如果那天不去打猎，怎么会在山中见面？第二次到上京比武，那是地设之缘。如果我不去烘炉办事，你不在晚上逛街，我们怎么会再度重逢？如今行将谈婚论嫁，却遇新皇登基，表面上看是拆散了你我，也许会给我们带来天赐良机。如果你我今生真有缘分，自会重新走到一起。如果你我今生缘分已尽，那我们就做一回换命的兄妹吧！"

韩德让一边说着话，一边拉着燕燕的手在草地上跪下，对着月亮老人起誓说："无论燕燕嫁给何人，她永远都是我心中唯一的女神。我终生不会忘记她，我的生命永远属于她，随时愿意为她奉献我的一切！"

萧燕燕也一边拉着韩德让的手，一边对着月亮起誓说："不管萧燕燕嫁给谁，我永远都是德让哥哥的女人，我的心永远都在他的身上！今生今世，永不变心！"说完扑在韩德让的怀里，抽泣不止。两个人相偎良久，直到月上中天，才依依惜别。

五天以后，辽景宗耶律贤举行隆重的新婚大典，迎娶萧燕燕入宫，封为贵妃。景宗早就听说萧燕燕容貌出众，如今洞房一见，惊若天人，自是喜爱非常，奉为至宝。一年以后，萧燕燕生下女儿观音女，即被立为皇后。第二年生下长子耶律隆绪，更是荣宠倍至，威望骤增，从此改名为萧绰。因为景宗自小有病，身体一直不好，时常不能上朝理政，批阅奏章就成了很重的负担。萧绰（以后文中皆称为萧绰）成为皇后以后，不仅精心照顾夫君的身体，还主动替景宗分忧，帮他批阅奏章。由于萧绰从小熟读诗书，有很高的文化修养，她批过的奏章阅览精细，处置有度。景宗经常夸奖她，后来索性把这件事全部交给了她。萧绰既要侍候景宗，又要照顾子女，还要抽出时间处理朝政，每天都忙得不可开交。但在她的内心深处，那份对于韩德让的爱恋，仍然执着而火热，就像埋在地壳深处的岩浆一样。

且说韩德让被穆宗封为"大辽国第一勇士"，当年十二月即奔赴边疆，担任东南招讨使、前部元帅兼南京留守，担负起抵御宋朝北伐的使命。韩德让到任以后，当即与耶律休哥、耶律斜轸等将领共议拒敌之策。耶律斜轸首先对曰："会同十年我朝太宗打进中原，不久在开封称帝。后来之所以被迫北撤，中道身亡，错就错在纵兵抢劫、军纪涣散、赏罚不明和失掉民心上；应历九年后周世宗柴荣北伐，我军一败涂地，一个月内丢掉三州三关之地，除了将帅指挥无方，也是因为军纪不整，一触即溃。此我军十数年来之痼疾也！如今赵宋新立，野心勃勃，必欲兴兵北伐，图我幽燕之地。我朝若想守边固土，必须打造一支百胜劲旅，方能抵御宋朝的进攻。而要提升军力，必须先正军心，先明军纪，先练精兵，先树军威。否则幽云之地不复保也！"德让、休哥皆赞同之。

计议停当，韩德让遂与休哥、斜轸一起，在南京调集人马，操练士卒，颁布军纪，收拢军心。韩德让把若干项规定简化为"八条律令"，即：有不遵号令者杀；有随意抢劫者杀；有奸人妻女者杀；有临阵退缩者杀。对严守军纪者奖；对扶危济困者奖；对斩将立功者奖；对勇往直前者奖。韩德让要求将领们要率先垂范，士兵们要牢记在心。

辽应历十八年（968）八月，顺利平定后蜀的胜利，使宋太祖赵匡胤有些飘飘然了。他不听群臣和众将的劝阻，悍然御驾亲征，率兵北伐。为了一举拿下北汉，赵匡胤事先就派侍从侯霸和惠璘二人前去卧底，买通和借助于北汉宰相郭无为的关系，安排二人当上了北汉朝廷的宫廷供奉官。二人借往来购货出入宫廷之便，暗中收买部分将士，企图里应外合，拿下晋阳，消灭北汉。赵匡胤自以为此计十拿九稳，没承想事到临头，发生了变故。侯霸和惠璘虽然在城中举事成功，杀害了北汉国主刘继恩，但宰相郭无为听说辽军将至，临时变卦，又突然杀死了侯霸和惠璘，并将其同党统统斩首，让赵匡胤的图谋成了竹篮打水。加之此时刘继恩的弟弟刘继元登位，派大将刘继业统兵驭敌，宋军急切攻之不下。

说到这里，我们有必要把刘继业这个人交代一下。刘继业本姓杨，原名叫作杨重贵，陕西麟州（今陕西神木北）人氏。其父杨信是当地的一个富豪，后来趁着残唐五代动乱之机，起兵举事，成了后汉的麟州刺史。后汉灭亡之后，刘知远的弟弟刘崇建立了北汉，雄踞晋阳。杨信又依附北汉，还把自己的儿子杨重贵送给刘崇当侍卫。这位杨重贵自小习武，天生神力，又得异人传授兵书战法，自是足智多谋，武艺高强。他能拉开五百斤的硬弓，对二百步以外的目标百发百中。手中一把一百六十斤重的大砍刀，招法奇绝，无人能敌。刘崇见之喜爱非常，赐姓为刘，封为大将，把他排行为孙辈，故称之为刘继业。刘崇死后，刘钧继位，遂将刘继业收为养子，恩宠备至。刘继业至此也忠心耿耿，勤于王事。尽管后来他的父亲已经归顺了后周，但他仍然死心塌地地为北汉朝廷卖命。

且说宋太祖赵匡胤兵围晋阳，虽然里应外合的图谋已经失败，但他并不想就此撤军。他不相信自己的十几万精兵强将，就拿不下一个小小的晋阳。因此他命令全军昼夜攻打，并且亲蹈前敌，指挥作战，根本没把城中的北汉军队放在眼里。

站在城墙上率兵坚守的北汉大将刘继业，见宋军前仆后继，蜂拥而上，嗷嗷怪叫，十分疯狂，眼看着己方损失惨重，晋阳城有失守的危险，不免十分焦急。慌乱之中，他突然发现在城下不远的护城河边，一顶黄罗伞迎风而立，极为醒目。一匹黄骠马上坐着一人，金盔金甲赭黄袍，手执马鞭，比比画画，正在指挥将士攻城。刘继业心想这位将军不是别人，肯定就是大宋朝的皇帝了！对不起了，我正愁无计退兵呢，就拿你开刀吧！于是他拈弓搭箭，"嗖"的一箭射去，赵匡胤立刻翻身落马。

原来赵匡胤正在指挥攻城，根本没注意到有人放箭，也根本没想到有人从这么远的地方放箭。由于毫无防备，箭头穿透重甲，结结实实地射在他的右臂之上。幸亏他扬起手臂在比画，不然就麻烦了。

身边的将领们见皇帝落马，一个个吓得面如土色，纷纷围上前来打听情况。城头上的刘继业抓住良机，"嗖、嗖、嗖、嗖、嗖"，连发五箭。一眨眼的工夫，宋将王全、吕耀、周庆丰、沈志全和郭无钢纷纷丧命。宋军见之大惊，正在攻城的将士们像潮水般地撤了下来。众人护持着皇帝赵匡胤向城外远处撤去。

城头上的刘继业见机不可失，立即跨马拎刀，率领着一万铁骑冲出城门，追了上来。宋军大将曹彬和潘美正在断后，急忙率兵拦截。无奈那刘继业马快刀沉，骁勇异常，如入无人之境。宋军将士抵挡不住，只好且战且退。刘继业目无旁顾，眼睛只盯着那顶黄罗伞杀去，大刀起落，血肉横飞，眼见得情况十分危急。幸亏宋将党进从斜刺里杀出，一根大铁棒呼呼生风，缠住刘继业以死相搏，才使赵匡胤得以平安逃脱。

读者也许要问，赵匡胤也曾是位身经百战的猛将，为什么中了一箭就仓皇撤退？原因有二：一是刘继业这一箭射得太重了，力透肩胛，血流如注；二是赵匡胤如今是皇帝了，他的生命就显得特别尊贵。即或他不想撤兵，将士们也不干呀！他们要保证皇帝的绝对安全，这就是宋军大败的原因。

再说韩德让奉穆宗之命，与休哥和斜轸一起，率军从南京出发，走山路、抄近道直奔晋阳。他先派人与北汉军取得联系，又命休哥、斜轸率轻骑迂回至晋阳之南，焚烧宋军粮草，切断宋军归路，然后亲率主力直捣宋军大营。宋军因皇帝受伤，正待撤军，忽遭辽军猛攻，无心再战，急保护着赵匡胤向南退走。途中又遭休哥与斜轸两路夹击，宋军大败，逃回开封去了。

此一战结束之后，韩德让率军回到南京，立即对部队进行了整训，斩临阵退缩者二十四人，有三十名将士受到奖励。同时把所部编成三支劲旅，每支一万人马，分别由他和休哥、斜轸亲自率领，称为黄帜军、红帜军和青帜军，并加紧训练，做长途奔袭的准备，他知道宋军一定会卷土重来。

果然，宋朝皇帝赵匡胤北伐失败，又身受箭伤，他咽不下这口气，执意要报仇雪恨，消灭北汉。宰相赵普、开封府尹赵光义、大将曹彬等人皆极力劝阻。赵普说："北汉虽小，但军力不弱，尤以刘继业剽悍无比，不易轻取。又有辽兵相助，再战恐亦难胜。况陛下箭伤初愈，元气未复，何以匆匆出兵，实不妥也！不若再候良机，方为上策。"但赵匡胤执意不听，他愤怒地说："想我赵匡胤青年从军，身经百战，从来都是攻无不克，战无不胜，何时遭过如此败绩？此仇不报，何以为君？"遂御驾亲征，领兵三十万，于宋开宝二年（969）二月，再度北伐。大军一路摧枯拉朽，进展相当顺利，不到一个月就突破北汉军队数道防线，三月初已将晋阳团团围住。北汉国主刘继元一面派飞骑向辽国求救，一面命大将刘继业率军守城。由于北汉朝廷早有准备，晋阳城内粮草充足，人马也有十万之众。再加上刘继业父子英勇善战，精于防守，宋军急切难以攻下，城外尸体堆积如山。赵匡胤心急如焚，宋军昼夜攻打，晋阳十分危急。

辽国皇帝耶律璟早就接到了刘继元的求救书信，但他由于进山打猎，把这件事给忘掉了，而且从此魂归地府。幸亏耶律屋质接到边报，才命韩德让率兵相助。等韩德让领兵来到晋阳，已经是四月下旬了。这时宋军由于久攻不下，师老兵衰，士气低落，而城中亦是粮草将尽，人困马乏，危在旦夕。就在这种紧要关头，韩德让和休哥、斜轸率领的生力军突然出现，令身心疲惫的宋军措手不及。韩德让率领的黄帜军一马当先，皆是黄衣黄甲黄色战马，从中路杀出，其势如山洪暴发，不可阻挡；左侧耶律休哥率领的红帜军一律红衣红甲红色战马，似一片烈火烧了过来，所向披靡；右侧耶律斜轸率领的青帜军一色黑衣黑甲黑色战马，像半天乌云突兀而至，令宋军胆寒。城中的刘继业父子见宋军大乱，乘机从城中杀出。内外夹攻，宋军大败，退出三十里外扎营。

此番北伐又受重创，赵匡胤并不甘心，决意整顿军马，调运粮草，试图再战。但众将苦苦相劝，皆主张暂且退兵，赵匡胤尚且犹疑不定。赵普趁机谏道："北汉虽不足惧，但辽兵的确难敌。我军久战不胜，如今士气低落。况连日大雨，道路泥泞，恐大军粮草亦难以为继。若此时辽、汉两家来攻，则我军危矣！请陛下斟酌。"

赵匡胤闻之长叹一声，只好下令撤兵。

回到开封以后，反思良久，赵匡胤在一次早朝上痛悔地说："是我征南大胜，忘乎所以，轻易改变了先南后北的策略，导致了两次北伐的失败。看来以后不可轻易对辽国用兵啊！"但他壮志未酬心有不甘，随即下诏在朝廷设置"封桩库"，专门积攒银两和彩绢，他打算攒够六百万匹，就用它来赎回十六州。

"如果辽人不同意，再向天下招募死士，与辽国决战！"他大笑着说，"我用二十匹彩绢换一颗辽军的人头，不信就打不败他们！老祖宗留下的幽云之地，绝不能让外人长期占领啊！"说着他眺望北方，眼眶中竟然噙满了泪花。

第十六回
扫平南国匡胤归天
养成羽翼光义继位

两次北伐战争的失败，让宋太祖赵匡胤终于冷静下来。他明白自己被南征的胜利冲昏了头脑，轻易改变了先南后北的战略，是犯了一个极大的错误，不但损失了大量的人力财力和军力，还丢掉了好几年宝贵的光阴。回到开封以后，一日早朝，他召集群臣商讨后续之策，一音未落，丞相赵普即出班奏道："恭喜陛下！贺喜陛下！良机来到，不可错过！"说得群臣皆莫名其妙。赵匡胤也有些不解，随即问道："喜从何来？愿闻其详。"

赵普接下来缓缓说道："如今'睡王'猝死，新皇初立，辽国无暇外顾，北汉孤掌难鸣，乃我朝固北征南，开疆拓土之良机也！如何不喜？若我朝顺利平定江南，携华夏之力再伐北虏，则幽云之地可得，统一大业可成也！如何不喜？此真一天下之喜事矣！"群臣闻之，均觉得赵普言之有理。

赵匡胤赞同地点了点头说："爱卿之言甚合我意，此时的确是南征的良机，但不知我朝当怎样动作，方能旗开得胜马到成功？"

宣徽南院使曹彬接过来说："现在江南还有四个国家，尚未纳入我朝的版图，但其中吴越和漳泉早已臣服了，随时准备纳土归顺。只有南唐和南汉还在硬撑，企图凭借天险负隅顽抗，拥兵自守。为今之计，应当先取南汉，再灭南唐，如此则吴越、漳泉必望风来降，江南可一举而得矣！"

赵匡胤听罢大喜，遂诏令枢密院调集人马，命三司使筹办粮饷甲仗等物，随时准备发兵南征。宋开宝三年（970）九月，赵匡胤下达了进军的命令。十万宋军生龙活虎，向南汉据守的岭南进发。

南汉政权建立于后梁贞明二年（916），第一任皇帝是关中人刘䶮，如今传位至第四代刘鋹，已盘踞岭南近六十年之久。南汉虽然疆域不大，但是地处鱼米之乡，长期没有战事，皇室十分富有。六年前宋军讨伐后蜀时，大将潘美曾攻下南汉所属之郴州，令南汉政权朝野震动。如今接到朝廷诏令，潘美即刻率军突袭，令南汉军队猝不及防，当天就丢了贺州（今广西贺州市）。潘美乘胜追击，那些久未上阵的南汉士兵丢盔卸甲，一片狼藉。宋军七日内连下昭（广西平乐）、桂（广西桂林）、连（广东连州）、韶（广东韶关）四州，一直把南汉败军追至莲花峰下。

南汉国王刘鋹得到加急军报，仍然假装镇静，自我解嘲地对群臣说："昭、桂、连、贺四州本属湖南，原来就不是我们的地方，让宋军拿去好了。但他们不会再南下了，到这边来水土不服，我让他们有来无回！"遂仍与宫人和宦官们饮酒作乐。

原来刘鋹极为宠信宦官，他认为宦官没有家属子嗣，一定会忠心耿耿地勤于王事。因此他任命的宰相、大臣和将军们也多数是宦官。这些宦官们只懂得阿谀媚上，根本不会打仗。刘鋹又宠信一名爱妃叫作"波斯女"，因为生得又黑又胖，被刘鋹赐名为"媚猪"。宋军兵临城下，"媚猪"出来献计，她把一名叫作"樊胡妹"的女巫引入宫中，说她能请来天兵天将御敌。刘鋹信以为真，遂封其为国师，命其到军前效力。自己仍在宫中玩乐，丝毫未把宋军的进攻放在心上。

潘美率军攻占广州，刘鋹才感到事态严重，急忙下令拓宽护城河，维修旧城墙，调动全国军马，妄图死守番禺。但事到如今为时已晚，而且没有将领可派。"媚猪"推荐与其私通的刘鋹养子郭崇岳挂帅，但郭崇岳既无勇又无谋，只相信鬼神巫术、歪门邪道，他命令樊胡妹作法退敌。樊胡妹率领一千多名蛮女，赤身裸体来到军前，又舞又跳，鬼哭狼嚎，被潘美下令用乱箭射退。

樊胡妹一招不成，又生一计。她率领着这些蛮女驱赶着几百头大象拥上前来，企图冲垮宋军的阵脚，南汉的人马则跟在大象后面，妄图乘势进攻。这些笨重的庞然大物排成横队，如同一道移动的城墙，虽然缓慢但却是坚定地压了过来。宋军将士们万箭齐发，但是无济于事，那些锋利的箭头对这些皮糙肉厚的家伙，根本就毫无效果。宋军的将士们有些惊慌失措。潘美急中生智，命令士兵们搂草点火。霎时间火苗滚滚，浓烟漫漫，随风向大象们扑去。这些家伙看着傻大黑粗，其实一点不笨，看到前方火起，立刻掉头就跑，而且越跑越快。这下子那些南汉的士兵就遭殃了，被踩得鬼哭狼嚎，被撞得骨断筋折，许多人当场成了肉饼。

宋军乘势进攻，番禺城破。刘铢率众投降，被太祖赵匡胤封为金紫光禄大夫、检校太保，后来在宋太平兴国五年（980）死于开封。

南汉在突然间迅速灭亡，吓得另三个国家惊慌失措，连忙分别派使者来到开封，宣布取消国号，放弃帝位，原来的皇上只称国主，表示向宋朝臣服。鉴于这种情况，太祖赵匡胤与群臣计议，商量下一步的用兵之策。

丞相赵普首先说道："吴越和漳泉归顺已久，其意甚诚，可以信赖。然而南唐所说未必是真，恐惧于我朝强大之军力也！为今之计，当做两手准备。一是既然三方同意归顺，我朝自当顺应民心，欣然应允，力求和平统一江南；二是秣马厉兵，严阵以待，随时做好打仗的准备。现下我军可一方面派人潜入其境内，了解其地形地貌，收买其将领大臣；另一方面邀请南唐国主来开封觐见。若其不来，则假象立现，我朝再发兵亦不迟矣！"曹彬、曹翰等相继上奏，皆赞同赵普所言之策。

赵匡胤闻之有理，遂按赵普之谋，命宣徽南院使、大将曹彬率军在荆州监造大船，扎制竹筏、木筏等渡江之物，做好进攻的准备；同时命翰林学士梁炯为使，奔赴南唐，敦促国主李煜入朝觐见。

果然不出赵普所料，李煜因为并非真降，根本不敢来开封觐见。他生怕被扣留一去不归，因此尽管梁炯一再相邀，李煜只是推病不往。不久，赵匡胤依赵普之计，再次派知制诰李穆为特使，诚邀李煜在开封见面。李煜吓得面如土色，语无伦次，仍是推病拒绝。李穆冷笑着说道："皇上屡次诚心相邀，与尔共商江南大计，然国主却推三阻四，满口托词，岂非心中有鬼，另有图谋乎？"

李煜是个虽有诗才却无口才的人，他望着咄咄逼人的李穆，突然站起来大哭着说："你我皆为李姓，何故苦苦相逼？你回去告诉皇上，就说我撞死了！"说罢真的向身后的廊柱撞去。吓得侍卫们忙紧紧拉住，但他仍哭闹不止。李穆悻悻地拂袖而去："尔如此装腔作势，就等着兵败为囚吧！"

宋太祖赵匡胤得报，知南唐确无投降之意，于是下令准备进攻。这时，南唐文人樊若水因为科举不第，又不被朝廷重用，心生反意，遂借在长江采石矶旁垂钓之机，暗暗勘测长江水势流向、水深和宽度等情况，绘成图册前来求见，并向曹彬献上连成舟船可搭浮桥之策。赵匡胤大喜，亲自接见樊若水，采纳其计，并留其在军中听用。这时候好的消息接踵而来，由于赵普行使反间计，假意与南唐大将林仁肇往来，后主李煜顿生疑心，诛杀了这位南唐军中唯一文武双全的统帅。赵匡胤欣喜万分，认为时机成熟，即令颍州团练使曹翰率师出江陵东下，从陆路牵制南唐援军；又命岭南东道节度使潘美率军溯江而上，进逼南昌；再命吴越国主钱俶率军从东面取常州。如此三面合击，令南唐外顾不暇。同时，又命宣徽南院使、大将曹彬率水军出荆州，在采石矶一带强行渡江，然后围困金陵。命西南五路招讨使、大将王明率军西进武昌，拦截南唐在江西的军队，使其无法东下增援。

李煜闻宋朝五路大军逼近，一时慌了手脚。一方面令其弟江国公李从益为使，向宋朝奉绢二十万匹，白金二十万两，请求宋朝罢兵讲和；另一方面暗暗调兵遣将，聚集粮草，修建城垣，收拢舟楫甲仗，做最后一搏的准备。

宋开宝七年（974）十月，曹彬率军在采石矶搭建浮桥成功，完全出乎南唐君臣的意料，十五万大军骤然而至，立即将金陵团团围住。接着，钱俶率领的吴越军攻下常州、江阴和润州（今江苏镇江），金陵以东国土尽失，京城金陵万分危急。李煜急令镇南节度使朱令赟，从南昌率军东进勤王。

南昌号称南唐的南都或西都，驻扎有精锐部队十几万人马，而且有大量的战船和粮草，是南唐王朝的老巢。朱令赟接到朝廷诏令，迅速聚集起二十万人马，乘大船千余艘、木筏千余只，出鄱阳湖口至长江。大军前后数十里，各色旌旗数万面，一路浩浩荡荡，十分威武雄壮。朱令赟多年来忠心耿耿，将士们也抱一搏之决心，因此这支东进雄师信心百倍，志在必胜。但由于李煜手忙脚乱，踌躇不定，疏于谋划，已经错失良机。因此徒有这样一支劲旅，也因为来得太晚而无济于事了。

朱令赟率水师沿江东下，顺风顺水，信心十足。他企图用大船冲开宋军江上浮桥，切断宋军的粮道和归路，然后与金陵守军内外夹击，将过江的宋军全部消灭。但是他的算盘打错了，他已经钻进了赵匡胤布下的围城打援的口袋。大船行至皖口（今安庆市西南），与宋军遭遇，朱令赟命燃起火油，让快船载之乘势冲去，想烧毁宋军的浮桥。

但是老天不遂人愿。火油刚刚点燃，但风向突然改变，不仅没有烧着宋军，反而将自家的快船烧毁，浓烟呛得大船上的将士睁不开眼睛。朱令赟气急败坏，正思良策，忽闻两岸之上喊声乍起，数万支火箭带着风声，如满天火龙，向船队扑来，霎时间火舌狂舞，浓烟漫漫，南唐的大军被淹没在火海之中。这些东进的将士们不是被烧死，就是跳到水里喂鱼去了，可怜十几万人马转眼间灰飞烟灭，令人痛心疾首。

曹彬率众歼灭了南唐的援军,又对金陵围而不打,弄得李煜君臣无可奈何,一筹莫展,城中粮草已经尽绝,饿死之人互相枕藉。守城将士有气无力,多数都在坐以待毙。李煜想请辽国相助,但已远水解不了近渴。万般无奈之中,尚存一丝幻想,派遣翰林学士徐铉去开封求和。徐铉见了赵匡胤说:"我主李煜无罪,为何兵戎相见?陛下师出无名,恐怕胜之不义,岂不为天下之人所耻笑乎?"

赵匡胤笑着说道:"李煜虽是无罪,但他贪玩误国。我兴救民之师,何为不义之说?若南北一统,万民和畅,必为天下之人所赞颂也!"

徐铉又说:"我主忠诚老实,尊奉陛下如父,如今穷途末路,为何定要灭他?此非大国之君应所为也!"

赵匡胤哈哈大笑:"既是视我如父,为何不来见我?天下有这样当儿子的吗?何况卧榻之旁,岂容他人鼾睡?现在想求和了,是不是有些太晚了呀?"徐铉无言以对,惶恐而退。李煜企图苟安的希望破灭了!

开宝八年(975)十一月,宋军总攻,金陵城破。李煜率百官投降,曹彬派人将其解送开封,不久被赵匡胤封为左光禄大夫、检校太保、右千牛卫上将军、违命侯。宋太平兴国二年(977),李煜过生日时饮鸩而亡,终年四十二岁。传说是因为他吟诵《虞美人》一词,惹恼了宋太宗赵光义,因而被人毒死,是真是假,无法证实,由读者自己去理解吧!

灭掉南唐以后,赵匡胤又诏令吴越国主钱俶进京,令其拆除国中城堡,不得私自养兵,每年如期纳贡,并且派次子入朝为质,从而使吴越实际上成为宋朝的一个辖区,国主也仅是个虚名而已。至此,除北汉和幽云十六州之外,中原和南方基本统一,多年的分裂和战乱的局面终于结束了。

宋太祖赵匡胤取得了军事上的重大胜利,实现了几乎大半个中国的统一,但他却一点儿都高兴不起来,反而陷入了深深的苦闷和烦恼之中。不安的心境全是由那所谓的"金匮之盟"引起的,事情要想弄清楚,还必须追溯到十四年前,从赵匡胤称帝不久的时候说起。

我们都知道赵匡胤的父亲赵弘殷是后唐的一位将领,他娶了河北杜家庄一位大户人家的女儿,就是赵匡胤的母亲杜太后。杜家庄前面有一个很大的水洼,名为双龙潭。潭边有两棵大树,高约数丈,形同伞状,过往之人皆见而称奇,言此处必出贵人。杜氏嫁与赵弘殷之后,因避战乱,曾经带着匡胤、匡义兄弟俩在此住过一段日子。她经常肩挑一担,把两个孩子放进筐里,亲自去下田劳作。有一次被陈抟老祖看见，惊诧地说："谁道当今没有真命天子，这筐里装的哪个不是？"听到的人们皆以为这个骑驴的老头儿是个疯子，谁也没在意，但杜氏却牢牢地记在了心里。

杜太后出身大家，从小读书，遇事极有见地。陈桥兵变时，有人把这个消息告诉她，她当时自豪地说："我儿素有大志，此事顺理成章！"及至不久赵匡胤当了皇帝，许多人向她道贺，她却说道："有什么可道贺的呀？这是一份重责呀！须知古往今来，当皇帝最难。看似风光无限、尊贵无比，实则如履薄冰、风险巨大。如果违背民心，或者处置不当，求为匹夫亦不可得也！身首异处者亦多矣！"

杜太后生逢乱世，历经梁、唐、晋、汉、周五代，备受颠沛流离之苦，对今朝为天子、明日做囚徒的事情见得多了，所以在她晚年生病的时候，对赵家皇权更替问题就十分忧虑。

一日杜太后似乎清醒了许多，她对守候在身边的长子赵匡胤说："我儿，知道你为什么能够当上皇帝吗？"

赵匡胤不知母亲问话何意，于是顺口回答道："皆托祖宗之洪福和母后的教诲之功也！"

杜太后摇摇头说："非也！跟你娘还用说这样的话吗？若不是柴荣突然去世，若不是柴宗训年幼无知，如果是位成年人在执政，你就能那么轻易地当上皇帝吗？因此我想你将来传位之时，如果孩子还小，就应该先传位给光义，光义再传位给廷美，再由廷美传回到你的儿子德昭。这样就不怕别人窥伺皇权了，既是社稷之福，也是万民之福哇！"说完一阵剧烈的咳嗽，期待的眼神还伴着泪花。

赵匡胤急忙给母亲捶背，顺口答道："谨遵母后教诲，儿子照办便是！"杜太后听完后，脸上方绽出笑容，不一会儿平静离世。

当时宰相赵普也在旁边，杜太后说话的时候，眼睛还在望着他，那神情似有深意。于是赵普便把杜太后和赵匡胤之言悄悄记下，暗藏于金匮之中，即后人所说的"金匮之盟"，核心内容是"兄终弟及"之意也。

杜太后去世不久，宋太祖赵匡胤就依母所嘱，任命其二弟赵光义为开封府尹，成为公认的皇位继承人。因为自打五代以来，各朝似乎已形成一种默契，凡属于已经当上开封府尹的，就预示着要当皇帝。同时封三弟廷美为齐王兼兴元府尹，同中书门下平章事，位同宰相。时隔不久，为了突出二弟赵光义的地位，又加赵光义为中书令，位列于宰相之上。在外人看来，赵匡胤依遵母训的态度是非常忠实和真诚的。

在宋朝立国创业初期，应该说赵匡胤和赵光义兄弟俩同心同德，共襄大业，感情和行为上还是相当融洽的。赵光义是陈桥兵变的主要策划者和参与者，也是主要的受益者。赵匡胤称帝以后，每次出征打仗，都是光义留守开封，督运粮草，兄弟俩配合默契，极为和谐。在建国以后很长一段时间里，太祖与光义、赵普三人的意见还是相当一致的，为国家的稳定和统一发挥了重大的作用。在那个时期，赵光义显得十分忠实勤恳，赵匡胤也十分相信他，兄弟俩亲如手足。据说有一次光义生病，赵匡胤亲自煎汤熬药不说，为了试验艾灸的效果，他竟然先在自己身上的穴位进行试验，结果烧燎得自己遍体鳞伤，令二弟光义极为感动，也在朝野上下传为佳话。

但是随着时间的推移，两人的情感均发生了变化。光义长期担任开封府尹，借助职权之便，经常靠请客送礼、疏通关系、排忧解难和荐举提拔等手段，拉拢了许多文臣武将，渐渐形成了一股很大的势力。一些官员见光义位高权重，早晚为帝，便趁机巴结，卖身投靠。更有许多别有用心的人，把政治赌注全押在光义身上，故意离间兄弟关系，企图从中渔利。宰相赵普最早发现了这个问题，不免极为忧虑，他多次密谏赵匡胤，是否应该重新考虑皇位继承人的问题。

一次深夜在太祖赵匡胤的寝宫，赵普对赵匡胤说："当初太后病危，临终时基于前朝之鉴，提出兄终弟及之意，是有当时的情况，陛下应之亦不为过。但如今十四年过去了，情势已经有了很大的变化。大宋的江山已经稳固，皇子德昭也已二十岁了，连德芳也已长大成人，因之当效仿前朝惯例，立长子德昭为皇太子，今后一脉相传，免生动乱之灾。况陛下春秋正盛，太后若在也必当改变初衷也！当年所言已成过去，天知地知你知我知，陛下何必放在心上？当早定决策矣！请陛下思之虑之。"赵匡胤虽然沉默未语，但已频频点头，手拉着手把赵普送出门外。此话被内侍都知、宦官王继恩听到了，王继恩早已被光义重金收买，立即悄悄地把消息透露了出去。

光义闻之，心生忧愤。他不仅对赵普恨之入骨，还对太祖极不放心，生怕哪天兄长突然下诏，明确立德昭为皇太子，自己继位岂不成了画饼？偏偏太祖有意识地历练德昭，年初祭天和祭祀祖庙都命德昭统帅群臣。开宝九年（976）二月，吴越国主钱俶前来觐见，太祖也命德昭到宋州（今河南商丘）迎接。像这样的事情，过去都是由光义代劳的。还有，当年三月太祖巡察洛阳，点名要光义随行，不再让他留守京城和主持朝政。并且在巡查的过程当中，太祖几次提出要迁都洛阳，其用意显然是想削弱他这个开封府尹的权力，遭到了光义的强烈反对，兄弟俩差点争吵起来。

赵光义回到开封以后，心如火焚，坐立不安。他预感到情况不妙，自己随时都会失去储君的地位，于是急找府中幕僚们商议。谋士陈从信说："古今中外，皇位争夺历来都是你死我活，不到登上御座那一天，说不定会发生什么变化。如今陛下春秋正盛，威望日隆，大权亲握，洞察秋毫，晋王待等到何时方能如愿？况陛下从未明确过您做储君，为开封府尹无非是种象征而已，岂可当真？现在德昭、德芳均已成人，晋王能否再有承嗣之事，也未可知。赵普虽然被您借故挤走，罢相还乡，但臣闻近日太祖与廷美来往频繁，晋王不得不防，宜早作良图哇！"

赵光义虽然赞同陈从信的说法，但不知从何入手，急得在屋里来回踱步。陈从信见状继续说道："唐初若无玄武门之变，哪里来的太宗李世民？怎么会有'贞观之治'和大唐三百年的江山？当断不断，必遭祸患，李建成、李元吉皆前车之鉴也！"

赵光义徘徊良久，方才说道："你说的话我都明白，但是怎么做才能平静稳妥、不留痕迹，既不动一刀一枪，又能掩人耳目呢？这却是难上加难！"

"这有何难？"幕僚程德玄接过来说，"晋王您忘记柴宗训是如何了断的吗？我这里有个祖传秘方，只需您如此如此……"程德玄在赵光义耳边低言数句，赵光义听了频频点头，脸上露出阴险的笑容，接着一拳砸在桌案之上，好像下定了决心的样子。这里尚须多说一句，程德玄乃是宋初祖传名医，家有秘方多种，惯会治疗疑难杂症。开宝二年因遇官司被赵光义搭救，从此即投在晋王门下，任开封府左押衙，是赵光义的重要心腹之一。

开宝九年（976）十月十九日，天气晴朗，阳光灿烂，午间忽起北风，瞬间乌云骤至，不一会儿竟飘起鹅毛大雪。太祖赵匡胤退朝以后，见天象突变，心中烦闷，遂坐在寝宫饮茶闲坐，不知不觉间竟睡着了。蒙眬中，忽忽悠悠，飘飘荡荡，一会儿天上，一会儿地下。他好像回到了故乡洛阳，看到了父亲母亲，又好像来到了中原战场，遇见了好友慕容延钊、王审琦，还有高怀德和韩令坤。他们不都已经死了吗？怎么与自己还能见面？太祖有些疑惑。忽然，他发现周世宗柴荣向他走来，脸上怒气冲冲，举剑似要杀他。又见恭帝柴宗训脸色青紫，舌头吐出，大喊着："还我命来！"吓得太祖大叫一声，醒来方知是梦，但却是心中狂跳，汗流浃背，浑身颤抖不止。太祖心中惊悸，坐立不安，急召赵普进宫议事。赵普虽已被迫罢相，但与太祖仍常相往来。当天下午两人密谈很久，商议了皇位继承之事。赵普提醒太祖千万小心，提防坏人暗算，然后悄悄退出。

傍晚过后，北风稍停，雪却越下越大了，天地一片洁白。太祖心情焦躁，有话急欲要说，于是派侍卫去开封府衙，召晋王赵光义入宫喝酒。

这个时候奉太祖急召，晋王赵光义不知何事，吓得他魂不附体，几欲昏厥，急召谋士们前来议事。陈从信说："是福不是祸，是祸躲不过。皇上要想除你，躲之也恐不及，还是欣然奉命的好！"但多数人认为凶多吉少，不去为妙。赵光义来回徘徊，急得头上冒汗，一时拿不定主意。

陈从信接着分析道："依我看来，皇上突然相召，未必就是坏事，不见得就有杀身之祸，或可以为我所用。古人云'先下手为强，后下手遭殃'，晋王不妨有备而去，自当平安而归。大不了再当庶民，还能怎地？"

程德玄接过话来说："天赐良机，不可错过，皇上夜晚相召，必无他人在场，晋王可以见机行事。只要依我所言，必保大功告成。"赵光义遂咬咬牙，匆匆而去。

且说晋王赵光义来到皇帝寝宫，侍女们只听太祖说了句："今晚大雪飘飞，夜阑人静，我们兄弟俩就喝个痛快，唠个通宵！"接着就被摒退到屋外去了。不一会儿，太祖和光义兄弟俩就对饮起来。侍女们都站在几十步远的回廊之上，只能看到屋内烛光闪闪，听到杯觥交错之声。两个人似在不断地说着话，声音时而高，时而低。偶尔听太祖似在大声斥责，光义唯唯诺诺，好像十分惶恐。两个人喝了好长的时间，也说了好长的时间。至三更以后，只听到太祖大声说道："你好自为之吧！"接着推开宫门，挥手送客。光义说了句："我心中有数！"便匆匆告辞回府去了。

太祖回屋以后，和衣即睡，须臾入眠，酒气盈庭，鼾声如雷。侍女们皆感到十分惊诧，因为太祖以往入寝极为安静，乃纷纷入而视之。见太祖正在熟睡，亦不敢惊醒，又悄悄退了出来，只是守在外间等候。乃至接近五更之时，侍女们正在打瞌睡，忽听得太祖大喊一声："哎呀！憋死我也！"就没有动静了。众侍女进去一看，见太祖以两手抠着颈部，脑袋歪躺在御枕之上，二目圆睁，但已经气绝。吓得侍女们魂不附体，急忙报与宋皇后知道。

宋皇后是河南洛阳人，她的父亲宋渥官至左卫上将军，母亲是后汉高祖刘知远的女儿永宁公主。宋乾德五年（967），宋皇后随母亲觐见皇帝，被赵匡胤看中，于次年被迎入宫中，立为皇后。但她入宫九年一直未育，因而便把一腔爱心倾注到德昭和德芳的身上，对德芳尤为喜爱，视同己出。

听到侍女们传来的噩耗，宋皇后如闻晴天霹雳，呆若木鸡，不知所措。在侍女和宦官们的再三提醒下，她才想到丈夫并没有留下遗嘱，但是国家不可一日无君，那么立谁为帝呢？她首先想到了赵德芳。德芳虽是太祖的庶出之子，但是聪明伶俐，才能出众，时任贵州防御使，已经年满十八岁了。宋皇后认为只有立德芳为帝，自己的后半生才能有依靠。于是她命内侍都知王继恩速传谕旨，召赵德芳快来宫中议事。王继恩走出以后，宋皇后又犯起了嘀咕，自己这样弃长立幼，对不对呢？德昭和晋王会答应吗？一想起晋王赵光义那种阴鸷的目光，她立刻打了个冷战，不禁感到浑身发抖。

且说内侍都知、宦官王继恩奉宋皇后谕旨，匆匆走出宫门，并没有去通知皇子赵德芳，而是直接来到了晋王赵光义的府上。远远地就看见开封府左押衙程德玄披着斗篷，已经立在了王府的门前。王继恩心想，看起来他是早知道这件事了，不然下这么大的雪，他咋还来得这么早呢？两个人打声招呼一齐走进了王府大院。

晋王赵光义也已早起，得到宦官王继恩的报告，立即乘着马车来到后宫。走到太祖寝宫门口，王继恩说："请晋王稍候，让老奴进去通报一下吧！"

程德玄接过话来说："你说什么呢？如今晋王已经是皇帝了！还通报什么呀？我们直接进去便是！"王继恩吓得立即闪在一边。

宋皇后见门帘一挑，急忙迎上前去，却见进来的人不是德芳，而是晋王赵光义。吓得她"扑通"一声，不由自主地跪在地上，声音颤抖地说："皇上已经归天，恭迎晋王登位！我们母子的性命，都托与官家了！"（官家是宋朝对皇帝的尊称）

赵光义并未去扶施礼的皇后，而是冷漠地说："何须施礼？不必担心！快快请起，共保富贵！"说着走进内室叩拜太祖，伏地大哭几次晕厥，手足之情令人感动。哭毕，方命人请太医官余穆来检视太祖遗体，又令通知百官来瞻仰太祖遗容，不觉已是天明。

群臣闻之不胜惊诧，一个个捶胸顿足痛苦不已。城中百姓听到以后，亦自动挂孝，家家举哀。太祖赵匡胤出生时早春初到，乍暖还寒，去世时虽严冬未至，却已大雪飘飞，令人感慨不已。太祖在位十七年，终年五十岁，遗体被葬在河南巩县永昌陵，离他的出生地洛阳不远。安葬之日，十几位他童年时期的发小好友，如今皆已头发斑白的庄户老翁哭着说："香孩儿，可惜了！好好的你当什么皇帝呀？如果不当皇帝，你能死得这么早吗？"在场之人听罢皆嗟叹不已。

开宝九年（976）十月二十日，晋王赵光义在崇德殿即皇帝位，改开宝九年为太平兴国元年，开始了他为帝二十一年的统治。他就是历史上有名的宋太宗。

太宗以皇弟的身份继承大位，在那个年代来说并非名正言顺，因此一开始朝野上下就议论纷纷。许多人认为太祖身强体壮，突然死得不明不白，一定是有人从中暗算。更有人提出太宗即位以后，程德玄就受到重用，此事一定与他有关。太宗为了平复舆论，稳定皇权，采取了一系列得力措施，包括重新任命百官，提拔安插心腹之人，解除太祖旧将"义社十兄弟"兵权等等，但均无济于事，反对声还是一浪高过一浪，大有山雨欲来之势。太宗心中焦虑，只好亲自到赵普府上问计。

当时赵普赋闲在家，正在浇花。家人闻听皇上要来，吓得脸都白了，纷纷劝赵普赶快装病，以逃杀身之祸。赵普则大笑着说："今早喜鹊登枝，预兆时来运转。放心吧！我就要复相了！"家中之人皆半信半疑。

果然新皇驾临，并无问罪之意，只是向赵普嘘寒问暖，关怀备至，留下贵重礼品若干，然后就起驾回宫去了，什么具体的事情都没有说，让赵普的家人莫名其妙。

次日早朝，赵普觐见。待群臣奏报之后，他当着满朝文武的面，拿出"金匮之盟"请大家观看。这时大家才知太宗继位乃是杜太后遗诏，也是太祖皇帝的夙愿，一切都是顺理成章。那些个别人的猜忌纯属捕风捉影，无中生有，一场风波就此平息。赵普也因此官复原职，再登相位。至于那"金匮之盟"是真是假，也只有天知地知了！

第十七回
围太原胜取山西地
困南京败走高粱河

且说辽景宗耶律贤即位以后，文有室昉、郭袭和韩匡嗣等众多贤臣忠心辅佐，武有韩德让、耶律休哥和耶律斜轸等一班名将保国护边，内靠皇后萧绰帮助打理朝政，自觉君正臣贤，朝野安定，国泰民安，诸事顺遂，可以轻轻松松地当个太平皇帝了，这让他十分惬意和满足。唯独感到遗憾的是，由于他自幼身体羸弱，守着萧绰这个如花似玉的美人儿有些力不从心。因此他便借口圣躬违和，三天两头不上朝，把国家大事全托付给萧绰和群臣办理。自己则经常躲在后宫养精蓄锐，一头扎进酒色玩乐之中去了。

对于景宗的这种状态，萧绰看在眼里，急在心上。一日夜晚在欢娱之后，萧绰对他说道："臣妾入宫已近六年，与陛下生儿育女，朝夕共处，可谓同命相连，心心相印。臣妾有句话想对您说，不知当讲不当讲？"

景宗捧过萧绰的脸庞，亲了一下那鲜花一般娇美的面颊，一笑说道："皇后如同草原上的太阳，是我心中的女神，今生能与你喜结连理，就是做个牧人也就知足了！我的一颗心都在你的身上，每天看着你就十分高兴。你我二人早已形成一体，有什么当讲不当讲？皇后有话尽管说来，我洗耳恭听。"

萧绰遂从景宗的臂弯里坐起身来，理了理头发说道："我们契丹民族生长在草原，多少年来受人欺侮，历尽了多少坎坷呀！太祖太宗立国开疆，百战艰辛出生入死，无数将士浴血沙场，抛尸异乡魂归天国，才有我大辽今日的繁荣昌盛，数十万户百姓的平安幸福。这种国泰民安的局面来得何其不易，守护起来又是多么的艰难哪！如今强敌在侧，虎视眈眈，迟早会来进犯；国内隐患尚存，蠢蠢欲动，随时可能爆发。陛下何以耽于安乐，不思进取？此绝非有道明君之所为也！臣妾甚忧虑之！"

景宗耶律贤抚其背曰："皇后说得虽有道理，但我的想法却与你不同。我们契丹部族久居塞北，草原才是我们的家。有精兵十万足以守护家园，具西楼之富堪能乐度余生。别人未必能打败我们，我们也不想去进犯别人。中原那么炎热，我们去那里干什么呀？太祖太宗东征西讨，南征北战，最后不都死在行军的路上了吗？人生就这么几十年，我可不想那样做。莫说我无此雄心壮志，就是有，我的身体也不做主了！现在除了你，我的皇后，我可是连马都上不去了！"

萧绰嗔怪地推了景宗一下，爱抚地给景宗捶着背说："陛下从小体弱，经常圣躬违和，龙体不堪重负，臣妾何尝不知？只是眼下这机会难得。待等宋朝军队平定了南方，回过头来，就不会有我朝消停的日子过了！他们肯定会来收拾北汉，企图夺回幽云之地。我朝若不早做准备，恐到兵临城下之时来不及也！何况太宗皇帝曾在开封称帝，威加九州，号令天下。如今那里竟成了宋朝的皇都，难道陛下就不想收回来吗？"

景宗长叹一声："眼下虽是天赐良机，但我也是心有余而力不足了！我看宋军前两次北伐均大败而归，难道他们还敢对我朝用兵吗？就是真的打起来，我也没那个精力应付了！说不定哪一天就归天了！那样的大业交由别人去做吧！我们还是固守草原，过几天安生的日子吧！"于是不听萧绰之谏，扭头睡去。萧绰长叹一声，彻夜未眠。

一日早朝之上，上京留守韩德让提出了同样的问题，希望能趁宋军南下之机，约定北汉共同进兵，夺取中原。耶律贤当即说道："北汉国主企图借我之力，攻城略地，扩大地盘，实现他们自己的梦想，我们为什么要跟着出兵？这不是上当吗？能守住十六州就不错了！不可再图非分之想！"

室昉和韩德让等大臣闻之，还想再说点什么，耶律贤一挥手制止说："我知道你们的心意了！我们小心防范宋朝便是！就由韩将军接替汝父去做南京留守。由耶律沙任南院大王，协调南方军务，注意监视宋军的动向。但切不可主动与宋军开战，更不要进行寻衅骚扰！"随即宣布散朝，群臣无奈诺诺而退。

景宗退朝后仍不放心，又下诏给十六州各守军将领，令其严驭下属，不得主动与宋军开战。同时派使臣崔贺去北汉，传达景宗的意图，令北汉国主刘继元极端失望。次日，景宗还亲自给涿州刺史耶律琮下诏，令其负责与宋朝雄州刺史孙全兴联系，希望促成辽宋两家和好，必要时派使臣正式议和。

由于此时宋太祖赵匡胤正在对南方用兵，当然巴不得与辽国议和，从而专心应对南方的战事，于是一口答应下来。在以后的两三年中，双方互派使节谈过多次，并于宋朝开宝八年订下和约。从此边境设立榷场，贸易十分兴旺，百姓互相往来，两家相安无事。

及至宋朝开宝九年，宋太祖赵匡胤去世。太宗赵光义忙于稳定内部，巩固皇权，生怕辽国此时用兵，因此主动向辽国示好，频频向景宗赠送礼品。宰相室昉提醒景宗说："赵光义频频向我朝示好，是想换取暂时的稳定，争取更为充裕的时间。待等他准备就绪，就该对我朝用兵了！请陛下三思呀！"但是景宗听后不以为然。

宋太平兴国三年（978），太宗赵光义遵赵普之计，邀请漳泉平海军节度使陈洪进入朝觐见。陈洪进心领神会，立即奉上漳泉两州二十四县土地人口图册来京。太宗大喜，封陈洪进为检校太师，授武宁节度使同平章事，赐钱千万，白金万两，彩绢万匹，并赐第京师。漳泉乃平。

吴越国主钱俶见陈洪进奉土纳贡，得以保全，也上表朝廷请求罢免其国主称号，愿意解甲归田。太宗不准。钱俶遂听从谋臣崔仁冀之劝，上表奉送吴越十三州八十六县五十多万人口图册，解散军队十一万五千多人。太宗这才应允，封钱俶为淮海国王，并在扬州虚设淮海国让其住之。钱俶成了名副其实的傀儡，后于宋端拱元年（988）抑郁而死。

太宗采纳赵普的建议，既稳住了辽国，又轻取了吴越和漳泉。至此除了北汉和幽云十六州之外，中原和南方算彻底统一了。太宗极为高兴，有些得意忘形。太平兴国四年（979）初，太宗即召集群臣计议北伐之策。尚书左仆射薛居正说："北汉虽小，但民风剽悍，军队虽少，但军力很强。尤其名将刘继业骁勇善战，无人能敌，而且又得到契丹相助。太祖两次北伐，均遭败绩不说，还陷入了极大的危险，陛下可要慎重考虑才是。何况我朝刚定南方，稍微稳定一个时期，也无不可。"

薛居正的话显然是犯了众怒，武将们都不爱听了。还没等他话音落地，枢密使曹彬就接过来说："契丹乃后兴之边塞小邦，十六州乃历来的中原国土。只因为石敬瑭卖国求荣，才使大好河山沦入敌手，岂能由他们长期占领？北汉国家虽小，却如芒刺在背，经常扰我边陲，觊觎中原国土，令我朝百姓苦不堪言，盼望收复之心久矣！应当及早图之，完成我朝统一之大业也！"

太宗点点头接着问道："依卿之言，亟待北伐。但历次北伐为什么都失败呢？此事似应先搞明白才好。"

岭南东道节度使、西南都招讨潘美出班奏道："当年周世宗柴荣北伐，曾经大获全胜，一个多月的时间，就收复了三关三州共十七县的土地。太祖出兵时正逢阴雨，因气候不利才被迫班师。而非我朝战略失误，更非将士作战不力也！依臣看来，辽军并不可怕，北汉唾手可得，统一大业指日可待矣！"

太宗听罢又接着说："依众卿看来，如果我朝举全国之力，先灭刘继元，再取十六州，能否有必胜的把握？"

枢密使曹彬又出班奏道："如今我大宋兵精粮足，疆域万里，上下同心，国力强大，正可挟得胜之师，一鼓而下北方，成太祖未竟之大业也！北汉弹丸之地，岂是我军对手？辽国皇帝耶律贤是个病秧子，优柔寡断，胆小如鼠，虽有精兵猛将亦不足惧也！如果陛下御驾亲征，必能马到成功，一雪前耻，成万世之功德矣！"

太宗听了十分高兴。这时薛居正又出班谏道："北汉固然弱小，或可一鼓拿下，但辽朝君正臣忠，将士勇猛，我朝却不可小视。臣闻耶律贤虽然病弱，但皇后萧绰英明神武，足智多谋，每替辽王打理朝政，必是井井有条，上下咸服。其大将韩德让、耶律休哥、耶律斜轸和萧挞览等人皆勇冠三军，一时豪杰，恐我朝无人能匹敌也。若我朝攻击北汉，辽军必来相救。如果战端一开，势必不可遏止。如此则朝野震动，万民涂炭，前景不可预测，请陛下务必三思啊！尤其不可亲征耳！"他的话遭到了武将们的强烈反对，一个个唇枪舌剑，指责不停，吵吵嚷嚷，义愤填膺，好像要把整个金銮大殿都掀起来。

太宗受到主战派将领们的情绪感染，站起来大呼曰："太祖皇帝戎马一生，为我朝奠定了基业。如今南方已平，只有北边未靖，我等君臣当继其大志，完成未竟之宏愿也！我意已决，众卿不必再劝！"遂诏令枢密院调集人马，准备北伐。薛居正退朝时仰天叹曰："知其不可为而执意为之，此即必败之先兆也！真是天意呀！"

经与曹彬、潘美等人的精心筹划，太宗亲自主持制定了作战方案。当年二月，见一切准备就绪，太宗下诏，任命潘美为北路都招讨使，率领大将崔彦进、李汉琼、刘遇、曹翰、米信和田重进等，带领二十万大军，从洛阳、邺城、晋城和潞州分四路进兵，合击太原。又命邢州判官郭进为太原、石岭关都部署，率军五万出井陉，据石门，直达石岭关（在太原北），从陆路依山设伏，阻击辽国的援军。自与曹彬率主力十万随后跟进，志在必得。

宋朝数路大军即将犯境，北汉小朝廷毫无准备，闻讯后立即惊恐万状，慌作一团。国主刘继元一面急派使者向大辽求救，一面调兵遣将，准备坚守待援。

辽国皇帝耶律贤接到北汉朝廷的飞马快报，急与群臣商议对策。政事令郭袭说："宋朝三十万大军数路并进，皇帝赵光义御驾亲征，可谓来者不善哪！他们绝非单为北汉而来，其意在于夺取十六州也！我朝绝不可等闲视之，而应当慎重应对才是呀！"

景宗耶律贤急切地问："宋军有备而来，必是野心不小，我朝当如何应对呢？"

上京留守、知禁宫总宿卫事韩德让接过话来说："宋军人多势众，必先攻打北汉，然后夺取幽州，企图顺手牵羊而获一举之全胜也！若我朝马上派重兵驰援北汉，与之相持在太原一线，两家势均力敌，必然拼死决战，虽双方皆损失惨重，但对我朝大不利也！不如我们丢卒保车，待其长驱直入、获取初胜之后，必然师老兵衰、士气低落。这时我朝再聚集重兵，寻机破敌，则幽云可保，宋师亦可退矣！"

宰相室昉听后摇摇头说："不然、不然！此事不可！如此则北汉必亡。北汉亡则我失屏障，十六州全裸露在宋军面前矣！因之我朝当出重兵援助北汉，败宋军于晋地也！"不少大臣均同意室昉的意见。景宗听后有些犹豫不决。

南院大王耶律沙不同意室昉的看法。他说："如果我军长途奔袭驰援北汉，人马少了无济于事，人马多了急切不能到达。中途必遭宋军阻击，粮草供应也是问题。到时候与三十万宋军硬碰，我军没有必胜的把握。不如像韩大人说的那样，下饵钓鱼，诱敌深入，吸引宋军于幽云一线，再握重拳歼其一路或几路，则一战可胜也！"大将耶律休哥、耶律斜轸闻之，皆表示赞同。

景宗耶律贤素来不谙战事，听了之后仍犹疑不定，便在退朝以后征询萧绰的看法。萧绰闻之干脆地说："宋军北进，志在必得，皇帝亲征，准备充分，绝不可与之正面争锋也！可派遣使臣责之违反和约，令其先失道义于天下；再命一军假援北汉，使其初战获胜，得意忘形，诱其进入幽州，令其再失地利于我军；然后待其围困南京之际，故意假败拖延时日，使其士气低落又失人和于自己，此时我军若出重兵击之，必可获大胜矣！"

景宗听后说道："日前在朝堂之上，韩将军及耶律沙等人也曾提到这个方案，但群臣担心如此则北汉必亡。另外南京是否就能守得住？这是一着险棋呀！皇后可否虑到？"

萧绰似胸有成竹地说："北汉蟊贼，要它何用？留着也是个包袱，不是背着，就得抱着，就像个永远长不大的孩子一样。俗话说，舍不出孩子套不住狼，否则赵光义怎么会上钩？但这一仗的关键是，南京必须得守住，它得像一块磁石一样，牢牢地把宋朝的大军吸住，然后才有我军腾出手来、握成铁拳的时间，否则南京若失，满盘皆输，那我们之前的努力都白费了！"

辽景宗耶律贤听后高兴地说："一经皇后说开，我也心明眼亮，就依照皇后的意思办。这一仗就烦你统一指挥吧！我这几日又有些头疼了！"说完却把萧绰搂了过来。

萧绰笑着说："只要陛下信得过我，臣妾倒是愿意代劳。不然人家赵光义御驾亲征，我们大辽国也瞧不起他呀！"

耶律贤亲吻着萧绰的香腮，由衷地说道："皇后挂帅，临阵指挥，我是一百个放心，一万个放心！只要注意安危便是！我可舍不得你出毛病哟！"说着揽过萧绰的腰肢，两人倒在床榻之上。

次日早朝，辽景宗耶律贤一面委派林牙承旨萧如观为使，带去大辽国皇帝的亲笔书信，责问宋朝为什么违反和约、入侵北汉，陷平民于战火之难，害百姓受刀兵之苦，此诚上违皇天、下背后土，必遭世人之唾弃也！一面宣布由皇后萧绰御驾亲征，指挥各路人马，做好迎敌的一切准备。然后立即宣布退朝，回后宫睡觉去了。

皇后萧绰随后即亲临枢密院，召开军事会议，研究部署抗敌大计。众将一致同意按照韩德让的策略行事，假援北汉，佯败诱敌，将宋军击溃于幽州以南。萧绰认真听取了大家的意见，然后命韩德让接替其父再去担任南京留守，率幽州兵坚守待援，必须坚守十五日以上。又命耶律休哥、耶律斜轸、耶律学古和耶律沙等人率本部人马，立即出发，每人交给他们一只锦囊，告知只需如此如此。众将见之暗觉惊奇，纷纷依计而去。

且说辽国使臣萧如观到达开封，呈上皇帝耶律贤的亲笔书信，太宗赵光义一览而过，笑着说道："辽邦无理占我幽云之地四十年之久，数十万百姓岂能容尔等长期蹂躏？你们没有资格来谈什么议和之约，那不过是我朝以往的策略罢了！难道你们连这点事儿都看不出来吗？还当什么皇帝、立什么国家呀？"

萧如观见赵光义出言不敬，乃愤而说道："我主即位以来，即秉承退守草原、两家和好、让人民休养生息的国策。故而在你朝南征之时，我主力排众议，并未南进，可见求和之意何其诚也！今尔等违反和约，天怒人怨，就不怕横遭报应，搬起石头砸了自己的脚吗？"

太宗赵光义脸子一撸，生气地说："辽使不必多言！请你回去告诉辽王，交出十六州咱们再谈，否则就用刀枪说话了！"萧如观闻之拂袖而去，如实地向朝廷作了回报。群臣人人义愤填膺，萧绰却只是淡淡一笑。

太平兴国四年（979）四月，宋朝皇帝赵光义御驾亲征，亲临前线。此时他派遣的四路大军一路畅通，所向披靡，早把北汉的外围州郡全部荡平，已将太原团团围住，使之与外界断绝了联系。北汉国主刘继元被围数日，急得如同热锅上的蚂蚁，一面急令大将刘继业放弃忻州，率部进入太原负责守城，一面派人催促辽军速来增援。

但此时辽国南府宰相耶律沙还在路上，他虽然奉皇后萧绰之命，率领两万铁骑出南京驰奔太原，可是在石岭关遭到宋朝郭进所部的阻击。一阵遮天盖地的箭雨和滚木礌石之后，辽军前进受挫。但他们并未作殊死的突袭，只是象征性地攻击了几番之后，便与宋军对峙起来，好像并不急于突破，北汉依赖辽国援军的希望破灭了。

太宗赵光义把围城的部队分为三拨，每日不分昼夜地轮番攻打，令太原守军穷于应付，疲惫不堪。幸亏有刘继业父子拼死坚守，与全体将士同甘共苦，鼓舞了士气。再加上刘继业父子的强弓硬弩，已经连伤宋朝十几员大将，让许多攻城的将士望而生畏，一看到刘继业父子的旗帜出现，便吓得不敢向前。故此虽然苦战月余，太原城仍旧岿然不动。宋太宗心下十分着急，曹彬献计向城中射箭诱降。

此时城中粮食已尽，援兵无望，将士疲惫，人心大乱。刘继元束手无策，一筹莫展。城中守军见了宋朝的招降书信，说只要出城投降，无论文武官员俱各宫升一级，赏银若干，并保证家属的安全，不免人人动心，不再抵抗。北汉殿前指挥使郭万超见大势已去，趁刘继业父子瞌睡之机，率所部偷偷出城投降。接着又有不少将士趁夜色投入宋营，均得厚待，次日在城下现身说法、喊话宣传，致使北汉军心更加动摇，甚至连刘继元帐下的卫士也跑走了大半。曹彬见时机成熟，乃劝太宗曰："此时刘继元已穷途末路，若招降之，则水到渠成也！"

太宗于是修书一封，命人送入城中。信中曰："南朝吴越之王、蜀唐之主，凡归降我朝者，无不位列三公，尽享其福，尽得其禄，其臣僚子弟，皆有厚赏。继元若此时投降，尚可保尔富贵。如再负隅顽抗，待城破之时，必斩汝之人头悬于城上矣！"继元见信惶恐之至，急找继业议之。刘继业说："宋军虽然势大，但已疲惫不堪。我军虽然力尽，尚可裹足再战。如果我出城捣其中军、烧其粮草，宋军仍可退矣！主公何必投降？况我曾斩杀宋将数十人，宋主岂能饶我？我是绝不降矣！"

刘继元将此话转达给了宋使裴功，裴功回营后立即告诉了太宗。太宗曰："我乃大国之君，历来出言如山，岂能出尔反尔，徒令世人耻笑？况两军交战，各为其主。继业将军乃天下英雄，阵前伤我将士，实属万不得已，我岂能怪之乎？自当论其才德而重用之。如有反悔负约之事，子孙当惨死异邦，骸骨不得入故乡也！"令裴功再去劝降。

刘继元见宋朝使者去而复来，又见太宗信里其意甚诚，况发此毒誓，可以信也！于是拿给刘继业父子观看，遂令开城投降。刘继元率文武官员，奉传国玉玺并地理图册跪于路旁，迎接宋军入城。太宗赵光义见之下马，扶而抚之，携其手共同进城，封其为检校太师、右卫将军，授爵为彭城郡公，后来刘继元于十五年后死于开封。名将刘继业父子三人立而不跪，其部下千余将士虽疲惫不堪、衣不遮体，但仍队列整齐，精神抖擞，一个个昂首挺胸，目光如电。太宗见而赞之曰："胜而不骄容易，败而不馁何难！？将军父子真英雄也！令我钦佩之至！汝能归顺天朝，乃我大宋社稷之福、万民之福也！"于是当场封其为右领军卫大将军，令其恢复原姓，去掉继字，称为杨业，表示从此与刘家再无关系。杨业此时无奈，方偕子延玉、延朗率将士投降。宋朝大军随即进驻太原，北汉灭亡，宋朝得到十一州四十县的土地。至此，五代十国时期的割据局面全部结束。

宋太宗赵光义御驾亲征，旗开得胜。虽然三十万大军鏖战数月，但是毕竟消灭了北汉，实现了太祖生前的梦想，结束了军阀割据的局面，因此心中极为高兴，便想率得胜之师，收复十六州，实现统一天下的伟大理想。

这十六州既是中原的门户，北方的锁钥，又是九州的名胜，华夏的膏腴，不仅地理位置极为重要，而且农商各业十分发达。人口有数十万之众，关隘有数十处之险，历来是兵家必争之地，自古乃帝王腾达之所。谁拥有了十六州，谁就能在角逐中占据主动，从而问鼎中原，夺取天下。当年周世宗高瞻远瞩，曾亲自北伐夺取三关，只是因生病才中途折返。太祖生前念念不忘，虽兴兵北伐未果，但设置封桩库足见雄心。太宗赵光义每想至此，必心潮澎湃，思绪万千："难道吾不如周世宗吗？岂不枉为大宋天子？吾一定要把十六州夺回来！圆吾兄长未竟之梦想！"他暗暗下定决心，绝不用彩绢赎买。他要用秣马厉兵，扫平幽云之地，让这些塞外胡人知道天朝的厉害。

一日太宗升坐太原府衙，与众将计议用兵之策。大将潘美为此次北伐都招讨使，于是乃先出班奏曰："陛下收复故土之心，臣下心领神会。但此时我军已出师数月，将士疲惫，粮草紧张。又逢暑夏，淫雨连绵，行军打仗多有不便，故此时不宜再进兵也！此其一；辽人虽援北汉，但明显点到为止，除怀丢卒保车之意，恐怕另有图谋，此其二；若北进幽州，尚有千里之遥，道路崎岖，关隘重重。若辽国大军以逸待劳，设伏兵击之，恐于我军大不利也！请陛下三思。"

知制诰赵昌不同意潘美的看法。他说："此去幽州，已是不远。陛下亲征，九州震撼。北汉已亡，辽人丧胆。如今藩篱尽撤，屏蔽已失，胡虏岂不因此而生惧乎？此乃收复故土之良机也！我朝当挟得胜之师，一鼓而取之。此真如热锅之翻饼耳，何其易也？！"

殿前马军都指挥使呼延赞愤愤地说："赵兄之言，孤陋寡闻，纸上谈兵，殊为可笑！汝向来未蹈前敌，岂知兵机之险、征战之难？须知攻城略地，血肉横飞，绝非汝捉刀草诏之易也！十六州这块热饼，恐怕不是轻易就能翻得了的呀！"

武将们大多都同意呼延赞的看法，皆对赵昌的话嗤之以鼻。太宗以目视曹彬，征询他的意见。曹彬说："俗语言得利且住，见好就收，此为万全之策。我军此番平定北汉，大获全胜，宜当班师休整，伺机再来，才为稳妥。若贸然北进，不利多多，恐中辽人之奸计矣！"

殿前都虞候崔翰则说："收复幽云之地，百姓盼之如饴。一举而驱顽敌，乃大得民心之举也！今陛下天威赫赫，北汉已然投降。正宜乘势进军，岂可畏首畏尾？如此坐失良机，而误了陛下统一天下之大业耶？"

众将闻之皆怒目而视，正待反唇相讥，太宗则高兴地接过来说："崔翰之言，方合我意！我就不信这三十万大军，拿不下一个小小的幽州！我倒要看看，他们辽人有没有三头六臂？"赵光义不比太祖，他从来未有统兵打仗，缺乏战略眼光和指挥才能，不懂得战场的凶险，但却极其骄傲自负，摆出一副运筹帷幄、决胜千里的样子。此番北伐的作战方案，就是由他主持制定的。如今灭掉北汉，首战告捷，太宗当然就更加自信了。他觉得自己高瞻远瞩，看问题要比将领们睿智得多。因之此言一出，将领们面面相觑，无人再言，于是太宗决定北进。

当年六月，宋军越过太行山，辗转抵达华北平原。前锋部队刚到易州，未及呼延赞率军攻打，易州刺史刘宇即率人献城投降。太宗闻报，龙心大悦，亲自接见刘宇，大加褒奖，令其官任原职，仍旧留在易州，署理地方政务。并命先锋官呼延赞留下五千人马守城，其余将士继续向涿州挺进。

辽国涿州刺史刘厚德见宋军势大，知道抵挡不住。见了太宗的招降书信，亦立即开城投降。太宗喜不自禁，愈发信心百倍。他命刘厚德仍守涿州，自率大军开赴幽州城下。望着这座龙盘虎踞、雄伟庄严的古城，太宗感慨万千。他面对着那高大的城楼大声说道："大宋朝的将士们来接你了！你就要回到国家的怀抱了！你要回家了！""你要回家了！""你要回家了！"全军齐呼，万山回应，群情振奋，气冲云天。

宋军主力全部到达幽州城下。太宗赵光义召开御前军事会议，任命潘美为攻城总指挥使。令定国军节度使宋渥带五万人马攻东门，令河阳节度使崔彦进带五万人马攻北门，令漳淮节度使刘遇带五万人马攻南门，令定武军节度使孟立哲带五万人马攻西门。太宗自率中军驻跸西门外空云寺，偕潘美、呼延赞等人四门巡视，亲自督促攻城。又令曹彬率所部人马设伏兵于城北沙河一线，意图在于截击辽国援军。

且说辽国南府宰相耶律沙偕耶律奚底和耶律学古两员大将，率领两万人马驰援北汉，作象征性攻击以后，便与宋军相持待命。及至见太原失守，宋军北进，耶律沙当即打开皇后的锦囊，已知分晓，悄悄率部离开石岭关，向南京方向前进。

耶律沙率部行至沙河以西，便与曹彬率领的宋军相遇。宋军守株待兔，早有准备。耶律沙率领铁骑突袭几次不成，便不再强行突破，而是把人马撤至清河，做出要从北门外援助南京的姿态。沙河与清河都在南京外围，曹彬怕这支援军突进北门，因而立即率兵追击。耶律沙遵皇后萧绰之意，率队且战且退，一直撤到高粱河（在北京西直门外，旧称玉河）一线，被曹彬所部与西门外宋军孟立哲部两下夹击，辽军大败。耶律沙率众西撤二十里开外，虽然未能阻止宋军攻城，但已把曹彬所部牢牢粘住，实现了皇后萧绰的战略构想。太宗赵光义见辽国援军已被击溃，信心大增。一面令曹彬所部驻扎外围，严密监视辽国援军的动向，一面命围城各部孤注一掷，昼夜攻打。但城中辽军好像早有准备，不但粮草器械充足，而且守城将士众多。再加上南京城墙高城固，壕宽水深；韩德让率所部黄帜军及南京戍卒共五万多人马，昼夜不停，轮番坚守；滚木礌石如疾风暴雨，铁球利箭似漫天飞蝗。因此尽管宋军前仆后继，尸体在城下已堆积如山，但是仍然攻不进去。众将束手无策，太宗心急如焚。

殿前都虞候崔翰建议挖地道攻城，太宗予以采纳，命四门将士一边在白天攻城，一边在晚上挖地道。眼看着就要挖到城内了，但是叮叮当当的铁镐声还是被辽军发现了。韩德让灵机一动，命人在城墙边上埋上许多大缸，派士兵专门监听下面的动静。宋军功败垂成，这一条计策又落空了。

时至七月，骄阳如火，天气热得人马都有些喘不过气来。此时宋军围城已经一月有余，弄得人困马乏，疲惫不堪，再加上粮草不足，时常挨饿，因而士气低落，怨声迭起，战事处于胶着状态。辽军统帅皇后萧绰见时机已经成熟，立刻亲率二十万大军赶到沙河，并且亲临前沿，勘察地形。此时曹彬率军正在城西监视耶律沙部，沙河一带并无宋军防守。萧绰遂命大将耶律休哥率所部红帜军五万人马，从西面迂回至南京城北，与耶律沙互相呼应；又命大将耶律斜轸率所部青帜军五万人马，从东面亦迂回至南京城北，两军同一时间会于北门；再命耶律沙、耶律学古和耶律奚底三人各领一军，从西、南、东三面发起攻击，以麻痹那三门以外的宋军，给北门的突破创造机会。萧绰自领辽军主力直捣北门，待三路人马会合之言，立即发起总攻，力求一举撕破宋军包围，与南京守军里应外合，将北门外的宋军首先击溃。

此时恰好太宗赵光义正在北门外督战，宋军亦想以北门为突破口，打开南京城的防线。河阳节度使崔彦进十分凶猛，披坚执锐，两眼血红，亲自搭浮桥、架云梯，率队猛攻。虽然已经损失了一万多人马，但他并不甘心，他发誓一定要为皇上立下大功，虽战死沙场，亦在所不辞。

但是这时探马来报，说有数路辽军前来增援，已经离此不远。太宗闻报，担心被内外夹击，立即下令撤围迎敌。及至赶到高粱河边，见辽军的援兵正在渡河，宋军一起冲了过去。辽军大败，急退而逃，跑得慢的皆被宋军杀死。太宗见状大喜："辽军有什么了不起的？他们也没有三头六臂！"随即下令追击。崔彦进挥舞着大刀身先士卒，一口气把这伙辽军追得落花流水。

可惜的是宋朝的君臣都上当了！原来这是耶律休哥设下的诱敌之计。他先命五千名老弱士卒渡河，暗地里却在两侧设伏兵守候，宋军果然中计。待宋军全部追过高粱河，耶律休哥一声令下，埋伏在林中的辽军万箭齐发，射得宋军蒙头转向，顷刻间倒下一大片。还没等宋军转过神来，耶律休哥大吼一声，一马当先冲向前去。五万铁骑如一片烈火，忽地就烧到了宋军的面前。这些红盔红甲红衣红马的骑兵挥舞着长长的马刀，就如同虎蹚羊群，杀得宋军一败涂地，鬼哭狼嚎。许多人还没明白怎么回事，脑袋就"唰"的一下整丢了。宋军如没头苍蝇到处乱跑，但不是被砍杀，就是被踩死。高粱河上布满了宋军的尸体，河道为之阻滞，河水一片血红。

耶律休哥虽然纵马冲入敌阵，但他的眼睛可没闲着，他紧盯着那顶黄罗伞盖，知道宋朝的皇帝肯定在这儿，于是快马加鞭，紧追不舍。吓得太宗魂不守舍，没命地奔逃。大将崔彦进见太宗危险，急忙率数十人过来营救，但转眼之间多被砍死。崔彦进抢起大刀，舍命相搏，截住耶律休哥与之厮杀，不想一瞬间身中数箭，自己也被休哥一枪挑于马下，顷刻间就被踩成了肉饼。可惜宋朝著名猛将，一缕忠魂也不知何处去了。

且说宋太宗赵光义见战场情况突变，刹那间就陷入了辽军的重围，惊得他魂飞魄散，不知所措。贵为一国之君的宋太宗从来也没经历过这样的场面，一时不知如何是好。幸亏有大将呼延赞等人在身边保驾，率领着数百名侍卫且战且退，护持着太宗向西南方向逃跑。

但是耶律休哥紧追不舍，这位辽国大将极会用兵，他竟然把在狩猎场上圈野兔的办法用到这里来了。他命辽军骑兵从三面合围，边放箭边追赶。又像是猫捉老鼠一样，边戏耍边玩弄。太宗身边开始时还有数百人相随，不一会儿就所剩无几了。那些可怜的侍卫都成了太宗的挡箭牌和替死鬼，纷纷倒在辽国骑兵的神箭之下。太宗赵光义也腿中两箭，翻身落马。

耶律休哥一见欣喜万分，高喊着："抓活的！抓活的！抓住宋朝皇帝！"旋风一般地冲了上来。那帮辽国骑兵一见立功的时候到了，"嗷"的一声蜂拥而上，情况已是万分危急。幸好有呼延赞和楚昭辅二将死战护主，辽兵急切不得近前。耶律休哥见状下令放箭，呼、楚二将均身受重伤，太宗已经闭目等死。

也是太宗赵光义命不该绝，此时正西边喊声大起，原来是曹彬率一军杀了过来。太宗这才慌忙爬起，换乘一匹战马向南逃去。曹彬率军冲杀一阵，救下呼延赞和楚昭辅，见辽军越来越多，不敢恋战，也带着人马向南退去。

辽军统帅萧绰见休哥突袭成功，城北宋军已被击溃，即刻下令内外开花，全面反击。届时耶律斜轸、耶律学古、耶律奚底和耶律沙四路大军一齐进攻，韩德让也率军从城内杀出。宋军本已疲惫不堪，加之猝不及防，立即被辽军冲得七零八落，败下阵来。接着又听说太宗皇帝已经逃走，现在不知去向。二十多万大军像被抽掉了脊梁骨，一下子就垮塌了下来，顷刻间四门宋军全线败退，大合围变成了大逃跑。宋军失去了统一指挥，像一群被轰赶的鸭子，没头没脑的四处逃窜，完全失去了抵抗能力，纷纷被辽国骑兵追上砍死。真是尸横遍野，血流成河，其景象惨不忍睹。

且说太宗赵光义一路狂奔逃至涿州，见南京已远，以为平安无事了，刚想下马喘口气，没想到战鼓咚咚，杀声又起。左有刘宇、右有刘厚德率伏兵杀来。原来二人皆是假降，已奉皇后萧绰之命等候多时了。太宗一见吓得面如土色，不知如何是好。这时曹彬赶来说道："陛下勿忧，末将在此！"遂率众将截住厮杀。太宗这才省过神来，急率随从继续南逃，但身边只剩下十几骑了。

此时天已大黑，刚刚摆脱了辽军伏击的太宗赵光义又渴又饿，一阵阵头晕眼花，他觉得实在是跑不动了。胯下那匹战马也已有气无力，浑身如同水洗的一般。太宗回头一看，那十几名随从已累得纷纷下马，倒在地上。太宗提起马缰，正想下马休息，忽然见正北边火龙蠕动，一阵阵杀声震天，千军万马的奔袭声如闷雷滚动，震得大地微微发颤。太宗正在迟疑，转眼间那数条火龙已到眼前，火光中一员大将金盔金甲，红袍红马，面如重枣，目似朗星，正是辽国大将耶律休哥。这时休哥也看见了太宗，一声断喝："杀兄逆贼，无道昏君！下马投降，饶你一死！"说着策马冲了过来。太宗吓得魂飞天外，急忙打马逃跑。不承想忙中出错，一下子拐进了烂泥塘里。任凭太宗把马鞭打坏，那匹马已深陷没膝，出不来了。太宗惊出一身冷汗，回头一看，那十几名随从不知何时，已被辽军全部杀死。一名辽军大将黑衣黑甲黑色战马，如凶神一般向他扑来，那把大砍刀在夜色中闪着寒光，已经高高举起。

太宗赵光义长叹一声："悔不听众将之言，致有今日。崔翰误我呀！崔翰误我！"说罢闭上眼睛，引颈受死。

就在辽将速不花的大砍刀即将斜劈下来的时候，忽听一声断喝，如雷震响："呔！辽狗休要猖狂！杨业在此等候！"与此同时，又听"妈呀"一声，速不花的大砍刀应声落地。原来是杨业的弓箭先到，射中了速不花的手臂。速不花在马上疼得"嗷嗷"怪叫，身子摇了又摇，一阵风过，便"扑通"一声跌落马下。原来是杨业的大刀又到了，已把速不花劈为两半。

辽军见状惊呼："是刘继业！是刘继业！快跑哇！快跑哇！"有几人已调转马头，企图逃走。

耶律休哥勃然大怒，"啪啪"两鞭，砸死二人，大呼曰："逃跑者杀！违令者斩！打退叛贼，活捉宋帝！"随即率人马冲了过来，立时又将宋朝君臣团团围住。

但是杨业如同猛虎，骁勇异常。他率领长子延玉、次子延朗及数十人左冲右突，杀得辽兵纷纷落马。耶律休哥直奔太宗而去，却被杨业连发三箭，射穿重甲，身负重伤。辽军见状，掩护休哥撤退。杨业乃命次子延朗救出太宗，令其将战马送与太宗乘坐，并护送太宗南撤，自己与长子延玉在此拒敌。

太宗深受感动，乃流着泪说："大战之中将军无马，怎能上阵杀敌？况我腿已中箭，不便骑坐，战马还是留给少将军吧！"杨业回头灵机一动，乃命腾出一辆驴车，铺上些战马的草料，扶太宗坐了上去。延朗方遵父命，保护着太宗向南撤去。

读到此处，可能会有人说了，杨业怎么会来得这样巧？是天意吗？这里须向读者交代一下。原来在宋朝议论北伐之时，杨业因为自己熟悉地形地貌，曾请求愿为前部先锋，为国立功。但不知潘美是出于怀疑或是什么别的原因，断然拒绝了杨业的请求，反而让他去押送粮草。不知是阴差阳错还是鬼使神差，杨家父子三人率领五百名士兵，赶着一千辆驴车，紧赶慢赶正好就赶到了这里，碰巧救了太宗一命。天意乎？命运乎？不可知也！

且说辽国大军在皇后萧绰的统一指挥下，大获全胜，挫败了宋朝企图收复故土的图谋，让大辽国上下为之一振，也让全军将士对萧绰敬佩万分。但萧绰本人十分谦虚。她对将士们说："此役成功，天助大辽。乃祖宗庇佑、万民相助，是全军将士用命的结果，我萧绰何功之有？"遂抚慰受伤将士，祭悼阵亡之人。对休哥、斜轸、韩德让和耶律沙等人则大加褒奖，由此更加受到将士的拥戴，不提。

宋太宗赵光义死里逃生，在邢州治疗休养数日，于一个多月以后返回开封。一清点残兵败将，竟然损伤一半还多，军械辎重更是损失无数。这次北伐遂以彻底失败告终。

第十八回
再犯中原辽军兵败
两击胡虏杨业功成

　　且说宋太宗赵光义在高粱河战役中遭遇凶险，死里逃生，仓皇之中乘坐运输粮草的驴车，在杨延朗的一路护送下离开涿州，幸得枢密使曹彬带兵赶来接应，才到达邢州住下，又多方寻医治疗，在此休养一月有余。其间各路败兵纷纷南撤，许多将领闻讯赶来探望，太宗均避而不见，不久返回开封。

　　闻听太宗返京，宰相赵普率群臣前来问安，又有潘美和田重进等将领前来觐见。太宗嘱咐赵普料理朝中政事，提醒曹彬注意掌握边境动态，有事再报。自己仍在后宫悉心养伤，不觉又一月有余未能上朝。

　　一日太宗心中烦闷，正在苦思北征战事，缘何开始时一帆风顺，后来竟然一败涂地，不可收拾？太宗百思不得其解。这时有侍女进来报告，说华山道士陈抟求见，太宗听罢心中一亮，急命侍女请入，他欲向这位世外高人请教一番。

　　陈抟乃道家一代宗师，在历史上名气很大，以博古通今和擅长睡功名闻天下，传说他曾在华山慈云观修行数百年。史书记载他在唐会昌元年（841）时，正逢唐武宗李炎灭佛兴道，武宗曾在承元殿召见他，向他询问长生之道。陈抟当时告之曰："不近女色而节制饮酒，少食荤腥而多进素食，哀乐如一而常做善事，不为己虑而常想众生，此君王长寿之道也！"

　　从那时候算起来，如今一百三十多年过去了，但他仍然步履轻盈，精神矍铄，鹤发童颜，声若洪钟，有飘然出世之姿，具超凡入圣之韵，令世人赞羡不已。

太宗刚刚即位的时候，陈抟就曾经来看望他，他曾经向陈抟请教为君之道。陈抟当时什么也没说，只赠给他"顺天应人"一幅大字，飘然而退。太宗慕其德行，命中书令马元真陪其游览天下，并为其修建宫观，同时赐其羽扇紫衣、云冠麻履，为其上尊号为希夷先生。又亲书"华山石室"四个大字以赠之，因此陈抟受到朝野上下普遍的尊重。

此次陈抟来见，进门即说："山人闻陛下御体染疾，特来探望，不知圣躬可好？"

太宗笑而告知："腿股之上，偶中流矢，已经治愈，并无大碍。倒是尚有心结未开，烦请先生指教一二。"说罢挥手让陈抟落座。

陈抟笑而对曰："难道是北征之事吗？世间万事，道法自然，非人愿而成其形，顺天意而结其果。应时而动可事半功倍，逆拂大道则欲速不达。知其可为而不为，违天时而背民心；知其不可为而欲为，乃逆潮流而妄动。此二者皆为愚人也！所谓顺其自然、待机而动，此圣人谕、智者行，正如是也！"

太宗闻之，似觉开悟，又问眼下千头万绪，当以何为治国之本。陈抟对曰："顺众议而稳社稷，固皇权而安民心，时时事事俱以众生为本。此为当今贤王上上之策也！"太宗大悟，乃再拜而谢之。

陈抟遂提笔写下"善、恶"两字说："为善者，美好开头，当有喜庆结局；为恶者，无良好心态，终成恶果，请陛下思之虑之。"说完乃辞。

次日太宗上朝，悉心听取群臣奏报之后，对大臣们说道："方今北伐未果，当以何事为要？"

话音刚落，西侧班中就有曹彬、田重进和呼延赞等一班武将纷纷上奏，提出再次伐辽，必须报仇雪恨，收复幽云之地，完成统一大业。

左拾遗张勇贤提出了不同的看法。他说："我方新败，军心动摇。辽虏势大，气焰正盛。即或再次出兵，恐仍难以取胜。如再败之，必将引狼入室，于国家社稷大不利也！故太祖两次北征之后，即设下封桩库，欲议而赎买之，或待机而讨之。今我朝统一大业已十有八九，应先本后末，先易后难，先安内而后攘外，先治国而后开疆！此为固土安邦之本，请陛下明鉴。"

河南路转运使田锡也接着奏道："十六州之地皆荒野山峦，得之虽可为屏障，弃之亦未必损民生，何必大动干戈，导致举国震动？令社稷不安、百姓涂炭？若辽兵乘胜南袭，不但故土未复，恐中原亦不得安宁矣！岂非鸡飞蛋打、得不偿失？不如秣马厉兵，守护边疆，待富国强兵之时，再动何妨？"此二人的主张深得大多数文官的赞同，却遭到了武将们的强烈反对。

太宗昨晚反复琢磨了陈抟的话，心中已经有谱，于是他把目光转向宰相赵普，似在征询这位智者的意见。赵普立刻心领神会，顾左右而言曰："十六州之地乃华夏国土，所辖各州县为中原门户。边关重镇，国家基石，焉能不取？岂可弃之？此乃我朝统一天下必须夺回之重地也！然当前战火方息，伤损未愈，当休整数月，再候良机，此太祖在日一贯之策也！方今之计，当稳住社稷而顺民意，巩固边陲而重生息，此为固本强基之策也！"

太宗颔首赞同赵普的意见，又问当以何策防辽。赵普从容应对曰："大将军曹彬和潘美二人久经沙场，功勋卓著，智勇兼备，威望甚高，可令其挂帅戍边。昔日北汉旧将杨业、张师二人，不仅极为骁勇善战，而且熟悉边疆地理，了解辽人风情，可为边疆守将，分驻山西、河北，互相呼应。再以呼延将军镇守定州，随时增援。如此则北边必安，陛下亦可无忧矣！"

太宗大喜，即纳赵普之谋，任命曹彬为河北诸路都部署，统辖河南河北诸路军马，督抚沿边十三州军务；又命潘美为山西诸路都部署，统辖太原、潞州一线十一州军马，督抚代北军务；特命张师为振武将军，镇守河北瓦桥关。特命杨业为奋威将军，镇守山西雁门关；同时下诏，令沿边各州、府、县及军民人等，俱各严阵以待，平日不可出关。又令殿前指挥使田重进负责整顿军务，训练士卒，做好再战准备，言罢散朝。

且说辽国军队在高粱河一战中大获全胜，从而粉碎了宋朝夺回幽云之地的图谋，成功地保卫了南京，捍卫了国土，令全军振奋，士气大涨。皇后萧绰在南京宴请众将，庆贺大捷。席间，大将耶律沙和耶律学古等人提出应乘胜进军、直捣开封、击溃宋朝、夺取中原的建议，得到了许多将领的支持和响应，一时群情激奋，斗志昂扬。

大将耶律斜轸不同意这种看法，他端着酒碗站起来说："诸位将军所陈建议，末将不敢苟同。太宗皇帝是曾经进据开封，称帝中原，但彼一时此一时也！那时候中原群雄割据，为一己之利互相残杀，我朝方得以乘虚而入，从中渔利。而今大宋南北统一，国力强大，如我朝孤军深入，必为其重兵所困，不但中原难下，十六州亦危矣！此事绝对不可行也！彼虽一战失利，但是元气未伤，何以羸弱视之？"大将军耶律休哥也赞同这种看法。

皇后萧绰那秀美的眼睛一瞥，用目光征询韩德让的意见。韩德让说："彼虽新败，但贼心未死，过些时日必再会来犯，我军只宜坚守候敌，岂可擅自出击？为今之计，需要以静制动，以逸待劳，完全没有进兵的必要。况且我军虽胜，亦是损失惨重，将士伤亡两万余人，不少将军亦身负重伤，连末将和休哥亦受箭创。因此只宜休整将息，非进取之机也！"

萧绰闻之频频点头，遂尊重斜轸、休哥和韩德让等人的意见，留下耶律沙和耶律学古镇守幽州，次日率军班师。路上，皇后萧绰邀请韩德让共乘驼车，征询他对封赏将士的意见。末了她说："将军坚守南京有功，当请陛下封汝为南院大王，兼任南院枢密使，就为国家镇守边关吧！不知兄长意下如何？"

韩德让略一思忖，摇摇头说："感谢皇后一番美意，真让末将惶恐之至！封王戍边，固然荣耀，但我之心并不在此。须知朝中情况复杂，不少贵族蠢蠢欲动，叛乱之事随时都会发生，我是惦念皇后的安全啊！末将不图位高权重，只要皇后能够平安，就是我韩德让最大的幸福。我还是留在上京吧！干点什么都行，万一有个山高水低，我也能尽一臂之力。不然的话，我在南京也会昼夜惦记、寝食不安啊！"

萧绰闻之一阵感动，火辣辣的目光投向这位伟岸的男人，情不自禁地依偎在他的怀里。她感到他的胸膛像大山一样温暖和坚实，连一直颠簸的驼车也顿时平稳了许多。不知是由于惬意还是疲劳，她竟然不知不觉地睡着了！

皇后萧绰率领得胜之师回到上京，令朝野上下一片欢腾。景宗皇帝大喜，亲率百官出城十里迎接，及至军前，景宗亲扶皇后萧绰走下驼车，携其玉手共入京城。街路两侧军民夹道欢迎，士农工商家家张灯结彩。"欢迎班师！""欢迎凯旋！""皇帝万岁！""皇后千岁！"欢呼声此伏彼起，经久不息。不少人想一睹这位文武双全的皇后的风采，争相登高或踊跃向前。萧绰则十分懂事地一直把景宗让在前面，不断地向人群招手还礼。回到后宫，景宗则迫不及待地把萧绰拥在怀里，一阵狂吻，亲热个不停。两人久别重逢，当夜极尽缠绻不提。

次日早朝，根据皇后萧绰的提议，景宗颁旨封赏有功将士。任命耶律休哥为北院大王，耶律斜轸为南院大王，耶律沙为南院枢密使兼南府宰相，耶律学古为南京留守，耶律奚底为东南招讨使。任命韩德让为北府宰相、左右两宫皮室军详稳，兼总知宿卫事，掌管上京所有戍卫兵马。对所有有功将士予以擢升和重赏，同时宣布对阵亡将士厚加抚恤。末了景宗皇帝说道："鉴于皇后萧绰的卓越才能和赫赫功勋，已赢得朝野上下和全军将士的一致拥戴，特诏令允许她代朕临朝，决断所有军国大事，可代表大辽皇帝祭祀诸神，接见来使，称孤道寡，自谓朕躬。全国凡一切军民人等，均当视为如朕亲临，不得违误！”群臣闻之，呼声顿起，朝野上下，无不称奇。

但也有一些人听了心生妒意，愤愤不平，一股无名烦恼冲天而起，聚在一起释放怨气，议论纷纷。越王必慑、楚王涅思以及上京留守萧抹只等人便是其中一伙。萧抹只对二人愤愤地说："此番幽州大捷，无非是运气而已！耶律贤何须张牙舞爪，把萧绰一伙人吹上了天？还要搞什么如朕亲临，今后她还会把王爷们放在眼里吗？”

越王必慑乃太宗之子，按辈分他是景宗的堂叔，此时也愤愤不平地说："皇后一女流之辈，尚能获如此殊荣。我等乃太祖之孙，堂堂七尺男儿，岂能做缩头乌龟，畏惧南蛮宋狗？吾自当领兵直捣开封，看看是她行还是我行？这个大元帅我也当得！”涅思和萧抹只等人拍掌赞同。接着密谋良久，便私下串联去了。

一日早朝，待群臣奏报完毕，景宗处理完日常政事，刚想宣布退朝，忽然间十几名皇族大臣以必慑为首，齐刷刷跪了一地，异口同声地向景宗请战，要求南进中原。景宗认为时机不妥，没有答应，这些人竟然长跪再谏不肯起来。景宗无奈，便在下朝后征询萧绰的意见。

萧绰一听就明白了，她告诉景宗说："这些人心里不服，就想闹事，让他们打一仗又有何妨？陛下答应他们不就是了吗？何必让他们憋得慌呢？”

景宗不解地问道："此一去重兵在握，不一定整出什么事来，我们能够放心吗？”

萧绰笑着说道："有什么不放心的？他们要打，就让他们去打好了！伹此时德让、休哥皆箭伤未愈，斜轸又发腿疾，这几员大将都去不了。只好让他们带所属府兵，再加上云、应、朔这三州的人马，有六万大军也就够了！打胜了，那是他们的造化，我们可以乘胜进军。打败了，也无关国家大局，就让宋朝人教训他们一下，省得他们不服气！”

景宗听后赞佩地说："还是我的皇后有心计呀！这些人怎么是你的对手？连我都甘拜下风呢！”说完抱着萧绰亲了又亲，由衷地笑了。

大辽乾亨元年（979）十月初，越王必慑、楚王涅思率领所部府兵，出云州，过山阴，会合应、朔两州之军，于十月中旬到达雁门关。先锋官、大将萧咄里率先头部队两万多人马，在关前五里扎下营寨。远远望去，只见旌旗密布，营帐相连，人喊马嘶，军容极盛，慌得宋朝的守边将士急回帅府报告。

此时宋朝的西线主帅潘美不在山西，正在开封的家里养病。镇守在雁门关的将领，是北汉降将杨业和他的两个儿子，部下还有两万人马。杨业得报以后，急和众将商议对策。

部将崔显首先说道："辽军有备而来，至少十万人马，众寡悬殊，何以御敌？当速报朝廷，请求增援，方为保全之策。眼下当放弃外围，收拢队伍，坚守雁门，等待援兵。"多数将领同意他的意见。

没等崔显话音落地，参军王若即抢过来说："坚守待援，说得轻巧！朝廷援兵何时能到？雁门关虽险，能守几日？恐怕没等援兵到来，我们倒先做了俘虏！不如放弃雁门关，退守代州。那里壕宽水深，城高墙固，粮草充足，地形有利，又有杨将军多年经营的基础，当可以北拒辽军，等候朝廷援兵之到来也！"

杨业的夫人佘赛花是西羌族人，自幼练武读书，遇事极有见地，且武艺出众，足智多谋，是杨业的红颜知己和得力助手。此时站出来对众将说道："兵来将挡，水来土掩。主帅虽然不在前线，我等也是朝廷命官，既然食君之禄，就当为国尽忠。如今强敌来犯，皆负守土之责，岂可见敌畏缩，轻言放弃雄关？以背朝廷之托和百姓之望耶！？为今之计，当速思破敌之策。全军上下，不得有半点杂念。如果万众一心，必可以一当十，那么辽军可退，我军可胜也！"她的话让将士们深受鼓舞，遂在杨业主持下，一起研究破敌之法。

次日天明，两军对阵，杨业命次子延朗率五千人马出城迎敌，自己则在城上观敌料阵。那辽将萧咄里骑着高头大马，手持狼牙大棒，威风凛凛，傲气十足。背后两万多人马盔明甲亮，杀气腾腾，令人胆寒。往远看旗幡满地，烟尘蔽天，应当是辽军的大部队正在奔来，大有黑云压城、烟雨欲来之势。

萧咄里命部将速不该出阵挑战，那边杨延朗纵马迎敌。两马相交，刀枪并举，一来一往，虽擦肩而过，却被杨延朗看出了破绽。原来速不该力大刀沉，但是动作缓慢。及至到了第三个回合，两人迎面而来，刀枪又举，杨延朗用长枪架住速不该的大刀，右手抽出竹节钢鞭，趁着二马一错镫的工夫，举鞭朝速不该的脑袋砸去。吓得速不该一低头，只听得"啪"的一声，一鞭打在他的后背之上。速不该只觉得心头一热，一大口鲜血"噗"地喷出，一栽歪从马上折了下来，大刀也"啪嚓"一声掉在地上。杨延朗迅速地趱回马来，伸手用长枪将速不该挑起，"嗖"的一声甩出几丈开外。速不该重重地摔在地上，抽搐了几下就不动了！

杨延朗在马上大笑曰："速不该呀速不该！你就不该来呀！"宋军阵营中一阵大笑，将士们竟兴奋得鼓起掌来。

萧咄里一见勃然大怒，便想亲自出马，不料一将已经飞出，仔细搭眼一看，乃是越王府中部将、速不该的弟弟速不搭。原来速不搭见哥哥阵亡，气冲牛斗，怒火万丈，不等先锋官萧咄里发话便拍马舞叉冲了上来。速不搭跟他哥哥一样也是一员猛将，手中那把浑铁通天叉有上百斤重，舞起来带着风声，呼呼直响，但他也不是杨延朗的对手。延朗见其力大，不与其硬碰，五个回合之后，假装抵挡不住，转身败走。速不搭不知是计，拍马就追，不承想刚刚追出去十几丈远，杨延朗忽然策马转身，回过头来。速不搭收势不住，被杨延朗一个回马枪挑于马下。那柄大铁叉带着惯性，"嗖"的一声插在地上，叉柄还在微微颤抖。

杨延朗打马趑回阵前，嘻嘻笑着说道："速不搭呀速不搭，你上来也是白搭呀！"随即又冲着辽军阵中大喝一声："谁不怕死，请再上来！"打着马在阵前来回踱步，耀武扬威，气势逼人。

萧咄里见杨延朗武艺出众，自己上阵恐怕也非对手，于是把身体隐在门旗影里，拈弓搭箭，想暗算他。不料被城头上观敌掠阵的杨业看见了，抢先一步，"嗖"的一箭，射断了辽军帅旗的旗杆，大旗"哗啦"一声倒了下来，裹在了萧咄里的身上，吓得萧咄里不敢造次，改为挥军掩杀，又被城上乱箭射了回来。萧咄里损兵折将，不敢再贸然进攻，遂后撤二里与主力会合。这时候必懊和涅思领军到来，三人计议明日再战。

当晚月明星稀，秋风送爽，辽军大营里一片安静。将士们由于长途跋涉，疲惫不堪，早已经睡着了。两名主帅和先锋官虽然仍在喝酒，但也是醉眼蒙眬，神志不清了。只听先锋官萧咄里说："王、王爷你、你、你说，宋、宋、宋军会、会不会、会来劫、劫营？"

越王必懊"啪"地一拍桌子，嘴里含混不清地说："他、他、他敢？他两万，我、我、我他妈六万多人马，我揍、揍、揍不扁他！让、让、让他有来无回！"不一会儿，三个人也伏在酒桌上睡着了，只有巡更的哨兵还在轻轻地走动。

夜半时分，杨业命长子延玉带着部将孟祥，次子延朗带着部将焦汉，分别率两千人马出城，从左右两侧小路迂回到辽军身后，突然放起数把大火，同时擂响大鼓，释放火箭，虚张声势，向辽军发起佯攻，吸引辽军注意力。然后委托夫人带五千人马守关，自己亲率一万名杨家军主力，突然打开城门，从城内杀出。由于辽军大帐离城不过五里，距离太近，延玉、延朗带人放起大火之后，必懊和涅思被士兵唤起，正准备对身后之敌发起攻击，不料杨业领兵到了。这一万名杨家军是宋朝的精锐，一个个如狼似虎，个顶个武艺高强，人人骑的都是河西的名马，个个拿的都是特制的长刀。他们在杨业的带领下，如一群天神，一阵风似的就冲进了敌阵，见马就剁，见人就砍，吓得辽军的将士如没头苍蝇一样乱跑乱窜。必慑和涅思虽然也打过仗，但是哪见过这样的阵势，遇见过这样厉害的主啊？一时间都蒙了，上马就跑。那些士兵本来就是七拼八凑的乌合之众，杀人放火残害百姓都是好手，但是遇见这样的铁军哪是对手哇？这时候又见主帅已经逃走了，还等啥呀？跑吧！一个个只恨爹娘少给生了两条腿，撒丫子四散奔逃。

延玉、延朗见辽兵大乱，知父亲已经率兵杀出，于是也发一声喊，率领着队伍冲上前去。三支队伍如三股铁流，立即将辽营冲得七零八落。幸亏这天晚上月色很好，涅思和必慑还认得来时的路，便领着残兵败将顺路北逃。先锋官萧咄里自恃勇猛，率兵断后，被杨业带人赶上，一刀下去，连人带马劈成两半，所带辽兵无一幸免。

杨业率领大军紧紧追赶，吓得必慑和涅思魂飞天外。延朗大喊："抓住那两个带着雉鸡翎的，那是辽军主将！"宋军骑兵如狂飙一般飞向前去，眼看着已到眼前，吓得必慑和涅思慌乱之中摘下头盔，戴在两名小校的头上，自己趁机夺路而走。可怜那两名倒霉的小校，转眼之间做了替死的冤鬼。

辽军几乎全军覆没，必慑和涅思只率十余骑回到上京，吓得跪在宣政殿不敢抬头，脑袋都磕得流出了鲜血，再也不敢盛气凌人、大声说话了。一个个只说杨家将如何如何厉害，杨业那老家伙如何如何勇猛，宋军足有十万之众云云。景宗见他们一个个盔歪甲斜，满身污血，蓬头垢面，狼狈不堪，已经彻底地服气了，因此没有怪罪他们，反而予以好言抚慰。但听说杨家将如此厉害，不免心中有些好奇，很想有机会去会会他们，群臣纷纷劝阻。室昉说道："陛下万乘之尊，岂可轻蹈前敌？此事万万不可！"

景宗笑着说道："我就不信杨家将有那么厉害，那不过是必慑他们打败仗的托词罢了！就当我出去玩一趟，连打猎都有了，众卿不必再劝！"因此决定南征，但终被萧绰苦苦劝住。

次年十月，秋高马肥，北国一片斑斓。辽景宗耶律贤放不下这宗心事，于是瞒着皇后萧绰，只说去燕山打猎。他命萧绰留守上京，自己只带数十人跟随。萧绰信以为真，嘱其小心谨慎，注意身体。又命懂医的韩匡嗣随行伴驾，确保安全，发现体有小恙，马上回来。

没想到景宗到了南京以后，根本没去打猎。他立即传令调集幽州各路人马八万之众，决定采取突袭的办法，先取瓦桥关，再取雁门关，狠狠地教训一下这些南蛮宋狗，给去年阵亡的将士们报仇。各路大军悄悄出易州，过满城，穿固安，越遂城，突然将瓦桥关团团围住。吓得守将张师惊慌失措，一面急派快马向朝廷报告，一面收拢人马，登关守卫。

宋太宗赵光义得到边报，经与曹彬商议，决定立即派两路人马前去增援。一路是由殿前马军都指挥使呼延赞偕部将高君宝，率领三万人马从邯郸出发，过邢州奔深州，从南面驰援瓦桥关；一路是由雁门关守将杨业率军两万，从代州奔飞狐（今河北蔚县附近）、易州一线，从西面驰援瓦桥关。本来曹彬是不同意让杨业去的，太宗也怕西线有事，但是考虑到派别人去无必胜的把握，也只好冒一次风险了。为了确保完胜，太宗又派出枢密使王显率军五万，从澶州（今河南濮阳）出发，随后跟进，令其必须把辽军抵御于国门之外。

辽景宗耶律贤得到辽军探马的报告，知道宋朝已经派来援兵，一方面严令韩匡嗣亲自督战，昼夜攻打，务必在三天之内拿下瓦桥关；一方面命大将耶律沙率领两万人马，阻击西线援军。命大将萧抹只率两万人马，阻击南线援军。自己则率众靠近关前，亲自指挥作战。

且说宋将呼延赞率部一路疾行，在莫州（今河北任丘）西北遭遇辽军阻击，双方交战十分激烈。辽军骑兵凶猛异常，往来驰骋，如风驰电掣，不可阻挡。呼延赞所带人马极度疲惫，一经冲击，立即七零八落，一时不能取胜，无法迅速靠近瓦桥关。呼延赞万分焦急，急向后队王显报告，请求速来增援。

再说西线雁门关守将杨业得令以后，即命部将孟祥、焦汉二人留下，协助夫人佘赛花守关，提防辽兵突袭，自己亲率二子驰援瓦桥关。杨业带着延朗领五千杨家军先行一步，命延玉率其余一万人马随后跟进。

至次日夜，杨业率领先头部队抵达满城，遇辽将耶律沙率军拦截。辽军布下鹿砦、荆棘等物，埋伏好了弓箭手严阵以待，但他们没想到宋军来得这么快。杨业到达满城时已是凌晨以后，正是辽军人困马乏、防备懈怠之时。他不顾长途奔袭的疲劳，立即向辽营发起突袭。耶律沙闻知顷刻间召集人马，将这一支杨家军团团围住。众寡悬殊，情况危急，但杨业毫无惧色。他挥舞着大砍刀，身先士卒，左冲右突，如入无人之境。耶律沙命四员部将将其缠住，但仍不是杨业的对手，转眼间已有三人被砍于马下。耶律沙欲亲自向前，被杨延朗迎面一箭，射断头上雉鸡翎，刚

铁与血的征战：大辽王朝

一愣神，杨业的大砍刀又到了，吓得他无心恋战，转身就跑。辽军将士见主将败阵，也一起跟着撤了下来。杨业率军一路紧追，突破了辽军满城防线，直奔瓦桥关而去。

辽将耶律沙率领着败兵一路逃跑，仓皇退到瓦桥关前，急向景宗报告，说杨业父子勇不可当，极为厉害，末将实在抵挡不住，请陛下治罪。景宗听后心中大喜，不但没有责怪耶律沙，反而拍着他的肩膀说："好哇！来得正好！我此行的目的就是要会会他，看看他有没有三头六臂！"于是命韩匡嗣调集人马，准备迎敌。

宋军这边杨业父子率军一路猛追，终于到达瓦桥关下，正欲命令稍事休息，然后再与关中联络，忽然间"咚、咚、咚、咚"一阵鼓响，随着一阵阵疾风掠过，辽军从四面八方杀了过来。那嘚嘚的马蹄声如闷雷滚动，骑兵卷起的烟尘似阴霾蔽空。杨业父子匆忙上马，转眼间即陷入重围之中。杨家军冒死左冲右突，但是既无法脱身，又不能靠近关前，加之人困马乏，极度疲劳，形势已是万分危急。

危难之中，杨延朗大呼曰："辽军势大，急难取胜。待孩儿掩护你，父亲还是突围吧！等待后续人马上来再做打算！"

杨业一刀砍翻两名辽兵，亦大呼曰："胜则同光，败则同死，要战一起战，要走一齐走！岂独生耶？"

父子俩正在高声说话，杨业忽然间抬头看见，正前方一高阜之处，旗幡招展，战车云集，上百员将领如众星捧月，簇拥着一个穿紫袍的人。只见那人手执马鞭，比比画画，好像正冲着这边说着什么。杨业心想，这位肯定就是辽军的主帅，看架势至少是个王爷。打蛇打七寸，擒贼先擒王，若是抓住了这个王爷，就能败中取胜。于是他举起金背砍山刀大呼曰："狭路相逢勇者胜！置之死地而后生！跟着我冲上去！抓住那个王爷！"说罢跃马舞刀，直向那个小山坡冲去。他的那把大砍刀左右翻飞，上下狂舞，所到之处，非死即伤。杨延朗和将士们亦再鼓余勇，抖擞精神，舍命拼杀，紧紧跟随。这一支队伍如一股铁流，瞬间把辽军的包围圈冲出一个豁口，又像一杆箭似的向山坡冲去。

且说辽景宗耶律贤立于高阜之处，正在观敌料阵，指挥着人马围困杨家军。忽见前面辽军像溃堤一样，又如潮水般退了下来。只见一员宋将，红马金刀，绿袍银甲，目光如炬，长髯飘飘，如风驰电掣般呼啸而来，转眼间已经离此不远。韩匡嗣一见不好，急令辽将耶律麻答和耶律麻牙等四人上前拦截。不料一刹那间，已被杨业连发两箭，射死二人，接着金刀一摆，又将麻牙砍于马下，吓得对面的耶律麻答转身就跑。杨业则不慌不忙，又发两箭，一箭射倒辽军帅字大旗，又一箭将护旗牙将射死。景宗大骇，竟然吓得不知所措。此时景宗身边虽有侍卫数十人，但眼睁睁着被冲上前来的杨家军纷纷杀死。韩匡嗣是个医官，哪见过这种场面？此时早已吓得面如土色，只是靠在战车上瑟瑟发抖，无计可施。

忽然间一阵寒光闪过，眼见得杨业的大砍刀已经高高举起，即将向景宗的脑袋立劈下来的时候，只听得"当啷"一声响亮，一枝羽箭不知从何处飞来，准确地命中大刀。杨业顿觉手心发麻，那把大刀险些脱落。他不由得心中一惊："何人有如此功力，怎么我从未见过！？"稍一迟疑，只见一将绿袍银甲，坐骑黄马，面如淡金，长髯过尺，手使一根浑铁大棒，"啪"的一下凌空砸来，与杨业那把大砍刀撞在一起。众人只听得"当啷啷"一声巨响，惊天动地，震耳欲聋。两人均感到手心发麻，浑身发抖，眼冒金花，胸口发热。两匹战马皆"嘚、嘚、嘚、嘚"后退数步，方才站稳。

杨业大吃一惊："什么人这般神勇，难道是韩德让将军吗？"

那来人朗声答道："正是韩某！不用问您就是杨老将军了？汝一身本事，何必替赵宋昏王卖命？不如弃暗投明，不失荣华富贵。"

杨业冷笑一声："战场相见，各为其主。将军不必多言，请您赶快让开！我要活捉你家主帅，交给朝廷问罪！"

韩德让亦冷笑一声，嘲讽似的说道："大话吓人，危言耸听！想拿我大辽皇帝，也不撒尿照照，看你有没有那个本事？！来呀！看我取你！"说着抡起大棒冲了过来。

杨业这才知道那位穿紫袍的原来是辽国皇帝，心中这个悔呀！心想我若再快半步，耶律贤的脑袋就搬家了！天意呀天意！舞起大刀迎了上去，与韩德让战在了一起。与此同时，杨家军的其他将士也被韩德让带来的辽军截住，小山坡下乱成一团。

原来景宗假说打猎实乃南征，同行的韩匡嗣急向上京报告。皇后萧绰闻报后心急如火，立即派韩德让和休哥、斜轸前来助阵。三人带着一万飞骑马不停蹄匆匆赶到瓦桥关下，没想到还真就雪中送炭，救了景宗一命，让他有惊无险。

韩德让和休哥、斜轸率领这一万生力军突如其来，如狂飙骤至、山洪暴发，令疲劳已极的五千宋军抵挡不住，即刻被冲得七零八落，面临着马上被歼灭的危险。幸亏杨延玉率后续援军及时赶到，一阵砍杀，才把延朗等人接应出来，但已损失惨重。

景宗耶律贤这才回过神来，在休哥、斜轸等人的保护下匆匆撤走。韩德让与杨业鏖战数十个回合，虽然未分胜败，但已略占上风。此时见景宗皇帝已经撤走，又怜杨业是个英雄，不忍加害，于是便虚晃一棒，转身退走。杨业头昏眼花，欲呕不吐，身体摇晃了数下，险些从马上掉了下来，亦无力追赶。父子三人乘机率众杀出重围，到外围等候援兵去了。

瓦桥关守将张师见辽军兵退，乃命部将崔玉守关，自己率领一万多人马，追了出来，他想乘机立功。不料被耶律休哥诱入关北小树林，不但一万多人马全部被歼，自己也被射成了刺猬。休哥遂趁机返而攻关，崔玉投降，瓦桥关失守。韩匡嗣等人护卫着景宗住进瓦桥关，次日撤出。

韩德让经与休哥、斜轸二人商议，派军出瓦桥，奔莫州，去驰援萧抹只部。杨家父子此时亦率军赶往莫州，与大将呼延赞兵合一处，在莫州西北与辽军对峙。两家苦战数场，双方皆损失惨重。此时宋朝王显大军到来，韩德让见攻取莫州已无可能，遂下令向北撤军。宋军畏辽军设伏，王显下令不准追赶。至此，辽军南征遂以无果告终。但杨业之勇却由此名闻天下，"杨无敌"之名由此叫开。太宗赵光义为此授予黄金千两、彩绢千匹进行嘉奖，并亲书"精忠报国"四字相赠，一时尊荣无比。

且说辽景宗耶律贤在南征战役中受到惊吓，导致风疾复发，只好在南京城休息数日，经韩匡嗣及随行医官的精心治疗，方见好转，这才乘车返回上京。途中因为天气寒冷，道路颠簸，又不幸感染了风寒，回到内宫之后，竟然一病不起。皇后萧绰一方面着令韩匡嗣等人悉心调治，一方面亲自煎汤熬药，昼夜服侍，还要抽出时间料理国事，因此十分繁忙劳累，身体日渐消瘦，面容也很憔悴。韩德让看在眼里，疼在心上，经常率领群臣去宫中探望，同时加倍小心维护禁宫的安全，一时群臣无不焦急，朝野上下均十分忧虑，社会上也有些人心不稳。

宋朝宰相赵普通过内线得知辽景宗病倒，全赖皇后萧绰理政，辽国有些人心不稳，感到似乎有机可乘。于是他派出心腹之人赵襄扮作商人潜入辽地，悄悄地混进上京，与驻守在城郊的汉军统领高瞻、高远取得联系。高瞻和高远都是辽国旧臣高勋之子。高勋因为拥立景宗登基有功，曾被封为秦王，任南府宰相，执掌汉军，荣宠一时。后来因为参与谋害魏王萧思温，被朝廷下狱，按律处死。但景宗念其有拥立之功，未株连其家属和亲友，仍任命其二子在汉军营中任职，并经常去抚慰他们。但高瞻、高远为报杀父之仇，早已心存异志，三年前就被赵普发展为宋廷内线，经常向宋朝提供情报。此番赵襄前来，带着赵普的亲笔书信，令二人趁着辽王生病、国内不稳之时，伺机策划叛乱，除掉辽景宗和萧皇后，立其他皇族为帝，以便内外呼应，夺回幽云之地，并同时搞垮辽国。

高瞻、高远览毕赵普书信，领会了朝廷的意图，遂与赵襄商议具体办法。三人经过反复分析，认为在所有契丹皇族之中，只有李胡的次子、宋王喜隐曾数度谋反，与朝廷仇恨极深。现在虽仍押在狱中，但其府中尚有三千多人马，势力很大。在京城二百多户皇族中，亦有着比较广泛的影响。如果能够立他为帝，比较容易聚集反叛的力量，于举事成功大有利也！三人计议停当，即由高远潜入上京大牢，面见喜隐，出示太宗赵光义的亲笔诏书，言明宋朝的目的只为夺回十六州，不干预辽国内部事务，事成之后，扶持喜隐为大辽皇帝。喜隐见之大喜，乃在狱中暗写书信，托高远带与其妻和罕及其子留礼寿，相约见机举事。高远留下匕首、绳索及假死药品若干，复又潜出与宋王府联系，商定先劫狱再起事。

不想屋里说话，墙外有人偷听。高瞻、高远与留礼寿等人密谋，被宋王府的侍女阿竹听到了。这位侍女是幽州汉人，是韩德让在南京时收养的一个女童，后来被韩德让安插在宋王府做内线。阿竹听到这个消息以后，借着上街购物之机，将四人密谋之事，悄悄地传递给了韩德让。韩德让知道后亦不动声色，只是密报给了皇后萧绰，然后暗暗地做好了充分的准备。

清明节之夜，月窄风轻，星光满天，上京城里一片安静。凌晨时分，按照事先的谋划，留礼寿带着府兵一千多人，在赵襄的帮助之下，去上京大牢劫狱，企图救出宋王喜隐，再宣布立他为帝。一行人顺利进入大牢，但是扑了个空，宋王喜隐已不知去向。留礼寿无奈，只好带领数千人，悄悄来到汉军大营。

高瞻、高远闻听留礼寿所说，觉得事出蹊跷，疑心已经事泄，索性一不做二不休，豁出去了！立即宣布拥立留礼寿为帝，带兵诈开南门，直奔禁宫大院，并且很快地包围了皇帝的寝宫。就在他们得意扬扬，企图进宫弑君之时，忽听得四外杀声骤起，在寂静的夜空格外响亮。三人抬头看时，只见大墙外人头攒动，火把通明，上万名士兵拈弓搭箭，已把大院团团围住；再看皇帝的寝宫门前，数十员大将盔明甲亮，气势汹汹，手持刀枪，怒目而视。中间一人绿袍银甲，身高九尺，二目如炬，面似淡金，手持一根浑铁大棒，真如天神一般，正是大辽国第一勇士、北府宰相韩德让。叛兵们见这阵势，人人酥骨，个个胆寒。就在这当口，韩德让大喝一声："深更半夜，来此做甚？难道是想造反吗？识相的放下兵器，免尔一死。"

那些汉军的官兵向来敬畏韩德让，如今听他一喊，立即纷纷放下武器，跪地投降。高瞻气得破口大骂："没良心的东西！白养了你们这群白眼狼了！给我冲啊！"

说罢与高远一同上前，欲与韩德让生死相搏。

就在高瞻、高远扑上前来，韩德让欲待动手的时候，只听一声断喝："不知深浅的东西，还敢动手？"说着声到人到，一个黑影"嗖"地蹿出，"唰唰"两鞭，将高瞻、高远打翻在地，疼得他俩嗷嗷直叫。众人细看之时，乃是皇后身边侍卫、侠女乌云。乌云随即朗声叫道："皇后驾到，众人跪下！"

随着乌云那好听的声音落地，皇后萧绰一身戎装，在众多女侍卫的簇拥下走出宫门。韩德让率众多将士急忙跪地行礼。那些叛军将士慑于皇后萧绰的威严，也都老老实实地匍匐在地，不敢言声，也不敢动作。只有留礼寿丧心病狂，欲跳起闹事，刚喊出一声，即被自家府兵按住，五花大绑送给韩德让。

萧绰走上前来朗声说道："都起来吧！汉军兄弟们！你们都为国家打过仗，流过血，立过战功，都是有血性有良心的大辽国将士，相信你们不会造反，一定是受了他人的蒙蔽，让灰尘暂时迷住了双眼。现在罪魁虽未在此，但是祸首已经就擒。你们回去吧！回到军营待命，等候发落。"

那些叛军将士闻听皇后之言，知道是捡了一条性命，一个个千恩万谢，伏地叩头而去。宋朝奸细赵襄趁机混在人群中溜走。高瞻、高远和留礼寿被韩德让派人投入大牢。

次日早朝，萧绰驾临宣政殿，令高瞻、高远和留礼寿交代叛乱罪恶，三人供认不讳，只求免死。萧绰与群臣商议如何处置，宰相室昉出班奏曰："勾结外敌，通同作乱，自立为帝，图谋造反，按律当定死罪，以为叛逆者戒！"群臣皆纷纷奏议赞同之。

但萧绰长叹一声说："唉！算了吧！宋王是我的姐夫，留礼寿是我的外甥，高瞻、高远也是功臣之后。念他们作乱未遂，众位爱卿就看在我的薄面之上，饶过他们一次吧！"

韩德让此时出班奏道："皇后慈悲心肠，足以感天动地。但是惩恶扬善，方能教化万民。这几个人死罪可免，但活罪不能免，可将其投入大牢，请夷离毕详细审理，然后晓谕天下。"

萧绰准奏，并诏令遣散汉军，将其移送到幽州屯田戍边，其余人等不再追究。但留礼寿和高瞻、高远入狱以后，不思悔改，继续与宋王喜隐密谋，策划越狱再反。在一个月黑风高之夜，他们杀死狱卒，企图逃跑，被早有准备的韩德让派人捉住。在朝廷复议此案之时，群臣忍无可忍，一致奏议从严惩处。萧绰无奈，令宋王喜隐自裁，将留礼寿和高瞻、高远腰斩于市，这场叛乱才算平息下去。

然而事情并没有完结。由于处死了姐夫喜隐和外甥留礼寿，皇后萧绰心中不安，于是在一日早朝之后，亲自带着礼品驾临宋王府，去看望她的二姐和罕，以表慰勉之意。二姐和罕笑脸相迎，先行跪拜大礼，然后和萧绰携手并肩，入厅而坐，促膝相对，共诉姐妹之情。

萧绰拉着和罕的双手，诚挚地说："父亲早亡，母亲病弱，大姐远在西部边陲，二姐就是小妹在上京最亲的人了，无一日不在挂念着你。只因国事纷扰，相聚的时候少了，还请二姐见谅！"

和罕笑着说道："皇后哪里话来？你能亲理国事，乃是万民之福，也是咱萧家的荣耀啊！二姐心中钦佩之至！"

萧绰说起宋王喜隐谋反之事，觉得很难为情。二姐和罕却爽朗地说道："我自从嫁到宋王府，就一直不省心。他们这一支脉屡起异志，今天惦着反明天想着叛，总不消停，一心想当这个皇上。那是你想当就能当的事吗？二姐我日夜叮咛，终不能止。闹到今天这个份上，也是他们爷俩咎由自取，皇后不必挂在心上。我们姐妹才是最亲近的人，我是始终站在你这一边的！"萧绰听后，稍感欣慰，即与和罕对坐，饮茶闲聊。

和罕面带真诚，萧绰如释重负。两人越说越亲密，越唠越投机。和罕留三妹在府上用饭，萧绰没有拒绝。和罕趁着如厕之机，取出毒药"五步夺命散"，悄悄交与侍女萧如嫣，嘱其放少许于指甲之中，在给皇后斟酒时融入杯中即可。然后若无其事地回到座席之上，谈笑如初，丝毫没有引起皇后萧绰的怀疑。

侍女萧如嫣从小即在和罕身边长大，后来又随着和罕嫁入宋王府，是和罕最信得过的心腹之人。但如嫣为人正直善良，对萧绰极为尊敬，不忍心下此狠手，暗害皇后。因此在斟酒放毒之后，待萧绰端过酒杯欲饮之时，故意以肘部碰之，致使萧绰的手一哆嗦，将酒杯掉于地毡之上。只听"吱拉"一声，一缕青烟骤起，几欲燃火。萧绰低头一看，发觉那块洒上酒液的地毡，已成青黑之色，不禁大吃一惊，方知二姐和罕其意不善。刚想离席告辞，又见二姐将酒杯一摔，立即有十几名刀斧手从廊下奔出，瞬间将小屋团团围住。

萧绰立起身来大喝一声："汝等皆大辽臣民，难道想造反不成？"

一个穿着青衣、手持利斧的武士大概是个小头目，此时阴阳怪气地说道："对不起了，美丽的皇后！我等也不忍心杀你，谁让你是那么好的人呢？但我等受宋王厚恩，必须以死相报！有什么怨恨，就跟你的二姐去说吧！"说罢一脸狞笑，走上前来，与萧绰主仆二人近在咫尺之间。

此时萧绰虽然愤怒，但她并未惊慌。一是她从小练武，功夫很深，一般的武士还伤不了她；二是她的侍卫乌云，乃是草原上有名的女侠，一条神鞭威震塞北。主仆二人并肩站定，准备与这些武士们殊死一搏。

就在那些武士们的利斧已经高高举起，准备向萧绰劈下来的时候，只听得窗外一声断喝："勿伤皇后！乱动者死！"那声音响亮如同炸雷，震得厅堂四处回响，连桌上的茶壶茶碗都跳了起来，吓得那些武士均一愣神。就在这一瞬间的工夫，只听得耳边"哗啦啦"一声响亮，韩德让在屋外破窗而入，一棒下去，竟打倒了三四个靠前的武士，又一棒将那位小头目送上了西天。那些武士见来人竟是韩德让，吓得"扑通、扑通"纷纷赶忙跪在地上，丢掉利斧，磕头求饶。

原来韩德让在散朝以后，去北枢密院办事，回来听侍卫说皇后去了宋三府，惊得他魂飞天外。他预感到一定会出事，所以来不及召唤任何人了，自己单人飞马赶到，直接闯入厅堂，还真就帮了萧绰一个大忙，让他闹了一个后怕。

萧绰这才松了一口气，正欲带着乌云离开，却听身后和罕大叫一声："二姐殉夫，小妹见谅！"回头一看，见和罕以头撞桌角，流血而死。萧绰抚尸大哭曰："二姐！你好糊涂啊！你这是何苦哇！为这样的人殉死，你值得吗？"遂命韩德让安排厚葬之。

且说辽景宗耶律贤身体本来就弱，前番南征时又受惊吓导致风疾复发，回到上京以后虽经韩匡嗣悉心治疗，基本上已经好转，但是仍时好时坏，没有彻底痊愈。清醒时谈笑自若，好人一样，发病时人事不知、抽搐不止。韩匡嗣为此特地给他配制了祖传秘方，嘱其勿饮酒、勿同房、勿忧虑、勿劳累，必须静心调养。皇后萧绰亦细心护理，无微不至，三个月之后已大有起色。但景宗这个人，平生就爱好三件事，喝酒、女色加上游猎。如今身体欠佳，打猎是出不去了，稍好一些便偷偷地喝酒。还趁着萧绰上朝之机，与其他几名妃子行云雨之事。宫人们全知道，但没人敢说，只把萧绰一个人蒙在鼓里。

由于疾病缠身，再加之酒色过度，景宗的身体每况愈下。他自己可能感到时日无多，因而纵欲尤甚。终于有一天，他病倒在卧榻之上，已不能起床了。韩匡嗣给他把脉之后，得知原委，乃叹之曰："陛下春秋正盛，可谓来日方长，何以不听劝阻，刻意作践自己？如今已病入膏肓，不能医也！令微臣之心何其痛也！"说罢竟泪如雨下。萧绰闻之,携三子三女跪而劝之。景宗执其手长叹一声说:"我命该当如此,病已不可医也!皇后不必悲伤。与你夫妻一场,已是我今生最大的福分了!"说着眼噙热泪,须臾间就晕了过去。

自此以后,景宗多半时间昏迷不醒,经常梦见杨业杀来,那把大砍刀仿佛就悬在头顶之上,急得他一劲大喊:"韩爱卿救我!韩爱卿救我!"抽搐不停,冷汗不止。至九月初已不能进食,连喝水都费劲了。景宗知其将不久于人世,于是在一日清醒之时,微笑着召唤皇后萧绰、三子三女及重臣韩德让、耶律斜轸和室昉于床前,喘着粗气嘱咐说:"朕自幼罹难,受到惊吓,染成痼疾,多年不愈,身体一直羸弱,本不堪社稷之重任也!不意危难之时,受贤臣重托,登上大位,本欲弘扬祖业,造福万民,然心有余而力不足也!幸得皇后相助,众卿尽力,才得国泰民安,咸亨有年,朕心中无限感激矣!今贱躯沉重,恐将作古,朕就将这大辽国的万里江山托付给你们了!为防止朕去后再生祸乱,吾已决意仿效中原惯例,传位于吾长子梁王耶律隆绪。然梁王年幼,不能理政,就烦皇后萧绰临朝决事。望众卿全力助之,朕不胜感谢之至!"说完泪流满面,哽咽连声,颤抖不止。

韩德让、耶律斜轸和室昉皆跪而泣曰:"陛下厚恩,山高海深!所嘱之言,绝不敢忘!臣当鞠躬尽瘁,辅助幼主,虽肝脑涂地,亦在所不惜!"

景宗拉着萧绰的手,充满深情地说:"爱妻与我,一路走来,既抚养儿女又操劳国事,真是委屈你了!国家和儿女就交给你了!我真舍不得你呀!"说完一阵抽搐,已经不省人事,从此再没醒来,于三天以后彻底离开了人世。景宗在位十四年,终年三十五岁。

皇后萧绰悲痛欲绝,几次哭昏过去。她自从十七岁入宫为妃,与景宗恩爱非常,育有三子三女。如今长女秦晋长公主观音女才十三岁,长子梁王耶律隆绪才十二岁,夫君就因病离她而去。留下这万里江山和稚嫩的儿女,让她这瘦弱的肩膀如何承担?怎么不让她肝肠寸断、悲痛欲绝?她越想越悲,越哭越哀,几欲撞墙而死,幸亏被群臣拉住,才没有留下历史的遗憾。但是已经头昏目眩,无法理事。韩德让和斜轸、室昉三位顾命大臣,见皇后状态如此,只好把事情全担了下来。大家圆满地为景宗办完了丧事,又操持重典,扶持梁王耶律隆绪登上了帝位,耶律隆绪就是历史上的辽圣宗。

圣宗临朝,百官参拜完毕,即由宰相室昉代表三位顾命大臣,宣读景宗皇帝的遗诏,共同拥立太后萧绰临朝听政,决断军国大事。宣读完毕即率百官三拜九叩,山呼万岁，诚请太后训政。

皇太后萧绰环视满朝文武，严肃而又庄重地对大臣们说："先帝新亡，人心未稳，国内不法之徒或有异动，边疆外敌军队可能入侵，此诚国家生死存亡危急之秋也！孰忠孰奸，立等可辨，谁好谁坏，一目了然。伏望我大辽臣民忠心耿耿，勤于王事，以不负先帝之重托，弘祖宗之大业也！"

说到这里，萧绰停顿了一下，她把目光投向群臣，接着说道："为强邦固本，稳定社稷，谨遵先帝遗命，任命耶律斜轸为北院枢密使兼上京留守，总领军队训练及粮草兵备事宜；任命耶律休哥为南院枢密使兼南京留守，负责南面的军事指挥；任命韩德让为中书令兼皮室军详稳，总知禁宫诸宿卫事，总领朝廷军政事务及社会秩序；任命室昉为宰相，郭袭为政事令，邢抱朴为参知政事，耶律贤适为南府宰相兼飞龙御史。其余众卿各升一级，俸禄加倍。伏望各位勿忘先帝厚恩，助我孤儿寡母，实乃诸君无上之功德也！"

群臣以室昉、斜轸、休哥和韩德让为首，一齐跪而谢恩曰："谨遵先帝遗训，聆听太后教诲，自当鞠躬尽瘁，甘愿死而后已！"其叩谢之忱声震殿宇，经久不去，似在空中回响。

散朝以后，萧太后留下韩德让，柔声地对他说："你我兄妹，前世有缘。少年时期，我曾许配给你，不意由于入宫为妃，使我们的美好姻缘付于流水。但是十几年来，我的心一直都在你的身上，我永远记着入宫之前的那个夜晚，我们相互说过的话。如今先帝已亡，我们可以重新走到一起，去圆我们少年时期的梦想。我萧绰初衷不改，永远都是德让哥哥的妻子！我的儿子就是你的儿子，他的江山就是你的江山！我们是不可分割的一家人，今后要永远在一起！"说着萧绰把头靠在韩德让的肩膀上，她感到他的胸膛像大山一样的平稳。

少顷，韩德让伸开双臂轻轻地推开了萧绰的身体，但是却目光坚定地说："请太后放心，臣一定竭尽全力，辅助新皇帝，开创新纪元。不会有丝毫二心，不会有一点儿杂念。臣永远记得当年的燕燕对我的深情，也永远感激太后多年对我的眷恋。但时光流逝，今非昔比，我们已经不是当年那样的未婚恋人，而是泱泱大国的换命君臣。太后也不是当年的纯情少女，而是大辽国数百万臣民的母亲。作为一国之母，当仁德宽厚，品行端庄，为四海官员之偶像，天下黎民之楷模，岂可因为旧日之情愫，有损太后多年之清名？此事万万不可为也！"

萧绰听了韩德让的话，眼含热泪，喃喃地说："兄长之意，我岂不知？但一想到十几年来，汝始终一人，不事婚娶，白天终日为国操劳，夜晚孤对寒窗冷月，小妹的心里就痛得很，恨不能马上飞到你的身边，做你温柔贤惠的妻子。昔日我们身不由己，如今已经水到渠成，为什么还要分居两处，苦苦思念？何况我们契丹人历来就有夫死再嫁的传统，我与你续结良缘，于情于理都没的可说。我不在乎别人怎么评价，我只珍重兄长的一片深情。人生几十年啊！转瞬即逝，难道我们要留下终生的遗憾吗？"

韩德让凝视着这一张依然那么俊美的脸，发现那双秀美的眼睛里已经噙满了泪花。抑制不住内心的冲动，一把将萧绰抱在怀里抚摸着她的秀发说："我何尝不想与小妹在一起？这些年来，我是天天想、夜夜想、时时想、刻刻想。但我是一个顶天立地的男人，我不能时时事事都为自己着想，我应该设身处地地为别人考虑。既然真喜欢她，就要让她幸福。小妹的身材、容貌、心地、品德、性格、气质等等方面，都是那样的完美，完美得近乎无可挑剔，简直是一位圣洁的女神。正是因为这样一份完美、纯真和圣洁，你才赢得了国人普遍的尊重，也才有了与先帝十几年的恩爱。如今新皇登基，太后听政，内患蠢蠢欲动，外敌虎视眈眈。朝野上下数百万臣民，多少双眼睛在看着你呀！他们希望一位雄才大略、英明睿智的太后把这个国家领向辉煌，在这个时候你的形象是多么重要啊！你说你不在乎别人怎么看、怎么说，但我必须要在乎，必须要维护她！因为我喜欢她，珍爱她，崇拜她，依恋她，又怎么会图一己之欢去影响她，玷污她，亵渎她，毁坏她呢？两情若是长久时，又岂在朝朝暮暮？对于我来说，小妹的成功就是我的幸福，也是我一生的追求。我常常这样想，两个人的心灵若早已融为一体，有什么必要非得身躯朝夕相伴呢？暂时放下吧！小妹，现在还不是我们考虑儿女之情的时候啊！"

萧绰抬眼望着这个高大伟岸的男人，心中充满了无限的敬佩和依恋。她觉得他不仅是大辽国的第一勇士，而且是天底下最重情义的男人。有这样一位兄长与她心心相印，她觉得活得太值了！她感到由衷的自豪、幸福和骄傲！心里也觉得特别踏实。

正如韩德让所说，这时候国内并不安定。景宗去世，幼子登基，还要由太后临朝听政，这在大辽国也算奇闻一件，朝野上下顿时引起了强烈的反响。尤其是上京城里那些皇亲贵族，一个个阴阳怪气儿大放厥词。冀王敌烈逢人便说："自从太祖立国以来，皇帝历来都是由皇族和大臣们公推众选，什么时候改成由先皇指定了？如今景宗去世了，传位给一个孩子，还要由太后临朝听政，这不是有违祖训、另搞一套吗？还把我们这些人放在眼里吗？难道大辽国的天下只是他们一家的吗？"

晋王道忍、越王必慑和平王隆先等也皆愤愤不平。晋王道忍乃世宗之弟，曾任上京留守和南京留守，深通韬略，武艺高强，在军中亦有一定的声望。此时不知为何，竟站出来替别人说话。他在一次酒后愤而言曰："这大辽国的天下本来就是太宗一脉传下来的，只因穆宗膝下无子，才由萧思温等人趁机拥立了耶律贤，如今怎么就成了他们一家的天下？轮班儿也该到咱家了吧？"其他一些皇族也都心怀不满跟着起哄。他们时常聚在一起喝酒密谋，叛乱似有随时爆发的危险。

韩德让作为百官之首，细心缜密，他最早发现了这一苗头。一日早朝以后，他对萧太后说："如今新皇刚刚继位，贵族们便流言四起。说什么'小儿坐殿、天怒人怨'，'违反祖制，早晚出事'。又说什么'母鸡打鸣、家不太平'，'女主临朝、社稷不牢'。大有搅乱京师、撼动銮驾之势，我们不得不防啊！这些皇族在上京城里有两百余户，养府兵十万余人，若真的闹起事来，还真的不好收拾呀！"

萧太后也预感到事态的严重，急忙问道："既然如此，那眼下当如何处置？"

韩德让胸有成竹地说："与其留他们在京城滋事，莫若让他们交出兵权，回到封地，保留职爵，颐养天年。免得他们在这里拉帮结派，无事生非。到了封地以后，再由州郡刺史监督他们，谅他们也就闹不起来了。"

萧太后听了高兴地说："这个办法甚好，是长治久安之策也！就由爱卿与室昉去办理吧！切记要平静稳妥！"韩德让领命而去。

三天之后，韩德让和室昉召集在京城的皇族聚会，对他们说："列位皇族贵戚都是太祖的后人、先帝的臣子，如今先帝新丧，大家想念他吗？"

皇族贵戚们一听全蒙了，吓得谁也不敢说话了，因为述律太后曾经用此法诛杀过许多大臣。说不想吧？不敢讲，讲了就是死罪；说想念吧？也不敢讲，讲了马上就有掉头的危险。于是晋王道忍首先问道："二位宰相如此发问，不知当是何意？在下愚钝，尚请明言。"

韩德让环视众人，没有回答道忍的问话，而是继续说道："大家都是先帝的忠臣吗？"有许多人回答说："当然是！"

韩德让说："那就好！先帝去世不久，如果哪位想念，我可以答应让你去见他。如果不想去，那就要做先帝的忠臣，按照他临终的遗嘱，好好辅佐他的幼子和他的遗孀，帮助维护国家的稳定。那么就请回到自己的封地上去吧！帮助新皇帝守护好大辽的国土，治理好封地的黎民，也是列位的一份功德呀！不知诸位有无异议？"

韩德让的话软中有硬，柔中有刚，这些人听后心里没底，谁也不敢吱声。晋王道忍见情况不妙，首先响应。皇族贵戚们见韩德让一脸严肃，两廊侍卫们按剑而立，杀气腾腾，于是一个个皆点头赞同，表示都愿意回到封地上去，为国家做一份贡献。

韩德让见目的已经达到，于是让室昉宣布朝廷诏令，命这些人交出府兵，携家带眷，于五日内离开京师，奔赴封地，违反者按谋逆罪论处。同时禁止在上京城里私自集会、妄议朝政，有异动者立斩不赦。皇亲贵族们面面相觑不敢非议，皆乖乖奉命而去。

办完这件事情以后，京师稍安，去了萧太后的一块心病，她感到十分欣慰。没想到边境又出事了，高丽、女真、党项等几家附属小邦，近日来常常有人过境骚扰。杀人放火，抢夺财物，明显是在试探和挑衅，萧太后召集群臣计议。政事令郭袭说："这几家邻邦素为我朝附属之地，已经称臣纳贡多年，过去从未朝三暮四。如今突然变脸挑衅，其中必有蹊跷，恐宋人从中挑唆之故也！前番先帝去世之时，他们均未派使节前来祭奠；不久前新皇登基，也不曾派人前来道贺，真是可恶至极、可恨之至！我朝当以重拳严惩，以彰我大辽之天威也！"

韩德让接过话来说："政事令所言极是。这些人是看我朝母寡子弱，意在试探反响。我朝可先派使臣责问，然后再兴兵惩戒不迟。所谓先礼而后兵，可宣扬我朝道义于天下也！"

萧太后深然其言，立即派出三名使者，分赴三地责而问之。这三方像是订立了攻守同盟一样，全无半点儿诚意，而且话带嘲讽："我们都是独立的家邦，为什么要受一个孩子的摆布？"显然是受了宋朝的挑唆而有恃无恐，不再把辽国放在眼里。

萧太后闻报后勃然大怒，当即命耶律斜轸带兵征剿，平复此事。耶律斜轸经过充分准备，命驸马萧继远率一万人马攻打女真，命林牙承旨耶律勤德率一万人马攻打党项，自己则亲率大军两万讨伐高丽。三路大军遵循萧太后"既不攻城，也不略地，攻心为上，招抚为主"的策略，从统和元年（983）到统和三年，历时两年多的时间，采取围而不打，实行渗透引诱等办法，终于使三部重新臣服，大辽国的关东地区边境乃平。

但是此时南边又出事了！原来宋太宗赵光义自打上次高粱河战役之后，一直想寻机报仇雪耻，夺回十六州之地。这个心愿烧得他寝食不安，坐卧不宁，只是苦于没有合适的机会。这次辽景宗驾崩，萧太后临朝，他感到机遇来了！于是派出使者分赴女真、党项和高丽等部，挑唆他们伺机闹事，自己好从中渔利。

恰好此时雄州知州贺令图和他的父亲、岳州刺史贺怀浦联名上书，奏请北征伐辽。他们在奏折中说："辽王病逝，其子年幼，国事尽决于其母，又兼韩德让宠幸用事，朝野上下尽非议之。朝中不稳，民心亦乱，社会上盗贼蜂起，边境上骚扰不断。目前耶律斜轸正在率军平叛，幽云一线防守空虚，此乃我朝北伐之天赐良机，不可错也！"文思院待诏薛继昭、军器库使刘文裕、崇仪副使侯莫及陈利用等人，亦纷纷上书，建议太宗再次亲征伐辽。太宗亦心有所动，乃上殿召群臣商议。

宰相赵普进言曰："贺家父子及众臣所言是实，也有些道理。辽王去世以后，母寡子弱，女主临朝，国内是有些非议。韩德让已拘捕数百人，并将上京皇族遣散到各地。关东有些部族也有异动，辽军正在招抚。这些事情通过内线传递消息，臣下早已尽知，但若说萧太后失德，韩德让专宠，却非事实。四年前我朝北征伐辽，陛下亲临幽州一线，已知萧绰乃雄才大略之人，绝非寻常女流可比。且韩德让、耶律休哥和耶律斜轸等一班武将足智多谋，勇冠三军，皆为一代名将；室昉、郭袭和邢抱朴等一班文臣，忠心耿耿，勤于王事，也为一时之俊杰。这些人团结在萧绰周围，其能量绝对不可小觑也！何况这几年来经耶律斜轸亲自操练，大辽已锻造出五旗铁军，其特色独具，军力非凡。我朝若此时进兵，先失道义，又丢民心，恐无必胜把握，倒添几分凶险。请陛下三思而后行也！"

未及赵普说完，西侧武臣班中就炸了窝了。枢密使曹彬、宣徽南院使潘美、殿前步军指挥使田重进和殿前马军指挥使呼延赞等人纷纷奏议，一致反对宰相赵普的看法。曹彬首先不满地说道："大人何故长他人志气灭自家威风？收复幽云乃是我朝夙愿，天赐良机岂能放过？末将祈请陛下亲征，必可以一鼓而下幽燕也！"武臣们多数附和之。

这时给事中、参知政事李至说："我朝北征，两国相搏，兵少不足以成其事，兵多了粮草即成大事也，因此后勤供应乃为重中之重。陛下亲征可以临阵指挥，固然能够激励将士英勇作战，但是万乘之君亲蹈前敌，必令中华大地举国震动。不惟朝野上下人人挂怀，前方将帅亦陡增忧虑也！这一点上次北伐已有前车之鉴，难道诸位都忘记了吗？不如请陛下坐镇京师，运筹于帷幄之中，决胜于千里之外。又可以把控全局，督运粮草，此诚可进可退、胜券在握之良策也！何须自提师旅，亲冒矢石？太祖在日，亦不为也！请陛下三思而后酌定矣！"

太宗赵光义虽然决意伐辽，但是也心有余悸。现在每到阴天下雨，他腿上的箭伤就会隐隐作痛。辽军将领的那把大砍刀，似乎经常悬在他的头顶之上，让他时而在梦中惊醒。因此听了李至的话，马上十分高兴地说："爱卿所言，正合我意。幽云不取，寝食不安，此乃我朝统一天下之大计也！太祖在日征而未竟，留下遗憾。我等君臣当继其遗志，完成伟业，以慰太祖在天之灵。就命曹、潘两位爱卿调集人马，训练将士，李至、刘文裕等爱卿筹集粮草，准备甲仗。其余各位爱卿须各司其职，共同为北伐幽云竭尽全力！"群臣叩首，领命散朝。

宋朝上下紧锣密鼓地准备打仗，辽朝这边却一无所知。萧太后、韩德让和室昉等人忙着清理政务，整顿朝纲，耶律休哥、耶律斜轸等正带兵招抚各部，稳定边疆。辽统和元年（983）十一月，应州守将耶律鲁斡奏报，说抓获一名宋军奸细，供认宋军正在修复五台山上的栈道，好像准备要北进灵丘。韩德让闻报对萧太后说："莫非宋朝真要动兵，此奸细是来探路的吗？"

萧太后不以为然地说："赵光义志大才疏，刚愎自用，不懂战法，何足为惧？何况他的腿伤才好几天哪？难道好了伤疤就忘了疼吗？"但她为了防备万一，还是下令将耶律休哥调回南京，主持南线军务。命他观察动向，相机行事，有情况立即向朝廷报告。

雍熙三年（986）三月，经过两年多时间的充分准备，宋太宗赵光义认为时机已经成熟，于是下令北征伐辽。宋军兵分三路，同时北进，其势如滚滚铁流，军容极盛。出征之日，太宗率领满朝文武，亲到开封郊外饯行。他亲自斟满三杯御酒，对曹彬、潘美和田重进说："此番北征，天下瞩目，意义重大，社稷攸关。这副重担，就压在你们三位爱卿的肩上了！东路曹爱卿要稳扎稳打，虚张声势，摆出进逼幽州、必取南京之势，以吸引辽军主力；中路田爱卿和西路潘爱卿则必须猛冲猛打，快速进兵，以雷霆万钧之势夺下山西北部及河北西部，在幽州城下与东路军会合，然后再一起合围幽州。朕希望汝三路互相呼应，密切配合，既分别进击又统观大局，勿使我朝上下挂怀也！"三人闻之皆叩首谢恩，端起酒碗一饮而尽，满怀信心地飞马而去。太宗率群臣伫立良久，一直北望，直到连灰尘都看不见了，才怅然离去。

按照宋太宗赵光义的战略部署，开始时三路大军均进展顺利。因为这个时候辽军尚无准备，宋军属于出其不意，攻其不备，因而各路纷纷奏捷。特别是潘美率领的西路军，由于有杨家父子在北汉从军多年，对晋北一带的地形地物极为熟悉。此次杨业又为征北先锋，带领着杨家军，一路逢山开道遇水搭桥，抄了不少的近路，所以进展神速。他们于三月上旬从雁门关出发，先向西北取寰州。寰州刺史赵彦平原是北汉的旧将、杨业的故友，今见宋军来攻，即引兵出城迎敌。未及交战，就被杨业的一番话所打动："多年未见，别来无恙？仁兄还在为北番戍边，愚弟却已经归顺天朝了！想想我等皆为华夏苗裔、汉家子孙，岂可永远为胡虏效命乎？将来有何面目见祖宗于天上耶？不如与小弟同营为伍，为朝廷出力吧！"赵彦平所部多为汉军，遂阵前倒戈，开城投降，宋军轻取寰州。

接着杨业父子挥师向西，再取朔州。朔州节度使耶律德厚出城迎敌，被杨业次子杨延朗一枪刺死。辽兵大乱，掉头就跑，未及拉起吊桥，被杨业拈弓搭箭，射断吊索，吊桥"啪嚓"一声巨响，跌落下来，杨业趁机大喝一声，率军冲入城里。朔州节度副使赵希赞见大势已去，遂率部投降，宋军又顺利拿下朔州。

杨家父子拿下朔州以后，马不停蹄又挥师向东，攻打应州。应州节度使艾正出城迎敌，不大一会儿就连输三阵，三名战将惨死在杨业的刀下，没有人超过三个回合。辽军大骇，艾正吓得免战牌高悬，坚守不出，杨业立于城外高阜之处，观察天时地势。见城池依山而立，十分险峻，但两侧林丰草茂，靠墙而长。且此时南风正劲，吹得战旗哗哗作响。杨业灵机一动，遂命士兵捡柴拾薪，积于城下，然后举火焚之。一霎时浓烟骤起，烈焰冲天，呛得南门的守军无法立足。杨业乘机率众撞开城门，杀入城内。南门失守，艾正投降，应州也收复了。

攻下应州以后，杨业命部下将士皆换上辽军的衣服，让应州节度使艾正带路，化装成辽军的败兵，一路向云州跑去，自己则率主力尾随其后。云州守将不知是计，马上打开城门，放艾正的应州人马进城。艾正率军趁机控制城门，杨业率大军一拥而入。辽军将士素闻杨业勇猛无敌，今见杨家军旗，纷纷缴械投降，云州节度使耶律佛奴无奈弃城逃跑。不到一个月的时间，西路军轻取寰、朔、应、云四州，得山西北部大片土地，一时军威大振。潘美报捷开封，太宗大喜。

在西路军接连报捷的同时，由田重进率领的十万中路军也进展顺利。田重进是幽州人，从小随父在燕山、太行山一带打猎，不仅对这一带的地形地物十分熟悉，而且英勇善战，足智多谋，沉稳持重，善于用兵。他三月初率军从定州出发，穿越太行山东段，进抵飞狐（今河北涞源）城北，意欲一举拿下飞狐，切断幽、云两敌之间的联系，控制幽燕西部地区。不料在飞狐城西北，与辽国东南招讨使大鹏翼率领的辽军相遇。大鹏翼乃渤海人，身高丈二，貌似金刚，臂力过人，武艺出众，手中一根狼牙大棒一百六十斤重，在幽云一带无人能敌。且豪爽仗义，爱兵如子，在军中享有盛望，是辽国有名的上将。两军在飞狐城北刚一对阵，就有三名宋将死在他的棒下，随即振臂一呼，率先冲入宋阵，直如虎蹿羊群，似入无人之境。大棒起落，血肉横飞，砸得宋军哭爹喊娘抱头鼠窜。田重进亲率十几员大将将其围住，仍然抵挡不住，只好下令撤军，后退至飞狐以西扎营。

当晚田重进召集诸将商议对策，监军袁继忠首先说道："大鹏翼虽然勇猛无敌，但其部下人马较少，顶多一万军队，而且皆是骑兵。骑兵在平原上占有优势，但是不利于山地作战。明日对阵，我军可将其诱入山林，再以伏兵击之，则辽军可破，大鹏翼可擒也！"

田重进高兴地说："监军之言，正合我意！"遂命人在飞狐城西北葫芦峪口设下埋伏，专候辽军到来。次日天明，又命袁继忠、谭延美二将出阵，假装大败，且战且退，将大鹏翼的人马诱入山林。大鹏翼不知是计，以为宋军不扛打，遂奋力追赶之，不知不觉就进入了葫芦峪口。大鹏翼一马当先，跑在前面，被宋军备下的绊马索突然绊倒，即刻人仰马翻，倒在地上，狼牙大棒摔出去好远。其部下骑兵收势不住，瞬间大半进入峪口，被宋军一顿滚木礌石，打得死的死伤的伤，一时人喊马嘶，乱成一片。其余未进峪口的见势头不妙，转身就跑，又被宋军一阵乱箭，射杀大半，极少数侥幸逃脱，回幽州报信去了。

大鹏翼被押至中军大帐，虎目圆睁，立而不跪，朗声大呼曰："用暗算害人，算什么英雄？有种的咱们明着干！"宋军士兵命他跪下，被他一脚踢出老远，几成瘫痪。袁继忠见他凶猛，命十几名士兵一起上前，欲将他按住，却被他两膀一抡，浑身一抖，纷纷跌倒在地，爬不起来。

袁继忠抽出宝剑，大喝一声："汝再猖狂，也是败军之将，难道你想死吗？"

大鹏翼一声怒吼，形同炸雷："要杀便杀，要砍便砍！老子若是眨一下眼，便不是好汉！来呀！来呀！"惊得袁继忠连连倒退，不知所措。

这时候田重进走入帅帐，对着大鹏翼深施一礼，恭敬地说："将军大名，威震幽燕，德艺双馨，如雷贯耳！末将仰慕已久，早想登门拜访。奈因各为其主，遗憾不能相识。今日得见尊容，请受在下一拜！"说着亲释其缚，又挽其臂曰："将军无敌于天下，无奈冒犯了虎威，还请见谅！"说罢复又施礼，礼毕携手拉其进帐入座。

大鹏翼这人平生恃才傲物，刚直不阿。但他心地柔软，豪侠仗义，不畏惧任何刀剁斧砍，却见不得人家一句好话。如今见田重进谦恭至极，自己竟有些不知所措，只是讷讷地说："在下已成囚徒，将军何须如此？"

田重进携其入席，置酒相待，乃亲自为其把盏曰："将军乃是渤海国的传人，家乡亦被辽虏占领，父老兄弟被迫为奴，妻儿姐妹任其蹂躏。他们热盼着重见天日，过常人一样的生活。将军身为渤海人杰，肩负着族人的殷切希望，怎能甘心为仇敌卖命？绝非英雄之所为也！不如弃暗投明归顺天朝，如此上慰祖宗，下安万民，岂不甚好？汝不闻杨业将军之事乎？"大鹏翼连饮数坛好酒，被田重进的一番说辞所打动，遂诚心纳降，表示将立功赎罪。

田重进设计击溃了辽国援军，又顺利地收降了大鹏翼，随即迅速包围了飞狐城。他命人向城中射进若干封招降书信，又利用大鹏翼在城下喊话相劝。飞狐守将吕行德、部将张继从和刘知进等见宋军势大，知道不是对手，又见大鹏翼已经投降，明白抵抗也是无益，于是开城归顺。

田重进率部进驻飞狐，立即兵分三路，一路由监军袁继忠率领，出飞狐向西夺取灵丘；一路由大将谭延美率领，出飞狐向北夺取蔚州；余部由自己亲自率领，准备东下进取涿州，与曹彬所部会合。

袁继忠率军抵达灵丘，先锋官大鹏翼亲到城下劝降，向辽军说明利害，晓以大义，守将穆超素慕大鹏翼威名，乃开城投降，宋军轻取灵丘。

谭延美率部攻打蔚州。蔚州节度使、辽将萧啜里引兵迎敌。萧啜里身先士卒，率众猛冲，一战将谭延美所部击败，宋军后退二十里扎下营寨。田重进闻讯赶来增援，与辽军激战于蔚州城南之七井寺。萧啜里兵少被困，急向蔚州城内撤退，路上不幸遭遇从灵丘赶来增援的宋军，萧啜里措手不及，被大鹏翼一棒打死。辽军将士见主帅阵亡，顿时大乱，慌忙向蔚州逃窜。宋军乘胜追击，迅速聚集于蔚州城下。蔚州节度副使李存彰、部将许彦钦等皆为汉人，此时见萧啜里已经阵亡，大鹏翼又率部兵临城下，知道不是对手，于是献城投降。宋军占领蔚州，缴获粮草辎重甚多，中路军从此已无忧矣！田重进表奏朝廷，太宗大喜，下诏褒奖之。特封大鹏翼为右千牛卫上将军，领平州刺史，署理渤海故地。

再说由枢密使曹彬率领的东路十万大军，遵照太宗旨意，一路上浩浩荡荡，虚张声势，稳扎稳打，缓步推进。他们于三月上旬出雄州，向西北直扑涿州城。涿州守将、辽国南府副宰相贺斯不知宋军来了多少，一方面急派人向驻守在南京的耶律休哥报告，一方面率军出城迎敌，以便试探宋军的虚实。曹彬见之，采取声东击西的办法，让宋将李继隆和范延召率军攻打东门，牢牢粘住辽军主力，使其不能分身，然后亲率一军偷袭西门。贺斯乃辽军神箭手，在东门外苦战半日，射杀宋将数十人，使宋军不能前进半步。接着又率军猛冲，李继隆、范延召均受伤败退。然而当贺斯回到涿州城下之时，曹彬已带人从西门攻入。城池丢失，贺斯无奈率军北退，欲渡过涿水回师南京。在行将上岸时，遭到宋军李继宣部的伏击，贺斯马陷泥沼之中，竟活活被宋军射死。命运乎？报应乎？令人嗟叹不已。

曹彬率军攻下涿州，乘势挥师北进，又顺手牵羊轻取固安。此时又有捷报传来，大将米信率部攻下新城（今河北高碑店）。至此，东路军获得完胜，兵锋直逼幽州，形势一派大好，曹彬表奏朝廷。太宗一方面大力褒奖，一方面嘱其稳住阵脚，待西、中两路兵至，再一起合围幽州。曹彬遂奉旨屯兵涿州，待机而动。

　　且说宋朝三路大军北征伐辽，气势威猛，进展神速，让事先毫无准备的大辽国丢城失地，被动万分。仅仅一个多月，就被宋军夺去七州十一座城市，山西北部以及河北西部几乎全面陷落，边关的报急文书如雪片一般飞来。接着，南院枢密使兼南京留守耶律休哥也派信使回到上京，说南京守军只有两万多人马，除去守城之外，只能派少数精锐骑兵进行骚扰，滞其北进。目前，曹彬的十万大军已经近在咫尺，潘美和田重进的二十万大军也已飞速赶来，形势已是万分危急。

　　大辽国皇太后萧绰闻报，急召群臣商议对策。侍中兼飞龙御使耶律贤适是三朝元老，同穆宗、景宗一样，是草原保守派的代表。他首先站出来说："幽云之地多为崇山峻岭，到处关隘纵横，虽然地势险要，却属不毛之地。自太宗一朝据之以来，南朝从后周柴荣时算起，到如今宋朝来犯，虽然只有短短的二十多年的时间，却已经有五次北伐了。每次都必欲取之而后快，令我朝累次陷于战火。损失多少财物不说，又有多少将士死于非命？依臣看来，我大辽朝疆域广大，东西上万里，南北数千里，何必在乎那区区几州之地？何况我们契丹民族世代以草原为家，以游牧为生，已在此繁衍生息逾千年之久。那幽云之地原非我之国土，要它何用？留下它要增加多少负担？让他们拿去也就罢了！我们犯不上再为此流血牺牲、浪费钱粮了！"耶律贤适的主张赢得了许多契丹旧贵族的支持，老臣们发出一阵阵赞许之声。

北院枢密使耶律斜轸不同意贤适的看法，他接过话来说："侍中大人之言欠妥。幽云之地乃我大辽门户，是太宗一朝将士流血得来，几十年来一直由我朝管辖，已成为我大辽国不可分割的一部分，岂可轻易予人、让与敌手？若如此怎对得起死亡将士和太宗的英灵？况我朝如拥有此地，既可以北据关东而坐拥草原，不惧南朝北顾，又能够南下河洛而进取中原，完成统一大业。其战略地位何其重要？绝对不可以失去也！必须举全国之力保卫之！"他的话得到了武臣们的一致拥护，纷纷奏议表示赞同。

皇太后萧绰环视群臣，最后把期待的目光停留在韩德让的身上，希望他能最后拿出更为中肯的意见。韩德让会意地说："幽云之地乃我大辽国土，凝集着太宗的辛劳和将士们的热血，绝对不能丢失，必须誓死保卫，此事毋庸置疑。若是遇争则退，轻易送人，那大辽国将来何以立国？我们的边疆还会安定吗？那些贪得无厌的家伙会得寸进尺，最后恐怕连老祖宗留下来的神山也保不住了！因而此话不可再提。"

说到这里，韩德让稍微停顿了一下，见太后颔首赞许，群臣鸦雀无声，这才接着说道："依微臣看来，南朝虽是蓄谋已久，三路大军齐头并进，可谓来势汹汹，志在必得，但是师出月余，弱点已经出现。首先他们在战略上就犯了错误，如果集中优势兵力，趁我军不备而突袭幽燕，那我朝真的就麻烦了！所幸他们并没有握成拳头，而是又开三指，这就没有那么可怕了！现在中西两路虽然进展较快，但是事出有因。西路军因为有杨业父子，他们英勇善战，地形又熟，在晋北一带有广泛的人脉，因而导致我朝守城汉军皆望风而降。中路军因为收降了大鹏翼，这个四肢发达、头脑简单的铁杆金刚为他们打头阵，故而眼前也算进展顺利。东路宋军虽然人多势众，但因有休哥将军坐镇南京，派出小股骑兵偷袭敌营，烧其粮草，使其进展缓慢，目前战果并不明显。到目前为止，我朝虽然丢城失地，但是实力未损，可以后发制人。为今之计，当速聚大军于幽州，先保南京不丢，再抑中路东进，然后握铁拳猛击东路。这一带多是平原，较之中西两路，更利于我军骑兵展开。我军若能瞅准机会，击溃东路，断其一指，必令其全身震撼。如此则宋师可退、幽云无忧也！"

大臣们听了韩德让的这番分析，均频频点头，豁然开朗，不少人发出了赞许之声，那些武将们尤其喜形于色。

皇太后萧绰高兴地说："中书令之言，正合哀家本意。想我朝每寸土地，皆是祖宗奋斗、将士流血得来，岂可在我们手里被外人夺去？那我们还配做天祚的子孙吗？因而当针锋相对，寸土必争，集中全国军力，痛歼来犯之敌。况我契丹民族也乃炎黄子孙，龙的传人，宜当进取中原，统一华夏，恢宏祖宗大业，造福天下苍生。岂能永远蜗居在这草原之地乎？斜轸将军所言甚是，德让将军其策可行，我们就集中兵力，握成重拳，先易后难，各个击破。大军先保幽州，寻机击溃东路，然后再封锁太行，收复山西。诸将听令！"西侧班中武臣们"唰"的一声全跪下了。

皇太后萧绰如在军中为帅，高声叫道："宣徽北院使耶律普宁、东京留守耶律勤德两位将军听令！"二人出班跪倒在丹墀之前。

萧绰说道："命你二人各率本部两万人马火速驰援幽州，协助南院枢密使耶律休哥将军，阻敌北进，坚守南京。待主力大军到达以后参与聚歼，不得有误！"二人领命而去。

皇太后萧绰又高声叫道："北院枢密使耶律斜轸将军听令！"耶律斜轸出班跪倒。

萧太后对他说："命你率领北府十万人马，出凉城，奔云州，负责牵制宋军西路人马，使其不能与中路军会合，并寻找机会将其击溃！"耶律斜轸领命叩头而去。

随后萧太后又柔声叫道："请中书令韩德让将军听令！"韩德让忙出班跪倒。

萧太后说："命你与哀家一起，率主力十五万大军，出辽西，越长城，直奔檀州（今北京密云）、新州（今河北涿鹿）、易州（今河北易县）一线，既防止宋朝中路军东进，切断他们与东路军的联系，又要寻找战机，全歼宋朝东路之敌。"韩德让亦叩首领命，忙着调集人马去了。

接着萧太后又诏令平州刺史迪里姑率所部人马，守护平州海岸沿线，严防宋军从海路偷袭、切断辽军的退路，确保粮草运输畅通。最后，又命圣宗率室昉、郭袭和邢抱朴等人负责留守京师，并督运粮草。

部署完毕，萧太后严肃地说："此一战关系重大，不比往常，它不仅直接关系到幽云之地的得失，而且还涉及国家和社稷的存亡。希望各位爱卿同心协力，共筑长城，以不负哀家之重托也！"群臣皆慷慨激昂，同声允诺，意贯云天，声震殿宇。

再说辽国南院枢密使兼南京留守耶律休哥见宋军人多势众，来势凶猛，南京守军兵微将寡，不敢正面迎敌，于是采取以静制动、骚扰强敌、固守待援、滞其前进的策略，派出小股骑兵夜间偷袭宋军大营，使其不得休息；白天则时而冲击小股宋军，令其进展缓慢，从而弄得东路军人困马乏，士气严重下降。与此同时他又派南院枢密副使耶律学古将军率领五百名将士，化装成当地百姓，渗透到宋军身后，专门烧其粮草，坏其辎重，令宋军防不胜防，恼怒万分。曹彬几次派兵追杀，均如同老虎扑蚊子，一无所获。耶律休哥把这种战法称之为"牛虻叮象"，弄得宋军苦不堪言。

东路宋军统帅、枢密使曹彬此时进退两难。因为太宗皇帝在临行之前，再三嘱咐他不可轻敌冒进，只宜稳扎稳打，虚张声势，摆出一副必取南京的架势，吸引辽军主力，待中、西两路获胜以后，再会师夺取幽州。因而在进据涿州以后，就按照预定计划按兵不动，等候消息。但由于人马众多，消耗太大，粮草又屡屡被辽军烧毁，大军缺粮的问题十分突出，有不少将士已经开始挨饿了。但由于中、西路军仍未到来，他又不敢单兵独进。因此只好留下一万人马守城，率领主力仍旧回到雄州，在那里等待和筹集粮草，并及时申报朝廷候旨。

宋太宗得到曹彬的奏报十分不满，下诏斥责其退军之事，令其应"速进至拒马河一线，与米信驻新城军互相衔接，随时做好与中西两路会师、围攻幽州之准备。"

曹彬虽遭申斥，但仍有些迟疑，担心单兵独进会吃大亏。可是部下将领郭守文、傅潜、杜彦圭、薛继昭等人建功心切，纷纷进言说："西、中两路攻城略地，战果累累，如今功劳都被他们抢走了，我们还在这里等什么呀？当速聚涿州，以成大功，不然就晚了！"曹彬无奈，迫于太宗皇帝和将士们的巨大压力，在筹措到五十日的粮草以后，只好又再次从雄州出发，向涿州集结而去。

但是此番进军就没有上次那么顺利了。因为此时天已转热，降雨频繁，道路泥泞难走，将士怨气冲天。再加上辽国耶律普宁和耶律勤德率领的四万援军已到，耶律休哥带领他们两天一偷营，三天一阻击，可谓步步堵截，时时骚扰，弄得东路宋军打打停停，焦头烂额，进展十分缓慢。到达涿州以后，一转眼二十多天过去了，所带的粮草又已消耗过半。偏偏屋漏又逢连夜雨，剩下的那些粮草，又被耶律学古和士兵们化装成宋军混入营中，放起一把大火烧毁大半。因此回到涿州不久，曹彬的大军又缺粮了。恰在此时，宋朝的中西路人马也似乎受阻，尚没有来此会师的动向，急得曹彬如同热锅上的蚂蚁，坐立不宁。

曹彬无奈，只好召集众将商议对策。殿前马军都虞候、大将郭守文说："目前中西两路人马虽未到来，但幽州城里辽军较少，明显不敢与我军正面作战。我们可乘势北进，攻击幽州，这样才能真正吸引辽军主力，给另两路军争取时间和机遇，岂可以专门在此等候他们？这不是贻误战机吗？"

东路宋军副统帅、殿前马步军都指挥使米信说道："临行前皇上再三叮嘱，前些天又下诏再次强调，要我们稳步前进，等待会师，岂可单兵独进攻打幽州？若攻之不下又损兵折将，如之奈何？万一辽军主力来到，我军陷入重围，岂非又铸上次北伐之大错，重蹈高粱河一战的覆辙，这个责任谁担得起？"

殿前步军都指挥使、大将傅潜接着说道："以我军目前之处境，不向前进攻幽州，就得向后退回雄州，在这里按兵不动，我认为是下下之策。军中若是无粮，岂非坐以待毙？"众将多数赞同傅潜的意见，认为或进或退，必须早思良策："将在外，君命有所不受啊！"

曹彬徘徊良久，心烦意乱。他觉得这个仗打得实在太窝囊了！太宗远在千里，事事都要指挥，自己带兵在外，却又说了不算。到底应该怎么办啊？他实在是拿不定主意。他知道上次秉承太宗的旨意，再次返回涿州，已经失策。如今全军缺粮，进攻没有把握，他不敢冒这个险，也不能再违背皇上的旨意；但如果遵旨在这里等候会师，那就有全军覆没的危险。思来想去，在万般无奈之中，他只好听从大多数将领的意见，仍然暂且退回雄州筹粮。他留下部将卢斌率领一万人马守涿州，自率主力九万余众，再次向南撤军。

大军缓缓移动，一片抱怨之声："怎么来回走哇？有这么打仗的吗？""我们拼着命连饭都吃不上，赵官家是干什么的呀？""这叫打仗吗？这叫玩！这叫白跑遛咱腿呢！""遛吧！没个好！早晚得把咱们遛死！"部将卢斌送曹彬出城，劝他留下五千骑兵断后，以防辽军偷袭。曹彬无精打采地说："截至今天为止，辽军的主力并未到来，他们还不敢与我军决战，将军不必多虑！"遂对卢斌的提醒不以为然。全军松松垮垮，溜溜达达，一边打食一边行走，像农民赶大集一样向雄州进发。

殊不知此时辽军主力已经到达幽州，可怕的是曹彬竟然一点儿也不知道。皇太后萧绰率领的十五万大军，于傍晚时分就到达了涿州以东，并悄悄地扎下营寨，随即就召开了军事会议，请南京留守耶律休哥介绍战事进展情况。耶律休哥对众将说："在前几日耶律普宁和耶律勤德尚未到来的时候，南京城里由于兵微将寡，只能采取'牛虻叮象'的策略，袭扰敌军，烧其粮草，滞其前进，已经奏效。这次宋军虽又重占涿州，但因受到普宁、勤德两路军一路拦截，使其耗时二十几日，其粮草又被我军烧掉，估计这几天又要缺粮了，他们在涿州肯定待不下去。然而在宋军中西两路尚未到达之前，他们是不敢贸然进攻的。因此已经开始南撤，这就给我军歼灭他们带来了可乘之机。"

这时候韩德让接过来说："如此看来，我军当抑其中路向东靠拢，然后集中优势兵力，击垮东路宋军。这样南京既可保、宋军亦可退，整个战局就可以扭转了！"

皇太后萧绰秀眉一扬，目视着耶律休哥说："爱卿既为此地主帅，敌情我情均了然于胸，这场战役就由你统一指挥、做出部署，调动幽燕地区所有人马，务必将东路宋军彻底击溃！"她的拳头狠狠地砸在桌案之上。

耶律休哥似乎早已想好，看样子胸有成竹。他爽朗地说："承蒙太后信任，末将义不容辞。我们可立即派出两路人马，从东西两侧迅速地迂回到宋军的南面，在霸州西北、拒马河北岸两侧林中设下埋伏，只待宋军退到此地之时，伺机发起攻击。接着再派出小股精锐化装成当地百姓，或者过往商贾，悄悄地尾随在宋军身后，随时观察其南撤的动向。我军主力骑兵则稍远些跟在后面，待宋军撤至岐沟关时再发起攻击。那个地方位于易州东南、雄州西北，是宋军南撤的必经之路，我早已详细做过观察。岐沟关的北面比较平坦，极易骑兵展开，关的南面则稍显狭窄，而且道路崎岖弯曲，不易行走。我军在关北发起攻击以后，敌必向南逃往雄州，那拒马河就是他们的葬身之地。到时候两侧伏兵骤起，后面追兵又至，宋军三面受敌，只能像鸭子一样跳到河里去了！"众将闻听不禁哈哈大笑。

皇太后萧绰听后大喜，鼓掌而赞曰："将军多谋善断，真当今诸葛亮也！就依爱卿所言，命耶律普宁、耶律勤德二位将军各率两万人马，去拒马河北岸设伏，待宋军主力撤到此地时即发起攻击；命耶律学古率兵三百化装侦察，随时报告宋军动向；命耶律休哥将军率主力十万大军，尾随在宋军之后，在岐沟关北发起攻击，将敌击溃，并一路追击，将宋军赶至拒马河边，彻底歼灭；为了保证东线我军顺利歼敌，尚须韩德让将军率领两万人马，出涿州以西至飞狐、蔚州一线，阻截宋朝中路大军东进。整个战役由休哥将军统一指挥，我就坐镇南京，等候各位爱卿的好消息了！"众将纷纷领命而去。

且说由曹彬率领的东路宋军，沿着来路缓慢地向雄州退去。一路上又是找水，又是找粮，走走停停，停停走走。在第三日傍晚时分，太阳即将落山的时候，才行至岐沟关北，但已经人困马乏，相当疲惫了。大将郭守文说："此地平坦宽阔，较易扎营露宿，我们就在这里埋锅造饭，休息过夜吧！"

曹彬坐在马上环视良久，方才说道："还是走到关南吧！我们派一军扼守关口，在那边宿营会安全些！"众将似觉得有些道理，纷纷点头赞同，正欲打马继续南进，却见大多数将士已经跳下马来，不想走了。而那些步兵则早就横七竖八，躺了一地，像秋天田野里放倒的庄稼。将领们连催带喊，士兵们就是倒在地上不肯起来。士气低落如此，曹彬无可奈何，只好下令赶快埋锅造饭，饭后马上就走，绝对不能在这里宿营。

不过曹彬的警觉还是太晚了！他的话音还没落地，忽听得一声炮响，顿时号角连天，杀声四起。辽军的大队骑兵如夏日的山洪，突然从北边席卷而来。战马的嘶鸣如惊涛骇浪，咚咚的鼓声似滚滚闷雷，闪着寒光的马刀被晚霞染成血红，辽军狰狞的面孔像下凡的凶神，吓得疲惫的宋军将士们胆战心寒，魂飞魄散。顷刻间这本来就无形的队伍被冲得七零八落，四散奔逃。辽军的骑兵们横冲直撞，如砍瓜切菜，连追带撵地肆意屠杀。宋军的将士们被突如其来的攻击吓蒙了，完全失去了抵抗能力，一个个哭爹喊娘，没命地奔逃。可叹人多拥挤，跑不出去，许多人稀里糊涂地就成了刀下之鬼。宽阔的关北之地，一马平川，竟然成了辽军的集体屠宰场，宋军的尸体堆成了一座座小山。

曹彬开始的时候还想抵抗，他命令骑兵在关北掩护，让步兵先撤。但是不少将士还没有上马，辽兵就已经冲到跟前。耶律休哥率领的红帜军，一律红袍红甲红色战马，打着红旗如一片烈火烧了过来。宋军完全乱了，将军们指挥不了士兵，曹彬也指挥不了将军们，急得他拼命大喊，但是无济于事。他的声音如同蚊子在叫，被淹没在海啸一般的咆哮声里。曹彬见已经无法控制局面，只好打马拼命奔逃，一口气跑到关南去了。宋军将士见主帅溜走，一个个紧随其后，拼命逃窜。辽军则马不停蹄，紧紧咬住，毫不放松，在后面不断地呐喊放箭。宋军将士又累又饿，人困马乏，步兵非死即伤，有不少跑不动的被辽军战马活活踩死，骑兵也损失惨重，伤亡过半。

主帅曹彬马不停蹄，一路狂奔，率领着剩余的骑兵逃到拒马河边，天色已经大黑。听后边追兵已无动静，正想传令下马休息，忽听得沿河两侧号炮连天，喊声乍起，接着战鼓咚咚，火把齐明，照耀得河边渡口如同白昼。黑暗的树林中似有狂飙飞来，辽军的大队骑兵像从地下钻出来的一样，突然出现在宋军的面前，让疲于奔命的宋军大惊失色，有的已经吓得从马上掉了下来。曹彬未及发布命令，后面追兵又至，辽军三路夹击，已经逼到跟前。曹彬见别无选择，只好率队渡河南逃。疲惫不堪的宋军像一群狼撵的鸭子，完全被赶到拒马河里。那时候拒马河水深流急，河面足有七八十丈宽，宋军骑兵入水以后，人马行动很慢，又互相拥挤，乱成一片。耶律休哥骑着高头大马，立于北岸，手捋胡须哈哈大笑："勇士们！你们练靶子的时候到了，给我放箭！"辽军万箭齐发，箭如飞蝗，宋军人马无处躲闪，绝大多数葬身于洪流之中。拒马河为之壅塞，激流为之阻滞，河面为之增加了十几丈宽，往日清澈的河水顿时变成了血浆一样的颜色。宋军东路主力九万余人，至此损失殆尽。曹彬因为马快，只率几十名残兵败将逃往雄州去了。

辽军十几万大军一战获胜，将士们尽皆欢欣鼓舞。但是耶律休哥并没有下令宿营，而是在人马吃饱以后，连夜回师涿州，杀了一个回马枪，将涿州、固安和新城团团围住。三地的守城宋军此时方知主力已败，不约而同地纷纷突围，企图寻条生路，不幸均被辽军歼灭。守将卢斌、崔又进和张方成相继阵亡，三地迅速被辽军收复。

就在曹彬率军离开涿州的时候，宋朝的中路大军也在路上，他们正按照原计划向幽州靠拢。田重进此时尚不知东路军已经南撤，他派降将大鹏翼为先锋，轻车熟路，进展顺利，还在做着会师幽州，拿下南京的美梦。因此一路上扬眉吐气，扬扬自得，好像已经凯旋，即将受到太宗的嘉奖一样，心情好极了！

没想到先头部队到达易州之北、涞水之南，突然被辽国大军拦住了去路。辽军一律白衣白甲白色战马，人人手舞精钢大棒，像一片洪水滔滔而来，又如一大朵白云飘然而至，涌动着狂风巨浪，蕴含着吓人的杀机。大鹏翼一见，不由得倒吸一口凉气，情不自禁地把马勒住不动了。他知道这是辽朝骑兵的主力，是由耶律斜轸亲自训练的一支劲旅，乃为五帜铁军中的白帜军。再看中间一将，人高马大，气势非凡，威风凛凛，貌似天神，正是大辽国第一勇士韩德让也！吓得大鹏翼目瞪口呆，不知所措。部下一万多骑兵不明就里，也如木鸡一样站在那里，莫名其妙地停止了前进。

此时忽听辽军阵中一阵锣响，随即韩德让高声喝道："对面来的可是大辽朝东南招讨使大鹏翼将军吗？我已在此等候你多时了！一晃儿几年不见，将军一向可好？想当年东征之战，你我二人在渤海边阵前交手，从此结下深谊，情同换命兄弟，转眼间已是十几年矣！将军自从归顺辽国，朝廷一直待汝不薄，汝缘何背主求荣，反降南朝？岂非忘恩负义、苟且偷生，焉为君子之所为耶？我知汝乃仗义之人，想必是一时糊涂，走错了路。如若悔之，尚来得及，我当向太后求情，免去汝叛敌之罪。如其不然，刀兵相见，不用我说，贤弟自知。何去何从，汝自己选择吧！"

大鹏翼闻听韩德让之言，面红耳赤，通身冒汗，张口结舌，不知所言。他平生最佩服、最惧怕的人就是韩德让。当年渤海边一战，韩德让戏他如顽童，生擒他三次又放了他三次，使他心服口服，投降了辽国，至今想起来仍心有余悸。他知道打斗根本不是韩德让的对手，不但自己会被活捉，部下也会全军覆没。于是他顾左右而谓诸将曰："韩德让是我旧日的恩公，如今我虽然归顺了南朝，但我不能喜新厌旧，不想与他对阵为敌，也不会与他过招。汝等也不是白帜军的对手，何必徒遭杀戮？还是随我退兵吧！"说完转身就走。

宋朝中路军副先锋官、大将程尧之眼睛一瞪，生气地说："先锋枉为大将，说话不知羞耻！大丈夫宁可抛尸沙场，焉有临阵脱逃之理？你怕他们，我却不怕！"当即大吼一声，挥军掩杀过去。大鹏翼见阻之不住，遂率数人溜走。据说后来在辽东正觉寺当了和尚，不知真假。

韩德让见大鹏翼无言而退，知其良心未泯，正待再予劝之，却见宋军大队骑兵已经呼啸而来，遂勃然变色，怒从心起，大棒一挥，率领白帜军迎上前去。宋朝中路军的先锋部队皆为骑兵精锐，是中原王朝的百战之师、常胜之旅，在消灭南唐和后蜀的战争中，都曾经立下大功。将士们都是一等一的好手，从来没有吃过败仗。这次北伐又是旗开得胜，马到成功，因而傲气十足，极为凶猛，开始根本没把什么白帜军放在眼里。

但是他们想错了！这回是遇见瘟神了！这一万多名白帜军不但人人马术精良，从草原上挑选而来，而且个个武艺高强，是耶律斜轸挨个筛选的高手，同时还经过特殊的训练。他们一个个挥舞着精钢大棒，如同生龙活虎，一会儿马上跳起，一会儿镫里藏身，一会儿如地狱恶鬼，一会儿似上天凶神，打得宋军骑兵蒙头转句、狼狈不堪。辽军使用的精钢大棒有八尺多长，招法独特，先声夺人。骑在马上黄抢竖打，比宋军的马刀长而且重，具有天然的优势。两敌相搏，二马错镫，宋军的骑兵砍不着人家，却只有挨打的份，不一会儿就被打得人仰马翻，鬼哭狼嚎。主将韩德让勇如猛虎，矫若游龙，力大棒沉，一扫一片，转眼间的工夫，就有十几员或将死在他的棒下。副先锋官程尧之此时方知辽军厉害，转身想跑，被韩德让追上一棒，打于马下，随即被乱军踩成肉饼。宋军全面惨败，几乎全军覆没。只有十余骑仗着马快，一口气跑回飞狐去了。

中路军统帅田重进闻听大鹏翼出走、程尧之阵亡，先锋部队几乎全军覆没的消息，惊得在马上摇晃了几下，"噗"地一大口鲜血吐出，一栽歪从马上掉了下来。当他被部下从地上扶起之时，已经满脸冷汗，面如土色，嘴唇青紫，眼放怒火。他没想到辽军这么厉害，一瞬间就吃掉他一万多人马，他听说过韩德让骁勇无敌，但不知道他长什么模样。他不相信有什么常胜将军，他发誓要为将士们报仇！正当他重新骑上马去，准备下令前进的时候，忽有飞骑来报，说东路军已经败回雄州，辽军主力正向西南奔来。一瞬间战场形势突变，简直令田重进不敢相信。无奈之中，他一面下令收拢人马，继续打探消息，一面紧急奏报朝廷，请示进兵之策。

此时辽国皇太后萧绰见东路完胜，即命耶律休哥据守南京，把控局势，继续监视宋军动向，伺机行事。自己乃亲率辽军主力挥师向西，与韩德让所部会合，向飞狐、蔚州杀来。前部先锋韩德让率领的大军如洪水猛兽，令宋军人人胆寒。田重进在飞狐城外与其连对两阵，皆大败亏输，又损失了十几员大将一万多人马，这才知道实力悬殊，抵挡不住。为避免遭到东路军那样的厄运，他下令迅速集结向南撤退。这时候太宗的诏令也到了，令其取消会师计划，返回定州待命。田重进遂率军乘着夜色和山路掩护，急忙向定州方向退去。辽国大军由于山路难行，骑兵不便展开，因此也未追赶，只是迅速地收复了飞狐、蔚州和灵丘，又挥师向山西进发。

再说攻取了山西北部寰、朔、应、云四州的宋朝西路大军，由于有杨家父子为先锋，得地利、人和之益，进展极为顺利。在经过短暂休整之后，正欲向东越过太行山，到灵丘、飞狐一线与中路田重进大军会合，然后再剑指幽州、围困南京。正当主帅潘美得意扬扬，以为大功即将告成的时候，辽国名将耶律斜轸率领的十万大军，已悄悄抵达朔州、寰州一线，先头部队已经控制了飞狐口通向云州、应州的大路，迎头拦住了宋军的去向，先锋官杨业急向主帅潘美报告。

此时潘美仍然坐镇代州，刚刚得到朝廷飞报，方知东路惨败，中路已退，会师幽州已无可能。太宗亲下诏令，命潘美北拒辽师，掩护云、应、寰、朔四州百姓迁徙内地。他在诏令中说："四州之地可弃，边民悉数南迁。则虽此役不胜，然民心可收也！"然后再集结人马，回太原待命。

潘美得到太宗的诏令和杨业的报告，急忙召集众将商议办法。西路先锋官、大将杨业风尘仆仆，连夜从前线赶回。他首先说道："方今东中两路人马已退，辽国十几万大军逼近云州、应州，气势正盛。东面又有辽军主力杀来。我西路军区区不足十万人马，不可与之硬碰，当利用山区地势与之周旋，掩护边民次第转移。如此则既可避免较大伤亡，又可保护大多数百姓南徙，此诚眼下可行之策也！"

监军王侁听后鄙夷地说："老将军岂非长敌之威、灭我之气？如今陛下亲诏，命我等北拒辽虏，南徙边民，务必悉数撤走，谁敢丢下不管？你说大多数可以南徙，那剩下的怎么办？你说次第转移，那云州的边民就丢下了！这个责任你负得起、担得住吗？"

杨业接过话来说："如你所言当正面拒敌，那无异于拿鸡蛋碰石头，我军必遭彻底惨败，落个与东路军同样的下场，而且边民也未必保全，那又怎么向陛下交代呢？"

王侁拿眼瞟了一下潘美的脸色，似乎感觉得到了支持，于是态度更加放肆，用嘲讽似的口气说道："老将军号称'杨无敌'，勇武之名威震辽邦。当年在北汉为将之时，杀我朝将领可毫不含糊。如今却畏首畏尾，不敢出战，难道是怕死惜命呢？还是另有异志乎？陛下对你可是不薄哇！何故临阵怯敌，让别人心中不解？"军器库使刘文裕是副监军，当时在场也随声附和。

杨业听后勃然大怒："我虽北汉旧将，但历来忠心耿耿，其报国之情可昭日月，拳拳之心天下尽知，岂是怯阵畏死之人？无非为国家计、为天下计、为万民计而已！两位监军既如此说，末将当赶赴沙场，当先御敌，报国捐躯，死而无憾！岂容尔等污言相辱也？"

王侁仍冷笑着说："那好！如此甚好！我建议就由杨将军率所部拒敌于朔州东马邑与雁门一线，拦截辽军南进。其余各军皆掩护边民南撤，如此当可保陛下意图圆满实现也！"然后以目视主帅潘美，似在征得他的支持。

潘美目光冷峻，面色如水，只是淡淡地说道："那就按监军大人的意思办吧！"传令杨业依命而行。

主帅偏听佞议，杨业有苦难言，只好答应率军迎敌。临行之前，他眼噙热泪对潘美说："国家利益，至高无上，百姓生死，大于天地。末将当拼死一战，不惜裹尸沙场，血洒边陲。但属下一万多将士，随我征战多年，立下不少大功，乃百战精兵，国之瑰宝，不应徒死于敌手，而令国人悲戚也！此一去辽军胜我十倍，甚至二十倍，凶多吉少，生还渺茫。还望主帅看在国家社稷之上，派兵接应。此去朔州之南，有一个地方叫陈家谷，地势险要，极易藏兵。主帅可预伏弓箭手若干于此，待我部且战且退，到此之时，即出来放箭接应之，可免我部全军覆没也！末将死不足惜，但不能连累了他们呀！杨业拜托了！"

潘美仍然不动声色，只是点头应允，杨业遂再拜而去，诸将皆流泪目送之。

原来杨业在北汉为将之时，太祖赵匡胤第二次北伐，围困太原，监军王侁之兄王玄出战，曾经惨死在杨业的刀下。王侁当时在场，恨得咬牙切齿，发誓要为其兄报仇。主帅潘美当时身为大将，就守护在赵匡胤的身边，因为替太祖挡箭，曾被杨业射伤右臂，至今还时而隐隐作痛。如今风水轮流转，杨业屈居于他人屋檐之下，王、潘二人岂能不借机报复他？杨业心知肚明，悲愤满腔，只是无法说出而已。但二人大敌当前，假公济私，置国家和百姓的利益于不顾，视将士生命如草芥，终成历史罪人，留下千秋骂名，那是后话了。

回想大军出发之前，宰相赵普曾对太宗赵光义说："潘、王二人，素与杨业有隙，陛下对西路军将帅做如此安排，恐于军前不利也！"

太宗当时意味深长地说："爱卿之意，朕岂不知？杨业虽然忠勇，战场屡建奇功，一心报效国家，又曾救我性命，但他既能屈膝降宋，又怎能保他不变节降辽？朕不得不防之也！以潘、王二人相节制之，既可扬其武勇，又可防其异志，此万全之策也！"

赵普听后苦笑着说："臣观杨业乃忠义之人，绝不会做出朝秦暮楚之事。陛下用之又疑，恐自食恶果也！"说罢叹息而去。

话说杨业一腔悲愤，引所部人马出代州、过雁门，在朔州以东、雁门以西，利用熟悉地形的优势与辽军作战，为边民转移争取时间。此时辽军主力骤至，主帅耶律斜轸闻听正面之敌是杨家军，知其骁勇善战，不敢轻敌，乃亲自引一军与之对弈。两军在神武峪以北摆开阵势。耶律斜轸采用车轮战法，命十几员大将轮番上阵，与杨家父子博杀，并时而偷放冷箭，以此激怒宋军将士。果然悲愤满腔的杨业抑制不住心中的怒火，自己提刀上阵，替换下延玉、延朗两个儿子，顷刻间将辽将杀得大败。耶律斜轸趁势假装败走，令辽军将士大喊："杨无敌来了！快跑啊！不跑就没命了！"率众仓皇向北逃去。

杨业趁势挥刀掩杀。次子延朗大呼曰："父亲勿追！这恐是敌人的奸计呀！"悲愤满腔的杨业压抑不住心中的怒火，他一是想借斩杀辽寇发泄心中的愤恨，二也是想与辽军周旋一番，以延缓他们南进的速度，从而让更多的边民转移出去。他自信地形熟悉，又武艺高强，辽军不能把他怎么样。他预料自己能够全身而退，因而不听延朗的劝告，仍然奋不顾身地追了上去。延玉、延朗见状，也只好率军跟了上来。

杨业足智多谋，征战一生，这回他可遇到真正的对手了！原来耶律斜轸早已在前面布下伏兵，但生怕杨业不上当，因而反复地刺激他。现在回头看宋军追来，不由心中暗喜。在逃跑的路上，他又故意让辽军丢下许多东西，装出一副丢盔卸甲、一败涂地的样子。并让兵士们边跑边喊："杨无敌来了！快跑啊！杨无敌来了！快跑啊！"引得杨业追击兴起，不知不觉地进入了一条山间大路，两侧全是山岗和树林。

追着追着，杨业突感情况不妙，急忙"吁"的一声勒住战马。抬头看前面道路弯弯曲曲，两侧山坡森林茂密，如果辽军在此设下伏兵，那么后果将不堪设想。他不敢想下去，急令前队变后队，赶快撤退，但遗憾的是，他明白得太晚了！就在他刚刚发出撤退的命令，话音还没有落地的时候，就听到忽然间一声炮响，两侧森林中杀声四起。辽军的弓箭手们像从天下掉下来一样，一时间万箭齐发如满天飞蝗，射得猝不及防的宋军纷纷落马。杨业和延朗、延玉父子三人，挥舞刀枪，拨打雕翎，虽然幸免于难，但延玉还是腿中两箭。急得他一咬牙伸手拔出，立刻血流如注。杨业急率军匆匆退去。

延朗打头，延玉断后，父子三人率军且战且退。刚刚跑出那片树林，忽然间身后一阵鼓响，马蹄声惊天动地，喊杀声震耳欲聋，辽朝的青帜军如一大片乌云，在耶律斜轸的亲自率领下冲了上来。那些黑衣黑甲黑色战马的辽国骑兵挥舞着长长的马刀，如风驰电掣，转眼间就飞到了跟前，他们见人就砍，见马就剁，那些受了伤、跑得慢的宋军骑兵无一幸免。几十员辽军战将呼啸着向杨业冲去，杨延玉和部将王贵急忙截住厮杀。耶律斜轸瞅空拈弓搭箭，射断宋军帅旗，又发一箭向杨业后背射去。杨业正纵马前奔，毫无察觉。但被正在与辽军厮杀的延玉看见，大喝一声："父亲小心！"急挺枪拨打，不意被一流矢"嘭"的一声射中左胸，立即翻身落马，随后又被一辽将补上一枪，顷刻间倒地阵亡。

杨业听到延玉喊声回头一看，亲眼见长子瞬间战死，不禁心痛欲裂、怒火冲天。他大吼一声，兜转马头，抢刀即向辽军剁去。杨业就像发了疯的狮子一样，把一口大砍刀使得神出鬼没，寒光闪烁，携风带雨，血肉纷飞。辽军将士是沾着就死，碰着也亡，转眼间就有几十人丢掉了性命。耶律斜轸见状冷笑，喝令辽军稍退数步，停止搏杀，只管放箭。一阵箭雨下去，宋军人仰马翻。杨业的左腿中了一箭，鲜血染红了他的战袍。而大将王贵、陈群则为了掩护杨业，中箭而死。

杨业见长子阵亡，部将又死，他已无意撤退，只想与辽军血战到底。是次子延朗的再三哭求，他才将残部撤了下来。辽军铺天盖地，三面追击，咬住不放，近在咫尺之间。杨业父子且战且退，交替掩护，一路狂奔，率军退入陈家谷。

来到谷口，杨业松了一口气。他以为只要得到友军的接应，自己就可以脱身了。没想到往返冲杀数次，竟没有看到一个宋军的身影。联想到战前会议上，王侁那副阴险的嘴脸和潘美那张冷若冰霜的面容，他这才恍然大悟，他被这两个奸贼彻底地出卖了！气得他仰天大呼曰："同为战将，一殿称臣，何故害我？狼心狗肺！天地不容啊！天地不容！"将士们也皆恨得咬牙切齿。

原来潘美和王侁等人在此事先设下了伏兵，后来见杨业兵败，辽军漫山遍野杀来。又见青帜军像一股铁流，横冲直撞，不可阻挡，生怕遭遇东路军那样的厄运，于是吓得掉头就跑，扔下杨业不管，一口气跑回代州去了。

杨业无奈，只好率众退出陈家谷，向附近的一片森林奔去，想借助茂密的树林作为掩护，继续与辽军周旋。不料近前一看，原来是个村庄。村口的石碑上，赫然写着三个大字："狼牙村"。延朗一见皱眉曰："杨（羊）入狼口，焉得生存？此地绝非吉祥之所，父亲还是走吧！"

杨业回头环顾，见将士们个个鲜血淋漓，身被重创，已经极度疲惫。又见战马匹匹蔫头耷脑，汗流浃背，几欲站立不住。又听四外蹄声隆隆，杀声震天，想来敌军已是不远，再跑已没有隐身之地了。于是他手臂一挥，大声说道："当生不会死，神鬼惧恶人，我们管不了那么多了！进村吧！"遂率残部几百余骑进村暂避。

此时辽国皇太后萧绰已到阵前，闻听宋军主力已逃，唯独杨业还在坚守，乃叹之曰："真忠勇之人也！惜归南朝，赵光义不能用之。三军易得，良将难求哇！若得此人归顺，镇守边陲，则从此我朝云应之地无忧矣！"遂命耶律斜轸须生擒此人，予以招降。

耶律斜轸遂将太后诏令告知全军："只要活杨业，不要死无敌。"他让将士们骑着战马，手持弓箭，将狼牙村团团围住，慢慢地从外往里走，缩小包围圈。一边拈弓搭箭，一边喊话劝降，慢慢地把宋军逼进一座坍塌的破庙里。

此时杨业的身边只有延朗一员战将，士兵们也只有数百人了。而且人人遍体鳞伤。杨业情知此战必死，决心以身殉国。他用大刀支撑着身子站起来，用沙哑的声音对士兵们说道："你们随我征战多年，都是我的骨肉兄弟，都是我的换命亲人，我真舍不得你们去死。是奸贼误国，徇私资敌，只顾逃命，不来接应，致使我们身陷绝地，是我连累了你们哪！你们怕死吗？"

"不怕！不怕！不怕！"士兵们异口同声，气壮山河，一双双血红的眼睛喷射出愤怒的火光，那一尊尊挺拔的身躯像一群受伤的天神。

"如此说来，士兵兄弟们！"杨业接着说道，"等一会儿你们随我向南冲杀，我们要在那里撕开一个口子，掩护少将军突围出去！我们不能全死在这里，那我们真的就算白死了！"

杨延朗听了杨业的话，着急地说："为什么要让我走？我不走！大哥已经死了，我要同父亲在一起！要死，咱们爷俩死在一块！我怎么会把老父亲抛在这里？那我还是个人吗？"说罢叩头滴血，抱着杨业的大腿哭泣不已。

杨业抚摸着儿子的头，无比慈爱地说："傻孩子！你怎么不懂父亲的心，不懂大家的心哪？难道你想让全军含冤而死，让杨家将绝后吗？父亲之所以和大家拼着一死，是想给你留条生路，让你向朝廷禀明原委，让我们的冤情大白于天下，让那些奸贼得到应有的惩处。明白吗？我的儿子！"

"明白了！明白了！儿子彻底明白了！"杨延朗最后一次向父亲叩头，向全体士兵叩头，随后飞身一跃，跨上了战马。

为了掩护延朗突围，杨业让他换乘自己的坐骑，那匹跟了他十几年的汗血宝马，然后率众再鼓余勇，最后一次向辽军发起攻击。金背砍山刀所到之处，狼嚎鬼叫，血肉横飞。辽军死伤惨重，纷纷向后退去。耶律斜轸命几十名战将前去包围，但还是挡不住他。杨业两眼血红，吼声如雷，像一头发了疯的狮子一样，横冲直撞，终于率领他的士兵们将包围圈撕开了一个缺口，杨延朗乘乱飞奔而去。但杨业却再也无法冲出包围，反被十几员辽将缠住无法脱身。他的那些士兵就更惨了，早被耶律斜轸下令乱箭射死，连一个活口都没有留下。

杨业的战马力疲倒下，他自己也因腿部箭伤流血过多，头昏目眩，浑身无力，两条腿像灌了铅一样沉重。他倚着金背砍山刀坐下来，靠在一棵大杨树下休息。这时辽国骑兵已经跳下战马，他们从四外走向前来，脸上露出得意的狞笑，有几个人甚至准备好了钩杆铁尺和绳索，距离他不过几步远了。杨业鄙夷地冷笑了一下："想活捉你杨爷爷，做梦去吧！"他想飞身跃起，挥刀搏杀，但已经身不由己。他感觉浑身的骨头像散架了一样，实在是一点力气也没有了。但是他不甘心束手就擒，于是背靠在树干上挥舞大刀，还是将扑上来的几个辽兵斩为两半，其余的迅速退了回去。

辽兵们又很快地围了上来，这一次杨业连大刀也抡不动了，他感到连喘气都非常困难，但是他的头脑非常清醒。于是他捡起身边的石子发起攻击，狠狠地向围上来的辽兵砸去。这手发飞石是他从小练就的功夫，百发百中，力大石沉，转眼间就有十几名辽兵受伤倒地，哀号不已。辽兵们吓得不敢上前，只是站在十几丈外，缩头缩脑地喊喊咕咕。这可把辽军大将耶律奚底气坏了："事到如今，你还这么嚣张？！"他实在压抑不住满腔的怒火，抬手一箭，"嘭"的一声，射中了杨业的右臂，竟把杨业钉在树干之上，辽兵"呼啦"一下拥上前来，终于将杨业生擒活捉。

杨业被迅速押解到应州，耶律斜轸亲自安排医官为其治伤，并备下酒宴款待杨业。耶律斜轸视杨业为军中贵宾，亲自搀扶他进帐，并把他让为上座。席间，耶律斜轸劝杨业说："老将军当世英雄，名满华夏，当年在北汉之时，曾与我朝共同抗御宋兵，彼此结下了深厚的情谊。末将对老将军的人品、武功佩服得五体投地。如今何不明珠亮投，再顺大辽，与旧日兄弟共襄伟业，不强似汝在南朝被人陷害耶？将军以身报国，忠心耿耿，潘美等人却心怀鬼胎，弃汝而去。赵光义让汝受辖于潘、王之下，就是存心借刀杀人。试想他们若在陈家谷设下伏兵接应，老将军会全军覆没吗？似这等天下少有的昏君佞臣，狼心狗肺的无耻之人，将军保他何用？好心焉有好报？今我朝皇太后英明天纵，智略高远，君正臣和，必成大业，如冉冉上升之旭日也！古语云'人往高处走，水往低处流'，难道老将军就不想另择高枝，得遂平生吗？"

杨业杯盘未动，滴酒未沾。他用沙哑的声音说道："我少年时从陕西麟州来到太原，是秉承父命效忠北汉，我没有选择的余地，也根本无法抗拒。后来北汉国主降宋，我是身不由己，岂是朝秦暮楚之人？如今既已归宋，自当精忠报国，以谢天下，何以再换门庭，留下不义之名？将军大才，杨某钦佩。惟令投降，万难从命！吾当一死而已，何足惧也？"说罢不再言语，亦不吃饭喝水。耶律斜轸无奈，命将其押入大牢。三日后，杨业因箭伤迸发，流血过多，加上绝食禁水而死。耶律斜轸由怨生恨，竟然割下杨业的头颅，用木匣装好，亲书"昔日杨无敌、今日留首级"十个大字，命人到军营防区四处巡展。被皇太后萧绰知道后痛加训斥："杨业英雄，天下仰慕，汝何这样待他？岂非鼠肚鸡肠？"遂命人将尸身装殓好，派专车送归南朝。

且说宋太宗赵光义得知杨业绝食而死，不禁悲痛万分，方觉失去这样一位良将，自己是何其失误耶？因之后悔不及，七日不朝。群臣以赵普为首纷纷上书，请治北伐不利将帅之罪。但太宗辗转反侧，再三思索，认为自己首先有错，在战略指挥和粮草供应上都有不可推卸的责任。尤其是自己远离前线，遥控三军，尚不如辽国皇太后一个女人，自感愧疚不已。因而他只命尚书省据实调查，没有交御史台、大理寺和刑部三堂会审。最后根据翰林学士贾黄中的提议，按照违诏失律之罪，免去东路军主帅曹彬的枢密使一职，将其降为右骁卫上将军；免去东路军副帅米信的殿前马步军指挥使一职，将其降为右屯卫上将军；其他东路军将领也以作战不利之由，降级使用。中路军主帅田重进虽然先胜后败，但保全了人马，免于处置。西路军杨业部全军覆没，杨业惨死，查为潘美、王侁等人失责所致。又因杨延朗在金殿哭诉，群情激奋，太宗无法护短，遂忍痛对西路军主帅潘美连降三级，从宣徽南院使、弘国公降为检校太保；将西路军监军王侁发配到金州（今兰州）服役；将西路军副监军刘文裕发配到登州（今山东蓬莱）戍边。同时追封杨业为太尉、大同军节度使；敕封杨业之妻佘赛花为护国太君，一品诰命夫人；又封杨延朗等杨家子弟六人皆为将军，命其重建杨家军。太宗亲到杨府慰勉，吊祭杨业英灵，诏令杨延朗继承父志，为山西北路副都部署，镇守雁门关。

至此，宋太宗赵光义的两次北伐均告失败，从此他再也不提对辽国用兵的事了，两国由此进入了一段和平发展的时期。

话说辽国皇太后萧绰率众击败宋军，大获全胜，在南京稍作休整，重新任命了幽云各州的文武官吏，留下大将耶律休哥镇守南京以后，便率军班师，返回上京。皇帝耶律隆绪率领宰相室昉、政事令郭袭和参政知事邢抱朴等文武百官，出城十里迎接。上京百姓亦载歌载舞，箪食壶浆，夹道欢迎。萧太后见皇儿率群臣到来，当即走下驼车。耶律隆绪偕群臣上前见礼，礼毕，皇帝耶律隆绪说道："大军凯旋，举国欢庆，母后威德，名扬四海。真乃国家之幸、万民之福也！"

宰相室昉亦率群臣贺之曰："太后雄才大略，远胜秦皇汉武。真古今女中豪杰，中外巾帼魁英也！令群臣及百姓仰慕之至！"

萧太后摆了摆手，微笑着对众人说："此皆祖宗洪福、众卿尽力、将帅用命、士兵流血得来，萧绰何功之有？众卿溢美之词，让哀家惶恐之至！"说着拉起隆绪的手，率领群臣和众将走回城区，一路上不断地向两侧的百姓挥手致意，十里官道欢呼之声不绝。

次日上朝，皇太后萧绰在宣政殿大宴群臣，封赏有功将士。她高兴地对大臣们说："此番宋朝三路大军来犯，气势汹汹，志在必得，直欲取我幽云之地归己有，夺我大辽南疆于一旦，竟在我朝毫无准备之机，不宣而战，突然进兵，令我边疆守军猝不及防，继而丢城失地，陷于被动。幸得全体将士同仇敌忾，击溃强敌。此战大挫南朝志气，大长我军威风，乃我朝近年以来最为震撼人心之大捷也！实为可喜可贺。其中大将耶律休哥、耶律斜轸、韩德让和耶律沙等诸位爱卿功勋卓著，应予重赏。着即晋封耶律休哥为宋国王，擢升为于越，仍任南院大王，南京留守，总揽对南朝作战之军事。晋封耶律斜轸为魏王，仍任北府宰相，北院枢密使，掌管全国军务。晋封韩德让为楚王，加开府仪同三司兼中书门下平章事，总领宫廷宿卫和朝廷政务。任命耶律沙为南府宰相兼南院枢密使，协助耶律休哥办理对宋军务。另有萧挞览因为镇守西南边陲有功，敕封为兰陵郡王。其他有功将领已由韩德让将军具名注册，亦当论功行赏，在此就不一一旌表，待圣旨颁布后晓谕天下。"

说到此处，萧太后话锋一转，十分严肃地说："在此番作战当中，也有一些将领守土不力，指挥无方，或临阵怯敌逃跑，或随意丢城失地，贪生怕死，气节全无，故依据法度，应予惩罚。对于云州节度使耶律佛奴、惕隐王重昇、新城镇守使耶律庸知、都监崔琪和刘继琛等十名将领，着即削去职爵，贬为平民，各杖五十，以儆效尤。同时对在大战中阵亡的将士，当依照惯例加倍抚恤，以慰其家属亲人之心。望各位爱卿、全军将士当以此战为鉴，再接再厉，以无愧作为天神之子孙也！"

萧太后说完之后，群臣皆伏地行礼，叩头谢恩。韩德让继而出班奏曰："今我朝虽获完胜，令宋军元气大伤，估计短期内不会再来进犯，南部边境也会有一段时间的和平，但从长远来看，辽宋两家的角力才刚刚开始。宋朝绝对不会甘心于他们的失败，他们还会处心积虑地夺回幽云之地。目前我大辽与宋朝的国力和军力势同比肩，难分伯仲，但是将来谁能笑到最后，谁能取得最后的胜利，那就要看未来这些年的发展了。到时候谁的军事力量更强大，谁的经济态势更良好，谁的国家秩序更稳定，那谁就是最终的赢者。就当前来说，要看谁的国策更得人心，更顺民意。古语说'人无远虑，必有近忧'，又说'未雨绸缪，有备无患'，这些话都值得我们深思呀！"

萧太后环视群臣，然后赞同地说："楚王高瞻远瞩，令哀家豁然开朗。但怎样才能富国强兵，如何做才保长治久安，使我大辽繁荣昌盛，在与南朝的对峙当中，最终获得完胜呢？还请众位爱卿畅所欲言。"

宰相室昉接过话来说："楚王所言切中要害，确实令人深思。我朝虽然此番大胜，那是太后英明，将帅多谋，充分地利用了对方的失误也！绝非我们比对方强大。相反，在有些方面，我朝还确实差得很远，不早虑之，必为后患。以臣观之，自太祖立国以来，法律虽有文而不躬行，皇族俱养兵而权益重，帝位非嫡传而多公选，官员尽唯亲而非任贤，可谓弊垢如山，积重难返，由此导致叛乱频发而不绝，乃我国家不稳定之根源也；重游牧而轻农耕，抑稼穑而贬工商，逢灾年而不能救，靠上苍而民多贫，乃我朝经济脆弱之痼疾也；又吏多贪而皆贿行，官尽庸而薄德行，蕃汉同罪而不能同罚，民间皆尚武而俱轻文，此我朝风气败坏之顽症也！此三弊若不根治，何来的长治久安？说什么富国强兵？也无非是一句空话矣！"

皇太后萧绰听罢眼前一亮，似有所悟。她由衷地说："室爱卿之言切中时弊，入木三分，观察细致，看得极准。但我朝已立国多年，许多事情，扯耳腮动，不好下手，当以何策治之，方能奏效？"

参知政事邢抱朴博学多才，智略高远，他思忖了一下，接过话来说："为今之计，当效法盛唐而学习贞观，改革弊政而修改律法，先正官风而使政治清明，再励农耕而让国力日盛，如此则我大辽民心可顺、事业可兴，社稷康泰、长治久安矣！"

皇太后萧绰闻听大喜，高兴地说："邢爱卿的话开门见山，让哀家顿时心中有数了。此事就烦室爱卿、邢爱卿和楚王负责，从即日起组织朝野上下、各州府县、全军将士及各色人等，全面开展思政辨析，为国家献计献策。人人皆可针对时弊而上奏折，时时欢迎直抒胸臆而陈良策，待百日以后，再由各位爱卿负责梳理归纳、集中提炼，经廷议后发布全国。"三位重臣领旨谢恩，随即散朝。

诏令一下，全国雷厉风行。在室昉、邢抱朴和韩德让等人的主持下，经过朝野上下三个多月的讨论辨析，初步形成了一套完整的方案，又交廷议集体勘改三次，最后由萧太后诏令施行。其具体内容为改革八项国策，采取三十二条治政措施。

一为"取消贵族荫户而变身平民，解放部族奴隶而还其自由，集体迁徙边疆而自成村落，国家帮助安置而助其农耕"。全国一次性取消荫户两万五千多户，解放奴隶十二万五千多人，全部由沿边州县安置他们自主择业，国家给予适当的支持。城乡由此欢声雷动。

二为"破除执法不公而众皆平等，蕃汉同罪而必须同罚，打死奴仆主人务要定罪，坚决取缔贵族养兵特权"。契丹立国之前，酋长和可汗均为公推众选，他们的话不管是理非理，都是法律。太祖立国以后，虽然已经制定了成文法，但是到历朝历代执行起来，因人因事、因权因势的随意性极大。比如世宗朝天禄二年，耶律天德、耶律刘哥、耶律盆都和驸马萧翰等人一起谋反，在廷议处理的时候将天德斩首，刘哥、盆都流放边疆，而萧翰则简单杖责了事。此类事情不胜枚举。到穆宗朝时，耶律璟任意杀人，法律就更成为一纸空文了。

自从契丹立国以来，尤其让下层百姓感到极大不公的是，在法律上对契丹人和汉人绝对不平等，存在着极为严重的种族歧视现象。比如说同样犯了杀人罪，如果契丹人杀死了汉族人，只需赔偿一头牛。而汉族人若是杀死了契丹人，不但本人要偿命，其家人和亲属都要受到株连，轻者也要沦为奴隶。又比如主人可以随便打骂仆人，打死了也是无罪的，而仆人如果违背了主人的意志，就要被处死。这些严重不公平的法律，遭到了下层民众的强烈反抗。

修改后的新法规定："蕃汉犯法同罪同论，主仆犯法同样处罚，个人犯法个人承担，取消家属连坐旧制。"因而受到朝野上下，特别是黎民百姓的热烈拥护。在施行的过程中，萧太后还率先垂范，为新法的贯彻带了个好头。

上京城里有个名叫耶律乃十的小官吏，喝醉了酒在大街上胡编乱讲萧太后和韩德让的风流韵事，过去按律当斩。韩德让听了非常气愤，办案的夷离毕萧可夺也怒火冲天，均主张杀之。萧太后却宽容地说："新法既已实行，就当依法处置，缘何因人而异？岂非亵渎法律尊严乎？"结果只对其依法杖责，囚禁三个月了事，这让朝野上下极为佩服。

但是对真正该杀该斩的，萧绰又毫不姑息，不讲情面。详稳耶律国留的内弟媳阿古与奴仆私通，国留闻之擅杀奴仆，又逼着阿古自尽，严重触犯了新法，按律该斩。但国留自恃是皇族贵胄，咆哮公堂，拒不认罪，被萧绰亲自下令斩首。并将此案向朝野公布，以昭其罪，以顺民心。

当时还有一案震动很大。奚王筹宁在京城酗酒，喝醉后驾着马车在大街上横冲直撞，刮伤了做小生意的汉人李浩，他不但不给李浩治伤，反诬陷李浩阻其车驾，将李浩当街杀死。李浩的妻女到府衙告状，无人敢管。因为筹宁不仅是库莫奚部的王爷，还是大辽国的重臣和一镇诸侯。李浩的妻女不服，在夷离毕衙门口跪地喊冤，又险些被奚王的车仗撞死。幸好参知政事邢抱朴在此路过，李浩的妻女才因此获救并倾诉了冤情。因为此案涉及奚王，事关重大，邢抱朴急忙奏报萧太后。萧太后闻之大怒，立即下令拘捕奚王筹宁并定其死罪。筹宁羞愧在大牢中自杀而死，李浩的冤情得以昭雪。这在过去是根本不可能的，因此黎民百姓闻之皆奔走相告，赞扬不已。

三为"兴水利而治河流，开荒野而助农耕，励畜养而资商贾，开加工而兴作坊"。改变游牧民族传统的生产方式，引导社会经济向全面发展，以增强国家抵御自然灾害的能力。对于新开垦的荒地，国家借给耕牛、种子和农具，同时为农户减免赋税和徭役。对于畜养牛羊和开办作坊的，由州县资助修建圈舍和安置场地。对于较易成灾的河流和荒漠，则由朝廷调动军队，统一治理。短短几年，全国新开垦荒地三十多万公顷，增产了大量的粮食和畜产品，极大地促进了农区和牧区的稳定。同时新增各类作坊两万多家，新开榷场一百多处，全国到处出现百业兴旺、和平繁荣的景象。

四为"兴科举而募贤才，办学馆而树新风，文官须从科举考试中遴选，武将要在士兵队伍中得来"。打破贵族特权，摒弃门阀观念，取消皇族爵位的世袭旧制，一切唯才而用，唯贤是取。圣旨一下，全国迅速掀起兴学办教的热潮。青年才俊不是习文就是练武，不再靠投机钻营做官，仕风为之好转。越来越多经过科考的知识分子受到重用，中下层官员的知识结构有了很大的改善。每年都有二三百名优秀的人才充实到官员队伍之中，不少人后来成了朝廷重臣。比如汉族人杨吉和张俭因为考中进士头名，一开始就授予翰林学士和知枢密院事，后来均曾荣登相位。

五为"整顿吏治而惩戒贪官，反对阿顺而打击行贿，贪暴害民者非杀即免，清廉自守者破格提拔，委以重任。凡皇族受贿者罪加一等"。萧太后不仅大力提倡，而且率先躬行。太师耶律柘母是三朝老臣，因为在朝堂上屡犯阿顺奉迎之罪，在朝政方面没有任何建树，被萧太后以"尸位素餐、任职不为"之名，痛责三十大板，免去职务回家。

萧太后的大姐胡辇初嫁齐王罨撒葛，罨撒葛死后下嫁给俊仆挞览阿钵。萧太后同情大姐的遭遇，将阿钵授为将军，命其夫妇领兵西御鞑靼，为朝廷戍边。但胡辇夫妇并不感恩，竟然在辖地横征暴敛，欺压百姓，肆无忌惮地掠夺钱财。同时还结党营私，阴谋造反。事泄后率众逃到骨历札国，企图联合外敌，拥兵对抗。被萧太后派人抓回，关进怀陵大牢赐死，其手下党羽全部活埋，从而人心大快。

六为"和外邦而固边陲，睦四邻而结友好，邻有天灾必当雪中送炭，彼遭人祸绝不趁火打劫。常怀善意而待之，不以兵戈而伐之"。萧绰在率军击败宋师以后，明白今后最大的敌人来自于南面，因而对其他的邻邦均采取了睦邻友好的政策。在岐沟关战役之前，她曾命耶律斜轸带兵征服高丽、长白女真和西夏党项人等部。胜利班师不久，她就把侄女晋国公主阿不古嫁与高丽王王治为妃。王治感恩戴德，遂表示年年纳贡，岁岁称臣。为了安抚党项族首领李继迁，萧绰命人赠送他粮草、甲仗、皮张和战马，并将他封为定难军节度使，把宗室亲王耶律襄的女儿封为义城公主嫁给他。不久又加封他为西平王、夏国王，扶持他建立自己的国家。除此之外，萧绰还封赏了女真部和阻卜部的各位酋长，每年都亲自接见并宴请他们，赠送他们许多珍贵的礼物，让他们管理一方为朝廷效力。一时八方和顺，边疆稳定。

七为"行赏罚而明功罪，严纲纪而练铁军，裁冗员而养精兵，减重负而惠万民"。根据新的规定，全国裁减兵员二十万，只养精兵十万人。放二十万将士回家与亲人团聚，国家助其参加农业生产，借给他们耕牛、种子和农具，让他们在边疆组成新的村落，一为生产，二为屯田，三为战时之需。在留下来的十万军队中，除原有的五帜铁军以外，又增加了骆驼营、战车营、排弩营、女骑营和铁牛营，这新的五营铁军各具特色，都有绝活。

这骆驼营由一万匹高大的骆驼和一万名精壮的士兵组成。骆驼和士兵均身披重甲，每个人带长枪、大刀和弓箭三样兵器。冲敌阵脚时如排山倒海，与敌对阵时似铜墙铁壁。对付敌方的骑兵有天然的优势，遇到对方的步兵更是所向无敌，被耶律斜轸称之为"奔腾的潢河"。

这战车营由两千辆战车和一万名将士组成。这支队伍不但人高马大，而且车重辕长，人、车、马皆身裹铁甲，将士们俱手执长枪。进攻时如铁流滚滚，所向披靡，让敌人无法阻挡；防守时可连车成阵，巍若坚城，使敌人无懈可击，被耶律斜轸称之为"移动的城堡"。

这排弩营是由两千部台弩车和一万名将士组成。每车配备五名士兵和一千支长箭，他们可在一百丈之外就开动台弩，在较远的距离内克敌制胜。进攻时万箭齐发，如满天飞蝗，让敌人无法阻挡，在攻城掠阵时颇有奇效；防守时迎头痛击，似疾风暴雨，令对手不能近前，在临阵拒敌时作用独特，被耶律斜轸称之为"大漠的狂飙"。

这女骑营由一万名优秀的女兵组成。她们不但个顶个身轻体健、容貌俊美，而且人人都马术精绝、武艺高强，是由萧太后的女侍卫乌云挨个精选出来的。每个人都带着长鞭、大刀和套马杆三件兵器，专门用来对付敌方的骑兵。具有打法独特、先声夺人的特技，被耶律斜轸称之为"美丽的罂粟"。

这铁牛营是由三千头精壮的犍牛和一千名高超的驭手组成。犍牛们身着皮甲，角绑利刃，驭手们身背响箭手执钢鞭。驱动时驭手挥舞钢鞭，发出号令，牛群惧而狂奔；收拢时驭手放出响箭，召唤牛群，使其聚而奔回。这些犍牛经反复训练后已俯首帖耳，十分驯服。战时既可用来运送粮草物资，又可以用来冲锋陷阵。可谓召之即来，战之则胜。尤其在对付敌方步兵方面颇有奇效，被耶律斜轸称之为"最牛的军阵"。

萧太后率领文武百官亲自检阅了五帜铁军和五营新军的演练情况，对耶律斜轸大加赞赏："爱卿思维新颖，练法独特，真是令人拍掌称奇。有了这十营劲旅，我朝既可以大量裁军，减轻百姓的负担，又能够提升军力，战胜任何外来之敌，这才是我大辽国的精兵之路哇！"众亦皆赞扬之。

八为"效先贤而纳忠言，严律己而作表率，遵国法而顺民意，施仁政而惠苍生"。萧绰在朝野上下的辨析活动中，回顾和反思了自己听政以来的若干过失，诚请群臣进行批评指教。她在朝堂上说："能忠心进言者是爱国家，能冒死敢谏者是为社稷，能坦陈君非者是为万民，能严于律己者是真圣人，此皆古来做人之德、为官之道也！文官若皆敢言，武将俱不畏死，则我大辽必昌，大业必成矣！"她把朝臣们的中肯奏议均装裱成画轴，挂在自己的寝宫里，随时观看并提醒自己。她这种虚心的态度和严谨的作风，受到朝野上下普遍的赞誉。

萧绰在全心全意改良国策的同时，也从未忘记千方百计地严于教子。特别是对于小皇帝耶律隆绪，更是倾注了她全部的心血。因为她清楚地知道，自己临朝听政不过是权宜之计，这大辽国的万里江山，迟早要交到隆绪的手上。因而培养出一个明君，从某种意义上来说，比改良国策更为重要，它关系到大辽国的兴衰和长远未来。为此她采取了许多办法，从一点一滴、一朝一夕做起，教育隆绪如何做人、怎样为君。可谓高瞻远瞩，用心良苦，表现出一个杰出的女政治家长远的政治眼光和非凡的魄力。

一是她极为关注隆绪学文。从幼时读书识字开始，她就亲自为隆绪选择书目，让他既熟悉孔孟学说等儒家经典，又让他了解兵书战策、天文历法、山川地理等方面的知识，尤其让他学好《贞观政要》和《明皇实录》等书籍，希望他以唐太宗为榜样，做个好皇帝。她让室昉在闲暇之时教隆绪学文化，自己也常在忙碌之余予以考问和督促。她还让隆绪把李白、杜甫和白居易等人的诗歌翻译成契丹文字，让朝野上下的契丹族官吏们阅读。一时中原文化在大辽国成为主流，对社会进步产生了极为良好的影响。

耶律隆绪在母后的调教之下，博览群书，知识广博，通今博古，文思敏捷。北汉灭亡那年，有个降臣把一块玉玺拿过来献给辽朝，当时年仅八岁的耶律隆绪接过来即刻赋诗一首："千年成瑰宝，万载助兴王。玉玺连华夏，皇权驭四方。君王如慎守，社稷必隆昌。腐败丢天下，灵石去朔方。"吟咏的速度比曹植还快，群臣闻之无不交口称赞，暗暗称奇。

二是她也十分重视隆绪习武。她清楚地知道，身处乱世之秋，只有文武双全的马上皇帝，才能像太祖、太宗那样有所作为。她让隆绪拜休哥和耶律斜轸为师，跟着二人学习兵书战策，演练排兵布阵之法。一套《孙子兵法》和《古今战例》被他读得滚瓜烂熟。从八九岁的时候起，萧绰就请韩德让教隆绪习武练功。从地下到马上，从拳脚到兵刃，十八般武艺样样从头开始。名师出高徒，苦练结硕果。十多年的工夫下来，隆绪练得身强体壮，武艺精熟。能开三百斤以上的硬弓，敢骑桀骜不驯的烈马，军中一般的战将都不是他的对手。隆绪十五岁的时候，有一次到祥古山上打猎，发现两只老虎。众人千方百计仍围堵不住，眼瞅着就要逃脱。被耶律隆绪连发两箭，将其射伤，然后又亲自把它们生擒活捉，令将士们赞叹不已。

三是她更关心隆绪修身，培养他从小就养成良好的品德。从隆绪懂事的时候起，萧绰就教导儿子要谦恭孝顺，尊老敬贤，要以长者为上，以能者为师。告诫他虽为帝王，但应视自己为万民的奴仆，而不该把自己当成天下的主宰，骑在百姓身上作威作福。她不止一次地告诉隆绪说："耶律休哥是随王释鲁之孙，与太宗皇帝是同辈。耶律斜轸乃是太祖堂弟曷鲁之孙，与世宗皇帝是同辈。他们虽然是大辽朝的臣子，但却是我们母子的长辈，你要懂得时时事事尊重他们。这二人可是国家的栋梁啊！"耶律隆绪时刻牢记母后的教诲，一直把他们尊为长辈和恩师，从来不当作臣子看待。

在他为帝不久，他就把自己的心爱坐骑、那匹党项人送予他的汗血宝马，赠给了耶律休哥，令耶律休哥极为感动。同时他还把祖传的一套金甲和一把宝刀，送给了耶律斜轸，以表达对这位老师的感激之情。因而二人均与他结下了深厚的情谊，竟然与他喝血酒、盟铁誓，成了忘年之交。

对于大辽国第一勇士、朝廷的栋梁之臣韩德让，隆绪更是尊崇备至，事之如父。萧绰曾经坦诚地对隆绪说："你韩伯父是我少年时期的未婚丈夫，若不是因为你父皇招我入宫，我们早就是一家人了。为了情谊，他多少年来一直未娶，忠心耿耿勤于王事。他不仅对这个国家有着特殊的贡献，还是我们母子最亲最近的人哪！"隆绪时刻记着母亲的话，对韩德让极为敬重。每次与韩德让相见，务必在二十步开外的地方就躬身施礼。进帐以后还要让韩德让首先落座，并恭恭敬敬地献上一碗热茶。对于韩德让的话，他从来都深信不疑，照办不误。隆绪的谦恭感动了韩德让，使他更加义无反顾，报效国家。还有对于室昉、邢抱朴、郭袭和耶律贤适等一班老臣，隆绪也都十分尊重，虚心地向他们求教，学习他们每一个人的长处。隆绪的这种谦恭的作风，是萧绰的长期教诲培养起来的，是发自内心和极为真诚的，由此他赢得了朝野上下普遍的拥戴。

四是她还注意培养隆绪忠诚勤勉、朴素务实的作风。萧绰临朝听政以后，隆绪当时还小，开始的时候觉得没有什么事情可做，就常常去蹴鞠、打猎或者在宫中玩耍。萧绰发现以后告诫他说："圣人有言'欲不可纵，机不可失'，此乃古今成功之道也！我儿不是民间一般的孩子，我儿是天下万民之主，将来要承担起治理天下的重责。如果自己办不好事，或者是办错了事，就要给国家和百姓带来巨大的灾难，甚至会有许多无辜者人头落地。因此我儿没时间玩，也玩不起呀！我儿必须惜时如金，刻苦钻研，学有所成，通文懂武，熟谙治国之道，方能驾轻就熟，尽量避免失误或减少失误，才能够振兴我们这个国家呀！"说得隆绪热泪盈眶，频频点头，从此不再贪玩，以后一直保持勤勉刻苦的作风。

五是她还从小处着眼，培养隆绪的品格。萧绰明白，品格影响志向，细节决定兴衰。作为一个帝王，那么他的生活起居，性格爱好，就显得非常重要，因为它要影响到一个国家的走向，甚至关系到这个国家的存亡。隋炀帝杨广的教训还不够深刻吗？因此从隆绪很小的时候起，他每天吃什么，喝什么，穿什么，戴什么，骑什么样的马，配什么样的鞍，他去了什么地方，去了以后又干了些什么，萧绰不管多忙，每晚都要亲自过问，为的就是防止他过于奢侈、浪费，从小培养他厉行节约的作风。有时候隆绪给下属赏赐什么东西，萧绰也要把关。该不该赏、该赏什么、该赏多少，萧绰都要听一听，看一看。她对隆绪语重心长地说："寸金尺锦，民脂民膏，用到何处，大有讲究啊！黎民的血汗、百姓的命钱，只能用在发展国家、造福苍生之上。乱行赏赐，大把挥霍，官风必然腐败，国家就要灭亡啊！"萧绰的这些话，给了耶律隆绪极为深刻的警示，对他的一生都产生了极为重要的影响。

萧绰不但自己对隆绪悉心调教，给他聘请了许多位老师，而且还让陪伴的宫女和侍卫负起责任，让他们充当千里眼和顺风耳，随时帮助她监督隆绪的过失。如果这些人不能如实反映情况，那么就要受到处罚。所以隆绪在这样的环境中长大，从来不敢说假话、做假事，从小就养成了诚实朴素的作风，为他以后亲政为君、处理大事打下了极好的基础。

萧绰不仅对隆绪悉心调教寄予厚望，对其他子女也极为严格，从不放纵。在他们懂事以后，就专门聘请名师教他们习文练武，从小就教育他们要成为国家的有用之才，不能躺在皇室的温床里坐享其成，而应当为这个民族做出自己的贡献。萧绰的苦心没有白费，几个孩子都很争气。长女观音女温婉贤淑，美貌多才，长大后被萧绰许配给弟弟萧继远，婚后相夫教子，颇有成就。萧继远后来曾任北府宰相、检校太师、中书令和上京留守等职，是大辽朝一代名将，为国家立下许多大功。次子耶律隆庆、三子耶律隆祐皆智勇双全，英勇善战，俱以战功封王而成为一代名臣。次女长寿女封为卫国公主，嫁给了萧排押。萧排押也是个文武双全的人，多智勇而善骑射，曾任东京留守，东南招讨使。在幽州大战中击败宋将米信，立下大功。三女延寿女封为越城公主，嫁给了林牙萧恒德。萧恒德既谋且勇，在攻打高丽和岐沟关的战役中，都曾亲冒矢石，身先士卒，是辽军中有名的战将。

萧绰一生育有三子三女。在三子中，一人为帝，二人封王，皆很有成就；三女三婿也都有所成，分别为国家做出了自己的贡献，没有一个无所作为的人，这在皇家的历史上是不多见的。因此，时人皆赞誉萧绰不仅治国有方，而且教子有术，是严师慈母的楷模。后来宋朝宰相寇准曾经评价说：“萧绰这个女人的功绩，不仅在于她领导和创建了一个强大的国家，还在于她培养出了一位杰出的君主。辽景宗以后大辽朝全部的辉煌，处处凝结着萧太后的心血呀！”寇准的话为后世许多史学家所认同，也为大辽朝后来的发展所证实。

第二十二回
固冀北南朝求和议
取关南北国欲兴兵

　　且说宋朝三路大军北伐惨遭失败，宋太宗赵光义悲愤交加，怒火满腔，处理完作战不力的将帅之后，自己反思起来也捶胸顿足，追悔莫及，心情久久不能平静下来。他感到在战略指挥上，自己也似乎犯了大错，也许一开始就不该三路进兵，而应当握成一个拳头，像当年周世宗柴荣那样，即或不会完胜，也能全身而退。至于说让曹彬率领的东路军稳扎稳打，失掉了战机，继而在粮草供应上又没能保证，导致他们首先溃败而全盘皆输，自己更有不可推卸的责任。每当想到这些，他就一阵阵头晕眼花，浑身无力，天旋地转，不能自制，有好几次都险些摔倒。他像得了一场大病一样，吃不下饭，睡不好觉，竟然连续半个月没有上朝。

　　宰相赵普和李昉等重臣前来探望他，他流着泪对赵普说："太祖皇帝在位十七年，统一了大半个中国，建立起大宋朝铁打一般的江山，武功煊赫，万民拥戴。而今朕继位也有十一年了，竟然连区区燕云之地也不能收复，反而连遭败绩，损兵折将，劳民伤财，岂非有愧于群臣信任、太祖重托乎？"说罢泪如雨下。

　　赵普听后也很激动，他跪在太宗床前，两眼噙着泪说："胜败乃兵家常事，陛下何须挂怀？昔日太祖在日，也曾两次北伐，均是无功而返。后来太祖审时度势，改为平定南方，终奠大宋之基。今陛下呕心沥血，矢志北伐，收复国土，其志如山，奈因时运之不济，战场之瞬变，致有不测之败，然陛下亦尽心竭力矣！何故如此悔恨悲怆耶？皆天意而不可违之也。与其忧思伤及龙体，抑郁损害圣躬，莫若回转头来再图良策。太祖在日不也曾设置封桩库银，等待时机以图再取吗？陛下何不效仿太祖，先安内而后攘外，强国力而候良机。若假以时日，区区北蕃荒漠之地，又怎及我中原肥田沃土？两国繁荣程度，几近天壤之别。待等数年以后，不用兴兵，胜负亦自见分晓矣！"太宗听罢，方转忧为喜，收起泪容，与赵普、李昉等谈笑风生。

　　宋端拱元年（987）秋天，一日早朝，太宗赵光义对大臣们说："如今我朝六年间两次北伐，均未成功。我军损失惨重，辽虏野心未了，必欲兴兵袭扰，觊觎我大宋江山。国土未复，边境不安，下步当如何处治，尚请众卿建言。"

　　原任枢密使、现被贬为右骁卫上将军的大将曹彬虽遭惨败，但仍然雄心未泯，这时候首先出班奏曰："败军之将，本不该言。但话如果不说，憋在心里窝囊，末将说得对与不对，还请陛下海涵。太平兴国四年（979）我朝北伐，先取北汉，后围幽州，不能说是完全失败。开始时还是比较顺利的，后来因为天气炎热，师老兵衰，士气下降，致有此败；去年北伐三路进兵，中西两路何其顺利？东路也是旗开得胜。只因为后来粮草不济，两次耽误了进兵的良机，才折返雄州，让辽军钻了空子。既非陛下策划不周之故，也非将士不予死战所致，乃是因为辽虏诡计偶然得逞之也！今我军新败，敌军势盛，不知何时就兵进中原，突然袭击。与其到时候被动挨打，莫不如现在就早做准备，寻找良机，再图北伐。依微臣看来，燕云之地迟早也要收复，大宋江山必须得到统一，否则民心不顺，社稷不安。末将愿肝脑涂地，鞠躬尽瘁，再披战袍，北击辽虏，以不枉追随太祖和陛下驰骋一生也！"说罢饮泣连声，以头触地，鲜血淋漓，其意甚诚。此时奉诏回朝任职的潘美、田重进等一班武臣，亦一齐跪下曰："末将愿随陛下收复失地，虽马革裹尸亦在所不惜也！"可谓群情激奋，声震殿宇，太宗听了十分感动。

　　此时恰好有边报到来，言一个月内，辽军曾三次犯边，涿州、忻州和新乐皆遭到围攻，辽军掠而又去，极为猖狂。太宗览毕，满面愁容，无奈地说："辽军不肯罢休，时常骚扰河朔，看来真的如曹爱卿所言，我们还要北伐，与他们再打一仗了！"西侧班中武将们一片响应之声，文官们却大多数缄默无言。

　　宰相赵普明白太宗的心思，此时忙出班奏曰："时已深秋，天渐寒冷，粮草未备，何以出师？辽军不过是例行骚扰而已，何必太过看重？待来年春天再伐不迟！"他知道太宗内心已不愿意再打仗，虽然嘴上没有明说，但听得出来是在搪塞。所以他便迎合圣意，想搭个台阶让太宗顺势而下。

同为宰相的李昉却直言不讳，他说："昔日汉高祖讨伐匈奴，先败后和，平安数载；唐高祖李渊也曾降礼于匈奴，而求边境之安宁，让百姓们休养生息。然则皆不失大国明君之风范也！今陛下何妨屈于一人之下，而顺天下万民之心，岂非古今圣贤之所为也！况辽虏嚣张，战则必败，再议北伐，劳民伤财。恐不但边境未安，反而会引狼入室，令中原涂炭，京师震撼，国如累卵，社稷不安。何如息兵罢战，议和求安？固我边陲，拒敌南侵，此方为上上之策也！"

殿前右正言王禹偁接过来说："辽虏野心，其大如天，竟欲雄霸中华，一统天下。与其言和，岂非掩耳盗铃，自欺欺人乎？依臣看来，眼前不战，不等于将来不战。宋与辽虏，必有死战，此恐躲之亦不及也！方今之策，应当改弦易辙，任贤修政，省官富民，积蓄国力，选拔将帅，广积粮草，等待时机，再图北伐，此我朝当今可行之路也！"他的话模棱两可，不甚明了，介乎于两者之间，群臣听后皆纷纷摇头。

太宗听几位大臣说得都有些道理，一时犹豫不决。这时户部尚书张洎站出来说："自古以来御边之策有三：无非是设重兵而守边陲，以和亲而止干戈，行反间而乱其内，议盟誓而安其心。对于我朝眼前来说，有上中下三策可供选择。一为重兵防御，凭险据守，来者必御，去者勿追，但必须有良将镇之，此上策也；二为派使臣而谈议和，纳厚礼而贿其心，虽屈万乘之尊，而止兵戈之祸，此为中策；三为择良将而驱重兵，倾国力而决死战，拼钱粮而定胜负，此为下策。臣以为，上策不足恃，下策不可取。唯派使者议和，再以固边辅之，乃我朝远虑之深谋也！"

张洎的主张遭到了武臣们的强烈反对，还没等他说完，就传来一阵阵的斥责之声。由于大臣们的意见相左，因此虽然朝议数次，也迟迟没有能定下决策，但时光却毫不犹豫地流逝了。好在辽朝此时正在致力于国内的改革，因此边疆倒也没有什么大的战事。

宋淳化二年（992）七月，宰相赵普因病去世，太宗感到如折臂膀，抑郁成疾，卧病不起。枢密副使寇准和新科状元吕蒙正入宫探望。问候病情之后，谈起征伐之事，太宗说道："朕自继位以来，但凡对外用兵，无非是为了统一国家，造福天下百姓。即希夷先生所说的'顺天应人'之意也！若是无端滋事，穷兵黩武，必将伤及百姓，危害社稷，那就将现不义于天下，有愧于万民，朕一生绝不为也！"

吕蒙正听出太宗的弦外之音，知其不愿意再兴兵北伐，收复国土，于是顺承其意说："古来为君之道，无非外强武备，内修德政，布道义于天下，行善举而惠万民。兵戈之事，绝非吉祥之物，非顺乎民意者而不可为也！臣闻历代征伐，凡逆天拂民者，莫不功败垂成，贻笑后世矣！昔隋炀帝北征高句丽，水陆大军三十多万，几乎全军覆没；唐太宗李世民戎马半生，可谓久战沙场，老谋深算，但是在北征高句丽时亦数次涉险，差点丧命，也算没有成功。因此兴国之道，不在对外用兵，而在内修政事。古来明君之举，处处顺乎万民。内政修好了，国力强大了，边防自然巩固，外邦也就臣服了。有些事情不是靠征伐就能够摆平的，而应当靠时间和经济来化解，所以才有太祖设封桩库银之事。"

吕蒙正的一番话，太宗听起来十分舒服，于是他高兴地说："看起来朕越级擢升汝为参知政事，还真是做对了！汝果然很有见地！但御辽之策，又当如何？不知两位爱卿有何灼见，可以教我？"

吕蒙正虽然年轻，但相当乖巧世故。他先给太宗又行一礼，然后说道："御边之策，微臣尚不甚明了。但平仲兄身为枢密副使，专心研究兵事，想必胸有成竹了！"说罢向寇准一笑。

寇准此时正是太宗赵光义信任的重臣。他是陕西渭南人，出身于书香门第，虽然家境贫寒，但却熟读诗书，尤其是《春秋》三传，不仅读得滚瓜烂熟，而且理解得相当透彻。他于太平兴国五年（980）考中进士，先后在巴东和河北做过知县。由于他正直敢言，政绩卓著，刚正廉明，不畏权势，在一个偶然的案件处理中，受到太宗的赏识，进而仕途顺利，平步青云，很快入朝为官。先后担任过右正言、盐铁判官和枢密院直学士等职。宰相赵普去世之前，又把他推荐给太宗，升任为枢密副使。称赞他有"经天纬地之才、临危不惧之胆"，将来必为国家栋梁。因此太宗对他的谏言历来极为重视，称他为"朕之魏征也"。有个人献给太宗一件宝物——通天犀，也就是犀牛的角，太宗命人精制成两条犀牛玉带，一条赠给寇准，一条留给自己，足见太宗对寇准的重视程度。

此时寇准见吕蒙正笑着看他，便直言不讳地说道："状元公把好听的话都说完了，带刺的话就留给我了。依微臣看来，现在要拼军力，我们不是辽国的对手。如在此时再议北伐，绝非明智之举。为今之计，当固边养民，让百姓休养生息。连年的战争，百姓们实在太苦了。国家也是百孔千疮，焦头烂额。因此我也赞同状元公的看法，以内修德政、发展经济为主。"

太宗此时插上话说："树欲静而风未必止，我朝欲和平，而辽人想打仗。他们会不断地骚扰我朝边境，甚至会重兵侵犯中原，我朝当何以应对？"这个问题萦绕于

铁与血的征战：大辽王朝

怀，困扰太宗很久了，因此他迫不及待地提了出来。

寇准略加思索，似乎胸有成竹地说："山西之地多山而险峻，辽虏骑兵施展不开，他们即或进兵，也急切难以取胜。我朝可派一良将扼守雁门关，自然会锁住咽喉，平安无事。冀北之地虽一马平川，辽虏容易长驱直入，但此处河流纵横交错，渠塘湖泊相连，可以掘而接之铸成屏障，令辽军骑兵难以通过。而我朝又可在两侧开发稻田，于固边与农耕皆大有利也！待以后时机成熟，再行北伐之事，收复燕云之地，此诚利国利民之长远良策也！"

太宗赵光义听后大喜，立即披衣而起曰："听了两位爱卿之言，如同服食仙丹良药，朕心大悦，吾病愈矣！"乃马上召枢密院诸臣入宫，陈述寇准之策，众皆赞同。太宗随即下诏，命大将杨延朗为山西北路副都部署，继承父志，镇守雁门关；命大将田重进为北面招讨使兼高阳关都部署，具体负责在冀北平原的沿边地区，疏浚河道沟渠，连接湖泊塘泽，构筑"水上长城"。

经过一年多的努力，西起保州（今河北保定）东至泥沽海口（今天津塘沽），长九百余里、宽六十多里的一道人工屏障圆满完工。按照寇准的建议，又在沿途设置了二十八个营寨，一百四十个军铺，长期轮流驻扎一万名将士，负责边防守卫，往来巡逻。同时还有兵船百艘，定期定时在水上游弋，以防辽军突然偷袭。工程彻底竣工之日，太宗偕百官亲来巡视，对枢密院的部署十分满意。并一再叮嘱沿边将士，必须要严密监视，但不准主动出击，谨防因小失大，酿成战事。因此守边将士皆小心翼翼，委曲求全，这种状况直到太宗去世也未改变。

太宗赵光义在下诏固边的同时，又采纳张洎的建议，派其为使去辽朝议和，争取两家罢兵，订立互不侵犯和约，结为兄弟之国。此时张洎已晋升为太仆少卿，多次带人去上京和谈。辽朝萧太后委派梁王耶律隆庆为代表与之接洽。双方围绕"关南之地"的归属问题争执不休，从端拱三年（990）开始，到至道三年（997）三月太宗去世，历时七八年的时间，双方会谈了十几次，但始终没有达成统一。

那么所谓"关南之地"的归属，又是怎么一回事呢？我们知道，燕云十六州包括当年河北的幽州、蓟州、瀛州、莫州、涿州、檀州、顺州、妫州、儒州、新州、蔚州、武州和山西的云州、应州、朔州、寰州。按照后晋与辽朝签订的协议，这十六州被当年石敬瑭一次性割让给了契丹国，后来陆续被辽军占领。后周显德六年（959），世宗柴荣兴兵北伐，连克益津关（今河北霸州）、瓦桥关（今河北雄县）和淤口关（在今霸州东信安镇），收复这一带属于瀛、莫、易三州十七县的大片土地。

辽国当时是"睡王"耶律璟当政，虽派萧思温引兵拒敌，但被柴荣率军击败，后周遂得到这片"关南之地"。

正当柴荣雄心勃勃，欲一鼓作气收复燕云，统一天下的时候，他病倒了，不久身亡。接着赵匡胤发动了陈桥兵变，北宋取代了后周。这块"关南之地"，自然而然地就落于宋朝之手。大辽国穆宗去世以后，景宗耶律贤继位，由于他在位时间较短，又采取草原保守政策，因此辽朝一直未能拿回这片土地。萧太后临朝听政以后，朝臣们多次奏报过这件事，因而收回"关南之地"，也就成了她的一块心病，一直让她念念不忘。因此当宋朝派使议和之时，辽朝就首先提出索回"关南之地"。而宋使张泊以"燕云十六州本来就是中原的土地，岂有收复以后再送给别人的道理"加以严词拒绝。因此双方虽然一直在谈，但却始终没有谈成。在这一期间，宋朝一直在整修边备，辽朝正致力于国内改革，因此两家虽然针锋相对，没有谈拢，但也没有打仗，反而相安了十几年。

宋至道三年（997）三月，宋太宗赵光义因腿上箭伤复发去世。皇太子元侃继位，元侃就是历史上的宋真宗。消息传到大辽国的都城上京，朝野上下立时奔走相告，喜气洋洋。一日早朝，南面林牙、驸马都尉萧恒德出班奏曰："今宋主新亡，其子继位，国内尚未就绪，此乃天赐良机。我朝当乘势进兵，收回'关南之地'。微臣愿提一旅之师前往，请太后定夺。"

参政知事邢抱朴接过来说："自从统和四年（986）以来，我朝罢兵不战，专修内政，善果初现，万民咸服。今南北两朝一直议和，民间往来亦十分密切，边贸日渐繁荣，百姓安居乐业，何必再言战事，徒惹祸端？况南朝太宗新亡，伐之亦恐不义，请太后思之虑之。"

南京统军使、兰陵郡王、大将萧挞览愤而言曰："'关南之地'原本南朝所赠，早已入我大辽版图，其中浸透着太宗的辛劳和将士的热血，早就应该收复，岂可陷于敌手？况太宗皇帝曾坐镇开封而号令天下，中原皆曾为我朝之地，取之亦属当然。故末将愿带兵伐宋，收回关南，上慰祖宗，下顺民心，请太后恩准。"

宰相室昉听罢站出来说："'关南之地'虽曾为我朝国土，但与我大辽广阔的疆域比较起来，又算什么？无非是九牛一毛而已，可谓得之不多，失之不少。我朝自太后听政以来，宋军屡次北伐，已致我朝将士损失惨重，百姓几陷水火。沉重的徭役早已不堪负荷，怎能够再兴战事雪上加霜？如今国策改革方兴未艾，许多善举良谋尚在落实之中，岂可因区区'关南之地'，又燃战火，给百姓带来灾难？臣以为此事宜慎，请太后斟酌。"

皇太后萧绰静静地聆听臣子们的奏议，没有吱声。在内心深处，她不但想夺回"关南之地"，而且想兵进中原，占领河洛，实现统一天下的伟大理想。她为此憧憬了许多年，也默默地准备了许多年，但此时群臣意见不一，明显地形成了两大阵营，她此时不便明说。她知道那样会挫伤一部分臣子的积极性，伤害他们的自尊心，她不想那样做。于是她把那双秀美的眼睛转向了韩德让，希望他站出来委婉地表达她的意愿。

果然韩德让心有灵犀，他向萧太后投去深情的一瞥，以感谢她对自己的信任，然后出班奏曰："自从赵宋王朝立国以来，他们数度北伐，都是南朝犯我，非我侵犯南朝。这些兵戈之争，都是他们强加给我朝的不义之战。如今他们屡屡战败，元气大伤，这才收拢五指，转攻为守。但这只是眼前的韬晦之计，他们迟早还会大兵压境，取我幽云，这是谁都能看清楚的事。眼下我朝经过十几年的休养生息，国力强大，兵精粮足，正可乘势兵进中原，剑指河洛，不但要收回'关南之地'，还应该饮马黄河，一统北方。因为我契丹民族也是中华大家庭的一员，也是炎黄子孙，龙的传人。大汉民族有能力做到的事，为什么我们不能做到？当年太宗皇帝横刀立马，雄视天下，让我们契丹民族何等扬眉吐气，骄傲荣光？只是由于他老人家后来的策略失误，才导致功败垂成罢了。因此臣请借机兵进中原，夺回'关南之地'，张我大辽声威，请太后酌定。"

政事令郭袭未等韩德让说完，立即出班奏曰："我朝目前是兵强马壮，粮秣充足，但也今非昔比，捉襟见肘了。除了室昉大人说过的原因之外，臣觉得还有两个方面不宜出兵。一是有些能战的将帅，比如说耶律斜轸将军、耶律奚底将军和耶律沙将军等等都已经去世了。休哥将军虽然还在，但也年逾花甲，卧病在床。所以说能挑大梁的统帅是越来越少了；二是我军已经多年不战，宋朝又早已固边设障，边境地区的地形和敌情，我军也不甚熟悉了，如果此时凭着一腔热血，贸然进兵，恐怕急难取胜，于军前不利呀！"

郭袭的话刚刚说完，右侧武臣班中以萧挞览为首，二十几员大将"唰"的一声全跪下了，他们异口同声地说："潢河后浪推前浪，胡杨新枝赶旧枝。老将军们文武双全，功高盖世，是末将学习的榜样和楷模。他们虽已病老，但末将愿当大任，共同挑起重担。必保旗开得胜，马到成功！不使朝廷失望，请太后尽管放心！"说罢叩头不止，长跪不起。

皇太后萧绰感到郭袭说得有些道理，但又被武臣们的情绪所感染，一时不知道该说什么才好。这时韩德让又出班奏曰："政事令的担心不无道理，但无妨征南大计。将军们的勇气固然可嘉，但筹划起来，仍须十分严密。以臣看来，当前我朝可以三管齐下：一是派出数支轻骑，对南朝边境地区做多次试探性袭扰，以摸清底细，知己知彼，熟悉地形地貌，掌握敌情我情；二是以重金收买我朝在宋军中的内线，令其速取宋军边防图册，以备我军战时之用；三是招抚党项人李继迁，让他从西面攻州打县，骚扰宋朝边境，令宋廷两面不能相顾。此时我朝主力再伺机而动，则必然能够一举获胜，成功轻取'关南之地'矣！"

皇太后萧绰闻言大喜，心中块垒顿开，思路豁然开朗。于是她微笑着向群臣说道："就依楚王所言行事，着即令汝按所陈方略，分步实施骚扰计划；郭爱卿可传我密诏，让王钦若速取宋军边防图来；同时令西南招讨使韩德威将军出使党项，传我谕旨，加封李继迁为西夏王，再送若干马匹甲胄，命他相机行事，袭击宋朝西部边疆。众爱卿还有什么奏议吗？"

群臣一起跪下叩头："谨遵太后懿旨，臣等万死不辞！"喊堂官方宣布退朝。

至此，由楚王韩德让主持，陆续调兵遣将，实施骚扰方略，对宋朝发动了若干次试探性进攻，令其守边将士手忙脚乱，疲于应对，而其朝廷则惊慌失措，岁无宁日。

契丹统和十五年（997）四月，韩德让派南院枢密副使、大将耶律阿不古领精骑五千，出南京城夜袭雄州。雄州原称瓦桥关，地处宋辽边界，后周夺取后改称雄州，是宋军北方的边防重镇、战略要冲。宋朝刑部尚书宋琪曾经上书太宗："辽虏要犯中原，必先经过雄、霸，此为要塞重地，应以雄兵驻之。"所以宋朝在此屯兵较多，由名将何承矩在此镇守。辽将耶律阿不古凌晨抵达雄州城下，半日转战四门，既不强攻，也不逗留，更不与之对阵，只为熟悉地形地物。何承矩率兵出战迎敌，耶律阿不古迅速率军退去。

统和十七年（999）九月，秋高马肥。韩德让亲率梁王耶律隆庆和驸马都尉萧继远，夜出涿州，突袭遂城。守将杨延朗森严壁垒，英勇善战。萧继远试着攻打不下，转而围攻四门，令杨延朗不敢出战。然后又突然移兵向南，奇袭狼山镇（今河北清苑县西北）的石门寨。宋军措手不及，寨被攻破，辽军得到了大量的粮秣甲仗。稍事休息和补充给养之后，未等宋军援兵到来，韩德让即命兵分两路，由隆庆和继远各领一万人马，分别向东、向南进攻。

向东的一路由驸马都尉萧继远率领，出石门寨向东南直扑瀛州（今河北河间），然后由瀛州南下取深州，奔冀州，搅得当地守军一片惊慌。然而萧继远却只袭而不打，又突然从冀州折向深州东南。深州守将杨普匆忙率兵迎敌。两军对阵，也不搭话，萧继远一马当先，枪里夹鞭，只一个回合，就将杨普打于马下，其部下四散奔逃。但萧继远并未进入深州，而是又率众向德州挺进，一路上夺关斩将，如入无人之境。

　　向南的一路由梁王耶律隆庆率领，南下直取保州（今河北保定）。保州守将石普出城拒敌。不料辽军并不与之对阵，在东、北、南三门周旋一番之后，又驰往定州去了。于黄昏时分，突然出现在定州城下。此时定州城内有八万人马，统帅傅潜是宋真宗任命的定州行营都部署，统辖整个冀北地区的防务。但傅潜畏敌如虎，见到辽军一万人马却不敢出战，托言说怕中了辽军的埋伏，只是坚守不出，飞报待援。耶律隆庆乘机挥军南下，连夜攻打宁边军（今河北蠡县）。稍事休息后，没等宋军兵到，又南下祁州（今河北安国），吓得祁州守军不敢出来。辽军在城外放起几堆大火，然后又从祁州直奔赵州（今河北赵县）。

　　此时宋朝的重兵都部署在定州和深州以北，赵州以南几乎无兵把守，因此辽军骑兵如入无人之境，又从赵州直扑邢州（今河北邢台）。在邢州没有逗留，又向洺州（今河北永年）疾驰。此地离邯郸不足半天的路了，京师开封震动，宋廷人心惶惶。宋真宗非常着急，正在调兵遣将，准备拦截辽军，这时候西疆的边报又到了，说党项部李继迁率军攻打麟州（今陕西神木西）和府州（今陕西府谷），知州折惟昌在松花寨战役中阵亡，陕西北部危急。真是祸不单行，宋廷上下惊愕万分。

　　宋真宗赵恒这才感到事态严重，一面急下诏催促傅潜出城御敌，切断南进辽军退路；一面令南作坊使李继宣从澶州领兵北上，严防辽军南下，确保京师安全；同时又命定州行营副都部署范廷召率兵出高阳关（今河北高阳县东），阻击东路辽军。务必把这两路辽军消灭在雄州以南。

　　不料此时东路辽军已离开瀛州奔深州，范廷召跟在辽军的后面追赶，在深州东南、冀州东北的武邑与辽军相遇。这时他所带领的步兵由于长途跋涉，疲惫已极，未及列阵，即被辽军骑兵一战冲垮，死伤惨重。范廷召只率少数骑兵逃跑，急派人向高阳关都部署康保裔求救。康保裔此时正在冀州，得报后立即带兵驰援，截住辽军厮杀，范廷召趁机带人逃跑。康保裔由于匆忙出城，只带五千人马，与辽军一万精兵作战，终因寡不敌众，败下阵来。康保裔率众殿后，身中数箭，血流如注，被萧继远生擒活捉，部下遂一哄而散。辽军趁机南下德州、棣州（今山东惠民）一线，又顺路袭击了齐州、淄州（今山东济南、淄博），从东路满载而还。

这时梁王耶律隆庆率领的南路军，已从邯郸折返向冀州前进。十二月初，宋真宗在寇准的劝说下，御驾北上，来澶州督战。前线将士受到极大鼓舞，纷纷从各路出发，围堵辽军。在冀州城北，知州张旻率军与辽军相遇。狭路相逢勇者胜，耶律隆庆担心纠缠时久，陷入宋军包围无法脱身，遂振臂一呼，发一声喊，一马当先冲上前去，一杆大铁枪如蛟龙出水，骁勇异常，宋军抵挡不住。张旻率十几员战将前来截击，被耶律隆庆一口气连挑四将，吓得张旻转身想逃，隆庆眼明手快，甩手一镖，正中张旻后心，立即翻身落马。没等宋将上前营救，隆庆的战马已先到跟前，随即伸手一枪，将张旻高高挑起，大喝一声："汝去也！"长枪一挥，将其甩出好几丈远，"啪嚓"一声摔成了肉饼。宋军将士大惊失色，旋即四散奔逃。辽军并不追赶，乘机冲出包围圈，迅速地撤往遂城去了。

此时驻扎在涿州的韩德让得到探马飞报，当即率兵两万南出接应，在保州城外与耶律隆庆率领的南路辽军相遇，三万铁骑兵合一处，越满城，绕遂州，过新城，一路畅通无阻。沿途宋军虽然发现，但均不敢出城拦截，从而使辽军得以顺利归来。

统和十九年（1001）十月，趁西夏王李继迁攻打灵州、麟州之机，韩德让又命驸马都尉、政事令萧排押率军一万，出幽州，攻遂城，下满城，袭而不打，只为熟悉地形地物。宋朝守军却十分紧张。宋真宗赵恒得报，急令在高阳关、莫州（今河北任丘）和北平寨（今保定西）一线增兵，严防辽军南下。因此时连日大雨，道路泥泞，萧排押无法南进，只好骚扰一番北还。

统和二十年（1002）三月，韩德让又派遣北府宰相、驸马都尉萧继远南下，突然破宋军于梁门。梁门在遂城（今河北徐水）以西，又称汾门、长城门，是燕南长城上的一座边门，战略地位十分重要。与此同时，又派南京统军使、兰陵郡王萧挞览攻打保州（今河北保定），与萧继远互相策应。萧挞览击败守将田思明，攻破泰州，放数起大火而去。宋真宗赵恒三天以后才得到军报，气得他暴跳如雷，急下令重兵堵截，但此时辽军已返。

统和二十一年（1003）四月，韩德让再派南府副宰相耶律奴瓜和南京统军使萧挞览南下。在保州之南、定州之北，一个叫作望都的地方，与宋军大队人马相遇。宋军统帅是真宗新任命的定州行营都部署王超，他率领着马步军共三万多人马，比辽军多一倍。但两军一对阵，萧挞览一马当先，抢着大斧就冲上前去，一万多辽军骑兵如狼似虎，嗷嗷怪叫，挥着马刀搠入敌阵，立即将宋军的阵营冲垮。王超急令步兵放箭，骑兵从两侧包围。但是为时已晚，辽军的骑兵大队如排山倒海，势不可挡，宋军的步兵顷刻间就成了砍杀的目标。

混战之中，萧挞览臂中两箭，但他毫不在意，顺手拔出，随即向前掷去，两名宋将应声落马。王超见状率十几名战将冲上前来，将萧挞览团团围住。萧挞览并不惊慌，一把大斧左劈右砍，上下翻飞，宋将均不能近前。萧挞览那一把精钢大斧有一百二十多斤重，抡起来寒光闪烁，呼呼生风，宋将的刀枪棍棒碰着即折，磕着即飞，转眼间有六七名宋将死于非命。王超大骇，转身欲跑，被萧挞览横扫一斧，手中的大刀即刻飞出几丈开外，剁死了一名逃跑的小校，吓得王超面如土色，拍马就跑。殿前都虞候、云州观察使王继忠怕王超有失，挺身来救，被萧挞览拽过长枪，顺势一拉，竟将王继忠拉离马背，生擒活捉，那匹战马呼啸着向南跑去。宋军大败，被辽军斩杀万余，逃回定州去了。宋真宗闻讯大惊，急调河东两万宋军过去增援。但此时萧挞览和耶律奴瓜已率军返回南京，到庆功宴上喝酒去了。气得宋真宗破口大骂，将王超贬为庶民，仍不解恨。

至此，从统和十三年（995）到统和二十一年（1003）的八年中，在韩德让的主持下，辽军曾分六次南下，既摸清了冀北一带的地形地貌，又掌握了宋朝军队的战略部署，对其中的重点部位和薄弱环节基本上了如指掌。而在此时，宋朝的参知政事王钦若，也早已通过他的渠道搞到了最新的宋军边防部署图，秘密献给了辽国的萧太后，使辽军对宋朝的边防情况了解得更加系统。同时通过这八年的数次突袭，也历练了辽军的将士，提高了他们长途奔袭和孤军作战的能力。粮草甲仗马匹车辆等其他准备工作，也已全部就绪。韩德让据此向萧太后做了详细的汇报。萧绰一一亲自巡阅之后，即下诏调兵遣将，做好随时南进的准备。

但此时宋朝君臣却一无所知，他们仍处在盲目乐观之中，以为辽军以前不过是例行的骚扰，以后也不会有大的战事，因为这些年来这类骚扰一直就没有停止过。宋咸平六年（1003）十一月，党项族首领、西夏王李继迁在攻打西凉府（今甘肃武威）时中箭受伤，不久去世。李继迁临死前遗命其子李德明继位，并告诫他从此降附宋朝，不要再打仗。宋真宗赵恒闻之喜出望外，封李德明为定难军节度使、西平王，许以金帛财物，进行安抚。真宗以为这样党项人就不会闹事了，西部边疆就可以高枕无忧了。

然而真宗想错了，而且大错而特错了。原来李德明先已投辽，萧太后早就答应他继承父爵，封他为西夏王，兼定难军节度使，送给他大批牛马粮秣等物，并承诺做他的坚强后盾，与他合力伐宋。李德明这是两边讨好，双重获利。这种小把戏本来骗不了谁，却让一心盼和平的真宗赵恒信以为真，错误地认为来自于西边的威胁解除了。

为此，真宗赵恒把全部注意力转向了幽云一带，他下令继续开通河渠塘泊，遣专使负责给冀北地区运粮，开挖堑壕，加固城墙，并建立起类似古代兵符制的军队传信令牌制度，把军队调动的大权全部抓在自己的手里；与此同时，又任命杨延朗为高阳关副都部署，镇守遂城，兼领瓦桥、益津、淤口三关的军务。真宗以为这样安排，自己就可以放心了。宰相寇准提醒他说："辽军数次南侵，不为攻城略地，明显是在试探侦察，其狼子野心，暴露无遗，恐离大举进攻亦不远矣，请陛下当心哪！"但宋真宗赵恒却不以为然。

　　正当宋真宗赵恒被辽国和党项的骑兵数次骚扰边境，弄得焦头烂额，手忙脚乱，还没有完全做好防守准备的时候，大辽国的南征却已经万事俱备，只差出兵了！经过八年多来数次试探性进攻，他们已经基本摸清了中原地区的地形地貌以及宋军的防御部署。这一次他们不仅要收回"关南之地"，还要奇袭中原，直捣开封，狠狠地教训一下赵宋王朝，彻底打碎他们企图北伐的梦想。

　　为了实现这一宏伟的战略目标，辽国调集了二十万大军。除了原来的五帜铁骑之外，还要出动骆驼营、战车营、排弩营、铁牛营和女骑营，可谓倾其所有精锐，亮出全部家底，准备孤注一掷，与宋朝决一死战。这五帜铁骑一共十万人马，每名将士均有两匹战马，两样兵器，带够饮用七天的食物和水；每名士兵都是斜轸和休哥亲自挑选，都经过严格的训练和战火的考验；每个人都是塞外草原马上格斗的一流好手，因而这支队伍已成为大辽国战无不胜的铁军。

　　至于后建的五营新军，我们在前面已经说过，可谓营营有绝活，个个有利器，是大辽国克敌制胜的法宝。骆驼营两万名将士新配备了四万峰骆驼，不但粮草携带充足，而且人驼皆披重甲。不仅适用于长途奔袭，而且更利于突击作战。进攻时驼高甲重，气势威猛，状如山洪，摄人心胆；防守时魏然如山，状似城堡，令强敌一筹莫展。

这战车营也进行了更新改造。两万名将士配备了两千台战车，自己就组成了一个强大的军阵，进攻时铁轴重辕，如钢流滚滚，摧枯拉朽，不可阻挡；防守时围拢起来，若山峦屹立，自成一体，坚不可摧。令敌人的骑兵和步兵既冲不过去，又靠不上前，往往望而却步。

这排弩营两万名将士都是射箭的好手，每个人携带长短两把硬弓，轻重各一百支长箭，配备两万匹战马，两千台排弩车，一次性可发射硬弩两万支。行动起来，满天飞蝗，任他是何等武功高强之人，也难逃一死。

铁牛营在原来的基础上进行了改进，把由驭手驱赶、靠牛掠阵，改成了人牛合一，人手一牛。两万名将士配备两万头犍牛，组成了一支最"牛"的铁军。铁牛营人、牛皆披重甲，体魄强壮，耐力又好，虽然没有马快，但是极其稳妥。进攻时"牛"劲上来，不惧矢石，所向披靡；防守时独当一面，如钢军铁阵，不可动摇，令敌人"望牛兴叹"。铁牛营在对付敌人步兵方面，卓有奇效，往往会"牛"到功成，收到意想不到的胜利成果。

这女骑营乃是辽军骑兵中的一张王牌，两万女兵都是草原上一流的女英雄，个个弓马娴熟，轻功高超，人人都拥有一手套马的绝技，可谓百发百中，立竿见影。她们每个人一根丈八长的套马杆，一把丈二长的牛皮鞭。接敌时没等对方动手，已是占尽先机。她们先用套马杆套中对方的战马，随后用长鞭把敌人从马上拽下来，只在一瞬之间，可谓是对方骑兵的克星。韩德让曾亲自组织她们与辽国骑兵对练，结果是百战百胜，百试不爽。

这五营新军乃是名将耶律休哥晚年亲手所创，期望有朝一日率领他们建功立业。但遗憾的是，耶律休哥将军已经去世了。他在临终的时候，还不忘把五营的将领们招至病榻前，谆谆教诲，希望他们实现自己未了的心愿。因此在出征之前，这五营新军的将领们齐聚在耶律休哥的墓前，献上美酒和奶茶，然后一起对天发誓："请老将军放心，我们一定要英勇杀敌，为国争光，为您争气，绝对不辜负您的一片苦心！"呼喊之声，山林回应，惊起一群群野鸟，"呼啦啦"地向南方飞去。

古往今来，敌中有我，我中有敌。辽军企图大举南征的消息，很快地传入古都开封，让宋朝君臣如闻晴天霹雳。真宗赵恒大惊失色，急召群臣商议对策。此时曹彬、潘美和田重进等一班旧将已经去世，群臣经过一番争论，最后根据新任枢密使王继英的建议，形成了一套御敌方案。决定调集黄河以北诸路共二十五万人马，以定州、镇州和磁州为起点构筑三道防线，分别把守各处军事要塞，务必把辽军阻挡在澶州以北，并寻机歼灭之。

这第一道防线西起定州，中间通过高阳关和莫州、瀛州，向东到达清州（今河北青县）。这一线共部署十万人马，重新起用殿前马步军都指挥使王超为定州行营都部署，统领一线防务。由高阳关副都部署杨延朗为副手，协助统辖这一带的防务。两个人分别驻扎在定州和高阳关，以便互相策应，确保万无一失。

这第二道防线西起镇州（今河北正定），途经无极、深州、武邑，向东到达德州。沿线部署八万人马，由殿前马军都指挥使李殿忠为镇州行营都部署，河北巡阅使刘汉凝为副都部署，分驻在镇州和深州，统领第二道防线的军务。这一带沿滹沱河两岸，为华北平原腹地，极易骑兵驰骋。故宋朝在此布下五万骑兵，经常往来巡逻，以防辽军由此南下。

这第三道防线西起磁州（今河北磁县），经邺城（今河北临漳）、大名至郓州（今山东郓城）之北，部署七万人马，由天雄军节度使王显、殿前步军都虞候田思明为正副行营都部署，负责这第三道防线的军务，保证拱卫京师的安全。两个人分驻在磁州和大名，互相呼应。另外，真宗还命驾前东西排阵使、左骁卫上将军李继隆率两万铁骑，在洺州（今河北永年）一带驻防，以相机策应二、三道防线的军务。宋真宗赵恒以为有这样的精心部署，辽军就是插上翅膀，也难以飞过来了。

但是宋真宗赵恒又想错了！他是太轻敌了！他完全没有想到，大辽国这次南征，可是使出了所有的招数，倾注了举国的力量。皇太后萧绰和大丞相韩德让不仅在军事上做好了充分的准备，还在外交上下足了功夫。除了稳住周边邻邦，唆使党项人配合以外，还专门派出特使，携带千两黄金、十颗北珠，到开封秘密会见内线王钦若，向他下达萧太后的密诏，令他视军事进展相机行事。辽国君臣从一开始，就做好了不同情况下的两手准备，这是宋真宗赵恒无论如何都想不到的。

辽军此番出师，不仅太后、皇帝都要亲征，而且统兵的都是亲门近支、心腹之人，个个都是身经百战的有名上将。萧绰任命韩德让为大元帅，萧挞览为前部先锋。其子耶律隆庆、耶律隆佑、侄女萧银花、驸马都尉萧继远、萧排押和萧恒德以及韩德让的弟弟韩德威、韩德冲和韩德凝，分别担任各营主将。可谓打虎亲兄弟，上阵父子兵，阵容相当齐整。

契丹统和二十二年（1004）九月，塞北秋高气爽。皇太后萧绰留下丞相室昉、政事令郭袭监国，驻守上京，负责处理朝中日常事务，自己亲率二十万大军誓师出发。临行之前，萧绰率领众将拜谒了木叶神山，祭奠了太祖和太宗的陵墓。礼仪完毕，萧太后对大将们说："我们就要发动一场大规模的南征了！但这场战争不是我们想要的，是宋朝那帮人逼出来的。自从赵匡胤立国以来，他们三番五次地发动侵略战争，弄得幽云一带鸡犬不宁，黎民百姓饱受战乱之苦。这次我们要狠狠地教训他们一下，彻底打碎他们北伐的梦想！我们不仅要收回'关南之地'，我们还要横扫中原，直捣开封，让赵宋王朝这帮人好好长长记性！我们要打蒙他们！打垮他们！打疼他们！打败他们！以告所有天下百姓，以慰死亡将士的英灵。相信我军一定能够旗开得胜！马到成功！大家有信心吗？"

"有！有！有！""旗开得胜！马到成功！横扫中原！直捣开封！"将领们的呼喊声惊天动地，在山林中回响。

辽圣宗耶律隆绪一身戎装，站在高大的驼车之上，显得十分挺拔英武。他接过来说："两军交战，勇者为胜。要想占领中原，必须顺乎民心。只有军纪严明，才能号令如山。有勇敢杀敌者必赏，有临阵脱逃者必杀。有随意扰民者处斩，有为国捐躯者重恤，赐给家人双倍的金帛。有建立奇功者，必不拘一格地提拔。望全军将士万众一心，克敌制胜！"

"万众一心！克敌制胜！""万众一心！克敌制胜！"全军欢声雷动。

按照皇太后萧绰、皇帝耶律隆绪和大元帅韩德让商定的部署，此番南征的路线是：各路大军在南京集结，然后从南京出发，直插中原腹地，迅速到达黄河以北，威逼宋朝京城开封，在那里与宋军展开决战。前部先锋萧挞览率领青帜军打头阵，尽量选择骑兵易行的道路，避开宋军防守营寨和沟塘河渠，沿桑干河一路南下，于黎明前到达固安。固安属于涿州管辖，有辽军守将在这里接应。大军在这里用过早饭，然后马不停蹄地转向西南，进入宋军的防守营地唐兴寨（今河北省安新县西南）。根据宋军的边防图示，这里是两大营地之间的防守空隙，虽然有宋军把守，但是人数不多，只有两三千人马。

把守唐兴寨的宋军头领是王超的部将柴守庸，此时闻报说辽军来犯，急忙登上寨墙观看，不由得大吃一惊。只见辽军骑兵如一片黑云，从东北方向压了过来，阴沉沉似狂飙将至，轰隆隆如暴雨来临，看着吓人，听着瘆人，吓得柴守庸魂不附体，面如土色，连说话都结巴起来。他一方面急令人向邻近两寨求救，一方面命将士们上寨迎敌。他万万没想到辽军会从他这个小地方通过，事先缺乏必要的思想准备，因而显得手忙脚乱。

让柴守庸更没有想到的是，辽军的速度也太快了！还没等他的人马登上寨墙，辽军的大队骑兵已至。先锋萧挞览一马当先，提缰一跃，竟然飞上了五尺多高的寨墙，还顺手砍翻了七八个墙上的士兵，吓得旁边的守军转身就跑。柴守庸忙大喊着："不要跑！不要跑！辽军上不来，给我放箭！"但是怎么喊也制止不住。

辽军的大队骑兵皆黑衣黑甲骑黑色战马，一个个"嗖、嗖、嗖"地飞上寨墙，如同从天而降的一群凶神。他们挥舞着寒光闪闪的马刀，脸上带着得意的狞笑，"嗷嗷"怪叫着蜂拥而来，宋朝守军纷纷败退。柴守庸硬撑着上前迎敌，刚刚举起长枪刺去，被萧挞览横扫一斧，立即将铁枪磕飞，随后又一个力劈华山，把柴守庸连人带马皆劈为两半，尸体"啪"的一声摔了下来。附近的士兵一见，吓得大喊："都管死了！快逃命啊！"他们听后撒丫子就跑，四散奔逃。但他们哪有辽军的马快？不一会儿纷纷做了刀下之鬼。

萧挞览率领先头部队轻取唐兴寨，命人立即飞报大元帅韩德让，然后马不停蹄，转向西北进攻遂城（今河北徐水），于黄昏时分抵达城下。宋朝遂城守将宋襄也是王超的部将，统率两万人马，在遂城已经驻扎多年。他曾随同杨延朗与辽军作战，获过小胜，很有些勇略和胆识。此时他正在吃饭，闻听辽军来袭，立即放下饭碗，登城观看。只见不远处烟尘滚滚，旌旗骤现，看不清来了多少人马。他不知辽军是例行骚扰还是大举进攻，因此一方面命将士登城守卫，一方面亲率五千人马出城迎敌，以便探察虚实，也好向王超报告。

没想到宋襄刚刚出城，他的队伍还没有摆开阵势，辽军的大队骑兵就呼啸而至。这些辽军也不讲什么规矩，只听排弩营的将士们一声呐喊，万箭齐发，满天飞蝗，喊杀声如惊涛骇浪，顷刻间将仓促列阵的宋军射杀了大半。宋襄本人和马匹均身中数箭，当场阵亡。败兵呼喊着跑回城去，辽军在后面紧追而来。还未等城上的宋军拉起吊桥，辽军骑兵就如风驰电掣，冲到了护城河边，只见一员小将如雄鹰展翅，"嗖"地从马上腾空跃起，轻轻地飞上吊桥，又顺手"唰、唰"两斧，砍断了吊桥上的铁索，使拉到一半的吊桥，"啪嚓"一声又掉了下来，其动作之快，令人瞠目结舌，也让城上的守军魂飞魄散。辽军骑兵"呼"的一下，如一股潮水涌进北门，遂城失守，宋朝的守军从南门逃跑。萧挞览又率军顺利地攻下遂城，按照辽圣宗的嘱托，立即出榜安民，严禁骚扰百姓，只令将士在街上宿营过夜。

且说宋朝定州行营都部署王超初时得到边报，说辽朝皇太后、皇帝率二十万大军亲征，接着又听说连下唐兴寨和遂城两地，先头部队已经逼近保州、望都一线，望都守将崔延已飞檄告急。因此王超急忙派军一万，由部将刘全忠率领，命他驰援保州和望都，并随时报告情况。但是辽军的先锋官萧挞览率领的先头部队，只是在望都城外虚张声势，擂鼓呐喊，吸引宋军来援。刘全忠率军抵达望都以后，辽军并没有攻打望都，也没有与定州来的援军作战，只是在城外饱餐之后，又轻骑折向东南，奔高阳关方向去了。令望都守军有些莫名其妙，也让王超感到摸不着头脑。

宋军名将、高阳关行营副都部署杨延朗闻讯，以为辽军要攻打高阳关，一面急忙收拢人马，据城坚守，一面派兵监视辽军动向，探听虚实。萧挞览遵照大元帅韩德让的告诫：杨家军是宋朝的一支劲旅，不可与之纠缠。因而在路过高阳关的辖区之时，只是让数千骑兵打着火把往来驰骋，并不断地擂鼓助威，呐喊不止，摆出一副要攻打南门的架势，使杨家军不敢在夜间出城拒敌。而他自己则率领先头部队的主力，悄悄地绕过高阳关，直奔瀛州（今河北河间）方向去了。

宋朝的瀛州守将是杨延朗的部将孟祥、焦汉。二人均少年贩马，青年从军，弓马娴熟，骁勇善战，跟随杨家父子戎马多年，耳濡目染，日有所学，因而也有一定的经验，早就做好了应对辽军进攻的准备。他们不仅把瀛州城修整的壕宽水深、城高墙固，而且布下了很多滚木礌石、飞沙火箭。所以尽管守军只有一万多人马，却斗志昂扬，森严壁垒。萧挞览派部将耶律平沙率众攻打数次，均因死伤惨重而毫无进展。此时又听说杨延朗已经派兵增援，离瀛州不过二十里了。萧挞览遂下令绕过瀛州，突然折返向西，奔其薄弱环节定州进发。

这时未及萧挞览率众向定州展开攻击，大元帅韩德让率领的主力大军已随后跟进，到达定州城下，当晚在大营召开军事会议。皇太后萧绰首先说道："我军自出征以来不到月余，已成功进入定州、高阳一线，轻取唐兴寨和遂城等地，调动了第一道防线所有宋军，令其东西不能相顾，已经秩序大乱。众将士英勇杀敌，成果初显，功不可没，当以表彰。故对第一个登上唐兴寨的前部先锋萧挞览予以嘉奖，封为顺国王，赏黄金一千两。对砍落遂城吊桥，为攻城立下首功的普通士兵，东京（今辽宁辽阳）骑将齐显惠之子齐万家进行特别嘉奖，破格提升为涿州刺史，赏黄金一千两。望全军将士再接再厉，奋勇争先，再立新功。"

萧太后讲过以后，辽圣宗耶律隆绪立即对二人进行授奖。接着又对耶律隆庆、耶律隆佑和萧继远等十名有功将领进行褒扬，由皇帝耶律隆绪亲赠战袍，亲赐御酒，由皇太后萧绰亲喂肉饼，以示鼓励。由太后或者皇帝亲喂肉饼，是大辽国军人的最高礼遇，诸将皆跪而受之，热泪盈眶，全场群情激奋，欢声雷动。

授奖礼仪完毕，萧太后接着说道："前段进军虽然顺利，但是我们的战略目标还远远没有达到，现在宋军已有准备，下步困难将会增多。究竟我军当如何动作，还请诸位爱卿献计献策，不吝赐教。"

众将官你看我，我看你，谁都没有吱声，最后不约而同地把目光投在了大元帅韩德让的身上。韩德让也好像胸有成竹，他毫不迟疑地说："宋朝在河北、河南设下三道防线，其重兵主要部署在一线二线，三线及开封附近相对较弱。目前我军还停留在第一道防线，显然已经耽误了太多的时间，给宋军带来了集结的机会。如果在此地纠缠日久，宋朝的各方援军一到，几十万人马与我军对阵，那么我军就将无法脱身。别说直捣开封，收复'关南之地'也成泡影。为今之计，当乘宋军未完成集结之前，避实击虚，迅速南下，逼近黄河，直捣开封，彻底打乱宋军的部署。那时主动权才在我军的手上，或进或退，或打或和，任意选择，完全自如，才可以实现我军的战略构想。但这是一着险棋，还请太后和陛下定夺。"

萧太后环视群臣，目光朗朗。她见隆绪和诸将皆点头赞许，这才面向韩德让坦言说道："如果按照大元帅所言，各军当如何行动？怎样尽快实现战略意图？这才是全部问题的重点。不入虎穴，焉得虎子？至于说到涉险，哀家是不怕的！我将和皇上与诸将同行，不必考虑我们的安危，就请大元帅赶快拿出具体部署。"

韩德让向萧太后和隆绪点了点头，感激地说："承蒙太后和皇上的信任，也感谢众将的支持。以目前看来，宋朝的第二、三道防线的人马尚未调动，北线主要兵力集中在定州和高阳关一带。我军就摆出一副围打定州的架势，宋军主帅王超必死保定州，调集人马增援。我们就借机把他的大部分主力吸引到这里，然后再虚晃一枪，乘势打下祁州。"

说到这里，韩德让稍微停顿一下，他望了一眼萧太后，然后才接着说道："祁州（今河北安国）虽非行营重地也非州治，只是定州下辖的一个重镇，但这个地方非比寻常，它是宋军的粮秣转运之所。我军若拿下此地，正好可以补充大量粮草，然后由此长驱直入，直接向开封挺进。甩开宋军的第一和第二道防线之敌，直接插到澶州（今河南濮阳）城下，威胁宋朝京都开封，令其秩序大乱。为了达此目标，可由五帜铁骑打头阵，五营新军随后跟进，全程保持联系，随时沟通进展。防止被宋军拦腰切断。这一次一定要杀它个措手不及，把战刀按在赵宋王朝的脖子上！"

萧太后闻言大喜："就按大元帅所言，由先锋官萧挞览率部攻打定州；由隆庆、隆佑、萧继远和萧排押四位将军攻打祁州，务须于今夜拿下；由萧恒德、萧银花负责监视高阳关的宋军；由韩德冲、韩德凝负责监视保州、望都方向的宋军，提防这两路攻击我军侧翼。待祁州攻下以后，各军立即收拢，明早向开封进发！"诸将皆叩首领命而去。

且说辽军先锋官萧挞览率领大军将定州团团围住，在四门三里外扎下营寨，一时人喊马嘶，气势非凡。帐篷连片似大海波涛，灯笼火把如满天星斗，战鼓咚咚若海啸山崩，呐喊之声像惊涛骇浪。吓得宋军主帅王超魂飞天外，他自知城中这三万多人马，无论如何也抵挡不住辽国的二十万大军。天亮时如果城破，自己必死无疑，不是被辽军杀死，就是自己撞死。如果投降了自己没脸活，如果逃生了皇上再也不会轻饶。因此急得他如同热锅上的蚂蚁，坐立不宁。他一方面命令城中所有人马及精壮百姓，全部上城守卫，准备与定州共存亡；一方面乘着天黑辽军尚未合围，派飞骑向高阳关杨延朗报告，令他速带兵前来增援。

高阳关副都部署杨延朗闻定州飞报，仔细又认真地分析了敌情，认为上一次辽军路过高阳关围而未打，在瀛州又没有讨到什么便宜，是不是此番折返围困定州，乃是辽军醉翁之意不在酒，难道他们想围城打援，借机消灭自己的杨家军吗？因此他虽然带两万人马前来增援，但行动起来却十分谨慎，一路搜索前进，故而速度不快。同时，他又担心祁州粮草营地被袭，半路分出一半人马，由部将岳胜率领，迅速驰援祁州，强化防守，以备不测之需。

事情的发展虽然被杨延朗有幸猜中了，但他知道得还是太晚了！辽军先锋官萧挞览虽然围住了四门，但他围而不打，只是虚张声势，击鼓呐喊，折腾得定州守军一夜未眠，也未敢出城交战。而祁州那边由于城墙低矮，壕窄水浅，防护工程相对薄弱，宋军又少，一万多将士怎能挡住辽朝十万大军？辽军按照韩德让的部署，先在城外四面放火，弄得火光骤起，浓烟冲天，呛得守城的宋军既睁不开眼，又张不开嘴，也不知来了多少辽军。还没等他们做好防御的准备，即被辽军乘势冲到城下，放火烧坏了城门，随即一拥而入。宋军抵挡不住，弃城而走。辽军也不追赶，迅速入城灭火，获得大批粮草物资，各营均得到充分的补给。韩德让入城安抚百姓，萧绰亲自帮助将士给百姓发放粮食衣物。辽军迅速清理并打扫战场，稍事休整以后，又向冀州前进。

高阳关副都部署杨延朗见祁州方向火光冲天，大惊失色。不一会儿又得岳胜飞报，说祁州已失，乃大呼曰："吾等皆中了辽人奸计矣！"然此时救援已晚，辽军已经占据了祁州。而定州那边，王超还在派人催促。杨延朗无奈，只好长叹一声，遵命向定州靠拢。但是等他赶到定州的时候，天已大亮，萧挞览率领的辽军已不知去向。只有疲惫的上司、一线的统帅、定州行营都部署王超立马城外，满脸狐疑地在等待着他。两个人相视一阵苦笑，秋风吹来，略带寒意，两个人都感到心里有些发冷。

还是在辽朝大军出师不久，刚刚攻破遂城的时候，宋真宗赵恒就感到来者不善。辽朝萧太后和大丞相韩德让敢于贸然出征，一定是做好了充分的准备，肯定有必胜的把握。想到此时，他的心里就一阵一阵地发冷。太祖、太宗当年与辽军作战无一不败，自己难道还能打胜了不成？此时宰相李沆已死，参政知事毕士安和三司使寇准被任命为左右宰相。大敌当前，他先听从寇准的意见，命枢密使王继英调兵遣将，部署成三道防线，以防不测。同时又按照毕士安的建议，打算与辽军和谈。宋真宗赵恒亲自写信，派人送给原殿前步军都虞候、云州观察使王继忠，请他牵线搭桥，向辽国皇太后萧绰表达和谈的愿望。

这位王继忠是太祖、太宗时期宫廷承奉官王继恩的幼弟，从十几岁就跟着真宗当侍卫。真宗被立为皇太子以后，他升为东宫承奉官。真宗继位之后，他一步一步地升到殿前步军都虞候，可以说是真宗的心腹之人，真宗十分赏识和信任他。宋咸平六年（1003），王继忠在望都之战中被辽军俘虏。由于萧太后心思缜密，眼光长远，觉得留着他这个真宗的亲信或许有用，于是亲释其缚，并任命他为户部郎中。王继忠后来在给真宗的信中说："罪臣被俘以后，本想绝食自杀，以报皇上厚恩。但转而一想，来日方长。如今两国对峙，势同水火，何不留下有用之躯，再为陛下做些贡献耳？以不枉陛下待我一场！"真宗阅信之后，故知其忠心犹在，因此这次才专门写信给他，希望他从中斡旋，促成宋辽和解。王继忠此时人在南京，他接到真宗的书信以后，不避艰难，辗转来到辽军大营，把宋真宗的书信交给萧太后。萧太后览后笑了，抚其背曰："这锅水刚刚烧开，还没有下米，尚不是揭锅的时候哇！"

当年十月中旬，由辽军先锋官萧挞览率领的先头部队，遵照大元帅韩德让的一再叮嘱，由祁州出发直奔洺州（今河北永年）。途经深州、冀州、巨鹿等地，皆曾遇到小股宋军的拦截，但均被一冲而过，不予理睬。十天以后，辽军的先头部队到达洺州城北，如同从天而降。令洺州守将李继隆惊诧不已："辽军怎么就轻易地突破了前边两道防线？突然出现在千里之外，难道是飞过来的吗？简直令人难以置信！"他听了士兵的报告，有些怀疑。及至亲自出城化装侦察，方知是实，而且一下子来了好几万骑兵。慌得他急忙回城准备，一面飞报京师，一面引兵出城拒敌。

这位李继隆是宋朝开国名将李处耘之子，从小就习文练武，长大后本领高强。

其武勇堪与党进比肩，其谋略又与杨业不相上下。他跟随太宗出征多年，从未打过败仗。在与辽军的交战中也战绩辉煌，曾经两次击败过耶律休哥，是宋朝当时最有名的战将。此时虽见辽军势大，但他并不害怕。他要趁辽军长途奔袭，立足未稳，先打它一个措手不及，将其击溃，给朝廷派援军争取时间。他自信他的两万边塞铁骑战无不胜。

但是李继隆这次想错了！这一回他遇上了真正的对手，从而让他的一世英名大打折扣。就在他信心百倍、得意扬扬，认为他的这支铁军击溃辽军先头部队，是一点问题都没有的时候，没想到他的队伍刚刚出城不远，辽军的大队人马就如一片火海，忽地从树林边烧了过来。稍近细看，发现来者皆是红衣红甲红色战马，头上还裹着红色的头巾。这支骑兵突兀而至，呼啸生风，转眼间就到了宋军的面前。还没等李继隆的骑兵们看清对手拿的是什么兵器，甚至还没有举起自己的马刀，那片火焰就"呼"地烧到了跟前。李继隆的耳边只听得"扑通扑通"的声音，如同汤锅里下饺子，自己的骑兵就被莫名其妙地拽下马来，接着被战马踏死或被活捉去了。

李继隆正在惊诧之间，一根长长的套马杆"唰"地飞来，一下子套中了他的战马。李继隆戎马一生，从来没见过这种打法，情急之中忙用大刀去砍那根套马杆，不料一根长鞭突然飞来，如同毒蛇吐芯儿，眼瞅着奔他的脖子缠去，吓得他忙一转头。就在这一瞬间的工夫，他的那匹宝马良驹已被拽倒，"扑通"一声把他掀翻在地。那员辽国女将挥舞长鞭，打得李继隆满地翻滚，抽得这位宋朝名将满身是伤。李继隆几次腾挪闪跳，终是无法脱身。萧银花的那根皮鞭像长了眼睛，缠住他不放。就在李继隆气喘吁吁、行将被擒的时候，幸得两位部将舍命相救，他才趁机夺过一匹战马，转身南逃。但他的那两位部将就惨了！转眼间即被萧银花打翻在地，随即被奔腾的战马踩成了肉饼。

再看看李继隆部下的这些骑兵，虽然是百战百胜的一支劲旅，但他们从未见过这种打法。一个个还没等伸手，甚至还没看清对方长什么模样，就被这些美丽的姑娘套住了战马，随后被从马上缠住脖子拽了下来，糊里糊涂地就丢了性命。真是亏大了！还有的落地之后被马踏伤，弄折了胳膊腿的，踩断了肋骨的，比比皆是，哀声不绝，简直像一个巨大的刑场。不大一会儿，两万骑兵死伤大半，余者皆跟随李继隆拼命南逃。女将萧银花见状仍不甘心，紧追不舍，在后面拈弓搭箭，"嗖"的一声，射中了李继隆的右臂，方才罢手。李继隆手中的大刀，"当啷"一声掉在地上，吓得他头也不回，弃城而走。

辽国大将耶律隆庆和萧银花率军进入洺州，城中的官员和守军皆已跑光，百姓们也都惊慌失措。隆庆下令出榜安民，发放钱物，打扫战场，命将士们不得扰民。傍晚时分，设计了这篇杰作的大元帅韩德让率军赶到，在城外扎下营寨，犒赏将士。

且说北宋朝廷闻辽军已经攻下洺州，进展竟如此迅速，朝野上下均极为震惊。真宗赵恒连夜召开御前会议，与群臣商议对策。枢密使王继英首先说道："陛下不必忧虑，形势尚有转机。如今我军在冀北的主力俱在定州、高阳、莫州和深州、冀州一带，离洺州不是很远。辽军虽然越过他们长驱直入，逼近邯郸，但我军还有磁州至大名一带的第三道防线。依臣看来，辽军的主力完全到达尚须时日。为今之计，我朝可调集北路主力南下，再令南线人马向澶州（今河南濮阳）以北集结，形成南北夹击的态势。如此则必可合击辽军于黄河以北、漳河以南，令战局转而对我方有利也！请陛下明鉴。"

参知政事王钦若接过话来说："枢密使王大人之策虽然可行，但是远水解不了近渴，唯恐耽误了陛下的大事呀！眼下辽军已据洺州，直逼磁州大名一线，以致朝野恐慌，京师震动。您老人家前番设计的三道防线，已被人家轻松地突破两道，现下已直接影响到陛下的安危。倘若辽军越过黄河，直逼开封，我朝当如之奈何？岂敢再擅自决策，下此险棋？为今之计，当迅速迁都金陵，移驾江南，再陈重兵与敌方周旋，才为万全之策也！"

没等别人接茬，签书枢密院事陈尧叟即摇摇头说："金陵虽是钟灵毓秀，中华古都，但江北一带皆为平原，辽军骑兵可旬日南下，因此绝非安全之所。依微臣看来，不如迁都成都。那里山高路远，层峦叠嶂，辽军无法到达。且天府之国，物产富饶，民风淳朴，政通人和，方能保陛下绝对安全，社稷绝对平安也！"

王钦若是金陵人，陈尧叟是成都人。二人都劝真宗迁都，自有他们自己的小算盘。如果皇帝到他们的家乡避难，到时候他们就摇身一变，身价倍增，成为炙手可热的佐命大臣，从而受到重用。大敌当前，国如累卵，作为朝廷大臣，尚出此私心相议，不由得令人啼笑皆非、嗤之以鼻。

宰相寇准看穿了二人的险恶用心，早已怒不可遏。这时候他"噌"地站出来说："大敌当前，兵临城下，为人臣者食君之禄，不思为朝廷尽忠，却处处为个人着想，岂非乱臣贼子、妖言惑上？谁再敢提出迁都之事，应当立即推出斩首！方今天子英明神武，群臣同心协力，将士英勇杀敌，百姓鼎力相助，几十万大军拱卫京师，上百万黎民同仇敌忾，还怕不能击退辽兵、保家卫国吗？还怕打不了胜仗吗？"

说到这里，寇准停顿了一下，他目视着王继英接着说道："当前用兵之弊，是在于缺乏统一调度，形同一片散沙，没有形成强大的合力。如果陛下能御驾亲征，直蹈前敌，指挥作战，则各军必然相随，将士必然用命，军心民心必然高度凝聚起来，那么我军以逸待劳，以多击少，则辽军必败，我军可胜矣！我等君臣何惧之有？又何须抛却宗庙、远迁金陵或成都乎？难道如王、陈二人所言，就不怕乱了军心、散了民心，遭太祖、太宗在天之灵的责怪吗？"寇准的话义正辞严，有理有据，王继英等诸多大臣均明确表示赞同。王钦若和陈尧叟则羞愧地低下了头。

宋真宗赵恒在寇准的一再鼓励下，决定北上亲征。但王钦若仍不甘心，他私下里对真宗说："寇老西居心叵测，不可信也！他是在拿陛下的性命做赌注哇！皇上何必要去涉险，还是应当以和谈为上啊！"

真宗听了王钦若之言，觉得很有道理。于是他立即召见崇仪副使曹利用，命他以宋朝特使的身份，通过王继忠面见萧太后，再次表达和谈的愿望。曹利用奉诏而去。

当年十一月初，在寇准的一再催促下，宋真宗赵恒的车驾离开了京师，到达长垣。这时前方传来消息，奉诏南下的宋军主力从高阳关一路急驰，在深州以南、冀州以北与辽军相遇，双方立即展开激战。王超和杨延朗率领的五万骑兵猛攻数次，想把辽军拦腰截断，再分割成几段击溃。但辽军的战车营若铜墙铁壁，几千台战车围在一起，如同一座巨大的城堡。几千部排弩万箭齐发，宋军损失惨重。辽国萧太后亲自播鼓助战，萧恒德、萧排押和韩德冲率领辽军铁骑几次反突袭，宋军败退。

杨延朗率部将陈琳、柴干想从两侧迂回，被辽军的骆驼营拦住去路。这些高大的家伙身披重甲，排列在一起像一道道山梁，让宋军无法通过。这时萧继远又率蓝帜军冲了过来，与杨家军战在一起。王超闻讯赶来增援，未及三个回合，就被萧继远迎头一棒，打碎了战马的脑袋，王超猝不及防摔倒在地，一连滚了好几个跟头，才逃脱了萧继远的大棒，被部下死命救走。辽军气势大振，宋军只好向北败走。

闻听北路王超兵败，真宗不免心生忌忍，有点不想往前走了。但他经不住寇准一再死谏，只好又硬着头皮起驾北上，三天后才到达韦城（今河南滑县东南）。真宗的车驾刚刚停下来休息，又有骑兵飞报，说辽军统帅韩德让正率众攻打天雄军（今河北大名附近），目前战况不妙，形势危急。节度使王显大人特意飞报，请陛下不要往前走了！只要驻跸澶州即可，绝对不能再前行涉险。真宗闻知，即刻下令在韦城暂住，不再北行，同时命人去大名一带打探消息。

原来宋朝大将李继隆从洺州败退，逃往天雄军大营，立即同天雄军节度使王显商议拒敌之策。这里离大名已是不远，王显的天雄军加上磁州守军，这一线也有七八万人马。因此二人合兵一处，一方面飞报朝廷；一方面知会磁州守将日思明，让他派兵从西面策应；一方面在大名西北布阵迎敌，想为朝廷调集重兵争取时间，想法和部署都是不错的。

没想到他们低估了辽军的战斗力。李继隆和王显刚刚率军排好阵势，辽军大将耶律隆佑率领的铁牛营就从正面冲来。李继隆忙令士兵放箭拒敌。不料这些身披重甲的家伙一个心眼，不惧矢石，只知前进，不知后退，转眼间就冲到了宋军阵前。李继隆和王显正准备率军与之搏斗，忽听一阵鼓响，韩德凝、韩德威率领的黄帜军和白帜军又从两侧包抄过来。辽军三路来攻，宋军抵挡不住，只好向南败走。但是宋军的步兵就遭了殃了！他们的两条腿怎么跑得过人家四条腿的？不是被辽军砍杀，就是被战马踏死，三万多人马顿时死伤大半。

李继隆、王显二人拼命冲杀，无奈不是韩德凝、韩德威的对手。四五个回合过去，他们打不过这两个凶神一样的家伙，险些把命丢掉，无奈之中只好放弃天雄军大营，向南逃往德顺军（今河南清丰县）。一路上宋军的败兵如丧家之犬、漏网之鱼，被辽军的骑兵追着打，尸首和甲仗丢得满地，只顾拼命地逃跑，一口气逃进了德顺军大营。

德顺军节度使张才明闻报，急忙率部出城接应。这时候磁州守将田思明也率众匆匆赶来，二人合兵一处，想把辽军拦住。没想到刚刚截住，辽军统帅韩德让又率铁骑从洺州赶来。真是赶得早不如赶得巧，三兄弟合兵一处，六七万辽军骑兵如洪水猛兽，"嗷嗷"怪叫着猛扑过来。张才明、田思明二将根本抵挡不住，这时李继隆、王显等人也带着残兵败将前来助阵。宋军的将士们也都杀红了眼睛，拼死与辽军战在了一起。

但是宋军将士们今天是真正遇到难缠的对手了！且不说韩德让武功绝伦，骁勇异常，是大辽国的第一勇士，连金刀杨业都不是他的对手，李继隆和王显等人更不在话下了。就说他的两个弟弟韩德凝和韩德威，一个是广德军的节度使，一个是西南招讨使，那在大辽国也是一等一的上将，其力大棒沉、武艺出众，那在大辽国是出了名的，可谓家喻户晓，妇孺皆知。其部下三营铁骑也是训练有素，久经沙场，从来都没有败过。所以尽管宋军将士拼死厮杀，仍然占不到一点便宜。韩氏兄弟这三根大铁棒呼呼生风，所向披靡，真是沾着就死，碰着也亡，直如虎蹚羊群，勇不可当，宋军几十员战将都围堵不住。韩德让就像疯了一样，那根大铁棒一扫一片，打得宋军落花流水。张才明、张利涉父子被当场砸死，田思明身负重伤，李继隆被打折左臂。王显见势不妙，吓得伏在马鞍上掉头就跑，也被韩德让一箭射中后背，口吐鲜血而逃。宋军大败，死尸遍地，活者无几。辽军顷刻间占领了德顺军大营，随即开进城堡之内，补充了大量的粮草给养。次日，韩德让又下令各路辽军向澶州集结。

德顺军又遭大败的消息传来，北上途中的宋朝君臣如闻晴天霹雳，有些不知所措。这时王钦若又趁机提出，让真宗赶快回銮移驾，迁都金陵，以防不测。许多大臣也都劝真宗不宜往前走了，不然后悔就来不及了！因为辽军的进展实在太快了，随时都有可能打到身边。真宗有些拿不定主意，急召寇准问计。

寇准此时才从外边巡查归来，一脸坚定地对真宗说道："如今前方虽然战况不利，但澶州城内尚有十万大军。而且北路我军正在南下，周边的人马也正迅速向此集结，加在一起有三四十万之众，目前他们距离澶州都已经不远了。辽军现下气势虽盛，但毕竟是长途跋涉，疲兵远征，到这里已是强弩之末。我军以多对少，以逸待劳，故而辽军不足惧也！何况我朝尚有黄河天险，此时并未封冻，辽军并无舟楫，一时难以渡河。若我朝各路勤王人马齐到，南北夹击，敌必危矣！如果此时陛下再亲临前线，必致将士用命，士气大增，如此则可获全胜矣！"

大臣们听了寇准的话，虽然感到有些道理，但皆心中害怕，谁也没有吱声。这时候王钦若站出来了，他阴阳怪气地说："寇老西每每在旁巧言惑上，怂恿陛下涉险，难道你是想置陛下的安危于不顾吗？"

寇准闻之正色说道："王参政之言貌似关怀陛下，实则何其谬也！试想如今大敌当前，几十万将士和几百万百姓的目光都在看着陛下，您是咱大宋朝的主心骨啊！因此只可进尺，不可退寸。否则一旦移驾回銮，则军心民心必乱，大家一盘散沙，人人争相逃跑，那么不但京师必丢，金陵亦不保矣！恐怕连大宋朝的江山亦危险也！北朝萧太后乃一女流之辈，尚且能亲蹈前线，我大宋朝皇帝乃七尺男儿，又有何惧哉？"

寇准的话还没有说完，王钦若就"腾"地站起来说："大胆寇准，狂妄至极！怎敢把辽国太后与天朝皇帝相比？岂非有意贬低，该当何罪？"

寇准也掉过脸去，针锋相对地说："王大人屡议迁都，妖言惑上，莫非有什么异志乎？"

王钦若闻寇准之言，立即给真宗跪下叩头，信誓旦旦地说："臣之忠心，天日可鉴，寇准之言，纯属诬陷，还请陛下明察。"

寇准接过来冷笑着说："你若真有忠心，请不要在此蛊惑皇上，就去天雄军前线吧！怎么样？"

两个人一替一句，吵起来没完没了。真宗听着心烦，于是没好气地说："准奏！这样也好，着即令王爱卿判天雄军府兼都部署，并提举河北转运司，为将士们筹粮去吧！寇准，你也给我出去！"王钦若无奈领旨谢恩，随即狠狠地瞪了寇准一眼，方悻悻而去。

寇准被真宗赶出金顶大帐，见殿前马军都指挥使高琼立在帐外，立即停下脚步向高琼说明了情由，告知他皇帝仍在迟疑，不肯北上，事情已经到了千钧一发的时刻，相当危急，请高琼再助一臂之力。高琼乃是宋朝开国功臣高怀德之子，既有胆识，也有武略。听了寇准的话，当即随之同入大帐，跪下来对真宗说："寇相之言乃苦口良药，可医国家之顽疾、挽狂澜于既倒也！如今我朝将士们的家属多在京师或中原之地，若朝廷弃而南下，不惟丢城失地，更背民心人意，恐太祖所创基业因之而丧尽矣！臣请陛下巡幸澶州，以振我军士气，以安百姓之心。臣愿效命相随，以报国家！"

真宗听后有些感动，但仍然犹豫不决。他用游移的目光看着身边的侍卫王应昌，似在征询这位贴身心腹的意见。王应昌乃太祖结义兄弟王审琦之幼子，现为禁宫承奉官，武艺高强，素有忠心，这时趁机说道："若陛下一走，军心必乱。辽虏其势益张，后果不堪设想！如果陛下驻跸河南，坐镇澶州，则如定海神针，九州天下必稳。届时将领尽忠，士兵死战，辽寇可退也！"在三人的共同劝说下，真宗勉强同意北上，当晚到达澶州南城。

澶州即今天的河南濮阳，当时地濒黄河，为南北要塞，京师门户。今时黄河改道，这里的旧河道已经消失。由于当时黄河从城中穿过，把澶州分为南北二城，因此史学家又把此地称为澶渊，把这里的战争称之为澶渊之战。宋真宗赵恒到达南城以后，宋将李继隆、王显等败军之将纷纷前来觐见，称辽军势大，攻势凶猛，澶州亦恐不保，劝真宗回銮南撤，想以此为自己的兵败开脱。真宗听后为之所动，寇准急忙跪而劝之曰："如今将士们都在河北浴血奋战，热盼陛下亲临。如果此时回銮，敌必更加嚣张，其势当颓然而不可挽也！"

高琼在一旁也跪请真宗过河，他说："此乃生死关头，士气至为关键。陛下若不过河，将士们何等失望？百姓们怎会相助？我朝又怎能击退顽敌？"

此时随銮伴驾的签书枢密院事冯拯和陈尧叟贪生怕死，不想过河，竟在一旁呵斥高琼："尔等一介起赳武夫，知道什么天下大势？汝一意怂恿陛下过河，是想置皇上于险地，弃社稷于不顾吗？"

高琼愤怒地拔剑而起："汝二人惯会舞文弄墨，以诗赋文章名扬天下，按尔等说来，你们是晓得天下大势了？那么如今强敌在前，何不吟诗作赋以退之？却在这里说三道四，汝不觉得害臊乎？"言毕高琼不再理会别人，搀起真宗即指挥銮驾北行。真宗还在犹豫，寇准拽住他的衣襟，一把将他拉上御辇："难道陛下想让大宋灭亡，要做个千古罪人吗？"

真宗赵恒被拉上车去，这才如梦方醒，带着文武百官直趋北城，在群臣的簇拥下登上澶州北城墙。雄伟的城楼之上，黄龙旗随风招展，黄罗伞巍然耸立，宋真宗赵恒一身戎装，手执马鞭向将士们挥手致意。城下十几万将士见之，即刻群情激奋，欢声雷动，呼喊声此伏彼起，其阵势气冲云天。城中百姓亦奔走相告，信心倍增。喜讯传及数十里外，八方勤王之师纷至沓来。

这时辽国大军已全部抵达澶州城下，二十万人马虎视眈眈，威势极盛。但因为长途奔袭两月有余，将士们和马匹等均十分疲惫，萧太后下令在城北十里扎营，就地休息整训，筹集粮草，以利再战。大元帅韩德让则亲率众将踏着月色，到阵前观察地形，选择合适的进攻路线。因为以往采取的试探性进攻，辽军均未到达过这个地方，王钦若献过来的边防图册也不包括这一带，所以诸将皆不熟悉这里的地形地物，几十骑沿着阵前悄悄而行。为了防止宋军偷袭大营，韩德让还特地让战车营驻在北面，形成一道安全的屏障，同时又令青帜军和红帜军两支队伍，分别到大营两侧的三里外扎营，形成犄角之势，以便相互呼应，防备宋军迂回到身后或从两侧合围。韩德让以为如此安排，就可以万无一失了。

再说宋朝崇仪副使曹利用奉朝廷之命，带着真宗皇帝的亲笔书信北上，正好赶上天雄军大战，不久德顺军亦失，因而未能顺利抵达辽营。直到辽军到达澶州城下，他才找到押运粮草而来的王继忠，遂递上真宗给他的亲笔书信，请王继忠牵线搭桥，务必促成南北和解。

王继忠览毕真宗赵恒的亲笔书信，立即面南跪而泣曰："皇上待我恩重如山，虽万死亦无法报之矣！前番兵败被俘，几欲绝食而死，但转念一想，何不留下有用之躯，再图为陛下效命耶？故而苟活数月，只盼天赐良机。如今陛下相嘱，定当鞠躬尽瘁，死而后已！"言毕即与曹利用一起，来到辽军大营，去拜见萧太后。

此时萧太后正与辽圣宗耶律隆绪议事，闻听宋使求见，即命侍卫请入。母子俩坐在高大的驼车之上，两旁的八名侍卫燕翅儿排开，迎面的车篷装饰得金碧辉煌，如同一座华丽的宫殿。正中宽大的御座之上，母子俩一脸严肃，端坐如仪。曹利用随同王继忠，亦步亦趋，诚惶诚恐，三拜九叩，躬行大礼。

曹利用偷眼观看，只见萧太后头戴貂绒帽，身穿紫长袍，肩披白鹤氅，腰扎黄玉带。端的是蛾眉秀眸，粉面桃腮，春风荡漾，目光朗朗。其身材和容貌，不像是五十开外的女人，倒如同一个三十左右的贵妇。平静中蕴含干练，冷漠中透出秀美，高雅的气质里却流露出一股凛然不可侵犯的神情。再看辽圣宗耶律隆绪，头戴镶金冠，身穿赭黄袍，腰扎碧玉带，身披黄金甲，鬓搭狐狸尾，头插雉鸡翅，手按尚方剑，脚蹬黑皮靴，面如满月，目似朗星，一脸正气，英姿飒爽。母子俩虽经长途跋涉，但不带一丝倦容。她们不像是在刀光剑影的澶州城外，倒像是在春意盎然的潢水河边；不像是率领着千军万马准备厮杀，倒像是带着文武百官在塞外郊游。那种淡定的神态和超凡的气度，不由得让曹利用肃然起敬。她们的做派与宋真宗赵恒比较起来，简直一边是天上一边是地下。他这才突然明白，难怪乎大辽国千里奔袭，一路凯歌，而我朝却节节败退，一筹莫展，看来症结全在这里了！他不由得悄悄地叹了一口气。

曹利用匍匐在地，没敢抬头，辽国皇帝也没让他平身。他只好屈辱地低着头，把宋真宗赵恒的亲笔书信交给身边的侍卫，那侍卫立即转身呈了上去。

萧太后反复阅读了真宗赵恒的书信，看出了求和的迫切和诚意，但她没有吱声，而是把书信递给了身边的辽圣宗。耶律隆绪看过之后，母子俩不知耳语了几句什么，曹利用没有听见。过了一会儿，萧太后就挥挥手，让二人退下了。

且说韩德让带领萧挞览等一班武将，一连几日夜晚观察地形，对澶州城下的宋军部署始终不甚明了，因为北门外两侧有很茂密的树林，不知道里面到底藏有什么，想再抵近侦察一下。由于这一晚夜静无风，马蹄的"嘚嘚"声不幸被宋军听见了。北门守将李继隆深知辽军厉害，生怕是对方的小股诱敌之军，故而不敢出城作战，只令城上守军用台弩射击。一霎时万箭齐发，如狂飙骤至，韩德让等人猝不及防，立时有几名将领翻身落马。韩德让急忙大呼曰："诸将快走，我来断后！"随即挥舞大棒拨打雕翎，但左臂还是中了一箭。这种台弩力道十足，射程又远，宋军台弩万箭齐发，辽军将领们性命危险。先锋官萧挞览见状，大叫一声："元帅快走，交给我了！"随即打马向北门口跑去。城上守军看见，注意力立即被吸引过去。李继隆的部将张环大叫道："在这边！快放箭哪！快放箭！"数十部台弩像飓风一样，一齐向萧挞览射去，韩德让等人乘机脱险。可怜萧挞览却身中数箭，被射成刺猬一样，人马均当场死亡。但张环担心中了辽军的埋伏，仍旧不敢出城去看，任由辽军把萧挞览的遗体救走。

先锋官萧挞览中箭身亡，令辽军将士全军震撼。萧挞览为大辽朝一代名将，与耶律休哥、耶律斜轸齐名，是韩德让的换命兄弟和得力助手。多年来南征北战，东讨西杀，立下无数战功，其武功、谋略均名扬塞北。历任大辽国西南招讨使、北府宰相、南京统军使、五帐军统帅，曾爵封兰陵郡王、顺国王。可谓威名赫赫、功勋卓著，是耶律休哥和耶律斜轸去世以后，大辽国将士的军魂。他的阵亡，令全军将士哀伤不已。

萧太后闻讯后悲痛至极。她亲自一根一根地拔去萧挞览遗体上的箭矢，擦去他脸上的血污，为他细心地敷上箭创药，给他穿上新战袍，披上黄金甲，然后抚尸大哭，几欲昏厥。辽圣宗耶律隆绪亲率文武百官，为其守灵三日，焚香祈祷。各营主动挂孝，全军为之举哀，辽军上下笼罩在一片悲愤之中。所有将士均恨得咬牙切齿，怒火冲天，必欲誓死血战，为萧挞览报仇。韩德让则寝食俱废，三日未安。他一边扪心自责，由衷忏悔，一边精心策划，发动进攻。

辽军大将萧挞览中箭阵亡的消息传到澶州，令宋朝君臣欢欣鼓舞，士气大振。宰相寇准见各地援军已到，加在一起有四十来万人马，在人数上已对辽军构成优势，因此建议真宗皇帝："借此良机，合击贼寇，以成大功。"更有高阳关副都部署杨延朗领衔百名将官奏议，提出："趁辽军举哀，无心恋战，我军当立即发动进攻，既可摧其心志，又可乱其阵脚，必可一举而获胜，收复燕云之地矣！"请真宗皇帝下令歼敌。

但是真宗赵恒心有余悸，犹豫不决。他经历过多年的战争，已经心力交瘁，焦头烂额，一提起与辽军作战，他就心惊胆战，浑身颤抖。他听了寇准等人的奏议，又看了杨延朗的奏折，喃喃自语地说："说起来容易，做起来何难？自太祖、太宗以来，哪一次我军打赢过？倘若再败，如之奈何？你们不怕事大，但我是折腾不起了！"

参知政事王钦若此时已回到澶州，他听出了真宗话里的意思，于是趁机说道："我军人数虽众，乃各方汇集之师，缺乏统一指挥，又少实战能力。许多大将已经负伤，士气亦受到一定影响。辽军虽少，但却是虎狼之师、百战之旅，战斗力极其强悍。萧挞览虽然阵亡，但是韩德让还在。韩氏兄弟那帮子弟兵，还有萧继远、萧银花那班虎将及其五帜军，我朝谁能抵挡得了？是李继隆吗？还是杨延朗？他们行吗？如今辽军挟仇带恨，凶狠难敌，战力会提高数倍。古语有云'哀兵再战，以一当十'，倘若我军与之决战，后果将不堪设想。依臣看来，辽军此番南征，无非是为了土地。拥有土地又能怎样？还不是为了钱财？我朝若能与之讲和，许以金帛钱物，辽军抑或即可退也！"

王钦若的话绵里藏针，软中带硬，正搔到真宗的难受之处、担心之点，不由他不动心、不害怕，于是他不顾寇准等人的强烈反对，再次派人督促王继忠和曹利用，尽快联系与辽朝和谈。

此时辽军由于萧挞览的阵亡，全体将士同仇敌忾，都想同宋军决一死战，直捣开封，出口恶气。韩德让也已筹划完毕，并做好了具体的部署。可是当他来到金顶大帐，向萧太后和辽圣宗禀报的时候，萧太后的心情却不想打了。她沉吟半晌，然后目视着韩德让说："我军当初虽然想奇袭中原，直捣开封，消灭宋军的有生力量，让宋朝皇帝彻底臣服，但是战场形势瞬息万变，现下已经今非昔比。目前的战局对我军来说，已经很不利了！先不说我军已经损失了一位优秀的将领，这倒无关大局，兴许还能激起将士们的斗志。但是宋军已经集结多日，现在各方加在一起，也有几十万人马。宋真宗赵恒又御驾亲征，如今君正臣忠，将士用命，天时、地利、人和都在彼方，这个仗我军是不好打赢了！"

说到这里，萧太后停顿了一下，她想看看韩德让和辽圣宗的反应，见二人均没有吱声，这才接着说道："原来我军的骑兵突袭和出其不意的优势，现在都不存在了！今后我们要打，就只能是面对面的硬拼，这样的买卖就不划算了！我军二十万人马长驱直入，粮草耗费十分巨大，对峙下去是极其不利的，如果纠缠日久，就有受到重创的危险。本来我朝兴师的目的，就是想收回'关南之地'，狠狠地教训一下这帮人，打碎他们北伐的梦想，现在这样的目的已经达到了！我从来没有想到要灭掉这个国家，目前我朝还没有这样的实力，也不可能办到。既然如此，我朝莫不如借坡下驴，迎合宋朝的意图，就与他们和谈，或许能拿到战场上得不到的好处。"

韩德让听了萧太后的一番话，不禁频频点头，由衷佩服。对萧挞览的死，他感到难辞其咎，因而这几日心烦意乱，痛悔不已。虽然不能说是乱了方寸，但是已经不够十分清醒。而同样面临着严峻的形势，承受着巨大的打击，萧太后却能够如此理智，深思熟虑，把敌情我情分析得头头是道，并由此做出正确的决策，这让他在内心深处，不仅仅增加了更多的爱恋，甚至是有些崇拜了！于是他脱口而出："太后英明，高瞻远瞩。有您坐镇，那是大辽国将士之福、大辽国臣民之福哇！"

辽圣宗耶律隆绪听了母后的话，顿觉心明眼亮，豁然开朗。他接过来说："母后的话句句金石，千真万确，和谈的确是我朝当前最佳的选择。但是我军必须摆出血战到底、直捣开封的架势，才能达到我们预期的目的，实现母后方才分析的效果。"

萧太后高兴地抚其背曰："那是自然！我儿已经成熟多了！竟然能够举一反三。明日凌晨，就烦大元帅领兵攻城，声势闹得越大越好。这边则派飞龙御使韩杞代表我朝，去与宋人谈判。"韩德让领命而去。

这时宋朝特使曹利用正在王继忠的营帐之中，得知萧太后派使者到，当即带领韩杞去澶州北城，面见宋真宗赵恒。真宗看罢辽圣宗耶律隆绪的亲笔书信，见其态度强硬，措辞锋利，言语之间必索"关南之地"，否则当攻破澶州，直捣开封，遂感到心中十分忧虑，一时不知道说什么才好，顺手把书信递给寇准等大臣们观看。待群臣览毕，寇准才说："祖宗之地，本当取回，如今在手，岂可与人？此事万万不妥！要打就让他们来打好了！有何惧哉？"群臣亦大多数同意寇准的看法。

正在这时，有侍卫来报，说辽军已经开始攻城了，北门外浓烟四起，杀声震天，辽军的战车营和骆驼营已经到达城墙之下，正在准备与北城对垒。李继隆将军奏报，形势危急！参政知事王钦若趁机说道："陛下不能再犹豫了！等到辽军打进澶州，想和谈就来不及了！辽人索要关南，无非是为了钱财，我朝多给些金帛不就完了吗？当年太祖修了'封桩库'，目的不就是为了求和之用吗？"

真宗赵恒闻言，方才恍然大悟。原来太祖早就想这样做，真是有先见之明啊！我为什么不能实施？这正是先帝们所期望的呀！于是他不再听从寇准等人的劝告，立即召辽国使臣韩杞觐见，表示同意和谈，条件可以商量，并私下里对曹利用说："汝可再赴辽营，见机行事才好。只要能够谈成，出个百八十万金帛没有关系！我朝都能承受得了。当年太祖让准备了六百万呢！"曹利用领旨叩头而出。

寇准在一旁偷听到真宗的话，立即悄悄地跟了出来，他恶狠狠地对曹利用说："若是超过二十万两白银，即或皇上不杀你，我也立即先剁了你！"

曹利用吓得"扑通"一声跪下了，带着哭腔说道："你就放心吧！我的宰相大人，我也是大宋朝的臣民，怎么会胳膊肘往外拐？我会尽量往少谈的！"

宋朝谈判特使曹利用得到真宗的承诺，当即又随韩杞来到辽军大营，拜见萧太后和辽圣宗，再次表达了宋朝和谈的诚意。但是萧太后好像看穿了真宗的内心，与辽圣宗母子俩一唱一和，咬住"关南之地"不放，令曹利用无可奈何，只好在金帛上一再加码，从开始时的一次性十万金帛，一直涨到每年十万两白银、二十万匹彩绢，而且必须于每年十月底前交割完毕，但是辽圣宗还是不答应。曹利用咬咬牙，流着泪说："'关南之地'绝不能给，金帛也不能再增了！太后如果再不答应，我就一头撞死在这里，反正我回去也活不成了！你们就与我朝开战吧！"

萧太后见火候已到，假做宽容地说："两国之事，累及贵使，你也确实不易。那好吧！就看在你忠心为主的分上，暂时谈到这里，请回去交差吧！但请你务必转告宋真宗，他必须立下誓书表文，保证岁岁纳贡，以防将来毁约。若生干戈之祸，后果由他自负！"曹利用急忙叩头谢恩，心情忐忑地回城禀报去了。

宋朝君臣听曹利用说要岁贡十万两白银、二十万匹彩绢，行宫内顿时就炸了窝了，文武百官一片大哗。寇准带头嚷道："说什么也不能答应！给他们一次已经够委屈的了，哪有年年纳贡的道理？这不纯粹是城下之盟、是战争赔款吗？这是我朝的奇耻大辱！奇耻大辱哇！"

也有的武臣说道："明明是他们来侵犯我朝的国土，杀害我国的黎民，是他们赔偿我们才对，怎么倒成了给他们赔款？这不是强盗逻辑吗？我朝怎么向全国的军民交代？这不是加重老百姓的负担吗？"

王钦若这时候接过来说："如今和谈是皇上的旨意，难道你们想抗旨不遵吗？出点儿金帛怎么了？一点儿都不多！三十万金帛听起来不少，尚不足每年军费的百分之一！这叫花钱买平安，这是天大的好事！太祖当年早就想这样做了！它可以大大地减轻百姓的负担哪！懂不懂？你们不当家，焉知柴米贵？当然不知道皇上的难处啊！"

真宗赵恒听后说道："王爱卿之言，正合我意。我朝未失关南之地，三十万金帛为数不多，如能谈成，其利大焉！曹爱卿往来斡旋有功，当予褒奖，着即晋为崇仪正使，赏金五百两。吾意已决，诸卿不必再言。承奉官，笔墨伺候！"伸手就要书写誓书表文。寇准见状跪而泣曰："不可呀！不可！此城下之盟，必辱及子孙，其后患无穷啊！"

王钦若见状厉声喝道："大胆寇准！岂敢危言耸听？诽谤圣上，该当何罪？"

寇准复大呼曰："王钦若乃是乱臣贼子，他必是辽人的奸细呀！陛下不能上他的当啊！"说罢从地上一跃而起，一只手夺去真宗掌中的朱笔，另一只手扯住真宗的衣袖，说什么也不让真宗书写。弄得真宗满脸通红，嘴唇哆嗦，显得十分尴尬。

这时又有侍卫来报，说北门口交战激烈，辽军正在架梯攻城，我军伤亡惨重。目前北门口火光熊熊，城池将破，李继隆将军请皇上赶快撤往南城。真宗听罢拂袖而起，拍案大呼曰："放肆啊！寇准！你是要坏我的大事呀！着即免去寇准的宰相职务，回家养老去吧！来人哪！拖了出去！"几名武士不容分说，立即把寇准架了出去。寇准一边被拖一边还回头大喊："皇上啊皇上！臣是为了国家呀！"但是真宗再也不理睬他，其他的臣子也吓得无人敢吱声了。

赶走了寇准，宋真宗感到耳边清净多了，他立即提起笔来，按照辽使提供的样本，写下誓书表文云：

"阙维景德元年，岁次甲辰，十二月庚辰朔，七日丙戌。大宋皇帝谨致誓书于契丹皇帝阙下，共遵诚信，虔守欢盟，以风土之宜，助军旅之费，每岁以绢二十万匹，银一十万两，更不差使臣专往北朝，只令三司差人搬运至雄州交割。沿边州军，各守疆界，两地人户，不得交侵，或有盗贼逋逃，彼此无令停匿。至于垄亩稼穑，南北勿纵骚扰。所有两朝城池，并可依旧存守，淘壕完葺，一切如常，即不得创筑城隍，开掘河道。誓书之外，各无所求。必务协同，庶存悠久。自此保安黎献，谨守封陲，质于天地神祇，告于宗庙社稷，子孙共守，传之无穷，有渝此盟，不克享国，昭昭天监，当共殛之。远具披陈，专俟报复，不宣，谨白。"

真宗书毕，即差曹利用立即奔赴辽营，送交辽国皇帝御览。萧太后看后微微一笑，未置可否，顺手递给了辽圣宗。因为样本条款本来就是隆绪草拟的，这时他见母后已经默许，于是提起笔来，给真宗赵恒回书一封，内容完全相同，只是增补了三十一个字，作为辽朝的誓书表文，派韩杞即刻给城内送去。宋真宗赵恒仔细阅过之后，立即签字用印，双方各执一份。韩杞立即把誓书带回，辽军的攻城行动也即刻停止。

据说除了誓书以外，双方还有一些口头协议。比如说耶律隆绪尊赵恒为兄，赵恒尊萧太后为叔母；从此两家结为友好邻邦，边境开通榷场，百姓可自由交易；遇到重大节日互致问候，互派使节祝贺等等。宋真宗赵恒签罢表文，方觉心中一块巨石落地，当即责成宰相毕世安负责办理岁贡事宜，不得有误。同时命王钦若和曹利用为特使，率领一队宋军在前边为辽军开道："务必把朕的叔母和兄弟安全送回南京。"王钦若和曹利用忠于职守，一直护送到雄州边境方回。路上韩德让悄悄地告诉王钦若说："太后已经说过，你是咱大辽国的大功臣哪！洺州城里，已经给你备下三千两黄金，请自取之矣！"

王钦若假笑着说："大丞相见外了！钱财都是身外之物，我也是为了天下太平啊！请您转告太后，我永远愿意为她尽忠，甚至献出生命！"说罢打马而去。

杨延朗等一班将领虽然满腔悲愤，但是无可奈何。他们眼睁睁地看着辽军在他们面前耀武扬威地走过，还向他们投来鄙夷的目光，气得他们几乎晕了过去。

至此，辽国皇太后萧绰和辽圣宗耶律隆绪，方率领南征大军胜利班师，踏上回家的路。沿途的百姓们喊喊喳喳，倍感惊奇。也许这种形式的班师，在中国历史上也是第一次，难怪呀！

第二十五回
掘珍宝木叶山祭祖
拜观音萧太后归天

　　且说辽国皇太后萧绰率领凯旋大军，浩浩荡荡，一路北行，虽然是班师回朝的得胜之师，但却再也没有南征前的那股昂扬士气，反而显得有些低沉和落寞。将士们簇拥着萧挞览的灵车，望着死去同伴的遗体，一个个均表情严肃，默默无言。辽圣宗耶律隆绪为了打破这种沉闷的气氛，对萧太后和韩德让说："我军此番南征，虽然没有收回'关南之地'，但却获得了每年三十万的金帛，不知比占有那三州的收益要强多少倍。而且这次奇袭，还令开封撼动，举国震惊，狠狠地教训了宋朝那帮人，彻底打碎了他们北伐的梦想，换来了两国之间一个较长时期的和平，可谓收获良多，一举数得。母后何以还心情不快，沉闷不语？"

　　萧太后听了隆绪的话，与韩德让对望了一眼，长叹一声说道："任何事情都有两面，我儿只言其一，未说其二。这场战争，严格说来没有赢者。从表面上看来，我军是赢得了伟大的胜利，但是我们的损失也是很大的呀！先不说我们耗费了多少钱粮，又牺牲了多少英勇的将士呀！他们许多人的遗体来不及掩埋，就留在那些战场上了，有的已经腐烂不堪，有的竟成了野狼、野狗们的食物。他们的灵魂，永远留在了中原的土地上。同时，宋朝的将士和百姓，又有多少人无辜惨死、颠沛流离？这场战争，将给南北两朝失去亲人的家庭，带来多少无尽的伤痛啊！一想起来，我就脊背发冷，战栗不止，心中一阵阵刀扎似的难受！"说到这里，她撩开驼车上的窗帘，看见在瑟瑟寒风之中，将士们仍旧穿着单衣在行走，一个个脸色冻得铁青。她回过头来对韩德让说："传令下去，到南京后暂且休整，一定要让将士们穿上棉衣再走！"韩德让说了声遵旨，当即让驼车停了下来，召来南京留守萧排押交代此事。

这时候宋朝降将、现任户部郎中王继忠策马奔了过来，趁机在车外奏道："启禀太后，前面不远处就是燕山南麓。我在冀北为官时，就听说这里有一个藏宝洞，藏有当年隋炀帝北征之时，掠夺来的大量金银财宝。后来未等运走，隋朝就灭亡了。以后虽经后人多方发掘，但始终没有被发现。如今大军班师，反正将士们也是闲着无事，何不趁机发掘，也活跃一下队伍的气氛？以太后和皇上的洪福，必能如愿以偿。那么回到上京，可就双喜临门了！"

皇太后萧绰和大丞相韩德让听了以后，似信非信，未置可否。辽圣宗耶律隆绪毕竟年轻，见母后没有反对，于是对王继忠说："这样也好，让将士们就地扎营，放松一下，也可以缓解旅途的疲劳嘛！"王继忠领命而去。

辽军将士们听说此地有宝藏，队伍立即活跃起来，一个个摩拳擦掌，跃跃欲试，争先恐后地向山中跑去。十几万将士漫山遍野到处搜寻，挖的挖，撬的撬，忙乎了大半天，没有任何收获。将士们不甘心，在王继忠的指挥下，满山点火，到处放炮。两天以后，他们用火药轰开了一座山崖，发现了一个很大的洞口，上面写着"般若洞"三个大字。辽军将士们欣喜若狂，点燃火把一拥而入。从西头到东头，走了一个多时辰，山洞倒是挺大，但是什么宝物也没有。只见那些洞壁上和地面的石板上，到处都雕刻着佛经和佛像。王继忠和辽军将士仍不死心，又在洞里边连挖带撬，结果在靠东端北侧，又发现了一个小山洞。将士们异常高兴，以为终于找到了宝藏。但是待推开里间那扇小门，却见两个和尚正襟端坐在莲台之上，身姿笔直，一动不动，神态安详，面带微笑。虽然二目平视，脸放红光，与常人无异，但是显然已经死亡。辽军将士们均感到莫名其妙，王继忠不敢怠慢，急忙报与萧太后和辽圣宗。

萧太后闻讯，带着耶律隆绪和众将走进山洞，顿觉一股异香迎面扑来，空气中荡漾着一股好闻的味道。萧太后好奇地观看着洞内的佛经和佛像，一种崇敬之情油然而生。她自幼信奉佛教，稍大又拜医巫闾山青岩洞主为师，对佛家有特别亲切和崇尚的感情。她一件一件地仔细看过，才跟着王继忠走进那座洞中之洞，看见在那座小洞的石门之中，两个大小不同的莲台之上，并肩坐着一老一少两个和尚。那年老的鹤发童颜，二目炯炯，身姿笔直，长髯飘飘，有一种飘然出世之姿，说不准有多大年纪了。那年少一点的和尚，黑面长身，卷发高鼻，目光朗朗，骨骼清奇，看容貌像是一个天竺高僧。萧太后揉眼细看，不由得大吃一惊，两位高僧虽然明显已经故去，但是肌肉饱满，红光满面，口中虽无气息，眼波却似流动，眉眼之间，似在哪里见过。萧太后脑筋飞转，突然想起，这不是先祖迭刺的师父和师祖吗？慌得她连忙拈香礼拜，跪下磕头。

辽圣宗耶律隆绪观看良久，正自惊奇，忽见母后已跪下行礼，急忙率众将随着叩头，然后悄声问道："母后何以行此大礼，洞中究是何方高僧？"

萧太后低声答道："我儿拜祭木叶山祖庙的时候，没见过这两个人的神像吗？他们是无竭大师和摩吉师祖啊！先祖迭刺当年在嵩山寺为僧，曾经拜在摩吉大师座下为徒，算起来也有五百多年了！"

耶律隆绪闻言方恍然大悟，一种崇敬之情油然而生，当即又拈香礼拜，再次随着母后跪地叩头。待等到众人施礼已毕，抬起头来，不由得皆大吃一惊：两位高僧都已经不见了！他们是怎么出去的呢？众皆大惑不解。王继忠跪行至莲座之前，发现座下有块竹简，忙拾起来，吹去灰尘，恭恭敬敬地呈与萧太后。

萧太后接过这块竹简，与隆绪母子俩仔细观之，见上面刻有八句共三十二个字，即："罢兵休战，返回家园，爱惜民力，礼佛敬禅，舍利重光，江山永年，迭刺子孙，践吾师言。"萧太后诵读多遍，方才顿悟，原来现世中的许多事情，师祖们早在五百年前就预料到了！想到这里，她感到浑身一阵一阵地发冷，心里似觉空前地发慌和惊悸。她明白自己早已违背了师父的教诲和先祖的遗愿，一种担心遭到报应的恐惧袭上心头。她率领着众将再向那两座莲台行礼，然后命令将士们轻轻地封上洞口，再把外面伪装好，重新摆好山石，栽上松柏，尽量做成和未动时一模一样。她在洞口长揖忏悔，请求师祖原谅和宽恕她，她只是在无意之中，才惊扰了两位先辈的神灵。

回到上京以后，萧太后心事重重。她所做的第一件事，就是筹集金帛财物，抚慰阵亡将士的家属。她在朝堂上对大臣们说："此番南征宋朝，我军虽获大胜，可谓满载而归，硕果累累，但是有两万多将士阵亡了！他们的英灵永远留在了中原的土地上，这给我们生者带来了巨大的悲伤，也给他们的亲人带来永久的心痛，国家应该永远记住他们！所以此番抚恤阵亡将士，不但要发双份的金帛财物，由朝廷和州县的官员们上门抚慰，还要在潢河北岸开办水陆道场，超度他们的亡灵，让他们早升天国。同时还要在城郊修建佛塔，勒碑纪念，让后人记住他们的名字，让我们的子孙永远铭记这场战争，从而世代恪守澶渊之盟，还百姓一个长久的安宁！"群臣闻之，俱赞赏不已。以邢抱朴为首皆跪而贺之曰："太后兰心蕙质，菩萨心肠，可谓德昭天地，慈润山河，乃我大辽社稷之福、万民之福哇！"散朝之后，萧太后和辽圣宗亲自带领各级官员，走村串寨，抚慰阵亡将士家属，帮助他们安排生产生活，受到朝野上下普遍的赞誉。

做完了这件事，萧太后感到心情稍安，于是便根据枢密院呈上来的立功将士名册，封赏在澶渊之战中的有功之臣。她对大臣们说："此番南征获胜，一托祖宗洪福，二得百姓相助，三靠将帅们的精心策划，四赖士兵们的英勇杀敌。他们的功绩名垂青史，我朝应永远记住他们，并应该论功行赏。"

说到这里，萧太后稍微停顿了一下，接着说道："大元帅韩德让既运筹帷幄又身先士卒，战功卓著，堪当重赏，特晋封齐王，赐姓耶律，赐名隆运，列太祖本家族谱之后。在上京建文忠王府，赐一等车仗卫队，爵在亲王之上。令其仍兼任大丞相和北院枢密使，总揽军政大权；北府宰相萧继远英勇杀敌，功不可没，在祁州战役中立有殊勋，特封为宋国王，任中书令；驸马都尉萧排押临机决断，克敌制胜，封为兰陵郡王，担任东京留守；梁王耶律隆庆在攻打洺州战役中立下奇功，封为秦晋国王，拜尚书令；郑王耶律隆佑在深州战役中指挥若定，使宋朝名将杨延朗在战车营面前一筹莫展，特封为吴王，任南院枢密使；女骑营主将萧银花，巾帼不让须眉，率部大败宋朝名将李继隆，击溃他的边塞铁骑，为南征立下奇功，特封为涿州郡主，担任显州刺史；韩德威、韩德凝、韩德冲、韩德昭和韩德源等五位将军各立大功，分别晋为广德军节度使、武定军节度使、长宁军节度使、南京留守和西南招讨使，并各赏黄金一千两。其他各有功将士，就不一一旌表，全按记功名册予以封赏。"太后、皇帝亲为功臣们斟酒、切肉、喂肉饼，全场欢声雷动，振奋不已。

处理完南征事宜，一日早朝，萧太后和群臣们谈起在燕山掘宝之事，众人皆惊诧不已。大丞相韩德让出班奏曰："太后和皇上偕臣等在燕山拜谒两位师祖，恐怕绝非偶然。一定是师祖们刻意而为，有所谕示。臣记得在木叶山的神庙之中，有先祖迭剌生前所立石碑一块，上面明确地记载此事。现在胜利归来，得见师祖，分明是天降祥瑞，晓谕后人。因而此刻当是开启神山、取出佛宝之时，以遵师祖之命，以圆先人之梦。此乃我朝君臣之荣光、盛世之洪福也！"群臣皆附议而赞同之。

萧太后闻之大喜，即于三天之后的吉日良辰，率领群臣皆沐浴更衣，来到木叶山下。在祭拜完天地诸神及先祖迭剌之后，即命将士推开万吨巨石，取出当年先祖藏在石匣之中的古佛舍利、七宝袈裟、鎏金禅杖和一块条形竹简。耶律隆绪一一取而视之，见那块竹简上所刻的八句三十二字真言，与燕山般若洞中见到的一模一样。萧太后反复阅而诵之，方大彻大悟曰："看来顺乎民心，罢战讲和，乃先祖遗愿，天地之意呀！"群臣遂齐贺太后与皇上圣德，称澶渊议和是做了一件利国利民的好事，堪为万世称道的伟大壮举。

萧太后因为从小吃斋念佛，又曾在闾山从师学艺，因此虽未出家为尼，但是十分信仰佛教。她和景宗所生养的几个孩子，分别取乳名为观音女、文殊奴、普贤奴和药师奴等等，还为她的侄女取名为萧菩萨哥，足见佛教在她心中的位置。如今开启神山，取出佛宝，让她愈加激动万分，崇敬不已。回到上京以后，立即下诏在白狼河畔、龙山脚下修建庙宇，建造佛塔，安放燃灯古佛舍利；在福山东麓、宜州城郊修建大佛古寺，供奉上古七佛；在宜州城西北，继续开凿佛门石窟，以记载先人功绩，彰表师祖功德。三项工程分别由林牙承旨杨吉、政事令张俭和西南招讨使韩德源具体督办，由大丞相韩德让负总责，工程要求务须在三年之内完工。据说工程竣工之日，天降异彩，佛祖显圣，师祖们均驾临神山，草原上一片欢腾。各种祥瑞连连出现，大辽国土一片和谐，这是后话了。

南征归来后忙忙碌碌，转眼间一年过去了。统和二十三年（1005）十月，宋真宗赵恒派使者周渐来到上京，带来亲笔书信，并告知说第一批岁币三十万金帛已准备就绪，请辽朝立即派人到雄州交割。萧太后见信十分高兴，一面令左详稳耶律逊为特使，携圣宗书信到开封致谢；一面令南京统军使耶律贴不古去雄州，办理岁币接收事宜；一面命在承德殿摆下盛宴，热情款待宋朝使者。

席间，宋朝使臣周渐祝酒已毕，然后起身向萧太后奏道："启禀太后，外臣有一言相告，不知当讲不当讲？"

萧太后笑着说道："贵使何必如此客气，有话尽管讲来，不必拘礼。"

周渐这才环视众人，接着说道："恕我直言，上京城虽是龙盘虎踞，左拥右抱，地势奇特，风水绝佳，但实在是山高路远，稍显偏僻，来一趟实在不易呀！"

没等太后和皇上答话，老臣邢抱朴即接过来说："自打南北两朝和好以来，两家使臣便往来不断。今年四月，南朝派特使孙仅来贺太后生辰，路上走了一个多月。九月我朝派太尉阿里去贺宋皇诞辰，同样耗费了四十多天。如今岁币交割若运到上京，又要耽误许多时日，实在是多有不便哪！宋使说得很有道理。当年太祖定都临潢，自是千真万确，明智之举。但如今我大辽幅员广大，疆域万里，不但据有关东全部，还占有中原北方，与当年的情形已大不一样。于官于民，皆有重建都城之必要也！"

群臣闻之，大多数皆附和邢抱朴的奏议。大丞相韩德让目视一下萧太后，然后起身奏曰："宋使和邢大人之言，说得都对。但临潢乃我朝龙兴之地，先王的陵寝、祖宗的家庙多在于此，重建和迁都都大可不必。依臣看来，我朝如今地域广大，已建有上京、南京和东京，将来不妨再修建中京和西京。如此五京并存，分区治理，于朝廷统辖大有利也！当务之急，是应该在靠近幽云的地方先建中京，以便于南北双方往来，但不知应选何地为宜。且修建工程耗资巨大，钱财当从何处而取，都要仔细斟酌。我们可不能把好事做拙，加重了黎民百姓的负担哪！"

奚王萧观音奴此刻就在旁边，闻听韩德让之言，立刻站出来说："澶渊之战我未随太后出征，没有得到立功的机会，心中一直抱憾得很！今天议到修建中京之事，我却可以做些贡献。就在我奚王府邸牙帐之地，北有金山（七金山），东有土河（老哈河），西南有龙岗拱托，城中有小河流过，山水相依，林丰草茂，地势高阔，聚气向阳，是绝佳的建都之所。当年曾有位中原的风水大师看过，说此地能给北方民族带来长久的吉祥。如果朝廷需要，小王愿意奉献！"

辽圣宗耶律隆绪接过来说："那地方我倒真的去过两次，的确是块风水宝地，在上京南不到五百里，从那里到幽州，比在临潢出发近了一半。而且北控草原，南临幽燕，西接七老图山，东瞰大海之滨，战略地位极为重要。奚王倒是好眼光，而且是好胸怀呀！朕先表示感谢之意！"

萧太后闻听赞之曰："奚王所言，忠心赤胆，真乃我朝股肱之臣也！但此处乃奚人世居之所，岂可无偿取之？朝廷当赐予金帛财物为汝再修牙帐，助百姓重建家园。不可使营建新都变成扰民之举。"奚王萧观音奴再拜致谢，群臣皆赞叹不已。

萧太后接着又问："新都之地已有，经费出自何方？这要花费一大笔银两，大丞相说的是，可不能加重百姓的赋税啊！"

参知政事邢抱朴当即出班奏曰："臣大致做过估算，如果仿照上京的格局，借鉴南朝开封的建筑风格，比我朝现在的都城稍大一些，略阔一些，外城按东西一千二百六十丈，南北九百丈，为东西向横亘长方形；内城在外城北部，东西长六百丈，南北宽四百五十丈。亦呈东西向长方形；皇城在内城北部正中，其北墙与内城北墙重合，为边长各三百丈的正方形。整个建筑坐北朝南，正中南北方向设中央大街，贯通三道城门。在外城时路宽为三十丈，在内城时路宽为十八丈，在皇城时路宽为五丈。外城住士农工商等黎民百姓，内城设驿馆，住戍卫等及勤杂人员，皇城为太后、皇上和后妃们的居住之所。皇城正中修建政和殿，两侧稍前伸出，修建文华殿和武德殿。"邢抱朴一边说着，一边从衣袖中拿出一份草图，跪着呈了上去，接着又说："按照这个设计格局初步匡算，整个工程仅材料费一项，就需要白银五十万两。有南朝五年的岁币，加上我朝军民出一些徭役，就基本上能够竣工了！"

萧太后闻言大喜："邢爱卿如此尽心竭力又细致入微，真我朝栋梁之臣也！"当即下诏，着令参知政事邢抱朴为新都中京营造特使，知枢密院事张俭为副使，具体负责设计、建造事宜。工程所需人力、物力，着令北府宰相萧继远、南府宰相萧排押全力配合。施工和建设中具体事宜，可随时请示大丞相韩德让临机决断。整个工程务于明年春季动手，三年之内完工。众臣皆当即领旨谢恩而去。

宴席结束之后，萧太后同辽圣宗一起走下御座，意味深长地说："如今南北罢战，天下已经安宁。我儿早已成熟，足以承担大任。这朝廷的日常政务，就由你自己裁处吧！现下我还有一件心事未了，要去医巫闾山上香。我已经多年未去拜见我的师父，也有几年没去祭奠你的父皇了，近日我常常梦见他们。"

辽圣宗耶律隆绪说道："儿臣虽然长大，但经验毕竟不足，国家大事尚需母后做主。离开了母后的教诲，儿臣就有些不知所措。母后若去闾山进香，孩儿陪同您去就是了！"

萧太后摇摇头说："我儿孝顺，娘已尽知。但朝政事务繁多，你就不必去了。有齐王韩德让他们陪同就可以了，我去去就回。"耶律隆绪听母后如此说，便不再言语，搀扶着萧太后走出朝堂。

契丹统和二十四年（1006）初春，五十四岁的皇太后萧绰，乘坐金顶驼车，率领一行人马，在齐王、大丞相韩德让和飞龙御史萧隗因的陪同下，从上京出发去医巫闾山。车驾还没到显州地界，驻扎在这里的涿州郡主萧银花，就率领着一大队红衣女将前来迎接。她们一个个眉清目秀，光彩照人，英姿飒爽，十分好看，像三月里闾山盛开的桃花，萧太后见了十分高兴。她由萧银花搀扶着走下驼车，微笑着向女将们问好，同她们拉手交谈，心情非常愉快，感到自己也好像年轻了许多。

初春的闾山，春风送暖，万物勃发，香气袭袭，松涛阵阵。脚下的溪流像哼唱着欢迎的乐曲，头上的阳光若倾洒下满腔的热情，让人觉得既清爽而又惬意。萧太后兴致极高，在众人的陪同下，先去城郊的大庙祭拜了闾山的山神，献上一份丰厚的供品。然后命众人俱在行宫休息，只同齐王韩德让两人，悄悄地乘马到万古千秋寺，去拜见他们的师父青岩洞主。空云、空月两位师妹见二人前来，极为高兴，又是献果，又是上茶。忙过之后，才告诉萧太后和韩德让说，师父昨日就到南海去了，她大概知道你们要来，临行时留下一封书信。萧、韩二人虽觉遗憾，但知道师父修为不凡，道行高深，如果不见，必有原因。空云、空月领着二人走进师父的寮房，从法座下取出书信，对萧太后说："师父再三嘱咐，要你下山再看。"萧太后答应着接过书信，揣进怀里，含着眼泪与韩德让一起，向师父的画像拜了又拜，然后与两位师妹话别，有些失望地下山去了。

回到山神庙以后，萧太后弃马步行，率一行人首先来到显陵。这里群峰环抱如九龙飞腾，一水镶嵌似琥珀揽翠。太阳光从山峰间喷薄而来，林海上有数道彩虹高高挂起，像是人间通往天堂的金桥。耳边松涛阵阵，像是仙人对白，脚下水流潺潺，如同山神低语。萧太后怀着无比崇敬的心情，首先拜谒了东丹王耶律倍和辽世宗耶律阮的陵寝，向先祖们长跪问安，然后才来到乾陵，给辽景宗耶律贤上香。

萧绰亲手燃起九支长香，把它们依次插在三只香炉里，然后跪了下来，细心地拂去供桌上的灰尘，喃喃地对着景宗的灵位说道："夫君得升天界，已历二十四年，天地虽在，人神有别。臣妾虽遵夫君遗嘱，每天都在繁忙，但无一日不在思念，无一夜不在流泪。殷殷此心，天地可鉴，郁郁之情，你知我知。如不念万里江山，天下百姓，夫君遗言，身边幼子，臣妾早已随夫君去矣！今天下咸亨，朝野稳定，百姓安乐，妾心稍安。回想旧日，如在昨天。臣妾伴随夫君一十三载，育得三男三女，朝夕相伴，恩爱异常，刻骨铭心，永不相忘。如今儿女俱已成人，吾儿隆绪堪当大任，夫君可无一丝牵挂也！"

说到这里，萧太后已哽咽连声，泪如泉涌。她屏退身边侍从，望了一眼跪在身后的韩德让，又接着说："今日臣妾来到灵前，是有一件心事相告。你也知道我在少年之时，曾先许配给韩德让为妻，以后才蒙陛下恩宠入宫为妃。接着又封为皇后，进位太后，执掌朝纲，母仪天下，臣妾终生皆感激陛下之恩德也！如今妾已岁过五旬，年近花甲，面对韩君，常感歉意。总觉得臣妾这一生，最对不起的人就是他了！多少年来，齐王忠心耿耿，功勋可昭日月。做人循规蹈矩，绝无半点纤尘。对陛下嘱托念念不忘，对社稷江山披肝沥胆。至今仍念旧日之约，再未娶妻生子。因此，臣妾斗胆向陛下坦言，欲圆昔日月下之盟，与齐王成就少时之梦。话到此处，臣妾汗颜，语无伦次，不胜惶恐。"说罢叩头不止，泪如雨下。

齐王韩德让听到此处，大吃一惊。他万万没有想到，萧太后命他伴驾到闾山来，还有这样一层用意，吓得他身冒冷汗，叩头不止，双眼噙着泪水激动地说："太后所言，情真意切，句句声声，发自内心，令微臣感激涕零，无以报答。微臣亦甚想践昔日之盟，与太后成就百年之好，此诚梦寐以求之心愿也！但您身为辽国太后，母仪天下，乃世之师表，国之楷模，万里江山之中流砥柱，数百万牧民心中的女神，岂可遂个人之意，作骇俗之举？当年先帝升天之日，太后曾言，愿与韩某成夫妻之实，臣乃断然谢绝，非因微臣无意，而是别有隐情。当时太后临朝，母寡子弱，上京二百家贵族蠢蠢欲动，南朝几十万大军虎视眈眈。如果以此为口实，必致内外生乱，于社稷江山大不利也！设若稍有差池，臣当辜负先帝之嘱托，无颜见故主于天上矣！故微臣虽敬太后如空中皓月，人间女神，常朝思暮想而致痴迷，却绝不敢亵渎其美名、损害其光华也！"

说到这里，韩德让老泪纵横，情不自禁，他跪行一步，向着萧太后说道："二十多年来微臣忠心耿耿，报效国家，不惟感先帝顾命之厚恩，尤敬太后待臣之深情也！因之虽肝脑涂地，亦在所不惜。今太后虽然年过五旬，然春秋正盛，美若天人，如日在中庭，光芒万丈。微臣每每观之，无不喜在脸上，乐在心中，而暖意瞬间遍及全身矣！臣闻真情似玉，晚节如金，一份相知，是千古绝唱。臣虽粗通文墨，实乃起起武夫，但也知男女相合，贵在神交，鱼水之欢，乐在魂会。你我既是心有灵犀，情同一体，又何必非得昼夜相随？就让太后这份真情，像这条洁白无瑕的哈达，永远辉映草原，光照人间吧！"说罢哽咽连声，叩头不止。

萧太后闻之心潮澎湃，感慨万千。她为自己此生遇到这样一位兄长、一个良臣而骄傲，而自豪，而激动不已。正是他，为了与自己的一份埋在心底的深情而再未婚娶；也是他，为了处处维护自己而忘掉了一切；还是他，为了大辽国的万里江山而矢志不渝。这样的男人，这样的知己，古往今来，普天之下，在何处能遇、到哪里去找啊！她情不自禁地抓住韩德让的双手，使劲地摇晃。四只眼睛相对，两人默默无言。她们是通过心灵在交流，她们的灵魂早已成为一个整体。良久，萧太后长叹一声，与韩德让相扶相搀，离开乾陵，走下山去。

萧太后过去曾多次来过闾山，可是因为太忙，每次都是来去匆匆。这一次她把政事交给了耶律隆绪，感到时间就宽松多了，因此她想要好好地浏览一下这里的风光。在祭拜完乾陵之后，稍事休息，她就带着众人前往白云关。一路上饶有兴致地品松赏柏，吟诗题字。在圣水盆边洗过手，到观音阁里又上香。向东行至一片山崖之下，见这里背靠群峰，前瞻万壑，聚气向阳，溪流淙淙。有几处早开的野花悄然怒放，不时有成群的飞雁掠过长空，清风拂面而过，白云就在身边。萧太后伫立崖边，心情很好。她望着远处的飞瀑，似有些感慨地说："冬去春来，光阴如水。花朵复又绽放，大雁正在北飞。天上日月如梭，人间年复一年。这里江山依旧，我们却都老了。想当年东丹王风流倜傥，文采飞扬，留下多少佳话？世宗皇帝意气风发，指点江山，带走几多遗憾？如今绿水青山，仍如昨日，可是世事沧桑，却物是人非了！古往今来，谁能没有这个中凄苦？尊卑贵贱，哪个能逃脱自然的惩罚？也许将来有一天，我们也成为别人的回忆了。我看不如在这里留个念想吧！唐代的则天皇后留下一块无字石碑，我与你便栽上两棵柏树，留待后人去评说吧！"

萧太后见韩德让点头赞许，即刻命从人取来锹镐等工具，与侍卫们一起刨石挖土，又去山上移来树苗，去圣水盆中舀来清水，与韩德让一起合作，栽下两棵柏树。她意味深长地对韩德让说："这左边的一棵算我的，右边的一棵算你的。它们小的时候，虽然只能相望而不能相聚，但我相信若干年以后，它们一定会根枨相通，叶叶相连，与这绿水青山永远相伴！"萧太后说完，有些伤感。她见韩德让的眼里也已噙满了泪花。

从医巫闾山走下来，萧太后迫不及待地取出师父青岩洞主给她的书信。她恭敬而又小心地展开，见那信中师父写道："儿时学艺，少年入宫。执掌皇权，心念众生。广施仁政，百业俱兴。边疆无事，何必南征？"萧太后反复看过多遍，细细玩味，又把书信交给韩德让观看，自己喃喃地说："这是师父在责怪我呀！这场战争，使两朝数万将士死于非命，几十万百姓流离失所，许多家庭留下了永久的伤痛，这都是我的罪过呀！我们表面上赢得了金帛财物，但也许是害了大辽朝，也害了我们的子孙哪！"她因之而感到脊背发冷，心中难受，再也没有临来时的那份兴致了。回到上京以后一直郁郁寡欢，只是经常到城郊正觉寺去烧香祈祷。

当年十月，天降大雪，北风呼啸，如到严冬。许多牛羊被冻死，许多牧民衣食无着。各部族、各州、府、县纷纷告急。萧太后闻知灾情严重，心如火焚，急忙与辽圣宗耶律隆绪一起，率领各级官员和全军将士，到灾情严重的部落和村庄去，给牧民们送去粮食、牧草和衣物，还率先给极端贫困的牧民捐献了许多银两。由于目睹许多老人和儿童被冻死，萧太后心情忧郁，加之多年劳累过度，回到上京以后就一病不起。

辽圣宗耶律隆绪见母后病倒，万分焦急，一面着令医官悉心诊治，一面精心侍候，昼夜不离。齐王韩德让因为通晓医理，乃亲自为之煎汤熬药，喂水喂饭。七十来岁的老臣，跪前忙后，不辞辛苦，十分体贴入微，格外周到细致，令圣宗和侍女们皆为之感动。在众人无微不至的关怀和照料下，萧太后的病情日见好转，但她的身体状况却大不如前。虽然依旧那样清秀俊美，苗条挺拔，好看的双眼仍放射出睿智的光辉，但却明显地消瘦了！

契丹统和二十六年（1008）七月，萧太后次子耶律隆庆因病去世。这一噩耗如同晴天霹雳，击得她几次昏过去。隆庆自小聪明勤奋，尤爱习学兵法。少时与儿童玩游戏时，时常装作敌我对峙，演练阵法。他一本正经，指挥若定，俨然是一个统领千军万马的大将军。长大以后，尤善骑射，身手敏捷，矫健如风，在历次作战中均建大功。统和十七年率军奇袭南朝，曾经打到邯郸附近，令宋廷朝野震动。在澶渊之战中与萧挞览配合默契，冲锋陷阵，为南征完胜立下殊勋。隆庆又乖巧孝顺，十分讨萧太后的喜欢。他的突然去世，令萧太后痛不欲生，如摘心挖肝般地难受。一连多日泪流满面，寝食俱废，神情萎靡，病情明显加重。耶律隆绪看在眼里，急在心上，经与韩德让和邢抱朴等人商量，认为幽州一带气候稍好一些，环境又较优美，便决定送太后去南京养病。最后征求萧太后本人的意见，她亦点头应允。

统和二十七年初冬，在韩德让和萧银花等亲近重臣的陪同下，萧太后乘坐金顶驼车离开中京大定府，到幽州南京去养病。临行之前，她抱着病弱的身躯，在辽圣宗耶律隆绪的搀扶下来到朝堂，像往常一样，最后一次听取了群臣的奏报，有条不紊地处理完一应政事，然后情意深重地对大臣们说："众位爱卿都辛苦了！大辽国自景宗皇帝升天以来，由于吾儿年幼，哀家应众卿之请，已经临朝决事二十七年。其间国家多难，政事忧苦，一路走来，殊非不易。承蒙列位爱卿忠心耿耿，鼎力相助，才有我大辽国今日之太平，国家之昌盛。哀家不胜感激，在此深表谢意！"

说到这里，萧太后喘了口气，向群臣低头一礼，慌得大臣们急忙跪倒。萧太后接着说道："如今我儿早已成人，足以堪当大任。但红花尚须绿叶扶持，燔柴还得众人点燃。伏望各位忠诚依旧，勤如昨日，协力同心，赞襄国事，则我大辽幸甚！万民幸甚！哀家虽去养病，人不在此而心安矣！"说罢与群臣洒泪挥手。大臣们皆跪地叩头，饮泣施礼。但谁也没有想到，这竟是萧太后与大家的永别。

萧太后的车驾行至显州，由于隆庆的陵墓也在这里，她命从人稍停，在知州孙秉烛的陪同下，去闾山龙岗看望爱子之灵，然后又去拜谒东丹王和辽景宗的陵寝。由于路途坎坷，天气较热，萧太后感觉有些劳累，便偕众人在一排松林边、一片山崖下小憩。大家刚刚坐下，忽然一阵香风吹来，天空中隐隐有仙乐响起。众人抬头一看，只见万丈霞光之中，有数朵彩云从远处飘来。观世音菩萨脚踏莲花，手摇柳枝，立身于彩霞之中，白衣飘动，佛光闪烁，慈眉善目，宝相庄严。萧太后等众人看见，急忙跪倒行礼。只听观世音菩萨在空中说道："天道循环，北燕南归。萧绰随我去也！"众人闻之大惊，急抬头看时，见霞光消失，彩云远去，隐约间观世音菩萨轻摇柳枝，挥手一笑，转身走了。一刹那间天晴日朗，恍如一梦。萧太后立起身来长叹一声："人生苦短，归期已到，我要走了！师兄保重！"说罢纵身一跃，几乎坠下山崖。韩德让眼疾手快，急忙伸手拉住，却见萧太后面色红润，神态安详，二目微闭，两臂轻垂，就倒在韩德让的怀里去世了，终年五十七岁。

闻听萧太后去世的消息，大辽举国震撼，万民举哀，全军挂孝，人人痛哭。辽圣宗耶律隆绪听到噩耗，一下子哭昏过去，在群臣的一再呼唤中才苏醒过来，在众人的陪同之下，连夜来到医巫闾山。他见母后面带微笑，神态安详，并无痛苦的表情，就像往常睡着了一样。隆绪悲从心起，不能自制，捶胸顿足，号啕大哭，竟至口吐鲜血，再次昏倒。韩德让把隆绪抱在怀里，轻轻唤醒，告诉他太后临终的时候，什么也没说，只是把师父给她的信攥在手里。隆绪小心地从母后的手中拿过那封信，反复观看多次，他立即明白了母后的用意。母后是在用青岩洞主的话提醒他呀！慈爱的母后在生命的最后一刻，还在为他、为百姓着想。他感动得再一次叩头不止，流下泪水。

辽圣宗耶律隆绪在群臣的帮助之下，把萧太后的遗体葬在乾陵，同他的父皇耶律贤安放在一起。他想请人立下一块石碑，刻下母后的丰功伟绩。齐王韩德让告诉他，太后生前曾讲过多次："我去后一切从简，不要搞勒铭纪念，只要写上萧绰之墓就可以了。孰好孰坏，由后人去评说吧！"隆绪听后遂按母后的遗愿，简简单单地操办了丧事。从此便以乾陵为行宫所在，驻此守陵三年。

皇太后萧绰的去世，给齐王韩德让带来了巨大的感情创伤，他失去了生命中的精神支柱，当时就垮了。尽管他的身体如钢筋铁骨，强壮得很，但由于长期心情抑郁，精神不爽，吃不下饭，睡不好觉，睁眼闭眼全是萧太后的身影，因此不久便生起病来，病中思念更甚。一会儿是萧太后少时的形象，那个在山林中遇到的纯情少女；一会儿是在上京街头的偶然邂逅，那个俊秀无比的月下美人；一会儿是入宫以后的萧贵妃；一会儿是万马军中的萧太后。这些形象刻骨铭心，在他的脑海里交替出现，让他一刻也不能忘怀，简直令他痛不欲生，因而病得越来越重。

辽圣宗耶律隆绪闻知以后，非常担心，立即下令把他接到闾山行宫，早晚亲自

铁与血的征战：大辽王朝

服侍，命人悉心调治。但是韩德让心结不开，病入膏肓，什么灵丹妙药也无济于事了。终于一年又三个月之后，在统和二十九年（1011）二月溘然长逝。死时骨瘦如柴，享年七十一岁。

令人惊奇的是，韩德让在去世之前，竟突然能够下地走动，而且在侍卫的搀扶下走了很远的路。他不但祭拜了萧太后的陵寝，还观看了与萧太后合栽的柏树，最后来到萧太后去世的地方，靠在那片山崖边就不动了，就像突然睡着了一样，从此再也没有醒来。有人说他的一缕忠魂，从这里升腾到南海，去找萧太后了；也有人说他被封为医巫闾山的山神，就守卫着萧太后的陵墓，后世有许多猎人看见过他。

韩德让去世以后，辽国君臣感其功德，纷纷自动为其送行，把他葬在医巫闾山中乾陵的一侧，其陵墓的建造、影堂的规格均与帝王别无二致。韩德让一生豪侠忠勇，武功绝伦，是名副其实的大辽国第一勇士，同时又是重情重义、忠贞不渝的人之楷模。他自从与萧绰认识以后，再未娶妻，也未生子，一生孤孤单单，只是在精神上与萧绰相守，把他的全部热爱都献给了他所钟情的人。他为国家的安宁、黎民的福祉立下了巨大的功勋。隆绪早就把他当成了自己的义父，下诏令全国各地，凡是挂有辽景宗画像的地方，也要挂上齐王韩德让的画像。同时还下诏把魏王耶律贴不古的儿子耶鲁过继给他，以继承他这一脉的香火。后来耶鲁亦无子，辽朝最末一代皇帝、天祚帝耶律延禧就把自己的长子、晋王敖鲁斡过继给他为嗣。一个在异族国家里的汉族臣子，生前和去后都得到这样高的礼遇，受到这个国家的朝廷和平民世世代代的尊重，这不能不说是一个奇迹，不能不说是人格的魅力。从这一点来看，韩德让是古来第一人。

　　且说萧太后去世以后，辽圣宗耶律隆绪方开始真正独立自主地掌朝理政。群臣恭贺完毕，老臣邢抱朴出班奏曰："陛下亲政，万象更新，宜当改元，以顺天意，方能四时康乐，国泰民安也！"随后又有数名大臣上奏附和。

　　耶律隆绪环视群臣，接过来说："邢爱卿所言虽是，但此刻时机不妥。改元建号是个吉礼，当布告天下，举国贺之。方今我为母后守丧，若行吉礼偕朝野庆祝，岂非不孝之举？我必不为之也！"

　　政事令萧继远这时出班奏曰："此是太祖立国以来所遗旧制，当以遵守为宜。如若改之，恐致非议矣！"

　　耶律隆绪坚定地说："我宁违旧制，遭人非议，也绝不做不孝之人！我不是大辽国的皇帝吗？谁愿意说什么，就让他去说好了！"因此他不但没有改元换号，而且一直在闾山行宫居住，一边为母亲守陵，一边在那里处理朝政。直至三年守孝期满，他才返回上京，遵群臣建议，改元开泰，举行庆贺大典，同时将国名改为契丹。开始正式实施他心中酝酿已久的宏图大略，那就是"学唐比宋"，富国强邦，振兴大辽，惠及黎民，再造一个新的"贞观之治"。

　　其实从辽太祖耶律阿保机那个时候算起，契丹族起初立国创业，从时间上就是承接唐代的。在澶渊结盟以前，辽朝对境内汉人的统治，也历来采取与契丹人不同的办法，在官制和服饰等方面，基本上都是沿袭唐朝的规章和制度。南北结盟以后，辽圣宗耶律隆绪多次在朝堂上讲，从朝廷到州县，从官员到平民，方方面面都要学习李唐，这一点也得到萧太后的赞许。耶律隆绪为此还专门颁行了《五经传疏》，要求官员们学习《贞观政要》。他提出读书要多读唐代的历史，演戏要多演唐代的故事。当皇帝的要学习李世民谦恭纳谏，做臣子的要效仿魏征敢于直言，是将军的要像尉迟敬德那样忠君报国，为后妃的要如长孙皇后那样善解人意，当好贤内助。他在朝堂上对大臣们说："现在南北两朝虽然不再打仗，但是新的角逐已经开始。究竟谁能在未来的博弈中取得完胜，那就要看谁的经济发展得更健康，谁的国家建设得更强盛。这是一场不动刀枪的比拼，是一场不用流血的战争，但它比攻城略地更重要。我们学习盛唐，就是要比美宋朝，超过宋朝，成为天下最为强大的国家。那么在若干年以后，我们的子孙就会取得最后的胜利，成为真正的王者！"群臣闻之，莫不为辽圣宗的高瞻远瞩所折服。

辽圣宗耶律隆绪在位期间干成了几件大事，在辽国的发展史上产生了重大的影响，也让后来的史家对他给予了极高的评价。

一是建成中京、设立西京，完成五京统治格局，便于掌控全国大势。辽中京从统和二十五年（1007）一月开始兴建，到统和二十七年（1009）完工，历时三年左右的时间。建设期间，萧太后和辽圣宗曾多次到工地视察，提出修改意见。竣工以后，它就成为大辽朝新的都城。一些主要的政务都在此处办理，一些重大典礼也多在这里举行。比如说皇帝在春夏秋冬一年的祭祀活动，过去基本都是在草原上进行的，如今都专门修建了广阔的殿宇，这对游牧民族来说，是一个极大的进步。同时接见外国使臣，洽谈经济活动，举行重大庆典，接受南朝岁币等等，均设立了特定的场所，也都安排在这里举行。在建成中京的同时，耶律隆绪还下诏，将山西境内的云州改为西京，设留守司和督察院，管理云、应、寰、朔一带的军政事务。从而形成了以中京为核心的五京并存、四方统辖的行政格局，对稳定全国形势，推动经济和社会发展，都起到了十分重要的作用。

二是进一步完善科举制度，大张旗鼓地从优秀知识分子中选拔人才，充实各级官吏，改善官僚结构。辽朝的科举制度，虽然说从穆宗时代就已经开始了，萧太后执政时期又得到加强，但是由于战事频繁，政局不稳，不仅科考的时间不固定，取仕的程序不规范，录取的人才也远远满足不了需要。耶律隆绪掌政以后，随着汉民人口的增加，对外交往的扩大，人才紧缺的问题越来越突出。于是他下诏规范科举制度，规定每三年必须举行一次。录取的人数也大大增加，从过去每次的十几人、几十人到如今每次的几百人、上千人。科考分乡、府、道三个层次，三轮考试。考试的内容由隆绪钦定为诗赋和经义。录取的方法与中原唐、宋两朝的办法相同，由朝中宰相亲任主考官。最终考试合格者参加殿试，擢为进士和进士及第，由朝廷任命为各级官吏。这极大地调动了广大知识分子读书的积极性，全国迅速地形成了勤奋好学、人人上进的崭新风气。许多汉族人才脱颖而出，成为国家的栋梁。比如说河北玉田人张俭，考中头名状元，历任知枢密院事、武定军节度使、南院枢密使、左丞相，直至被封为韩王，位极人臣。

三是进行部族再编，剥离依附人员，进一步解放奴隶。耶律隆绪掌政以后，迅速下诏，把贵族家中的所有仆人、佣工，全部解除了奴隶身份，改为部民，把他们编入新的部落之中。同时，他还把多年来在辽东地区，专门负责为朝廷捕捉野鸟、野兽的稍瓦部奴隶，以及在海滨柳湿河等地冶铁炼钢的术喝部奴隶，全部解放，将他们分别编入其他部族之中，全部恢复了平民地位。对于在战争中掠夺来的俘虏和平民，不再编为官户奴隶，而是让他们自组部落，从事生产。隆绪下诏，把原来全国的二十个部族，增改为三十四个部族，直接由朝廷统一管理。从而既削弱了贵族奴隶主的地位，又推进了契丹的封建化进程，意义极为重大。

四是进一步整顿吏制，惩治腐败。辽圣宗耶律隆绪在开泰元年（1012）三月和太平六年（1026）十二月，曾先后两次强调："官员有不治者罢之，有贪暴害民者立免之，终身不得录用。其不廉直，虽处重任，亦可取而代之。能清勤自持者，在卑位亦可提拔。有贵族受贿者，事发与常人所犯同科。"在耶律隆绪的倡导下，许多官员勤奋忠诚，政绩卓著，受到平民百姓的拥戴，因此得以留任。比如严州刺史李寿英、迭烈部节度使韩君等人，由于百姓拥护即连任数年，并受到朝廷的一再嘉奖而得以荣升。至于对那些无所作为的碌碌无能之辈，虽是皇亲国戚也毫不留情。开泰三年（1014）六月，经政事令率人考绩，由朝廷一次下诏免去庸吏四十九人，其中有三十七人为贵族子弟。这在过去是从来没有过的，因而在朝野上下引起了极大的反响。

五是建立赈灾助贫、尊老敬贤的制度。契丹国由于幅员辽阔，人口众多，兼有农、林、牧、渔等多种行业，旱、涝、虫灾常有发生，每年都有许多灾民衣食无着，成为社会的不稳定因素。圣宗掌政以后，秉承母亲萧太后一贯的"善待黎庶、抚恤贫民"的理政思想，下诏明令："如五稼不登，可开帑藏以代民税。尚蝗螟为灾，可罢徭役以恤饥贫。""年谷不丰，可发仓以贷，田园荒废，当助以种、牛。"他还提出，在全国建立一百座"义仓"，"平时购之于民，灾年赈之于民"，用以调节丰歉之虞。

对于年高德劭的孤寡老人，圣宗提出"尊孤老、礼高年"的诏令，予以全力抚助。霸州平民李在宥活到一百三十三岁，仍然健康硬朗，被认为是"盛世之祥瑞、大辽之寿星"，圣宗亲自登门拜访，送去金帛、财物、锦袍、玉带，予以大力褒奖。他还在幽云地区拜访了一百多位百岁老人和民间贤士，向他们请教治国理政的经验，受到了当时社会中下层百姓的普遍赞誉。

对于朝中年事已高的老臣，隆绪更是恭敬有加。统和二十九年（1011）十二月，他特下诏令，许可老臣邢抱朴坐车上朝，拄拐杖上殿，并亲赐锦袍、玉杖、银冠、布履，一时在朝野传为佳话。皇帝倡导，百官相随，各州、府、县纷纷访老敬贤，民风官风为之一新。

六是坚持以诚相待，与邻邦友好往来。澶渊结盟以后，在处理与宋朝的关系上，他始终恪守誓书条款，坚定不移，并要求各级官吏及守边将士，一律不准越雷池半步，可谓心细如发，其意甚诚。开泰二年（1013）六月，武洼县有一伙流民偷越边界，趁宋朝守军不备，在南朝境内烧杀抢劫，掠夺财物而归。耶律隆绪闻听此事，还没等宋朝派使交涉，即主动下令将这些人缉拿归案，按罪论罚。对其中有人命者七人处以死刑，其他二十几人均投入大牢，并将掠夺来的财物全部退回。令宋朝君臣皆感意外，赞不绝口。

对宋朝使臣来访，圣宗无论如何繁忙，总是满腔热情，亲自接待，临走时还要送上辽国的特产。因此凡来过辽国的特使，回到宋朝以后，均异口同声地赞扬圣宗之贤。对于派往宋朝的辽使，圣宗总是亲自挑选，并且千叮咛万嘱咐，同时还不忘要给宋朝皇帝捎去喜爱的礼品。有一年土河发大水，冲毁了接待宋使的驿馆，灾情后圣宗立即亲自选址，亲自勘测，下诏易地重建。新的驿馆建成以后，比原来更宽敞更方便，宋朝君臣闻之皆十分佩服。

对于周边地区的弱小部落和国家，圣宗本着平等、友好、真诚、互助的原则，与之和睦相处，从不恃强凌弱，还常常伸出援助之手，为他国排忧解难。他曾四次下诏，把皇室的公主下嫁给党项、高丽、渤海和女真等部落的首领，与他们结成姻亲之好。圣宗每年都要邀请各部落的酋长们来中京集会，还经常资助他们粮食、牛马和布帛。圣宗的博大胸襟和德行义举，在周边的邻邦们有口皆碑。因之国家多年来边疆稳定，一直没有战事。

辽圣宗耶律隆绪的励精图治，使契丹成为当时天下最为稳定、发达和强大的国家，使太祖耶律阿保机所创立的宏图大业达到了鼎盛时期，使五大京都均成为非常发达和繁荣的城市，也使他自己成为辽史上最有作为的、在位时间最长的君主。但是金无足赤，人无完人，任何事物都有它的两面性。辽圣宗的仁厚宽和使朝廷君正臣忠、政局稳定，但也使后宫中暗流涌动，旋涡骤起，为国家和政局的不安埋下了祸根和伏笔。事情尚须从圣宗的皇后身上说起。

统和十九年（1001）五月，辽圣宗耶律隆绪的皇后萧氏因为笃信道教，在后宫请来道士作法捉妖，引来朝野非议，被降格为贵妃，另一位妃子萧菩萨哥被立为皇后。萧菩萨哥的父亲萧隗因是萧太后的小弟，母亲是大丞相韩德让的妹妹，而萧太后则是她的亲姑母。新皇后门庭显赫，尊荣无比。

从血缘关系上来说，耶律隆绪是萧菩萨哥的表兄，萧菩萨哥是耶律隆绪的表妹。由于是姑表至亲，萧菩萨哥从小便与隆绪相识，常在一起玩耍或随同大人们出去游猎。十二岁时由萧太后做主，将她许配给耶律隆绪为妃。婚后一直受到隆绪的宠爱，也始终是萧太后的掌上明珠。但是待她当上皇后的时候，却已经入宫十九年、三十一岁了。

萧菩萨哥天生丽质，出类拔萃。她生得姿容明艳，光彩照人，身材曼妙，聪慧灵巧。一颦一笑俱摄人心魄，让人难忘，一举一动皆相当俊美，教人挂怀。她又心地善良，性情温婉，态度谦和，举止文雅，因此入宫以后，上上下下都非常喜欢她，隆绪对她爱之更甚。耶律隆绪精通音律，善于歌舞。萧菩萨哥也懂音乐，会弹琵琶。两个人常常你弹我奏，夫唱妇随，琴瑟和谐，其乐融融。

萧菩萨哥心灵手巧，既擅绘画，又精女红，尤擅手工技艺，能制作各种精美的礼品，对宫殿建造也很有研究。在辽朝修建中京时，有一次她随萧太后和辽圣宗巡视工程，不但提出了许多中肯的意见，而且说的都是行内的术语，令南京来的工匠们啧啧称奇，赞不绝口。据说中京城内的清风、八方和天祥三座大殿，就是仿照她用麦草秆扎成的模型修建的，十分雄伟壮观，还节省了许多建筑材料。

萧菩萨哥还会自己缝制衣服、制作头饰，做完后赠给宫中的妃嫔或宫女，谁看见了都夸好。她曾经自己制作过九龙辂、诸子车，送给圣宗乘坐。萧太后南征时乘坐的高大驼车，也是由她亲自设计并监造的，不但安全、威武，而且宽敞、美观，如同一座小型的宫殿。她自己乘坐的车辇，被她设计装上龙头鸥尾，表面饰以金箔，以银线彩绸相连。每到春夏之时，她与圣宗乘车去草原上游玩，远远望去，在绿草红花掩映之中，一片金碧辉煌，如同从天而降，直如一对仙人下凡，惹得世人皆由衷赞美。

萧太后在世的时候，萧菩萨哥过的是神仙般的日子，如天之骄女，无忧无虑，顺风顺水，万事如意。萧太后去世以后，及至隆绪掌权，萧菩萨哥的生活和事业也一度达到了顶峰。她不但成了契丹人心目中真正的国母，而且开始参与国事。群臣为她上尊号曰"齐天皇后"，这"齐天"二字的内涵甚至超过了萧绰的"承天"，萧菩萨哥也坦然接受并未推辞。辽圣宗耶律隆绪还特地为她建立一处官署，名为"官闱司"，设置官员为她服务，让她以皇后的名义发号施令，她亦泰然处之。圣宗还专门下诏，把她的生日定为"顺天节"，届时朝野上下及各国使节都来道贺。宋真宗赵恒去世以后，仁宗赵祯继位。按照澶渊之盟时的口头约定，仁宗当称圣宗为叔皇，而萧菩萨哥则与刘太后同辈。于是耶律隆绪对萧菩萨哥说："如今南朝刘太后正在临朝听政，你可以写封书信给她，尽叙妯娌之谊。这样以后使者之间互相往来，你就可以名扬天下了！各邦各国都知道大辽国有一位贤淑而又能干的皇后！"萧菩萨哥闻之喜笑颜开。

萧菩萨哥的超凡美貌、多才多艺、备受宠爱和无限风光，受到了后宫上下、国内国外许多人的称赞、羡慕和敬佩，但也引起了不少人的嫉妒、不满和仇恨。萧菩萨哥曾经生过两个儿子，但都在幼年因病夭折了，以后由于产后生病，就没有再留下子女，这一直是她的一块心病。开泰五年（1016）二月，宫嫔萧耨斤生下一个儿子，取名木不孤。这是辽圣宗耶律隆绪的第一个儿子，而此时他已经四十六岁了，因之欣喜异常，对此子极为珍爱。皇后萧菩萨哥也十分高兴，命人把木不孤抱养在自己的身边，由自己亲自培养，视同己出，爱护备至。萧菩萨哥以为她做了一件天大的好事，却不知她的悲剧结局也就从这里开始了。

萧菩萨哥的这种做法，在南北两朝皆有先例。由皇后抚养庶出的皇子，本来就是对她们母子的重视和抬爱。因此耶律隆绪极为赞同，满朝文武也皆无非议。但却引起了本不孤生母萧耨斤的强烈不满，并由此产生了极大的愤懑和仇恨。

这位宫嫔萧耨斤很有些来历，她本是太祖皇后述律平弟弟阿古只的五世孙，虽说比圣宗皇帝小一辈，但她也是正宗的后族苗裔。传说在萧耨斤很小的时候，她的母亲做过一个可怕的梦：一根金光闪闪的柱子直上九霄，她的几个哥哥纷纷顺着柱子往上爬，但是谁也爬不上去，半路上都掉了下来。只有萧耨斤手脚并用，几下子就爬了上去。她的母亲感到十分惊奇，仔细一看，突然又不是女儿萧耨斤了，而是一条毒蛇巨蟒，瞪着铜铃大的眼睛，张着血盆大口，呼出腥臭的气体盘在金柱之上。那根金柱已经摇摇欲坠，吓得她的母亲大叫而醒。因为梦境太凶，所以她的母亲从不敢对人言。一日有个游方道士从门前经过，她的母亲灵机一动，将其请入府中卜卦，方悄悄说起此事，请那道士帮助解梦。那道士听后倍感惊奇，请她的母亲唤女儿出来相见。那道士一见萧耨斤的模样，黑胖丑陋，目露凶光，手如利爪，牙似恶狼，遂急忙拜倒曰："汝之女贵不可言，久后必名扬天下！"她的母亲半信半疑，但还是遵那位道士所嘱，立即将她送入宫中，当名宫女，等待时机。

萧耨斤虽然长相丑陋，但由于她出身高贵，因而入宫还是非常顺利。开始时她只是干些浇花、拔草、扫地、跑腿一类的零活和粗活，时间长了，由于她沉默寡言，手脚勤快，被圣宗的皇后萧氏选为侍女。皇后和后妃们为自己挑选侍女，往往都要选丑一点儿的，这似乎已成为一种惯例，认为这样才比较放心。因此萧耨斤的丑陋倒帮了她的大忙。不久，又被萧皇后推荐到萧太后身边，负责整理内务，打扫房间。一个偶然的机会，让这位丑小鸭一下子变成了白天鹅，从地下一跃而飞到了天上。

那是一个阳光明媚的上午，萧太后与韩德让等人出去游猎，萧耨斤为太后打扫房间。在整理床铺的时候，萧耨斤一抖搂被褥，突然在床上发现了一个金光闪闪的东西。她拿起来仔细一看，原来是一只金鸡，虽然只有小酒盅般大小，但却十分精致可爱。萧耨斤把它拿在手里，顿觉手心清风习习，酥麻凉爽；放在腮边，又感到嘤嘤有声，似在说话。稍远望去，金光闪闪。走到近前，香气袭人。萧耨斤不知这是何物，把玩良久，爱不释手。

这时候圣宗下朝，走了进来，没进门就喊道："母后在吗？儿臣来看你了！"吓得萧耨斤藏也不是，丢又不舍，一急之间，竟然含在嘴里。等圣宗进来，发现母后不在，就出去了。萧耨斤惊得头也没抬，好在圣宗并未在意，也没有发现什么。但过了一会儿，萧耨斤却发现那只小金鸡，早已被自己在口中含化了，并且已经不知不觉地咽了下去。她感到口中一股股清凉，腹中却一阵阵燥热，竟如翻江倒海一般。她明白这次是闯了大祸了，吓得她跌跌撞撞地跑回自己的小屋，关上门就不敢出来了，她情知事泄必死。但是当天没动静，第二天也没动静，也没见太后打发人找什么。她一连几天不吃不喝，也没饿，只是感到周身乏力，体内翻腾。宫女们都以为她生病了，便及时替她告了假，让她在自己的小屋里休息。

萧耨斤上吐下泻，折腾了七天之后，奇迹出现了！她的身体明显地瘦了下来，粗壮僵硬的身板变得柔软、苗条，浑身上下像蛇蜕皮一样，掉下来一层黑屑，皮肤变得光滑白嫩。容貌虽然未脱大相，但也变得青春俊美，有一股昂扬向上的活力。她照着镜子观看，简直不敢相信自己的眼睛。她从一个丑八怪变成了一个美少女，这让她惊喜异常，也让后宫上下倍感惊奇。宫女们纷纷问她是怎么回事，她则编瞎话说，是在病中梦异人点拨所致，人们听了之后皆半信半疑。

原来这只金鸡是萧太后的师父青岩洞主的镇寺之宝，也是她送与萧太后的珍贵礼物，据说是用医巫闾山九九八十一味草药精制而成。此药的秘方得自于南海观世音菩萨，名字叫作"九转金鸡寿香"，是一种养颜助寿的珍宝。萧太后多年来一直带在身上，始终没舍得用。从闾山上香回来以后，却不知丢到哪里去了。为此她还懊恼了好些日子，曾专门去闾山向师父谢罪。青岩洞主笑着说道："得者有失，失者有得。因果循环，上苍做主。汝虽失之，早升天界。彼虽得之，终下地狱。一切随缘，何必较真？不必自责，随它去吧！"萧太后听后似懂非懂，无奈而归。殊不知她因为丢失了这件宝物，在世间少活了三十三年，从而让她为之奋斗了大半生的大辽国衰落了！阴差也？阳错也？时运乎？缘分乎？不可知也！

且说萧太后从医巫闾山回到上京，一日辽圣宗耶律隆绪对她说："昨夜儿臣偶得一梦，是观世音菩萨乘白鹤而来，命善财龙女赐吾一子，随即驾彩云而去，不知何意？"

萧太后沉吟良久，才缓缓说道："我儿人过中年，尚且膝下无子，大辽国社稷乏人，哀家心甚忧之。今得此梦，莫非我儿该当得子？"

辽圣宗耶律隆绪听了母后的话，忧郁地说："儿臣遍驭诸妃，已是十分用心，无奈至今无子，不知如何是好！"

萧太后正想说话，这时忽见侍女萧耨斤从窗前走过，不觉心中一动，似有所悟："此女脱胎换骨，当是天降祯祥。我儿因梦得子，莫非就应在此人身上？"遂当即下诏，封为宫嫔，令其侍寝。圣宗本来很讨厌萧耨斤，奈因母命难违，只好应允。没想到有心栽花，未必成活，无意插柳，偏成绿荫。数年之后，歪打正着，竟然为他产下麟儿。耶律隆绪高兴之余，将萧耨斤封为顺圣元妃。

萧耨斤当侍女的时候，便对萧菩萨哥羡慕得不行、嫉妒得要死。认为同为女人，为什么她就能一人之下，万人之上，风光无限，尊崇无比？不就是有一副好身材，长一个好模样吗？有什么了不起？偏偏萧菩萨哥高傲无比，从来就没用正眼看过她，这让她气愤万分！不过气归气，人家貌若天仙，自己黑胖丑陋，拿什么跟人家比呀？她这口气也只能往肚子里咽。但如今自己脱胎换骨，贵为皇妃，又为皇帝生了个儿子，自觉今非昔比，身价百倍。她想你菩萨哥长得再好看，也是只抱不活幼崽的母鸡，你的好梦也做到头了！该当皇后的是我，而不是你！因此她暗暗下定决心，一定要扳倒萧菩萨哥，自己母仪天下。于是她在道士寇虔之的挑唆下，一步一步地开始实施她的罪恶计划。

萧耨斤仗着母以子贵，首先在圣宗那里邀宠，推荐她的兄弟子侄们到朝廷做官。圣宗虽然精明睿智，但由于元妃生下贵子，皇位后继有人，心中高兴异常，再加上都是皇亲国戚，也还有些才干，就是给个官做也不为过。于是他先后任命其弟萧孝穆为南京留守、兵马都总管；其弟萧孝先为上京留守、国舅详稳；其弟萧孝友为左武卫大将军、检校太保。此时萧太后时期的一些老臣旧将，如室昉、郭袭、萧继远、萧排押、萧恒德和韩氏兄弟等均已去世，邢抱朴、张俭也已老迈。因此圣宗把萧耨斤的兄弟们倚为心腹重臣，也就不足为怪了。不久又诏令萧孝先为总知宿卫事。这样萧耨斤的兄弟们就逐渐掌握了朝廷的军队和警卫大权，她的第一步计划实现了。

左丞相张俭似觉有些不对，一日早朝后曾对圣宗说："近几年元妃一家备受重用，飞黄腾达。若忠心事主，当是好事。如存异志，其祸如天耶！"圣宗一笑说道："元妃乃朕子之母，其弟乃朕之至亲，都是国家栋梁，岂能存有异志？爱卿不必疑之！"张俭摇了摇头，长叹而退。

在推荐她的兄弟们担任要职的同时，萧耨斤一天也没闲着，她也在后宫千方百计地培养耳目、安插亲信，悄悄地实施她的第二步计划。除了用封官许愿和赏赐财物等手段进行拉拢之外，她还因人而异，分别采取威逼利诱等办法，不择手段地培植个人势力，可谓无所不用其极。

宦官赵安仁是宋朝深州人，因为思念家乡，有一次借出宫之机，企图逃跑，被侍卫抓回，按律应当斩首。赵安仁当时已吓得面如死灰，小便失禁，拼命地磕头求饶，但是宦官和宫人们谁也不敢吱声。危急时刻，是元妃萧耨斤救了他。正在当值的承奉官拿起白绫，准备下手将赵安仁勒死的时候，是萧耨斤"扑通"一声，给主持后宫事务的皇后萧菩萨哥跪下了，满眼含泪地说："思念家乡，人之常情，其罪该死，其情可原。请皇后念贱妾薄面，就宽恕他一次吧！"

还没等萧菩萨哥说话，这工夫恰巧圣宗赶到了。圣宗本是天性慈孝、仁厚豁达之人，闻知情由，即刻就把赵安仁救了。赵安仁认为是元妃救了他一命，对其感激涕零。萧耨斤趁机冷笑着对他说："我是救了你，但不是爱惜你这条小命！我能让你活，也能让你死！你给我听好喽！从此把皇后给我盯住了，有什么消息随时告诉我！如果你敢有二心，你知道后果！"萧耨斤右手一挥，做了一个刀砍的动作，凶狠的目光如同恶狼，吓得赵安仁一下子瘫在地上，险些晕了过去。

后宫都总管、东头承奉官沙陀鲁是沙陀族人。他也是一个宦官，同样被阉割过，干不成什么真事，但其心甚淫，常生邪念，时而对宫女们动手动脚，进行调戏和猥亵。萧耨斤听说他好这一口，为了拉拢他，竟然有一次假装醉酒，让沙陀鲁扶她上床，为她脱衣服，并容许他抚摸自己的身体。沙陀鲁色胆包天，喜不自禁，以为这一回自己是老鼠配骆驼，便宜占大了！没承想正当他兴致勃勃，忙得专心致志、不可开交的时候，萧耨斤一个翻身跃起，"啪"的一个大嘴巴扇过去："不知天高地厚的东西！敢来占老娘的便宜，你想找死吗？"随即一脚把他踹下床去。吓得沙陀鲁磕头如捣蒜，从此死心塌地充当起萧耨斤的耳目，对其唯命是从。

皇后萧菩萨哥由于喜爱音乐，常与琵琶工燕文显、李有文在一起切磋。赵安仁见之，便私下里密报给萧耨斤。萧耨斤当即添油加醋，向圣宗耶律隆绪进谗言，往萧菩萨哥身上泼脏水，污蔑菩萨哥与燕、李二人有染。说有人看见二人手把手、肩并肩地辅导皇后抚琴，手都伸到皇后的胸衣里去了，行为猥琐不知羞耻。圣宗听后淡淡一笑，不予理睬。

萧耨斤见此计不成，又生二计，唆使沙陀鲁用契丹文写成书信，偷偷投到圣宗的卧帐之中，同样是密报此事。圣宗阅过之后又是付之一笑。萧耨斤见机对圣宗说："我说什么你都不信，就宠你那个皇后。如今后宫议论纷纷，密报都投到你的御帐里了，陛下难道还能不管吗？"

圣宗看着萧耨斤的眼睛说道："皇后跟着我都快四十年了！她是一个什么样的人，我能不知道吗？同样，你与我同床相卧、抵足而眠，虽是时间不长，但已生下麟儿。你是一个什么样的人，我能不知道吗？"仍然不理不睬。萧耨斤听罢悻悻而去。

契丹太平二年（1022）二月，宋真宗赵恒去世。宋朝派特使薛贻廓到辽国来报丧。还没等宋使到达，圣宗耶律隆绪就听到消息，立即命满朝文武及后宫妃嫔，均穿上哀衣孝服，并在中京悯忠寺设灵堂，为真宗赵恒哭祭。他对宰相吕德懋说："朕与宋朝兄皇是同月而生，他只大我两岁，是同龄人啊！两家未结好之前，常动干戈，互有胜败，但已成为往事。自澶渊结盟以后，朕与他相处情同手足，心中常怀挂念。今他已去，朕不知尚能活几年矣！"言语之中，十分伤感。接见宋使以后，又请僧尼千余众，为真宗赵恒设水陆法会，进行祈祷超度。其意之重，其心之诚，令宋朝君臣均十分感动。

真宗赵恒去世以后，辽圣宗耶律隆绪可能感到兔死狐悲，因而心情一直非常忧郁。国家虽然无事，后宫却不省心。他虽然不相信萧耨斤的鬼话，依然非常宠信和珍爱皇后萧菩萨哥，但他明明知道萧耨斤是不怀好意，是阴谋陷害，却也下不去手，不忍心去制裁她、处置她，拉不下脸来给自己儿子的母亲定罪。圣宗耶律隆绪的这种优柔寡断的性格，看似宽容实则糊涂的做法，终于不可避免地酿成了苦果，给这个国家的未来带来了致命的创伤。

圣宗虽然依旧很勤奋，每日都坚持上朝理事，并亲自批阅每一份奏折，但他的心境和身体均大不如前。忙碌之余，他经常去医巫闾山祭拜父母的陵寝，每次回来都因为哀伤过度，要大病一场。太平十一年（1031）六月，他忽然梦见母后萧绰来到大福河（今内蒙古自治区胡虎尔河）上香，惊醒方知是梦。但他深信不疑，说母后一定是真的来了，非要到大福河去不可。群臣劝之不听，只好随行伴驾。由于道路颠簸，圣宗又心急如焚，走到中途就得了风寒，忽冷忽热，时而昏迷，只好停下来在行宫治疗。

当时皇后萧菩萨哥与元妃萧耨斤均伴驾同行，在圣宗耶律隆绪身边侍候。萧菩萨哥见圣宗心情抑郁，形容枯槁，病躯日益沉重，不由心痛欲裂，日夜在榻前侍候，煎汤熬药，无微不至。而元妃萧耨斤见圣宗病重，时而不省人事，便趁机撒泼闹事，搬弄是非，硬说皇上生病是皇后怂恿其出行所致。仗着禁宫侍卫都是她的亲信人马，突然下令将萧菩萨哥拖出行宫，又打又骂："你个老尤物！你也有今天？我看皇上明天驾崩了，你还狂不狂？"宫女们过来劝阻，竟被萧耨斤夺过侍卫手中的金捶，当时就砸死两个，吓得宫女们皆一哄而散。大臣们闻知后，也无一人敢言。

有一名侍女见皇后被辱，实在于心不忍，一溜小跑来到寝宫，向圣宗耶律隆绪飞报。圣宗此时已清醒过来，强撑着坐起病体，令侍女把萧菩萨哥扶了回来，又训斥了萧耨斤一番。左丞相张俭私下里对圣宗说道："元妃闹事，蓄谋已久。今羽翼已成，势必嚣张。恐万岁一旦驾鹤，她要坏我朝大事呀！臣斗胆建言，皇上宜早作决断，痛下决心，戬除乱党。否则社稷生危，后患无穷啊！"

圣宗耶律隆绪闻之点了点头，思忖良久，才缓缓地说："爱卿之意，朕岂不知？元妃一再闹事，绝非争风邀宠这么简单，她是包藏祸心哪！可她毕竟为我生了儿子呀！怎么下得去手？我实在是狠不下心去呀！"

张俭闻听着急地说："家庭事小，国家事大。陛下不能因为小家的亲情，而误了国家的大事呀！微臣冒死一言，尚请陛下海涵。您英明一生，万民拥戴，岂能秉持妇人之仁，而留下终生的遗憾哪！"说罢以头触地，前额滴血，老泪纵横，情知必死。

圣宗耶律隆绪听了张俭的话，一口气憋在喉咙口处，脸色涨得血红，眼睛瞪得很大，半晌没有说出话来。吓得一名侍女赶忙跑过来，给圣宗捶背。稍倾，一大口浓痰吐出，又咳嗽了一阵，圣宗才安静下来，但已满眼泪水。他挥挥手对张俭说："爱卿一片忠心，我绝对不会怪你！人生有命，万般是缘。一切随她去吧！"张俭闻之长叹一声，怅然退下。

张俭退出以后，圣宗耶律隆绪喘着粗气，让侍女扶着他坐起来，下令召集皇子木不孤及随行重臣，交代后事。待众人到达以后，圣宗对她们说："齐天皇后跟随我四十多年了，虽然没有留下子女，但她热爱这个国家，忠于自己的君主和臣民，仁德贤淑慈爱，堪为一代国母。她对社稷江山有很大的贡献，也很受黎民百姓的拥戴。朕去以后，你们都要尊敬她，善待她，维护她，切不可辜负了我的期望！"

说到这里，圣宗一阵剧烈的咳嗽，喝了口凉茶之后才稍好一些。他用慈爱的目光看着木不孤，拉过爱子的双手，缓缓地嘱咐木不孤说："皇后对我儿有养育之恩，爱之深厚，情同己生，汝一定要孝顺以待之，切不可伤了她的心哪！"木不孤含泪应允。

但是圣宗想起张俭的话，仍不放心，他当着众人的面立下遗诏，封萧菩萨哥为皇太后，封萧耨斤为皇太妃。言毕又立下两条遗嘱：一为册立木不孤为帝，并改名宗真，希望他继承列祖列宗的遗志，当个好皇帝；二是继续坚守澶渊之盟，与宋朝和睦相处，让百姓安居乐业。圣宗说完了这些话，长长地舒了一口气。他觉得自己在生前把去后的事情都交代完了，没有什么需要牵挂，他可以放心地走了。于是他紧紧拉着自己的爱侣萧菩萨哥的双手，微笑着向自己的臣子和家人看了最后一眼，慢慢地闭上了眼睛，从此再也没有醒来。萧菩萨哥撕心裂肺，当时就哭倒在病榻之前。

辽圣宗耶律隆绪时年六十一岁，在位四十九年。他是大辽国历史上在位时间最长、最有作为的一个皇帝。辽朝的国力和威望，在他当政时期都达到了顶峰。但他的心慈面软和优柔寡断，也给大辽国的未来埋下了深深的隐患，从而使这个当时天下最为强大的国家逐渐走向衰微，最后一落千丈。

辽圣宗耶律隆绪去世，其子耶律宗真继位，就是历史上的辽兴宗。圣宗临终的时候，因为身边只有张俭、萧孝穆、萧孝先等几位重臣和木不孤、萧菩萨哥在场，萧耨斤感到有机可乘，于是她从左丞相张俭手中夺过遗诏，藏了起来。又伙同两个弟弟威胁张俭，篡改圣宗遗命，宣布自己为皇太后。随即把萧菩萨哥囚禁起来，独揽了朝廷的军政大权。

萧耨斤姐弟掌权以后，所做的第一件事，就是向萧菩萨哥开刀，她要立即拔掉这根眼中钉，肉中刺。她迫不及待地连夜与两个弟弟密谋，必欲马上除之而后快。萧孝穆说："那还不容易？安她一个先帝晏驾、趁机谋反的罪名，不就行了？"几个人商议停当，即刻找来心腹死党、銮驾护卫官冯家奴和耶律喜孙，命二人上奏折，诬蔑萧菩萨哥伙同其弟萧鉏布里、其侄萧匹敌谋反，企图推翻兴宗，另立皇帝。

辽兴宗耶律宗真当时只有十五岁，严格说还是个孩子，没有什么主意，只能任由其母萧耨斤和几位舅舅摆布。听说萧菩萨哥企图谋反，兴宗和大臣们都不相信。但是萧耨斤不容分说，立即派人抓捕了鉏布里和萧匹敌。为了防止二人喊冤，竟当场下令割下了二人的舌头。同时，又将与萧菩萨哥关系较好的几位臣子，如围场太师、女真人著骨里和右祗侯郎君详稳萧延留等人一起抓获，均不经审讯，立即斩首。连乐工燕文显、李有文都没有放过。一起被杀害的还有其亲族五百多人，家产全部籍没。接着又把矛头指向了萧菩萨哥，请皇帝下诏令其自尽。辽兴宗耶律宗真毕竟由萧菩萨哥从小带大，对这位养母有着一定的感情。他听完萧耨斤的话，对其生母说道："父皇才去，尸骨未寒，我们就改其遗诏，害其遗孀，这合适吗？"

萧耨斤恶狠狠地说："有什么不合适？你是我的儿子，怎么说出这种话来？有我这个太后，她就必须得死！"

兴宗有些无奈地说："齐天后与父皇是四十多年的夫妻，是大辽朝公认的国母，又一手把我抚养成人。按照父皇的遗命，她是要被尊为太后的。如今我们不这样做，反而要杀她，这也说不过去呀！"

萧耨斤听后坚定地说："留下此人，必为后患！除恶务尽，斩草除根。我儿不能手软哪！"

兴宗依旧不同意地说："她都那么大年纪了，又没有儿子，把她养在宫中又能怎样？也耽误不了您什么事呀！怎么一定非要杀她？"

中书令萧朴这时赶来，闻听此事后也跪下相求："皇后并无过错，谋反有何证据？现在已经杀了那么多的人了，难道您想让天下大乱吗？"身边的宫人、侍卫们也皆跪下相求，但萧耨斤根本不开面儿，她脸子一摞，恨恨地说："看来你们都是她一伙的！给我等着！有你们的好下场！"说完气呼呼地走了。

皇帝不答应杀害萧菩萨哥，但是萧耨斤并不甘心。当晚她即命人用小车将萧菩萨哥拉走，偷偷地运到上京，秘密地囚禁起来。

重熙元年（1032）春，辽兴宗耶律宗真按照皇家惯例，要去木叶山参加祭祖大典，中途必路过上京。萧耨斤怕宗真见到萧菩萨哥以后，动了恻隐之心而释放了她，于是提前派出三名侍卫扮作刺客，骑着快马从中京先到上京，到囚禁地去刺杀萧菩萨哥。萧菩萨哥自从圣宗去世以后，知道迟早必遭毒手，因而她有思想准备，一点儿都不惊慌。她笑着对三名刺客说："我自知难逃此厄，但我是无辜而亡。我既是清白而来，也当清白而去，容我换一下衣服好吗？"

三名刺客见萧菩萨哥六十多岁年纪了，又是病弱之躯，身边也只有两名侍女，不怕她借此逃走，于是便点头应允了她，拔出腰刀在外间等候。

萧菩萨哥带着两名侍女走进内间，关上房门，不知在做些什么。过了一会儿，只听"扑通"一声，紧接着又传来"妈呀、妈呀！"两声尖叫。三名刺客情知不妙，推开屋门一看，萧菩萨哥已用白绫吊死在房梁之上，脚下的木凳已经踢倒，两名侍女吓得面如土色，早已昏了过去。一名侍卫笑道："这样也好！省得我们动手了！"

于是三人七手八脚，用草席卷起萧菩萨哥的遗体，草草地埋葬在白马山下（今内蒙古巴林左旗西南），向萧耨斤复命去了。

萧菩萨哥一生仁德贤淑，聪明俊秀，此时虽已年届花甲，但仍然美若天人。她的惨死引起国人极大的同情和愤慨。有人说她没有死，是一位侍女仗义假扮了她，而她则被神人救走；也有人说那天观世音菩萨显灵了，同萧太后一起来到了白马山。是萧太后亲自把她的侄女加儿媳救走了；还有人说在医巫闾山的万古千秋寺见过萧菩萨哥，她已经拜青岩洞主为师，在那里出家为尼。这些传说是真是假，就无从考证了。但有一点却是真的，五天以后，天降暴雨，宦官沙陀鲁和三名刺客在后宫当值时，被炸雷殛死。而四人身边的人和物均安然无恙，惊得宫人们目瞪口呆。

等到辽兴宗耶律宗真来到上京祭祖，顺路来看望他的养母的时候，齐天后萧菩萨哥已经不在了，遗体也不知去向。宗真悲痛已极，痛哭了一场，失望而归。三年之后经牧人指点，朝廷才在白马山上找到了齐天后的尸骨。兴宗耶律宗真即刻令人按照萧太后陵寝的格局，为他的养母萧菩萨哥修建了墓园，并派人守护和常年祭扫，但这都是后话了。

　　除掉了眼中钉、肉中刺，皇太后萧耨斤更加无所顾忌、放心大胆了。朝臣中稍有非议，非打即杀。宫人们稍有怠慢，不是杖毙，就是活埋。中书令萧朴匹为曾经给萧菩萨哥求过情，被萧耨斤怀恨在心，念念不忘。不久，一句话就将他贬到山西朔州做观察使，形同发配。后宫中曾经侍奉过萧菩萨哥的宫人，被她杀掉大半，余者发配到边疆为奴。就连曾为萧菩萨哥驾过马车的侍从也不放过，被打断双腿，扔到深山喂狼去了。

　　为了满足迅速膨胀的权力欲，萧耨斤急不可待。圣宗耶律隆绪的丧期未满，她就下令给皇帝耶律宗真，让群臣为她上尊号，称其为"仁慈圣善钦孝广德安清贞纯宽厚崇觉仪天皇太后"，简称仪天皇太后，罗列的溢美之词比述律平和萧绰还要多。又逼着兴宗下诏，把她的生日定为"应圣节"，要求群臣和各国使节届时都要去参拜她。与此同时，又亲下懿旨，追封其曾祖为兰陵郡王，追封其父为齐国王。将其弟弟萧孝穆、萧孝先和萧孝友皆封为王爵，担任南北两府宰相或枢密使等军政要职。一时萧耨斤家族权倾朝野，势焰熏天。

　　但是萧耨斤并不满足，她又接连下了三道懿旨，把她家的四十多位奴仆全部封为节度使、观察使、团练使或知州等职，到地方担任大员去了，连扫地的和喂猪的也无一漏下。她家的六十多位亲属皆被任命为京官，到各部、司担任要职。一百多名市井无赖不沾边硬靠，被提拔到军中为将。一时闹得乌烟瘴气，鸡飞狗跳。中京的一些地痞流氓见有机可乘，纷纷卖身投靠，入朝为官。这些人不懂礼仪法度，自觉有恃无恐，出入朝堂禁地如入无人之境。他们只知有太后，不知有法度，把萧太后和辽圣宗多年来辛辛苦苦建立起来的政治秩序，一下子砸了个稀巴烂，全国乱成了一锅粥。

在搞乱朝纲的同时，后宫也被她搅得一团糟。辽圣宗耶律隆绪尸骨未寒，就有道士沈攸之对她说："当皇帝的可以三宫六院，嫔妃无数，享尽荣华，占尽风流，为什么女人就要从一而终，死守空房，受尽孤灯冷月之苦？当年武则天曾有过众多面首，而且还自立为女皇，又有人敢说什么？今太后青春貌美，直若天人，若不及时行乐，岂非枉为国母、白度此生？"

道士沈攸之的一番话，说得皇太后萧耨斤心旌摇动，喜笑颜开，当即用双手扶起沈道士，以一双媚眼瞟着他说道："道长所言极是，正合哀家本意。如此吉日良辰，何不教我素女之法？"遂拉其入帏，鏖战去了。

萧耨斤除了与道士沈攸之鬼混，又命人选美男数人入宫为面首，皆封为侍御郎，与之同宿淫乐。后宫中道士、僧人自由出入，市井无赖也来沾腥。不少嫔妃见太后尚且如此，自然上行下效，一时邪风顿起，愈演愈烈。大白天的公开宣淫，艳叫之声不绝于耳，后宫已乱得不成样子。群臣闻之，皆敢怒而不敢言。

萧耨斤的姐妹们见她尽情享乐，不免有些眼红。其大姐秦国夫人早年丧夫，已苦熬守寡多年，不免难耐寂寞。今见二妹一手遮天，便向其倾诉孤寂之苦。萧耨斤闻之一笑："这有何难？我给你选个俊郎便是了！"她见长沙王谢家奴虽人到中年，但依然魁伟英俊一表人才，便派人杀死他的妃子，又下诏把秦国夫人嫁给他。吓得谢家奴陡生怪病，阳气泄尽，竟不能成男女之事，屡被秦国夫人痛打，遂成为京城趣谈。

萧耨斤的妹妹晋国夫人见大姐已经得逞，于是也去找二姐帮忙。原来晋国夫人的丈夫生得黑胖矮小，她不如意，倒看上了仪表非俗的户部侍郎耿元吉。耨斤当即下令，命侍卫杀死耿元吉的妻子和晋国夫人的丈夫，然后令耿元吉迎娶自己的妹妹。耨斤的母亲闻之，觉得有些过分，劝了女儿几句，不料耨斤却哈哈大笑："这有什么呀？如今这大辽国都是女儿的，我们想干什么，就能干成什么！我的老娘，说说您相中谁了吧？我立马给你办！"弄得她母亲哭笑不得，再也不敢多言了。

对于皇太后萧耨斤的种种倒行逆施，虽然契丹国上下均怨声载道，怒火冲天，但因为契丹民族有尊重女性的习俗，母权在社会生活中有着极其深远的影响，这可能是从母系氏族的时候就遗留下来的。太祖皇后述律平和承天太后萧绰，均曾经临朝听政，决断大事。就连萧菩萨哥当皇后的时候，也曾经置官署、颁教令、任命官员。因此对于萧耨斤的所作所为，辽兴宗耶律宗真虽觉有些过分，但并未十分反感，认为她反正是自己的母亲，怎么做自己也是皇帝，她也闹不到哪里去。因而抱着睁一只眼闭一只眼的态度，有时甚至听之任之，根本未加干涉。

在这种情况下，如果太后萧耨斤有自知之明，做得适可而止，母子俩也许会永远相安无事、和睦相处。但是问题在于，不但太后萧耨斤总想得寸进尺，她身边的那帮人也不停地捅娄子惹事，唯恐天下不乱。道士沈攸之在枕边对她说："太后英明天纵，当世无双，乃通灵教主转世，九天神女临凡，岂是凡夫俗子所能识得？满朝文武焉得知之？让太后降临草原，把控朝政，那是上苍对大辽国的垂顾，乃社稷之幸、万民之福也！"

萧耨斤闻听此言舒服极了！她觉得沈攸之才是她的知音，比故去的夫君辽圣宗强上百倍！人家不仅床上功夫了得，而且那话说得也太对了！自己就是与众不同嘛！不然怎么会脱胎换骨、由丑变俊？怎么会一步登天、成为贵妃？怎么会一次交合就暗结珠胎、产下龙子？又怎么会平步青云、心随所愿，成为皇太后呢？这都是天意呀！说不定自己真的就是教主转世、女神下凡。当年述律平和萧绰都是些凡人，尚能够临朝决事，自己贵为女神，为什么就不能呢？

于是萧耨斤处处想凌驾于皇帝之上，把辽兴宗耶律宗真的一切活动，完全控制在自己的掌握之中，她要当实际上的女皇。兴宗今天在哪里吃饭，晚上要临幸哪个妃子，在寝宫接见了哪位大臣，决断了什么大事，都要一一向她禀报。否则她就要大发雷霆，当着许多人的面大声呵斥："你眼里还有我这个太后吗？我怎么会生下你这个不肖之子？"还美其名曰："我这是效仿承天太后，她当年就是这样教导圣宗的。"

有一次宗真因为玩得高兴，把自己的一套酒具赏给了琵琶工孟五哥。萧耨斤知道后极不满意，下令鞭打孟五哥，并把他投在大牢里。兴宗知道这是宦官高庆告的密，便把高庆也投入了大牢。萧耨斤知道以后怒火万丈，当即下令把兴宗派去的人抓住，交给夷离毕审问，还命人传兴宗前去对质。兴宗生气地说："到底谁是天子？我还要同犯人一样受审吗？"

萧耨斤闻之拍案大叫："你是天子不假，但你首先是我的儿子！你怎么敢违抗我的意志？真后悔当初没有把你掐死！"

兴宗怒而反驳说："我怎么会有你这样的母亲？真是做儿子的耻辱！你与齐天后有天壤之别！"

萧耨斤见兴宗竟敢顶嘴，还拿萧菩萨哥来贬低她，气得她当着众人撒泼放赖，破口大骂："你这个小兔崽子！难道还反了你不成？你知道承天太后是怎样管教圣宗的吗？你给我跪下！今后我不但要严加管教你，我还要临朝决事，看你能怎么样？"兴宗愤而起身，拂袖而去，恨得萧耨斤咬牙切齿。

萧耨斤怒气冲冲地回到寝宫，对沈攸之说起此事。沈攸之沉思良久，才对萧耨斤说："俗话讲树大要分枝，儿大不由娘。民间尚且如此，何况当今皇上？陛下虽然是太后的儿子，但也未必会永远俯首帖耳，说不定哪天有谗臣上言，就会大祸临头哇！当年述律太后的结果怎样？不就是前车之鉴吗？依小道看来，太后何必眼睛只盯在一棵树上？您不是还有别的儿子吗？"

萧耨斤一听恍然大悟："对呀！宗真不听话，我为什么非要立他？重元年幼乖巧，不是极好的人选吗？"想到此处，她高兴得一把抱过沈攸之亲了一口："我的仙师呀！还是你聪明！你咋干啥都行呢？"两个人马上就滚在了一起，云雨两度，方才罢手，完事的时候已是半夜。但萧耨斤心情高兴，精神倍佳，当即令人把弟弟萧孝先召进后宫，私下计议，没想到她的想法与萧孝先不谋而合。

萧孝先说："近日我在朝堂之上，常听到群臣有些奏议，似在向皇上暗示着什么，矛头都是指向太后。陛下虽未明言，但我已看出他面色冷峻，眼露凶光，早晚必会发作，后果不堪设想。为今之计，不如我们及早动手，就立重元为帝。十三岁的小孩伢子，他知道什么呀？还怕他不听话？那真正的皇上，恐怕就是太后您的了！"

萧耨斤闻言大喜，又召萧孝穆、萧孝友进宫密议，决定趁兴宗出宫之机再动手，在中京城里发动兵变，另立新帝，胁迫百官认同，然后再把宗真流放到边疆了事。几个人计议停当，天已大亮。

没想到事情完全出乎意料。十三岁的小皇子耶律重元，闻听母亲要立自己为帝，废了哥哥，表面上虽然没说什么，心里头却大吃一惊，不由得替哥哥暗暗担忧。原来兴宗耶律宗真与母后的关系虽然不好，但与弟弟重元却友爱异常。他从小便非常喜欢这个比他小四岁的弟弟，两个人常在一起玩，稍长则同在一起读书习武，有时候也同时出去打猎。宗真有什么好吃、好玩和好用的东西，总是首先想着弟弟，睡觉的时候，也常与重元相拥相偎、抵足而眠。

有一次外邦进贡一匹汗血宝马，名字叫踏雪乌骓，不但外形俊美，而且体力壮健，据说能日行一千，夜走八百，宗真十分喜欢，常骑着出去打猎。后来他见重元喜爱，便毫不犹豫地赏给了弟弟，令重元喜出望外。还有一次长白女真献上一枚大珠，当为稀世之宝。使臣走后，宗真见重元把玩良久，爱不释手，又当场赐给了重元。因此在重元的心目中，哥哥才是他最亲最近的人。而母后对他时好时坏，喜怒无常，张嘴就骂，伸手就打，令他如老鼠见猫，怕得要死。现在听母后说要废长立幼，知道肯定不怀好意。他明白自己就是当上了皇上，那也是个傀儡，说不定哪天母后一不高兴，就落得个与哥哥同样的下场。因此他悄悄地把母后的话告诉了哥哥，提醒哥哥小心防备。

辽兴宗耶律宗真听后大吃一惊，吓出一身冷汗，呆呆地坐了好大一会儿，不知如何是好。他没想到母后如此绝情和凶狠，竟然连自己这个亲生儿子也不放过。回想自从继位以来，自己对她一忍再忍，最终还是难逃毒手。想到这里他一怒而起："既然你没有母后之情，就休怪我不念人子之义了！"慌乱之中，急找老臣张俭入宫，请教应对之法。

张俭听后沉吟着说："目前太后势力强大，耳目众多，城中多是她的同党。要在城中除掉叛逆，几乎是不可能的。弄得不好，必受其害，那样后果不堪设想，局面就不好收拾了。依臣看来，不如将计就计，既然他们想在陛下出城的时候动手，我们不妨就给他们这样一个机会，同时做好充分的准备。眼下要做的是，陛下首先以高官厚禄为诱饵，将赵安仁和耶律喜孙拉拢过来。我观二人皆势利之徒，目前对太后宠信沈攸之心怀不满。陛下若以名利诱之，二人必可就范。然后陛下只需如此如此……"张俭恐人偷听，附耳对宗真密言数句，宗真频频点头。张俭遂悄悄出宫而去。

重熙三年（1034）五月，一日早朝以后，辽兴宗耶律宗真忽然向太后禀报说："昨夜儿臣偶得一梦，梦见父皇流着泪说非常想念孩儿，所以儿臣今日要去城郊法华寺给父皇上香，不知母后可愿一同前往？"萧耨斤闻听喜出望外，以为举事的机会来了，遂趁沐浴更衣之机，密嘱心腹宦官赵安仁，命他速去通知萧孝先，按照原定计划行事。然后带领亲信耶律喜孙等数名随从，与辽兴宗耶律宗真一起出城，先去法华寺焚香祭拜圣宗的皇影和御碑，接着去沿柳湖行宫休息。

到达行宫以后，耶律宗真见时机已经成熟，遂假传太后懿旨，命萧孝先来行宫议事。萧孝先官居朝廷总知宿卫事、禁宫总管，手下有数千侍卫、上万人马。得到赵安仁的通知以后，已在城内部署停当，正在准备举事，忽闻太后相召，以为发生了什么变故，急带数十人赴行宫而来，不想在半路上被张俭安排的青帜军铁骑拿获，秘密押至行宫别院，逼他招供谋反之事。萧孝先本来宁死不说，但闻听太后已经被抓，皇上好像什么事都知道，为了保命，不敢再隐瞒下去了，于是和盘托出，供认不讳。宗真命当即取证画押，派人看住，然后派耶律喜孙去擒拿萧耨斤。

太后萧耨斤此时正在一边品茶，一边等候城中的消息，心中不免七上八下地抬头张望，忽见耶律喜孙率数十骑飞驰而来，忙迎了出去。耶律喜孙也不说话，命人把萧耨斤扶上黄毡小车，打马就跑。萧耨斤似乎感到有些不对，忙撩开车窗帘问耶律喜孙："皇上还在行宫，我们这是去哪儿呀？这也不是回城的路啊？！"

耶律喜孙冷笑着说："去了您就知道了！这就是皇上让您去的好地方！齐天后在那里住过的！"

萧耨斤这时才知道已经上当中计了，又哭又闹，破口大骂："你们这些狼心狗肺的东西！也敢背叛我？等老娘翻过身来，将你们一个个千刀万剐，剁成肉馅，扔到山头上喂老鹰去！"一路上叫骂不止。后来把耶律喜孙骂急了，索性下令将其五花大绑，又把她的嘴堵上，这才消停下来。

萧耨斤被一直押解到庆州七括宫（今内蒙古巴林左旗西北），然后囚禁在两间密室里。昔日锦衣玉食，不可一世的皇太后，一下子从天上跌到了地下，让她欲哭无泪，生不如死。但她心中那复仇的怒火一直没有熄灭，两眼依旧放射出恶狼一样的凶光。她在这里被囚禁五年。后来辽兴宗耶律宗真可能念其生养之情，于重熙八年（1039）七月将她接回京中抚养，但母子俩依然势同水火。

重熙二十四年（1055）兴宗去世，萧耨斤一滴眼泪也没掉，见到别人哭祭，她还愤愤地说："哭什么哭？有什么哭的呀？他是什么好东西吗？他早就应该死！"别人听了都大惑不解，说这个老太婆是蛇蝎心肠。果不其然，两年以后萧耨斤生病，传说一下子来了数十条巨蟒，把她盘起来接走了。是真是假，不得而知，但这都是后话了。

且说辽兴宗耶律宗真见母后已被押走，遂率队回城，突然派兵控制住萧耨斤几个兄弟的府邸，收回皇太后的印玺和兵符，然后立即登殿，向百官宣布其反叛的罪恶，命张俭率军将其兄弟子侄全部抓了起来，或杀或押，一网打尽。赵安仁和耶律喜孙迷途知返，立有功劳，不诛反赏，均被提升重用。二人高兴至极，当晚出去喝酒。归来之时，不知被何人所杀，将其头颅悬挂于宫门之外，下写"背主求荣者戒"

六个大字。兴宗命人收殓，厚葬之。

平复了这场叛乱，辽兴宗耶律宗真感到如释重负，好像搬掉了压在胸口的一座大山，让他深深地松了一口气。自从继位以来，母后折腾得他食不甘味，夜不安眠，让他时刻胆战心惊，如坐针毡。如今桎梏打破，牢笼放开，终于可以自由自在了！他感到一种无法形容的轻松和愉快。以张俭为首的臣子们也十分高兴，期望从此能云开日出，拨乱反正，清除积垢，整顿朝纲。大家把希望都寄托在兴宗耶律宗真的身上，盼望他能带领大家开创大辽朝的新局面。

然而群臣的良好愿望终成泡影，兴宗耶律宗真根本就不是个有为之君。从小到大，辽圣宗耶律隆绪身上的那些优良的品德，他一点儿也没有学到，而父皇身上的那些缺点，却得到了他的全面继承。特别是生母萧耨斤那种胡作非为、尽情享乐的卑劣品格，在他的身上得到了充分的体现。他脑袋里思考的根本不是什么"国家中兴、百姓安乐"，而是怎样当个太平皇帝，享受人生乐趣。于是在剪除太后逆党之后，他便昏天黑地、穷奢极欲地闹腾起来。张俭屡劝不听，一气之下告老还乡，回家种菜去了。群臣见劝之无效，亦无人再奏。这样兴宗就更加肆无忌惮、胡作非为起来。

兴宗的昏庸无道表现在以下几个方面。

一为纵情游猎，根本不问政事。契丹本来就是个游牧民族，历代皇帝都喜好游猎，一为锻炼体魄，二为训练人马，这本来无可厚非，但是兴宗玩得太过了。他既不为健体强身，也不为习武练兵，纯粹是寻求刺激，贪图玩乐。一年之中除了五月、十月在中京上朝，其余时间几乎全泡在山中游猎。反正那个时候辽朝的京都、行宫也多，历代皇帝们春祭神山夏避暑热，秋祀五谷冬躲严寒，留下了许多驻跸之所，这就给兴宗到处玩乐提供了方便条件。兴宗好猎，比"睡王"耶律璟有过之而无不及。每次出猎，除留宰相在朝中理事，其余王公大臣、宫人侍从等都要跟随。耗费多少钱粮自不必说，每年都有不少官员因为猎绩不佳而被革职罢官，甚至被处死。有个叫耶律阿托虎的牙将，因为见到黑熊而慌得拉不开弓，兴宗当场骂道："你还阿托虎呢！纯粹就是个尿蛋包！"随手一刀将其劈死。被罢官、被流放的每年都有几十人。

二是酗酒成癖，败坏了官风。先帝耶律隆绪尚未出殡之时，兴宗不知是悲哀过度，还是好赖不知，竟然违背祖制，喝得烂醉如泥，连殡葬典礼都无法参加。继位以后太后专权，他便常常以酒浇愁，排遣不快。平复了耨斤之乱，张俭与群臣以为他能振作起来，没想到居然变本加厉，酗之更甚。几乎无一餐不喝，无一日不醉。朝中有个小吏叫耶律和尚，名字有些古怪，酒量也大得出奇，据说从来没喝醉过，兴宗与他对饮几次之后，遂引为知己之人。只要聚众喝酒之时，必请耶律和尚到场，又必定喝得大醉而归。因为耶律和尚陪酒有功，所以累累加官晋级。两年的工夫，就从书院小吏升为参知政事。民间有些酒徒听说喝酒也能升官，纷纷去巴结耶律和尚，通过他与兴宗接触，竟因此而提拔了数百人。那些读书的秀才气得大骂："满腹经纶不如酒囊饭袋！连喝大酒都能当官，大辽国的末日不远了！"兴宗还经常与酒徒们到街肆酒馆去喝，喝醉了调戏村姑市妇，闹得不成样子。有一次竟然被人家泼了一身粪尿，成为街头趣谈。

三是沉溺于赌博，丧失了理智。无论什么形式的赌博，兴宗都嗜好，还特别喜欢在酒后去赌。金钱财物输了多少自不必多说，有时候身边有什么，就赌什么，闹出了许多笑话。有一次兴宗微服出行，酒后与一伙街头无赖狂赌，身上带的钱都输光了。到了半夜之时，只有两名侍女还在身边，女扮男装担任侍卫。兴宗竟然要把这两个人当成赌注押上，赌徒们大笑："大爷们要的是钱，要人干什么呀？"兴宗亦大笑："这可不是一般的人，这是两个美女，哪个都值三千两银子！"赌徒们不相信，兴宗当即命两个侍女脱光衣服，让赌徒们看。弄得赌徒们兴致大开，连眼睛都红了。不一会儿将两名侍女全都赢去，连争带抢地抱走了！两名侍女哭叫不止，兴宗则哈哈大笑。

还有一次他酒后与弟弟重元两个人赌。重元因为告密有功，被封为皇太弟，得以经常同哥哥在一起作乐。两个人赌金银、赌玉器都玩够了，于是兴宗提出赌城池。若是赢了哪座，就把那里作为重元的封地，重元不大一会儿就赢了十七座城池。吓得侍女罗裳悄悄地把兴宗叫了出来，害怕地对他说："陛下别赌了！再赌的话，您的天下就丢了，连皇帝都输给别人了！"兴宗不知是酒醒了，还是玩够了，这才停止。

四是热衷于游戏，视群臣如玩物。只要是好玩的游戏，兴宗什么都喜欢，其中特别爱看戏和观蹴鞠。兴宗若是喝醉了酒，不是去赌博，就是去看戏，而且是边喝边看，有的时候还连哼带唱。看到极兴之时，偶尔还下场客串一番。有一次他酒醉看戏，心血来潮，扮成道士下场演出，又令妃嫔们皆扮成道姑同演，为大家助兴。皇后萧挞里的父亲萧磨看着觉得有失体面，遂劝告说："蕃汉官员全都在场，令后妃上场演戏，这不合适吧？"

兴宗闻之，酒劲上涌，怒发冲冠，上去一记老拳，打得老丈人鼻口蹿血、满地找牙，同时还破口大骂："我是皇上都下场了！你女儿算个什么东西？你也敢来说三道四？"吓得众人皆不敢谏言。

兴宗玩蹴鞠就更可笑了。鞠也叫毬，是一种外用皮革、内充皮毛制成的球。蹴鞠又叫击鞠或踢鞠，用脚踢或在马上用杖击皆可，是古代军中的一种游戏，相传为黄帝所创，兴盛于战国时期。唐代以后，玩时用长木杆挑起绳网作为球门，蹴鞠者分为两队，以进球多者为胜，如同今天的足球比赛，双方也有啦啦队呐喊助威，以振士气。辽兴宗耶律宗真把蹴鞠玩出了新花样，他把大臣们分成两队，轮番上场。同时命大臣的妻子们均前来助阵，充当啦啦队，而且以双方的妻子为赌注，谁若是输了，妻子当场就会被对方扛走。大臣和妻子们慑于兴宗的淫威，不敢不来又不敢不玩。一场下来，往往打得头破血流，弄得妻离子散，兴宗则在一旁哈哈大笑。

五是迷信于佛道，搞乱了民心。辽朝本来就兴佛道，到兴宗一朝，此风日盛。兴宗几乎逢人就问："你信佛吗？"如答信佛，他会与你亲切交谈，视为挚友。如果答不信佛，他就立即不理你了，甚至还可能杀了你。他经常请佛家法师到朝堂上讲经说法，让大臣们一起听，并经常提拔僧人为官。兴宗在位二十四年间，仅官拜三公、三师兼政事令的僧人就有二十多人，节度使、州刺史有一百多人。在他的影响下，许多皇亲贵族也纷纷信佛，竞相把儿女送进寺院舍为僧尼。兴宗在晚年又迷上了道教，常去名山、宫观拜会道长。道士王纲、姚颐、景熙和冯立等人，都是通过在道观认识，而后被提拔为高官的。重熙八年（1039）六月，宋朝派来一位贺生辰使，名唤聂冠卿，自称祖上是华山道士陈抟老祖的传人，精通五雷天心正法，还会降妖捉怪。兴宗闻之待若上宾，亲自为之斟酒，一口一个仙师，恭敬至极，还御赐一把阴阳桃木剑给他。没想到酒足饭饱之后，这位聂仙师去青楼玩耍，因与地痞争夺花魁，被人痛打之后，从二楼跌下摔死，令中京城百姓啼笑皆非。

六是热衷于虚荣，败坏了文风。兴宗虽然读书不多，但却总是装腔作势，附庸风雅，摆出一副极有学识的样子。在朝堂上下诏行文，开口颁旨，时常引经据典，卖弄渊博。偶尔也做些诗赋俚曲，在喝酒时与人唱和。重熙五年（1036）九月，他在黄花山狩猎，一举捕获三十六只狗熊。到达南京以后，正值殿试开场。他当即以《日射三十六只狗熊赋》为题，让进士们当场作文，弄得进士们蒙头转向，目瞪口呆，也令宋朝的文人雅士们大跌眼镜。

兴宗还喜欢绘画，画的水平不高，却常常装裱起来送人。据说他在醉酒后画过一幅《鸿雁图》曾赠予南朝仁宗。仁宗赵祯看了半天不知画的是什么，后来请到数

铁与血的征战：：大辽王朝

位绘画大师共同鉴赏，才得出结论画的可能是鸿雁。于是仁宗赵祯用飞白书赋诗配之，竟成为稀世之宝。

上有所好，下必甚焉。不少趋炎附势之徒，趁机以献画、作画为名，巴结兴宗，得以重用，朝中有个叫作耶律崇里的林牙，娶了公主为妻，酒醉后竟然奸杀了公主的侍女，按辽律当斩。但是因为他连夜画了一幅《圣宗行猎图》献给了兴宗，兴宗一高兴，不但没有治罪，反而擢升他为政事令，并由此成为一名宠臣，惹来朝野上下议论纷纷。

如果说兴宗仅仅是吃喝玩乐过分了点，对于适逢盛世的大辽国来说，倒也无关大局。问题是除此之外，他还玩阴的，来邪的，不但把大辽国的吏治全搞乱了，还把对外关系全搞砸了，最终使大辽国内外交困，朝纲和威望均一落千丈。

首先是兴宗忠奸不辨、正邪不分，把吏治搞乱了。在兴宗一朝，虽然没有什么济世良相、一代鸿儒，但也不乏张俭、杨吉、耶律义先和萧韩家奴这样的有道谋臣。张俭从科举状元出身，历任知枢密院事、参知政事。到兴宗即位以后，官拜太师、中书令，封韩王，可谓国家栋梁、股肱之臣，不乏治国良策。张俭生活简朴，为官清廉，一件上朝的袍子穿了三十年。有一次兴宗受邀去他家喝酒，才发觉他的家境实在寒酸，于是赐给他一块金牌，让他随意支付内库的财物。但是十年之中，张俭只拿了三块棉布做衣服，其余的金银财宝一点儿都没动。张俭是想用自己的所作所为提醒兴宗，希望他能幡然醒悟，做一个好皇帝。

翰林都林牙萧韩家奴是萧太后的侄孙，博学多才，直爽敢言，曾译《贞观政要》《通历》和《五代史》等书赠给兴宗，希望他能以史为镜，以仁治国。两位贤臣没少给兴宗出谋划策。兴宗也知道他们说的是对的，当场哼哼哈哈，表示同意，事后则如大风刮去，照样复初。张俭为之心灰意冷，以体弱多病为由告老还乡。萧韩家奴见说之无用，从此亦不再多言。

与此相反，对于那些惯会阿谀奉迎的乱臣贼子，兴宗则信任有加，言听计从，大奸臣萧革就是突出的例子。有一次兴宗设宴，令群臣对坐，比酒互罚取乐，南院宣徽使耶律义先不巧与萧革对坐。萧革本来就是个市井无赖，靠着油嘴滑舌在贵族中鬼混，一个偶然的机会结识了兴宗。兴宗见他极擅饮酒，又会说话，因而十分喜欢，短短两年的工夫，就把他从无名小卒提拔为北府宰相。耶律义先压根儿就瞧不起这个溜须拍马、奸诈狡猾、满嘴假话又心怀叵测的家伙，于是他冷笑着对萧革说："我一皇族贵胄，国家重臣，怎能与小人贼子对饮，岂不可笑？"

萧革听到耳里，怀恨在心，表面上却阴阳怪气地说："对饮互罚的指令是皇上下的，就算我是一条狗，让义先大人摊上了，那也得算着！难道你还敢抗旨不遵、亵渎圣命吗？"话虽然说得平和，但用意却十分恶毒，气得耶律义先与他对吵起来。

兴宗耶律宗真见状，果然怒不可遏，令侍卫将义先推出去斩首。这时候萧革却又假惺惺地出来装好人，他马上跪地为义先求情："请陛下息怒。义先大人再傲，也不过是酒喝得多了一点儿。如果因醉酒而被诛杀，恐对陛下的声名不利呀！微臣就是受尽凌辱，也不愿让陛下受到一点非议，这才是做臣子的责任哪！"言语之间，处处替皇上着想，显得极为忠诚明理。相形之下，耶律义先倒是无端生事、盛气凌人。此情此景令兴宗十分感动，不久将萧革封为吴王，又兼中书令，位在义先之上。

政事令马保忠因之进谏说："君王明辨忠奸，朝野才会清明。皇上赏罚分玥，臣子才会尽力。耶律义先世代忠良，满腹良策，虽是性情耿直，却乃赤胆忠心。陛下当视为膀臂，倚为柱石，不可擅听他人之言也！"兴宗听后不悦。反听萧革之言，将耶律义先赶出朝堂，贬到朔州去了。像萧革这种善于伪装、大奸似忠之人，被兴宗重用，提拔了一大批。他们占据了朝廷的大部分要职，沆瀣一气，胡作非为，官场的风气被彻底地搞坏了。

其次是兴宗在对外关系上搞邪的、玩阴的，把邻国关系搞僵了。从圣宗时代开始，南北两朝一直恪守澶渊之盟，维持睦邻友好。到兴宗主政时期，由于西夏连年骚扰西部边疆，令宋朝君臣焦头烂额、手忙脚乱，因而在北部边防上显得有些薄弱。中书令萧革乘机挑唆说："宋人与西夏连年征战，败多胜少，正为此事忧心而无暇北顾。陛下何不乘机征南，索回'关南之地'，以成不世之功耶？"

萧韩家奴闻之出班奏曰："当年太祖、太宗连年南征，弄得兵连祸结，民不聊生。幸得萧太后和圣宗一朝，签下《澶渊之盟》，两家和好三十多年，我朝每年还得到三十万岁币之利，何故再无端兴兵？况我朝方今虽然平安无事，国力强大，但勋臣宿将多已过世，将士们已多年不战，如贸然出兵，恐并无胜算之把握。何故无端冒险耶？"群臣闻之，亦强烈反对，纷纷奏议谏止之。

萧革见多数大臣反对，乃慢悠悠地对兴宗说："臣闻南朝欲与西夏讲和，将要赐岁币二十万之多。我军若趁此出兵，令南朝不能北顾，必可获益多多。我一花甲老臣，其实并无所求，我是在替陛下、替国家着想啊！所以宁肯背不义之名，出此非常之策。谁像我对陛下这样忠诚呢？"说着竟然流下泪来。

兴宗听后虽然十分感动，但因为多数大臣反对，因而有些犹豫不决。想来想去，他突然想起一个人："这样的大事，看来只有找他拿主意了！"兴宗当即宣布退朝，驱车去拜访老臣张俭。

张俭正在园中劳作，闻听皇上驾到，并不感到意外，他热情地用自做的葵羹和干饭招待兴宗。两人寒暄已毕，张俭方缓缓说道："陛下光临，寒舍生辉，老朽已知道皇上的来意了。按理说来，不但这个仗不能打，事情也不该这样做，这是上违天意、下背民心的不义之举，必被万世唾骂而遭报应也！但是陛下今亲临寒舍，令老朽感激之至。古人讲既食君禄，当为君谋，我就违心地做个错事吧！陛下可修书一封，以出师讨取'三关'为名，行威胁恫吓之实。宋人畏怯惧战，必用金钱摆平。如此则岁币可增、利益可得也！而且不必兴兵矣！反正取之于南朝，用之于北域，无不可也！"兴宗闻听大喜，拜别而去。

重熙十一年（1042）春，兴宗派南院宣徽使萧英和翰林学士刘六符为使，前往宋朝。两人把兴宗的书信递上去以后，昂然不跪，傲视群臣，一副盛气凌人的样子，令宋朝君臣极为不满。及至阅毕辽兴宗耶律宗真的亲笔书信，宋仁宗赵祯当即吓得面如土色，周身颤抖，差一点从御座上栽了下来。

原来耶律宗真在信中说："弟大契丹皇帝书致兄大宋皇帝陛下。'关南之地'，乃石氏割与本朝，太宗以来，已列为大辽国土。当年周世宗柴荣趁我朝不备，无端突袭，强行占去，今已历数十年矣！想起来即令我朝军民义愤填膺，无一日不欲复之也。想那柴荣倒行逆施，报应顿生，社稷丢失，家破人亡，此神人共怒之恶果矣！世人无不称快。今贵国祖上代周而立，太祖太宗屡次北伐，赖我朝军民同仇敌忾、坚决反击，方得退兵自守。但贵国多年来陈兵边境，虎视眈眈，使我朝年有戍境之劳，日有忧边之苦，浪费钱粮徭役无数，此皆汝朝妄动之过也！既然两家和好、澶渊结盟，何故又无端兴兵，威逼西夏？须知李元昊乃我大辽外甥、多年至亲，关系非同一般。出行必观天，打狗尚须看主。汝既然对彼兴兵，何不告知于我？如今尔南朝又营筑堤坝，开掘沟塘，封堵关隘，关闭榷场，难道又要与我朝开战吗？岂非有破坏盟好之嫌也！若想世代结好，速还'关南之地'。否则战端再起，兵进中原，直捣开封，其咎在彼。今我朝三十万铁骑已整装待发，只盼复音。何去何从，请兄自酌。"

此时宋朝如寇准和杨延朗等一班能臣良将均已去世，朝中既少多谋善断之士，军中又乏能征惯战之人。宋朝本来就是个靠文官治国的王朝，因而在与西夏的交战中屡吃败仗。今见契丹又要兴兵，仁宗见信后不免忧上眉梢，愁上加愁。打发走辽使以后，仁宗急与群臣商议。但是文武百官迟迟无人说话，大家对与辽国作战都心有余悸，噤若寒蝉，让仁宗十分焦虑。

这时候知制诰富弼站出来说："主忧臣辱，国破家亡。臣虽职低身微，愿为陛下效命！"乃欣然奉命出使辽朝。富弼能言善辩，正气凛然，针锋相对，据理力争，令兴宗耶律宗真一时无言以对，也让萧革等一班大臣理屈词穷，双方处于僵持的状态。但宋仁宗赵祯胆小怕事，畏敌如虎，生怕惹火烧身，引起战乱，屡命富弼"花钱买平安"。富弼无奈，从二月到九月，往返辽都三次，最后以年增白银十万两、彩绢十万匹共二十万岁币达成协议，换来辽国不再提"关南之地"，亦不再兴兵南征。此番两国之争到此平息，辽兴宗运用张俭之计，敲诈成功。

兴宗耶律宗真一封书信，几番交涉，就净赚岁币二十万，令他大喜过望、志得意满。他觉得自己简直就是个天才，比当年的萧太后和辽圣宗要高明得多。于是高兴之余，他又打起了西夏的主意。西夏是党项人建立的国家，多年来一直与大辽十分友好。兴宗即位不久，就把妹妹兴平公主嫁给西夏王李德明的儿子元昊为妻。契丹重熙元年（1032）十月，李德明去世，太子李元昊继位。元昊十分讨厌这位契丹族的女子，夫妻关系很差。重熙七年，兴平公主忧郁而死，兴宗闻之十分生气，派特使耶律庶成前去西夏责问，元昊置之不理。不久，元昊又亲自下令，把误入夏境的辽军将士五十多人全部抓获，割下鼻子以后又放了回来，意在挑衅和羞辱。原来李元昊有个怪癖，打仗时抓了俘虏可以不杀，但一定要把对方的鼻子割下来，手段极其残忍恶毒。因之宋军将士闻风丧胆，一看见李元昊的大旗掉头就跑，生怕被捉后丢了鼻子。当然李元昊后来因为强占儿媳，被其亲子宁令哥割鼻而死，遭到了报应，但这是后话了。

辽国群臣见边关的将士们被李元昊割去了鼻子，人人义愤填膺、怒不可遏。兴宗耶律宗真也觉得大丢面子，萧革建议趁机出兵，获得恩准。重熙十三年（1044）九月，秋高马肥，辽兴宗率十万大军西征。他命皇太弟耶律重元率两万青帜军铁骑出南路；南府宰相、齐王萧惠领兵四万出北路；自己率大军四万为中路。三路大军出辽境，渡黄河，长驱夏地四百余里，声势极为浩大。

西夏王李元昊见辽军人多势众，恐不是对手，遂于辽军行到河曲之时，只带数十人亲谒辽军大营，当面向辽兴宗谢罪，同时献上西夏美酒、中卫枸杞若干，并折箭为誓，永不背盟。兴宗见元昊如此，亦热情置酒相待。一场干戈似已烟消云散。

但事情的发展远非如此。当元昊刚刚离开的时候，齐王萧惠就对兴宗说："元昊害我公主，辱我将士，分明是没把我大辽国放在眼里。今见我大兵压境，方假意服软，日后必然变卦。似此等狼心狗肺、两面三刀之人，陛下岂能饶他？莫不如乘势进军，灭了西夏，或再立别人也好！"

兴宗一听摇摇头说："元昊无礼固然不对，但杀人不过头沾地。他既已认错服软，怎好再食言用兵？恐不妥吧？"因之没有答应。可是萧惠不等兴宗下令，即命被割鼻者五十余人打头阵，向西夏人发动进攻。元昊无奈，知道众寡悬殊，从正面拒敌根本抵挡不住，于是把主力退到河南，实行坚壁清野。退一步，烧一片，把辽军进攻路上的草场全部烧光，让辽军的骑兵无以为继。

果然十几天以后，辽军长驱直入，粮草极度紧张，进退两难，方想讲和，但此时李元昊不干了。他见辽军已经上套，又故意拖延时间，让辽军师老兵衰、人困马乏。并于一月黑风高之夜，突袭辽军大营，意在一战全胜。不料辽军早有准备，李元昊五千铁骑陷入重围，不得脱身，元昊左臂中箭，乃仰天长叹曰："辽乃不义之师，苍天何不助我？"一言未尽，忽有大风刮来，"咔嚓"一声，辽军帅旗折断。一霎时天昏地暗，气象骤变，飞沙走石，鬼哭狼嚎。实乃飓风突至，是沙漠地区常有的现象。但辽军不谙此地气候，以为是老天震怒，神将杀来，吓得纷纷下马，跪地求饶。李元昊见状大喜，趁机率西夏骑兵奋勇砍杀，辽军大败，兴宗只带数千骑逃回中京。

契丹重熙十七年（1048）正月初一，李元昊因宫廷内乱，被其亲子宁令哥削去鼻子流血而死，其幼子李谅祚继位。次年七月，辽兴宗耶律宗真这口气没出，遂又出兵讨伐西夏。他命齐王萧惠率军两万，南渡黄河攻西夏东部；又命北院枢密副使耶律耶鲁率军两万从五原绕过，攻取西夏国西部；自率中路五万大军直奔兴庆（今宁夏银川）进发。不料齐王萧惠轻敌大意，被西夏人设伏兵击败。兴宗大怒，欲斩萧惠。幸亏西路军耶鲁初战获胜，在贺兰山活捉了元昊之妻没移氏，以及西夏朝廷大部分官僚的妻小，才给兴宗找回点儿面子。但兴宗怒气未消，不肯罢休。尤其是被割去鼻子的那帮家伙，一个个戴着面罩，如同疯子一般嗷嗷怪叫，冲在前头。辽军顺利攻入兴庆府，大肆烧杀抢劫，奸淫妇女。兴宗向全军下令，谁抢的财物就归谁，谁掠着女人就领走。一时弄得兴庆城乌烟瘴气，鸡飞狗跳，繁华的都市很快就变成了一片废墟。

打下兴庆以后，兴宗仍不解恨，又率军攻破摊粮城（今内蒙古巴音浩特北），将西夏国的粮草抢劫一空，然后放了一把大火，才恨恨离去。西夏国太后没藏氏知道斗不过辽国，多次派使者屈辱求和，终于在重熙二十年（1051）秋天达成协议，西夏依然纳贡称臣，甘心做辽朝的附属国，这才彻底罢兵。

重熙二十四年（1055）八月，辽兴宗耶律宗真病死，太子燕赵国王耶律洪基继位。兴宗在位二十四年，虽然基本上属于太平岁月，但由于开始的时候皇太后萧耨斤专权作恶，到后来他自己又胡作非为，因而导致腐败猖獗、朝政日下。萧太后和辽圣宗时代建立起来的良好秩序，被严重地破坏了。虽然农牧业生产连年丰收，每年又从南朝获得大量的岁币，但国家的实力和威望却大不如前了。

耶律洪基生于重熙元年（1032）八月，字涅邻，小名查剌，是兴宗耶律宗真的长子。洪基六岁时即被封为梁王，十岁时又晋封为燕王，总领中丞司事。十二岁时起总揽南北枢密院事，又被封为燕赵国王。二十岁时，被兴宗任命为天下兵马大元帅，知惕隐事，开始正式参与朝政。继位时年二十三岁，历史上称为辽道宗。

据说道宗少年时举止沉稳，不苟言笑，善于读书，又勤于思考，显得少年老成，胸中有数，像是很有城府的样子，因而极早便受到重用。不过由于兴宗本人放荡不羁的言传身带，加之身边那些阿谀谄媚之徒的耳濡目染，使得从小时根基不错的耶律洪基，很快被熏染成一个飞扬跋扈、刚愎自用、平庸肤浅而又自命不凡的公子哥。

兴宗耶律宗真见了十分忧虑。他虽然自己胡作非为，但像天下所有的父亲一样，总是希望自己的儿子走上一条正路。于是他委派忠诚正直、博学多才的萧惟信给洪基当老师，并嘱咐他说："太子秉性沉稳，为人老成，虽然有不少毛病，但可塑性很强。你要好好地教育，让太子懂得为君之道、惠民之责，将来能当个好皇帝。千万不能让太子与那些不肖之人为伍。否则朕有驾鹤之日，亦难以瞑目啊！"兴宗自己昏聩无为，却生怕儿子昏庸误事，似乎有些可笑。诚如所言，道宗没有从萧惟信那里学来为君之道，却从父皇那里继承了礼佛之法，从而为大辽国的覆灭埋下祸根。

由于兴宗耶律宗真对佛教十分迷信，不仅藏有大量的经书卷籍，而且还经常请僧人入宫做法事。道宗从小便在诵经和木鱼声中长大，耳濡目染，他对佛教比父皇还要痴迷。兴宗崇佛，不过只限于听佛法、看经书、拜寺院、做法事而已。但道宗不同了，他比兴宗上了一个层次，不仅对许多佛门经典背诵如流，而且能像许多高僧大德一样，讲经说法，布坛施教。他对《华严经》有独到的见解，不仅写下了《华严经五颂》，还撰写了《华严经赞》等书，并把这些书刊行全国，让官员和百姓们阅读，俨然似华严宗派的一代大师。每年他都参加数次法会，届时必剃光头、披袈裟、执禅杖、戴佛珠，没有一点儿帝王的样子，倒完全像是一位得道高僧。

当时有个回纥族的朝官叫作孩里，也是虔诚的佛教徒，有一次随道宗去祥古山打猎，走着走着，突然就从马上摔了下来，摔得不省人事，所幸被随行医官及时救醒。不料他醒来之后，立即给道宗跪下说："方才我在马上坐着，忽然眼前金光一闪，两位金身罗汉把我架起，忽忽悠悠地就随他们进入了西天佛国，见到了观世音、如来佛和诸位古佛，大家都坐在金光闪闪的莲座上讲经说法。微臣见了高兴万分，便跪下来央求如来佛祖，请允许我留下来在此修行。不想如来佛祖摇摇头说：'这却不可！一是你在人间阳寿未到，还有七七四十九年；二是大精进菩萨就在你的身边，每天皆可以聆听他的教诲，又何必舍近求远，到这里来修行呢？'微臣听后不甚明白，便问不知是谁，怎么聆听教诲？佛祖笑着告诉我说：'就是你们大辽国的皇帝查剌菩萨呀！你们只要倾听他的教诲，就是遵从了佛的旨意了！'"

孩里说得嘴冒白沫，活灵活现。群臣听得稀里糊涂，半信半疑。而道宗却感觉津津有味，一时如醉如痴。他以前常觉得自己命相不凡，聪明绝顶，却不知道为什么，这回他听明白了，原来自己是菩萨转世呀！怪不得对佛家情有独钟！于是他双手扶起孩里，大加赞赏，当即加封其为宁远军节度使，并命把孩里的奇遇编成教材，在全国进行宣讲。朝野上下多有非议，而孩里却偷偷笑个不停。

皇上痴迷佛教，臣子便曲意逢迎。官员们争先恐后地安排佛事，令道宗应接不暇，十分忙碌。道宗每天不是听佛法、看佛骨，就是拜古刹、会高僧，再不就是修大庙、建浮屠，或者开道场，做法事等等。这些活动占去了道宗的大部分时间，他已经没有工夫处理国事了。全国各地甚至四邻八方的僧尼，听说大辽国的皇帝是位活菩萨，均不远千里万里而来，一睹法相，得瞻风采。因此饭僧济尼之事，简直就多得不得了。据史书记载，仅大康四年（1078）七月，全国各地就饭僧三十六万之众。和尚们从四面八方赶来，摇动如簧之舌，穷极溢美之词，每每令道宗陶醉不已。除赏赐珍贵之物以外，往往又委以重任，封为司空、司徒、司寇和国师等一类高官。做一般朝臣和州、府、县官吏的，全国有一千多人。一时信佛和僧人做官，成为辽国的一种时尚。

在道宗的倡导下，佛教在辽国泛滥成灾。凡是有人烟的地方，几乎都建起了寺庙；只要有人群的地方，就能听到钟鼓声和诵经声。城镇、乡村、街头、路上，到处都有剃光头的、披袈裟的人物走来走去。田园荒芜了，街市萧条了。许多青壮年男子甚至是少女，都剃光了头发去做僧尼，过起了云游天下、不劳而获的生活。据辽史记载，在咸康八年（1072）五月十三日，仅春州（今吉林省前郭尔罗斯蒙古族自治旗他虎城）、泰州（今吉林省白城市东南）和宁州（今内蒙古巴林左旗东北）三地，就有三千多名男女在同一天剃度受戒。

由于各地僧尼众多，因而良莠不齐，有不少寺院放高利贷或占有大量田产。有的还有恃无恐，横行乡里，欺压百姓，胡作非为，成为宗教的败类、社会的公害，黎民百姓皆愤而恨之。太师萧惟信谏之曰："僧尼过多过滥，已成社会负担。不但侵占了国家的资财，而且还腐蚀了民众的灵魂。恐非富国强邦之举，请陛下三思呀！"然而道宗以菩萨自居，正陶醉于建立草原佛国之中，焉能听得进去？

道宗不仅痴迷佛教，而且还热衷于道术。他自己多次去过医巫闾山的白云观和芦花观，向清虚道长和芦花师太请教，探讨济世之道及养生之法。有时也请云游道士到宫中作法，或到七金山下、潢水之滨祷灾祈福。他还下令在中京郊外修建了一座清风观，盘起了一座据说是当时天下最大的炼丹炉，光煽风点火的童子就有十多个人，专为他本人炼丹熬药。

听说道宗好道，一时天下的道士如南来的候鸟，纷纷飞到塞北草原，在这里占山建观，向世人表演降妖捉怪、祛邪治病等旷世奇功和上刀山、下火海、进油锅、滚钉板等独门绝技，令大辽国的君臣和百姓们大开眼界、叹为观止。这些道人便趁机与贪官污吏、地痞恶徒们互相勾结，愚弄黎民，欺诈弱小，变着法儿地骗取钱财，让广大民众叫苦不迭，从而成为社会上的又一大弊端。

道宗由于痴迷佛道，轻信谗言，喜爱奉承，刚愎自用，整天以菩萨自居，动辄就谈经论道，故而群臣虽知是弊而不敢讲，明晓其错而不敢言，导致朝政日趋昏暗，世风每况愈下。正直清廉之士多弃官而去，奸诈谄佞之徒却兴风作浪，企图浑水摸鱼，搅乱大辽江山。皇太叔耶律重元由于位高权重，又心存异志，自然而然地就成了叛贼之首，他策划的这场叛乱，差点儿令社稷倾覆、江山易帜。

耶律重元乳名孛吉只，是辽兴宗耶律宗真的胞弟，恶太后萧耨斤的第二个儿子，曾因向哥哥告发母后谋反，被封为皇太弟，极尽其宠。兴宗在喝醉的时候，曾多次说过，将来要把皇位传给重元，重元也信以为真。但兴宗后来在临终之前，遗命把皇位传给了自己的儿子耶律洪基，没有兑现他的诺言，令重元心中十分不满。尽管道宗继位以后，封他为皇太叔，允许他进宫不拜、带剑上殿，又封他为天下兵马大元帅，赠给金书铁券，四顶亲王官帽，两领蟒龙锦袍，还把其子涅鲁古封为楚王，官任知枢密院事，父子俩可谓权倾朝野，位重一时，但重元仍然怒火满腔，欲壑难平。一直在等待机会，图谋不轨。

清宁四年（1058）闰十二月，道宗耶律洪基得子，取名耶律濬，各亲王重臣均偕家眷入宫道贺。重元的妻子胡嫣自觉身份特殊，高人一等，打扮得花枝招展，妖艳非凡，说话间颐指气使，搔首弄姿，其做派举止直如青楼娼妓、楚馆鸨母，十分令人厌烦。皇后萧观音看了以后，善意地对胡嫣说："婶娘贵为太妃，自然门第高贵。如此身份不凡，朝中无人可比。可谓不怒而自威，无华而自雅，又何必打扮成这个样子？岂不适得其反？"众女眷闻之皆窃笑不止。

胡嫣听后颇觉不快，当时并没说什么。但等回到府第以后，便对重元大发雷霆，撒泼耍赖，哭闹不止。她指着重元的鼻子大骂："你他妈的还皇太叔呢！就是年糕踩一脚，狗屎一堆！你的女人被欺负成这个样子，竟然连屁都不敢放一个，你还是个男人吗？还说能继位呢！真是癞蛤蟆想吃天鹅肉！我呸！"

重元闻之气得恼恨交加，怒从心起。这时其子涅鲁古闻讯赶来，也跟着胡嫣煽风点火、添油加醋。重元当晚喝了不少的酒，勾起旧怨新仇，怒火愈炽，遂决定起事，夺取天下，实现当皇帝的梦想。至此他趁道宗毫无察觉之机，运用封官许愿、金钱利诱等多种手段，很快网罗起一大群党羽。比如奸臣萧革的走狗、详稳萧胡覩，南京统军使萧迭里得，兴圣宫太保耶律古迭，殿前都点检耶律撒剌竹，知北院枢密院事萧图古哩等等，而道士胡仙之则成了他的军师。

一日夜晚，萧胡覩和萧图古哩齐聚在重元家里密谋。道士胡仙之劝重元装病，引道宗前来探视，到那时先在茶水中下毒，再埋伏刀斧手准备，实行双保险，则道宗可除，大事可成矣！众人皆称妙计，齐声叫好，重元亦十分赞成。于是重元假托有疾，数日不朝。道宗闻之，果然偕皇后萧观音欲亲来探视。

临出宫门之时，南院枢密使耶律仁先忽至御辇之前，对道宗说道："臣近日夜观天象，见客星尾大而有棱角，似将白光侵入紫微宫中，预示朝中当有某种变化，可能对陛下十分不利，臣心甚是忧虑，故前来告知矣！"

道宗告之重元患病之事。仁先惊之曰："皇太叔历来身体硬朗，怎么会突然有病、数日不朝？此中莫非有诈乎？如陛下欲往，臣愿随之！届时一切听从老臣安排便是！"

道宗还在迟疑，似想婉拒。皇后萧观音接过来说："我这两日右眼总是在跳，莫非是上苍在预警于我？太师所虑极是！加些小心总是好的，有百利而无一害。"于是道宗只好同意仁先与萧韩家奴一同前往。

及至来到重元府第，有仆人通报说陛下驾到。涅鲁古遂依胡仙之道士之谋，安排妥当，又带人出府门迎接。帝后二人及随从人等来到重元榻前，果见重元面色微黄，精神不振，似是十分衰弱的样子。只是他那双眼睛目光游移，顾盼不止，似有不安之状，耶律仁先见之已一目了然。

道宗坐在榻前问候数言，正在执其手交谈之时，楚王涅鲁古即命人献茶。他从侍女手中接过茶盏，双手捧着亲自奉与道宗。由于两手似在瑟瑟发抖，茶水溢出，险些烫了他的手腕。皇后萧观音见状，忙起身替道宗接过，轻轻地放于桌案之上，然后微笑着对重元说："皇太叔这几日身体不爽，陛下心中非常惦念，连觉也不曾睡好。今早起来已腹泻数次，医官告诫不能喝酒饮茶，只好先谢过楚王的盛意了！"言罢有意瞥了耶律仁先一眼。

耶律仁先心领神会。待帝后二人问候完毕，他与萧韩家奴亦趋步向前，给皇太叔耶律重元请安。然后站起身来，把楚王涅鲁古叫到一边，似是很关心地说："我观皇太叔身体孱弱，气色极差，恐有暗疾在身，目前不曾发现，当速找太医诊断才是！可不要耽误了皇太叔的贵体呀！"言罢挽起涅鲁古的衣袖，一边往外走，一边回头说："皇太叔既是身体欠安，就应多多休息，臣请陛下起驾回宫。"

道宗因未解其意，正待答话，皇后萧观音已站起身来，挽起道宗的胳膊就往外走。耶律重元躺在卧榻之上，见仁先紧拉着涅鲁古的手，萧韩家奴又紧随其后。这两人都是朝中虎将、武功高手，他担心儿子有失，迟疑不决，没敢按约定掷杯为号。萧胡覩、胡仙之等人率刀斧手在廊下埋伏已久，没有听到重元的号令，亦未敢贸然行动，使这次阴谋策划成了竹篮打水。

此番谋逆计划完全落空，全由于半路杀出个耶律仁先，重元对他恨得牙根痒痒，必欲除之而后快。他唆使涅鲁古和萧胡覩二人，在道宗面前搬弄是非，讲耶律仁先的坏话。说西夏目前不断骚扰我朝边境，仁先文武双全，不如让他到西南戍边去吧！洪基正想答应下来，北院枢密使耶律乙辛在一旁似乎看出了什么，他接过来对道宗说道："仁先乃先帝旧臣、陛下亲族，历来忠心耿耿，德高望重，乃朝廷中流砥柱也！堪称陛下之左膀右臂，岂能随意离开中京？恐不妥也！臣保举一人，足以胜任！"

道宗抬头问是何人，乙辛继续说道："知北院枢密院事萧图古哩智勇足备，定当马到成功，不辱使命！"耶律乙辛是想借机排除异己，把萧图古哩挤出北枢密院。没等萧胡覩、涅鲁古二人搭上话茬，这时皇后萧观音走了进来，边给道宗见礼边说道："耶律仁先持重沉稳，很有韬略，朝中若有大事，还希望他出主意哪！怎么可以放其离京？"

道宗见状随即准奏，着令萧图古哩为西南招讨使，率军去西南戍边。又加封耶律仁先为许王，仍任南院枢密使兼政事令，同中书门下平章事。重元见此举画虎不成，反类其犬，愈发恼羞成怒，气愤满腔，但也只能窥伺方向，等待时机。

不久机会来了，清宁九年（1063）七月，辽道宗耶律洪基欲率众人去滦河太子山游猎。太后萧挞里、许王耶律仁先、北院枢密使耶律乙辛及翰林都林牙萧韩家奴等皆随行。耶律重元事先得到消息，奏请随王护驾，率军一万同行，顺便命其党羽混入营中，企图伺机举事。

当晚宿在滦河行宫。涅鲁古与萧胡覩等人聚在重元帐中密谋，决定在夜半人静之时动手，奇袭金顶大帐，杀掉耶律洪基，拥戴重元为帝，然后再率众返回中京。因为军权在手，众人感到十分把握，计议后便饮酒相庆。不想隔墙有耳，他们的密谋被侍御使耶律良听到了。耶律良是个孤儿，从小由太后萧挞里的女仆图雅抚养，曾经跟随太后习文练武，有着很深厚的感情。成人后编入禁宫侍卫，又被太后提拔为侍御使，因而一直对太后怀有感恩之心，这时听到恩人有难，急忙悄悄溜出大帐，去向太后密报。

皇太后萧挞里听到耶律良的密报，不禁大吃一惊，接着又从侍卫口中得知，大帐周围忽有一些身份不明的士兵在走动，自己似乎已经被监视起来，萧挞里感到情况严重。为了稳住阵脚，不至于打草惊蛇，她急中生智，假装发病，命侍女去请皇帝过来相见。

道宗耶律洪基酒足饭饱，行将入睡，闻母后突然相召，知必有急事，忙匆匆赶来问候。却见母后神态安然，端坐床上，并不像生病的样子，感到有些诧异。未等道宗开口，萧挞里便严肃地对他说道："深夜相召我儿，是有大事相告。不是母后身体有疾，而是重元要起兵谋反。情况紧急，速做决断！若不是孙儿前来报信，我们还都蒙在鼓里呢！"

道宗听了有些不信，转身质问耶律良："朕待皇太叔恩重如山，敬如生父。他如今职高权重，位极人臣，怎么还会谋反？你是在离间朕的骨肉亲情，想从中渔利吗？"

耶律良当即跪下叩头说："苍天在上，可鉴我心！微臣感太后之恩，没齿难忘，方冒死前来相告。岂敢妄言惑主、无端生事？陛下若是不信，可召涅鲁古前来觐见，必可立知分晓。"道宗闻之觉得有理，一面派人去宣召涅鲁古，一面派人速请耶律仁先过帐议事。

此时重元帐中已准备就绪，只等午夜时分一到，再突然动手，一干人正在帐中等候，忽听皇上的侍卫来到，召楚王涅鲁古前去觐见。接着又发现少了侍御使耶律良，有人说他方才出营去了。重元闻听感觉情况不妙，担心大事已经泄露，于是便决定提前动手。他下令把侍卫捆起来扔进侧帐，然后分拨人马，准备立即行动。没想到那名侍卫有些手段，竟然会缩骨神功，他很快地摆脱了绳索，打昏了看押的士兵，然后夺匹战马飞奔而出，向太后和皇上报告去了。

道宗此时方信以为真，但事到临头，他又有些惊慌失措，吓得哆里哆嗦，面如土色，一时不知如何是好，只想马上逃走，到南京枢密院去避难，皇太后萧挞里劝之不听。此时耶律仁先匆匆赶来，急忙谏道："重元谋反，蓄谋已久。朝野上下，党羽众多，南京枢密院亦未必安全。何况陛下一走，重元称帝，军心必乱，天下震动，于平叛治乱大不利也！"

但道宗吓得战战兢兢，主意全无，一个心眼儿只想逃命，已经命令侍卫牵过战马，准备出发。幸得翰林都林牙萧韩家奴闻讯赶来，死死拽住道宗的袍袖，大声说道："陛下若走，必丢天下！难道你想做大辽朝的罪人吗？将来有何面目见列祖列宗耶？"道宗无奈，只好垂头丧气坐了下来，放弃了立即出逃的想法，由侍卫护送回金顶大帐，把平叛之事全权委托给耶律仁先，自己闷头喝酒去了。

许王耶律仁先临危不乱，调动有方。他下令把所有随行的车辆首尾相连，在金顶大帐的周围排成一圈，形成一道临时的屏障。又立即把能战之人组织起来，拈弓搭箭，摆好阵势，准备迎敌。

不大一会儿，涅鲁古和萧胡覩等数百名叛将、上万名人马，簇拥着耶律重元，举着火把，舞着刀枪，杀气腾腾地呼喊而来，顷刻间将金顶大帐团团围住。耶律仁先见之怒不可遏，一声断喝："重元老贼！狼心狗肺！皇上待汝不薄，为何还要谋反？放着荣华富贵不享，非要聚众自寻死路，如此大逆不道，忘恩负义，难道就不怕老天打雷活劈了你？！"

重元闻之哈哈大笑："耶律仁先！你枉为重臣，不知好歹！上次就是你自作聪明、硬插一杠，坏了我的大事！如今又是你装腔作势、狐假虎威。癞蛤蟆上案板，你充什么大块肉？告诉你，这大辽国的万里江山，早就应该是我的了！是让查剌这小子捡了个便宜。你若是识时务者，让开条路，免你一死！否则冲进大帐，我活剥了你的皮！你信不信？"

还没等耶律重元把话说完，涅鲁古就舞着大刀嗷嗷怪叫："父王跟他废什么话？给我冲啊！劈了他！"说罢纵马挥刀冲了上来。叛军们紧紧跟随，舞枪弄棍，气势汹汹，眼瞅着就到了跟前。耶律仁先急命放箭，转眼间撂倒了一片。但由于众寡悬殊，黑灯瞎火，叛军们又前仆后继，如狼似虎，形势已是万分危急，有几处车辆已被推倒，眼见得即将冲入金顶大帐。

就在这万分紧急的关头，忽然间一阵狂风吹来，刮得金顶大帐"嘎巴、嘎巴"直响。随着一阵强光闪过，一个巨大的火球从天而降，在行宫周围盘旋。紧接着"咔嚓"一声巨响，一个炸雷在半空中滚过，震得人们头皮发紧、耳根发麻。刹那间闪电雷鸣，疾风暴雨，条条火蛇夹带着密集的冰雹倾泻下来，刮得叛军们人仰马翻，站不住脚，打得叛军们鼻青脸肿，盔歪甲斜，有的还被战马活活地踩死。

正当叛军们一片慌乱，不能自顾之时，在电闪雷鸣中军旗招展，一支队伍如从天而降。皇太后萧挞里率领自己的亲兵大队，旋风般地冲了过来，他们骑着快马，舞着战刀，突入敌营，横冲直撞，好比虎蹲羊群，龙戏虾蟹。一时叛军大乱，四散奔逃。侍御史耶律良身先士卒，所向披靡，一杆大铁枪无人敢挡。楚王涅鲁古舞刀来战，闪电中一声炸雷忽至。就在他一愣神的工夫，耶律良的大铁枪到了，一瞬间将他挑于马下。"楚王死了！楚王死了！快跑哇！"叛军中有个士兵看见了一喊，贼兵大乱，立即纷纷掉头而逃。重元与众将喝止不住，无奈只好撤回大营。

耶律仁先见太后亲援，叛军稍退，急迎萧挞里入金顶大帐，向道宗皇帝禀报战况，然后说道："适才天象突变，又得太后急援，方得转危为安。目前叛军星退，但必卷土重来。敌众我寡，万分危急，请陛下速传旨意，召唤最近的五院观察使萧塔喇前来勤王，否则后果不堪设想！"但是道宗酒醉，口不能言。皇太后萧挞里只好亲传懿旨，诏令按仁先部署行事。仁先不敢怠慢，一面速派飞骑传诏，令其火速增援；一面排好车辆，整顿队伍，以期再战。上上下下都被调动起来了，唯独道宗耶律洪基如木雕泥塑，只知跪在地上磕头，祈求佛祖保佑平安了。

且说重元率败兵跑回大营，一清点人马，竟然损失一半。又想爱子突然阵亡，不由哀从心起，放声大哭。叛军们由于主将阵亡，人马跑散，一个个被浇得落汤鸡一样，还被炸雷殛死、冰雹打伤数人，一时士气大减，蔫头耷脑，谁也不吱声了。重元死党、殿前都点检耶律撒剌竹此时走了进来，对重元说："楚王遭遇不测，大王不必悲伤，打天下哪有不死人的事？末将知道方才折损了一些人马，已从奚族驻地招募两千多名猎户前来助阵，必可一击成功！"

重元闻之心情稍安，但是犹疑地说："如今天黑地滑，大雨如注，敌我难分，如何打仗？你一路奔波劳累，猎户们也需休息。不如先烤干衣服，吃些干粮，天明再攻不迟！"

耶律撒剌竹闻之摇摇头说："事已至此，再无退路。若早进攻，胜算在我。俗话说夜长梦多，日久生变，如再延误工夫，恐于我方不利。战场形势瞬息万变，请大王速决呀！"

重元闻之有些心动，站起身来刚要说话，道士胡仙之抢而言曰："对方兵微将寡，岂是大王对手？刚才无非因天象突变，才遭遇不测而已。如今将军又带援兵而来，令我方如虎添翼，实力大增。待天明时一举击之，必可获全胜矣！现下楚王新丧，大王心痛，就让他先稳定片刻，有何不可？"叛军们因为又冷又饿，纷纷七嘴八舌，搭言插话，均表示赞同胡仙之的意见。重元亦觉说得有理，迟疑了一番又坐下了。耶律撒剌竹见状长叹一声，摇了摇头，走了出去。胡仙之这时又怂恿重元称帝，封赏文武百官，借以提振士气。一帮人闹腾了一大阵，然后又大吃大喝起来。

叛军们吵吵嚷嚷，一直折腾到东方发白。雨住风轻，天将大亮，通宵未睡却喝得半醉的耶律重元，才又带着人马摇摇摆摆地向行宫杀来，但是这回是真来晚了！

及至大帐跟前，方才大吃一惊：不到两个时辰的工夫，五院观察使萧塔喇和北面林牙耶律敌烈，已各率五千铁骑快速赶来，与耶律仁先合兵一处，在金顶大帐外面严阵以待。

耶律仁先一马当先，在阵前高声喝道："对面的叛军听着！尔等追随逆贼，犯下滔天大罪！如今穷途末路，赶快下马投降！否则刀兵相见，定然片甲不留！"上万铁骑一个个精神抖擞、人高马大、刀枪闪亮、貌似凶神，吓得那些奚族猎户扔下武器，撒腿就跑。耶律撒剌竹挥刀砍杀数人，仍然遏止不住。那些叛军们见如今众寡易手，对方势大，如若抵抗，情知必死，于是一个个面面相觑，"嗷"的一声，撒丫子就跑。耶律仁先长枪一摆，大呼曰："杀叛贼呀！给我冲啊！"一万多铁骑蜂拥而上，势不可挡。重元等人见大势已去，也只好随着萧胡覩等人转身逃跑。

耶律仁先见状，立即挥师掩杀，穷追不舍。耶律良生擒萧迭里得，萧塔喇刀劈耶律古迭，萧韩家奴射杀耶律撒剌竹。叛军们死的死、伤的伤，顷刻间作鸟兽散。道士胡仙之早已不见踪影。耶律重元因为骑的是汗血宝马，一路急驰，逃进大漠深处，回头一看，身边只有三五个人，也已筋疲力尽。乃仰天长叹曰："贼道误我呀！贼道误我！只因一念之差，登基不成，反无葬身之地也！"言罢拔剑自刎而死。此时北院枢密使耶律乙辛一路追来，立即割下重元的头颅，向道宗请功去了。

一夜之间平定叛乱，让道宗皇帝转危为安，他激动地拉着耶律仁先的手，由衷地说："击溃乱党，诛杀叛逆，让朕有惊无险，国家避免浩劫，此皆卿之大功，朝廷当厚奖之也！"于是在行宫举行庆贺大典，宰黑白羊祭天，敬告列祖列宗，论功行赏，晓谕天下。晋封耶律仁先为晋王，官拜北府宰相兼北院枢密使，总领朝政。耶律乙辛、萧韩家奴、耶律良、萧塔喇、萧德和耶律敌烈等俱加官晋爵，赏赐有加，同时下诏捕杀乱党。萧胡覩和五个儿子及父亲萧孝友皆被捕杀。前朝大奸臣萧革因其子是重元的女婿，也参加了叛乱，亦被同时处死。一时人心大快。

办完了这件事，一日早朝以后，皇太后萧挞里对道宗说："我儿此番遭遇不测，幸得仁先等众卿相助，方得化险为夷、转危为安。以后当躬身自省、明辨忠奸，不可率性而为呀！"耶律仁先也对他说："重元反叛，早见端倪，上次探病之时，就有谋害之意。只是陛下宅心仁厚，难度小人之奸诈而已。方今虽剪除重元乱党，但朝中混乱，非止一日，良莠难辨，鱼龙混杂。奸佞之徒仍是不少，迟早要坏了国家大事，请陛下一定要当心哪！"

道宗闻之虽然频频颔首，但是并不爱听，倒是耶律乙辛的一番话，让他十分受用。乙辛对他说："此番平定叛乱，全赖陛下大德。得西方佛祖保佑，方能逢凶化吉，遇难呈祥。试想如果不是因为陛下祈祷，佛祖怎么会来出手相助？如果不是因为佛祖显灵，怎么会晴天忽降暴雨，夜半突生炸雷？又怎么会天象突变，奇迹般地战胜强敌？这哪是耶律仁先的功劳啊？此乃是大精进菩萨的神功也！"道宗听了心生欢喜，深信不疑。他这才明白，自己为什么大难不死，化险为夷，原来是西天佛祖在保佑自己，自己是道行高深的大精进菩萨呀！不然为什么磕头就灵、天降暴雨？由此他越想越清醒，越想越亮堂，越想越自信起来。在幡然醒悟的同时，他觉得乙辛才是自己的知音，是最理解自己，也是最可信赖的人。于是对耶律乙辛言听计从，在昏庸的道路上越走越远，终于把大辽国推向了深渊。

故事讲到此处，我们必须要交代一下，导致大辽朝灭亡的关键人物，辽国历史上最大的奸臣耶律乙辛了。耶律乙辛字胡觐衮，从小家庭贫困，给牧主放羊为生。但他生性狡黠，头脑灵活，惯会见风使舵，看颜说话，显得颇有些与众不同。一次他在放羊时睡着了，不巧被牧主看见，一脚将他踢醒，正待举鞭要抽打他时，九岁的乙辛灵机一动，立即跪下来对牧主说："大人息怒，容我直言。刚才我正做着一个好梦，梦见您高坐在庙堂之上，赏给我月亮吃。我刚吃下一口，您就被玉帝召去了，说是要封你为北海之王。看来您是天上的神仙呢！"

那牧主闻之转怒为喜，高举着的鞭子慢慢放了下来。他相信童言无忌，自己说不定真是大命之人。因此不但没有惩罚乙辛，反而让乙辛跟随账房先生读书识字。稍长，又让他帮助管理磨坊。几年的工夫，就是靠着这一套善于阿谀奉承的本事，竟然从卖身的奴隶成了牧主的大管家，一个英俊潇洒、能说会道的青年才俊。

一个偶然的机会，辽兴宗耶律宗真到牧主家里喝酒，一眼就看中了这个眉清目秀、玲珑剔透的大管家，当时带走用为跟班小吏，做些鞍前马后的杂事。由于乙辛天资聪明，手脚勤快，善于揣摩皇上的心思，又极会说话，因而极讨兴宗的喜欢。就像人困了需要枕头、皮痒了需要抓挠一样，兴宗有什么事需要吩咐，总是第一眼就能看到乙辛，而乙辛又总是那样的善解人意，办得恰到好处，往往令兴宗十分惬意。乙辛因之而平步青云，很快从护卫太保提拔为侍御史，又从侍御史重用为知北院枢密院事、北院枢密使，一跃而成为朝廷重臣。

清宁十年（1064）四月的一天，道宗耶律洪基率群臣到郊外云觉寺去做佛事。当一行人随道宗拈香礼拜之时，耶律乙辛忽然"扑通"一声倒地，口吐白沫，人事不知。道宗大惊，不知何故，群臣亦皆不知所措。幸而寺中长老颇通医理，急忙予以救治。过了好大一会儿，乙辛才出口长气，从昏迷之中醒来。未及说话，便四下瞧看，见道宗极关切地站在他的身边，忙翻身跃起，纳头便拜，以致额头出血，仍不停止。

群臣见之皆不解其意，道宗亦感诧异，忙问其故。乙辛这才停止磕头，眼含热泪说道："适才随陛下行礼之时，微臣正在跪拜，抬头忽见一西方尊者翩翩而至，引我去西方极乐世界，拜见了诸位佛祖。待臣行礼之后，方见陛下正侍立于佛祖身边，心中十分惊喜，欲待上前说话。这时释迦牟尼佛祖笑而言曰：'耶律乙辛不必拘礼！你也是个有根基的人，此事告诉你也无妨。这位尊者既是你们大辽国的皇帝，也是三界之中的地藏王菩萨。让他到那里转世为帝，是想在那里普度众生，建立一个草原佛国。就像当年的则天大帝，是白度母菩萨转世一样。'听了佛祖的话，我才明白，忙向陛下行礼。没想到抬起头来，佛祖们却都不见了，急得我出了一身透汗。臣下唐突失礼，惊扰了圣驾，还请陛下治罪。"

大臣们听了乙辛的话，纷纷撇嘴暗笑。有的人已在小声嘀咕："这纯粹是胡编乱造，献媚邀宠！""无耻之极！可笑之至！""胡诌白咧，用心险恶，此人何其毒也！""哎！陛下又要上当了！怎么办呢？"

果不其然，道宗不但听得兴致勃勃，而且悟性大开。他这时才明白，自己小时候学什么都没有兴趣，为什么特别喜欢读佛经，而且印象特别深，记得特别牢。自己确有不凡之处，乙辛的话肯定是真的！先前孩里不也曾说过，自己是大精进菩萨吗？不然那一次重元装病，自己偕皇后前去探望，怎么会全身而退、安然无恙呢？如果说那一次是偶然的，那么去年呢？为什么在危急关头天降雷暴、击退叛军呢？看来根源全在这里了！

就在道宗思有所悟、豁然开朗之时，耶律乙辛已派人找来地藏王菩萨的金冠、袈裟、禅杖和佛珠等法物，与寺中长老一起，不容分说，给道宗穿戴起来，并扶坐于莲台之上。群臣视之，果然天庭饱满，地阁方圆，慈眉善目，法相庄严，好一个地藏王菩萨显圣！慌得乙辛忙带领众人叩首礼拜："微臣参见菩萨尊者！恭祝菩萨法身常在、佛光永恒！"

道宗正襟端坐，目不斜视，右手轻捻法指，口中念念有词，一声："大辽国群臣请起！阿弥陀佛！"说过，好像他就是地藏王菩萨亲临。弄得和尚们诚惶诚恐，文武百官战战兢兢。至此，大辽国上下及四方邻邦，都听说道宗皇帝乃地藏王转世，是专门来普度地狱中的魔鬼，拯救草原上芸芸众生的。而耶律乙辛也是慧根非凡，据说他认识佛祖身边的人。

次年春天，道宗生病。群臣多去探视，带去礼品、药品或诸多营养之物。而耶律乙辛却两手空空，什么都没拿。他跪在道宗的病榻之前，流着泪说："陛下偶染小疾，乃忧国忧民所致。想那地狱广大，恶鬼众多，一时半会儿怎么度得过来？三界之中，自有因果，一切存在，皆是必然。陛下只要尽责便是，何须心力交瘁，过度劳累？佛祖那里，多么牵挂？！"说罢目视御医，捧起道宗所遗尿液，细细品之，然后一饮而尽，咂其舌曰："陛下玉液，菩萨琼浆，清香微苦，似同药泉。此疾当顿愈也！"御医忙点头称是。此事令道宗大为感动，他深有感触地说："乙辛之忠，群臣莫及。乙辛之孝，诸子不如也！"乃立即加封乙辛为魏王，爵在仁先之上。

当年初夏，天气大旱，草原干枯，河流无水，人畜生存亦十分困难。道宗拜木叶山，祭云觉寺，降罪己诏，亲到河边求雨，又令各级官吏参与救灾，拯救众生。耶律乙辛一方面散其家资，开办粥棚，救济灾民，一方面偕妻带子，率亲友数十人，长跪于潢河边沙滩之上，以道宗皇帝的名义焚香求雨。一连九日不辍，几次被烈日晒昏。果然诚心感动天地，十日之后忽降透雨。百姓皆感道宗之德，道宗则更感乙辛之诚，认为其贤德可嘉、人才难得，遂命其任北府宰相兼枢密使，总揽朝廷军国大事。位置在所有臣僚之上，威望比皇太子还要高。乙辛成了一人之下、万人之上的头号权臣。

　　且说权臣耶律乙辛韬光养晦，苦心经营，在骗取了道宗耶律洪基的绝对信任之后，立即原形毕露、诡计迭出，开始无所顾忌地排除异己、垄断朝纲了。晋王耶律仁先文武双全，功高盖世，但忠诚正直，坦荡敢言，曾数次提醒过道宗皇帝，当心耶律乙辛花言巧语、心怀叵测，提防他有不可告人的目的。乙辛闻之怀恨在心，把仁先视为眼中钉、肉中刺，必欲除之而后快。他知道一时还杀不了仁先，于是就在道宗面前百般诬陷、肆意诋毁，说仁先居功自傲、目中无人，总以教训的口吻同皇上说话，有大不敬之罪也！道宗也觉得仁先虽然有功，但极好上意见、揭短处，说出话来总是让人不舒服，于是下道旨意，以加强对宋边防为由，迁仁先为南京留守，贬谪到幽州戍边去了，让乙辛高兴不已。

　　中书令刘诜对此深感不平。一次他在酒后说道："乙辛大奸似忠，殊为可怕。他明着是捧皇上，暗中是抬高自己。他把皇上捧上了天，是为了让别人下地狱。这样的奸雄，历史上几百年都出不来一个呀！大辽国的万里江山，早晚得毁在他的手上！这次他挤走了仁先，下次恐怕就轮到我了！"

　　没想到还真让他说中了！他的话刚说完还没到家，就有人连夜密报给乙辛。次日早朝，刘诜就莫名其妙地奉诏出使鞑靼，不久又稀里糊涂地消失了。

　　就这样，耶律乙辛陆续拔掉了一批眼中钉、肉中刺，把他认为不顺从的二十几位大臣贬出朝廷，同时又把他的一些党羽塞进来担任要职。从此大臣们皆唯命是从、俯首帖耳，再也没有人敢说什么了。乙辛趁机结党营私，大权独揽，采取欺上瞒下的手段，大肆卖官鬻爵，索贿受贿，敲诈勒索，搜刮钱财。朝野上下，甚至包括邻邦外国，若想和大辽国朝廷办事，必须得通过乙辛。而若想通过乙辛这一关，就必须出银子、花大钱，否则什么事都办不成。因此到他家送钱送物的官员都排成长队，昼夜等候，络绎不绝。当时有民谣云："宁可不遵皇帝的圣旨，也不敢圭犯魏王的白帖。"可见乙辛威权之盛。这时候，乙辛不但目无群臣，还把道宗玩弄于股掌之上，动不动就传达佛祖的法旨，令道宗唯命是从。但是乙辛并不满足。

当时在整个大辽国朝野之中，敢于向皇帝讲点真话的，恐怕只有皇后和太子两个人了。皇后萧观音是前朝大臣齐王萧惠之女，不但天生丽质、美貌绝伦，而且才华出众、气质不凡。既能写诗作赋，又会奏乐弹琴。并且性情温和，娴静高雅，十分善解人意。

有一年萧观音随同道宗到医巫间山黑松林打猎，道宗观深山古壑、松柏青青、祥云缭绕、溪水潺潺，一时心血来潮，命萧观音赋诗助兴。萧观音环视山林，张口吟道："威风万里压南邦，东去能翻鸭绿江。灵怪大千皆破胆，哪叫恶虎不投降！"信口拈来，气势宏大，借物喻人，意境辽远。既赞扬了道宗皇帝畋猎的威势，又暗喻了辽国的强大，令随行的大臣们赞不绝口。道宗心中喜悦，猎兴大增，果然在第二天上午，就亲自射中了一只猛虎。道宗以为这是天意，乃命人将此诗谱成乐曲，令国人四处传唱。道宗每有新的诗作，也必与萧观音互相唱和。帝后二人夫唱妇随，琴瑟和谐，显得十分恩爱美满，令国人羡慕不已。萧观音生下皇儿耶律濬之后，更被道宗迷恋，时有专房之宠。

道宗耶律洪基虽然十分喜爱皇后萧观音，但他是个刚愎自用、自命不凡的人。性格乖戾而又喜怒无常，宅心愚钝却又极其自信。谁若是做事不顺从他的意图，或者说言语间不对他的心思，再至近的人他也会突然翻脸。耶律乙辛正是看准了道宗的这一弱点，变着法儿地吹捧他、欺瞒他，把他说成是佛祖派遣、菩萨临凡，才赢得了他的宠信。也正是由于这一点，才使他越发自命清高、不可一世，谁的话也听不进去了。

萧观音作为他的皇后，是道宗生命中最近的人，不可能事事都顺着他、溜着他、捧着他。出于关心和爱护，有的时候就有善意的规劝，甚至是提醒和批评。道宗对这些逆耳之言皆不满意，有时甚至相当反感。在他看来，我现在是菩萨临凡，怎么还会有错？你们这些凡夫俗子又知道什么？对于宠幸耶律乙辛，萧观音曾私下对道宗说过："耶律仁先是先帝的旧臣，不但文武双全，还有救驾之功。为什么要听信别人之言，赶他离开京城？这分明是乙辛在排除异己、陷害他人嘛！另外乙辛到处说陛下是地藏王菩萨转世，这样的谎话您也相信？难道陛下不是一国之君、万民之王，而是一个专门超度地下鬼魂的高僧吗？这明明是乙辛在借助陛下抬高自己，其用意多么可怕呀！陛下怎么看不出来呢？"萧观音苦口婆心、一片赤诚，炽烈的情爱之中蕴含着深深的忧虑。但此时道宗已被乙辛吹捧得晕头转向、鬼迷心窍了！他认为乙辛才是他的知音，是他最亲最近最可信赖的人，因而对萧观音的话非常反感，这就给乙辛带来了可乘之机。

皇太子耶律濬也是个出类拔萃的人。他小名耶鲁斡，自幼聪明伶俐，谦逊好学，而且极为刻苦用功，是个爱憎分明又文武双全的天才少年。六岁时就被封为梁王。清宁十年（1064）秋天，耶律濬只有七岁，随父亲道宗皇帝去祥古山打猎，遇数只野兔。他小小年纪连发三箭，箭箭不空，全部命中，众甚奇之。次年独自率众到大黑山打猎，发十箭射中九只梅花鹿，被国人赞为"草原雏鹰""少年勇士"。

耶律濬人才出众、聪慧乖巧，道宗对他亦极为喜爱，八岁时即将他立为太子，十二岁时起就让他了解朝政。为了培养太子成材，道宗专门聘请世外高人耶律引吉为太傅，教耶律濬进一步习文练武。道宗还亲下诏令，命群臣每逢元旦、上元、端午、中秋、冬至和春节等吉日，都要向太子进表致贺，每年都要在太子率领下祭拜山神、水神、地神和五谷之神。太子成了名副其实的储君。由于道宗沉溺于佛事，太子从十六岁起便开始打理朝政。他头脑清醒，法度修明，为人公道，办事果断，深得群臣赞许和百姓的拥戴。大辽国的臣民们都把振兴国家的希望寄托在太子的身上，这让耶律乙辛感到了极大的威胁。他深知如果太子全面执政，那他的好日子就到头了！甚至可能性命不保。为了能继续专权揽政，他必须要扳倒太子、扫除障碍。而要想做到这一点，他明白必须先从皇后下手，否则他将功败垂成。于是他在萧观音的身上做起了文章，睁大眼睛寻找着下手的机会。

没想到机会真的很快就来了。由于萧观音爱好音乐，经常弹奏琵琶和古筝，因此和乐工、伶人们便有些往来。其中较为密切的有两人：一个是乐工赵惟一，另一个是歌伎单登。两人不但乐器弹奏得很好，而且皆人才出众。赵惟一生得身高八尺，伟岸英俊，气质儒雅，仪表非俗，身材挺拔如风中松柏，白面长髯若孔明再生，在宫中很有人脉。而单登则生得眉清目秀，粉面桃腮，唇若涂朱，秋波似水，纤巧的身姿像杨柳轻摇，婉转的歌喉显神采飞扬，是一个人见人爱的美女。

萧观音不但精于乐器，而且还善于填词谱曲。她曾经根据唐玄宗的梅妃江采萍因为杨贵妃的到来而失宠的故事，作曲填词编写了十首歌曲，称为《回心院》。歌词缠绵悱恻，曲调悲切凄婉，表达了江采萍的深宫幽怨和相思之苦，希望唐玄宗李隆基能够回心转意。其中也暗喻了萧观音心中深深的忧虑，以及对道宗能够幡然悔悟的期盼。没想到就因为这件事，给萧观音埋下了悲剧的种子，并由此引来了杀身之祸。

萧观音十分喜欢她创作的这部《回心院》，也经常让赵惟一和单登进行弹奏。由于赵惟一弹奏得极好，把作品中的意境表达得淋漓尽致，每次都能令萧观音泪流满面而感慨万千，因此也经常得到萧观音的夸奖和赞美。这让技不如人、相形见绌的单登极为嫉妒，并由此对皇后萧观音产生了不满，时常发些小脾气，使些小性子。对此心胸豁达的萧观音并未在意，只是以后便很少再找她，这就给道宗创造了一个机会，并由此引来了不可预见的恶果。

原来道宗也喜欢听乐曲，并经常找单登弹奏。两个人一唱一和，眉目传情。一个是有意投怀送抱，一个是乐得折柳摘花。两个人很快就假戏真做，共度巫山，成就了云雨之事，重温了天宝逸闻。萧观音不久即已察觉，她善意地对道宗说："陛下身为一国之君，娶妃纳嫔无可非议，臣妾恐祝贺之尚来不及。但臣妾并非江采萍，她也不是杨贵妃。她虽然貌美如花，能歌善舞，但她却是叛贼重元的家奴，对皇上怀有刻骨的仇恨。陛下临幸之时，可千万要当心哪！"

道宗虽然好色，但他胆小如鼠，他知道许多帝王因为猎色而被谋刺的故事。所以皇后一提重元谋反，而单登又与重元有牵连，就吓得他战战兢兢，几乎把尿撒在裤裆里。他回忆起和单登的第一次交合，虽然她妖冶异常、激情火辣，很讨道宗的喜欢，但道宗已知道她不是处女。现在看起来，她肯定是重元用过的人了！自己闹了一个后怕，他可不想因此而搭上性命。何况自己的皇后美貌大气，皎洁如月，有一种高雅纯情的美好。和萧观音比起来，她狭隘小气，连颗寒星都不是，自己又何必因为她而让皇后不高兴？于是道宗下令，把单登逐出宫去。

单登虽然只是个歌伎，但她却很有来历。她不仅是重元的宠伎，其妹夫朱顶鹤还是乙辛的党徒。当年重元谋反被诛，单登就是通过这层关系，得以活命并被送进宫里。如今因为得罪了皇后而被逐出禁宫，单登羞愤交加，便通过妹夫朱顶鹤，向乙辛哭诉自己的遭遇。乙辛听后眼前一亮，顿时感到机会来了："真是天助我也！萧观音哪萧观音！这就怨不得我了！你就自己认倒霉吧！"

于是耶律乙辛精心推敲，亲自动手，模仿皇后萧观音感怀西汉赵飞燕的情调，伪造了一首《怀古》诗，巧妙地把乐工"赵惟一"三个字装进去，谎称是萧观音写给赵惟一的藏名情诗，以此作为他们关系暧昧、确曾通奸的证据。诗云："宫中只数赵家妆，败雨残云误汉王。惟有痴情一片月，曾窥飞燕入昭阳。"乙辛把这首诗写在香帕之上，通过他收买的一名宫女献给道宗。同时这名宫女还按照乙辛的授意，编造了许多皇后与赵惟一亲昵的谎言。道宗见人证物证俱在，勃然大怒，下令命魏王耶律乙辛和北府宰相张孝杰查办此案，因为他觉得这两位爱卿才是他最信得过的人。

耶律乙辛见道宗上套，心中暗喜，命张孝杰立即抓捕赵惟一，对其施以钉子钉指尖、炭火烙面颊等酷刑，逼其招供。但赵惟一敬重皇后的为人，宁死不屈，不肯乱讲。张孝杰无奈，又捕风捉影，无中生有，把教坊伶人高长命抓来，作所谓"证人"，让他作为目击者进行指证。但高长命亦不肯昧着良心说话，严刑拷打同样没有达到目的。于是乙辛让张孝杰假造二人供词，趁将二人打昏之机，拽其手指强行画押，完成了一套伪证。

乙辛和张孝杰将这套伪证端上朝堂，请道宗皇帝御览并廷议治罪。道宗看过以后又征询群臣的意见。百官们多是乙辛的党羽，大家面面相觑谁也不吭声。只有南院枢密使萧惟信挺身而出，朗声说道："皇后贤明稳重，与陛下恩爱多年，又共同育有子女，平时夫唱妇随，其和谐美满堪称人间楷模。她是一个什么样的人，难道陛下还不知道吗？且皇后端庄慈善、美貌贤淑，堪为天下国母，直如圣女临凡，又怎会与乐工私通？陛下又怎能听信宫女之言，就治罪于自己的爱妻呢？我看这宗案件事出蹊跷，证据不足，尚请陛下明鉴！"萧惟信为人做官忠诚正直、一丝不苟，又当过皇帝的老师，道宗对他十分尊重，认为他说得有些道理，因之没有马上表态，就此宣布退朝。

耶律乙辛见道宗未下决心，知道尚欠火候，退朝以后立即叮嘱张孝杰突击再审。张孝杰编造了许多二人私通的细节，同时给赵惟一和高长命灌下哑药，使其光张嘴不能说话。然后将二人押入禁宫，请道宗亲自鞫问。道宗阅罢卷宗，见事实清楚、证据确凿，询问二人之时，又见二人只是晃头，并不说话，以为已经默认服罪、无话可说。于是怒从心起，狠下心来，下令将赵惟一、高长命长街处斩，命皇后萧观音自尽。

皇太子耶律濬得知如闻晴天霹雳，惊悸万分，痛苦不已。他领着妹妹给父皇长跪，为母后求情，愿意代母后去死。兄妹俩哭着说道："母后光明正大，质本洁白，慈爱宽厚，心地善良，她对您是多么忠诚啊！怎么会背叛您呢？父皇一定是听信了奸人的谗言、误中了奸人的毒计呀！"

道宗怒而斥之曰："你们相信自己的母后，难道就不相信自己的父皇吗？案件可是经我亲自审过的，会有什么错处？我一个地藏王菩萨转世的万民之王、大国之君，难道会忠奸不分吗？真是放肆！"随即命侍卫将兄妹二人拖了出去。

皇后萧观音有话无处说，有冤无处伸，欲哭无泪，悲愤交加。她实在舍不下一双儿女，忘不了大辽国的万里河山，以及她爱着的和爱她的亲人们。一阵阵如千刀割肉、万爪挠心、撕肝裂肺地难受。她弹琴弦断、奏笛竹崩、血洒白绢、长歌当哭。于是写下绝命诗云："臣妾虽死不足惜，潢水神山知我屈。可叹奸贼犹窃笑，万里辽邦无子胥。"萧观音虽含冤赴死，但临终前还不忘提醒道宗，要谨防奸贼，以国家为重，并无抱怨之语，足见对夫君热爱之诚。吟罢挽白绫歌舞数曲，然后手擎《回心院》自缢而死。所有妃嫔宫女们无不落泪，后宫一片痛哭之声。

据说萧观音离世的时候，万里晴空忽降大雨，顷刻之间地动山摇，白天黑得如同午夜，对面伸手不见五指。须臾雨住风停，长空依旧，蓝天之上挂起一道彩虹。有许多人看见萧观音一袭白衣，飘飘飞起，如同一只美丽的白鹤，被真正的观世音接走了，师徒俩就消失在那弯彩虹里。是真是假，无从说起。但太子耶律濬见之却仰天大哭："苍天有眼！善恶有报！杀我母后者，耶律乙辛也！我必报仇雪恨！神灵是不会放过你的！"

耶律乙辛造下如此大孽，自知心中有愧，常常寝食不安，多少次梦见鬼魂索命，惊醒后一身冷汗。他担心哪一天道宗突然明白过来，自己就会立即失宠，而且还有生命危险。他要趁皇后萧观音突然离世、道宗倍感孤寂之机，去抚慰皇上那不安的心灵，让他能尽早地忘掉这段不愉快。于是他在一次散朝后对道宗说："玉帝身边还有女神，佛祖座旁也有龙女。陛下虽为菩萨转世，但日理万机，殊为辛苦。又逢皇后新亡、深宫寂寞，身边总得有个贴心的人照料啊！微臣日前觅得一绝色美女，虽是北地胭脂，却胜南国佳丽，眉目清秀，皮肤奇白，浑身上下透出一股奇异的香气。臣欲献入深宫，以慰陛下之怀，不知圣意如何？"

道宗这几日正为皇后离去心中不快，焦躁不安。后宫虽有佳丽无数，佪多数是残花败柳，有几个虽说有些姿色，但与萧观音比较起来，却有天壤之别。如今听乙辛说觅得绝色美女，立即两眼放光，兴致大开，忙问道："她是何方女子，多大芳龄？寡人过去怎么一点儿不知？"

耶律乙辛恭维地说："陛下操劳国家大事，每日忙得不可开交，什么时候关心过自己呀？微臣看着就心疼得很，只能尽些犬马之劳，为皇上多留点儿意、多分些忧。此女乃驸马都尉萧霞抹的胞妹，名唤萧坦思，年方一十八岁，生得肤如凝脂、美若天人，乃草原奇葩、塞北绝色也！"

道宗闻之，急不可待，忙令乙辛速召来侍寝。及至见面，果然中意。只见那萧坦思生得亭亭玉立，娇艳异常。一颦一笑，摄人魂魄，顾盼之间，风情万种。弄得道宗皇帝耶律洪基抓耳挠腮，不能自制，顷刻间便成就了云雨之事。道宗虽然年近五旬，却是越战越勇，颇具龙马精神。那萧坦思初承雨露，如半开的鲜花，自是心情愉悦，曲意逢迎，于娇羞之中还带有一丝奔放，弄得道宗周身通泰，酣畅淋漓。两个人云雨几度，方才歇手，完事后道宗即刻封萧坦思为贵妃。至此道宗日夜在宫中缱绻，不再上朝，朝中一应事务均交给乙辛打理。乙辛见状以为地位巩固，便又开始纠集党羽，准备实施新的阴谋了。

殊不知人在做，天在看。乙辛一伙的种种劣迹恶行和弥天大罪，已令朝野上下怒不可遏，纷纷口诛笔伐，直欲杀之。上京护卫官萧忽古素敬皇后萧观音的为人，发誓一定要杀死乙辛，为皇后报仇雪恨。他先是埋伏在乙辛上朝的路上，用铁锤猛击乙辛的乘轿，虽令其肩膀受伤，但并未危及性命。后来他又趁乙辛狩猎之时，在背后发冷箭进行偷袭，不想又被一侍卫发现，替乙辛挡箭而死。两次偷袭均功败垂成。

与此同时，朝野官吏们的奏折也如雪片般飞来，多数为皇后的惨死喊冤叫屈。北面林牙萧岩寿有一次在礼佛时对道宗说："自从陛下把朝政托付给太子以来，乙辛便心怀鬼胎、图谋不轨，妄想扳倒太子，独揽大权。此番与张孝杰勾结谋害皇后，实际上是针对太子而来。他是想颠覆大辽国的万里江山哪！陛下也该醒醒了！要出大事了！"

那天不知是萧岩寿说对了、刺疼了，还是道宗自己醒腔了、突然明白了，反正当即准奏，下令迁乙辛为上京留守，张孝杰为上京宣徽使。两个奸贼一出皇城，朝野上下一片欢腾，百姓奔走相告，军民人人高兴。皆以为道宗至此已经清醒，再也不会受乙辛之流的蒙蔽了，大辽国又有希望了！

但是善良的人们还是高兴得太早了！大辽国的噩梦还远远没有结束。乙辛被赶出朝廷以后，逢人便假惺惺地流泪哭诉："老臣忠心，天日可鉴。我虽死亦不足惜，可叹陛下身边再也没有亲近的人了！谁能理解一个菩萨内心的苦楚，关心他的生活起居呢？我的心还始终同皇上在一起呀！"

你还别说，倒真让乙辛说着了。道宗平日里听惯了乙辛的阿谀奉承之言，那种黏糊糊、甜蜜蜜、略带磁性而又绵软的声音，让他听起来十分入耳，似乎有一种晕晕乎乎又飘飘欲仙的感觉，简直舒服极了！道宗感到有乙辛在就是一种享受，什么事情也不用他操心，还处处替他着想。如今乙辛一走，这帮人就不同了，奏折倒是上了不少，尽是些烦心的事。这帮家伙说话也不受听，不是逆耳之言，就是戗茬之语，弄得道宗心烦意乱，寝食不安。

忙乱之余，道宗不禁想起乙辛的诸多好处，怀疑自己贬他出京是不是做错了。这时候乙辛的党羽们也看出了火候，他们生怕树倒猢狲散，自己受牵连，于是纷纷上折，替乙辛说好话。乙辛趁机又撺掇他们怂恿道宗立皇后。此时道宗正百无聊赖，美丽的萧贵妃简直就是他的开心果。所以在母后萧挞里安葬以后，他便册立萧坦思为皇后。萧坦思本是乙辛举荐而来，自然感恩戴德。枕边风一吹，说萧岩寿参劾乙辛是无中生有、肆意陷害。道宗此时刚从萧坦思的身上下来，一时高兴，马上传旨，下令将乙辛召回、官复原职。大辽国臣民们的心一下子又跌进了冰窖里。

皇太子耶律濬自从母后萧观音被害以后，生了一场大病，始终郁郁寡欢，一直没有上朝。他白天黑夜、睁眼闭眼全是母后的泪容，因而与乙辛的仇恨已到了不共戴天的程度。一日饮酒之时，殿前都点检萧十三对乙辛说："在下感谢大王提拔之恩，有句话必须得对您讲。如今大王虽已回朝，但若太子在位，早晚必会为帝。到那时恐怕就没有这么幸运了！弄不好会有灭顶之灾、灭门之祸，应该及早打算才好！"

耶律乙辛闻之深有同感地说："我也正在为此事忧心，不知贤弟何以教我？"

萧十三用右手做了一个刀劈的动作，咬牙切齿地说："除恶务尽！斩草除根！一不做、二不休，不如这样……"他环顾了一下左右，凑近乙辛耳边低言数句，乙辛闻之大喜。酒后立即召来其心腹党羽、护卫太保耶律查剌，按照萧十三的意图授以密计。耶律查剌领命而去。

次日早朝，道宗耶律洪基刚刚坐下，就有护卫太保耶律查剌等三人联名上奏，参劾太子耶律濬的两位至亲，诬东京都部署耶律撒剌和北院枢密使萧速撒企图废掉皇上，拥立太子。道宗皇帝览奏大惊，急命乙辛负责调查此事。可是查来查去，并无真凭实据，不能说有，也不能说没有。不过道宗为了防患于未然，还是下诏将二人贬官，其部下及亲族共六百多人，全部发配到边关去服劳役。

事情处理到这种程度，人们均以为到此为止了。殊不知乙辛与萧十三的毒计刚刚开始。不久乙辛又对道宗说道："先前那场叛乱虽未查实，但微臣日夜在替陛下担心哪！谁让您是菩萨临凡呢？不然怎么对得起佛祖？隐患不除，迟早为患。我看不如悬赏告之，万一有人来举报呢？那可就大功告成了！"道宗闻之，未加思考，当即准奏，令乙辛速去办理。

果然事如乙辛所料，悬赏的告示一出，举报的人还真就来了！乙辛的走狗萧讹都斡和耶律达不二人，按照萧十三事先的计划，使出苦肉计，假装到中京大定府投案自首。他二人异口同声地说："耶律查剌所奏全是事实。东京都部署耶律撒剌、北院枢密使萧速撒等人谋划之时，我们当时也参与了。就是想废掉皇上，除掉魏王，拥立太子即位，为死去的萧观音报仇。各项准备已经就绪，只等着动手了，没想到意外事泄。那时候因为怕连坐被杀，未敢招认。如今见圣旨宽大，我们愿意投案自首，省得心惊肉跳的不得安宁。"

耶律乙辛的这招连环苦肉计阴狠毒辣，不由得道宗皇帝不信。他听了乙辛的禀报勃然大怒，当即下令关押皇太子耶律濬，由夷离毕耶律燕哥负责鞫讯。耶律濬祸从天降，怒气冲天，哭着对燕哥说："父皇只有我一个儿子，又早早地就把我立为太子，我怎么会谋反呢？公与我乃堂兄堂弟，就拜托你到父皇面前，替我伸冤哪！"

没曾想燕哥也是乙辛的死党，是乙辛一手提拔上来的人，当然不会替太子向皇上求情，而是向萧十三说明了此事。萧十三对燕哥说："如果你把太子的这番话转达给皇上，那我们就全完了！你我既然上了大王这条船，就跟他走到底吧！想回头也晚了！干脆编造些口供，说他供认不讳。"

耶律燕哥按照萧十三的意思，编造了太子的供词，又把太子身边的几个侍卫打昏，强行画押取证，然后把这些"证据"拿给道宗看。道宗览毕，仍然摇了摇头，他实在不愿意相信太子会反。耶律乙辛见状，命令燕哥把太子身边的侍卫皆带上堂来，每个人的脖子上皆勒以细绳，令其勉强能够出气但是无法说话。到了朝堂之上，只是痛苦地摇头晃脑，但是谁也不吭声。道宗见了不知何意，乙辛则出班奏道："陛下有所不知，这些人已经彻底服罪、无话可说，只求速死。他们马上要变成鬼魂了，见了您这位地藏王菩萨，当然会吓得战战兢兢、浑身发抖，还敢说什么呀？！"耶律燕哥亦随声附和之。群臣虽觉此事蹊跷，但是为了明哲保身，谁也不肯站出来说话，朝堂上一时静了下来。

道宗耶律洪基气得左手一拍御案，右手指着那几个侍卫说："你们真的都无话可说吗？太子谋反是真的吗？"

尽管道宗一再发问，那几名侍卫不是抻脖，就是晃头，并无一人出声否认，而且都已经有气无力，瘫软在地上了。乙辛趁机笑着说道："他们自知罪大恶极，见了您这位至高无上的活菩萨，也只能默认服罪了！他们还希望您能大慈大悲，尽快地超度他们呢！"

道宗见之心痛欲裂，暴跳如雷，下令将耶律濬囚于上京，其余从党全部处斩。下完了这道旨意，他只觉得头昏目眩，一下子晕倒在朝堂之上。

皇太子耶律濬被押解出城之时，中京百姓亚肩叠臂，纷纷流泪赶来送行。耶律濬挺立于囚车之上大呼曰："我耶律濬上不背皇天，下不背后土，忠君爱民，鞠躬尽瘁，心地坦荡，一清如水。我何罪之有？我冤大于天！乙辛之流陷害于我，将来肯定不得好死！父皇如此昏聩不明，大辽国的未来堪忧哇！乡亲们！"言罢大哭，惊天动地。百姓们亦愤愤不平，呼喊不止。萧十三见状恐生变故，强行将耶律濬塞进马车，押往上京。

一路之上，乙辛的党羽和走狗们恶言骂尽、坏事做绝。他们对耶律濬百般折磨、肆意凌辱。渴了让他喝马尿，饿了让他吃马粪。次年（1077）十一月，乙辛又派刺客萧达鲁将其暗杀，终年才二十岁。

上京留守萧达得也是乙辛的党羽，向朝廷写奏章谎称太子病死。据说耶律濬被害的时候，北风呼啸，天降大雪，上京万民举哀，哭声惊天动地，怨气直上九霄。严寒冬季忽闻炸雷，令万里辽邦国人震撼。道宗闻之似有些反悔，命将太子遗体葬于龙门山，并派人去接回他的妃子。不想此事又被乙辛得知，他为了斩草除根，又派人在半路上勒死了太子妃，却谎报说太子妃被风雪卷走，不知去向。至此，太子耶律濬及其家人被彻底根除，乙辛一伙弹冠相庆，饮酒祝贺了好多天。

害死了自己的皇后和太子，道宗耶律洪基仍未醒悟，还以为自己大义灭亲，为民除害，做了一件有利于国家社稷的大好事，每日里在宫中与皇后萧坦思饮酒作乐。萧坦思虽然貌美如花，但她入宫后终未生育，这令道宗忧心忡忡。自己已过天命之年，能活多久已很难说。如今太子已死，江山留给何人呢？这不能不让他十分焦虑。

道宗的心思没有逃过乙辛的眼睛，他通过萧坦思掌握了道宗的全部想法。于是在一次早朝后，他好像心事重重地对道宗说："微臣这几日食不甘味、寝不安眠，有句话想对陛下说，不知当讲不当讲？"

道宗诧异地说："魏王股肱之臣，朝廷中流砥柱。什么时候客气起来？有话尽管说来便是。"

乙辛这才赔笑说道："臣观皇后虽美，但未生育子女，恐于社稷不利，日添陛下忧愁。不如再续良缘，或可早承帝嗣。臣知萧坦思之妹斡特懒色艺双绝，堪称贵妇，以万岁爷龙马精神相驭，必能梅苞绽开，早生贵子。不知尊意若何？"

道宗一听喜出望外，乙辛之言正中下怀，不由眉开眼笑，急令召进宫来。及至交合，果然貌如貂蝉，艺比夏姬，百般柔顺，宛若处女，令道宗喜不自禁、乐上眉梢，当即下令入宫为妃。这时方知她是乙辛儿媳、绥也之妻，道宗顿觉有些尴尬。乙辛却坦然地说："这有什么呀？普天之下，莫非王土，率土之滨，莫非王臣。大辽国的一切都是皇上的！您要微臣的生命都可以，一个女人又算得了什么？只要陛下中意，让我儿绥也解除婚姻便是！"

道宗感动地说："爱卿忠君之心，古今绝无仅有。今后朕之天下，即卿之家园也！"乙辛激动得热泪盈眶，叩头谢恩。

但是事情往往难遂人愿。尽管道宗皇帝百般勤奋，播云施雨，还是只见花开，不见果坐，原来斡特懒也是只不会下蛋的鸡。急得道宗茶不思、饭不想，昼夜无眠。眼瞅着年近花甲了，也难怪他心急如焚。耶律乙辛见状，趁机劝他立宋魏国王和鲁斡之子耶律淳为太子。道宗无可奈何，已经点头默许。这时北院宣徽使萧兀纳、夷离毕萧陶隗闻之劝道："陛下不是有自己的嫡孙吗？为什么要立别人的孩子？难道您想把江山拱手相送吗？"

道宗这才稍省，下令把孙子耶律延禧和孙女耶律延寿，从寄养人萧怀忠的家里接出来，让他们留在自己的身边。耶律乙辛闻之，仍未死心，又想谋杀耶律延禧，乘机夺取帝位。在一次陪同道宗外出狩猎之时，他建议把皇孙延禧留在宫中，暗嘱知禁宫宿卫事萧十三将其骗出杀掉。萧兀纳听说后谏之曰："陛下已经无子，膝前只有嫡孙，此乃社稷之瑰宝，国家之未来，必须时刻带在身边，绝对不可掉以轻心哪！"说罢不管道宗同意与否，即将延禧抱进马车，亲自保护，才令乙辛的阴谋没有得逞。

也就是在这一次狩猎之时，道宗见乙辛颐指气使，飞扬跋扈，前呼后拥，不可一世，随行的官员们都围着他转，他简直就是大辽国的皇帝。而自己这个真正的国君，身边却只有萧兀纳和萧韩家奴两个人，显得十分冷清和落寞。相形之下，道宗感到心中十分不悦。乃至进入山林，恍惚之间疾风骤起，围着车驾打趔儿旋转。道宗揭开窗帘，却见萧观音披头散发，向他喊冤。耶律濬血肉模糊，大哭不止。正惊诧间，又见萧太后大喝一声："畜生！你还是太祖的子孙吗？尽让别人当权，你还配做皇帝吗？"吓得道宗急忙叩头，惊出一身冷汗。少顷风停，方知是梦。道宗惊魂未定，走下车来，把梦境讲给萧兀纳听。萧兀纳说："这是萧太后在点悟你呀！陛下该省悟了！否则江山就丢掉了！您不抬头看看，这皇位还是您的吗？"道宗这时终于明白过来，但在萧兀纳的提醒之下，一时没有发作。

回到中京大定府，待做了一些准备之后，一日早朝，道宗突然下令，免去耶律乙辛在朝中所担各职，命他到幽州去做南京留守。这一举措来得太突兀，让他有些蒙头转向。但他相信一定会峰回路转，自己一定会像上次一样，被道宗请回来。他相信道宗今生已经离不开他了！除非他废了这个狗屁不是、却又自命清高的白痴。

然而这一回乙辛失算了！他刚刚离开京师，就有人举报他私藏武器，暗蓄钱粮，拉帮结伙，企图谋反。乙辛不甘心坐以待毙，暗暗派人与宋朝联系，妄图内外联合，兴兵举事。不料宋神宗赵顼不想因之开罪辽朝，引起战事，反让人把书信转给道宗。道宗闻之大怒，命南院大王耶律阿丕带人将乙辛捉住，活活勒死。据传耶律阿丕恨其毒辣，将其勒死仍不解恨，又将乙辛的尸体扔入毒蝎和蟒蛇圈中，想让毒蝎蟒蛇吸其血、啖其肉，为冤死的人们出气报仇。没想到隔了一宿，第二天清晨一看，那些毒蝎蟒蛇全被乙辛毒死，而他的尸体却安然无事。盛怒之下，耶律阿丕一把大火，将耶律乙辛的尸体烧成了灰烬。

害死皇后萧观音的另一奸贼张孝杰虽已致仕，但仍被发配漠西去服劳役。据说有一天在刚出门时，忽然从天上掉下一块巨石，立即将其砸成肉饼。

辽道宗耶律洪基到了晚年，虽然处理了耶律乙辛和张孝杰一案，但他并没有从根本上清醒，他只是感到乙辛威胁到了他的统治，才不得不断然下手。为了不至于伤筋动骨，他对乙辛的余党并没有真正剪除，从而留下了无穷的后患。再加上大安八九年（1092—1093）间，连遭暴雪，积深丈余，致无数牛羊冻饿而死，黎民百姓衣食无着。而辽朝的官吏们不闻不问，仍然过着花天酒地的生活。天灾人祸逼得人们无法生存下去，反抗的怒潮风起云涌，接连不断。新城人杨从聚众造反，还建立了农民政权。与此同时，民族矛盾亦日趋激化。从大安八年（1092）起，磨古斯率西北鞑靼部落起兵反辽，与辽军苦战九年之多，令辽朝元气大伤，大辽国已经是百孔千疮了。

尽管辽朝的统治已经内忧外患，风雨飘摇，但道宗耶律洪基仍然醉生梦死，过着骄奢淫逸的生活。道宗愈到晚年，变得愈发昏庸懒散又凶残贪色。也许在皇后萧观音去世以后，他再也没有遇到那样可心的美人，因而欲望愈炽，更加贪婪，甚至想把天下有些姿色的女人全都玩遍。不管是在白天黑夜，不论是在什么地方，只要听说谁的妻妾美貌，就会立即召来侍寝。有从者必封其官，有不从者先斩其头，再杀其妻，令朝臣人人自危。但也有明白事儿、识时务的，参知政事耶律俨原来只是户部的抄写小吏，因为其妻貌美，他主动将其妻送到宫中陪道宗睡觉，两年间累次提拔，从无名之辈一跃而为"经邦佐世功臣"，官拜参知政事兼政事令，封越国公，引起了社会上许多人的羡慕。

寿昌六年（1100）腊月，玩乐无度的道宗请医巫闾山的志达大师讲经说法，中途忽感不适，便请志达为其诊治。大师为其诊脉良久，直言相告："陛下并非地藏王菩萨转世，实乃多年蟒蛇投胎而来，又与众多毒蝎蜈蚣为伍，已毒至膏肓，不可医也！"言罢告辞而去。道宗心中害怕，一下子瘫在床上，一病不起。次年正月初一，打听到志达大师在混同江（今松花江），便执意要去当面请教破解之法，于正月初三便死在了去混同江的路上，终年七十岁，在位四十五年。就是他这四十五年，把大辽国推向了万丈深渊的边缘。

　　寿昌七年（1101）正月初三，辽道宗耶律洪基突然病死。其嫡孙耶律延禧在顾命大臣、北院枢密使耶律阿思和知枢密院事耶律俨的扶持下，在耶律洪基的灵前继位，改元乾统，群臣上尊号曰"天祚皇帝"。"天祚"就是上天保佑的意思，大臣们是寄希望于这位二十六岁的年轻的国君，能够得到上天的垂顾而重振家邦。

　　耶律延禧生于辽大康元年（1075）闰四月，字延宁，小名阿果。他刚刚降生的时候如天之骄子。由于父亲耶律濬是道宗皇帝的独生儿子，独子生孙，这在平民百姓家也是天大的喜事，何况皇家呢！江山后继有人，祖父耶律洪基乐得合不拢嘴。不但孩子的父母亲得到了巨大的赏赐，连群臣和亲属们也都跟着沾了光。可是好景不长就祸从天降。

　　在延禧三岁的时候，父母双双被大奸臣耶律乙辛谋害。延禧由皇家的"掌上明珠"一下子变成了叛贼的"小孽种"，与妹妹延寿一起被赶出皇宫，寄养在承奉官萧怀忠的家里。一年多以后，才又被接回宫中抚养。

　　翌年耶律乙辛被驱逐出朝。不久，六岁的耶律延禧被封为梁王，任太尉兼中书令，祖父道宗皇帝还设置专门的卫队来保护他。此时，大概道宗已经明白了儿子是被冤枉的，产生了强烈的愧疚之心，遂将耶律濬追封为昭怀太子，以天子之礼重新厚葬于玉峰山。并把对儿子的一腔愧疚转移到孙子身上，开始悉心照料他、呵护他。大康九年（1083），九岁的耶律延禧又被晋封为燕国王。

辽道宗耶律洪基到晚年虽然仍旧昏庸腐朽，但对孙子却寄予无限的希望。他命知制诰王师儒和牌印郎君耶律固担任皇孙的老师，专门辅导延禧习文练武。道宗对二人说："当年的北院宣徽使萧兀纳，为保护皇孙立下大功，即使与狄仁杰辅唐和屋质辅穆相比，也毫不逊色。两位爱卿当以他为榜样，尽心竭力，把皇孙培养成一个有为的国君。"后来道宗觉得仍不放心，索性又直接把萧兀纳请过来，利用早晚时间对延禧进行教诲，可谓用心良苦。

萧兀纳不止一次地对延禧说："你的父母和亲族都无辜死在奸贼的刀下，你是为数不多的幸存者之一。他们的在天之灵都寄希望于你，期望你能为祖上争光，为国家争气，为百姓造福，为他们报仇雪恨。因此你一定要刻苦学习、修身进取，对得起父母的殷切期待，不负天下百姓的厚望。"延禧当时听了也是眼含热泪、诺诺连声。萧兀纳又拿出太祖、太宗当年用过的铠仗和刀剑给他看，希望他牢记祖上创业的艰辛、守业的不易，兢兢业业，勤勤恳恳，做个政治清醒的有为之君。然而这些谆谆教诲和良好的期盼，随着时间的推移，就像过眼的烟云一样，被一阵阵大风刮走了。延禧的成长，完全出乎亲人和老师的预料，让萧兀纳等人心痛之极。

原来这时候的辽朝统治集团，历经兴宗和道宗两朝近七十年的腐朽统治，昔日经萧太后和辽圣宗所创立起来的良好秩序，已经荡然无存了。整个朝野上下，早就成为一个腐败透顶的大染缸，每时每刻都在无情地侵蚀着每一个成员的肌体，时间越长，浸之越透，年代愈久，蚀之愈深，渐渐地就面目全非了。如果说延禧童年的时候，还有些道义和良知的话，那么待他长大以后，就已经完完全全地变坏了。萧兀纳等三位座师的谆谆教诲他没有记住，却把祖父的所有恶习与痼癖全面继承下来，并且有所"发扬光大"。比如说痴迷佛道、好吃懒做、贪淫好色、荒于畋猎等等方面，均有过之而无不及。他的性格变得乖戾浮躁、反复无常，经常无端发火，肆意杀人，令朝野上下不可理喻。

天祚帝耶律延禧也许从父母早亡或道家思想那里受到了消极的影响，他认为既然人早晚都要死亡，那就应该及时行乐。所以他就解着恨地玩，拼着命地乐，发了疯病一般地宣泄，得了癫狂一样地挥霍。他吃一顿饭要摆上十几种美酒、上百样佳肴，有许多尽管没喝没动，也要全部扔掉；他一夜要驭十几名美女，变着法儿地折腾她们，即或不能全部临幸，也要打得她们遍体鳞伤。他一年大部分时间都在打猎，每次出猎时都要有数千名将士相陪，为他驱赶猎物，每年都有数百名士兵，在冰天雪地里冻死。在中京城郊的清风观，有上百名道士为他炼丹熬药。同时他又听取道士们的建议，征集了三千多名处女入宫，取其经血为他炼制春药。在耶律延禧的统治之下，朝政几乎全部荒废，朝议已经名存实亡。上不正则下必斜，君不贤则臣必贪。众多的朝中大臣和州县官吏，趁机卖官鬻爵、横征暴敛、勒索百姓、搜刮民财。全国到处昏天黑地，黎民百姓在死亡线上挣扎。

忠臣萧兀纳和王师儒、耶律固等人看在眼里，急在心上，忧愤交加，焦虑万分。他们多次上奏折、陈良策，劝谏天祚帝纳忠言、除奸佞，以江山社稷为重，改恶习、施仁政，做一代有为之君。初时延禧还似听非听、爱答不理，后来干脆就横眉立目、大声呵斥，一副极不耐烦的样子。萧兀纳见了生气地说："陛下已经即位两年，未见朝政有任何建树，脾气倒是长了不少。如今奸佞不除，朝纲不整，天灾不救，百姓流离。而汝却整天耽于酒色之中，溺于畋猎之事，连父亲的尸骨埋在哪里都不过问，你还配做太祖的子孙、大辽国的皇帝吗？"延禧听罢恼羞成怒，下令将萧兀纳赶出朝堂，发配到西南边州服役。将王师儒和耶律固各杖责五十，投入大牢。三人不久均忧愤而死。

延禧对忠肝义胆之臣既烦且恼，对阿谀谄媚之徒却既宠又爱。萧奉先、萧得里底和李处温等人趁机狼狈为奸把持朝政。萧奉先是皇后萧夺里懒的哥哥，外表英俊潇洒，内心残忍狠毒。依仗着自己是皇亲国戚，又身兼中书令和枢密使两职，大肆卖官鬻爵，胡作非为，势焰熏天，无人敢惹，动辄杀人灭口，被朝野上下称为"萧奉蛇"。

另一权臣萧得里底是皇妃萧氏的本家叔叔，仗着侄女被延禧宠爱，又担任着南府宰相，在朝廷横行无忌。此人弯腰驼背、个子矮小，满脸的麻坑，一肚子坏水，人称"坏得掉底"。别看此人其貌不扬，但搂钱的胆子却贼大，害人的主意也极多。他把给他送过钱物的官员都记在本子上，然后根据送礼多少荐举提拔。对于不给他送钱送物的人，他就变着法子陷害，往往一封奏折，就将其送入大牢。大将军耶律棠古为人豪爽耿直、坦荡倔强，被时人称为"犟棠古"。他听说不给萧得里底送钱就要挨整，偏偏不听邪，结果被"坏得掉底"盯上，在延禧面前摇唇鼓舌，屡进谗言，不久遭贬到漠北戍边。棠古心中不服，去找延禧评理。他气冲冲地说："微臣忠心事主，自知并无过错，陛下何以如此待我？莫非是听信了别人的谗言吗？"

天祚帝耶律延禧一听就生气了："无怪乎别人说你盛气凌人，目无尊上，看来果然不假！你当着朕的面就如此傲慢无礼，背后说朕的坏话肯定是真的了！不杀你已经是留足了面子，你还有脸来问？来人哪！给我轰了出去！"弄得"犟棠古"哑口无言，气堵胸腔，"噗"的一大口鲜血吐出，不久忧愤而死。

而权臣李处温则另有来头，他是顾命大臣耶律俨（本姓李）的亲侄子。叔侄俩很有可能是一师之徒，他们都有寻常人皆不敢用的绝招，那就是把美貌的妻子送进后宫，主动让给天祚帝耶律延禧玩弄。李处温的妻子萧赛花极其善解圣意，开明豁达。她不仅自己对延禧投怀送抱，曲尽其欢，而且还主动把自己的妹妹、侄女甚至是姨母介绍给延禧，这让喜好猎奇的延禧兴趣大增、喜不自禁，从而也对李处温青睐有加，将其从小吏一跃而封为参知政事、北面都林牙，成为朝中炙手可热的人物。

萧奉先、萧得里底和李处温等人有恃无恐，沆瀣一气，把朝廷弄得乌烟瘴气、混乱不堪。黑白完全颠倒，正邪根本不分。有冤的无处申诉，有罪的法外逍遥。延禧即位不久，就命萧得里底鞫治乙辛的余党，下令必须斩草除根。可是这个"坏得掉底"的家伙背后收足了赃钱，就将一些死刑犯抵顶乙辛余党处斩，而将真正的杀人恶魔悄悄放走。亲手杀害皇太子耶律濬的凶手萧达鲁，就因为给"萧奉蛇"和"坏得掉底"各送了一百两黄金，不但没有被治罪，反而被重用到军中任职，一直逍遥法外。直到十年后才因为自己吃饭不顺，而被活活噎死。萧得里底放了活人就拿死人遮掩，假意将耶律乙辛和张孝杰等人掘棺扬灰，反而受到了天祚帝耶律延禧的褒奖。

由于皇帝昏庸无道、奸臣胡作非为，再加上洪水雪暴、灾害连年，天灾和人祸搅在一起，弄得大辽国民不聊生、饿殍遍野。黎民百姓不堪忍受其残暴统治，反抗的怒潮风起云涌，接连不断。乾统二年（1102）秋季，就有以汉人赵钟哥为首的义军打进上京，占领了皇宫，劫走了所有的宫女和财物，连上京副留守刺瓦也被打成重伤，险些丧命。其余的守军全被击溃，四散奔逃。

天祚帝耶律延禧闻之大怒，倾朝中所有兵力血腥镇压，抓不住义军就拿黎民百姓出气，采取了绞杀、炮烙、投崖、零剐甚至是掏心挖肝等诸多残忍手段，企图扑灭平民的反抗怒火。然而事与愿违，镇压得越狠，反抗就越强。各地的反辽怒火此伏彼起，越烧越旺。大辽国这座纸糊的大厦，已经被架在干柴之上。稍有不慎，就会烧成冲天大火。而点燃这堆干柴的人，就是生活在我国东北地区的女真人。

女真是一个古老的民族，长期生活在黑龙江、松花江流域和长白山麓，多年来始终与中原王朝保持着密切的联系。辽国建立以后，契丹贵族为了巩固自己的统治，对女真人实行了分而治之的政策。他们强迫一部分汉化程度较深、居住地域偏南的女真人，迁移到东京辽阳以南，正式编入辽朝的户籍，称为"熟女真"。其余那部分女真人仍旧自成部落，继续生活在东北部山林地区，被称为"生女真"。11世纪中期，大约在辽道宗耶律洪基即位以后，"生女真"中的完颜部逐渐强大起来，他们统一了"生女真"的各部，成为部落联盟中的领袖。到阿骨打做完颜部首领的时候，"生女真"各部已经兵强马壮，成为一支不可小觑的力量。

辽咸雍四年（1068）七月，阿骨打出生在黑龙江边一座低矮而又潮湿的草棚里，他的父亲劾里钵是完颜部落的首领。由于部落间连年的征战和长期的渔猎生活，使年幼的阿骨打从小就生活在马背上，练出了一身好本事。到十一二岁的时候，便以善射而闻名江北。有一次，一名辽朝的钦差到他家做客，见阿骨打正在摆弄弓箭，便讥笑似的说："你一个小娃娃，拿弓箭做什么？该不是摆样子的吧？"

阿骨打闻听二话没说，转身走出帐篷，"嗖、嗖、嗖"向空中连发三箭，三只大雁应声而落，令那位钦差惊异万分，连声赞道："奇人也！奇功也！此少年前途不可限量！"

及至长到十八九岁，阿骨打已经身高八尺，膀大腰圆，武功出众，膂力过人。他能拉开五百斤以上的硬弓，射中四百步开外的野兽。更兼头脑清醒，冷峻沉着，机智果敢，豪侠仗义，因而深受女真人的拥戴，在各部族中的威望很高。

原本在萧太后和辽圣宗统治时期，辽国对各国各邦均实行睦邻友好的政策，女真人与朝廷的关系一直比较融洽。但自道宗即位以来，不但对国内横征暴敛，对邻邦、邻部也加紧了盘剥和压迫，因而引起了女真人的强烈不满。辽国在宁江州（今吉林省扶余东南石头城子）设立榷场，强迫女真人在那里交易，以北珠、貂皮、生金、熊胆等贵重物品，换取少量的粮食和衣物。辽国的官吏和商人们互相勾结，低价强买或生打硬要，百般欺辱女真人，稍不如意就又打又骂，甚至杀死，称为"打女真"。在辽朝统治的后几十年间，"打女真"的事情相当普遍。

天祚帝耶律延禧爱好打猎，各级官员就上行下效，经常到宁江州榷场或女真部落去，威逼女真人贡献"海东青"。"海东青"是一种个头虽小但极其凶猛的猎鹰，以白爪者最为珍贵，出产于黑龙江近海地区，能轻易抓获大雁、仙鹤和天鹅等珍贵飞禽，是捕猎者最得力的工具和助手。辽朝官员往往打着钦差的幌子，拿着朝廷的御赐银牌，到"生女真"各部落横行霸道，被称为"银牌天使"。

这些"银牌天使"来了以后，不但索要猎鹰"海东青"，还要求好酒好肉招待。吃饱喝足以后，又要找美女侍寝，称为"奸女真"。开始的时候由女真人自己派送，后来这些人来得多了，就直接闯入牧民的家中，到处寻找和奸污美貌少女，甚至连酋长们的家人也不放过。女真人忍无可忍，终于拿起了反抗的刀枪。他们在阿骨打的带领下，于天庆元年（1111）中秋之夜一齐动手，将三十多名"银牌天使"灌醉以后，全部坠上巨石沉入江底，做得神不知鬼不觉，活不见人，死不见尸。辽国的边官们还以为这些人被飓风卷走了，他们想不到也不相信女真人会敢于反抗。

天庆二年（1112）春天，天祚帝耶律延禧心血来潮，跑到混同江（今松花江）去钓鱼。按照朝廷惯例，皇帝驾到，千里之内的"生女真"部落酋长都要赶来觐见。一日晚上，天祚帝命人摆上"头鱼宴"（皇帝钓上第一条鱼，摆酒庆贺，名为头鱼宴），请各部落的酋长们一起喝酒。酒至半酣，天祚帝命令酋长们跳舞助兴。酋长们虽然满心不悦，但慑于皇帝的淫威，不论会不会跳，反正都下场了。有几人因为年长酒醉，当场摔得鼻青脸肿，引起全场一阵阵开心大笑。天祚帝可能感到甚是好玩，让他们爬起来再跳，明显带有戏弄的意味，招致了女真贵族们的强烈不满，但谁也没敢发作。

这时天祚帝发现阿骨打正端坐在篝火之旁，便命令他下场跳舞。没想到连说三次，阿骨打竟然纹丝没动，好像根本没有听见，只是以斜眼微睨之，火光中面似冷铁，二目如电，身姿笔直，岿然不动，好像矗立在那里的一座金刚。天祚帝耶律延禧恼羞成怒，欲待发作，却见其魁伟异常，身带利刃，于冷峻之中透露出一股凛然不可侵犯的神情。身后又有数十名女真勇士簇拥，一个个虎视眈眈，面似凶神。因此忖了又忖，没有吱声。身旁的萧奉先看出了天祚帝的心思，忙以手势悄悄制止。酒后天祚帝愤愤地说："我观阿骨打面带杀气，眼露凶光，必非寻常之辈，留之后患无穷，不如现在就杀了他！"

萧奉先闻之微微一笑，不屑一顾地说："阿骨打就是个傻小子、愣头青，见过什么世面？懂得什么礼节？陛下何必要放在心上？若是现在就杀了他，必招致'生女真'各部落的群起反抗，这对朝廷大不利也！"

延禧听后虽觉有理，但心中仍然愤愤不平。他咬牙切齿地说："这个目中无人的东西！当着我的面就敢抗旨不遵，还指望他将来能够俯首听命吗？留着早晚是个祸害，还是应当趁早除之！"想等到第二天上午就动手。

没想到次日天刚大亮，生女真各部酋长便在阿骨打的带领下，来向天祚帝磕头赔礼。阿骨打的侄子宗翰还媚笑着说："尊贵的皇帝陛下、英明的大辽圣主，我家酋长不通文墨，又少礼节，且性情憨厚腼腆，凡事不爱出头。昨晚酒席之上若有不尊之处，都是他粗鲁无知，不谙世事所致，还望您这位大国之君不吝斥骂，予以教训才是！"一席话说得谦恭得体，态度诚恳，令爱好虚荣的天祚帝感到十分舒畅。宗翰见天祚帝的面色由阴转晴，又邀请天祚帝进山打猎，以各种山珍野味盛情招待之，酒后又找来两个钦察汗国（今属俄罗斯管辖）的美女过来陪宿。这让天祚帝乐得两眼放光，兴致大增。两天以后，就把想灭掉阿骨打的事情忘到九霄云外去了。

　　天庆四年（1114）九月，蓄谋已久的"生女真"各部聚会于涞流水（今吉林省扶余县石崴子屯），在阿骨打和吴乞买、宗翰的带领下举行反辽誓师大会。阿骨打对众人说："多少年来，我们女真人祖祖辈辈就生活在黑龙江边和松花江上，这里的山林和草原就是我们的家。不管是哪家立国，谁当皇帝，我们的前辈们都送去乊马、钱财和宝物，以换取部族的安宁。可是近些年来，辽国的统治者不把我们当人看，他们抢走我们的牛羊，掠夺我们的财物，奸淫我们的姐妹，杀害我们的牧民。在他们的眼里，我们女真人就是会说话的牛马，甚至连牛马都不如！他们就是一群豺狼虎豹，是一些没有人性的野兽！他们的残酷压迫，如同套在我们脖子上的绳索，越勒越紧。如果再不反抗，只有死路一条！早晚会被他们灭族、灭种、赶尽杀绝！为了找回做人的尊严，为了我们能够活命，为了让姐妹们不再受辱，为了给死去的族人报仇，现在我宣布：我们要举义兵、兴大业、杀辽狗、打天下！有血性的父老兄弟姐妹们，你们愿意吗？"

　　"愿意！愿意！愿意！"上万人齐声响应，气壮山河。

　　阿骨打命侄儿宗翰从誓师的人群之中，挑选出两千五百名精壮的年轻男子，组成一支"殊死军"。其中每五百人编成一队，分别由心腹战将宗翰、宗弼、吴乞买、希尹和娄室率领。阿骨打跳上一辆高大的篷车，对挑选出来的将士们说："我们没有广阔的土地，没有充足的粮食，没有精良的铠甲和武器，也没有那么多雄壮的战马，我们现在还无法组成一支强大的军队。但我们有克敌制胜的意志，有视死如归的决心，我们就能无往而不胜！我们面对的是极其强大而又凶残的敌人，我们必须要以一当十、以一当百，并且随时准备抛尸沙场！我的女真族的勇士们，你们害怕吗？"

　　"不怕！不怕！不怕！"将士们同仇敌忾，喊声如雷，惊得涞流河水哗哗回响，惊得一大群苍鹰飞上蓝天。

　　阿骨打接着说道："不怕就好！你们就观着我的战马，看着咱们的军旗，我进则进，我退则退，只能死战，不准投降！立下战功的，是奴隶的转为平民，是平民的授以官职，是官员的加官晋爵。如果违反誓言，临阵退缩，那就定斩不赦，还要株连家人，让他遗臭万年！只有这样，我军才能以弱胜强，以少胜多，旗开得胜，马到成功！""旗开得胜，马到成功！""旗开得胜，马到成功！"全军欢声雷动，斗志昂扬。

开完了誓师大会，阿骨打立即带着这支队伍向宁江州进发。宁江州不仅有周边地区最大的榷场，也是辽朝的物资转运基地，存有大量的粮秣甲仗等物。阿骨打决心首先拿下它，作为自己的后勤供应营地。

辽军守将耶律谢什闻之大怒，立即领兵五千出城迎敌。耶律谢什面带冷笑，耀武扬威，根本没把这些闹事的小丑放在眼里。部下将士一个个松松垮垮，哈欠连天，以为只要出城一站，就会把那群女真人吓走。

可是这一次辽军的将士们想错了！而且大错特错！还没等他们排好队伍列成阵，阿骨打就振臂一呼，率领着勇士们冲上前去。因为将士们都没有铠甲，阿骨打自己也脱光了上身，裸露着臂膀，赤铜色的皮肤肌肉隆起，瞪大的双眼放出愤怒的火光，坐下那匹宝马如一团火炭，手中那根长槊似同硕大的树干，扎里挓挲的钢须被秋风吹起，简直就像天上下来的凶神。惊得耶律谢什一愣怔的工夫，阿骨打挂上长槊，抽出雕弓，一箭将耶律谢什射于马下。主将阵亡，辽军大乱，急忙退入城中固守。

消息传到天祚帝耶律延禧的耳中，此时他正在庆州（今内蒙古巴林右旗北）打猎，以为只是一些边民闹事，并未引起足够的重视。于是他诏令东北路统军司，命海州刺史高仙寿率三千名渤海兵前去救援。没想到这支队伍走到半路，即被女真名将宗翰设计诱入山林，用伏兵击败。高仙寿带伤逃走，渤海兵一哄而散。而宗翰则命部下穿上辽军服装，冒充增援队伍诈开城门。女真人在阿骨打的率领下一拥而入，趁势夺取了宁江州。

宁江州失陷的消息传来，天祚帝这才大吃一惊，感到女真人的力量不容小觑，必须认真对待。因此只好放弃了去显州（今辽宁北镇）游猎的打算，与随行的臣子们商议对策。汉军行营副都部署陶舒斡说："女真部族虽小，但却民风剽悍。人人都能骑马，个个皆会放箭。其军力绝对不可以小觑也！如今我军已多年不练，一遇强敌，必然溃散，恐兵少不足以获胜也！依臣看来，若想平定女真之乱，须发重兵而一举击之，将其扼杀在摇篮之中，方保江山无虞、社稷稳定矣！否则必将后患无穷，悔之晚也！请陛下斟酌。"

陶舒斡的话还没有说完，南府宰相萧得里底就不爱听了。他拈着焦黄的老鼠胡须，冷笑着说："我朝是天下大国，陛下乃万乘之君，这点儿小事又算什么？你是在长女真人的志气，灭咱家皇上的威风吗？区区女真蜗族，不过几千人马，如同泥鳅翻身，能起多大浪来？我看出一万骑兵就足够了，定能杀他个片甲不留！"

天祚帝耶律延禧本来就昏庸透顶、糊涂至极，最爱听的就是恭维话、奉承辞。此时虽然已经形势严峻、大难临头，但他仍然觉得国家强大无比，自己至高无上，因而对"坏得掉底"的话十分爱听。于是便依从"坏得掉底"的馊主意，命北府宰相萧奉先之弟萧嗣先为都统，命静江军节度使耶律达不为副都统，临时拼凑起八千多人马，就仓促地出发了。

由于辽朝已经承平日久，多年没有打仗了，许多人不了解战争的残酷性，听说大军要讨伐女真，以为还像往常打猎一样，或许能乘机捞点油水，抢些北珠和貂皮回来。于是不少官员和将领的家属、子女也都争先恐后，混入军中，跟随着队伍出发了，好像到宁江州榷场去赶大集。

萧嗣先带着这支杂七杂八的队伍，进驻到鸭子河（流经扶余境内的一段松花江）以北的出河店（在今黑龙江省肇源县茂兴站以南），与女真人隔河对峙。一连一个多月过去，双方谁也没有进兵。萧嗣先是因为心中打怵，害怕打仗，发现女真人势力很大，未敢轻易动作，已发信向朝廷请求援兵。而女真人这边呢，是因为没有发现有利的战机，担心不能够一战全胜。

当年十一月初的一天，北风骤起，大雪飘飞。天空中似有无数头怪兽在号叫、上万条玉龙在搏杀，弄得败鳞残甲漫天狂舞，雪糁雪块如飞沙走石，打得人马有些站不住脚、睁不开眼，辽军的许多帐篷都被卷到天上去了。女真名将宗翰此时对阿骨打说："这种天气，敌必无防，我军乘虚而入，必获意外大捷！"阿骨打从其计谋，亲率"殊死军"借风雪掩护，悄悄渡过鸭子河，突然向辽军发动进攻。

此时领兵在外的辽军都统萧嗣先，正由于这种恶劣天气而忧虑，独自在火炉边饮酒浇愁发牢骚。其他的将士们不是在加固营帐，就是在躲避风雪，谁也没想到女真人会偷营劫寨。直到阿骨打带着人马已经摸到跟前，开始放火焚烧营帐的时候，他们才发觉情况不妙，但是已经晚了！"殊死军"的女真将士们勇如猛虎、狠似豺狼，进了辽营以后不管是军是民，无论男女老幼，逢人就砍，见人就杀，直如虎蹚羊群，又像砍瓜切菜。顷刻间血肉横飞，尸横满地，惨不忍睹。

辽军的这群乌合之众本来就没有实战经验，再加上不知道女真来了多少人马，一时蒙头转向，不知所措，只顾抱头鼠窜，不敢动手还击，不少人稀里糊涂地就成了刀下之鬼。七千多人马连滚带爬，几乎全部死于非命，只有五百多名骑兵依仗马快，侥幸逃脱。萧嗣先喝得昏头涨脑，已经不知道东南西北，差点儿被女真将领娄室一刀剁死，幸亏两名部将死命相救，才夺匹快马向南逃走。吓得他一口气逃出去三百多里，没敢回头。之后也没敢向朝廷报告，带着残兵败将躲到长白山里避风去了。

大辽国朝廷得到前方兵败的消息，群臣莫不愤慨，纷纷上书奏议，要求查清兵败原因，严惩败军之将。还没等天祚帝表态说话，萧奉先就急忙出班，抢先奏道："我军虽遭败绩，但多因气候所致。目前鏖战虽已过去，但败兵游勇尚在四散奔逃。如果治其罪过，恐再激起兵变，于眼下剿灭女真大不利也！况方今正是用人之时，依臣看来，不如招抚使用的好！请陛下明鉴！"

萧奉先匆忙奏议，是因为担心弟弟被杀，才编造谎言，蒙蔽皇上。天祚帝本来就昏庸腐朽，胆小怕事，听萧奉先一说，担心真出乱子，于是未加思考，就批准了萧奉先的奏议，只给其弟弟萧嗣先免官了事。这样的处理方法在军中产生了极坏的影响。皇叔耶律淳愤愤地说："死战而不能记功，逃跑而不予治罪，朝廷如此是非不分，赏罚不明，还有谁去为它卖命呢？大辽国的天下完了！"

辽军连败两仗，天祚帝耶律延禧以为是萧奉先不懂军事造成的，于是便想重新选拔将帅，委以重任。但是由于辽朝多年不战，训练荒废，不但没有克敌制胜的可调之军，也同样缺乏统兵打仗的优秀将领。至于能够挂帅的人物，那更是凤毛麟角了。天祚帝思虑再三，觉得无人可用。这时他把目光落在宰相张琳的身上，顿觉眼前一亮。张琳平日里饱读诗书，知识广博，说起话来有板有眼，滔滔不绝，想必是胸藏锦绣，身手不凡。于是天祚帝耶律延禧任命张琳为领兵元帅，参知政事吴庸为副元帅，筹集粮草，带兵御敌。

宰相张琳谢恩已毕，对天祚帝说："前番两败，俱在轻敌。既低估了女真人的力量，又没有做好充分的准备。若能举我军二十万之众，实行分路进剿，则必令其左右不能相顾，双拳难敌四手。到时候我军再合兵击之，如此则女真必败，叛乱可平也！"

天祚帝耶律延禧闻之大喜，即刻下诏，命辽西和上京两路汉族百姓，每家三丁抽二，两丁抽一，限在二十天内凑足十万大军，到指定地点集结；所有甲仗、兵器和粮草、马匹等皆须自备，否则立斩不赦。可是仓促之中，上哪里去找这么多的士兵和武器？于是种地的、打鱼的、放马的、开店的等等皆强拉入伍。切菜刀、烧火棍、打鱼叉、套马杆等等全充作武器。这十万汉军与十万契丹兵编在一起，被分成四路人马，陆续向东北方向进发。这些人一路上松松垮垮，如在上京逛集，没有一点儿士气。而那些衣衫褴褛的汉军，根本就不像一支打仗的队伍，倒如同一群受灾的流民。

在这北进的四路大军当中，北院枢密副使萧斡里朵率领的一路进展稍快，首先进入了女真人占领的地区。但是还没等他们站稳脚跟，一队凶猛的女真人就冲了过来，迫使他们只好打了个卷毛，退回四十里安营扎寨。萧斡里朵命令在此埋锅造饭，稍事休息，待另三路人马到齐之后，再一起进攻。

当天夜里，女真名将宗翰派兵四处骚扰。他们不断地击鼓呐喊，又在其西南较远处放起大火。萧斡里朵被鼓声惊醒，得到士兵报告，说西南面人喊马嘶，杀声震天，可能是咱们侧翼的汉军已经退了。萧斡里朵出营一看，果然见西南面火光冲天，喊杀之声似阵阵渐小，怀疑友军确被击溃。而自己的营帐四周却人声鼎沸，战鼓咚咚。他担心自己单兵独进、陷围被歼，二话没说，提刀上马，率众转身就跑，一口气跑回去五十多里。

次日清晨，侧翼的汉军派人来联络，方知萧斡里朵已率众退却，不禁一个个义愤填膺，骂不绝口。他们决心与女真兵拼死一战，让那些可耻的契丹狗看看，什么叫真正的汉人！汉兵们在都统武朝彦的带领下，与对面的女真兵战在了一起。嘿！没想到这些女真兵看着傻大黑粗、块头不小，实则头脑简单、笨得要命，怎么敌得过那些身手矫健、又有些功夫的汉族精英？这些不禁打的家伙，不一会儿就被菜刀和烧火棍等武器打得鼻青脸肿，转身就跑。武朝彦见状大喜，率众猛追。追得这些女真人屁滚尿流、狼狈逃窜。

不知不觉，武朝彦率领着三万多汉军追入了山林。一个转弯，这些女真逃兵突然不见了。武朝彦立马观察，正在疑惑，忽然间"咚、咚、咚"一阵鼓响，无数的滚木礌石从山坡上砸来，如同山崩地裂，震耳欲聋，令疲惫不堪的汉军们措手不及，一时大乱。不少人被砸得骨断筋折，哭爹喊娘。武朝彦此时方知中计，急忙掉转马头率众撤回。不料行至山林狭窄之处，又是"咚、咚、咚"一阵鼓响，刹那间两侧忽有万箭飞来，如漫天蝗虫骤至，令汉军逃跑不及。女真人三面夹击，汉军们顿时大败。可怜这些手拿菜刀、木棍的平头百姓，怎是训练有素的女真骑兵的对手？一个个不是被穿了个"透心凉"，就是被砍成了"血葫芦"。这一路辽军几乎全

铁与血的征战：大辽王朝

军覆没，武朝彦身中数箭，只带数十人夺路而逃。

另两路辽军此时刚到，闻听前两路一退一败，吓得不敢前进，急向在后面的元帅张琳报告。还没等张琳赶到前沿、拿出决策，当天夜里，女真名将宗翰和吴乞买就偷袭辽营，放起大火，两人带着"殊死军"一阵砍杀，辽军大败。女真人乘势追击，张琳率众退走。铁骊、石惹两部"熟女真"趁机起兵，从两侧夹击辽军。辽军在女真人的三面进攻之下彻底败退，此番"四路合击"的计划宣告破产。

次年（1115）正月，取得军事上连续胜利的女真人斗志昂扬，齐聚会宁（今黑龙江阿城县南白城）。名将宗翰、吴乞买和希尹等人劝阿骨打称帝立国。阿骨打再三推辞以后，方表示同意，问当以何字为国号。宗翰建议说："辽人以镔铁坚硬，取为国号，名曰契丹。但镔铁虽坚，终怕锈蚀，久必坏也！惟生金日久弥坚，品质稳定，其色为白，光泽长久。我们女真族尚白，当以金为国号。金又历来胜铁，寓我必然胜辽，此真大吉大利之国号也！"

众将皆谓此说有理，阿骨打闻之大喜，于是宣布立国号为金，建元收国，定都会宁，任命了各军主将和文武百官。金国政权就此建立，阿骨打就是金太祖。

阿骨打建国以后，与众将计议进兵之策。军师宗翰首先说道："我们女真人虽然久居山林，但始终以游牧生活为主，既无稳定的休憩之所，又无丰厚的粮草基地，这对我军下步的行动是极其不利的。我观黄龙（今吉林农安）四通八达，龙盘虎踞，沃野千里，粮秣充足，而且进可以攻，退可以守，是极其理想的屯兵之所，当先取此处为立足之地也！"众将一听，纷纷赞同。

阿骨打遂从其计，决定兵分三路，夺取黄龙。东路由宗翰和夹古撒改率军一万，出宁江州直奔咸州（今辽宁开原北），从东面向黄龙发起进攻；西路由吴乞买和娄室率领一万人马，出宁江州奔黄龙西北，从西面向黄龙发起攻击；中路一万人马由阿骨打自己统率，出会宁，奔宁江，先取黄龙外围的宾（今吉林德惠北）、祥（今农安东北）二州。三路人马如摧枯拉朽，很快扫清了黄龙的外围，将这座辽朝重镇团团围住。

辽军此时防守黄龙的只有两万人马。守将耶律阿奴见金兵势大，不敢出战。一方面调兵遣将，凭城据守，一方面飞报朝廷，请求增援。但是还没等辽朝援兵到达，阿骨打就听从宗翰的建议，在一月黑风高之夜，命士兵悄悄堆积柴草于城下，在黎明之前发起火攻。辽军由于连日来人困马乏，加之气候条件恶劣，根本没有察觉。等到浓烟漫上城楼，墙上的守军才知道，但是已经晚了！风助火势，火借风威，一霎时烧起冲天大火，黄龙失陷。

黄龙失陷的消息传来，令天祚帝耶律延禧大惊失色，竟然半晌也说不出话来。在群臣的一再提醒之下，才决定举全国之力，御驾亲征，兵分两路，直取黄龙。一路以萧奉先为御营都统，耶律章奴为副都统，领兵十万，从咸州向北推进；另一路以殿前都点检萧胡笃为都统，枢密院直学士柴谊为副都统，率汉军五万，从宁江州以西向南进军。天祚帝企图采取分进合击、两面夹攻的策略，把金兵逼出黄龙，与之决战，从而一举将其歼灭。出师之日锣鼓喧天，旌旗蔽野，车仗绵延百里不绝，似乎很有气势。

没想到大军行至半路，辽军自己这边就出事了。一日晚辽军在咸州城北扎营，忽有军士来报，说大帐中架上兵器突然放光，厩中战马亦狂躁不安，嘶鸣不止。延禧惊问何故，钦天监李圭说道："古语有云，'厩马夜嘶喻出师不利，兵器放光寓军败不归'，此皆预警凶兆，请陛下千万要当心哪！"

然而林牙承旨郭崇韬却谄媚地说："厩马夜嘶乃欲冲上战场，兵器放光是想斩杀顽敌。昔日唐庄宗李存勖因之而灭后梁，太武帝拓跋焘借此大破柔然。此皆大吉大利之兆，预示着陛下将旗开得胜、马到成功也！"

天祚帝耶律延禧听了郭崇韬的一番话，感到心里特别舒服。于是他命侍卫麦出李圭，厚赏郭崇韬，然后马上摆酒庆贺。未等酒杯端起，帐外军士急报，说有人哗变逃跑，营中大乱。延禧一急，"啪嚓"一声，酒杯掉在地上。

原来御营副都统耶律章奴历来与萧奉先不和。当晚宿营以后，他与几个心腹将领饮酒，议论起此番出征之事。部将萧延留说："方今陛下昏庸，朝纲混乱，奸人当道，黑白不分。既无多谋善战的主帅，又无赏罚分明的军规，将士们谁能为之卖命？这些拼凑起来的乌合之众、散乱之师，若到阵前，焉能不败？我等若随之进军，恐必死无疑矣！"

另一部将萧敌里说："将军智勇双全，足堪重任，不能领兵挂帅，却被'萧奉蛇'辖制。如此壮志难酬、雄才难展，陛下用人何其不明之甚也！我们何必要跟他们去送死？今皇叔耶律淳文武双全，贤明豁达，实乃大辽之希望，中兴之砥柱也！我等不如去投奔他，另立朝廷，方有出头之日！"

耶律章奴酒至半酣，微醺未醉，听了二人的话认为有理，当即率领心腹部下四百余骑，突然拔营出走，跑回上京去了。

天祚帝耶律延禧闻之大惊失色："战端未开，后院起火。京师不稳，如之奈何？

不如我们立即撤兵吧！先剿灭了耶律章奴再说！"

众将闻之皆跪而劝曰："万万不可呀！万万不可！大军远道而来，天下妇孺皆知。未经一战，先行撤退，民心必疑、军心必乱。军心若乱，敌必击之，如此则后果不堪设想，请陛下收回成命！"

延禧闻之虽觉有理，但是担心京城有失，仍然举棋不定、犹豫不决，急得直在大帐里打转，拿不定主意。这时御营副将萧统万说："章奴虽然哗变，未必就能成事。此乃背上小疾，臣看无关大局。倒是眼前金兵肆虐，危及国家社稷，方为心头大患。我军当全力一战，先灭金兵反贼，再回京师靖乱，未为迟也！"

众人闻之，皆以为萧统万说得有理。延禧无可奈何，这才听从萧统万的建议，一面令驸马萧昱率骑兵三千赶回广平淀（在今西拉木伦河与老哈河汇流处东南），保护后妃行宫；一面亲写书信一封，命飞龙御史乙信去找皇叔耶律淳，责令他坐镇后方，稳定大局；又一面下令埋锅造饭，天明进兵，与金兵决一死战。

没想到次日黎明天象突变，还没等辽军拔营列队，北风就卷着乌云呼啸而来，如同万千恶鬼发出号叫，令人胆寒。鹅毛大雪骤然间从天而降，顷刻间已落有盈尺之厚。狂风率领着雪花雪沫，打得人们睁不开眼，刮得人们站不住脚。辽军人喊马嘶，正待整队，忽然间金兵骤至。他们骑着高头大马，挥舞着雪亮的战刀，挟风带雪，顺势而来，直如一群凶神下凡，又似一帮恶鬼索命。辽军将士猝不及防，一下子被冲得七零八落。

天祚帝耶律延禧见北风大起，金兵又至，明白事到如今，已经没有退路，于是在萧统万等将领的护持之下，亲率侍卫亲军上前督战。辽军将士见皇帝就在身边，明白只能前进，不能后退，于是抖擞精神，与金兵战在了一起。金兵虽然凶猛，但辽军人多势众，两军搅在一起，一时胜负难分。

金兵元帅吴乞买和军师宗翰率领着数千"殊死军"，如风中怪兽，雪中狂飙，保护着阿骨打左冲右突、拼命厮杀。这支凶猛的队伍如一股铁流，真是勇不可当、所向披靡。他们斩杀了大量的辽军，但由于众寡悬殊，一时难以取胜，阿骨打心中非常焦急。

正在这紧关截要的时候，军师宗翰忽然对阿骨打说："陛下请看！那东南面的高阜之处，莫不是天祚帝？"阿骨打抬头一望，果见那片高坡之上、松林之旁，一群将领簇拥着一人，头戴黄毡帽，身穿赭黄袍，外披黄金甲，坐骑黄骠马，白面黄须，贼眉鼠眼，不是别人，正是辽国皇帝耶律延禧。阿骨打心中大喜，立即挥舞长槊，毫不犹豫地向那片山坡冲去。一路上阻挡的辽军将士沾着者死，碰着者亡。"唰"的一下，如潮水般向两侧退去。待等到距离够近，阿骨打挂上长槊，拈弓搭箭，瞄准天祚帝的脑袋，"嗖"的一箭顺风射去。

按说阿骨打的箭法那是百发百中，从未失手，但也许是耶律延禧命不该绝。原来此时他正在小山坡上观敌掠阵，指挥厮杀，忽见一伙金国骑兵飞也似的奔来，令他心中一急。就在他本能地一回头，想命人拦截的时候，阿骨打的神箭到了！"唰"的一下从他的头上掠过，一下子掀掉了他的头盔，吓得他呆若木鸡、魂飞天外，竟然如同傻了一般。一瞬间的工夫，阿骨打率领的"殊死军"已经冲到了跟前。那根一百多斤重的禹王长槊，如泰山压顶般砸了下来。天祚帝耶律延禧居然不躲不跑也不动，好像就在那里闭目等死。急得他身边的御营副将萧统万大呼曰："陛下快走！此地危险！"说着不顾一切地举刀相迎，想架住阿骨打的长槊，让天祚帝脱险。可惜他虽有忠心，但哪里是阿骨打的对手？他的大刀碰上阿骨打的长槊，竟如同麻秸一般被砸掉。随后连人带马，被阿骨打的长槊打翻在地，转眼间死于非命。

也许是萧统万临死前的两声大叫，喊醒了吓傻了的耶律延禧，他摸摸头颅尚在，急忙打马就跑。身后的几名侍卫"噼里扑隆"，顷刻间全被金兵杀死。阿骨打率领着铁骑随后追来，喊杀声盖过了风号雪啸，吓得天祚帝不敢回头，一路猛逃。幸亏他的坐骑是一匹汗血宝马，奔跑如飞，金兵追赶不上。而他的那些亲兵侍卫就倒了霉了，纷纷做了刀下之鬼。

正在鏖战中的辽军刚才还在拼死厮杀，这时听见有人喊："皇帝跑了！快逃命啊！"立刻斗志全无，一个个迅速掉转马头，争先恐后地向南逃窜。一支正在血战的劲旅，刹那间变成了溃乱之师。阿骨打率军乘势掩杀，辽军大败，不仅甲仗辎重丢得满地，而且尸体堆积如山。直杀得辽军如落花流水，似狼奔鼠窜，一口气跑出去三百多里，听雪住风轻，后边已经没有什么动静了，方敢停住脚步。萧奉先这时不知从哪里钻了出来，他命人清点了一下人马，剩下的不足五百骑了。十五万大军几乎是全军覆没，连皇帝也差点丢掉性命。大辽国此番元气大伤，从此再也组织不起大规模的进攻了，辽金之间的博弈转入了弃攻为守的阶段。

第三十一回
东躲西逃昏王丧国
天怒人怨大辽悲歌

　　且说从春州前线跑回上京的耶律章奴，闻听延禧兵败，心中大喜，认为起事的良机已到，于是忙令皇叔耶律淳的内弟萧敌里、外甥萧延留先去南京，劝留守在那里的耶律淳趁机称帝。

　　耶律淳听罢二人的来意，诚恳地对他们说："方今北征兵败，国家危难之秋。我为皇族重臣，本当挺身而出，却怎能落井下石，做此叛逆之事？岂非有背人臣之本，又遭世人唾骂耶？将来有何面目见列祖列宗乎？"故而断然拒绝了耶律章奴之劝。

　　恰好此时，朝廷的飞龙御使耶律乙信持延禧书信而来，耶律淳跪而览毕，勃然变色曰："汝二人为何前线哗变、背主而逃？此乃大逆不道之罪也！"说罢向神山和祖庙方向跪而泣曰："女真叛乱，御驾亲征。晚辈无力回天，自当有责护国，必不做违背祖训之事也！"然后下令先斩萧敌里和萧延留二人，随后又率五千精骑去广平淀，当面向天祚帝耶律延禧谢罪。

　　耶律延禧宽慰他说："都是章奴作祟，本与他人无关，皇叔深明大义，愤而斩断私情，实乃国家之幸、万民之福也！"言罢加封耶律淳为秦晋国王，官拜天下兵马都元帅，命其仍率本部留守南京，耶律淳谢恩拜别而去。天祚帝又下诏假作宽恕，诱杀了耶律章奴，将其首级挂在上京城墙上示众，同时诱杀其部下六百多人。

然而延禧的屠刀并没有吓倒反抗的人们。耶律章奴事件刚刚平息，辽东大地又起烽烟。饶州（今巴林左旗巴林桥西北）渤海人古欲、中京汉人侯概、南京汉人董宠儿相继举事。他们均聚众数万，自立为王，攻州打县，声势浩大。董宠儿还自称扶宋灭虏大将军，直接与宋朝开封相联系，意在联宋灭辽。天庆六年（1116）正月初一晚上，东京辽阳城有十几个渤海族少年，趁着万民欢庆节日之机，悄悄翻墙进入辽阳府衙，将东京留守尚保杀死。同时抢掠大量财宝，放火烧衙而去，令朝野上下极为震惊。

　　不久，更严重的事件发生了！东京留守司裨将高永昌结伙反叛，率部攻入东京，自立为"大渤海国皇帝"，建元隆基，迅速占领了辽东五十余州，公开与辽朝相对抗。耶律延禧大怒，派丞相张琳带兵进剿。但此时朝廷已经无兵可调，张琳只好靠发些银两和财物，招募得辽东饥民两万多人，发放武器，编成队伍，带上五天的军粮，从沈州（今辽宁沈阳）出发至太子河畔。没承想走到半路，即被高永昌派出的渤海兵迎头拦住，不能前进。张琳只好下令安营扎寨，寻找战机。不料高永昌好像看透了张琳的心思，只是坚守不战，不给辽军以可乘之机。三日后军粮所剩无几，张琳无奈又率众撤回沈州，结果在撤军的路上，被高永昌率众追杀，人马损失大半。张琳只好逃回沈州拒守，并急忙向延禧发信求救。

　　高永昌见辽军虽退，但必然会卷土重来。自己虽然说已经立国，但夹在金、辽两家之间，又岂能生存下去？经过再三权衡，他决定转而投金，以图达到借树乘凉、裂土封侯的目的。但是他的算盘打错了！并由此引狼入室，酿成大祸，让他成了双方都不得意而又万民唾骂的罪人。

　　阿骨打接到高永昌的书信，大喜过望，急命元帅吴乞买和军师宗翰，率两万人马进军辽东。高永昌亲自率众出城迎接，未及搭话，即被吴乞买一刀砍死，部下四散奔逃。金兵不费吹灰之力，就迅速占领了辽东四十四州。辽太祖耶律阿保机生前辛辛苦苦，几番征剿，花费了二十多年的心血，才经营建起的东丹国旧地，就这样被他的子孙轻易丢光了。

　　辽东失陷以后，金兵步步紧逼，天祚帝耶律延禧愁眉不展，朝堂上群臣也多数默默无言，一时都拿不出御敌的良策。北院枢密使耶律大石推荐说："皇叔耶律淳文武双全，素有威望。此时若让他挂帅出征，或可能挽大厦于将倾也！"延禧闻之准奏，诏令耶律淳召集军马，速赴前线，务必将金兵阻挡在辽水以东。

　　耶律淳奉命从南京出发，一路上扶危济困，资助孤寡，沿途招募了两万八千多名青壮难民，发给食物，晓以大义，边走边训，亲自操练，组成了一支特殊的队伍——"怨军"，意思是以德报怨，战为平民，并不是为了给朝廷卖命。耶律淳带领的"怨军"成分复杂，对朝廷都有怨气，但由于耶律淳关心下属，爱兵如子，又仗仗身先士卒，事事赏罚分明，因而极受全军将士的拥戴。耶律淳率军与金兵对峙一年有余，大小历二十几战，虽各有胜负，但使金兵终不能向西前进一步，天祚帝耶律延禧甚宽慰之。

天庆七年（1117）九月，金人采取声东击西的策略，阿骨打派兵突袭徽州（今辽宁阜新），中京告急。朝廷已经无兵可调，耶律延禧急令"怨军"驰援西线，保卫都城。耶律淳率军一路跋涉，立足未稳，就遭到了金军大队骑兵的冲击，耶律淳虽然骁勇善战，足智多谋，但终因过度疲惫和众寡悬殊，部下一万多"怨军"几乎全部战死，他只率五百余骑退守长泊（今辽宁阜新南）。

当年十二月，耶律淳又收拢人马，得八千余众，与再犯的金兵大战于蒺藜山（今辽宁阜新北）。怎奈金兵越战越多，几乎是孤注一掷。而自己这边却兵微将寡，势单力孤。危急时刻，他几次向朝廷求救而不得，最后终于被杀得溃不成军、落花流水。金军在付出巨大的代价之后占领了徽州，中京的东大门被打开了！

天祚帝耶律延禧闻听徽州兵败，知道中京已经必不可保，乃命侍从收拾金银细软共五百余包袱，又精选两千匹宝马良驹养在宫中，随时准备逃跑。一日在朝堂上他厚颜无耻地说："我朝广大，疆域万里，而且南有宋朝兄弟之国，西邻夏国外甥之邦，何处不能安身？哪里不能称王？我有无数财宝能随身携带，又有西域良马可日行千里，还怕金兵追过来吗？你们都收拾好了，准备随我长途奔袭吧！"

大臣们听了延禧的话哭笑不得，满堂哗然，一个个议论纷纷，心冷如冰，不顾江山社稷而自己逃跑，丢下黎民百姓而亡命天涯，这样的皇帝还做得久吗？大辽国的天下还保得住吗？没有普天下臣民的拥戴，你给谁当皇帝去？难道要跟着他去做丧家之犬、然后成为孤魂野鬼吗？因而人人心灰意冷，散朝以后就各找活路去了。而耶律延禧此时却在愁中取乐，闻听内库都点检刘彦良的妻子云奇是娼妓出身，得异人传授，熟谙素女采战之法，欢会之时，强如少女，当即招来侍寝。云雨几度，兴致倍增，果然貌如妲己，艺胜夏姬。自感欢喜异常，如获至宝，在后宫日夜鏖战起来。

天庆十年（1120）五月，金兵攻陷上京，一把大火将辽朝的宫殿全部焚毁，临潢府变成了一片瓦砾。噩耗传到中京，耶律延禧自知大势已去，便想退位保命。延禧有六个儿子，长子敖鲁斡封晋王，是文妃萧瑟瑟所生，五子耶律定封秦王，是萧奉先的妹妹元妃萧婉云所生。萧奉先听到延禧有传位的想法，便一心想拥立自己的外甥耶律定。为此，他便在延禧面前无中生有，肆意诬陷文妃萧瑟瑟，说她伙同其姐夫耶律挞葛里、妹夫耶律余睹谋反，早就串通一气，企图废掉耶律延禧，立晋王敖鲁斡为帝。

耶律延禧昏庸至极，听了萧奉先的鬼话竟然信以为真，立即下令诛杀耶律挞葛里，令文妃萧瑟瑟自尽，同时把晋王敖鲁斡囚禁起来。副都统耶律余睹在军中听到凶讯，明白天祚帝昏庸透顶，忠奸不分，目前已经有口难辩，有冤难伸，留下来只有等候抓捕处斩。于是他对着神山的方向九叩首，流着泪说："非是晚辈不忠不义，实乃昏王有悖于天，也许是大辽朝的气数已尽，才有此桀纣不如之君。晚辈为留条活命，只好投外邦去了！尚请祖宗见谅。"礼罢带领部下两千多骑投奔了金国。

耶律延禧闻听余睹出逃，当即委派殿前将军萧遐买、北府副宰相萧德恭领兵追赶，命二人务必将其拿回治罪。但二人知道耶律余睹乃是含冤而去，并未真心追赶，只是到城外假装转了一圈，回来向延禧复旨了事。

副都统耶律余睹的出逃投金，令风雨飘摇的大辽朝雪上加霜，大大加快了其覆灭的步伐。耶律余睹武艺出众，英勇善战，在辽军中很有人脉。金太祖阿骨打得之喜出望外，高兴地说："将军弃暗投明，令我军如虎添翼。真乃上天助我，大业必可成也！"当即封耶律余睹为归义侯、圣明将军，命其为金兵先锋官，率领先头部队攻打中京。至此金兵轻车熟路，势如破竹，益发不可阻挡。

保大二年（1122）正月，耶律余睹率部攻下中京大定府，并向南京挺进。刚刚逃到南京的耶律延禧如惊弓之鸟，又慌忙出居庸关逃到鸳鸯泊（今河北省张北县北）行宫。没想到才住一宿，熟悉辽军动向的耶律余睹就率部赶来，吓得延禧又带人逃向西京大同府。真是惶惶如丧家之犬，急急如漏网之鱼，可悲至极。

尽管已经是穷途末路，亡命天涯，但是大奸臣萧奉先仍然不忘陷害别人，争权夺势。他在逃亡的路上对延禧说："妈的！耶律余睹这个王八蛋！事情全坏在他的身上了！不然金兵怎么追得这样快？他知道咱们的路数哇！这个王八犊子紧追不舍，臣以为他不是真心助金，而是想替文妃报仇哇！他还是想立他的外甥、晋王敖鲁斡为帝，这个谁看不出来呀？我的陛下呀！舍不出孩子套不住狼，您这么圣明的人，可不能让他的阴谋得逞啊！"

延禧本来就是非不辨、黑白不分，这时又被追得蒙头转向、疲于奔命，因而对耶律余覩恨得牙根痒痒，听了萧奉先的话，不加思索地说："是呀！都是这个孽种惹的祸！都这个时候了，还想着当皇上！我他妈的都要没命了，还留着他有什么用？"于是下令将晋王敖鲁斡处死。

晋王敖鲁斡是耶律延禧的长子，在他的六个儿子中最为贤明能干，在国人中也有一定的威望，大家都把最后的希望寄托在这位大皇子的身上。闻听敖鲁斡被处死，辽国军民万念俱灰，人人都明白国家已经不可救药。宿卫官古也当晚对侍卫们说："陛下狠如豺狼，毒如蛇蝎，他连自己的亲儿子都杀了，我们还跟着他做什么呀？"第二天早晨一清点，发现将士们连夜跑了一万多人。

此时逃到西京大同府的耶律延禧，身边只剩下皇子、公主及亲随五百多人了。喘息未定，闻金兵又至，吓得不敢停留，又急忙逃往夹山（今内蒙古萨拉齐西北）去了。延禧刚离开西京一个多时辰，耶律余覩率领的前部金兵已至，西京留守萧查喇立即开门投降，并指明了延禧的逃跑方向。耶律余覩没有进城，立即策马追赶，半路上遇到弃天祚帝而逃跑的萧奉先父子，金兵将其擒获。仇人相见，分外眼红。气得耶律余覩觉得怎么杀他都不解恨，最后剖开肚腹插上捻子，给他们父子俩点了"天灯"。据说竟然烧了三天三夜，仍然余火未尽。俗语说"坏得能出油"，大概这个典故就是从这里来的吧！

且说天祚帝耶律延禧率众逃进夹山，与外界基本上失掉了联系，这让苟延残喘的辽朝政权一时无人主事，那些没有沦陷的各州、府、县立即陷入瘫痪之中。有鉴于此，保大二年（1122）三月，南京留守李处温伙同奚王回离保，与大将左企弓、虞仲文和耶律大石等人商议，决定拥立皇叔耶律淳为帝，以支撑眼前困难的局面。李处温说："今陛下逃难，音信断绝，金兵又至，战事紧迫。战场不可一日无帅，国家不可一日无君。臣等斗胆恭请秦晋国王登位，扶大厦于将倾，救国家于累卵，不知圣意若何？"说罢率领众人跪下行礼。

耶律淳自打徽州兵败以后，便一直在南京养伤，这时听了李处温的一番话，急忙摇摇头说："陛下圣迹不明，我心焦虑万分！正思忖着如何去寻找他，怎么会突然做僭越之事？为帅可以从命，为君万万不可！"

李处温见状一使眼色，众人一齐上前，强行将一件赭黄袍披在耶律淳的身上，随即三拜九叩，跪行大礼，并为其上尊号曰"天赐皇帝"。改保大二年为天福元年，尊其妻萧普贤女为皇后，封耶律延禧为湘阴王。这样濒于灭亡的辽国就分为两部分：一部分是耶律淳所控制的燕、云、平等州及中京路部分地区，历史上称为"北辽"；

另一部分则是耶律延禧的管辖范围，只剩下沙漠以外的西北诸蕃各部族了。

当年三月，宋朝按照与金国签订的《海上之盟》出兵攻打北辽。宋徽宗赵佶派枢密使童贯为帅，大名留守蔡攸为副帅，率兵七万进攻南京。但由于耶律淳亲自指挥，耶律大石等将领英勇善战，宋军大败而归。六月下旬，陷于金、宋包围中的北辽皇帝耶律淳向金求和无望，又闻耶律延禧率精兵五万前来问罪，自感前途渺茫，悲愤交加，不堪重负忧虑而死，仅在位九十八天。

耶律淳在临死之前，为了向延禧谢罪，遗命迎立秦王耶律定为帝，以表达他对朝廷的不二忠心。但宰相李处温不遵遗嘱，竟然密购武器，私藏武装，要挟皇后萧普贤女投降宋朝，以换取高官厚禄。被萧普贤女严词拒绝，一顿臭骂："狼心狗肺、丧尽天良的东西！皇帝待汝不薄，临终嘱托于你，汝何不遵遗命，却要叛国投敌？大辽国的万里江山，就坏在萧奉先和你二人的手里了！"

李处温听罢恼羞成怒，喝令侍卫们对皇后动手。不料萧普贤女为人极妤，侍卫们非常尊敬她，不但群体抗令不遵，而且反戈一击，当场将李处温父子砍死。将士们从他家搜查出大量的金银财宝，萧普贤女皆令充作军费或分给平民，受到耶律大石等许多将领的拥戴。

当年十月，金兵进攻居庸关，南京不保，北辽君臣弃城而逃。中途跑散分成两股：一股由耶律大石率领着契丹族将士，保护着皇后萧普贤女继续西行；一股由奚王回离保带着所部跑到了箭笴山（今称祖山，在河北青龙县东南）自立为大奚国皇帝，不久即被部下杀死，大奚国垮台，部下多数投金去了。

当年深秋，驻扎在鸳鸯泊的金太祖完颜阿骨打，听说耶律延禧在夹山大鱼泊藏身，亲自率领一万精兵前去突袭，延禧闻风便逃。金将完颜果和斡离不在耶律余覩的带领下打头阵，昼夜兼程，紧追不舍，终于在石辇驿（今大同西北）将延禧追上。但此时三将身边只带一千人马，而辽兵却有两万五千多人。战还是不战，三个人停下脚步商讨作战方案。先锋官耶律余覩首先说道："我军长途跋涉，人疲马乏，加上众寡悬殊，战则不利，还是暂时不战的好！只要我们跟踪在其后，瞄准其动向，就不怕他们跑掉，早晚一锅端了他们！"

斡离不听罢摇摇头说："天祚已如丧家之犬，如今追上如何不战？我们虽然人困马乏，但是辽军更加狼狈。我女真勇士乃天生猎犬、北海神鹰，以一当百，有何惧哉？"说罢已率先冲上前去，与辽兵战在一起，耶律余覩和完颜果相视一笑，也率众加入混战。金兵虽勇，但毕竟极度疲惫又众寡悬殊，很快被辽军团团围住。耶律延禧见金兵人少哈哈大笑："这帮贪功冒进的家伙！这不是找死吗？！这几年让他们撵的好苦，我都没睡过一宿好觉！也该让我军打场胜仗了！将士们！给我上，全都剁了他们！每人十两白银！"遂指挥将士们殊死进攻。一千多金兵被围在中间，左冲右突，死伤惨重，眼见得就要全军覆没。

就在这极端危急的时刻，满身血污的耶律余觌仍然眼观六路，耳听八方，他挥刀砍死两名辽兵，抽空对斡离不和完颜杲喊道："两位将军请看！天祚在那里呢！我们何不去擒住他？反正是个死，抓他当个垫背的，死也值了！弟兄们！给我冲啊！"说完拍马舞刀，奋勇直前。

完颜杲和斡离不抬头一看，果见西南方一高岗处，一个头戴紫金冠，上插雉鸡翎，身穿赭黄袍，外披黄金甲的家伙，骑着一匹黄骠马，在夕阳的照射下闪闪发光，好像一个大元宝。此时正在比比画画，似乎在挥舞马鞭说着什么，身边的护卫只有十几人。两个人一使眼色，发一声喊，率领着剩下的将士，一齐向那座小山岗扑去。这伙玩命的金兵一个个满身是血，眼露凶光，如一群被逼急的恶狼，发出可怕的嗥叫。辽军阻挡不住，眼瞅着就冲到了跟前，天祚帝耶律延禧仿佛听到了他们风匣一样的喘气声，那闪着寒光、滴着鲜血的战刀似乎将落到他的头上。身边的侍卫如秋天的谷捆，"唰、唰、唰"瞬间倒下好几个，吓得他大惊失色，魂飞天外，兜转马头，转身就跑。幸亏他的马快，转眼间就蹿出去百多丈远。金兵追赶不上，就大呼曰："天祚跑了！赶快追呀！""活捉天祚！他跑不了了！"正在血战的辽兵见皇帝真跑了，也跟着撒丫子就蹽，顷刻间两万多辽兵一哄而散。这时候谁还会舍命相搏，那不是傻子吗？天祚帝丢下所有的辎重，头也不回，一口气跑进阴山去了。

保大三年（1123）二月，耶律大石保护着皇后萧普贤女，历经千辛万苦来到阴山，找到了藏在这里的耶律延禧。延禧这时靠施舍钱财，又收拢了一万多人马，仍然架子不倒，威风十足。这时见北辽人马前来投靠，立刻气不打一处来，当即就下令杀死了萧普贤女，还把耶律大石绑了起来，狠狠地亲自抽了一顿鞭子，然后气急败坏地吼道："我他妈还没死呢！为什么要立耶律淳？岂非大逆不道，罪该万死？"

耶律大石虽然极度疲惫，而且遍体鳞伤，但他没有一句求饶的话，而是理直气壮地反驳说："陛下身为万民之主，却只顾自己逃命，丢下国家百姓于不顾，任由金人宰割，你还是个合格的皇上吗？值此国难当头，难道不该有人振臂一呼，率领着臣民保家卫国，为陛下分忧吗？将士们找不到陛下，立耶律淳有什么错？难道就应该放弃大好河山，任凭金人杀戮吗？难道就眼瞅着大辽朝灭亡吗？我看别说立一个耶律淳，立十个也不为过！你为什么要杀萧皇后？她是一个多么好的人哪？她千辛万苦来投奔你，你却杀了她，真是作孽呀！苍天哪！怎么会是这样？会是这样啊？"

耶律大石情绪悲壮，血泪交加，他的话感动了在场所有的人，几千名将士一齐跪下为他求情。耶律延禧自知理屈，被驳斥得哑口无言，只好挥挥手命人放开了耶律大石，并让人送来酒饭，令其疗伤休整，率部镇守龙门东，而他自己则又率人逃往西夏去了。

当年四月，金兵在斡离不带领之下，在青塚寨（今呼和浩特王昭君墓侧）活捉了天祚帝诸子、公主及后妃等数十人，得到了大量的金银财物，唯独梁王雅里趁机逃脱。雅里逃到云内州（今内蒙古土默特旗东南），被逃难在这里的数十位北辽大臣拥立为帝。

雅里秉性宽厚，为人谦和稳重，又体贴关心下属，因而深受将士拥戴，四方人马纷纷来投，很快就聚集了四五万人，出现了积极向好的局面，大家都把辽国最后的希望寄托在雅里的身上。但雅里早就心知肚明，辽国的统治大势已去，自己根本无力回天，因此心情十分忧郁。每日里多靠打猎排遣不良情绪，打发难耐的时光。最后终因在十月的一天，他只身射死四十只黄羊、二十一头狼而活活累死。群臣无奈，又扶持辽兴宗耶律宗真的孙子耶律术烈继位。但术烈由于性情暴躁，惯好在酒后鞭打士卒，不久被身边的侍卫胡烈杀死，当时就割下人头，向金国邀功去了。北辽小朝廷共三帝历时十九个月，到此灭亡。

再说金兵接连奏捷，灭辽大局已定。全军将士斗志昂扬，穷追猛打，天祚帝耶律延禧已成丧家之犬。就在这一路凯歌、胜利在望的时候，金太祖完颜阿骨打却由于积劳成疾，突然病倒了！还是在金天辅三年（1122）十二月，金兵攻下幽州的时候，他就感到周身不适，经常晕倒。在燕京（金兵占领辽南京后将其改称燕京）遍请名医，悉心治疗半年多，才稍觉好转。他便决定返回上京会宁，把前方的战事交给军师宗翰指挥，自己到大后方再安心休养一段时间。次年六月中旬，阿骨打的车驾在燕京起程，一路奔上京前进。由于天热多雨，道路泥泞，再加上阿骨打的身体禁不得颠簸，因而走走停停，进展缓慢。七月下旬，车驾行至浑河北部堵泺西行宫（今吉林扶余境内），阿骨打觉得天旋地转，呕吐不止，食宿俱废，病情加重，遂命随行人员停下车驾，速召皇弟吴乞买和宗翰、宗峻、宗干、希尹及撒改等心腹重臣前来议事。众人闻讯后昼夜兼程，先后赶到部堵泺西行宫。见阿骨打面容憔悴，脸色蜡黄，二目无神，时而昏迷，大家都感到十分忧虑。

也许是心有灵犀或者存在某种感应，在最后一名重臣宗峻到来的时候，阿骨打从昏迷中醒来。他望了望守在他床边的臣子们笑了笑，然后摆了摆手示意大家坐下来，这才缓慢地对众人说："昨天晚上我做了一个梦，见到红日坠入了松花江，天地一片黑暗，四周越来越冷。我急得拼命大喊，但是无济于事，身体却在不断地往下沉，仿佛即将掉入万丈深渊。吓得我一下就醒了，浑身都是冷汗，顿觉胸闷气短，骨头架子像散了一般。"

说到这里，阿骨打喘了一口气，望着大家继续说道："我自知病入膏肓，必将命不久矣！想我阿骨打戎马一生，活着为女真而战，临死为女真而忧，心里总有些事还放不下。如今天下虽未平定，但是灭辽已成定局。大业虽然未竟，但已十成八九，这让我人虽去而心无憾矣！我去之后，当由吾弟吴乞买继承大位，伏望众卿悉心相助，共襄大计，相信定能够再接再厉，捷报频传，成我今生之宏愿也！这一点我深信不疑。"

阿骨打话说至此，显然非常激动，他的面色由黄转红，眼角甚至还流下了泪水，胸膛一阵阵剧烈地起伏，接着大口地咳嗽起来。宗翰等人急忙上前，为阿骨打轻抚胸口。侍者又及时地端来茶水，但阿骨打此时又昏了过去。

接连七八天的时间，阿骨打一直在昏迷不醒。他平静地躺在病床上，像是在做着一个长长的遥远的梦。这些天来他始终未醒也未食，只是偶尔饮下一口侍女喂下的清水。他的臣子们焦急地守护在他的身边，也已经有许多天未合眼了。虽然身心非常疲惫，但是大家都希望有奇迹发生，相信他们的陛下一定会再次醒来。

果然奇迹真的发生了！当第九天的晨曦刚刚来临，太阳还没有升起来的时候，天空中忽有一群"海东青"从北方飞来，在行宫的上方翅来翅去。也许是那群神鹰唤醒了他，沉睡了八天的阿骨打睁开了双眼，脸上还露出了惬意的笑容。众人见他面色红润、神态坚定、四肢灵活、目光朗朗，竟好像根本没有生病的样子，一个个均感到十分惊奇，有几位竟然高兴得跪在地上，泣不成声。

阿骨打在侍女的搀扶下坐起来，慢慢地喝下一碗温开水，接着又吃下多半碗黄米粥。他觉得精神好多了，头脑也感到异常清醒。他招招手让臣子们都起来，然后高兴地对他们说："这些天我去了好多的地方，比如说南海，北海，泰山，黄河；也见过许多的人，比如说秦始皇，汉武帝，唐太宗和辽太祖，还有韩德让和萧太后。最后来到了辽西的医巫闾山，见到了青岩洞主，芦花师太，无虑道长和志达大师，他们都在圣水盆边下棋，也和我说了许多的话。我听后感到深受启发，就急着赶回来向你们述说，你们可要牢牢地记住呦！"

阿骨打说到这里有些气短，他接过侍女递过来的一碗茶水，慢慢地喝下去，然后才望着众人说道："你们知道契丹人是怎样衰败的吗？他们为什么会有这样的下场？"

翰林学士、大将希尹首先说道："我女真族虽然生在黑龙江边，长在长白山下，但我等也是龙的传人、华夏一员。如今天道循环，时来运转。是上苍怜悯、天神相助，才有今日女真之崛起、契丹之衰微！是时也！命也！运也！"

阿骨打的庶长子宗干接过来说："父皇神勇，当世无双。我军善战，天下无敌，故辽人望风而披靡也！"

阿骨打瞥了他们一眼，摇了摇头，对众人说："非也！你们说得都不对！我们的胜利既非天神相助，也非将士骁勇。契丹人不是输在我们的手里，而是败在他们自己的身上，这一点几位大师异口同声，大家必须要牢牢地记取。这也是我着急地从闾山赶回来的根本原因，你们可一定要头脑清醒啊！"

说到这里，阿骨打的双眼望着宗翰，放低了声音对众人说："我曾经同军师议论过这个问题，到闾山后听大师们一讲，才彻底明白。现在看来，契丹国一是败在根基不牢上。他们的政权从一开始，就是在你争我夺的政变中建立起来的，根本就没有深厚的民意基础。执政以后又没有完备的法律和规范的典章制度，一直非常歧视下层奴隶和汉族民众，因而社会矛盾极为尖锐。在萧太后和辽圣宗主政的时期，虽然有过很大的改善，但后来很快就被他们的子孙破坏了。在二百多年的时间里，竟然有一百五十多年没有稳定的政治秩序，国家始终在叛乱中动荡起伏，直到濒临末日的时候仍未停止。这是一个多么可怕的悲剧呀！这在历朝历代也是极为罕见的！"

阿骨打喝下半碗茶水，接着说道："契丹二是败在劣根性遗传上。他们那种叔叔娶侄女，外甥女嫁舅舅，表哥配表妹，结亲不论辈分的习俗由来已久。多年的近亲交合，使他们的子孙一代不如一代，尤其以皇族最为明显。辽太祖那是多么了不起的英雄人物，娶了他的表妹述律平，生了个宝贝儿子耶律李胡，狠毒如狼，奇坏无比，祸害了辽国几十年；辽太宗也算雄才大略，娶了他的亲外甥女萧温，生出来一个'酒鬼'加'睡王'，当皇帝二十多年，啥正事也没干，只知道喝酒、畋猎、睡觉和杀人，耽误了多大的事呀？！承天太后萧绰聪明一世，却糊涂一时，让自己的亲儿子耶律隆绪娶了自己的亲侄女萧菩萨哥，结果生下三个孩子均因先天不足，幼小夭亡，这才让那个恶太后萧耨斤钻了空子；但萧耨斤也不是外圈的人，她是述律平的五世孙，与耶律隆绪也有较近的血缘关系，生了个耶律宗真也是傻拉巴叽，不知道遵父遗命，任由萧耨斤害死了他的养母萧菩萨哥，让后来多少人痛心疾首拍案而起；辽兴宗耶律宗真本来就昏，娶了他的表妹萧挞里，生下个耶律洪基是昏上加昏，昏透顶了！竟然听信奸臣之言，杀妻灭子、自残骨肉，酿造了中国历史上最大的宫廷奇冤，上演了封建帝王绝无仅有的愚蠢和悲剧。可见其昏庸之甚、糊涂至极呀！而耶律延禧呢，比其爷爷有过之而无不及也！"

阿骨打说到此处有些感慨，额头上沁出许多细小的汗珠。他望着自己的几个儿子说："契丹三是败在痴迷宗教上。这个古老的民族从上到下，从古到今，一直都非常相信佛教。你们看承天太后萧绰那么聪明的人，给她的孩子们取的小名都叫什么？文殊奴、普贤奴、药师奴、菩萨哥等，可见其痴迷之甚。到了兴宗、道宗时期，这种痴迷达到了顶点。全国上百万户人家，几乎无户不烧香，无人不拜佛。全国的寺院有上万所之多，僧尼加在一起有上百万之众。辽道宗竟然相信奸臣的鬼话，说自己是菩萨转世，多么可笑而可悲呀！宗教的泛滥成灾，改变了这个国家的面貌和风气，抽掉了这个民族的脊梁。使大多数勤劳朴实骁勇善战的契丹人，变成了一大群思想麻木、精神空虚的教徒，让这个叱咤风云的马上民族，成为只知烧香拜佛、崇尚不劳而获的芸芸众生，这是一件多么可怕的事呀！这样的民族还能强大起来吗？"

"第四点，也是最重要的一点，契丹人建立起来的这个强大国家，最终就衰亡在它的腐败之上。"阿骨打似乎深有感触地说，"劣根性的遗传造成了皇帝的昏庸，皇帝的昏庸导致了朝廷的腐败，朝廷的腐败引起整个官场的混乱，使整个社会成了一口大染缸。腐败的事情历朝历代都有，而且个个因此而灭亡，但辽国的腐败有他们自己的独到之处，严格说来是他们的上几代就留下了隐患，至少是难辞其咎。当年萧太后进军中原，签下了《澶渊之盟》，每年从中原获得三十万岁币，后来又增加到五十万，表面看起来是一件好事，但实质上却害了他们的子孙，使这帮昏庸腐败的家伙有了坐享其成、肆意挥霍的本钱。再加上多年不战、军备松弛，刀枪入库、马放南山，将不像将、兵不像兵，使地域万里的大辽国成了纸糊的大厦。而到真正有事的时候，竟然派不出一支像样的军队，这样的政权还能支撑下去吗？请大家回忆一下，我们女真人起事的时候，只有两千多名'殊死军'，而辽军却有二十万人马，为什么我军能一战而胜，而辽军却败得落花流水？不是我军能打，而是他们太不禁打了！实际上是他们自己打败了自己，灭掉了自己的国家呀！"

说完了这些话，阿骨打如释重负，好像办完了一件大事，深深地松了一口气。他又喝下一碗凉茶，然后意味深长地说："前事不忘，后事之师。契丹人这些血的教训就在眼前，但愿我们的子孙能够牢牢记取。否则风水轮流转，运随因果来，契丹人的今天，就是女真人的明天哪！"说罢长叹一声，似觉累了，深情地望了他的臣子们最后一眼，然后在侍女的搀扶下躺下身来，不一会儿就沉沉地睡去，从此再也没有醒来。

当年八月，阿骨打在部堵泺西行宫溘然长逝，终年五十六岁，在位八年。其弟吴乞买继位，是为金太宗。太宗继位以后，立即调兵遣将，加紧了对辽朝残余势力的进攻，天祚帝耶律延禧的日子就快走到头了。

辽保大四年（1124）正月，天祚帝耶律延禧从西夏返回辽地，在夹山又与耶律大石相遇。此时耶律大石从金营逃出，又带来了七千多精兵，这令耶律延禧眼前一亮，于是便异想天开地想收复燕云。耶律大石劝道："当初金兵进攻东京辽阳之时，陛下从广平淀跑到中京，中京陷落后又跑到南京，南京不安全又跑到夹山。那时候我军兵力尚强，陛下却弃而不战，东躲西藏，把大好河山拱手相让，让我们的族人惨遭践踏。如今日暮途穷，兵微将寡，已经到了连性命都难以保全的这般压地，陛下却提出要收复燕云，岂非自不量力，天大的笑话？能够做得到吗？"

但是耶律延禧执意不听，非要东征不可，当即率军出夹山，下武州，终于在云州西北又吃了一场败仗，七千人马几乎损失殆尽。耶律大石知道再与这个昏君加白痴搅在一起，已经没有任何希望，于是假装生病，夜间偷偷起来，杀死看守他的北院枢密使萧乙薛和详稳坡里括，只率一百多名心腹部下离开天祚，自奔前程去了。

次日清晨，耶律延禧听说大石出走，才后悔不该提出东征之事。将士们见耶律大石都走了，军中没有了主心骨，纷纷悄悄离别而去。到晚上一清点，延禧的身边不足五百人了。在这种情况下，他仍然不忘为非作歹，恣意享乐，霸占突不吕人讹哥的妻子，不分白天黑夜地在一起鬼混，大帐中鏖战之事不止，艳叫之声不绝，从人们都恨得咬牙切齿。

保大五年（1125）二月，金太宗派大军围剿夹山，耶律延禧向南逃往山西应州，在应州新城东六十里外的狼跳崖被金兵捉住，辗转押往黄龙府。八月，被金太宗吴乞买封为海滨王，囚禁在长白山东筑石室居住。一年以后被山中老鹰啄瞎双眼，流血过多疼痛而死。终年五十一岁，在位二十五年。

尽管在六年之后，逃到漠西的耶律大石率部苦战，征服了喀喇汗国（辖地在今新疆维吾尔自治区伊犁和哈萨克斯坦国等部分地区），建立起地域广大的西辽，而且传三帝历九十四年，但作为大辽朝政权在内地的主体，历时二百零九年，从天祚帝耶律延禧被俘之日算起，就已经彻底地灭亡了，其疆域全部被金国占领。

据说耶律延禧在山西应州被捉之日，远在千里之外的契丹圣地木叶神山，突然天降炸雷，二月份就下起了瓢泼大雨。条条闪电如金蛇狂舞，阵阵雷声似天鼓咚咚，吓得人们疑是天塌地陷、人间末日来临。天晴以后，当地的牧民们惊骇地发现，神庙前面的两棵千年古松双双被殛倒，院子正中的高大石碑齐齐被炸断，规模宏大的神庙轰然倒塌，但里面供奉的先祖奇首可汗和凤羽可敦，以及两位师祖无竭和摩吉大师的神像却不翼而飞。整个神山岩崩石裂，树木枯焦，腾腾地冒着热气，如同遭受天火焚烧以后的废墟。八十多岁的神庙守护使老撒剌跑来跑去，老泪纵横，捶胸顿足，伏地大哭："这是怎么了？万年的神山，千年的神庙就这样毁了吗？为什么呀？这难道是天意吗？"

"这不是天意！这是民心！"一个响亮的声音突然传来，在山林和空中回响，令老撒剌和牧民们十分惊奇。大家抬头一望，只见青岩洞主和承天太后萧绰师徒二人，正驾着彩云立在空中，招手向众人微笑。慌得老撒剌及牧民们赶紧跪地行礼。这时，承天太后萧绰接着师父的话说："朝廷倒行逆施，必然天怒人怨。不得民心，迟早要亡！大辽朝不是灭在金兵的手里，而是毁在自己的身上！后代子孙们一定要牢记，一个常人的腐败可以亡身，一个君王的腐败能够灭国，而整个朝廷上下全都腐败，那就不仅会导致亡国，甚至还可能会灭族哇！"众人诺诺连声，流泪再拜，待抬起头来再看之时，只见师徒二人驾着彩云，已向东南方飘去，转眼就消失在蓝天里。

山下的族人们闻听承天太后之言，似被点醒，遂离开祖辈居住的神山，携儿带女，赶着牛马，顺着奔流不息的潢河之水，一直向东南方走去。族人们听说，那里有条神水叫作辽河，也许就是他们未来的天堂。

只有老撒剌没有走，他坐在倒塌的庙堂之旁，拿起他那把心爱的马头琴，边弹奏边歌唱：

太祖起兵兮立国兴邦，太宗南征兮拓土开疆。

契丹崛起兮地献祯祥，大辽兴旺兮天沐朝阳。

世宗被害兮客死他乡，睡王玩乐兮荒废时光。

景宗拨乱兮纲举目张，皇后听政兮富国强邦。

圣宗励治兮比宋学唐，鸿业鼎盛兮社稷隆昌。

宗真不真兮行事荒唐，邻邦反目兮剑拔弩张。

道宗无道兮奸佞猖狂，杀妻灭子兮丧尽天良。

延禧昏聩兮祸国儿郎，朝廷腐朽兮败家染缸。

众叛亲离兮东躲西藏，落花流水兮国破家亡。

上天震怒兮锄莠扶良，民怨沸腾兮裂土分疆。

万载神山兮黯然神伤，千年古庙兮瓦片秋霜。

大辽覆灭兮祸水流殇，祸水流殇。

一曲悲歌兮痛断肝肠，痛断肝肠。

老撒剌的嗓子喊哑了，手指磨破了，泪水流干了，他不知唱了多少遍。唱得潢水为之悲鸣，山林为之抽泣。忽然"嘭"的一声，琴弦崩断，琴身起火，老撒剌悲痛已极，纵身跳起，撞死在石碑之下。

此时日落西山，寒风骤起，松涛呜咽，晚霞如血。